Tom Schmieder

Als wir einmal fast erfolgreich waren

Dem Leben nacherzählt

Roman

Älteren zur Erinnerung!
Jüngeren zur Warnung!

TOM SCHMIEDER

Als wir einmal fast erfolgreich waren

ROMAN

Bibliografische Informationen der Deutschen Nationalbibliothek:
Die Deutsche Nationalbibliothek verzeichnet diese Publikation
in der Deutschen Nationalbibliografie; detaillierte bibliografische
Daten sind im Internet unter www.dnb.de abrufbar.

1. Auflage 2021
www.liesmich-verlag.de

Coverdesign & Umschlaggestaltung: Manja Schönerstedt // Anne Linnig
Illustrationen auf dem Cover: Emanuel Stys
Einbandabb.: Sticker: *Bremer Frauenhaus* // Anzeigen: unter Verwendung von *ZITTY - Das Stadtmagazin für Berlin*, 2.1978, Nr. 10, Seite 59
Umschlagabb.: Foto: *Demonstration* von Ulrich Faatz //
Foto: *Jonas* von P. Segschneider (Segus)

Lektorat: Ines-Antonia Wustmann
Korrektorat: Anne Vogelsberg // Peggy Spitzner
Drucksatz: Karsten Möckel // Anne Linnig
Vorlektorat: Torsten Paape
PR & Marketing: Christoph Awe // Sophie Hesse
Projektmanagement: Karsten Möckel

ISBN: 978-3-945491-12-6

I

Wann war es?
Einmal hörte ich im Traum
ihre Stimme und freute mich.
Ach, in Wirklichkeit hab' ich
ihre Stimme schon lange
nicht gehört.

Ishikawa Takuboku:
Unvergeßliche Leute 2.20. 1910.
In: Eine Handvoll Sand.
Aus dem Japanischen übersetzt
von Tsutomu Ito, Gifu-City 1986.

DIE BÜCHSE DER PANDORA

Ein Schlag! Mit Urgewalt bricht er los. Der Strom ist reißend, gewaltig. Rasend schnell sucht und findet er sein Bett, seinen Lauf. Ohne Rücksicht auf Hindernisse überspült er Jedwedes, was sich ihm in den Weg stellt, ihm Widerstand entgegensetzt. Er ist stärker, schneller, rücksichtsloser. In atemlosem Tempo strömt er voran. Das Auge schafft es kaum, dieser Rasanz an Geschwindigkeit Folge zu leisten. Es geschieht alles zugleich. Zuvor und Jetzt fallen in einen Augenblick zusammen. Unversehrtheit und Vernichtung sind eins! Und doch bleibt keine Zeit für müßige Betrachtung, für philosophische Reflexion. Denn die rote Flut stürmt weiter vorwärts. Bahnbrechend. Unaufhaltsam. Das Blut der Erde kennt kein Zaudern, kein Zögern! Schon hat der tosende rote Fluss den Rand der bekannten Welt erreicht. Grenzen, Schranken lässt er nicht gelten. Er stürzt hinaus über alles bisher Bewusste, Bekannte, Erfahrene! Hinaus! Und hinab über den Rand in das nie Gedachte, nie Erforschte, gänzlich Unbekannte. Scheinbar endlos fällt die Substanz von blutiger Farbe, befreit, erlöst von letzten Zwängen durch Welten, Galaxien, die nie ein Mensch zuvor gesehen hat, um dann ganz am Ende doch anzukommen. Sprühend und spritzend anzukommen, aufzuschlagen. Aufzuschlagen auf dem Küchenfußboden meiner Wohnung.

Schöne Sauerei! Ich hatte das Rotweinglas aus Unachtsamkeit umgestoßen und die Apokalypse ausgelöst. Der Rebensaft hatte sich schnell über die Anrichte ergossen, war dann über die Kante gelaufen und auf den weiß gekachelten Küchenfußboden hinuntergetropft. Eine Rolle Küchentücher half mir, den Tatort zu reinigen. In der Küche der neuen Wohnung war die zweite Flasche Rotwein schon nicht mehr ganz voll und das Chaos um mich herum unübersehbar: Türme von Umzugskartons. Recht besehen kaum Möbel. Auch ich war mal wieder hart aufgeschlagen im ungewollt Neuen. Das Radio dudelte die Hits der Siebziger und Achtziger. Meine ganze beruhigende Kleinbürgeridylle hatte sich über

Nacht verflüchtigt. Das Häuschen im Grünen, der schöne Garten, die gelegentlich liebevolle Frau – die Kinder waren schon vor einiger Zeit zu Hause ausgezogen – und der leicht übergewichtige Kater, den ich am meisten vermisste, hatten sich über Nacht in Erinnerung verwandelt. Plötzlich war es irgendwie wieder so wie vor ungefähr 40 Jahren, als ich zum ersten Mal in diese Gegend zog. Damals passte alles in einen kleinen roten Alfa Romeo Giulia und war in einigen Stunden, mittels Durchquerung des real existierenden Sozialismus, in meinen neuen Wohnort verbracht worden. Es sollte für die wenigen Monate eines Semesters sein. Es wurde ein ganzes Leben.

Dieses Mal fehlte beim Aufschlag der tiefe Schmerz der Enttäuschung, das Wüten über Unglück und Ungerechtigkeit des Lebens, das Gefühl des Sturzes ins Bodenlose. Routine? Eher ein ungläubiges Staunen. Ein fast amüsiertes Betrachten des eigenen Schicksals, nach so vielen Jahren genauso dazustehen wie vor vielen Dekaden. Beginnende Altersmilde? Vielleicht auch nur die gelebte Erfahrung, dass es schon irgendwie weiter geht, immer, so lange, bis es dann eben endet.

Die diesmaligen Umzugswirren hatten auch einige alte Postpakete ans Licht gebracht, die jede Menge Erinnerungsstücke in sich bargen: Fotos, Briefe, fragwürdige Devotionalien aller Art. Aus Mangel an Beschäftigung, wohin hätte sich auch der Inhalt der Umzugskartons bei dem akuten Mangel an Einrichtungsgegenständen einräumen lassen, nahm ich mir einige dieser Pakete und zerrte sie zu meinem Wein in die Küche. Es waren die reinsten Kramkisten, ohne jede chronologische oder sonstige Ordnung. Und so begann ein zielloses Durchstöbern. Ich suchte nichts außer Zerstreuung. Das erste Paket enthielt im Wesentlichen Fotos, deren neuerliche Betrachtung neben vielen nostalgischen Erinnerungen jede Menge Schmunzeln erzeugte. Das zweite enthielt etliche Konvolute von Briefen. Auch diese ließen jede Ordnung, jedes System vermissen. Ich sah mir Briefumschlag für Briefumschlag an und meine Erinnerung reiste zu fernen Zeiten und alten Freunden.

Und dann las ich IHREN Namen. Und zuckte zusammen. Herzschlagfrequenz, gefühlte Körpertemperatur, Gesichtsfarbe wechselten in den Infarktbereich. Was, zum Teufel, war denn jetzt los? Vor langer Zeit hatte ich alle Briefe und Fotos von ihr eingesammelt und in einen großen Umschlag verfrachtet, den nur ihr Namen zierte. Ich machte mir zur Auflage, diesen Giftumschlag nie wieder zu öffnen. Warum hatte ich nicht den Altpapiercontainer gewählt? Bis heute war ich standhaft geblieben. Sollte ich den Umschlag wirklich öffnen? Wollte ich mich dem aussetzen? Etwas, was ich mir aus gutem Grund, so glaubte ich zumindest, Jahrzehnte versagt hatte? War es der Wein, die besondere Stimmung des Abends oder die reine Unvernunft? Egal! Ich öffnete den Umschlag und entnahm ihm einen großen Stapel Briefe und einen Extra-Umschlag mit Fotos. Ich sah ihre Handschrift, Magen und Herz krampften, es war klar: Ohne ein weiteres Glas Wein und eine neue Zigarette war das nicht zu stemmen.
Scheiße aber auch! Mit dem Gefühl, gerade vom Eifelturm gesprungen zu sein, entnahm ich die Blätter des ersten Briefes und begann zu lesen.

32.13.1979
Du Mark, das war echt nett von dir mit dem Paket …

2

Der Anschiss
lauert an jeder Ecke!

Mark Müller: Aphoristik
für Pessimisten.
Diepholz o. J., S. 43.

KÄFERKRABBELN IM DAUERREGEN

Der November zeigte die übliche Witterung. Es regnete seit Tagen mehr oder weniger ununterbrochen. Nicht, dass dieses in anderen Monaten des Jahres hier anders gewesen wäre, aber im November verstärkten niedrige Temperaturen und die wenigen Stunden mit Tageslicht noch den Eindruck, jemand hätte während des Duschens das warme Wasser abgestellt und sich am Sicherungskasten zu schaffen gemacht. Dies und was es auch sonst noch immer an Widrigkeiten geben mochte, änderte nichts an dem einen Faktum: Die Hauptttendenz in der Welt ist die Revolution! Ob nun im Fichtelgebirge oder in der norddeutschen Tiefebene, völlig egal. Den Erfolg der Revolution galt es auch bei ungünstigen Witterungsbedingungen zu befördern. Also war es völlig unerheblich, dass es wie aus löchrigen Eimern schüttete, als wir uns gegen zehn Uhr abends an einer zugigen Ecke trafen, um unser Stadtviertel mit Plakaten zu verzieren, die in irgendeiner Weise, welche konkret ist mir entfallen, der Haupttendenz zum mehr oder weniger endgültigen Durchbruch verhelfen sollten. Oder so etwas Ähnliches. Wir, das waren Meier-Deutschland, ein Kumpel und junger Genosse aus unserem Viertel, und Heisenburg, ein aufrechter KBW-Mann, Lehrer an einer örtlichen Schule, was vermutlich nicht mehr lange gut gehen würde, und ich. Heisenburg transportierte eine Rolle Plakate und eine Plastiktüte mit Leim nebst Quaste auf seinem alten Fahrrad, welches er unabgeschlossen zurückließ, als wir uns zum Plakatieren aufmachten. Die Dunkelheit und die späte Uhrzeit waren mit Bedacht gewählt, denn natürlich war unser Tun illegal und insbesondere der KBW-Lehrer ging ein hohes persönliches Risiko ein, sollte uns die Staatsmacht in flagranti erwischen.

Kommunistischer Bund Westdeutschland

Ohne viel Federlesens begannen wir mit der Arbeit. Wildes Plakatieren gehörte zu den Routinetätigkeiten eines aktiven Revolutionärs, so dass alles ohne große Worte vonstatten ging. Auch die Auswahl der zu plakatierenden Stellen, Trafo- und Fernmeldekästen, exponierte Häuserwände, kommerzielle Plakatständer an zentralen Orten wie Bushaltestellen, vor Schulen oder Supermärkten waren uns hinlänglich bekannt. Dabei behielten wir die Straßenfluchten immer im Auge, ob sich etwa ein Streifenwagen oder ein verdächtiges Gefährt mit Zivilbullen nähern würde, wobei sich um diese Zeit kaum noch nennenswerter Straßenverkehr notieren ließ. Unterdessen bedachte uns der Himmel über der Stadt mit unverminderter Zufuhr von Feuchtigkeit, was bei den herrschenden Temperaturverhältnissen von um die fünf Grad Celsius nur sehr bedingt als reizvoll zu bezeichnen war.

Als wir bereits ziemlich am Ende unserer segensreichen Tätigkeit für die gute Sache angekommen waren und durch eine ruhige Nebenstraße wieder in Richtung des abgestellten Fahrrads liefen, fuhr ein Wagen mit ungewöhnlich hoher Geschwindigkeit an uns vorbei, stoppte abrupt auf dem nassen Asphalt, was in der verschlafenen Gasse für einen gewissen Geräuschpegel sorgte. Galt die Sache uns? Als unüberhörbar ein anderer Gang eingelegt wurde und der Wagen mit quietschenden Reifen die Rückwärtsfahrt antrat, gab es keinen Zweifel mehr. Zivis waren uns auf den Fersen. Es blieb nicht viel Zeit. Wir befanden uns auf der Höhe einiger einzelnstehender Einfamilienhäuser mit Gärten. Also wuchteten wir uns geschwind über einen niedrigen Gartenzaun und liefen ein Stück auf das Grundstück. Als der Wagen schon auf unserer Höhe war, warfen wir uns, wo wir gerade waren, flach auf den Bauch in die Rabatten. Das war kein Spaß. Durch den wochenlangen Regen stand das kalte Wasser in den Beeten, gepflegte Gartenanlagen, von frühverrenteten Spätheimkehrern kompromisslos umsorgt, hatten sich in traurige Schlammwüsten verwandelt. In Sekundenschnelle drang die Feuchtigkeit durch Hose und Parka, auf meiner Gesichtshaut spürte ich nasse deutsche Gartenerde. Neben mir hörte ich Meier-Deutschland und Heisenburg schwer atmen. Vorsichtig hob ich den Kopf ein wenig hoch. Unmittelbar vor meiner Nase kroch ein dicker schwarzer Käfer, den ich offensichtlich aufgeschreckt hatte, eilig davon, wobei ich für eine Nano-Sekunde das Gefühl hatte, so etwas wie Spott in seinem kleinen Cleopatra-Gesicht zu lesen. Der Wagen stand still. Scheiße, das würde nicht gut ausgehen. Die Fahrertür wurde aufgerissen. Aus dem Wagen drang in ohrenbetäubender Lautstärke Supertramps *Take the Long Way Home* aus *Breakfast in America*. Da drang eine Stimme an unsere Ohren, deren Eigentümer offensichtlich heute Abend die große allgemeine Herbstdepression schon mit jeder Menge alkoholischer Getränke bekämpft hatte:

»Ey, Mark, Meier, wo seid ihr? Wollen wir nicht noch ein Bierchen trinken gehen?« Das durfte echt nicht wahr sein! Das war Benny, unser Freund und Kampfgefährte.

Zunächst erhoben sich Meier-Deutschland und ich aus der Matschepampe, Heisenburg folgte nur zögerlich. Und da stand tatsächlich Benny unschuldig grinsend mit Kippe im Mund und Becks-Büchse in der Hand vor seiner geöffneten Wagentür.

»Bist du völlig bescheuert? Uns so zu erschrecken. Schau mal, wie wir ausschauen!«, blaffte ich ihn an, während sich ganze Brocken von nassem Mutterboden von meiner Oberbekleidung lösten. Benny schien mich nicht zu verstehen und schaute verwirrt. »Ihr seid aber nass«, war alles, was ihm einfiel. Da kam auch Heisenburg über den Zaun geklettert. Er bot ein wahres Bild des Jammers: Er war nicht nur komplett dreckig, zusätzlich hatte er sich so unglücklich auf die Plastiktüte mit Leim geworfen, dass dieser nun durch und von seinem Vollbart lief und auf das Straßenpflaster tropfte. Dazu hatte er unter dem rechten Arm etwas eingeklemmt, was nur Zeugen des ursprünglichen Zustands noch als Plakate mit aufrührender Botschaft identifizieren konnten.

Er schien nicht einmal wütend zu sein. Er schüttelte nur traurig den Kopf und sagte in Richtung Benny:

»So wird das nichts, das sage ich euch, Genossen.«

Ohne ein weiteres Wort des Abschieds und der Erklärung lief er in die Nacht, wobei er versuchte, sich den Kleister aus dem Bart zu wringen.

Meier-Deutschland und ich krochen in den Fond von Bennys Wagen.

»Ich hoffe, du hast noch genug Bier zu Hause«, meckerte Meier-Deutschland.

Benny drehte die Musik etwas leiser, würgte den ersten Gang rein und fuhr unter erneuter übermäßiger Beanspruchung seiner Reifen los.

»Ey, Leute ihr könnt euch gar nicht vorstellen, was ich heute erlebt habe«, begann er zu erzählen, während er noch einen Schluck aus der Bierbüchse nahm.

3

Nur mit Widerstreben lenken sie also ihre Aufmerksamkeit zurück auf Zeiten verfehlten Lebens und wagen nicht, das wieder anzurühren […] Niemand lässt sich gern wieder auf die Vergangenheit ein […] Und doch ist über diesen Teil unserer Zeit die Weihe des himmlischen Friedens gebreitet; ist er doch allen menschlichen Zufällen entrückt und der Herrschaft des Schicksals entzogen, gesichert vor Mangel, vor Furcht, vor Krankheitsfällen; er kann nicht gestört werden; sein Besitz ist dauernd und frei von jedem Angstgefühl.

Lucius Annaeus Seneca
(4 v. u. Z. bis 65 n. u. Z.):
De brevitate vitae.

STAGNATION UND FÄULNIS

Das Ende der Kartoffelferien war schon einige Wochen her und es wurde wieder einmal Winter in Deutschland. In Bonn gerierte sich ein abgehalfterter Wehrmachtsoffizier als Kanzler einer Teilrepublik und vermeintlicher Weltökonom. Selbst der King war nun schon zwei Jahre tot. Oder auch nicht. Ansonsten war es kalt und dunkel an diesem Morgen.

Als ich aus dem Haus trat, in dem ich die Nacht verbracht hatte, umschloss mich sogleich eine dicke Nebelsuppe. Und das war gut so, denn es ersparte mir den Anblick der tristen Umgebung. Hier versank alles in allgemeiner Belang- und Bedeutungslosigkeit, selbst für den unwahrscheinlichen Fall, dass einmal wieder die Sonne scheinen sollte.

Eine quietschende alte Straßenbahn, halbgefüllt mit mürrischen Gesichtern, die ihrer alltäglichen Ausbeutung entgegenfuhren, schuckelte mich und meine kleine Reisetasche vorbei an aufgegebenen Ladengeschäften mit blinden Fenstern, noch betriebenen Handwerkerbuden kurz vor der Insolvenz und der ehemaligen Tankstelle an der Ecke, die jetzt einen gut gehenden Getränkemarkt beherbergte, zum zuvor vereinbarten Treffpunkt. Kurz vor meiner Zielhaltestelle holte ich die rote Packung mit der schwarzen ausgestreckten Hand aus der Jackentasche und steckte mir schon einmal eine ins Gesicht. Einige Blicke wurden noch ein bisschen mürrischer. Um sie nicht zu enttäuschen, steckte ich mir die Zigarette mit meinem alten, silbrigen Benzinfeuerzeug noch im Straßenbahnwagen an, wobei eine hohe Stichflamme wie bei einer lodernden Fackel entstand, da ich den etwas anachronistischen Zigarettenanzünder erst kurz vor dem Aufbruch frisch betankt hatte. Es roch nach verbrannten Haaren und Leichtbenzin. Beim Aussteigen blies ich den Rauch aus meinen Lungen in die dichte Nebelpampe, die immer noch bösartig über der Stadt hing. Betont langsam, desinteressiert an allen Dingen dieser Welt vor mich hin paffend, schlenderte ich die Straße entlang, während irgendwann die Straßenbahn, die sich weiter um den Transport

der letzten Übriggebliebenen der Arbeiterklasse der Stadt kümmerte, ebenso teilnahmslos an mir vorüberzog. Ich wusste schon, was ihre Spießerherzen am frühen Morgen daran erinnern konnte, dass es vielleicht ein anderes Leben hinter ihrem Leben gab.
Am Ende der Straße wurde ich bereits an einem ehemals hellblau gestrichenen Garagentor erwartet und auf die übliche Art und Weise begrüßt. Kraschno, ein langer, schlanker Typ, mein Alter, meine Statur und auch sonst von verblüffender äußerlicher Ähnlichkeit, wenn man bedenkt, dass wir vermutlich nicht verwandt waren (selbst mein Vater hatte uns einmal auf einem Parkplatz von weitem verwechselt), ging zum Wagen. Sein Gang wirkte noch etwas steif und ungelenk. Er hatte die Nacht wieder auf seinem Surfbrett in der Garage geschlafen, weil er Krach mit seiner Freundin hatte. Ich wusste von der letzten Nacht nicht mehr allzu viel, nur die Erinnerung an einen kleinen schwarzen Mistkäfer hatte sich noch nicht völlig verflüchtigt. In der einen Hand trug Kraschno seine fertig gepackte Sporttasche, die immer mit frischer Wäsche und anderen nützlichen Dingen neben seinem Bett stand, nur für den Fall der Fälle. Auch nicht gerade das, was man als vertrauensbildende Maßnahme bezeichnete. In der anderen Hand die Autoschlüssel, im Mund eine von diesen ekelhaften Lux-Filterzigaretten.
Er schloss den Wagen auf, öffnete die Beifahrertür für mich und versuchte, den Wagen zu starten. Zu unser beider Verblüffung klappte dies schon beim fünften Mal. Bevor es losging, musste erst noch einem neumodischen Ritual gehuldigt werden. In Anlehnung an eine aufwendige Werbekampagne der letzten Jahre sagten wir: »Klick! Erst garten, dann sturten!«, und schnallten uns an. Der Opel Ascona A 1,9 aus den frühen Siebzigern, dem mit mir völlig undurchsichtigen Manipulationen jede Menge mehr PS entlockt wurden, als die vom Hersteller versprochenen 90 (allerdings um den Preis eines ruinösen Spritverbrauchs – 25 Liter für 100 km waren fast schon Standard), schoss los. Bei Ascona dachte ich an Lago Maggiore im Sonnenschein, Luxus, Reichtum und gepflegte Völlerei und nicht so sehr an ein Auto. Bei Kraschno war

das anders. Er hatte die schwarze Lederjacke, die er beinahe Tag und Nacht trug, nicht ausgezogen. »Lohnt nicht«, wie er meinte. Auf der Autobahn angekommen, gleich hinter dem Bremer Kreuz, betätigte Kraschno den linken Blinker, wechselte auf dieselbige Spur und trat das Gaspedal voll durch. Dieses sollte bis auf weiteres so bleiben. Dann schob er *Mit Pfefferminz bin ich Dein Prinz* von Marius Müller-Westernhagen in den Kassettenrecorder und drehte die Anlage auf. Der Himmel zeigte die Farbe Grau in 25 verschiedenen Varianten. Dazu Nebel und Nieselregen, irgend so eine November-Kacke. So schnell würde sich die Sonne nicht mehr zeigen. Bergwerkszeit bis zum nächsten Frühling. Wir rauchten und schwiegen. Nur bei *Dicke* nahm Kraschno kurz die Fluppe aus dem Mund und sang den Refrain mit.

Weil gerade wieder einmal alles scheiße war, hatte Kraschno vor kurzem angekündigt, mit nach Westberlin zu kommen, was gut passte, denn wir brauchten für eine kleine nächtliche Spritztour einen Fahrer und Kraschno war einer der besten. Ich hatte dort eine kleine, relativ billige Wohnung im Seitenflügel eines mittelschwer heruntergekommenen Altbaus, einen Studienplatz, einige unbezahlte Deckel und verschiedene Jobs, die mich über Wasser hielten. Mit Studieren, Jobben und der einen oder anderen Aktion gegen das ›Schweinesystem‹ verballerte ich die Zeit. Meine Freundin hatte mich jüngst zum Teufel gejagt, warum auch immer, aber wahrscheinlich völlig zu Recht. Nahezu zeitgleich hatte meine Großmutter, die einzige emotionale Wärmestube in meiner Kindheit, ihren ebenso heldenhaften wie völlig sinnlosen Kampf gegen den Krebs verloren. Ich hatte es zwar immer geahnt, aber ich war dann doch einigermaßen überrascht, welch große emotionale Implosion ihr Verschwinden von diesem Planeten in mir ausgelöst hatte. Auch sonst bot die Weltlage wenig Erfreuliches. Die Befreiungskämpfe in der Dritten Welt stockten und stotterten, die revolutionären Kräfte in der BRD erodierten vor sich hin, das rechte Lager der KP in der VR China liquidierte den letzten linken Widerstand in den eigenen Reihen, um dem Sozialismus auch

Sozialistische Einheitspartei Westberlins

dort das Licht ausblasen zu können. Auch mit den verhassten Revis der DKP und SEW ging es, soweit man wusste, steil bergab, was uns allerdings herzlich egal war. Das aktuelle Lieblingskind rechtschaffener Empörung in unserer vor lauter Pressefreiheit in ewigem Glück und liebesdienerischer Dankbarkeit schwelgenden Medienlandschaft war die Besetzung der US-Botschaft in Teheran durch vermeintlich studentische Anhänger des neuen starken Mannes, Ayatollah Khomeini. Darüber konnte gerade nie genug berichtet, nie genug geschrieben werden. Die Ereignisse im Iran waren auch so ein Trauerspiel der letzten Zeit. Hatten wir im Herbst des letzten Jahres, als das Schah-Regime endlich, endlich ins Wanken geriet, noch große Hoffnung auf die linken Kräfte und die innere Entwicklung des Landes gesetzt, waren in kürzester Zeit die diesbezüglichen Träume perdu. Alle politischen Strömungen, das galt auch für das gesamte bürgerliche Lager, erlebten einen allzu kurzen Frühling, der alsbald nach dem vollständigen Sieg der schiitischen Geistlichkeit in neuer Illegalität und Unterdrückung endete. Auch wenn die neuen Machthaber immerhin die schrankenlose Ausbeutung durch die multinationalen Konzerne des Westens beendeten: Es roch nach Pyrrhussieg … Und in der Bundesliga gewannen immer noch die falschen Vereine.

Wir hatten uns schon richtig gut eingeschwiegen, als auf einem blau-weißen Schild für eine Autobahnabfahrt geworben wurde, die einem unter anderem die Möglichkeit offerierte, nach Visselhövede zu gelangen. Kraschno hob die rechte Augenbraue an und meinte:

»Scheiße, ich hör da seit ein paar Tagen schon wieder ein neues Geräusch. Wir müssen mal wieder bei Günther aufschlagen.«
Günther war der Schrauber bei uns. Ein wahrer Künstler in Sachen fahrbare Untersätze aller Art. Unser Kumpel Georg aus vergangenen Schulzeiten hatte ihn uns vermittelt. Georg war kein Genosse, obwohl er bei der einen oder anderen Aktion dabei war. Kraschno war ein bedingungsloser Günther-Fan, ich war eher ambivalent.

»Ich hör nix, rollt doch gut, wir müssen doch jetzt nicht unbedingt zu diesen Mistschauflern fahren«, entgegnete ich.

»Du hast keine Ahnung! Deshalb hörst du auch nichts! Hat aber eh keinen Sinn, Günther ist unter der Woche auf Arbeit.«

Puh, Glück gehabt! Die Abfahrt Visselhövede blieb für dieses Mal ungenutzt.

Günther, gelernter Landmaschinenmechaniker, hatte seine Werkstatt, wenn man die alte undichte Scheune auf dem Bauernhof seiner Eltern einmal so bezeichnen wollte, nur am Wochenende in Betrieb und bastelte dann an Autos aus dem Bekanntenkreis herum. Der Hof lag in the middle of nowhere. Die Besuche dort ließen mich immer mehr an die Existenz von Paralleluniversen glauben, und dieser Ort war definitiv ein sehr spezieller Teil des Multiversums. Nicht nur in der düsteren Wohnstube, sondern im ganzen Haus starrten einen von den Wänden Köpfe ausgestopfter Tiere des Deutschen Waldes an. Die Zahl der an die Wand gedübelten Geweihe musste im höheren dreistelligen Bereich liegen. Dazu fiel der Blick beständig auf allerlei Kleingetier von Feld und Hain, das wie lebendig gerade auf einen zugeflogen oder angelaufen kam. Der Baummarder beobachtete einen von seinem Ast, der Fuchs lauerte hinter dem Sofa, der Dachs lümmelte argwöhnisch neben dem Sessel, und während der Schwarzspecht mit seinem roten Köpfchen wild den Türrahmen bearbeitete, thronte die tief entspannte Waldeule über allem. Dazu standen in allen Ecken doppel- und dreiläufige Schrotflinten und Jagdgewehre mit und ohne Zielfernrohr, während auf Fensterbänken die kalten Jagdwaffen wie Hirschfänger oder Tüllmesser auf ihren Einsatz warteten. Die enorme Menge an bereitstehenden Feuerwaffen veranlasste Kraschno einmal zu der unbeantwortet gebliebenen Frage, ob sie einen unmittelbar bevorstehenden Überfall der Comanchen befürchteten. Kurzum: Günthers gesamte Sippschaft bestand aus überzeugten Jägern und leidenschaftlichen Waffenfreaks.

In unseren Kreisen gab es im Wesentlichen zwei unterschiedliche Einstellungen zu Waffen. Einmal die Igittigitt-Haltung der friedensbewegten Love-and-Peace-Typen und dann die der revolutionären

Linken: ›Ja okay, werden (irgendwann) im revolutionären Prozess benötigt!‹ Nur der Zeitpunkt war umstritten. Einige hielten ihn bekanntlich bereits längst für gekommen. Nur Fetischismus war in der Regel nicht anzutreffen. Mit all diesen Auffassungen hätte man hier bestenfalls Kopfschütteln geerntet. Für unsere hätte man uns, wären wir jemals so todessehnsüchtig gewesen und hätten über sie gesprochen, an das Scheunentor genagelt, und zwar nicht bildlich gesprochen, sondern ganz real. Und vor den Dekorationsarbeiten zum nächsten Erntedankfest hätte man unsere Kadaver auch nicht wieder abgenommen.

Über Politik wurde besser nicht gesprochen. Schon die eine oder andere Bemerkung ließ darauf schließen, dass die NSDAP hier, hätte sie denn kandidiert, auf ähnlich gute Ergebnisse hoffen durfte wie bei den Wahlen 1938.

Also hieß es Schweigen, wenn wir auf unseren Besuchen zur Reparatur des Opels oder eines anderen Autos bei Günthers Eltern auf dem Sofa saßen und warteten, dass die Kiste fertig wurde. Schweigen schien gleichwohl die ortsübliche Form der Kommunikation zu sein, und so galten wir als nette Jungs und bekamen von Günthers Mutter reichlich Kaffee eingeschenkt und Günthers Vater schlug voller Begeisterung auf unsere Schultern, wenn er uns sah, wobei es einem medizinischen Wunder gleichkam, dass dabei Schulterblattfrakturen vermieden werden konnten. Unser Ohrenschmalz wurde ranzig von Heino und Heintje, die uns aus einem fettverschmierten Kassettenrekorder folterten, mit dem sie normalerweise Pommes frittierten, wie Kraschno vermutete, und das otogene Elend wurde auch nicht gelindert, wenn die beiden Sangesbarden durch Truck Stop ersetzt wurden, die allzu gerne Dave Dudley, Hank Snow und Charly Pride auf AFN gehört hätten.

American Forces Network

Wir waren dann tief im Sofa eingesunken, nett eingerahmt von einer Unzahl selbst bestickter Kissen, und unsere Lage verbesserte sich auch nicht durch das Abschlabbern, welches uns riesige, aber natürlich ganz liebe Hunde angedeihen ließen, die etwa von der Größe mittlerer Maultiere waren und in der Wohnstube ein- und ausgingen.

Und wenn es an der Zeit war, dass die *Bild*-Zeitung, *Wild und Hund* und *Die Wochenend* beiseitegeschoben wurden und die Teller auf den Tisch kamen, durften wir, nein, mussten wir ordentlich zulangen. Verweigerung von Nahrungsaufnahme wurde als schwerste Beleidigung gewertet und wir wollten lieber nicht wissen, was als Strafmaßnahme gedroht hätte. Leider galt Ähnliches auch für den Genuss alkoholischer Getränke. Eines der Resultate des Alkoholgenusses war dann folgerichtig der Verlust der Fahrtüchtigkeit, was die Ortsansässigen grundsätzlich nicht zu kümmern schien, uns aber wiederholt zu später Stunde eine Nacht bei Günther verbringen ließ. Regelmäßig gesellten sich dann noch Geschwister und Freunde dazu, wobei sich letztere alle auf unerklärliche Art ziemlich ähnlich sahen. Man trank Bier und dazu Korn in jedweder Kombination, die Frauen eher Persico oder Eierlikör-Cola. Und sie tranken viel und ohne Angst vor morgen.

Richtig unterhaltsam wurde es, wenn Opa Hermann auf der Bühne erschien. Er führte grundsätzlich eine ehemals weiße Meerschaumpfeife im Munde, deren Kopf in der Form eines bärtigen Mannes gehalten war. Er sprach von ihr liebevoll als seiner Pipe und fütterte das Gerät unentwegt mit billigstem Zigarettentabak. Solchermaßen unter Dampf prophezeite er den roten Lümmeln in Bonn ein baldiges und schreckliches Ende. Rettung käme in Kürze aus Neuschwabenland. Dort, tief unter dem ewigen Eis der Antarktis, wären noch einige Getreue und Aufrechte verblieben, die bald aus dem 15.000 km entfernten Geheimstützpunkt zurück nach Deutschland kämen und erst den Vaterlandsverräter Frahm (offensichtlich hatte ihm niemand erzählt, dass Willy Brandt schon viele Jahre nicht mehr Bundeskanzler war) zum Teufel schicken und dann den ganzen Saustall hier ausmisten würden. Meist wurde Opa Hermann nach solchen Ausfällen von Günthers Vater mit den Worten: »Ja, ja, Vatern, ist ja gut«, auf sein Zimmer geschickt. Manchmal gelang es uns aber, ihm weitere Details zu entlocken. Und so erfuhren wir, dass Otto Wermuth und Heinz Schäfer mit ihren U-Booten U 530 und U 977 im

Sommer 1945 noch einige Führungskräfte, Techniker und SS-Eliten nach Neuschwabenland auf eine zuvor über Jahre vorbereitete große unterirdische Basis gebracht hatten, auf der sie an der glorreichen Wiederkehr des Reiches werkelten. Nachfragen, warum sie denn nun schon über 30 Jahre mit ihrer Rückkehr warteten und ob sie vielleicht alle bereits tiefgefroren wären, wurden überhört. Opa Hermann versicherte uns, seine Informationen stammten aus besten Quellen. Ein Kumpel von ihm, den er, bevor sie ihn hier eingesperrt haben, wie er meinte, regelmäßig in Hamburg auf dem Kiez traf, wäre schon unter Kapitänleutnant Lange an Bord der U 530 gewesen und dort bis zum Ende in Mar del Plata geblieben. Und überhaupt: B-211 sei eine unbestreitbare Realität. Auf Kraschnos Bemerkung, das wäre doch diese Katastrophenstraße bei Brake, wurden wir zurechtgewiesen, wir sollten statt zu zweifeln uns besser überlegen, was wir in Zukunft zur Sache beitragen könnten. Denn Bonn wäre ja nur der Anfang. Danach ginge es dann endlich wieder gegen den Iwan, wie er uns voller Begeisterung verkündete, bevor Wilhelm ihn wieder in seinem Zimmer einschloss: »So, Vatern, nu is genug gesponnen.«

Mittlerweile rasten wir mit unverminderter Geschwindigkeit auf das Walsroder Dreieck zu, wo wir uns auf die A7 einfädelten. Der Kassettenrecorder schwieg, der Nieselregen hatte ein wenig nachgelassen, dafür wurde der Verkehr nun dichter. Kraschno schaute noch ein wenig böser auf die Fahrbahn, wenn sich nun ein LKW oder irgendein Sonntagsfahrer vor ihn auf die linke Spur schob und ihn dazu nötigte, den Fuß vom Gaspedal zu nehmen oder, schlimmer noch, womöglich zwang, die Bremse zu benutzen. Der Scheibenwischer klackte den immer gleichen Takt: schschschwapptack, schschschwapptack. Ich fuhr als unbeteiligter Passagier einer kommenden Zeit entgegen, der ich jämmerliche Beliebigkeit unterstellte. Stagnation und Fäulnis. Meine Gedanken wanderten zu meiner Großmutter. Wie unbändig hatte ich sie als Kind geliebt. Ich erinnerte mich an einen kleinen Zettel, den ich wie einen Schatz hütete und vor meinen Eltern verbarg, auf

dem ich mir nach ausgiebigem Studium des *Amtlichen Kursbuches der Deutschen Bundesbahn*, welches ich in der lokalen Stadtteilbücherei einsehen konnte, alle Zugverbindungen, die täglich von Bremen in ihren Wohnort führten, notiert hatte. Alle Eil- und D-Züge waren aufgelistet, ebenso die zwei Fernschnellzüge, die beide Städte miteinander verbanden. Das Stückchen Papier war meine Rückversicherung, dass ich theoretisch, wenn ich es zu Hause nicht mehr ertrug, jederzeit zu ihr fliehen konnte. Das Geld für eine Fahrkarte hatte ich immer in der hintersten Ecke meines kleinen Schreibtisches versteckt. Ich kannte schon mit sieben oder acht Jahren den genauen Fahrpreis und wusste, dass D-Züge zwei Mark Zuschlag kosteten, Fernschnellzüge vier. Kinder bis zum vollendeten zehnten Lebensjahr zahlten die Hälfte. Fernschnellzüge übten damals eine große Faszination auf mich aus. Zum einen sicherlich, weil ich noch nie mit einem gefahren war, zum anderen symbolisierten sie für mich Freiheit. Die Freiheit, schnell überall hinzufahren, wohin man auch nur wollte. Darüber hinaus wusste ich, dass Fernschnellzüge Schreibabteile besaßen, aus denen heraus man aus dem fahrenden Zug telefonieren oder angerufen werden konnte. Das fand ich alles enorm aufregend.
Die Gedanken wanderten weiter zu meiner verflossenen Freundin und zu der Erinnerung, wie glücklich, zumindest schien es mir so, wir noch im Sommer gewesen waren, und wie unendlich weh es tun muss, alle und alles für immer verlassen zu müssen, obwohl man nicht will, und wie weh es mir tat, dass beide mich verlassen hatten. Was sollte nun werden? Aktion würde auf Aktion folgen und ich würde mich ewig leer fühlen. Eine böse November-Depression kam in mir hoch und ein Tsunami von Selbstmitleid überrollte mich. In mir spielte schon seit dem Erwachen *Me and Bobby McGee* von Janis Joplin, der einzigen, die wirklich gefühlt hatte, was sie sang, und die nicht nur trällerte. Jede Zeile, jedes Wort des Songs hallte wider und wider in meinem Kopf, in meinem Herzen, in meiner Seele. Das Lied lief beständig in meinem Sein, wie in einem Film Hintergrundmusik läuft. Musik spielte immer in mir. Arbeiterlieder, trotzig voll von Widerstand, gaben Stärke,

Mut und Zuversicht. Rock'n'Roll gab Kraft und Energie, ließ die Wut raus, den Hass. Balladen für die Emotionen, zum Heulen, für die Trauer. Immer. Immer wieder.
Um einen peinlichen Anfall von Larmoyanz, der mich zu beherrschen drohte, zu beenden, sang ich aus voller Brust über Freiheit und Bobby McGee, wobei in meiner Vorstellungswelt Bobby weiblich war.
Kraschno schaute mich mit weit aufgerissenen Augen an und stellte eilig das Autoradio an, vermutlich, um sich vor einem weiteren A-cappella-Anfall zu schützen. Gut, ich kann wirklich nicht singen.

»NDR 2 wegen des Verkehrsfunks«, sagte er. Dank der Gesangseinlage ging es mir schon wieder besser, und dass NDR 2 gerade die Schmalzstulle *Tie a Yellow Ribbon Round the Ole Oak Tree* spielte, brachte mich endgültig zur Räson. Die Schnulze schlug mein Stimmungstief in die Flucht. Sehnsüchtig wartete ich nun auf die Verkehrsnachrichten als rationales Antidot, die dann, als wir das Autobahnkreuz Hannover-Ost erreichten und auf die A2 wechselten, endlich gesendet wurden. Zwischen Lehrte-Ost und Peine sollte es aufgrund eines Unfalls bei Hämelerwald einen Stau geben. Kraschno stöhnte genervt auf. NDR 2 ließ nichts anbrennen und legte stimmungsmäßig gleich mit Peter Maffays *So bist du* nach. Nun war ich es, der dem Kassettenrecorder wieder den Vorzug gab. Es dauerte nicht lange und wir fuhren auf das Stauende auf, was Kraschno die Gelegenheit gab, sich intensiver nach der morgigen Aktion zu erkundigen, bei der er der Fahrer sein sollte. Ich setzte ihm den Sachverhalt auseinander, wobei wir über mögliche Risiken und Schwachstellen diskutierten. Kraschno interessierte sich insbesondere für die Grenzübergänge nach Ostberlin, wobei aufgrund des vorgesehenen Zielgebietes nur Checkpoint Charlie und der Übergang Heinrich-Heine-Straße von Belang waren. Kraschno faszinierte, seit wir neulich Meier II (gesprochen: Meier Zwo) kennengelernt hatten, oder er uns, die Idee, bei einer fetten Aktion in Westberlin mit einem überraschenden Abgang in den Ostteil der Stadt die Bullen richtig schön blöd aussehen zu lassen. »Genossen«, hatte Meier II bei unserem Treffen an einem kleinen netten See irgendwo bei Fürstenwalde zum Abschied gesagt, »Genossen, wenn es einmal brenzlig wird, auf uns könnt ihr immer zählen!« Ich war da eher skeptisch und traute Meier II und seinen Mannen nicht über den Weg. Ich war davon überzeugt, dass sie ihr eigenes Spiel spielten, bei dem wir bestimmt nicht gewinnen sollten. Einem Revi, noch dazu so einer Art revisionistischem Geheimdienstbullen, war prinzipiell jedwede Schweinerei zuzutrauen. Seit unserem Abschied von der Welt der K-Gruppen brauchten wir zwar auf ideologische Feinheiten, wie die Feindschaft zu Revisionisten und Sozialimperialisten, nicht mehr allzu penibel zu achten, stand schließlich der Kampf gegen den US-Imperialismus und seine Derivate in all seinen Facetten ganz allgemein wieder mehr im Zentrum unseres Handelns, doch alte Wunden und Schismen waren noch lange nicht verheilt und die Folgen des 20. Parteitages hatten ihre Spuren in der Welt hinterlassen. Ich versuchte, Kraschnos Euphorie zu bremsen und ihm klar zu machen, dass weder die Genossen, für die wir am nächsten Tag im Einsatz sein würden, noch Meier II und seine Kapelle sonderlich begeistert sein dürften, wenn wir einen unangekündigten Besuch im anderen Teil der Stadt veranstalten würden. Außerdem informierte ich ihn über die aktuelle Nachrichtenlage. Erst gestern hatten die Westberliner Bullen von ihrer Seite aus die Übergänge in die DDR kontrolliert. Laut Presseberichten waren sie auf der Jagd nach arabischen Terroristen und Genossen des 2. Juni. Was auch immer sie umtrieb, sie waren nervös und die Lage an den Übergängen war derzeit unberechenbar. Kraschno zeigte sich einsichtig und es blieb bei einer allgemeinen Festlegung, dass wir die Möglichkeit eines eleganten Abgangs in den Arbeiter- und Bauernstaat für den nächsten Tag, aber auch generell, nur als allerletzten Rettungsanker in Erwägung ziehen würden. Option Notausstieg hieß diese Eventualität von nun an bei uns.

Nachdem wir die Unfallstelle passiert hatten, löste sich der Stau auf und Kraschno konnte den Motor bis Helmstedt noch einmal fordern.

4

Der Aufbau geht
so schnell voran,
dass keine Lüge
folgen kann.

Plakattext zum Fünfjahresplan
in der DDR, 1952.

INTERMEZZO INTERSHOP

Bei der üblichen, nicht enden wollenden Warterei während der Abfertigungsprozeduren beider Deutschlands, dachte ich nur kurz an den Gasrevolver im Handschuhfach. Er diente nicht etwa der allgemeinen Volksbewaffnung zur Vorbereitung des ersehnten revolutionären Umsturzes, sondern war Kraschnos unverzichtbares Hilfsinstrument zur Regelung von Meinungsverschiedenheiten im Straßenverkehr. Diverse Versuche, ihn von dieser Unart abzubringen, waren gescheitert.

»Waffen, Munition, Funkgeräte«, war die übliche erste Frage eines Angehörigen der Grenztruppen der DDR, nachdem wir Helmstedt hinter uns gelassen hatten und die GÜSt Marienborn an der Reihe war. Dumme Sprüche wie ›Was haben Sie denn im Angebot?‹ oder ›Danke, wir kaufen nichts‹ sollte man sich besser sparen, denn deutsche Männer in Uniform garantierten Ost wie West eine humorfreie Zone. Als Kraschno die Fensterscheibe wieder hochgekurbelt hatte, sagte er lakonisch: »Sollten sie uns zur Verfügung stellen, dann müssen wir nicht immer alles selber organisieren.«

Dann krochen wir mit 100 Stundenkilometern über die Autobahn bis zur Transitraststätte Magdeburger Börde, kurz vor der Stadt an der Elbe, wo wir regelmäßig auf unseren Fahrten nach Westberlin eine ausgedehnte Rast einlegten. So auch heute. Als wir, mit Pässen, Transitvisa und Fahrzeugschein versehen, den Wagen verließen, nahmen wir sogleich diesen typischen Geruch aus Braunkohlenofenrauch, Zweitaktmotorabgasen und Kohlausdünstungen aus HO-Küchen wahr, wie ihn nur so ein Ort bieten konnte. Wir begaben uns in die Gaststätte und setzten uns in den gesonderten Bereich für die Berufskraftfahrer. Da hatten wir als normale Transitreisende BRD-Bürger zwar nichts zu suchen, aber wir waren als Dauerkunden bekannt und wegen unserer großzügigen Trinkgelder gerne gesehen. Auf einen Blick in die Speisekarte konnten wir verzichten. Wir wussten, was wir wollten: Nach der reichhaltigen Soljanka nahmen wir das Ungarische Gulasch mit

Apfelrotkohl und Klößen, dazu einen Apfelsaft. Danach gönnten wir uns ein Kännchen Bohnenkaffee, gefiltert. Der war zwar ziemlich mau, dafür, wie alles andere auch, kostengünstig. Die Zone, wie die Reaktion die DDR gerne diffamierend titulierte, stürzte ja angeblich von einer Hungersnot in die nächste; hätten wir immer so gefuttert wie hier, wären wir schon früh fett geworden. Während christlich-revanchistische Wühler und Pfaffenbengel druckfrische Ausgaben *Neues Testament* auf der Toilette an bibeltreue Christen der DDR übergaben (und dabei vom Schild und Schwert der Partei nicht erwischt wurden) und Genossen der KPD/ML neueste Ausgaben *Roter Morgen*, Ausgabe Sektion DDR, auf der gleichen Toilette vergaßen (und erwischt wurden), spielten wir mit zwei Truckern aus Herne eine schnelle Runde Bock-Ramsch um einen Fünfer pro Mann. Die Trucker gewannen.

Kommunistische Partei Deutschlands / Marxisten-Leninisten

Next stop: Intershop! Dieser Einzelhandelsladen war ein Teil der Intershop-Geschäfte, die vornehmlich an Grenzübergangsstellen, Rastplätzen der Transitstrecken und Flug- und Fährhäfen der DDR lagen und ein bizarres Konstrukt der internationalen Geschäftswelt darstellten. Man verkaufte hier vornehmlich Waren (Zigaretten, Schnaps, technische Geräte usw.), die in der DDR für den Westen produziert worden waren, gegen Westgeld zu Preisen, die weit unter den üblichen Ladenpreisen des Westens lagen, an Leute, die diese in den Westen mitnahmen und dort konsumierten. Mit Ostgeld konnte man in diesen Geschäften nicht einkaufen, wohl aber bis vor kurzem mit Westgeld, das die DDR über diese Läden abschöpfen konnte. Neuerdings musste man als Bewohner der DDR das Westgeld zuvor in so genannte Forumschecks eintauschen. Eine Forumscheck-Mark entsprach einer Mark Westgeld. Mit der Forumscheck-Mark konnte man nun wieder in den Intershops einkaufen. Alles verstanden?

Wir holten aus dem Intershop zwei Stangen Zigaretten sowie ein paar Flaschen Krim-Sekt und polnischen Wodka. Anschließend ging es zurück zum Wagen, um an den Zapfsäulen der Intertank-Tankstelle neuen Sprit für den Ascona zu bunkern. Intertank war der Intershop für Kraftstoffe. Hier zu tanken war nicht ganz unumstritten. Die Kalten Krieger wetterten, dass man mit einem Besuch einer Intertank-Tankstelle Mauer und Stacheldraht finanzieren würde, die Automobil-Puristen, und die waren in diesem Fall eindeutig in der Mehrheit, bezweifelten die Qualität und Reinheit des Ost-Benzins und befürchteten schwere Schäden für die sensiblen West-Motoren. Kraschno schien diese Bedenken nicht zu teilen.

»Ist denn dieser Scheiß-Tank wirklich schon wieder leer? Bist du sicher, dass er kein Loch hat?«, mokierte ich mich über den exorbitanten Kraftstoffverbrauch von Kraschnos Liebling.

»Leistung braucht jede Menge Saft und Kraft. Das ist wie beim Menschen«, meinte Kraschno und setzte einen seiner Opel-Sprüche hinterher: »Und mit jedem Kilometer wächst die Freundschaft!«

»Ja, und das Loch im Portemonnaie.«

Nach einem ergiebigen Aufenthalt an diesem besonderen Ort deutsch-deutscher Begegnungen wartete Kraschno, bis ihn ein Daimler mit dem großen B auf dem Kennzeichen mit 160 km/h überholte, um uns, im gebührenden Abstand, an ihn ranzuhängen. Einerseits, um die Strecke schnell hinter uns zu bringen, andererseits, um im Falle eines Devisen beschaffenden Radargerätes rechtzeitig auf die Bremse zu latschen und eine Menge Geld zu sparen. Und einen Schwall gut gemeinter Zurechtweisungen. Das klappte wie immer ausgezeichnet.

Während dieser Pseudo-Verfolgungsjagd, einholen ohne zu überholen, hing ich meinen Gedanken nach, die nun endlich etwas klarer zu mir sprachen. Konnte es sein, dass das Betrachten einiger Fotos, neulich abends bei meinem Kumpel Benny, von einer Frau, die schon lange in meinem Leben war, ohne auch nur die kleinste Rolle darin zu spielen, dass das Betrachten dieser schlechten Aufnahmen von längst vergangenen Gruppenfahrten, unscharf, die Farben schon ein wenig verblichen, sie vor einem Reisebus stehend, auf einer anderen Aufnahme ein Eis schleckend, bei mir plötzlich, wie von Geisterhand, eine Sehnsucht nach Nähe, nach Kontakt, aufkommen ließen? Was waren

das für seltsame Gefühle? Wo kamen die plötzlich her? Alles nur Biochemie! Aber warum jetzt? Und wieso gab es dazu Wärmeattacken im Bauch? Peristaltische Kontraktionen? Kann man sich, aufgrund solcher alten Bilder an einem typischen Zeittotschlagabend mit Musikhören, Quatschen und Flaschenbier in Bennys winzigem, mit Holz vertäfeltem Zimmerchen unter dem Dach, verlieben? Wer war sie eigentlich, wie ist sie eigentlich? Trotz der vielen gemeinsamen Jahre wusste ich nicht viel von ihr. Aber als ich sie vorletzte Woche kurz bei einem Besuch in einer befreundeten WG sah (auch sie war dort auf einen Kaffee hereingeschneit), wusste ich, dass ich total verknallt war. Und letzte Woche Donnerstag, kurz bevor ich zur Nachtschicht aufbrach, nahm ich allen Mut zusammen, ging in eine Telefonzelle, rief sie in ihrer WG an und gratulierte ihr zum Geburtstag. Das hatte ich noch nie gemacht. Zu meiner freudigen Verwunderung nahm sie den Anruf scheinbar positiv auf. Frisches Wasser auf meine Mühlen. Ich wusste auch, dass demnächst eine Silvesterparty anstand. Ein gigantischer Blödsinn, zu feiern, dass das eine Scheißjahr das nächste Scheißjahr ablösen würde. Verschlimmernd kam hinzu, dass ein neues Jahrzehnt in Angriff genommen werden sollte. Aber egal, sie würde vermutlich auch dort sein und ich begann mich darauf einzustellen, als Gast meine Magenirritationen genauer zu überprüfen.
Kraschno erlöste endlich Marius Müller-Westernhagen, nachdem der sich zum fünften Mal lobend über seinen guten Freund *Johnny Walker* geäußert hatte, und fummelte am Radio herum, bis er die Frequenz von BFBS gefunden hatte. Begleitet von den aktuellen Top Twenty der britischen Popmusik und dem letzten bisschen Tageslicht fuhren wir an das Ende des nächsten Staus heran. Wir hatten beinahe die GÜSt Drewitz erreicht. Nun hieß es, sich abermals in eine Autoschlange zur nächsten Runde der Kontrolle unserer Transitvisa und Pässe einzureihen. Kraschno nörgelte ein wenig herum:

British Forces
Broadcasting Service

»Mann ey, so langsam hab ich die Schnauze voll. Ich würd jetzt gern endlich mal da sein.«

»Ja, geht mir auch so. Je nachdem wie das Abfertigungstempo heute ist, denke ich, dass wir in einer guten Stunde aus der Kiste rauskommen müssten.«

»Na, hoffentlich.«

Mit dem Verschwinden des letzten Restes an Tageslicht beschlich mich wieder eine unerfreuliche Melancholie. Ich dachte wieder einmal an meine Großmutter. Ließ ich gewöhnlich keinen Zweifel über meine politische Gesinnung aufkommen, konnte ich ihren ausgiebigen Schwärmereien für den Kaiser, sie hatte ihn mehrfach bei Paraden auf den Straßen Berlins gesehen, immer relativ aggressionsfrei zuhören. Zeitgleich wurde gerne ausgiebig geklagt. Stets aufs Neue wurde der Verlust ihrer drei Brüder thematisiert, die im Ersten Weltkrieg irgendwo auf den zahlreichen Schlachtfeldern grab- und erinnerungslos gefallen waren, ohne auch nur einmal darüber zu reflektieren, ob nicht gerade der Kaiser und sein militaristisch-nationalistisches Unterstützerpack das große Morden des Ersten Weltkrieges mit zu verantworten hatten. *Heil Dir im Siegerkranz* schien kritischen Geist für immer vertrieben zu haben:

Heilige Flamme, glüh,
glüh und erlösche nie
fürs Vaterland!
Wir alle stehen dann
mutig für einen Mann,
kämpfen und bluten gern
für Thron und Reich!

Klagen über ökonomische Verluste nahmen in den Litaneien ebenfalls großen Raum ein. Ihre Eltern waren strikt dem patriotischen Umtausch von Schmuck und Gold gegen wertlosen Tand aus Eisen unter dem schönen Motto ›Gold gab ich zur Wehr, Eisen nahm ich zur Ehr‹ gefolgt. Die Erträge dieser höchst lukrativen Transaktionen füllten die Kriegsschatulle der Herrschenden.

Diese mehr oder weniger freiwilligen Verluste beschleunigten den sozialen Abstieg wohlhabender Großbürger, der sich mit den sozialen und politischen Umwälzungen im Nachgang des Ersten Weltkrieges ohnehin vollzog. Wenn dann das Thema auch noch auf Adolf kam, dem sie es vor allem verübelte, dass er den Krieg, wenn er ihn schon begonnen, dann auch noch verloren hatte, wurde es schwieriger, ruhig zu bleiben. Schon der zweite verlorene Krieg in ihrem Leben, wie sie greinte. Und über die Russen, wie sie abschätzig von der Roten Armee der Sowjetunion sprach, und deren Verhaltensweisen 1945 wurde ebenso stundenlang ohne den geringsten Anflug von Nachdenken oder kritischem Rückblick lamentiert. Jeder andere, der dergleichen Dinge erzählt hätte, wäre von mir in der Luft zerrissen worden, nur bei ihr blieb ich halbwegs entspannt. Andererseits konnte dieser Wilhelm-II-Groupie sich meine mehr oder minder heimliche Bewunderung für Ulrike, Gudrun, Andreas und deren konsequenten Weg ohne einen Anflug von Empörung anhören. Das war in jenen Zeiten etwas Besonderes. Vielleicht verstand sie auch nicht, um was es ging?

Als wir dann nach weiteren Wartereien tatsächlich endlich den Kontrollpunkt Drei Linden und Checkpoint Bravo im amerikanischen Sektor hinter uns lassen konnten und in die selbstständige politische Einheit Westberlin einfuhren, war es wie immer. Angekommen in der eingeschlossenen Mauerstadt, atmeten wir den Duft der Freiheit Westberlins. Wir waren, wo wir sein wollten! In der Stadt mit Bewegung und Aufruhr, mit Widerstand und Aktion. Durch eine fette Mauer und 180 km Feindesland geschützt vor den spießigen Ermahnungen unserer Reihenhauseltern, die uns in Drogensucht oder Terrorismus oder beidem gleichzeitig versinken sahen. Und mit Aussicht auf eine nette Zeit. Kraschno und der Opel gaben noch einmal alles, als wir am Funkturm und dem ICC vorbeirasten. Als wir Schöneberg erreicht hatten, kurvten wir im Kiez durch das Straßengeviert rund um unsere Stammkneipe herum, um nach einem freien Parkplatz Ausschau zu halten.

Das Café Jonas war erst vor einem Jahr Anfang Mai eröffnet worden. Es war benannt nach dem Film *Jonas, der im Jahr 2000 25 Jahre alt sein wird*, welcher vom Schweizer Alain Tanner produziert worden war und besonders von Ökos geschätzt wurde. Die Eröffnung war ein Ereignis, von dem ich vor allem den Ausschank angeblich selbstgemachten Apfelkorns in Erinnerung hatte. Der rasche Erfolg dieses Ladens war schwer zu erklären. Eigentlich wirkte er wie eine dunkle Höhle mit seiner lichtschluckenden Wandverkleidung aus dunkelbraunen unbehandelten Holzbrettern. Die Einrichtung stammte größtenteils vom Sperrmüll, das Personal des Kneipenkollektivs bestand aus blutigen Amateuren, deren Karrieren bislang eher vor dem Tresen stattgefunden hatten. Das galt auch für die zum Teil mitarbeitenden Besitzer des Lokals, die es trotz Kollektivgefasels ganz basiskapitalistisch in Form einer vierköpfigen GbR auch gab. Der Namenszusatz ›Café‹ war auch nicht recht zu deuten, war aber vermutlich dem Umstand zu verdanken, dass der Schuppen ab neun Uhr morgens für Frühstücksgäste öffnete. Nicht selten waren da allerdings noch die letzten Gäste des Vorabends zugegen. Die Berliner Schwindelplörre, die hier aus dem Hahn lief, wenn sie nicht heimlich gegen Fässer billigerer Anbieter ausgetauscht wurde, konnte einem auch nicht die Attraktivität des Lokals erklären. Ebenso bot die Lage des Café Jonas keinen Hinweis darauf, warum es hier jeden Abend knallvoll war und einige Besucher sogar aus weit entfernten Bezirken Westberlins anreisten. Es lag eher versteckt am Ende der im Lokaljargon *›Kleinen Naumannstraße‹* genannten Einbahnstraße auf der verkehrstechnisch schlecht erschlossenen sogenannten Schöneberger Insel, die von drei Bahnlinien, der Potsdamer Bahn, der Anhalter Bahn und der Ringbahn, eingerahmt und umschlossen und nur über Brücken erreichbar ist. Früher nannte man diese Gegend die ›Rote Insel‹, was nicht zuletzt der Tatsache geschuldet war, dass die Bewohner mehrheitlich Anhänger der KPD oder SPD waren. Die Nazis und ihre würdigen Nachfolger, die den Kapitalismus in den Westzonen nach dem Zusammenbruch

Kommunistische Partei Deutschlands

restaurierten, hatten es zu einem historischen Begriff werden lassen. Von dem Rot war nicht viel geblieben, bis auf die roten Rüben der Bluthochdrucksäufer in den zahlreichen Eckkneipen.
Das Jonas war eine Eckkneipe in der eigentlichen Bedeutung des Wortes. In den Räumen war früher die Postfiliale des Kiezes untergebracht, wovon an der kleinen Kreuzung mit der Brunhildstraße noch zwei Telefonhäuschen und ein Briefkasten Zeugnis gaben. Eigentlich hätte es dieses alles nicht mehr geben sollen. Der Gesamtbauplan für die Reichshauptstadt von Albert Speer sah für diese Gegend den völligen Abriss vor. Dann hätten wir heute an der Rückseite der Gebäudeungeheuer der gigantischen Nord-Süd-Achse der Welthauptstadt Germania geparkt.
Es regnete immer noch, als wir den schmuddeligen braunen Vorhang, der zum Schutz vor winterlicher Kälte den Eingang bewachte, beiseite schoben. Wir waren da.
Ein paar Gäste waren es schon, die, obgleich erst später Nachmittag oder früher Abend, je nach subjektiver Interpretation, bei elektrischem Licht Zeitung lasen und Kaffee oder Rotwein tranken.

»Freddie, zwei Pils auf die geglückte Heimkehr!«, orderten wir beim Wirt, der schon die zahlreichen Kerzen auf den Tischen und am Tresen entzündete, um den gemütlichen Teil des Tages einzuläuten. Kraschno zog die schwarzen Lederhandschuhe aus, die er während der ganzen Fahrt anbehalten hatte, und schob sich die letzte Lux aus der Packung in den Mund. Der Abend konnte beginnen.

5

Ich glaube, die Ruthe ist [...]
für Denjenigen, der schöne
Menschen bilden will,
der beste Meißel.

Johann Georg Kohl (1808-1878),
Bremer Stadtbibliothekar.

KINNER MIT'N WILLEN KRIEGT WAT VÖR DE BILLEN

Wenige Stunden später war der Laden brechend voll. Wir standen noch immer am Tresen. Um uns herum war es eng geworden. Alle Tische waren besetzt, der Flipperautomat und der Billardtisch umlagert. Es war eine bunte Mischung aus Studenten und Malochern aus Berlin und allen Ecken und Provinzen Deutschlands, Anhängern jeder nur vorstellbaren politischen Gruppe, Unpolitischen, Bundeswehrflüchtlingen, orange gekleideten Sannyasins von Bhagwans Gnaden, AAO-Glatzen, Nachbarn, Säufern, vermeintlichen Künstlern und Dichtern neben Anwälten und überzeugten Taxifahrern, dieses zuweilen sogar in einer einzigen Person vereint. Die Gespräche schwappten hin und her. Scharfe ideologische Diskussionen, gespickt mit schweren Vorwürfen von Links- und Rechtsopportunismus, Revisionismus und anderer Todsünden, Kieztratsch, Bundesliga-Fachsimpeleien, aufarbeitende Beziehungsgespräche neben heftigen Anbandelungsversuchen, semiintellektuelle Seminaristenprahlereien, Sozialarbeitergeseiere, Geschichten aus der alten westdeutschen Heimat, Kochrezepte, aufgebauschte Berichte über Transit-Erlebnisse direkt aus der Hexenküche des Kalten Krieges, Urlaubserinnerungen an 1 Berlin-Kreta oder schlicht nur belanglose Blödeleien. Wir entschieden uns für das letztere Thema. Die Lila-Latzhosen-Fraktion, die uns Oberschwätzern am Tresen böse Blicke zuwarf, war auch schon da. Immerhin! Auch Verachtung ist eine Form von Aufmerksamkeit.

Aktionsanalytische Organisation

Zwei Gäste schafften es, in aller Ruhe und Konzentration Schach zu spielen, während Fluchthelfer-Rolf seinen Auftritt hatte. Auch der ›Schöne Günter‹ und der nicht minder schöne Sozialarbeiter-Winfried liefen ein, um sich ihre vielbeachteten Billard-Duelle zu liefern. Sie sahen aus, als hätten sie Anfang des ausgehenden Jahrzehnts in einem mehr oder minder bekannten dänischen Pornostreifen eine handlungsrelevante Rolle gespielt. Damals herrschten noch die guten alten Zeiten, als Aids noch nicht erfunden war und auf der Kneipentoilette kein obligatorischer Kondomautomat hing, sondern nur dumme Sprüche standen, von denen einer es im März des Jahres sogar bis in die Montags-Bild, also den *Spiegel* geschafft hatte: ›Die Schweine von heute sind die Schinken von morgen‹. Ein Spruch, der epochenübergreifend durch seine allgemeine Validität überzeugt.

Die Luft war verraucht und das Bier floss wasserfallartig aus den Zapfhähnen. Das Kneipenkollektiv funktionierte erstaunlich gut. Bedient zu werden war eine Gnade und Trinkgelder eigentlich eine Frechheit, was nicht bedeutete, dass sie nicht gerne genommen wurden und schwäbisch-studentische Knauserigkeit geschätzt wurde. Man verstand sich nicht als gewöhnliche Bedienung – was für ein erniedrigendes Wort – oder Servierkraft, sondern als Teil eines Kollektivs! Getränke bekam man als Gast nicht in erster Linie aufgrund von Zahlungskraft, sondern aufgrund von sozialer Akzeptanz. Diese hatten wir, Gott sei Dank, in ausreichendem Maße.

Die Lautsprecherboxen dröhnten Jackson Browne, David Bowie und die *Rocky Horror Picture Show*. Die Welt da draußen war nur noch eine blasse Erinnerung an böse Zeiten und versank allmählich in der hereinbrechenden Nacht. Hinten, in der Ecke mit den verschlissenen Sofas, kreisten die ersten Joints. Auch wir waren schon ein wenig angeduselt, als die Genossen vom Freien Radio zu uns stießen. Wir hatten verabredet, sie zu unterstützen. Wir sollten am nächsten Abend ihre kleine UKW-Sendestation durch Westberlin karren, mit der sie wieder auf Sendung gehen wollten. Der Sender musste dafür durch Kreuzberg 36, ihrer Hochburg und Heimat ihrer Hörerschaft, gefahren werden. Wir gingen mit Leni, Fritz und Trude vor die Tür in den beschissenen Novemberregen und besprachen die Details.

Zum Hintergrund ist zu bemerken, dass die Genossen vom Freien Radio normalerweise ihre auf Kassette vorproduzierten Sendungen über einen Sender und ein Abspielgerät zu Gehör brachten, welche irgendwo deponiert wurden und ihr Werk sozusagen ohne Personal verrichteten. Bullen und Post, die mit ihren Peilwagen die Sender suchten, konnten so bestenfalls die Technik einkassieren, aber nicht die Macher. Die Sache hatte nur zwei große Nachteile: Zum einen war im Falle der erfolgreichen Peilung die ganze

schöne Anlage futsch, was abgesehen von der Spurenfrage auch immer knapp 1.000 Mark Verlust bedeutete. Zum anderen mussten sich stationäre Sender genau aus diesen Gründen mit einer sehr kurzen Sendezeit begnügen, und alles war natürlich Konserve und nicht live, wodurch der Stolz unserer Radiopiraten doch arg verletzt wurde. Daher waren sie kürzlich auf einen mobilen Sender umgestiegen, was aber auch das Risiko erhöhte. Kraschno und Fritz diskutierten die technischen Probleme, von denen ich rein gar nichts begriff. Kraschno dagegen hatte schon in Bremen praktische Erfahrung mit Piratensendern gesammelt und als gelernter Nachrichten- und Geräteelektroniker und gelegentlicher Student der Elektrotechnik war er Experte. Ich, als Geistes- und Sozialwissenschaftler neuester Prägung, von vielen Dingen einen leidlichen Schimmer und von nichts wirklich Ahnung, war eher für die Requisite und Dramaturgie zuständig. Ich bestand auf korrekter bürgerlicher Kleidung für Trude und Fritz, die mit uns fahren sollten, um die Sendung zu schmeißen. Einige Fluchtszenarien wurden, für den Fall des Zugriffs der Bullen, durchgespielt, denn es sollten, wenn überhaupt, so wenige wie möglich einfahren, wobei die drei vor allem um ihr Equipment besorgt waren.
Nach der Besprechung der Choreographie wollte keiner der Hörfunker mehr mit ins Jonas kommen, es war ihnen zu bürgerlich. Echte Kreuzberger eben. Und so entschwanden sie im nun dichter werdenden Nebel. Schweinenass wieder in der Kneipe stehend, bemerkten wir, dass das Kneipenkollektiv gerade zu seiner garantiert viertelstündigen Pause angetreten war, die sich mehrmals am Abend wiederholte. Deshalb bekamen wir von Freddie erst einmal keinen Tequila mit Vitamin-C-Zuschlag, der uns augenblicklich einigermaßen mit unserem Zustand versöhnt hätte.

Wir waren alte Kommies und hatten uns durch K-Gruppen-Zeiten gequält, die gefühlte 25, in Wahrheit aber nur einige wenige, erhitzte Jahre in Anspruch genommen hatten, in denen die Zeit aber so verdichtet erschienen war, dass es zu dieser Diskrepanz bei der Einschätzung der realen Dauer kommen musste. Unter K-Gruppen muss man sich eine beträchtliche Anzahl von Zusammenschlüssen vorstellen, die alle beanspruchten DIE EINE KOMMUNISTISCHE Organisation, wenn nicht gar PARTEI, zu sein und sich alle links und im krassen Gegensatz zur revisionistischen DKP, hier in Westberlin der SEW, befanden, die die Moskauer- und DDR-Linie vertraten, während die K-Gruppen in unterschiedlichen Graden für die Peking-Linie standen. Oder für Albanien. Die Namen dieser Vereinigungen oder präziser gesagt die verwendeten Buchstabenkürzel bildeten für den Außenstehenden einen undurchschaubaren Dschungel. KBW, KB, KABD, KPD/ML, KPD waren diejenigen, die den meisten Zuspruch genossen. Diese waren aber nur die Kaderorganisationen. Zählte man die Bezeichnungen der Untergliederungen auf, die ungetrübt von den Realitäten ›Massenorganisationen‹ genannt wurden, ergab sich eine unübersichtliche Lage: KOB, KSB, KJB, SRK, GUV, KAJB, SSF, RL, KAG, KOV, KJD, KJKD, KHG, KSG, KSV, KJV, KSB/ML, RLB, VSK, GFA, RHD, RGO, Rote Garde, Liga gegen den Imperialismus und dergleichen mehr. Dies lässt zahlreiche Gruppierungen von lediglich lokaler Bedeutung und solche trotzkistischer, anarchistischer oder noch abenteuerlicherer politischer Orientierung außen vor.

Und womit hatten wir die letzten 25 Jahre unsere Zeit gefüllt?

Wir waren selbstverständlich Tag und Nacht auf den Beinen, um der Weltrevolution zum endgültigen Triumph zu verhelfen. Standen morgens, Stunden vor dem Aufwachen, vor Fabriktoren, verteilten Flugblätter und boten, zumeist im strömenden Regen, unsere Zeitungen zum Verkauf an, organisierten ungezählte Demonstrationen zu allen Fragen der Weltgeschichte, klebten Plakate, sprühten Parolen und nutzten überhaupt jede Gelegenheit, um Agitation und Propaganda zu betreiben. Ließen zermürbende, oft nächtelange Zellensitzungen und Stunden währende Schulungen über uns ergehen, allen voran, Karl Marx zur Ehre und als unabdingbare Grundlage für jeden echten Genossen: *Das Kapital. Kritik der politischen Ökonomie, Band 1–3*; aber natürlich auch Diamat-Histomat-Schulungen, die sich ausführlich mit dem historischen und dialektischen Materialismus beschäftigten, gerne Lenin mit *Was tun?* oder *Staat und Revolution.* Rauf und runter. In tristen Fußgängerzonen, deren Ödnis allein schon depressiv machte, wurden wir von hysterischen Kleinbürgern angepöbelt, geschlagen und bespuckt. Immer in das Korsett von Disziplin, Kritik und Selbstkritik eingespannt, bei dem eifrigen Bemühen, die Volksmassen von ihrem Elend zu befreien, das sie doch bis auf das Messer verteidigten, weil es ja das Einzige war, dessen sie sich sicher sein konnten. Jahrelang ›Hoch die …!‹, ›Auf zu …!‹, ›Weg mit …!‹, ›Vorwärts mit …!‹ und weiß der Henker was für eine Parole. Dazu das letzte Hemd für den Klassenkampf gegeben. Und das alles ohne wirkliche Resultate, ohne wirklichen Fortschritt. Wir waren noch keine alten Säcke, aber doch schon eine Ewigkeit dabei. Drecksbullen und andere Staatsbüttel hatten uns mittlerweile ähnlich häufig verprügelt wie unsere schlagfreudigen Väter, die für einen unauslöschlichen Eindruck einer glücklichen Kindheit gesorgt hatten. ›Kinner mit'n Willen kriegt wat vör de Billen‹ war ein populärer lokaler Euphemismus dieser Niedertracht. Unsere mutmaßlichen Erzeuger vollführten ihre Züchtigungen unter der mitleidlosen Anfeuerung und dem begeisterten Applaus unserer Mütter, die unfähig zu irgendeiner Empathie gegenüber irgendjemandem waren und gleichwohl bei dem Schlagerliedchen *Mama* des niederländischen Sangesjünglings Heintje oder, um auch die bildungsbürgerliche Variante zu bedienen, bei der *Mondscheinsonate* von Ludwig van Beethoven, natürlich interpretiert von Elly Ney, Bäche von Tränen vergießen konnten. Unsere Sammlung von Narben und anderen unschönen Erinnerungen war ins schier Unermessliche gewachsen. Dass wir nicht zu jeder Mahlzeit gefüttert werden mussten, glich einem Wunder, so oft waren Kleiderbügel oder andere für geeignet gehaltene Gegenstände auf unsere Rücken und Schädeldecken gekracht, bis sie sukzessive durch Polizeiknüppel ersetzt worden waren, deren Sollbruchstellen regelmäßig an uns überprüft wurden. Nordhorn-Range, Brokdorf, Grohnde, Fahrpreiserhöhungen und Häuserkampf in Frankfurt, die physische Vernichtung des Guerillero

Holger Meins und unsere Reaktion in Hamburg und immer nur auf die Fresse. Den Deutschen Herbst mit Mühe überstanden, die Genossen im Knast, auf dem Rückzug ins private kleinbürgerliche Glück oder in die Resignation, was auf das Gleiche hinauslief, und nichts erreicht! Eigentlich hatten wir die Schnauze voll, aber wir waren schließlich anständige Menschen, Kommies eben, und machten weiter. Was hätten wir auch sonst tun sollen? Das Tischtuch zwischen uns und der bürgerlichen Gesellschaft und ihrem Staat war zerschnitten. Endgültig. Spätestens seit dem tödlichen Schuss in den Hinterkopf von Benno Ohnesorg am 2. Juni 1967 und den Begleitumständen, die die Handlungsweisen des herrschenden Staatsapparates ungeschminkt offenlegten. Das Attentat auf Rudi Dutschke und seine Rezeption in der bürgerlichen Presse ein Jahr später war ebenfalls nicht gerade förderlich, um uns mit den herrschenden Verhältnissen zu versöhnen. Als es dann die ersten Toten aus dem neuen militanten Widerstand gab, wurde es naturgemäß nicht besser. Die Liquidierung von Petra Schelm 1971 in Hamburg, die dieser famose Rechtsstaat in der größten Polizeiaktion nach dem Krieg erlegt hatte wie ein in die Enge getriebenes Wildtier, verstärkte nur die Wut und den Hass auf den Staat unserer Väter und Großväter, der zu großen Teilen von alten Nazis geführt und kontrolliert wurde und der eine neue Klasse von Pseudo- und Spezialdemokraten hervorgebracht hatte, deren inhaltliche und methodische Unterschiede zu ihren Vorgängern graduelle, aber keine prinzipiellen waren.
Es waren und sind immer dieselben Drecksbullen. Hatten sie bei der Ermordung von Petra noch schwer gejubelt, weil sie dachten sie hätten Ulrike erlegt, mordeten sie sich fleißig weiter durch die Zivilbevölkerung und die Guerilla. Gestern noch die Nazis bei jedwedem Verbrechen unterstützt, durften sie nun endlich wieder unter allgemeinem Beifall ›menschlichen Abschaum‹ jagen. Gleich 1946, noch vor der Gründung ihres neuen Polizeistaates, hatten sie in Stuttgart, ausgerechnet in einem Lager für Displaced Persons, also verstörten und geschundenen jüdischen Überlebenden aus den unzähligen Vernichtungsstätten des Tausendjährigen Reiches, welches sich zumindest für sie wie

tausend Jahre angefühlt haben musste, bei einer rechtlich haltlosen Razzia gegen Schwarzmarktwaren gezeigt, dass sie nichts verlernt hatten und Samuel Danziger, der Ausschwitz gerade überlebt und Frau und Kinder im Lager wiedergefunden hatte, mit einem Kopfschuss getötet. Der Polizeipräsident fand bedauernde Worte. Nicht für Samuel Danziger, sondern wegen des Prestigeverlustes der deutschen Polizei, deren Wüten im Lager durch die US-amerikanische Besatzungsmacht unterbunden wurde. Immerhin konnten bei den Juden einige offensichtlich für Schwarzmarktzwecke gehortete Hühnereier beschlagnahmt werden. Überflüssig zu erwähnen, dass der Todesschütze niemals ermittelt wurde.

Und dieses war und ist beileibe kein ausgemacht deutsches Phänomen. Auch in Frankreich waren es dieselben Bullen, die beim ›La grande rafle du Vel d'Hiv‹ 1942 zigtausende Juden für die Nazis verhafteten, die dann von diesen deportiert und größtenteils im KZ Auschwitz-Birkenau ermordet wurden. Genau so wie die Herren Ordnungshüter französischer Nation, die im Oktober 1961 im Massaker von Paris hunderte wehrloser, unbewaffneter Algerier, die friedlich demonstrierten, wenn auch unter Missachtung einer rassistischen Ausgangssperre, erschossen, erschlagen oder in der Seine ertränkt hatten, zum ewigen Ruhme von Gendarmerie und CRS. Immer dieselbe Scheiße.

Compagnies républicaines de sécurité

Das Tischtuch zwischen uns und ihnen war tatsächlich schon lange entzwei oder zumindest äußerst brüchig. Jedenfalls fiel es mir schwer, soweit es mich betraf, mich zu erinnern, wann ich mich jemals im Einklang mit dieser Gesellschaft befunden hatte. Und die Gründe dafür? Millionen Gründe!

Derzeit operierten wir nicht mehr als organisierte Genossen von Kaderorganisationen, sondern machten unsere eigenen Kisten, unsere Dinger, als autonomer Teil der Linksradikalen. Endlich freier, spontaner, unberechenbarer, aber nicht minder bedrohlich für die Herrschenden. Der schwarze Block war da! Die Kochstraße hatte ihre eigene Begrifflichkeit: Politrocker, Chaoten und krimineller Linksmob. Das war viel Lob von ungewohnter Seite.

Denn wir wussten ja, frei nach Mao Tse-tung: Wenn der Feind dich lobt, dann hast du einen Fehler gemacht, wenn er dich aber bekämpft, hasst und in den schwärzesten Farben malt, dann existiert eine saubere Trennungslinie zwischen dem Feind und dir und du hast alles richtig gemacht!

Kraschno und ich hatten aufgrund unseres kleinen Ausflugs den günstigen Tresenplatz verloren und standen nun etwas verloren in dem üblichen Tohuwabohu herum. Ein Typ mit glatten, langen schwarzen Haaren quälte sich mühsam durch das Menschengewirr und hielt ein Exemplar der neuen *Zitty* in die Höhe. Er suchte Käufer für das Stadtmagazin mit dem Programm für die kommenden zwei Wochen. Es war in politisch korrekten Kreisen völlig klar, dass man die *Zitty* kaufte und nicht etwa das Konkurrenzblatt *Tip*, das für ahnungslose westdeutsche Touristen, Pöseldorfer Popper, Zehlendorfer Bürgersöhnchen, BWL-Studenten, Kudamm-Idioten und andere Lackaffen reserviert war. Der Absatz im Jonas war schwunghaft, und gewohnheitsgemäß erwarb auch ich ein Exemplar und überließ dem Verkäufer das Wechselgeld.

»Wir sollten wegen morgen vielleicht noch mal Hascher kontaktieren. Die Freien-Radio-Freaks hatten in letzter Zeit ein bisschen viel Publicity, würd mich nicht wundern, wenn die Pigs was vorbereitet hätten«, brüllte ich Kraschno ins Ohr.

»Ein bisschen knapp mit der Zeit, oder?«, brüllte er zurück.

»Ja, aber besser wäre es schon! Der alte Afghane hockt bestimmt noch in der Mansarde. Er könnte noch rüberkommen, wir instruieren ihn und er kann uns dann morgen immer noch stecken, was Sache ist.«

»Okay, versuchs«, meinte Kraschno. Also wieder hinaus in den Regen, 20 Pfennige genommen und in der Telefonzelle die Nummer der Mansarde angerufen. Die Mansarde war eine ähnliche Lokalität wie das Jonas, nur kleiner, dunkler, zugekiffter und außerhalb der Schöneberger Insel, mehr Richtung Kurfürstendamm.

»Hallo, hier ist Hans! Kann ich Billy the Kid sprechen?«, fragte ich, als ich endlich jemanden am Telefon hatte.

»Von mir aus, aber ob er dit noch kann, weeß ick nich«, meinte die Stimme am anderen Ende. Das klang nicht gut, Hascher musste schon wieder ziemlich hinüber sein. Hascher war Bulle. Im wirklichen Leben hieß er Bertold Schmitz und arbeitete als Kriminaloberkommissar bei der Drogenfahndung. Da war er auch genau der Richtige. Es gab so gut wie nichts, was er nicht rauchte, schnupfte oder schluckte. Wir wussten mehr über seine verkorkste Existenz als die Polizeiführung auch nur ahnte und Hascher selbst lieb sein konnte. Es war eine seltsame Art von Zusammenarbeit. Er wurde von uns keinesfalls erpresst. Ein wenig sympathisierte er auch mit uns und unter dem Strich war er unser bester, wenn auch nicht einziger Informant bei den Bullen. Wir hatten ihn zufällig kennengelernt, als er angedröhnt auf einer Fete herumhing. Wir kamen ins Quatschen über Gott und die Welt. Dabei stellte sich heraus, dass er Bulle war und eigentlich ein armes Schwein. Sein Privatleben war verpfuscht, er hasste seinen Job und betäubte sich mit jedem verfügbaren Mist, den er in die Finger bekam. Und da war die Palette berufsbedingt extrem weit gefächert. Obwohl wir an dem Abend eher in Fetenstimmung waren, erkannten wir gleich die Möglichkeiten, die uns Hascher vielleicht bieten konnte. Daher führten wir ein langes und intensives Gespräch, bei dem wir im Wesentlichen zuhörten und eine Menge ehrliches Verständnis für ihn und seine Lebensumstände zum Ausdruck brachten. Es ging um Vertrauen.

Aber es hieß auch, Vorsicht walten zu lassen. Man konnte nie wissen, welches Spielchen gespielt wurde. Hascher sollte schließlich unsere Quelle werden und nicht wir seine. Wir brachten einige Testballons an den Start und keiner platzte. Und so ging es weiter. Wir schirmten unsere Quelle doppelt ab. Ich traf ihn ab und an auf ein Bierchen und hörte mir seine Leidensgeschichten an. Nur Kraschno, ich und der Genosse, bei dem die Fete gestiegen war, hielten zu ihm Kontakt. Manchmal auf einem Fußballplatz am Rande eines Spiels der Oberliga oder sonntags bei gutem Wetter in irgendeinem Ausflugslokal im Grünen.

Lediglich bei uns hatte er den Spitz- und Decknamen Hascher. In seinem Bekanntenkreis, in der Szene und wohl auch bei seinen Kollegen firmierte er unter Billy the Kid. Warum, wusste keiner. Wie ein Serienmörder sah er eigentlich nicht aus, eher wie ein softer Sozialheini. Seine mittelblonden, halblangen Haare zierte an der Stirnseite ein viel zu langer Pony, der ihm beständig ins Gesicht fiel und zum Zwecke der besseren Sicht auf diese Welt fortwährend zur Seite geworfen oder gezuppelt werden musste. Hascher sah nicht aus wie ein Killer, er war mehr so der Patchouli-Samtwesten-Typ.
Umgekehrt wusste er auch von Kraschno und mir nicht allzu viel und wir hielten ihn in dieser Hinsicht auf strenger Diät. Für ihn waren wir Hans und Franz. Etwas Originelleres war uns auf die Schnelle nicht eingefallen. Er lieferte uns, soweit er konnte, die Infos, die wir brauchten. Manchmal brachte er auch Warnungen oder Tipps, ohne dass wir um sie gebeten hätten. Das war oft recht hilfreich.
Als ich ihn schon fast aufgegeben hatte, kam Hascher dann doch noch ans Telefon.

»Ich bins, Hans. Wir bräuchten dich heute noch einmal dringend. Kannste noch mal kurz ins Jonas rüberkommen?« Keine Antwort, nur die Hintergrundgeräusche der Mansarde. Dann, mit offensichtlich großer Anstrengung, brachte Hascher Töne an mein Ohr: »Ich setz mich ins Auto und bin gleich da!« Na, denn! Ich hängte den Hörer ein und ging zurück ins Jonas.
Nach einem nun dringend notwendigen Gang auf die Toilette trafen die Ethnologen ein. *Können Hexen fliegen?* war gerade noch ihr Thema im Seminar, dem ich wieder einmal ferngeblieben war. Wir waren schon halb voll und eine ernsthafte Diskussion der Duerr'schen Thesen überforderte uns, zumal der volkskundliche Nachwuchs die Dinge allzu wörtlich nahm. Kraschno gab dazu den Giaur und machte bösartig-ironische Bemerkungen zu den flugtechnischen Fragen, die Besen in der zivilen Luftfahrt aufwarfen. Die Grenzen zwischen Wildnis und Zivilisation waren in dieser Kneipe auch nicht mehr so genau zu erkennen, also lieber noch ein Bier!

Hascher musste schon im letzten Stadium seines täglichen Rausches angekommen sein, denn dass er seinen Käfer nicht gleich durch die Kneipentür beförderte, war eher Zufall. Mit quietschenden Reifen wuchtete er den Wagen über die hohe Bordsteinkante und hielt genau vor dem Eingang, indem er den Käfer komplett auf den Bürgersteig fuhr, Licht und Motor laufen ließ und hereinstürzte. Wir nahmen ihn gleich an der Tür in Empfang und in einer ruhigeren Ecke beiseite. Die Frage war einfach: ›Gab es bei den Bullen morgen Abend für SO36 irgendwelche besonderen Planungen?‹ Hascher schien zu verstehen, was wir wissen wollten und versprach, morgen zwischen 12 und 14 Uhr wieder im Jonas aufzuschlagen und uns zu informieren, wenn es etwas zu berichten gäbe. Nach anderthalb Minuten saß er wieder in seinem Auto und brauste davon.

Der Abend war nun am Siedepunkt angekommen. Die Nina Hagen Band donnerte mit *TV-Glotzer* durch die Kneipe. Die hormongesteuerten Macker begaben sich nun langsam in Position. Es galt, die Beute zu sichern. Neben uns wurde gezockt: ›Gerade-Ungerade‹, auf die Endziffern der Geldscheinseriennummern. Ein komplett hohles Spiel, Spiegel des Systems, schnell Kohle machen oder ordentlich Knete verballern. Jemand hält dir einen zerknüllten Geldschein unter die Nase und sagt ›gerade‹ oder ›ungerade‹. Du sagst ›gerade‹ oder ›ungerade‹ und entweder liegst du hinsichtlich der Endzahl der Geldscheinnummer richtig (dann gehört dir der Schein) oder du liegst falsch (dann musst du deinem Gegenüber einen Geldschein im gleichen Wert geben).
Jochen, damals Geschichtsstudent an der TU, heute Teil des etablierten Kunstbetriebs, gab eine wilde Performance auf dem Barhocker. Seine Bilder kann ich mir schon lange nicht mehr leisten. Mein Blick, schon etwas sediert, blieb für einen Moment zu lange in den Augen einer Schwarzhaarigen von den Latzhosen-Bräuten hängen und Kraschno kommentierte das mit einem Stirnrunzeln. Aus einer unbekannten Gehirnregion sprach unser Gottvater Karl Marx zu mir, fast so, wie er später mit P. M. im Raumschiff saß:

Pseudonym von Hans Widmer

›You can ally with the devil, if you are sure that you can trick the devil, and not vice versa.‹ Warum Marx zu mir auf Englisch sprach, weiß ich bis heute nicht. Aber er hatte wie immer Recht. Also: Auf und weg!

Der Nebel war fetter geworden und auf unserem kurzen Weg bis zu meinem Hauseingang wirkte alles böse surreal. Der liebe Gott hatte es bis dato nur mäßig gut mit mir gemeint, aber in dem Haus, in dem sich meine Wohnung befand, hatte er vor kurzem, nach längerem Leerstand einer Vorgängertränke, eine neue Kneipe eröffnen lassen, die schon von einer anderen Zeit kündete. Schneeweiß-grell statt düster und Sperrmüllsofas, einen aufgeschnittenen Cadillac an die Wand geprügelt, Punk und NDW statt *Stay A Little Bit Longer*, und auch hier noch das pralle Leben. Also rein und noch ein Bier als Schlummertrunk.

»Schöneberger Nächte sind hart!«, meinte Kraschno und ließ sich stöhnend auf einen Barhocker am Tresen fallen.

»Allerdings«, stimmte ich zu, »und das jeden Tag wieder aufs Neue.«

Wir lachten kurz, stießen mit den Biergläsern an und blickten stumm auf die Reihen der Schnapsflaschen im Regal gegenüber dem Tresen.

»Ich glaub, mich hats erwischt«, murmelte ich in den aggressiv-lauten Klangteppich, der hier üblich war, hinein. Kraschno zog die Augenbrauen hoch: »Grippaler Infekt, weicher Schanker oder die schwarzhaarige Schwanzabschneiderin?«

»Nee, schlimmer!«

Paul, der Wirt, später als größter Knopfsammler aller Zeiten berühmt, schob uns zwei Tequila zu und dem kleinen Kanonenofen, einzige Heizquelle des ganzen Ladens, ein gutes Pfund Eierkohlen rein.

»Willste in die SPD eintreten?«

»Nee, Kraschno, noch schlimmer. Ich glaube, ich hab mich echt verknallt!« Kraschno zog tief an seiner Transit-Marlboro, auf die er inzwischen umgestiegen war, und wurde aktionistisch: »Löhnen, abratzen, Aktion durchziehen, und dann können wir über deinen neuesten Scheiß reden.«

So wurde es gemacht.
Beim Gang in die Wohnung schaute ich, der Nebel in meinem Gehirn war inzwischen dichter als der draußen, kurz auf meinen zum 48ten Mal aufgebrochenen Briefkasten im Hausflur. KOBs, die aktuelle Variante des allseits beliebten Blockwarts, und andere Arschlöcher bedienten sich vermutlich regelmäßig.
Aber jetzt: Egal! Nur pennen gehen!
Auf meiner Matratze liegend wollte ich noch ein wenig über den Tag nachdenken, was mir nicht wirklich gelang.
Dann Dunkel. Nichts.

Kontaktbereichsbeamter

6

Sollte ich nach meinem Tode
in die Hölle kommen, wovon nach
orthodoxer Meinung auszugehen ist,
und dort auf meinen Vater treffen,
der definitiv dort dann schon eine
Weile gebraten haben dürfte,
werde ich ihm gleich zur Begrüßung
ordentlich auf die Fresse hauen,
was in der Hölle ja kein Problem
sein dürfte.

Mark Müller:
Erinnerungen an ein
verpatztes Leben.
Band III, S. 723.

KARL

Es roch nach Bohnerwachs, Bohnerwachs, Bohnerwachs. Totenstille regierte, obwohl der Raum übervoll war. Vorgesehen für etwa 30 Stühlchen mit dazugehörigen Tischen, hatte man Platz für weitere fünfzehn Zwerge in unserer Volksschulklasse gefunden. Im Schichtunterricht ertrugen wir unser Schicksal. Das hieß wöchentlicher Wechsel zwischen vormittäglichem beziehungsweise nachmittäglichem Stumpfsinn.

Etwa 45 Drittklässler machten sich möglichst klein. Der neue Text, dessen perfekte Beherrschung Hausaufgabe gewesen war, sollte vor versammelter Mannschaft präsentiert werden. Mein Kopf dröhnte und schmerzte noch.

Letzte Stunde, unsere Klassenlehrerin hatte uns mal wieder eine Extra-Einheit Biblische Geschichte verpasst und sich in einer ihrer endlosen Moralpredigten über Gut und Böse verloren, kam er angeflogen. Völlig unerwartet. Ich träumte mich gerade weg. Weg von diesem klaustrophobischen Ort, an dem man tagaus, tagein in einer Art wachen Totenstarre verharren musste, voller Angst, eine falsche Bewegung zu machen, voller Angst, etwas nicht zu wissen, nicht zu können und dann den Tiraden und dem Gespött der Lehrer ausgesetzt zu sein. Angst, überhaupt angesprochen zu werden. Ich träumte mich weg an ferne Orte, in ein anderes Leben, die einzige Möglichkeit, diesem immerwährenden Alptraum zu entfliehen. Ich sah ihn nicht kommen. Er traf mich völlig unvorbereitet. Der Aufschlag des Bündels Metall schmerzte unmittelbar. Der Schmerz kam zeitgleich mit dem großen Schreck, der mich aus meiner schönen Stimmung riss. Er schlug oben an der Stirn auf, leicht seitlich über dem rechten Auge. Fast zeitgleich brüllte Fräulein Steeg nur das eine Wort:

»Markusss!«

Wie sehr ich dieses Wort, diesen Namen hasste! Besonders das *S*. Das *S* hasste ich am allermeisten. Wie sie es zischen ließen. Wie sie bei der Aussprache lange auf dem Konsonanten verharrten, um mir das *S* in den Bauch zu stoßen. Dieses *S* war buchstäblich ein serifenloser Spieß. Und wenn sie mir diesen in die Eingeweide gerammt hatten, dann drehten sie ihn noch lange und genüsslich in der offenen Wunde herum. Sie ließen es nicht bei Markus bewenden, nein, es musste mindestens Markusss sein. Sie alle benutzten dieses Scheißwort auf die gleiche Weise. Lehrer, Pfaffen, meine Eltern, die Verwandten, Nachbarn, die ganze Brut, die mir das Leben zur Hölle machte. Noch heute zucke ich zusammen, wenn der Name fällt, erwarte intuitiv Schläge, Tritte und sinnloses Gebrüll.

Der Schlüsselbund von Fräulein Steeg knallte gegen meine Stirn und sie bellte:

»Markusss!«

Ein kurzer Moment der Ruhe. Der Schlüsselbund fiel von meiner Stirn zu Boden und nun kam es etwas leiser an mein Ohr:

»Du träumst!«

Ich fasste mir mit der Hand an die Stirn und wusste zeitgleich, dass das ein Fehler war: Niemals zugeben, dass sie dich getroffen haben! Nur keine Schwäche zeigen! Lass sie niemals zweimal gewinnen! Ein Moment der Niederlage, der Demütigung reicht! Wieder trat ein kurzer Augenblick der Ruhe ein. Aber es war noch nicht vorbei. Natürlich war es nicht vorbei! Wie alle Herrenmenschen forderte sie von dem Besiegten die Geste der Unterwerfung, der Selbstdemütigung.

Dieses ist ja auch seit dem vorläufigen Niedergang des linken Widerstands in der deutschen Geldsackrepublik die gängige Mindestanforderung, die jedem abverlangt wird, der es jemals wagte aufzubegehren und sich aktiv gegen die Repressionsmaschinerie stellte. Natürlich wird er trotz öffentlicher Selbstgeißelung dann dennoch rücksichtsfrei demontiert und eine normale Existenz im System verunmöglicht.

»Markusss, willst du deiner Lehrerin nicht ihre Schlüssel bringen?«, kam es vom Pult. Das war natürlich nicht als Frage gemeint. Ich stand auf, bückte mich, hob die Schlüssel auf und ging nach vorne. Da ahnte ich es schon, es schoss mir durch den Kopf, was nur wenig später zur Gewissheit werden sollte.

Bei Fräulein Steeg angekommen, reichte ich ihr wortlos den Schlüsselbund und ging zurück zu meinem Platz.

»Was für ein schlecht erzogener Junge du doch bist, Markusss! Man sagt Bitteschön, wenn man seiner Lehrerin etwas reicht.«
Inzwischen hatte der liebe Gott die Stunde Biblische Geschichte vergehen lassen und Deutsch stand auf dem Stundenplan. Und wenn die Deutsch sagen, dann meinen die auch Deutsch! Die Stille und Spannung waren schier unerträglich. Ich konnte das Rauschen in meinen Ohren hören. Wen würde Fräulein Steeg aufrufen? Wer würde den Text vorlesen müssen?

»Karl!«, donnerte sie. Es war keine Erleichterung, die ich spürte, sondern Mitleid. Ich war kein Überflieger, aber auch kein schlechter Schüler. Ich wurde zu Hause jeden Nachmittag zwischen den Schlägen mit dem überaus reichlichen Programm der Hausaufgaben getriezt. Ich hätte den Text schon einigermaßen vorlesen können. Nur Karl nicht. Er war nicht der Hellste, ein wenig langsam in allen Dingen. Er wurde in seinem Elternhaus nur geschlagen. Für die Schule, für Lesen, Schreiben, Rechnen interessierte sich niemand. Karl war schon äußerlich als Schlüsselkind zu identifizieren. Er trug dieses Kainsmal nicht-bürgerlicher Sozialisation deutlich sichtbar an einer abgewetzten Sisal-Paketschnur um den Hals. Täglich bedrohten Fräulein Steeg und ihre Spießgesellen ihn und die anderen, die nicht recht mitkamen, mit der Hilfsschule als ihrer baldigen Zukunft. Dabei sollte es schon damals eigentlich Sonderschule heißen. Was nur äußerst bedingt besser klang und irgendwie an Sonderbehandlung erinnerte. Aber es ging auch nicht um den Namen. Es ging um die Androhung der Verweisung an einen unsäglichen Ort. Einen Ort, wo das Leben schon mit acht, neun Jahren zu Ende war. Einen Ort für Abfall und Müll. Doofenschule nannten wir Kinder diesen Ort.
Karls Kopf wurde sofort knallrot. Ich konnte ihn gut sehen. Er saß mir schräg gegenüber. Die blonden Haare waren so kurz abrasiert, dass die Möglichkeit jeglichen Haarwuchses geleugnet zu werden schien. So mussten wir alle herumlaufen. Korea-Sturmschnitt nannte sich das, in Anspielung auf das Aussehen der GIs

bei der US-Aggression auf der koreanischen Halbinsel. Karl trug einen vom vielen Waschen ausgeblichenen, kurzärmeligen Ringelpulli und eine mit Hosenträgern gehaltene, abgewetzte kurze Lederhose, die er von einem seiner älteren Brüder geerbt hatte. Die braunen zerschrammten Lederschuhe waren ebenfalls ein Familienerbstück. Zuweilen fehlten die Schnürsenkel oder die Socken in den Schuhen, manches Mal auch beides. Ich sehe sein Bild noch heute vor mir: seine für den Kopf viel zu große schwarze Brille, deren Gläser meist unrein waren, seine unstet flackernden Augen, hinter den Schlieren oft kaum auszumachen.

Karl begann zu lesen. Schon der erste Satz enthielt einige Stolperfallen. Riesige Buchstabenmonster von unfassbarer Länge, gräuliche Komposita, die durch ihre Monstrosität erschreckten, die einschüchterten, mutlos machten. Karl hatte tapfer die ersten Worte des Satzes gemeistert, da tauchte er auf, der Sandregenpfeifer.

Karl stockte, verstummte. Wie sollte man ein Wort von dieser entsetzlichen Länge lesen können? Wie war es zusammengesetzt? Sand… Warum war auf einmal von Sand die Rede? Sinnlose Fragen schossen durch seinen Kopf. Er begann zu schwitzen. Ich konnte die ersten Schweißperlen auf seiner Stirn sehen. Sein Mund öffnete sich, er wollte ihn bezwingen, diesen verdammten kleinen Vogel, aber es sollte nicht gelingen, es wollten sich keine Laute bilden lassen, es blieb still.

»Karl, wir warten!«, zerschnitt Fräulein Steeg die Lautlosigkeit. Karls Gesichtsfarbe ging ins Dunkelrote über, die ersten Schweißtropfen fielen in das aufgeschlagene Buch vor ihm. Ich konnte den Anblick nicht mehr ertragen, senkte den Kopf und starrte auf den Text in meinem Buch.

»Karl, wir haben nicht ewig Zeit! Du willst mir doch nicht sagen, dass du diesen einfachen Satz nicht lesen kannst, oder? Du willst mir doch nicht sagen, dass du zu dumm und zu faul bist, diesen Satz hier zu beenden? Oder doch? Ich plage mich seit bald drei Jahren mit dir ab, gebe mir die größte Mühe und du schaffst es nicht, diese paar Worte zu lesen? Das reicht ja nicht einmal für die Hilfsschule. Du bist ja noch für die Hilfsschule zu dumm! Los, lies jetzt endlich weiter!«

Ich blickte kurz auf. Fräulein Steeg stand nun direkt vor Karl und schnauzte ihn an. Ich konnte Karl nicht mehr sehen, Fräulein Steegs Körper verdeckte ihn. Es war und blieb totenstill. Ich starrte wieder auf den Text. Die Zeit wollte nicht vergehen. Fräulein Steeg hatte die Zeit angehalten. Sie konnte das. Viele endlose Momente später hob ich wieder meinen Kopf und kurz bevor ich wieder die Stimme Fräulein Steegs vernahm, sah ich den kleinen, leicht gelblichen See, der sich unter Karls Stuhl gebildet hatte und sich nun einen Weg in Richtung des Schuhwerks von Fräulein Steeg suchte.

»Karl, Karl!!! Was ist denn das für eine Sauerei? Los, hol einen Feudel von den Reinemachefrauen!«, schrie sie wie am Spieß. »Setz dich in Bewegung! Sofort!«

Und dann schon wieder etwas beherrschter: »Gudrun, lies du nun unseren Text!«, formuliert für eine Klassenkameradin, die mit ihren zwei kleinen blonden Zöpfen am Hinterkopf einem BDM-Propagandafilm entsprungen zu sein schien. Dabei drehte Fräulein Steeg Karl den Rücken zu, der jetzt hastig Richtung Ausgangstür stolperte und zusah, dass er ins Zimmer der Reinigungskräfte kam.

Da wusste ich, was ich die Stunde zuvor nur geahnt hatte, es stand mir völlig klar vor Augen. Diese Zeit muss überlebt werden! Irgendwie und unter allen Umständen! Diese Angst davor, dass es niemals aufhört, dass es weitergeht, immer, dass man niemals erwachsen wird und der Hölle entfliehen kann, musste überwunden werden. Und es würde nichts anderes übrigbleiben, sollte dieses Elend nicht ewig währen, sobald sich die Chance dazu bot, man stark genug war, die lange, lange Zeit des Ertragens und Erduldens ein Ende haben würde, es würde nichts anderes übrigbleiben, als diese Schweine tatsächlich anzugreifen! Es würde nichts anderes helfen, als mit brachialer Gewalt gegen sie vorzugehen. Ihre Allmacht, ihre gnadenlose Willkür und dauernden Ungerechtigkeiten, diese täglichen Entwürdigungen würden nur durch eigene Kraft und mit ungeheurer Härte zu brechen sein!

Vorerst konnte es allerdings lediglich darum gehen, Zähigkeit zu beweisen.
Natürlich waren es nicht genau diese Worte, die durch meinen kindlichen Kopf schossen in jenem Moment, aber es war genau dieses Gefühl, diese Wut und auch die Gewissheit, dass es so sein müsste und dass es so kommen müsste, hoffentlich, und sei es eines noch so fernen Tages.
Warum ich nicht einfach meine ganze Kraft zusammennahm, klein und schwach wie ich war, und Fräulein Steeg meinen Stuhl ins Kreuz warf oder zumindest durch das geschlossene Fenster zum Hof hinaus, weiß ich bis heute nicht. Oder besser gesagt, ich weiß es schon ganz genau. Weil es völlig außerhalb meiner Vorstellungskraft lag, dass dergleichen gelingen könnte. Damals jedenfalls. Hätte ich allerdings bereits gewusst oder auch nur erahnen können, dass diese schmachvollen Demütigungen unauslöschlich sind, dass keine Zeit der Welt die Wunden heilen kann, wer weiß, vielleicht.
Und dass ich, auch wenn ich mich nie an den Hänseleien meiner Mitschüler Karl gegenüber beteiligte, nicht den Mut hatte und nicht den Anstand fand, Karl nach der Stunde in der Hofpause in den Arm zu nehmen, oder, was weniger ›mädchenhaft‹ gewesen wäre, ihm aufmunternd auf die Schulter zu klopfen und so etwas wie ›Vergiss es‹ oder ›Kopf hoch‹ zu sagen, verzeihe ich mir bis heute nicht. Dafür schäme ich mich und werde nie aufhören, es zu tun.

7

Es ist ein gütiger, im gewissen Sinne konstruktiver Zug der Erinnerungsleistung des Gehirns, von mir aus auch der Seele, die Vergangenheit mit wachsendem Abstand immer mehr in rosaroten Farben zu zeichnen. So wird auch aus dem mehr oder minder unheilvollen Treiben eines Taugenichts, der 50 Jahre oder mehr nur Scheiße gebaut hat, im Rückblick ein erfülltes Leben.

Aus dem Vorwort von Mark Müller:
Erinnerungen an ein verpatztes Leben.
Band I, S. 7.

Des Kaisers neue Kleider

Aus der Küche dröhnten Ton Steine Scherben mit der LP *Warum geht es mir so dreckig?* aus einer riesigen Lautsprecherbox, die mittels einiger Strippen mit einem älteren Kassettenrekorder verbunden war, der, so Kraschnos Meinung, an Rückständigkeit mit dem Modell aus Günthers Wohnstube durchaus konkurrieren konnte. Es war ein etwas abruptes Aufwachen, ersparte einem aber manchen nutzlos romantisierenden Gedankengang. Für einige Momente musste ich an Karl denken, meinen Leidensgenossen der ersten Schuljahre.
Nach einer wohltuenden Entleerung der Harnblase schob ich den dunkelgrünen Vorhang beiseite, der in seinen besseren Tagen der Stolz des elterlichen Schlafzimmers gewesen war und nun die Küchenwärme vor einer Verflüchtigung in den Wohnungsflur abhalten sollte. Wo war eigentlich die verdammte Küchentür geblieben? Kraschno saß schon am Küchentisch, oder besser gesagt am Tisch, der in der Küche stand, oder noch richtiger am Tisch, der in dem Raum stand, der gemeinhin als Küche genutzt wurde, wärmte seine Hände über dem kleinen Radiator, den er voll aufgedreht hatte, und rauchte zum Kaffee.

»Na, du liebeskranker Troll, alles wieder paletti?«

»Ach, Scheiße«, brummte ich und versuchte, mir Kaffee in eine Tasse zu schütten. Das gelang einigermaßen und so griff ich zu den Zigaretten, die auf dem Küchentisch lagen.

»Was steht an?«

»Lass uns was futtern gehen und dann die Radio-Scheiße durchziehen.«

»Klingt vernünftig!«, brummelte ich zurück, steckte die Zigarette hinter das rechte Ohr und verzog mich in den winzigen Raum mit Toilette und dem Miniatur-Handwaschbecken, das jedem Goldhamster als Swimmingpool zu mickrig vorgekommen wäre. Nach einem kurzen Zwischenspiel mit Wasser, Seife und Zahnbürste ging ich zurück in mein Zimmer und entzündete die Zigarette, wobei ich langsam in meine Klamotten kroch. Und auf ging es in den neuen Tag.

Es nieselte heimtückisch, aber nach 50 Metern hatten wir das Jonas erreicht und traten ein. Die üblichen Neurastheniker waren schon wieder im natürlichen Wohnzimmer des Kiezes vollständig versammelt, ergänzt um einige Lehrer, Sozialarbeiter und andere Unterbeschäftigte.

»Moin, zwei Englische Frühstücke wären jetzt gut!«, sagte ich am Tresen zu den anwesenden Mitgliedern des Kneipenkollektivs. Freddie, der aus zunächst völlig unverständlichen Gründen schon wieder HB-paffend hinterm Tresen stand, grüßte seltsam überschwänglich und verschwand in der Küche. Wir nickten anwesenden Bekannten zu, schnappten uns den *Tagesspiegel* und die *Frankfurter Rundschau* und informicrten uns über das Elend in der Welt; in erster Linie über das geistige Elend der Schreiberlinge dieser Blätter. Nach einer Viertelstunde kam Freddie mit einem großen Tablett und dampfenden Tellern aus der Küche zu uns an Tisch 5, den Lieblingstisch der Stammgäste.

»Ihr habt hier noch von gestern sechsundzwanzig Pils zu stehen«, flötete Freddie mit Blick auf die etwa fünfzehn Notizblöcke, die die Vertragsbrauerei bei jeder neuen Lieferung mitbrachte und auf dem die bestellten Speisen und Getränke notiert wurden. Kraschno, schon wieder gedresst in seiner unvermeidlichen Lederjacke: »Schütt sie weg, Freddie, dürften eh schal sein!«
Freddie verteilte die Bestandteile des Englischen Frühstücks auf unserem Tisch, tänzelte zurück zum Tresen, kam mit dem Zettel vom Vorabend zurück und warf ihn auf den Tisch.

»Hier, mein Beitrag zur Weltrevolution!« Kraschnos und mein Blick trafen sich kurz.

»Danke, Freddilein, netter Zug von dir. Wir werden nach der Revolution an dich denken und dich nicht in die Fischmehlfabrik schicken wegen deiner SPD-Mitgliedschaft«, sagte ich, und Kraschno fügte hinzu: »Vielleicht wirste unser Erster Zapfer, wenn wir im Rathaus Schöneberg sitzen, Alter!«

»Super nett von euch, ehrlich!«, lullte Freddie. Da merkten wir erst, was Sache war. Freddie war nicht schon wieder hier, sondern immer noch. Er hatte wieder einmal dreißig Stunden durchgearbeitet und gesoffen. Er war rabenvoll.

Eier, Schinken, Speck, bittere Orangenmarmelade und süßer O-Saft brachten mich wieder zurück in die Realität.

»Okay, Kraschno, bin wieder im Programm!«, sagte ich, als die Uhr fast ihr halbes Tagespensum erfüllt hatte. Wir verzogen uns an einen der hinteren Tische im unbesetzten Teil des Lokals, holten den Stadtplan heraus und gingen die Straßen und örtlichen Besonderheiten unseres heutigen Einsatzgebietes noch einmal gründlich durch. Kraschno kannte die Gegend nur oberflächlich. Er war, trotz häufigen Aufenthaltes und Einsatzes in Westberlin, immer in Bremen geblieben, wo er auch arbeitete und bei seiner Freundin lebte. Meistens jedenfalls. Ich kannte das Zielgebiet wie meine Westentasche. Jede Menge Leute, mit denen ich zu tun hatte, wohnten in dieser Gegend, ich hatte mich hier an diversen Aktionen beteiligt und verdiente mir gelegentlich ein paar Mark mit besonderen Stadtführungen für Touristengruppen durch Kreuzberg 36. Insbesondere kam es darauf an, den Verlauf der Mauer im Kopf zu behalten und Routen zu wählen, die das mehrfache Befahren derselben Straße kurz hintereinander verhinderten. Das Auto, mit dem die Radio-Aktion heute durchgezogen werden sollte, war für sich genommen schon nicht ganz unauffällig, und so war die Auswahl der geeigneten Fahrstrecken gar nicht so einfach, auch wenn es zum Zeitpunkt der Aktion schon stockfinster sein würde. Zwischendurch schaute ich immer einmal auf die Uhr und durch die Fenster auf die Straße, ob Hascher uns mit seiner Anwesenheit beglücken würde.

»Try to beat me!«, provozierte eine dunkle Stimme aus der Ecke und lachte hämisch. Eiermann, der Automatenaufsteller, hatte den neuen Flipper gerade gewartet, repariert oder was auch immer und ihn wieder angeschaltet. Die Maschine blinkte, blitzte, blubberte und plapperte.

»Na, wollen wir noch nen kleenen Braunen nehmen?«, fragte Eiermann vertraulich. Er war ein etwas seltsamer Geselle mit ebensolchen Ansichten, aber man konnte mit ihm gut ein belangloses Schwätzchen halten. Bei den weiblichen Kollektivkräften war er wegen einer besonders widerwärtigen Ausprägung des Machismo verhasst. Es hieß, er versorge sich im Zeitungsladen regelmäßig nicht nur mit Tittenheftchen, sondern sei auch Käufer von Druckerzeugnissen wie *Jung und frei im Sonnenwind*, die vorgeblich für FKK-Anhänger angeboten wurden.

»Nee, heute nicht, müssen gleich noch arbeiten!«

»Lasst euch dit bloß nicht zur Jewohnheit werden, wa!«, zog er zum Tresen ab, wo er seinen kleinen Braunen mit Freddie verkonsumieren sollte.

»Besteht keine Gefahr!«, kam von uns fast gleichzeitig.

»Hab euch mal zwanzig Freispiele einjestellt, Jungs, wenn ihr schon nicht mittrinkt«, rief Eiermann vom Tresen herüber.

»Danke denn auch!«

Kraschno und ich ließen uns nicht lange bitten und flipperten noch zur Entspannung vor unserem Einsatz eine Weile. Erst zehrten wir von unserem Freispielvorrat, dann aber wurden wir besser und holten selbst jede Menge Freispiele, nicht nur auf Endzahl, mit denen wir dann später noch ein paar Kids aus dem Kiez erfreuen konnten, die um den Flipper herumgelungert hatten. Eiermann kam mit einem weiteren Weinbrand in der Hand zu uns in die Flipperecke und da wir vermuteten, er wolle mitspielen, ließen wir die Kugel der soeben begonnenen Spielrunde ungehindert durch das Gerät laufen.

»Wir haben es laufen gelassen«, sagte Kraschno erklärend.

»Macht dit bloß nicht, Jungs. Ich hab es in meenem Leben eenmal laufen jelassen, wa, und dafür zahle ick heute noch«, verschwand er mit seinem Weinbrandglas auf der Herrentoilette.

Wir zahlten und stellten gemeinsam fest, dass Hascher nicht erschienen war. Wir werteten es als gutes Omen und verließen das Jonas.

Dann ging es zurück in meine Butze. Umziehen war angesagt. Unsere Taschen mussten noch aus dem Opel geholt werden und dann begann die Maskerade.

Lange Haare, wilde Bärte und anderen Freak-Kram, damals bei Linken in Westberlin und anderswo noch hoch im Kurs, gönnten wir uns aus vielerlei Gründen schon länger nicht mehr.

Wir mutierten in einer knappen Stunde zu BWL-Praktikanten der Deutschen Bank. Dusche, Rasierapparat, schöne weiße Hemdchen, Krawatte und dunkelblaue Nadelstreifenanzüge an, eindieseln. Mama wäre froh, uns nur einmal so zu sehen. Und dann wurde Johann angerufen. Johann Gröhlin kam aus Blankenese und war schon schweinereich geboren. Erst beim SDS war er später zur PL/PI gekommen, die zu großen Teilen in unserer ehemaligen Organisation aufgegangen war. Dadurch hatten wir ihn vor Jahren bei einer Schulung in Frankfurt kennengelernt. Seine Karriere als Kader war auch nicht von Dauer gewesen. Die Zerknirschung über das Ende seiner revolutionären Laufbahn dafür umso mehr. Beim x-ten Versuch, diese mittels viel Bier wegzuspülen, lief er uns in einer Kreuzberger Spelunke wieder über den Weg. Es wurde eine lange Nacht. Danach ging es ihm, vom Kater abgesehen, wieder besser. Er war wieder Teil des revolutionären Prozesses, er war wieder im Boot, in unserem Boot. Inzwischen Architekt und erfolgreicher Bauunternehmer und nun auch stiller Unterstützer und Genosse. Seinen 450er SEL 6,9 brauchten wir für die Radio-Aktion. Kraschno bekam bei der reinen Erwähnung dieses alphanumerischen Codes leuchtende Augen, für mich war das einfach nur ein fetter Daimler, der nicht nur viel Platz bot, sondern auch jede Menge Bonzigkeit vermittelte.
Als wir aus dem Haus traten, um nach Zehlendorf zu fahren, trafen wir auf Freddie.

»Wiesssehtihrdennaussss?«, stammelte er und eierte weiter die Straße runter. Wir gingen zum Wagen.

Fünf Minuten später jagte der Opel über die Stadtautobahn dahin. Fuck, schon wieder dachte ich an sie. Wie soll man so seine Arbeit machen?
Als wir uns Johanns spärlicher Behausung näherten, acht Zimmer auf 450 qm Wohnfläche bei nahezu vier Meter Deckenhöhe, dazu ein Grundstück, auf dem man eine mittelgroße Herde Bisons problemlos hätte verstecken können, passierten wir eine verwilderte Liegenschaft, auf der Anfang der 1970er Jahre

Sozialistischer Deutscher Studentenbund
Proletarische Linke/Parteiinitiative

noch eine schmucke Villa im Landhausstil gestanden hatte. Als ein Immobilienmakler diese, verantwortungsloserweise, an einen pakistanischen Geschäftsmann verkauft hatte, der hier mit Personal, Frau und seinen fünf Kindern einziehen wollte, brannte das Anwesen eines Nachts, wenige Tage vor dem geplanten Einzugstermin, bis auf die Grundmauern nieder. Die Feuerwehr konnte aufgrund von unvorhersehbaren Schwierigkeiten bei der Versorgung mit Löschwasser nicht viel tun, hieß es. Seitdem lag das Terrain ungenutzt herum, die Natur hatte es sich zurückerobert. Der positiven Entwicklung der Grundstückspreise hatte das keinen Abbruch getan. Und darauf kam es schließlich an.

Johann wartete schon an seiner Garage auf uns. Als er uns sah, schien er seine Großzügigkeit zu bereuen. »Wir seht ihr denn aus? Wollt ihr auf ne Hochzeit?« Kraschno verdrehte die Augen zum Himmel.

»Ich will echt nicht wissen, was ihr vorhabt«, meinte Johann und warf Kraschno die Autoschlüssel zu.

»Werden wir dir auch nicht erzählen, aber fürn Banküberfall hätten wir uns nicht erst umgezogen, Alter!«, sagte ich.

»Bringt mir die Kiste um Himmels Willen heil zurück, irgendwie hänge ich an dem Wagen«, ermahnte uns Johann und gab uns die Fahrzeugpapiere. Die Kiste war in Hamburg zugelassen und trug ein ortsübliches Nummernschild, was mir Stunden später zu einem rettenden Einfall verhelfen sollte.

»Was sind denn das für bescheuerte Sentimentalitäten? Häng am Leben oder häng dich auf! Aber an nem Auto hängen?«, sagte Kraschno und schloss den Wagen auf. Das muss der Opel-Freak gerade sagen, dachte ich. Johann ging kopfschüttelnd durch seinen Rosengarten zurück in sein Bonzenleben.

Nun ging es los! Von Zehlendorf nach Kreuzberg fuhren zwei smarte Jungmanager in einem großen weißen Mercedes Benz durch die Stadt. In der Adalbertstraße in Kreuzberg 36 standen wir auf die Minute genau zum verabredeten Zeitpunkt vor der Toreinfahrt, vor der exakt zu diesem Zeitpunkt Trude und Fritz mit der Technik stehen sollten. Die Toreinfahrt war auch da, vom Rest war nichts zu sehen. Wir steckten uns Zigaretten an und

warteten. Kraschno guckte genervt zu mir rüber. Ich zuckte mit den Schultern und schaute angestrengt auf das geschlossene Tor, was aber natürlich auch nichts half. Da waren sie, diese gewissen Inkompatibilitäten zwischen alten Kommis, denen dank gestrenger Erziehung in einer straffen Kaderorganisation Dinge wie Pünktlichkeit und Exaktheit in Fleisch und Blut übergegangen waren, und Genossen, die über die Spontis politisiert worden waren und deren luschiger Umgang mit Präzision mit unseren Gewohnheiten nur äußerst schlecht zusammenpasste. Und nicht nur das.
Ich öffnete die Beifahrertür und ging zu dem neben dem Tor gelegenen Hauseingang, was ich mir auch hätte schenken können, denn es gab, wie in dieser Gegend üblich, kein außen am Haus angebrachtes Klingelbrett. Die Haustür stand offen. Der völlig vermüllte Flur des Vorderhauses, der offenbar als Lager für einige ausrangierte Kühlschränke, Waschmaschinen und Schwarz-Weiß-Fernseher sowie für ein ruiniertes Sofa und eine uringetränkte Matratze diente, offenbarte auch keine Informationen über die Bewohner, und angesichts eines vierstöckigen Vorderhauses und einer unbekannten Zahl von Seitenflügeln und Hinterhäusern hatte ich nicht die geringste Lust, mich auf die Suche nach unseren tollen Radiojournalisten zu machen. Ich betrat wieder die Straße und blickte mich um. Ein alter Mann in einem offen getragenen grauen Stoffmantel schob mittels eines zuvor abgefackelten dreirädrigen Kinderwagens einen halbvollen Kasten Bier und einen extrem hässlichen Hund über das Trottoir, und außer ein paar Jungens, die von der anderen Straßenseite das Auto bewunderten, war nichts zu sehen. Also griff ich noch einmal in die Zigarettenschachtel und versuchte, mich wohl zu fühlen und cool zu bleiben.

»Ach, da seids ja!«, kam es im Würzburger Idiom überrascht von hinten. Ich drehte mich um und hatte einige Probleme mit meinem Augenlicht und meiner Standfestigkeit. Trude erstrahlte in einem krass violetten Kleid mit großen bunten Blumen darauf. Darunter trug sie eine weiße Rüschenbluse und darüber, es war schließlich November, eine recht grobe rosa Strickjacke. Die hochhackigen Stiefelchen waren knallrot und offensichtlich dem

Nikolaus gestohlen worden, oder besser gesagt: ein Schuh dem Nikolaus, der andere Knecht Ruprecht, denn so wie Trude darin wackelte, schienen die Absätze unterschiedlich hoch zu sein.

»Was dachtest du? Wir warten schon ne Ewigkeit auf euch«, versuchte ich mich wieder zu sammeln und bissige Bemerkungen über korrekte bürgerliche Kleidung, die verabredet gewesen war, zu vermeiden. Was hatte diese Frau für Vorstellungen von den Bekleidungsroutinen der Bourgeoisie und wo hatte sie die her, fragte ich mich.

»Jetzt werd mal nicht komisch, wir sind doch kaum über die Zeit«, meinte Trude und stolperte auf die Straße, als ob sie schon drei Gläser Kupferberg Gold intus hätte.

»Ein Hut, ein Hut wäre nicht schlecht gewesen«, meinte ich, wobei mir so ein dekoratives Vogelnest vorschwebte. Das kam bei Trude offensichtlich nicht an.

»Fritz kommt gleich mit der Anlage durch das Tor«, sagte sie und stellte auf einem Fenstersims ein in allen Farben des Regenbogens schillerndes, plastikperlenbesetztes Etwas ab, was offensichtlich eine Handtasche darstellen sollte. Ich wollte lieber gar nicht wissen, welchen Karnevalsprinzen Fritz abgab, wenn Trude den Sinn meines Anliegens schon so gründlich missverstanden hatte. Zwar war der 11.11. schon vorbei, aber um Fasching ging es hier wirklich nicht. Okay, Trude hatte sich sicherlich Mühe gegeben. Sie hatte sich geschminkt. Das war etwas, was Genossinnen gemeinhin nur selten und dann eher zurückhaltend betrieben. Leider sah man Trudes Gesichtsbemalung die mangelnde Routine auch an. Das matte Rosa ihres Lippenstifts erinnerte an Taschenkrebse, die, vor einer Umweltkatastrophe in ihrem Biotop fliehend, auf der angrenzenden Küstenstraße von einem vorbeifahrenden Militärkonvoi plattgefahren worden waren.

Da öffnete sich tatsächlich auch schon das Tor und hinter ein paar Kisten lief Fritz her. Er war dann doch nicht allzu schrill kostümiert. Mit dem schönen Ausdruck ›Hochwasserhosen‹ hatten wir zu Kinderzeiten zu kurz geratenes Beinkleid tituliert. Überhaupt schien Fritz nur mit einiger Mühe in seine heutige

Ausgehuniform gekommen zu sein. Wurde Fritz fett? War mir bislang noch gar nicht aufgefallen.
Die ostanatolischen und Sozialhilfe-Nachbarn staunten nicht schlecht, als sie uns nun zusahen, wie wir mit ihren leidlich verkleideten Nachbarn seltsame Dinge einluden. Für mich sah es günstigstenfalls nach belgischen Waffenschiebern aus, für die ortsansässige Bevölkerung vermutlich nach neuen Teilnehmern im lokalen Drogengeschäft mit einem schlecht gehenden Nebenerwerbszweig in der Prostitution. Ich begann mich zu ärgern, weil das Ganze natürlich nicht wirklich meinen Vorstellungen entsprach. Gott sei Dank kamen die Leute hier auf viele dumme Ideen, aber die Pigs anrufen? Nee, dazu hatten sie dann doch zu viel Ehre im Leib!
Dafür ging gleich das ganz große Genöle los:

»Was ist das denn für ein Scheiß-Auto!? Was Auffälligeres habt ihr wohl nicht bekommen? Wo habt ihr das überhaupt her? Doch nicht etwa geklaut?«, meckerte Fritz. Böse Blicke schossen durch die Luft.

»Jetzt wird es aber bürgerlich«, meinte ich, »geklaut? Für wie blöde haltet ihr uns, hä? Ich hab euch gestern gesagt, dass wir mit ner dicken Kiste kommen. Das ist Teil des Plans, schon vergessen?«
Unser hauseigener ADAC und die wandelnde Autolobby in Form von Kraschno versachlichte die Auseinandersetzung aber ganz schnell wieder: »Der Witz an der Karre ist, dass sie im Gegensatz zu euren lächerlich lackierten Enten und Käfern, die ihr zudem noch mit irgendwelchen Blödmann-Aufklebern zuballert, am besten eure heiß geliebten Pril-Blumen mit ›Atomkraft, nein danke!‹ drauf, für Bullenaugen, die nen Schwarzsender suchen, quasi unsichtbar ist und darauf sollte es heute ankommen!«
Dass Kraschno die beiden Kreuzberger Superrevolutionäre nun zu blöden Ökos abgestempelt hatte, war natürlich genau der Tropfen Benzin ins Feuer geschüttet, der noch fehlte.

»Das muss nun gerade von Typen kommen, die gestern noch, nur mit der richtigen Linie bewaffnet, die Festungen des Imperialismus schleifen wollten«, konterte Fritz überheblich. Das spielte darauf an, dass der KBW, dem wir früher angehörten, im Gegensatz zu einigen seiner linken Mitbewerber nicht gerade als Spezialist des klandestinen Geschäfts galt. Zudem bevorzugte er es, bei Aktionen, die eigentlich eine gute Vorbereitung und eine entsprechende Ausrüstung erfordert hätten, seine Mitglieder mit einer nur schwer nachvollziehbaren, nahezu sektenhaften Opfermentalität, sozusagen in Hut und Mantel, lediglich mit der richtigen politischen Einstellung bewaffnet, in die Schlacht gegen die Bürgerkriegstruppen des Staates zu schicken. Unser eigenes Unverständnis und unsere Kritik daran waren einer der Gründe, die uns beim KBW zu linken Abweichlern gemacht und unsere Karrieren in der Organisation, gleichsam natürlich als Linksopportunisten, beendet hatten.

»Und dass ihr die Rolle der Anti-AKW-Bewegung völlig falsch einschätzt, ist ja bekannt«, schob Fritz nach.

»Ich setz mich in so was nicht rein, nee, da fühl ich mich irgendwie nicht authentisch«, zierte sich nun Trude und wollte auch etwas zur Auseinandersetzung beitragen.

»Fritz, ich hab dir gleich gesagt, diese Ex-K-Gruppen-Typen sind alle krank! Und diese Kinder bürgerlichen Wohlstands sowieso!«, meckerte Trude weiter.

Diese, von anderen Linken gegenüber dem KBW unter Verwendung der drei Anfangsbuchstaben der Abkürzung gerne gebrauchte, Schmähbezeichnung traf Kraschno nun tief in seiner Malocherehre, und er wurde leider gleich wieder persönlich: »Hör mal zu, Alte, ich habe in meinem Leben schon an mehr Werkbänken geackert und gefeilt, als du dir überhaupt vorstellen kannst. Die einzige Feile, die du kennst, ist doch deine Nagelfeile!«

Inzwischen hatte unsere Auseinandersetzung größere Aufmerksamkeit gefunden. Zu den ersten türkischen Jungs, die eigentlich nur die Kiste begaffen wollten, hatten sich etliche weitere gesellt, die unserer Unterhaltung nun gebannt zuhörten. Etwas weiter zurück standen einige ihrer mit Kopftuch bewehrten Mütter, die das Ganze wohl auch für eine willkommene Abwechslung ihres Alltags hielten. Hoffentlich verstehen die wirklich so wenig Deutsch, wie von manchen immer behauptet wird, dachte ich.

»Wenn die nicht mitfahren wollen, dürfen wir dann mit?«, fragte einer der Jungen, indem er mit seinen dreckschwarzen Flossen an meinem Jackett zupfte und meinem perfekt gebügelten weißen Oberhemd bedrohlich nahe kam.

»Ist das dein Auto?«, traute sich nun ein anderer.

»Ja!«

»Echt?«

»Ja!«

»Was kostet denn der?«

»Geld!«

»Tausend Mark?«

»Mehr!«

»Tausend Millionen?«

»Hör zu, wenn du jetzt nicht die Klappe hältst, steck ich dich in den katholischen Kinderknast, kapiert?«

»Mark, lass doch den Jungen in Ruhe, was soll das denn jetzt, so ne Scheiße zu labern?«, giftete Trude mich an.

Kraschno schlug mit der flachen Hand wuchtig auf das Wagendach und brüllte so laut: »Jetzt reichts«, dass alle, inklusive der orientalischen Beobachter, ordentlich erschraken, »wir können auch wieder fahren!«

Stille.

»Jetzt gehts eh nischt andersch, wir wolln in gut zwei Stunde uff Sendung sein«, lenkte Fritz jetzt ein und verfiel dabei in seinen schwäbischen Heimatdialekt. Tausendmillionen-Ahmed und seine Kumpels hielten jetzt etwas mehr Abstand, und tatsächlich stieg Fritz nun in den Wagen ein. Madame Authentizität-geht-über-alles tat es ihm, oh Wunder, gleich. Ich war mit den Nerven am Ende. Unprofessioneller konnte die Sache nun wirklich nicht beginnen, und dass Kraschno die inzwischen gut 20 Türkenjungs mit lautem Hupen auseinandertrieb, damit wir abfahren konnten, gab mir gleich den nächsten Schlag.

»Leute, das war ja wohl der absolute Katastrophenauftritt!«, sagte ich, »und auch noch Namen nennen, au Mann!«

»Namen? Wieso Namen? Ich habe keine Namen genannt!«,

kreischte Trude. Fritz wollte ihr beruhigend einen Arm umlegen, sie schlug ihn weg und schwieg dann. Offensichtlich dämmerte nun auch unseren Radiopiraten, dass das eben ein Beispiel aus dem Kapitel *Wie mache ich es nicht* war.

»Okay«, sagte ich nach einer kurzen Pause, »lasst uns versuchen, jetzt nach Plan zu operieren. Wenn jeder, wie besprochen, seinen Job macht, wird noch was draus.«

»Meine Handtasche, Scheiße, meine Handtasche!«, kam es von hinten. »Sie steht noch vorm Haus in der Adalbert«, jaulte Trude.

»Na super, das ist ja richtig geil!«, sagte ich, »was ist denn so alles drin? Personalausweis, Sendekonzept und unsere Adressen will ich hoffen!«

Trude schwieg. Kraschno hatte derweil den Wagen zu meinem Leidwesen aus voller Fahrt mit dramatisch quietschenden Reifen gewendet und fuhr zurück zum Ausgangspunkt.

In der Adalbertstraße angekommen, sah ich schon von weitem meinen jungen Gesprächspartner umzingelt von der Horde seiner Kumpels. Auch Kraschno hatte sie erblickt und hielt unmittelbar neben ihnen an. Ich riss die Wagentür auf und sprang auf die Straße. Tausendmillionen-Ahmed hielt in der linken Hand Trudes Funkelteil, in der rechten einige Blatt Papier, aus denen er gerade seinen Freunden vorlas.

»Antiperialistischer Kampf, das ist alles, was die Runierung der wirtschaftliche, poltische und kultrellen Metroplen vorantreibt ...«

»Gut vorgelesen, Ahmed, aber nun hole ich die Handtasche und alle anderen Sachen ab, die wir aus Versehen stehen gelassen haben«, sagte ich betont freundlich.

»Äh, ich hab nichts geklaut, ärlisch!«, kam es blitzschnell von ihm, »und ich bin Bilal, nicht Ahmed! Das ist Ahmed!«, sagte er und zeigte auf seinen Kollegen mit den schwarzen Händen. Der echte Ahmed hatte sich schon wieder eine Ecke meines Jacketts geschnappt und zog daran:

»Du, Onkel, was ist antiperalistisch?«

»Und Runierung?«, fragte ein anderer Zwerg neben ihm.

»Ganz schlimme Krankheiten, Jungs!«, antwortete ich in der Hoffnung auf abschreckende Wirkung.

»Wie schlimm?«, ließ sich Dreckflosse nicht beeindrucken.

»Na, dir fällt der Pillermann ab, wenn du Runierung hast, mindestens!«, sagte ich bestimmt. Das gab ihnen schwer zu denken und mir die Gelegenheit, die Sache schnell zu beenden.

»Also, Jungs, was habt ihr aus der Handtasche genommen?« Die Papiere und das Schillerding hatte ich Kollege Bilal inzwischen abgenommen. »Nix, ärlisch!«, kam es unisono aus der Runde.

»Schwört ihr bei Allah?«

»Ärlisch, ärlisch, ich schwöre!«, kam es von allen Seiten. Ich tat die Papiere zurück und warf Trude, die inzwischen das Seitenfenster des Daimlers heruntergekurbelt hatte, die Handtasche zu.

»Fehlt was?« Trude kontrollierte schnell den Inhalt und schüttelte mit dem Kopf. »Schön, mein kleiner Dyslexiker, dass du nicht gelogen hast!«, sagte ich und strich Bilal über das Haar.

»Was ist ein …?«, wollte der echte Ahmed gerade fragen, aber ich kam ihm zuvor. »Wenn du das Wort aussprichst, dann passiert das mit dem Pillermann! Ich schwörs dir, bei Allah!«, sagte ich, stieg rasch in den Wagen und Kraschno gab Gas.

»Das kommt alles nur, weil du auf diesen blöden bürgerlichen Klamottenkram bestanden hast, ich komm mit sowas einfach nicht klar«, übte sich Trude gleich in Vorwärtsverteidigung, während Kraschno sich bemühte, den Ort des Geschehens schnell zu verlassen.

»Klar«, sagte ich und ersparte mir jede weitere Replik. Diese letzte Feldforschung im Kreuzberger Soziotop hatte mich geschafft und ich schob nur noch die Kassette von heute früh, die ich mir beim Umziehen ins Jackett geschoben hatte, in den Rekorder. Das sollte doch für ein bisschen Gemeinsamkeit stiftende Atmosphäre sorgen, wenn Ton Steine Scherben in *Der Kampf geht weiter* klarstellten, wem Richter und Staatsanwälte im Kapitalismus dienen.

Erstmal ging es durch den Feierabendverkehr über Spandau nach Kladow, um mögliche Überwachung zu checken. Und dann gab es für mich eine Zwangspause. Ich stierte auf die neblige Havel,

die Sonne war schon wieder untergegangen, rauchte und dachte an sie, während die anderen die Technik installierten. Dabei hätte ich ohnehin nur gestört. Auf meinen ausdrücklichen Wunsch hin fummelte Kraschno noch an Johanns Autoradio herum und stellte es so ein, dass wir den Polizeifunk hereinbekamen. Auf der Rückfahrt in die Stadt rauschte und knisterte es in einem fort, aber im Funkverkehr der Bullen waren keine Auffälligkeiten festzustellen. Alles nur Alltagsroutinen.
Und dann zurück in den Gazastreifen und Action! Ich stellte den Polizeifunk ab, Trude und Fritz begannen pünktlich mit ihrer Übertragung.
Ging so weit auch alles gut. Kraschno fuhr nach meinen nonverbalen Anweisungen ruhig und sicher durch das Einsatzgebiet, wobei wir kleinere Ausflüge ins nördliche Neukölln machten. Ich hielt nach Zivis, Peilwagen und anderen unliebsamen Störungen Ausschau. Für erstere hatte ich im Laufe der Jahre ein untrügliches Gespür entwickelt. Ich kannte einen Teil des Fuhrparks unserer speziellen Freunde, aber es war vor allem die Art, wie sie fuhren, wie sie hielten oder parkten, wie sie im Wagen saßen, die einen aufmerken ließ, und ich lag fast immer richtig. Heute Abend waren sie im Zielgebiet gut vertreten, aber ich sagte nichts, um Trude und Fritz, die ihr Programm abzogen, nicht zu stören und vor allem ihre schwachen Nerven nicht zu strapazieren. Mit Kraschno, dessen Instinkte auch immer bestens funktionierten, verständigte ich mich über Blickkontakt. Einen Peilwagen hatten wir am Kottbusser Damm, Höhe Hohenstaufenplatz, bereits gesichtet. In der Radiosendung ging es zunächst um die verhafteten AGIT-Drucker und die fortgesetzte Isolationsfolter, die der Staat an den Gefangenen der RAF praktizierte, dann um einige Kreuzberger Spezialitäten beim Kampf gegen Hausbesitzer und Miethaie. Alles schien total easy. Wir kurvten mit der für die Gegend etwas überdimensionierten Kiste durch die Straßen. Mir schwirrte ein wenig der Kopf ob der Parole ›Die Kämpfenden Kollektive als die Keimzellen einer neuen Gesellschaft aufbauen und vermassen‹, die Trude aus dem *Revolutionären Zorn* zitierte. Vermassen ist doch wirklich

ein totaler Scheißbegriff und außerdem hätte ich es doch gerne etwas populistischer, dachte ich, als wir gerade einen Schlenker drehten und bei unseren guten alten Freunden in der Kochstraße vorbeifuhren. Dann wollten wir wieder zurück in das eigentliche Revier. Und auf einmal sah es richtig scheiße aus: Moritzplatz abgesperrt, Wannen ohne Ende, jedes Auto wurde offensichtlich gefilzt. Letzte Ansage an Trude und Fritz:

»Sendung jetzt und hier abbrechen! Technik so gut es geht abdecken, unter die Sitze schieben, auffressen! Was auch immer!«

»Idioten!«, kam es von hinten.

»Was? Wer? Wir?«, leierte Kraschno.

Scheiße! Wir saßen in der Falle, da halfen auch keine blöden Sprüche. Denn auch hinter uns zogen nun etliche grüne Autos auf. Der Platz war komplett abgeriegelt. Ich blickte aus dem Wagen auf den von Trümmergrundstücken umsäumten Moritzplatz, der durch diese Kriegsschäden ein sehr übersichtlicher Ort war. Trude und Fritz sahen im Rückspiegel noch blutleerer aus als gewöhnlich. Die Bullen hatten richtig groß aufgefahren: Scheinwerfermasten erhellten die Oranienstraße von beiden Seiten, an den Randbereichen ihres martialischen Szenarios liefen die Bullen nach Art der Zeit mit umgehängten Maschinenpistolen herum, der Novemberregen steuerte seinen Teil zur Inszenierung bei. Es sah so aus, als ob sie den gesamten Schwarzen September auf einmal erwarteten.

»Was ist denn das für ein Mist?«, sagte ich, »warum hat Hascher uns nichts gesagt? Hat er sich jetzt die Rübe total weggekifft?«

»Naja, alles kriegt der als Drogenheini auch nicht mit«, meinte Kraschno.

»Auch mehr Drogen als Heini«, versuchte ich zu witzeln.

»Was faselt ihr da, ihr Spinner? Macht was!«, schnauzte Fritz.

Kraschno trommelte mit seinen Lederhandschuhen auf dem Lenkrad herum und hatte diesen fatalen Nicki-Lauda-Blick.

»Auf keinen …«, sagte ich kurz. Ich war kein Freund des aktiven Motorsports.

»Was dann?«, fragte Kraschno.

»Immer ruhig bleiben!«, antwortete ich.

»Was quatscht ihr da? Wir müssen was tun!«, schrillte Trude.

Sechs Autos waren noch vor uns in der Filzung.

»Option Notausstieg?«, fragte erneut Kraschno und unterstrich dieses mit einer leichten Seitwärtsbewegung des Kopfes in Richtung Übergang Heinrich-Heine-Straße. Die Einfahrt zum Übergang in den anderen Teil der Stadt war nicht wirklich von der Bullerei gesichert worden. Das war zu einem guten Teil Ideologie. Es waren ja schließlich die anderen, die den freien Verkehr in der Stadt verhinderten, zum anderen glaubten sie nicht wirklich an die Möglichkeit, dass sich hier jemand in den Osten absetzen würde. Es stand nur ein einzelner VW Bulli mit Blaulicht auf der rechten Straßenseite, die linke Seite, also die Zufahrt auf den Moritzplatz für Fahrzeuge, die aus Ostberlin über den Übergang kamen, war frei. Es wären insgesamt keine 200 Meter.

»Notausstieg?«, brüllte Fritz, »Notausstieg? Das ist jetzt nicht der Moment, wo wir uns absetzen könnten!«

Noch fünf Wagen vor uns.

»Hat auch keiner gesagt«, gab ich ihm zur Antwort und wandte mich kopfschüttelnd an Kraschno. »Zu riskant, die sind hypernervös und zersieben uns, selbst wenn wir uns in Schussrichtung ihrer eigenen Leute absetzen.«

»Schussrichtung!?«, schrie es aus Trude heraus. Vielleicht wird sie gleich ohnmächtig, dachte ich und wir können die Notfallnummer abziehen. Die hatte uns in ähnlichen Situationen schon gute Dienste geleistet. Aber nicht mit Trude. Also verwarf ich die Idee gleich wieder. Schon wieder rückte die Wagenkolonne ein Stück vor. Ich schaute aus der Frontscheibe und dachte angestrengt nach. Dabei sah ich auf die Seitenfassade des KBW-Hauses, das gleich hinter der provisorischen Kontrollstelle in der Oranienstraße stand. ›PROLETARIERER ALLER LÄNDER UND UNTERDRÜCKTE VÖLKER VEREINIGT EUCH!‹ prangte in riesigen Lettern an der Fassade. Das half jetzt auch nicht wirklich weiter. Kraschno drehte sich zur Beifahrerseite und sah mich erwartungsvoll an.

»Okay«, sagte ich, »jetzt wird gezockt!«

8

Trinken ohne Trinkspruch
ist reine Sauferei.

Volksweisheit

GUTE-NACHT-MUSIK FÜR TRUDE UND EINEN KNEIPENTRESEN

»Okay«, sagte ich, »jetzt wird gezockt!« Oder hatte ich das nicht bereits gesagt?
Kraschno verdrehte die Augen und Trude schrie, als ich die Wagentür öffnete: »Zocken? Zocken! Was soll das heißen: Zocken? Seid ihr irre?«
Ich stieg demonstrativ langsam aus der Bonzenschüssel und steckte mir die 24ste Zigarette des Tages an. Krawatte festgezogen, Jackett gestrafft und auf die Mausefalle zugegangen.

»Guten Abend«, sagte ich zum ersten Bullen an der Kontrolle, »ich fürchte, wir haben ein echtes Problem. Wir haben uns irgendwie verfahren. Waren bei der *Morgenpost* in der Kochstraße zu einem Gespräch in der Wirtschaftsredaktion und müssen jetzt zurück zum Kempinski. Ich glaube, wir brauchen Ihre Hilfe.«
Der Bulle funktionierte systemgemäß. »Momentchen, muss mal Kontakt mit den Kollegen aufnehmen«, sagte er und verschwand in einer Wanne.
Nach ein paar Minuten, die mir wie die erste Anzahlung auf das Ewige Fegefeuer, das mir im Kommunionsunterricht versprochen worden war, vorkamen, öffnete sich die Tür der Wanne wieder und er kam zurück und winkte einen grün-weißen VW-Bus heran.

»Die Kollegen werden vorfahren, sie müssen einfach nur folgen.«

»Ach, das ist ja supernett von Ihnen! Herzlichen Dank, wirklich große Klasse!« Dann ging ich zurück zum Wagen.
Trude sah aus, als ob sie gleich heulen wollte, Fritz wie vom Zauberberg geholt. Kraschno schob die rechte Augenbraue hoch. »Und jetzt?«

»Und jetzt? Jetzt fahren wir noch auf ein Glas Schampus ins Kempinski. Brauchst nur dem Bullen-Bulli hinterherfahren.«

»Na, logo, machen wir ja immer um diese Zeit«, meinte Kraschno, bog aus der Fahrzeugschlange aus und fuhr unseren Freunden und Helfern nach Charlottenburg hinterher.

»Ihr seid völlig bescheuerte Idioten«, quetschte Trude hervor.

»Wieso? Ist doch alles gut!«, meinte ich und schaute aus dem Seitenfenster auf den Novemberregen.

Ob das mit ihr was werden könnte? Ich dachte an das neue Ziel meiner unerfüllten Leidenschaften. Schön wäre es schon, nicht mehr alleine zu sein (als ob ich jemals alleine war). Szenen kleinbürgerlicher Idylle schoben sich fetzenweise über die dunklen grauen Straßen Westberlins. Ich lullte weg. Kraschno schnallte das sofort.

»Hey, mein Guter, mach dich mal wach! Noch sind wir nicht durch. Diese schräge Scheiße musst du noch zu nem glücklichen Ende bringen, dann kannste wieder vom Händchenhalten träumen«, bemerkte Kraschno.

»Zu einem glücklichen Ende? Ja, das wäre schön«, sagte ich mit verschleiertem Blick.

»Was geht denn bei euch ab?«, stieß Fritz hervor, »habt ihr komplett den Verstand verloren? Wir fahren den Bullen mit unserer ganzen Technik hinterher, um in diesem Kapitalisten-Schuppen zu landen und ihr labert nur irre Scheiße! Das geht doch niemals gut.«

»Das geht sogar sehr gut, wenn ihr cool bleibt«, sagte ich, schob mir noch eine Beruhigungszigarette in den Mund und drehte die Anlage noch einmal voll auf, damit ich die Firma *Das geht doch niemals gut* nicht mehr hören musste.

Nicht viel später bogen wir vom Kurfürstendamm in die Uhlandstraße. Dann ging es kurz über die Kantstraße, und in der Fasanenstraße fuhr Kraschno dann direkt vor den hell erleuchteten Hoteleingang, vor dem auch die Bullen stehen geblieben waren. Ich ging zur Beifahrertür des VW-Bulli.

»Noch einmal herzlichen Dank! Ohne Ihre Hilfe hätten wir das nie geschafft«, bedankte ich mich durch das offene Seitenfenster bei dem Beamten.

»Keene Ursache, Meester«, meinte dieser. Na, wollen wir ihm diese Vertraulichkeit mal nachsehen, dachte ich. Kraschno hatte zum Entsetzen von Trude und Fritz dem Portier den Autoschlüssel gegeben und die beiden zum Aussteigen aufgefordert. Sie sahen extrem unglücklich aus, wie sie zögernd auf die Hotelhalle zugingen. Trude stakste mit ihren hochhackigen Stiefeletten wie ein Storch auf der grünen Wiese und Fritz machte in seinem blauen

Konfirmationsanzug, Modell Schischkoff Bulgarien 1965, auch kein optimales Bild. Sie wirkten wie Vertreter der niedersächsischen Landjugend beim Besuch der Grünen Woche. Naja, geht schon, dachte ich.

Kraschno ging voraus und hatte gleich das Hinweisschild zur Hotelbar entdeckt. Ich trottete als Letzter hinterher. Wir stellten uns an den Tresen. In der Nähe zum Eingang saß eine Schmalzlocke und klimperte gräulich auf einem Flügel herum. Der Barkeeper guckte schon ein wenig irritiert, als er uns sah. Wir waren vor allem ein bisschen sehr jung, um uns hier selbstverständlich bewegen zu können.

»Eine Flasche Moët & Chandon mit vier Gläsern, bitte«, bestellte Kraschno. Ich sah Kraschno fragend an:

»Moët & Chandon, Kraschno? Das Zeug schmeckt doch wie drei Tage alte Fanta, die auf einem gut geheizten Kachelofen vergessen wurde.«

In Punkto Champagner gingen unsere Geschmäcker doch stark auseinander. Ideologische Differenzen auf niedrigem Niveau.

»Naja, du trinkst ja auch Bananenmilch, Kraschno«, setzte ich hinzu.

Kraschno rollte mit den Augen: »Schnacker, elender Schnacker«, meinte er nur.

»Wären Sie so freundlich uns auch eine Flasche Veuve Clicquot zu bringen?«, sagte ich zum Barkeeper, der sich ein wenig unwillig in das obligate Schicksal einer subalternen Servicekraft fügte, alldieweil das Kreuzberger Folklore-Duo mit Schnappatmung kämpfte.

Schmalzlocke begehrte abermals Aufmerksamkeit, strich sich seine Schuppen vom schwarzen Samtanzug und zupfte die dazu passende Samtfliege zurecht. Großes schien bevor zu stehen. Er machte nun auf The Voice und quälte mit seiner Interpretation von *Strangers in the Night*.

An den im Raum verteilten niedrigen Tischchen saßen einige weitere Gäste in kleineren Gruppen, die uns mehrheitlich kritisch beäugten oder auch offen anstarrten. Das trug bei Trude und Fritz nicht gerade zur Herabsetzung des Pulsschlages bei. Kraschno und ich hatten das probate Gegenmittel oft genug praktiziert und schauten intensiv zurück. Jetzt nur nicht wegschauen, sondern stahlhart zurückglotzen, das ist unangenehm und hält auf Dauer keiner aus. So war es auch in diesem Fall und das Gesockse, welches sich zu diesem Zeitpunkt hier aufhielt, es war die übliche Westberliner Provinzmischung aus Angehörigen der hiesigen Kleptokratie, Nassauern der Berlin-Subventionen, Baulöwen, Spekulanten, Bordellbesitzern sowie Firmenvertretern aus Westdeutschland auf spesenintensiver Geschäftsreise, gab Ruhe und kümmerte sich um seine eigenen Angelegenheiten. Es ging nun auf Mitternacht zu, als wir vor schön gefüllten, golden schimmernden Champagnerkelchen standen.

»Also, Ihre Sendeprobe hat uns ausnehmend gut gefallen, ich denke, wir können ins Geschäft kommen«, sagte ich zu Trude und Fritz und prostete ihnen zu. Trude hatte einen Blick, der Kastrationswünsche vermuten ließ und Fritz sah aus, als ob er nur noch sterben wollte. Der Champagner, jedenfalls der Veuve Clicquot, hatte die optimale Temperatur, ging gleich ins Blut und tat einfach nur gut. Trude und Fritz verzogen das Gesicht, als ob wir ihnen Zitronensprudel mit Persico vorgesetzt hätten. Dem Barmenschen entging das nicht.

Wir pafften und süffelten noch ein bisschen vor uns hin und ich versuchte immer wieder erfolglos so etwas wie Small Talk in Gang zu bringen, aber es war und blieb ein zäher Brei. Trude und Fritz würden in diesem Leben nicht mehr locker werden und der Chef der Bar, der uns routiniert mit Salzstangen und Nüssen verwöhnte, war von den Schwarzer-Krauser-Tabakkrümeln, die die Kreuzberger beim Zigarettendrehen auf seinem auf Hochglanz polierten Tresen hinterließen, sichtlich genervt. Kraschno befreite seinen Platz am Tresen mit dem kleinen Finger der linken Hand von dem Gemisch aus Tabak- und Salzstangenkrümeln, ließ zwei Hundert-Mark-Scheine liegen und bat um die Vorfahrt unseres Wagens.

»Der Rest ist für dich, Süßer«, sagte Kraschno.

Der Barkeeper quälte sein genervtes Gesicht zu einer Grimasse, die Lächeln darstellen sollte. Er würde im Gastrogewerbe verbleiben müssen, für eine Schauspielerkarriere würde es nicht reichen.

Als Trude und Fritz im Fond des Daimlers saßen, nahmen sie wieder menschliche Gestalt an, schauten gleich nach ihrer Ausrüstung und fanden diese natürlich unversehrt und vollständig vor.

»Ist alles da«, legte Trude gleich los, »aber die Nummer war der totale Wahnsinn! Was hast du den Bullen denn erzählt, hä? Und ich im Kempi, geht doch gar nicht!«, platze alles aus Trude heraus, was sie die letzte Stunde hatte herunterschlucken müssen.

»Und dann geht ihr da auch noch rein und bestellt Champagner, das geht schon noch einmal nicht!«, wetterte Trude weiter.

»Schön, dass es dir aufgefallen ist!«, sagte ich.

»Komm mir nicht blöd, Mark! Nee, ehrlich, das haut mich um! Und ihr wollt Kommunisten sein?«, ging es weiter.

»Sind Kommunisten«, warf Kraschno ein.

Die ganze Anspannung wich nun von Trude und sie war nicht mehr zu stoppen. »Das ist der Hammer! Nee, wirklich, das gibts doch nicht! So schnell haut mich nichts um, aber das haut mich um!«

Kraschno und ich schauten uns an, grinsten und sangen in bester Laune die deutsche Daliah-Lavi-Interpretation von *I Get a Kick out of You* an, wobei wir genau wie im Original darauf achteten, ›Rum‹ mit einem schwach angedeuteten *R* zu singen.

Diese geträllerte Hommage an Trude war ein schönes Gute-Nacht-Lied, bei dem Kraschno die rechte Hand vom Lenkrad nahm, sich bei mir unterhakte, sodass wir schunkelnd durch die nächtliche Mauerstadt gondelten. Das schien allseits zu beruhigen. Wir verabredeten einen Termin für den späten Nachmittag des nächsten Tages zum Rücktransport der Technik und setzten Trude und Fritz, der sich in kontemplatives Schweigen gehüllt hatte, an einem Taxistand ab. Als echte Kreuzberger hatten sie keine Kohle dabei und wir durften ihnen noch ein Pfund vermachen.

»Nichts für ungut«, verabschiedete sich Trude, »aber ihr seid keine Genossen, ihr seid einfach nur irre.«

»Vielleicht sind wir irre, weil wir Genossen sind«, konterte Kraschno. Trude verdrehte die Augen und wollte gerade im Taxi verschwinden, da fiel mir noch was ein: »Äh Trude, ich hab da noch ne Frage: Was ist denn nun eigentlich antiperialistischer Kampf?«

»Arschloch!«, war die Antwort. Kraschno hupte zum Abschied und fuhr weiter in Richtung Schöneberg.

»Puh, die Alte geht einem ja mächtig auf den Sack!«, stöhnte Kraschno nach einigen Schweigeminuten, »und der Schwabenaffe ist auch nicht besser! Ich muss erst einmal Druck abbauen, sonst krieg ich ne Macke!«

»Druck abbauen? Was soll das werden?«

»Wirste gleich sehen«, antwortete Kraschno und nahm auf der Schöneberger Hauptstraße schon einmal Fahrt auf. Vor der Kreuzung Dominicusstraße chauffierte er den Wagen laut donnernd auf die nur für PKW zugelassene provisorische Stahlhochstraße, die die eigentliche Kreuzung von einem Teil des Autoverkehrs entlastete. Dann nagelte er mit hoher Geschwindigkeit, Johann hatte bereits die Winterreifen mit Spikes für seinen Weihnachtsurlaub in Oberstdorf aufziehen lassen, über die instabil wirkende Stahlkonstruktion. Diverse Bewohner aus Wohnungen der an die Straßenkreuzung angrenzenden Vorderhäuser fielen aus ihren Betten und dachten, dass die Russen nun schlussendlich doch gekommen wären. Wenig später fuhr Kraschno am Innsbrucker Platz auf die Stadtautobahn und jagte Richtung ICC den Motor richtig hoch. Am Autobahndreieck Funkturm schossen wir mit qualmenden Socken auf die Avus. Kraschno trat nun das Gaspedal voll durch und mit knapp 230 km/h ging es in Richtung Zehlendorf. Sollte man mit Winterreifen nicht etwas langsamer fahren?

Das war nun ein weiterer unprofessioneller Höhepunkt des Tages, aber ich schwieg, denn ich wusste, dass sich Kraschno, wenn er derart geladen war, ohnehin nicht von mir reinquatschen lassen würde. An der Spanischen Allee ging es dann über die Spinnerbrücke wieder in die Gegenrichtung, und ich machte zur Beruhigung der Nerven den Kassettenrecorder an und gönnte mir eine Zigarette.

Immer noch leicht angedröhnt vom Champagner, wir armen Jungs hatten schließlich nur gefrühstückt, überlegten wir, als wir zum Glück unbeschadet wieder in heimatlichen Gefilden waren, ob wir den Daimler auf der Schöneberger Hauptstraße ins Parkverbot stellen sollten. Das war uns dann aber doch zu sehr auf Johanns Leidensfähigkeit gebaut, also suchten wir lange und fanden dann noch einen korrekten Parkplatz vor dem Kino Notausgang, Hauptstraße Ecke Vorbergstraße.

»Müssen wir unbedingt morgen Fritz erzählen, dass wir doch noch zum Notausgang sind«, flapste ich.

»Sag ihm, durch den Notausgang, Mark. Dann regt er sich noch mehr auf«, gab Kraschno zurück.

»Ich würde gerne noch in der Mansarde gucken, ob Hascher da ist«, sagte ich beim Abschließen des Wagens, »bei aller Nerverei von Trude, aber die Sache war wirklich scheiße und hätte böse ins Auge gehen können.«

»Nee, heute nicht mehr, das wird zu emotional. Hascher läuft uns nicht weg«, meinte Kraschno.

»Wohl kaum. Also ins Jonas?«

»Genau!«

Es nebelte und nieselte wieder pflichtgemäß, als wir uns anschließend die leichte Steigung der Langenscheidtstraße hochquälten, um im Jonas nach dem Rechten zu sehen.

Es war mittlerweile halb zwei an irgendeinem beschissenen Wochentag, aber der Schuppen war immer noch gut gefüllt, als wir aufschlugen. Elmar, der Zapfer vom Dienst, lümmelte auf dem Sofa herum und bekam einen seiner Serviceanfälle.

»Nee, also wenn ihr jetzt ein Bier wollt, dann zapft euch das gefälligst selbst!«

»So isses«, sagte Kraschno und stellte vier Gläser unter den Hahn. Es verging keine Millisekunde und von allen Seiten kamen Sprüche und Fragen ob unserer Outfits.

»Waren auf ner Familienfeier«, nölte der rasch zapfende Kraschno, »ne Tante von uns ist gestorben.«

Da schon mein eigener Vater zuweilen Mühe hatte uns auseinander zu halten, waren hier alle der Überzeugung, wir seien Brüder, und aus Bequemlichkeit beließen wir es bei diesem unterstellten Verwandtschaftsverhältnis. Kraschno, als fürsorglicher Bruder, stellte uns die vier frisch gezapften Pils auf den Tresen. Das erste auf Ex, das zweite für den Genuss! Na, okay, so sieht das Leben doch wieder gut aus.

Operation gerettet und jetzt ein bisschen Abhängen.

Wir soffen ein wenig vor uns hin, informierten uns über die Themen der heutigen Tresengespräche und den Fortgang der Weltgeschichte im Allgemeinen. Irgendwann blieb ich wieder in den großen schwarzen Augen der Latzhosen-Schönheit vom Vorabend hängen. Schon komisch, dass die so spät noch da waren, geisterte es durch meinen Kopf. Heute sah sie mich noch böser an als gestern. Das lag bestimmt an meiner aktuellen Verkleidung. War aber auch irgendwie toll. Oh Gott, wo soll das hinführen?

Kraschno hatte nichts mitbekommen und ich bestellte schnell zwei Tequila bei Elmar, der inzwischen die Dienstgeschäfte wieder aufgenommen hatte. Elmar berichtete den Tresenhockern wortreich von den Erlebnissen bei seiner morgendlichen Verhaftung. Er war beim Brötchenholen von einem aufmerksamen Berliner Superbürger wieder einmal als Christian Klar, den der Staatsapparat derzeit zum Staatsfeind Nummer Eins aus dem Kollektiv der RAF-Genossen deklariert hatte, erkannt worden, wobei eine gewisse Ähnlichkeit nicht abzustreiten war. Daraufhin war er mit viel Tamtam und Getöse bei den zuständigen Oberbullen abgeliefert worden. Bereits die dritte Aufführung dieser Posse in den letzten Monaten. Mit »Ach, Herr Schmidt, Sie wieder einmal bei uns zu Gast?« war er dort als guter alter Bekannter begrüßt worden. Die Jungs von der Trachtentruppe zeigten sich anschließend schwer enttäuscht, hatten sie sich doch im Geiste von der zu erwartenden Belohnung schon den neuen Porsche 911 Carrera bestellt und das, obwohl die Kohle vermutlich dem tollen Denunzianten aus dem Bäckerladen gebührt hätte.

Plötzlich standen Glutauges Kombattantinnen neben mir, um zu bezahlen. Aber wo war sie geblieben? Ich konnte sie nirgendwo erblicken. Als die feministische Handwerkerbrigade das Lokal verlassen hatte, kam sie von der Toilette. Ich blickte ihr betont lange und bedeutungsvoll in die dunklen Pupillen und erwartete demütig einen üblen Spruch von ihr. Aber nichts geschah. Sie verließ auch nicht das Jonas, sondern setzte sich alleine an den Tisch, den ihre Freundinnen gerade verlassen hatten. War das eine Aufforderung? Kraschno schien beschäftigt, also schnappte ich mir schnell die beiden Tequilas und, ohne groß zu fragen, zwei von Elmar unter den Zapfhähnen vorbereitete Biere und ging an ihren Tisch. Jetzt oder nie, Maulschelle oder Sieg!

»Hi, ich bin Mark, schön dich einmal alleine zu sehen«, sagte ich und stellte die Getränke auf den Tisch.

»Das ist ja bekannt, dass du Mark bist, bei der Welle, die du hier immer veranstaltest.«

»So schlimm?«

»Deine Macho-Auftritte hier sind wirklich ziemlich armselig.«

»Naja«, lenkte ich ein, »verrätst du mir trotzdem, wie du heißt?« Ich gab ihr einen Tequila, nahm mir den zweiten und trank ohne zu zögern.

»Penelope«, sagte Penelope. Sie sprach mit einem leichten Akzent, den ich für den Moment nicht einordnen konnte, der mich aber augenblicklich verzauberte. Ich versank in dem Schwarz ihrer Augen und unsere Konversation nahm, wenn auch ein wenig zögerlich, ihren Lauf. Sie wohnte in der Barbarossastraße in Schöneberg, das war gut, zusammen mit fünf anderen Frauen, das klang schwierig, fand meinen Anzug scheiße und lächerlich, völlig egal, war gerade mit ihrem Lehramtsstudium fertig und als Referendarin in einer Schule in Zehlendorf tätig, nun gut, und hielt mich für ein aufgeblasenes, nur scheinbar selbstsicheres Chauvi-Schwein, konnte ich zunächst mit leben. Männer im Allgemeinen, solche wie ich im Besonderen, sind überflüssige, wenn nicht extrem gefährliche und schädliche Existenzen. Im Grunde genommen richtig, ich musste mich ändern.

Und eigentlich verkehrte sie hier nicht und sprach auch nicht mit Typen wie mir, auch gut, wenn ich nur weiter in ihre Augen sehen durfte. Überhaupt ließ sich die Ursache für das gesamte Elend in der Welt auf Macho-Arschlöcher wie mich zurückführen. Das war mir nun völlig klar, ich hatte den Hauptwiderspruch in der Welt nicht erkannt und ihn immer nur, typisch Macker, als Nebenwiderspruch abgetan, wenn nicht gar völlig geleugnet. Nun aber ließ es sich beim besten Willen nicht mehr vermeiden, ich musste auf die Toilette.

»Entschuldige, aber ich müsste mal ...«, sagte ich und deutete mit dem Kopf in Richtung der Toiletten. Als ich zurückkam, war der Tisch leer, nur die beiden Biere und ihr Tequila standen noch unberührt da. Penelope war verschwunden. Gedankenverloren griff ich zu meinen Zigaretten, die noch auf dem Tresen lagen. Sogar das Rauchen hatte ich vergessen.

»Sag mal Mark, ich dachte es geht nicht um diese Latzhosen-Olle, oder?«, meinte Kraschno, der mich und meine Zigarette etwas verloren herumstehen sah.

»Was? Nee, äh, äh, eigentlich nicht, aber ...«

»Ach, du dicke Tüte!«, meinte Kraschno, »erklär mal näher, wollten doch eh noch drüber quatschen!«

»Ach nee, lass mal Kraschno. Für heute bin ich fertig.«

»Komm Alter, jetzt haben wir mal die Ruhe«, zog er mich zu dem Tisch, an dem ich eben noch mit Penelope gesessen hatte und auf dem praktischerweise die beiden Biere auf uns warteten.

»Was läuft denn da mit dir und der jungen Dunja Rajter?«, begann Kraschno das Gespräch und trank Penelopes Tequila aus.

»Keine Frechheiten, Kraschno! Sie heißt Penelope und ich weiß auch nicht, was das wird. Aber um sie geht es ja auch gar nicht«, begann ich eine längere Erklärung zu meiner aktuellen Seelenlage. Ich setzte Kraschno mein ganzes Dilemma auseinander, erzählte, um wen es ging. Er kannte sie auch noch aus der Schule. Ich erläuterte ihm meine Absichten hinsichtlich der Silvesterparty, dass mir das alles viel zu lange dauern und ich diese enorme Wartezeit bestimmt nicht überleben würde. So rauchten und quatschten wir vor uns hin. Wir lümmelten, inzwischen doch schon ordentlich abgewrackt, am Tisch, die Krawatten hatten wir abgenommen und in den Jacketttaschen verschwinden lassen. Kraschno hatte auch keinen guten Rat für mich, wie ich die ganze Angelegenheit ein wenig forcieren konnte.

»*You can't Hurry Love*«, sagte er, stand auf und gab eine Passage aus dem gleichnamigen Stück von The Supremes zum Besten.
Elmar, der mittlerweile etwas vereinsamt am Tresen stand und schon länger keine neue Musik mehr aufgelegt hatte, schaute Kraschno an und sagte: »Ach ja, die guten alten Supremes. Kommt, Jungs, wir nehmen noch eins«, und stellte sich an die Zapfanlage. Das Jonas hatte sich inzwischen fast vollständig geleert, es musste so ungefähr halb fünf sein. Wir gesellten uns zu Elmar an den Tresen, der nach gut zwei Dutzend Bier wie immer etwas sentimental wurde. Er gab seiner Stimmung nach und legte *Was fang ich an in dieser Stadt?* von Klaus Hoffmann auf. Gute Frage, aber nicht jetzt!

»Ich zahle heute für Kraschno und mich, Elmar«, versuchte ich ein neutrales Thema.

»Für euch drei meinst du wohl«, sagte Elmar, »die Rechnung deiner neuesten Eroberung zahlst du doch wohl auch, oder? Das hat sie mir zumindest gesagt, als sie ging.«

»Ach, ja? Aber was heißt hier Eroberung? Man kann sich doch mal unverbindlich ein bisschen unterhalten, ohne dass da gleich Wunder was hinter vermutet wird, oder? Im Übrigen heißt sie Penelope.«

»Hm, Penelope, na gut. Aber es ist schon auffällig, wenn du mal jemandem so tief in die Augen schaust«, meinte Elmar.

»Noch ne Runde Tequila und dann ab in die Falle, Elmar«, war meine Antwort.
Elmar nannte nun irgendeine Phantasiesumme, die weit unter unserer tatsächlichen Zeche lag. Ich gab ihm das Geld und er servierte die letzte Runde. Elmar erging sich zunächst in weit schweifenden, deprimierenden Bemerkungen über das Leben, die Liebe und die Frauen, dann aber standen wir drei schweigend und rauchend am Tresen, hingen unseren Gedanken nach und schauten durch die Kneipenfenster in die dunkle Nacht. Der Wasserstand in Elmars Augen hatte Fluthöhe erreicht, als Klaus Hoffmann sein Lied *Berlin* intonierte.

9

Treets schmilzt im Mund -
nicht in der Hand!

Werbeslogan

DIE DIALEKTIK DER 11ER-WETTE ODER ANATOLIEN FÄHRT ZU SCHNELL

Unser Frühstückstisch war das reinste Chaos: zahlreiche Tassen, leer oder halbgefüllt mit schwarzem Kaffee, ein halbes Dutzend Tageszeitungen, Toto- und Lottoscheine, die Donnerstagsausgabe des *Kicker* und eine zerlesene Ausgabe der *FuWo* vom Montag, Zigaretten- und Streichholzschachteln, Feuerzeuge, Notizzettel. Reste unseres Englischen Frühstücks paarten sich mit überfüllten Aschenbechern.

Nach traumlosem Schlaf hatten Kraschno und ich uns wieder in das Jonas begeben. Zuvor war ein Umweg in den Zeitungsladen erforderlich gewesen, um uns neben Tippscheinen für das Wochenende mit der *Bild*, der *B.Z.* und der *Berliner Morgenpost* zu versorgen. Wir wollten die Kritiken des Vorabends in der Lokalpresse studieren. Das Zeitungsangebot des Jonas war breit gefächert, von der *Taz* und *Die Neue* bis hin zur *Süddeutschen Zeitung* und *Frankfurter Allgemeinen* waren allerlei Tageszeitungen vertreten, auch *Die Wahrheit* der SEW wurde täglich bereitgestellt. Produkte der Kochstraße wurden allerdings nicht vorgehalten. Wenn man diese Blätter in das Jonas brachte und sie dann auch noch öffentlich las, wurde man mit bösen Blicken und Sprüchen bestraft. Man las eben keine Springer-Presse, genauso wie man nicht mit offenem Hosenstall herumrannte. Wir schoben die aktuelle Fußballberichterstattung als Ausrede für unsere gelegentliche Lektüre vor.

Die Schnarchsäcke vom *Tagesspiegel*, den wir gleich am Eingang aus dem Zeitungsständer des Jonas gefischt hatten, wussten noch nichts zu berichten, da mussten wir wohl bis morgen warten. Die *B.Z.* munterte uns auf der Titelseite mit *Professor will Menschenkopf verpflanzen auf*. Das ist vielleicht die bessere Lösung? Chirurgie statt Agitation und Propaganda! Mussten wir einmal drüber nachdenken. Die Hetzer von der Kochstraße waren jedenfalls mal wieder die Schnellsten. Der Lokal-Anzeiger der *Berliner Morgenpost* glänzte auf der ersten Seite mit *Haschhunde helfen Fahndern.* ›Sogenannte Terrorfahnder hatten mit Haschhunden auf S- und U-Bahnhöfen Terroristen und Rauschgifthändler gejagt.‹

Wir mussten Hascher einmal befragen, wie die Viecher sich das Zeug reinzogen. Via Chappi oder aufgelöst in Pansen? Zwei Seiten weiter wurde Trude und Fritz bestätigt, dass sie üble Anarchos und Lügner waren. Fast noch schlechter kamen die Bullen weg. Sie hatten ein paar arme Socken einkassiert, die wegen irgendwelcher Lappalien per Haftbefehl gesucht wurden, und einige andere Experten waren vollbreit in die Kontrolle gerauscht. Die endlich konsequente Reaktion auf das Unwesen illegaler Sendeanlagen in Form der zahlreichen Straßensperren wurde zwar gelobt, aber der mangelnde Fahndungserfolg doch bitterlich beklagt. Die charakterlosen Tintenstrolche von der *B.Z.* hielten es wie immer knapp, bliesen aber in das gleiche Horn und verbanden das Ganze noch schnell mit einer allgemeinen Attacke auf die ›DDR‹, die uns Banditen vermutlich finanzierte, und vergaßen nicht, vom Staat schärfere Gesetze gegen derlei Umtriebe einzuklagen.

Wenigstens das Horoskop der *B.Z.* sollte mich optimistisch stimmen: ›Ihr Privatleben entwickelt sich gut. Sie sollten in einer delikaten Angelegenheit die Initiative ergreifen.‹ Okay! Aber in welcher?

Eine Kritik der Kritiken fand nicht statt. Zwar war das Jonas sicher nicht im zentralen Blickpunkt des Staatsschutzes, aber es gab damals mehr Spitzel als schlechte Witze. Je wilder einer auf die Pauke haute, desto größer war die Wahrscheinlichkeit, dass er für die Pigs arbeitete. Auf besondere Aufmerksamkeit der anderen Seite legten wir keinen Wert. Außerdem war die 11er-Wette immer noch nicht fertig und 6 aus 45 hielt auch noch viele offene Fragen bereit: Gab es aktuell irgendwo witterungsbedingt Spielausfälle? Fielen wichtige Spieler plötzlich wegen Verletzungen aus? Zur Klärung dieser Punkte begab ich mich in die Telefonzelle und wählte die Nummer der automatischen Telefonansage des *Kicker*, die diesbezüglich Aufklärung bot. Es blieben aber noch eine Menge andere Dinge, die zu klären waren. Würden Willem II Tilburg und Go Ahead Deventer dieses Wochenende wieder unentschieden spielen? War Viktoria Köln in der 2. Liga Nord weiter ein Aufstiegsaspirant? Was machte TeBe? Und war im Süden der Abstieg von Röchling Völklingen noch zu verhindern? Diese kleinen Zockereien waren bei der

Linken als kleinbürgerlicher Mist schwer verpönt. Uns störte das wenig. Es war eine prima Ablenkung vom Elend der Existenz. Die Kritiker mochten Recht haben, aber Askese war nicht unser Ding. Plötzlich blickten alle aus dem Fenster. Ein grauer Käfer hatte sich zwischen die beiden Telefonzellen und das Jonas gestellt und versperrte den gesamten Bürgersteig. Hascher war im Anmarsch.

»Sind gleich wieder da«, sagte ich zu den Mitspielern unserer kleinen Tippgemeinschaft, die sich mittlerweile zu uns an den Tisch gesetzt hatten. Kraschno und ich passten Hascher vor dem Eingang ab. Ich empfing ihn mit vorwurfsvoller Mine, während Kraschno das wandelnde Fragezeichen abgab. Hascher schien das nicht zu bemerken.

»Also«, begann er, »heute liegt wohl in Kreuzberg nichts an. Ne große Mausefalle ab 22 Uhr am Kutschi, sonst nüschte«, führte Hascher aus.

»Heut nüschte?«, fragte ich nach.

»Nee nüscht! Jedenfalls soweit ich das checken kann.«

»Und gestern, Billy, was war gestern? Auch nüschte?«, fragte Kraschno.

»Gestern? Wie gestern?«, stotterte Hascher.

»Gestern! Der Tag, der vor diesem Tag war, Billy, den nennt man gestern. Und wir wollten von dir vorgestern, okay vorgestern, wissen, ob in SO 36 für gestern etwas geplant war und du wolltest uns gestern Mittag für den Fall, dass das so ist, Bescheid sagen«, kam es etwas angefasst von mir.

»Heute, äh, ich meine gestern ... Also ihr wolltet gestern von mir wissen, ob heute etwas angesagt ist«, versuchte Hascher klarzustellen.

»Bertold«, meinte nun Kraschno väterlich, »Hans hat dich am Mittwoch in der Mansarde angerufen und du bist noch rumgekommen und wir haben dich da nach dem nächsten Tag gefragt und das war dann ja wohl Donnerstag, oder? Also gestern!«

«Und heute ist Freitag, Billy, Freitag! Und gestern waren wir in Kreuzberg und da war die Kacke am Dampfen oder etwa nicht, hä? Und wir waren mittendrin. Das war nicht komisch. Wir haben übrigens drei von euch erwischt. Noch nichts von gehört?«, ätzte ich.

»Wie erwischt?«, stammelte Hascher und wurde noch etwas bleicher.

»Hans macht nen Witz. Beruhig dich Junge. Aber im Ernst, Billy, das war scheiße! Wäre beinahe für uns ins Auge gegangen«, sagte Kraschno.

»Freitag? Heute ist Freitag?«, jammerte Hascher. Er schien komplett von der Rolle zu sein.

»Das tut mir leid, Jungs. Puh, ich war so dicht, völlig dicht! Da ist mir wohl gestern, also der Donnerstag, komplett durchgerutscht. Scheiße, tut mir wirklich leid.«

»Durchgerutscht?«, sagte ich. Ich hatte mich immer noch nicht beruhigt. »Du weißt doch bestimmt, wer Pat Garret ist, oder Billy? Dem ist das auch so durchgerutscht, damals.«

»Is gut, Hans«, meinte Kraschno beschwichtigend, »geh schonmal wieder rein. Ich komm gleich nach.«

Trotz der Aufforderung von Kraschno blieb ich wie angewurzelt stehen.

«Und die Sonderaktion mit euren Spürhunden gestern auf den Bahnhöfen, Billy? Erzähl mir nicht, dass du nicht dabei warst. Ist doch dein Ressort, oder?«, setzte Kraschno noch einmal nach.

»Sonderaktion? Gestern? Bahnhöfe?«, Hascher bekam immer noch nichts sortiert.

»Wir haben bei dir was gut, Billy, was Dickes, das ist dir wohl klar, oder?«, wollte Kraschno die Sache abschließen.

»Ja, ist klar! Kommt nicht wieder vor, Franz. Versprochen!«, beteuerte Hascher.

»So long, Billy«, sagte Kraschno und schlug Hascher zur Verabschiedung auf die Schulter. Ich hob wortlos die Hand.

Wir gingen zurück ins Jonas.

»Schwaben, die Frankentussi, Typen, die Donnerstag nicht von Freitag unterscheiden können, Drogensüchtige. Diese Stadt ist ein einziger Müllhaufen und raubt mir den letzten Nerv«, wetterte ich, während ich noch mit dem braunen Vorhang am Eingang kämpfte. Kraschno legte mir von hinten besänftigend eine Hand auf den Rücken.

»Verstehste, Kraschno, ich hab mich für das Ding gestern verantwortlich gefühlt und ich hasse Pannen. Und noch mehr hasse ich Dilettanten!«
Wieder am Tisch angekommen, fragten die anderen: »Wer war denn der Heini, der parkt wie ein Irrer?«

»Ein irrer Heini halt«, sagte ich übellaunig.

»Ein Bekannter von einem Freund von uns, ein bisschen wirr, aber harmlos«, erläuterte Kraschno.
Ich steckte mir erst einmal eine Zigarette an, um wieder runterzukommen. Aus meiner Hosentasche kramte ich ein Markstück und ging zum Flipper.

»I'm the great Gorgar! Try to beat me!«, pöbelte die Kiste mich an.

»Kannste haben, du Arschloch!«, gab ich zurück und drosch mit aller Kraft auf den Plunger. Die Kugel schoss ins Spielfeld.

Nach einer knappen Stunde kam Kraschno zu mir an den Flipper.

»Wir müssen langsam los, Mark. Die Technik muss zurück, der Daimler zu Johann und so weiter.«

»Ja, du hast Recht! Wir sollten zuerst mit dem Daimler zu Johann und die Technik in den Opel umladen, dann müssen wir mit der auffälligen Kiste nicht mehr nach 36.«

»Ach, nee, scheiß drauf! Ich will mir mit den ollen Technik-Kisten nicht den Wagen verkratzen. Außerdem möchte ich noch ne Runde mit dem Daimler drehen! Fährt man ja nicht alle Tage! Macht Spaß und spart uns Sprit.«
Ich zog die Augenbrauen hoch, um zu signalisieren, dass mir die Sache aus Sicherheitsgründen nicht in den Kram passte.

»Gut. Aber lass uns vor der Tour nach 36 noch checken, ob der Daimler oder wir beschattet werden«, gab ich nach.

»Können wir tun, wenn du meinst, dass es nötig ist«, kompromisste nun auch Kraschno.

»Okay! Lass uns vorher noch schnell die Scheine abgeben. Vor Annahmeschluss um sechs sind wir bestimmt nicht zurück.«
Zurück an unserem Tisch sammelte ich die Tippscheine und

das Geld von den Mitspielern ein, zu denen sich inzwischen der komplett wieder hergestellte Freddie gesellt hatte, der regelmäßig mit tippte.

»Marlis, wir zahlen später«, sagte ich zu der diensthabenden Kollektivfrau, die am Tresen auf einem Barhocker saß und gerade versuchte, sich eine Zigarette zu drehen, ohne dabei ihre hennagefärbte Mähne mit zu verarbeiten.

»Die Bremer kommen heute Abend, da sind wir dann eh zurück«, ergänzte ich.

»Was?«, kreischte Marlis, »die Bremer kommen schon wieder? Die haben mich doch erst vor zwei Wochen zum Wahnsinn getrieben. Nee, Scheiße, das tu ich mir nicht an, dann tausche ich meine Schicht heute Abend weg!«

»Das wird die Jungs aber enttäuschen. Die kommen doch nur wegen dir nach Berlin, Marlis«, kam von mir mit einem Augenzwinkern.

»Die sind die Pest!«, ließ sie sich nicht beirren.

»Aber gut für den Umsatz«, meinte Freddie.

»Wie auch immer«, beendete Kraschno die Debatte, »bis später in diesem Kino«, und hielt mir zum Zeichen des Abmarsches den Vorhang auf.

In unserer Stamm-Lottoannahmestelle an der Ecke Kolonnenstraße waren wir die einzigen Kunden, was angesichts der sechseinhalb Quadratmeter Ladenfläche auch besser war. Sie wurde von einem älteren Ehepaar betrieben, bei dem sich der männliche Teil durch den weitestgehenden Verlust seines Kurzzeitgedächtnisses auszeichnete. Er wurde dann auch konsequenterweise von seiner wesentlich jüngeren Frau vom Annahmeschalter verdrängt, als er sich angesichts unserer vielen unterschiedlichen Tippscheine total überfordert zeigte. Sie kümmerte sich wie immer liebevoll um unsere gesammelten Werke.

»Sie haben hier auf diesen Scheinen gar nichts angekreuzt. Wollen Sie nicht auch Spiel 77 mitspielen?«, fragte sie fürsorglich.

»Spiel 77?«, rief ich entsetzt aus, »Spiel 77? Aber ich bitte Sie, das ist doch das reinste Glücksspiel! Nein, nein, wir sind seriöse Tipper! Mit solch halbseidenen Sachen haben wir nichts am Hut.«

»Also, nein?«, konstatierte sie und sah mich mit verständnislosem Blick an.

»Ja, nein!«, antwortete ich.

Nach der Überlassung eines dreistelligen DM-Betrages verabschiedeten wir uns höflich und ließen die Gute mit rätselndem Gesicht zurück.

»Das ist unser Problem, Kraschno«, sagte ich draußen auf der Straße, »die Massen verstehen uns einfach nicht.«

»Genau«, seufzte er. »Verstehe ich auch nicht.«

Lachend wechselten wir die Straßenseite und liefen die Kolonnenstraße in Richtung Kaiser-Wilhelm-Platz hoch. Auf der anderen Straßenseite kam Penelope aus der Bolle-Filiale Ecke Leberstraße mit einer rot-weißen Plastiktüte heraus. Mein Herz pumpte gleich etwas mehr Blut durch meine Adern.

»Jetzt nicht!«, meinte Kraschno und hielt mich am Ärmel fest, als ich auf die andere Seite wechseln wollte. Ich hob zum Gruß nur meine linke Hand und lächelte. Penelope grüßte in gleicher Art zurück. Positiv!

Als wir die Schöneberger Insel über die Julius-Leber-Brücke verließen, wehte ein kalter Wind von den Gleisen herauf. Die dunkelschmutzigen, vom Endkampf um Berlin zerschossenen Fassaden der sich nun verengenden, leicht nach rechts abknickenden Straße weckten Erinnerungen an das vom Bürgerkrieg schwer zerstörte Beirut, wo ich den vorletzten Winter verbracht hatte. Ich fröstelte und zog die Kapuze meines Parkas über den Kopf.

Zu Beginn der letzten Woche lagen hier schwerbewaffnete GIs in den Hauseingängen, die den Häuserkampf in einer Übung simulierten, während die Bevölkerung unbeeindruckt ihren üblichen Geschäften nachging. Ein skurriles Bild. Mich bewegte die Frage, ob diese Manöver wirklich einer potenziellen Auseinandersetzung mit der Roten Armee galten oder doch vielmehr eine Blaupause zum Thema Aufstandsbekämpfung waren.

Am Kaiser-Wilhelm-Platz bogen wir in die Hauptstraße ein und noch bevor wir den Daimler erreicht hatten, fing es wieder an zu regnen. Einzelne Schneeflocken mischten sich in das Nass.

Ein Typ schwankte vor uns her und warf unter wüsten Beschimpfungen (Penner, Pack, Vergasen) seinen halb abgekauten Döner einem Obdachlosen an den Kopf, der vor dem Eingang eines aufgegebenen Geschäftes unter einem Konglomerat von Decken und Plastikplanen lag. Die Leute konnten selber noch so weit unten sein, sie brauchten immer noch einen, den sie ungestraft anspucken konnten. Von wegen Solidarität der Besitzlosen. Das war alles eine große Selbsttäuschung.

»Du Drecksack kannst von Glück sagen, dass wir heute gute Laune haben, sonst würden wir dir mal kurz aufs Maul hauen«, sagte Kraschno zu dem Dönerwerfer. Der schaute verdutzt und lallte:

»Wat wollt ihr denn, wa? Ihr seid doch allet Schwule, Schwule seid ihr!«

Wir passierten ihn, während ich die Augen verdrehte.

»Allet nur noch Schwuchteln hier in unsrem schönen Barlin. Et is zum Kotzen«, rief er hinter uns her.

Kraschno blieb stehen, was kein gutes Zeichen war. Ich hielt ihn zurück:

»Lass. Das bringt nichts.«

»Ja, ich weiß«, seufzte er und ging die letzten wenigen Meter zu Johanns Wagen.

»Hä, was ist denn das für ein Müll?«, erkundigte sich Kraschno und nahm ein Stück Papier unter dem Scheibenwischer auf der Fahrerseite ab. Es war ein Strafmandat wegen Falschparkens.

»Haben die über Nacht hier ne neue Parkverbotszone aufgebaut, oder was?«, fragte Kraschno und wies mit dem Kopf auf ein Verkehrsschild, welches gestern hier noch nicht gestanden hatte. Oder doch? Ich zuckte mit den Schultern. Kraschno zerknüllte das Schriftstück und warf es in den Rinnstein.

»Johanns Problem«, sagte er und schloss den Wagen auf.

»Check es gründlich ab, Kraschno«, sagte ich zu ihm, während er schon auf dem Fahrersitz Platz nahm. »In dreißig Minuten am Südstern, in Ordnung?« Er nickte nur und ich schlug die Wagentür zu.

Während Kraschno seine eigene Desinfektionskontrolle abspulte und die Hauptstraße hinunterfuhr, ging ich die Vorbergstraße entlang und versuchte eventuelle Verfolger zu entdecken. Das ging in dem Straßenviereck Gleditschstraße, Grunewaldstraße, Akazienstraße und wieder Vorbergstraße sehr gut. Wer jetzt noch hinter mir ging, tat dies nicht aus Zufall. Ich war praktisch im Kreis gelaufen. Niemand schien mir zu folgen. Zur Sicherheit betrat ich einen Hausflur in der Vorbergstraße und wartete hinter der Tür einige Minuten ab. Nichts. Als letzte Maßnahme zur Sicherung der Sekurität ging ich in den Hinterhof, stieg unter Zuhilfenahme der Mülltonnen über die Hinterhofmauer, durchquerte zwei weitere Höfe und kam in einem Vorderhausausgang an der Grunewaldstraße wieder heraus.

Nun in Ruhe eine angesteckt und die paar hundert Meter bis zum Kleistpark geschlendert. Dort verschwand ich im U-Bahnhof. Im Imbiss vor den unterirdischen Fahrkartenschaltern holte ich mir noch eine Currywurst ohne Darm mit einer Extraportion Zwiebeln und nahm die U7 zum Südstern.

Wieder an der Erdoberfläche angekommen, stand ich keine zwei Minuten auf der Fahrbahnseite der Hasenheide Richtung Hermannplatz, da sah ich auch schon den weißen Daimler heranfahren. Kraschno hielt und ließ mich einsteigen.

»Bei mir alles clean«, sagte er, »und bei dir?«

»Alles Roger! Schweinefrei wie in Ayatollah Khomeinis Kühlschrank.«

Kraschno schaltet das Radio an und SFB 2 ein, um Verkehrsmeldungen zu hören und später SF-Beat nicht zu verpassen. Die Fahrt in Kreuzberg verlief ereignislos und so standen wir pünktlich um 17.30 Uhr vor dem Tor in der Adalbertstraße, an dem Trude und Fritz die Technik wieder in Empfang nehmen wollten. Es war inzwischen komplett dunkel, die alten Gaslaternen sorgten nur für eine spärliche Beleuchtung der menschenleeren Szenerie. Ich zündete mir eine neue Zigarette an und stieg aus. Wie nicht anders zu erwarten, passierte nichts. Oder besser, fast nichts.

Von der Ecke Waldemarstraße kam eine Gruppe Knirpse auf den Wagen zu. Als sie auf gut zwanzig Meter herangekommen war, erkannte ich unsere kleinen Freunde wieder. Bilal, der echte Ahmed und fünf weitere Gesellen hatten mich entdeckt und kamen beherzt auf mich zu.

»Dürfen wir heute mitfahren, Onkel?«, legte Bilal, der ein Pappbehältnis von mehrfacher Schuhkartongröße unter seinem Arm trug, gleich los.

»Und wo ist die Tante mit den roten Stiefeln?«, begehrte der wahre Ahmed zu erfahren, wobei er eine Vorratspackung Maoam aufbrach und den Inhalt an seine Kumpel verteilte.

»Dein schöner Anzug, wo ist der? Kaputt?«, wollte ein weiterer Rumtreiber wissen, der den einzig wahren Ahmed hinsichtlich der Schwärze seiner Hände locker in den Schatten stellte und gestern schon dabei gewesen war. Seine Hände schienen jeglichen Kontakt mit Wasser und Seife zu vermeiden.

»Nee, in der Reinigung. Sag mal, Murat, wohnst du in ner Kohlenhandlung oder warum sind deine Hände so schwarz?«, wollte ich wissen. Murat riss entsetzt die Augen auf und machte einen Schritt zurück. Auch die anderen schienen etwas irritiert zu sein.

»Woher weißt du das, Onkel?«, fragte Murat, »und woher weißt du, wer ich bin?«, wollte der Junge mit den Brikettschwarzen Händen wissen, der scheinbar wirklich Murat hieß.

»Ich weiß alles, mein Guter! Habt ihr doch gestern bei der Handtasche schon gemerkt, oder?«, sagte ich und trat die Zigarette auf dem Trottoir aus.

»Seid ihr Polizei?«, fragte Bilal.

»Geheimpolizei, stimmts?«, ergänzte ein anderer Bursche aus der Gruppe.

»Genau, Jungs! Schwedische Geheimpolizei, Säpo! Aber das bleibt unter uns, klaro?«, bestätigte ich die kühne These unserer präpubertären Fangemeinde.

»Na, Mark, erzählst du kleinen Kindern wieder Schauermärchen?«, fragte eine Stimme aus dem Tor, das sich gerade öffnete.

»Trude hat mir schon erzählt, dass du dich gerne als Kinderschreck betätigst«, sagte Leni, die nun den einen Torflügel ganz aufgemacht hatte.

»Kann man so nicht sagen«, meinte ich ausweichend. »Hi erstmal, scheiße kalt heute«, versuchte ich neutrales Gebiet zu erreichen und lächelte Leni unschuldig an, während sie in Erwartung ihrer Ausrüstung wieder an den Wagen trat.

»Wo stecken denn die anderen?«, wollte ich wissen.

»Trudi habt ihr geschafft mit eurer schrägen Nummer von gestern. Die liegt krank darnieder. Und Fritz meinte, es wäre besser, ich nehme euch die Technik ab.«

»Auch gut«, neutralisierte ich weiter, »aber wieso schräg? Sind doch alle in einem Stück zurückgekommen, oder? Sendung gelaufen, netten Abend gehabt und so.«

»Hallöchen allerseits«, rettete Kraschno mich, der inzwischen den Daimler verlassen hatte und mit einer ironischen Verbeugung Leni und unsere muslimischen Freunde grüßte. Er öffnete den Kofferraum und eine hintere Wagentür, nachdem er sich eine weitere Kippe angezündet hatte, um die ersten Teile aus dem Wagen zu holen. Ich beeilte mich ihm zu helfen. Ahmed, Bilal, Murat und Kumpanen griffen der schwedischen Geheimpolizei unter die Arme und schnappten sich auch ein paar Dinge. So ging es im Gänsemarsch hinter Leni her, die mit Taschenlampe ausgerüstet über den kaum beleuchteten Hof voran zu einem dunklen Kellereingang schritt. In wenigen Minuten war die Technik in einen Raum, der mit einer schweren Eisentür gesichert war, verbracht. An der Wand hing ein Schild mit dem Hinweis ›Für den Ausbau als Schutzraum geeignet‹. Im rechten oberen Eck wurde es von einem Hakenkreuz geziert und war mit Reichsluftschutzbund unterzeichnet.

»Super Keller«, meinte ich. Die Bemerkung fand aber keinen Abnehmer. Alle wollten nur schnell wieder heraus. Beim Rückweg durch das Tor nahm mich Leni beiseite.

»Mark, wir müssen reden«, stellte sie knapp fest. Und bevor ich noch irgendwelche Fragen stellen konnte, »Sonntag, sechzehn Uhr, Viktoriapark, unten am Wasserfall. Sei pünktlich.«

Als ob ich hier der mit dem Pünktlichkeitsproblem wäre, dachte ich.

»Ich verzieh mich jetzt nach oben, machts gut«, sagte Leni und verschwand in der Haustür, nachdem sie das Tor wieder verschlossen hatte.

»Dürfen wir nun heute mitfahren?«, fragte Murat und zippelte Aufmerksamkeit erheischend an meinem Parka.

»Häuptling Schwarze Hand, da haste aber Glück, dass mein Anzug in der Reinigung ist«, sagte ich zu Murat, der die unverblümte Anspielung aber scheinbar nicht verstand.

»Au ja, bitte, bitte«, bettelte ein anderer Osmanen-Steppke, während er aus Bilals Riesenkarton eine Zehner-Verpackungseinheit Hanuta zog und die umhüllende Klarsichtfolie mit rüden Bewegungen abriss.

»Na gut, weil heute Freitag ist«, sagte Kraschno zu meiner großen Überraschung. »Wir drehen ne Runde mit euch. Dann könnt ihr euren Kumpels erzählen, ihr seid mit nem 450er SEL 6, 9 Liter gefahren. Glaubt euch eh keiner.«
Kraschno öffnete die beiden hinteren Türen und sieben türkische Rotzlöffel drängelten sich auf die Rücksitzbank. Sie kommentierten sogleich fachmännisch die Innenausstattung, insbesondere den Tachometer und die Holzoptik. Gott sei Dank hatte Johann dunkelgraue Ledersitze beim Kauf des Wagens gewählt, da sah man nicht gleich jeden Dreckfleck. Unmengen von Hanutas wurden verteilt und von ihrer Umverpackung befreit.

»Wisst ihr eigentlich, was Hanuta heißt?«, fragte ich in die Runde. Alle, Kraschno inklusive, guckten verständnislos.

»Na, Hanuta heißt Hanuta«, meinte Murat.

»Hanuta ist ein Akronym und heißt voll ausgesprochen Haselnusstafel«, gab ich zum Besten.
Das half unseren Migrantensprösslingen scheinbar auch nicht weiter, denn sie sagten nichts.

»Hanuta ist ein Akronym, Mark? Ja, ein Akronym? Du bist doch der größte Dummquatscher unter der Sonne«, meckerte Kraschno.

»Die Befreiung von der Geißel des Kapitalismus heißt auch Bildung für die marginalisierten Massen, Kraschno, da kann man gar nicht früh genug anfangen.«

»Deine Mutter hat dich zu heiß gebadet und dadurch wurdest du zu einer Geißel für die Menschheit«, sagte Kraschno ungnädig.

»Nein, das stimmt nicht. Sie hat mich vom Wickeltisch fallen lassen«, gab ich in niedergeschlagenem Tonfall zurück.

Währenddessen fuhr Kraschno völlig entspannt durch die umliegenden Straßen, die Augen der Jungen glänzten. Mit stolzgeschwellter Brust ging es durch ihren Kiez. Schade, dass es bereits dunkel war und sie nicht von allen gesehen werden konnten. Wir hatten uns eine neue Runde Zigaretten angesteckt und mussten allerlei Fragen zu Autos im Allgemeinen und diesem im Besonderen beantworten. Das fiel in Kraschnos Ressort.

»Können wir auch mal richtig schnell fahren«, fragte Bilal nach einer Weile und schob sich engagiert zwischen den Vordersitzen durch, wobei er uns eine geöffnete Treets-Tüte unter die Nase hielt.

»Da! Wollt ihr auch was? Haben wir bei Reichelt jekl..., äh, jeholt.« Wir ließen uns einige der schokoladeummantelten Nüsse von Bilal in die Hände schütten.

»Naja, Jungs, ihr habt hier in Kreuzberg keine Autobahn«, nahm Kraschno Bilals Frage wieder auf, »wo soll ich denn hier schnell fahren?«

»Skalitzer! Du kannst Skalitzer nehmen! Große Straße, Autobahn von Kreuzberg«, meinte einer von der Rückbank.

»Okay«, sagte Kraschno und bog wenige Augenblicke später von der Wrangelstraße auf die Skalitzer Straße ein. »Unter 20 Sekunden zum Kotti, Jungens. Was meint ihr?«

»Ja, ja! Super!«, kam es von hinten. Ich wollte noch ein rationales Gegenargument vorbringen, aber es war schon zu spät. Der Orientexpress hatte bereits Fahrt aufgenommen. Am Lausitzer Platz schossen wir schon mit achtzig Stundenkilometern vorbei. Die Jungs juchzten und jubelten. Hanuta-Silberfolie flog durch die Luft. Kraschno grinste. An der Kreuzung Oranienstraße, Ecke Wiener Straße waren wir noch ein ganzes Stück schneller. Die Ampel zeigte Grün. Grün und weiß war auch der Golf, der uns folgte und zunächst etwas versteckt unter der Hochbahnstation Görlitzer Bahnhof gestanden hatte. Ihn schmückte ein flackerndes Blaulicht. Kraschno zeigte die typischen Reflexe eines notorischen Opel-Fahrers und trat das Gaspedal noch etwas weiter durch.

10

Es gibt (mindestens) drei Dinge im Leben, die du dir nicht aussuchen kannst: Deine Mutter, deinen Vater und den Verein, mit dem du leidest!

Volksweisheit

ENTSCHEIDUNG DURCH WUNDER

»Kraschno!«, rief ich erschrocken auf, in der stillen, aber im Prinzip sinnlosen Hoffnung, größeres Ungemach abwenden zu können. Kraschno reagierte sofort und nahm den Fuß vom Gas. Und da voraus am Kottbusser Tor die Ampel gleichzeitig auf Rot umsprang, bremste er den Wagen, wenn auch unsanft, ab, bis wir knapp vor der Verkehrslichtsignalanlage ordnungsgemäß zum Halten kamen. Wenige Augenblicke später kam die Behörde neben uns zum Stehen und hielt uns die Kelle vor die Frontscheibe. Kraschno fuhr einige Meter vor, hielt rechts an der Straßenseite an, kurbelte vorsorglich die Seitenscheibe herunter und löste die Warnblinkanlage aus. Die jungtürkischen Jubelstürme waren verstummt.

»Wat war denn ditte? Sindse varückt jeworden? Die Skalitzer is doch keene Rennstrecke, Meester! Na, dann mal Führerschein und Fahrzeugpapiere, der Herr«, wurde Kraschno angewiesen. Sekunden zuvor hatte ein grünbeleibtes, menschenähnliches Etwas vom Ausmaß eines Geschädigten einer ostsibirischen Braunbärenmaststation den Einfall des elektrischen Straßenlichts durch die Fahrerseite schlagartig um achtzig Prozent vermindert. Schnell fiel der Blick des lichtundurchlässigen Ungetüms auf unsere Rückbank. Vierzehn dunkle Augen sahen ihn verunsichert an.

»Wat hamse denn da uff der Schwiejermutterpritsche jeladen? Nen Karnickelstall voller Alis? Jürgen, komm mal her, dit musste dir ankieken!«, meinte der vollschlanke Bulle zu seinem Kollegen, der noch im Polizeiwagen sitzen geblieben war und sich mit dem Funksprechgerät abmühte. Jürgen quälte sich und seine 135 Kilogramm Lebendgewicht aus dem Fahrzeug und schaute in den Daimler.

»Wat seid ihr denn für ne Nummer? So ne Art Luxus-Telebus für Knoblauchlümmel, wa?«, meinte die Billigversion eines Sumo-Ringers.

»Na, dann jebense uns mal och die Personaldokumente. Der Herr da uffm Beifahrersitz ooch«, sagte Jürgen, hielt sich mit beiden Händen oberhalb des Seitenfensters auf der Fahrerseite fest und verlagerte langsam sein Gewicht nach vorne, um mir ins Gesicht blicken zu können. Noch ein Argument gegen eine Ente als Fahrzeug bei dieser Aktion, dachte ich, die würde jetzt mit uns und Jürgen glatt zur Fahrerseite umkippen und wir wären mit einer üblen Havarie am Kotti gestrandet. Jürgen ließ mir aber keine Zeit für ironisierende Gedanken.

»Sagense mal, wir kennen uns doch? Na klar! Jestern Abend hamwase zum Kempi jeleitet. Dit Auto kam mir gleich bekannt vor. Wat machen Sie denn hier in Kleen-Istanbul mit die Gören da?«, wollte Jürgen nun von mir wissen. Inzwischen waren zwei weitere Polizeiwagen am Kotti eingetroffen. Wir schienen die Attraktion des Abends zu werden. Kraschno hatte die erforderlichen Papiere unterdessen weitergereicht, ich meinen Reisepass beigesteuert.

»Na, da steigen wir doch mal alle aus«, meinte ein hinzugekommener Bulle zu uns, »wolln wir doch ma gründlich durchzählen, wiefille Personen sich im Wagen befinden, wa?« Wir folgten der Aufforderung in aller Ruhe, steckten uns neue Zigaretten an und ich öffnete die hintere Wagentür zur Fußwegseite. Dort reihte ich die Sieben Zwerge mit ihren schokoladenverschmierten Mündern zur Begutachtung durch die Staatsmacht auf.

Wie am Kotti nicht anders zu erwarten, erregte die ganze Angelegenheit die Aufmerksamkeit der Passanten. Neben einem Dutzend Junkies interessierte sich in erster Linie der nichtdeutsche Teil der Anwesenden für das Geschehen. Bilal, Murat, Ahmed und die anderen Fahrgäste hatten ihre Contenance zurückgewonnen und schienen ihren Auftritt zu genießen.

»Dit sind Kinderklauer! Die fahrn hier mit die dicken Autos rum und klemmen die Bubies vonner Straße wech und verkoofense in Hamburch uffm Fischmarkt!«, deklamierte ein zahnloser Fixer lautstark.

Geil! Hatte Trude diesen Volldeppen hergeschickt oder was, dachte ich. Die Bezichtigung des Drogies kam bei den Landsleuten unserer Milchbärte nicht gut an. Sie schossen böse Blicke auf Kraschno und mich ab. Jürgens Kriminalistengehirn kam nun richtig in Fahrt.

»Machense mal den Kofferraum uff, ma kieken watse da noch so drinne haben«, schlaute er. Kraschno tat wie ihm befohlen und präsentierte einen sauber aufgeräumten Ort. Alle Staatsdiener schauten höchst interessiert in den leeren Kofferraum und bewunderten ausgiebig die hochwertige beigefarbene Auslegeware, die der Innenverkleidung diente. »Allet sauber uffjeräumt. Dit muss man schon sajen«, resümierte unser Sumo-Watson und so etwas wie Enttäuschung klang aus dieser Feststellung heraus. Er zog die Stirn in Falten und ich wartete gespannt auf die Schlüsse, die Kollege Spürnase nun ziehen würde. Bislang hatten Kraschno und ich es vorgezogen zu schweigen, aber auf Dauer würden wir um eine Erklärung zur Sachlage nicht herumkommen.

»Wat fahrense denn hier nun mit die kleenen Kerle durch die Jegend, wose jestern noch janz andere Sachen jemacht ham«, nahm Jürgen seine alte Frage wieder auf.

»Wir wollten den Jungs nur eine kleine Freude machen und haben sie ein kurzes Stück im Wagen rumgefahren«, begann ich unsere Verteidigung.

»Sieben Stück? Und wie Jody Scheckter überde Skalitzer, wat soll dit?«, hakte Jürgen nach.

»Na, das gehörte sozusagen zum Programm. Die Jungs sollten einmal sehen, was in dem Wagen steckt. War ein bisschen zu schnell, ich weiß. Aber sind doch Kinder«, versuchte ich mich weiter.

»Sag doch, dass ihr auch Polizei seid«, mischte sich Murat ein und zog wieder an meinem Parka.

»Ja!«, stimmte ihm Ahmed zu, »die sind auch Polizei, Geheimpolizei sogar!«

»Ja schwäbische Geheimpolizei sind die«, ergänzte der Kleinste aus der Truppe und schob sich eine Marzipankartoffel aus einer kleinen Klarsichttüte in den Mund.

»Ach, nee«, meinte Jürgen.

Alle Blicke verfinsterten sich. Die der Bullen, die der Passanten, der von Kraschno, nur unsere jungen Freunde strahlten wissend vor sich hin.

»Nee, schwedische Geheimpolizei sind die«, korrigierte Ahmed, »Supo! Aber das ist geheim!«

»Sososo, Supo, ja?«, wiederholte Jürgen.

»Kindliche Phantasie! Ich bitte Sie! Das kann man doch nicht ernst nehmen«, wiegelte ich ab. Während wir mit der Staatsmacht diskutierten, hatte sich ein kleines Grüppchen junger Männer nach vorne geschoben, bei dem mir einige Gesichter entfernt bekannt vorkamen. Es handelte sich um Typen einer Männergruppe, die sich neuerdings regelmäßig in einem Café am Heinrichplatz zur Selbstkasteiung und zum gemeinsamen Abheulen trafen. Wir bösen, schlimmen, aber ach so armen Macho-Schweine. Die Woche über waren sie zur Müsliernte auf biodynamischen Haferflockenfeldern im Landkreis Lüchow-Dannenberg gewesen. Sie hatten Jutebeutel in der Hand oder liebliche bunte Umhängetaschen geschultert, in denen vermutlich ihr Strickzeug und ein extragroßer Vorrat Tempotaschentücher, natürlich mit der Z-Faltung und in neuer Weichfolienpackung, verborgen waren. Obwohl gerade erst eingetroffen, erkannten sie natürlich sofort das Skandalöse an der Situation und sie fingen an ›Eins, zwei drei, lasst die Kinder frei!‹ zu skandieren. Einige unserer ausländischen Mitbürger hielten es für angebracht, in die Parole einzufallen. ›Hoch die Internationalen Mauerpsychopathen!‹ hätte ich meinerseits gerne als Parole beigesteuert. Die Bullen, die sich auf wundersame Weise ständig vermehrten, blickten sich nervös um und blökten in ihre Funksprechgeräte wie eine Herde Schafe kurz vor der Schächtung. Die Situation wurde zunehmend ungemütlicher. Kraschno kratzte sich am Kopf. Er pulte eine dunkelblaue Pudelmütze aus seiner Lederjacke und setzte sie sich auf. Er sah sagenhaft bescheuert aus. Aus einer anderen Tasche holte er eine Sonnenbrille. Gerade als er sie aufsetzen wollte, schien er hinter der Menschenansammlung eine interessante Entdeckung zu machen. Wir standen etwas erhöht auf der Stufe zu einem Hauseingang und hatten mit unserer Körpergröße ohnehin einen guten Überblick. Er deutete auf den gegenüberliegenden U-Bahn-Schacht, der aus der Erde auf den Kotti ging und drückte mir seine Sonnenbrille in die Hand. Heilige Scheiße, da kam doch gerade Penelope-Engel mit ihren unvermeidlichen Begleiterinnen auf den Platz. Ja, war denn heute Penelope-Tag? Blitzschnell hatte ich mir die Sonnenbrille aufgesetzt. Unsere kleinen Strolche blickten mich zufrieden und ehrfürchtig an. Bullen-Jürgen schien das nicht so witzig zu finden.

»Wat is dit jetzte? Ihre Jeheimpolizeibrille, oder wat?«, fragte er genervt.

»Genau! Aber die ist geheim, die können Sie gar nicht sehen«, antwortete ich.

»Sach ich doch! Sach ich doch! Die Jeheimdienste klauen in Kreuzberch die kleenen Kinder und unsere Bullen kieken zu«, kam es erregt aus der Menge der Drogenszene. Kleinasien stimmte dieser Einschätzung durch lautes Murren zu. Die allgemeine Unruhe verstärkte sich, denn der zahnlose Drogie ruderte nun mit den Armen, schwankte und drängte nach vorne. Er kam bedrohlich näher und wollte mir offenbar an den Hals gehen. Die Türken schubsten ihn auf mich und die mittlerweile gut zwei Dutzend Bullen zu.

»Diese Jeheimschweine aus Hamburch haben alle Drähte ande Köppe!«, schrie er nun und verschüttete dabei Rotwein aus seiner offenen Zweieinhalb-Liter-Fusel-Flasche, die er in der Hand hielt. Zunächst nur auf den Boden, dann aber auf Jürgens Uniform. Jürgen schubste den Typen in Richtung der aufgebrachten Menge zurück, dabei stürzte der Schreihals mit der Rotweinpulle, die beim Aufschlag auf das Pflaster zerbrach. Dadurch war auch Jürgen aus dem Gleichgewicht geraten und fiel nun seinerseits auf den Junkie in seiner Scherben-Rotwein-Lache. Das Unglück nahm seinen Lauf.

Aus dem Augenwinkel sah ich Kraschno, der auf die Türkenjungens einredete, schnell zu verschwinden. Sie zögerten erst ein wenig, dann schulterte Bilal aber seinen übergroßen Hanuta-Karton und sie verdrückten sich im Schutz der Häuserwände in Richtung Mariannenstraße.

Unterdessen war aus dem Tumult eine handfeste Schlägerei geworden, an der sich vor allem junge Türken und Bullen beteiligten. Aus der Gruppe der Drogensüchtigen wurde in erster Linie gezetert und schrill geschrien. Unser Sumo-Bulle maikäferte immer noch auf dem

Initiator des Aufruhrs herum. Beide mühten sich aufzustehen, aber es gelang ihnen nicht. Der gestürzte Drogensüchtige brüllte aus vollem Halse, man wolle ihn ersticken, was angesichts der Fleischmassen, die in Form von Jürgen auf ihm lasteten, nicht einmal an den Haaren herbeigezogen war. Wo wir gerade von Haaren sprechen: Die langen, fisseligen Haare des Untenliegenden hatten sich irgendwie an den Uniformknöpfen des übergewichtigen Beamten verfangen. Das ließ den notorischen Drogenkonsumenten nur noch lauter aufjaulen. Ich versuchte gleichzeitig, Jürgen aufzuhelfen und den grölenden Junkie aus den Klauen der Uniformjacke zu befreien. Während Jürgen nur laut stöhnte, kreischte der andere: »Fass mich nicht an, du Schweizer Jeheimdienstsau! Du Kinderklauer! Scheiß Kinderklauer!«

Als ich die beiden vermeintlichen Kontrahenten einigermaßen in eine aufrechte Lage bugsiert hatte, kam Jürgens Kollege mit unseren Papieren auf mich zu.

»Da! Nehmen Sie! Und sehen Sie zu, dass Sie hier ganz schnell verschwinden«, zischte er mich an.

Mit den Papieren in der Hand winkte ich Kraschno zu, der kopfschüttelnd am Rand des Geschehens stand. Wir stiegen schnell in den Daimler, während aus Richtung Kottbusser Damm etliche Wannen und ein Wasserwerfer mit Blaulicht auf den Platz zugerast kamen. Kraschno ließ den Motor an und ab die Post!

Wir schwiegen bis zur Ecke Prinzenstraße. Dann konnten wir nicht mehr an uns halten und brachen in minutenlanges hemmungsloses Gelächter aus.

»Lass uns bloß schnell die Kiste zu Johann zurückbringen, irgendwie liegt da kein Segen drauf«, sagte ich, nachdem ich wieder ein wenig zu Luft gekommen war.

»Machen wir jetzt ja auch«, sagte Kraschno, der bereits den Weg nach Zehlendorf eingeschlagen hatte, »aber ich könnt mich an so was auch gewöhnen. Nichts gegen meinen Opel, aber ist schon was anderes, so ein Gerät.«

Kraschno schob *Heroes* von Bowie aus Johanns Beständen in den Kassettenrekorder, als wir bereits über die Bezirksgrenze nach Schöneberg kamen.

»Aber, mal was anderes. Geheimpolizei, Mark, das hast du doch den Jungs eingeflüstert, oder?«

»Ich?«

»Du! Wer sonst? Schwedische, oder was auch immer, Geheimpolizei, klingt verdammt nach dir, Mark.«

»Naja.«

»Supo, hm. Was soll das heißen? Super-Polizei?«

»Nee, Säpo. Aber egal.«

»Also doch! Schwedische Geheimpolizei, nicht Mark? Du bist und bleibst ein elender Schnacker!«

»Mit über neunzig durch Kreuzberg fahren ist auch nicht so der Bringer, oder?«

»Neunzig? Allerhöchstens achtzigeinhalb, wenn überhaupt«, wehrte sich Kraschno.

Hinter dem Walther-Schreiber-Platz auf der Schlossstraße war aus unerfindlichen Gründen der Verkehr zusammengebrochen und Kraschno schlug sich durch kleine Seitenstraßen in Steglitz nach Dahlem durch, während Bowie mit *Neuköln* nervte. Zwischendurch hielt Kraschno kurz an und leerte den übervollen Aschenbecher in einem Gully aus. Irgendwann standen wir vor Johanns Villa. Ich ging zu der Sprechanlage an der Gartenpforte, um unsere Ankunft zu melden. Derweil fuhr Kraschno den Daimler vor die Garage. Wir lehnten an der Motorhaube und rauchten, als Johann erschien.

»Hey Genossen! Alles klar?«, begrüßte uns das Establishment. Er passte mit seiner weißen Sportbekleidung nicht in das Bild des spätherbstlichen Villenviertels.

»Alles gut«, sagte Kraschno, indem er Johann die Wagenschlüssel und die Fahrzeugpapiere reichte, »nur der Tank ist fast leer.«

»Geschenkt«, meinte Johann, öffnete eine der hinteren Wagentüren und stellte seine riesige Tennisschläger-Tasche von Dunlop auf die Rücksitzbank.

»Bah, was ist denn das?«, kam von ihm aus dem Inneren des Daimlers. Es dauerte einen kurzen Augenblick und er stand vor uns mit einer leeren Treets-Tüte, jeder Menge Maoam- und Hanuta-Papier und drei zerdrückten Marzipankartoffeln, die er uns mit spitzen Fingern vor die Nase hielt.

»Ihr werdet auch immer seltsamer, Jungens. Macht ihr nebenbei noch Fahrdienste für nen antiautoritären Schülerladen oder so was?«, monierte der alternde Björn Borg, derweil er seine Mülltonne ansteuerte.

»So ungefähr«, wich ich aus. Johann warf die Spuren unserer Kreuzberger Fahrgäste fort und wandte sich wieder uns zu.

»Aber nun mal zu eurer gestrigen Aktion. Alles gut gegangen?«

»Ja! Wieso?«, fragte ich nach. »War gestern wirklich wichtig, dass wir deinen Wagen hatten und nicht irgendeinen, Johann.«

»Ihr wisst aber noch, dass wir ne klare Absprache haben, was meine Unterstützung anbelangt, oder?«, bohrte Johann weiter.

»Ja, wieso?«

»Revolutionäre Aktionen, auch außerhalb der Legalitätsgrenze, wenn nötig, okay. Aber kein individueller Terror, Entführungen, Mord und dergleichen«, beharrte Johann.

»Hä? Terror? Mord? Hast du nen zu harten Tennisball an den Kopf gekriegt? Haben wir gestern einen umgebracht, Kraschno? Irgendwie nebenbei?«

»Eigentlich nicht«, antwortete Kraschno.

»Andererseits. Du weißt ja, wie Kraschno fährt, da kann es immer einmal zu unbeabsichtigten Begleitschäden kommen, Johann.«

»Elender Laberkopf«, wehrte sich Kraschno.

»Ihr wart gestern Nacht im Kempinski. Was hat das mit revolutionärem Kampf zu tun, wenn ihr es nicht auf irgendjemanden dort abgesehen hattet? Oder wolltet ihr nur mal auf dicke Hose machen?«

»Du bist aber top informiert, Johann«, bemerkte Kraschno spitz.

»Ihr seid gesehen worden, oder besser gesagt, mein Wagen ist gesehen worden. Und ich bin gefragt worden, wer ihr vier seid. Da bin ich ins Schleudern gekommen und dann ins Grübeln.«

»Schleudern, Grübeln, verstehe! Das ist scheiße«, meinte Kraschno.

»Sorry, Johann. Der Besuch war nicht geplant, aber er wurde plötzlich notwendig. Ich kann dich aber grundsätzlich beruhigen.

Wir haben da niemanden beobachtet, ausspioniert oder dergleichen«, sagte ich.
Nun wusste ich wenigstens, was los war und wo bei Johann der Schuh drückte.

»Das hoffe ich!«, erwiderte Johann.

»Du kannst dich auf uns verlassen. Bestimmt«, wollte ich die Debatte schließen. »Und Exekutionen sind im Augenblick nicht in Planung. Andererseits …«

»Ist gut«, brach er eine aufkeimende Diskussion ab, »aber noch was: Wenn ihr das nächste Mal kommt, kommt doch mit der BVG, ja? Solche Autos fallen hier auf.« Dabei deutete er auf den geparkten Opel vor seinem Haus.
Kraschno guckte empört und schien etwas sagen zu wollen.

»Okay, machts gut, Genossen! Ich muss noch zum Training«, schloss Johann.

»Bis dann«, sagte ich und wandte mich zum Gehen. Kraschno folgte mir, schien aber unschlüssig. Als ich schon fast den Opel erreicht hatte, drehte er sich noch einmal um und raunte Johann zu:

»Wo wir schon von Ausspionieren und so reden. Also, bei Mark weiß ich in letzter Zeit auch nicht mehr so. Ich glaube, da läuft was mit Supo. Weißte, Supo, finnischer Geheimdienst und so.«
Kraschno ließ den verwirrten Johann stehen, ging schnell zu seinem Wagen und schloss auf.

»Tut mir leid, Mark, aber das musste jetzt sein.« Kraschno startete den Wagen, ließ den Motor aufheulen und fuhr mit quietschenden Reifen über das nasse Herbstlaub der kleinen edlen Wohnstraße ab.

Blondie krachte mit *Sunday Girl* aus den Lautsprecherboxen, derweil wir nach Schöneberg zurückstrebten. Der Freitagabend war angebrochen, die Bremer mussten inzwischen eingetroffen sein und dürften bereits im Jonas auf Kraschno und mich warten.
Die Parkplatzsuche gestaltete sich wie immer schwierig und langwierig. Wir hatten beim Umherkreisen im Kiez schon Bennys Käfer gesichtet und konnten daher sicher sein, dass die Bremer

Verstärkung bereits eingetroffen war. Kraschnos Laune verschlechterte sich allerdings zusehends.

»Was für ne Riesen-Scheiße ist das hier? Alle labern ständig von der autogerechten Stadt, aber wenn man einen Parkplatz braucht, gibt es keinen und wenn man mal ein bisschen schneller als fünfzig fährt, dann rücken sie gleich mit ner Hundertschaft an.«

So war es dann bereits kurz vor zehn Uhr, als wir den Opel endlich verlassen konnten.

Im Jonas saßen Benny, Klaus, Meier-Deutschland und Bea an einem runden Tisch vor vielen leeren und vollen Gläsern. Kraschno und ich schnappten uns zwei freie Stühle von Nachbartischen und setzten uns dazu. Freddie brachte uns ungefragt zwei Pils an den Tisch. So konnten wir gleich zur Begrüßung anstoßen und mit der Abarbeitung der Standardfragen beginnen. Wann waren sie losgefahren? Wie waren sie durchgekommen? Wann waren sie angekommen? Die Biere wurden schnell geleert, also ging ich zum Tresen, um Nachschub zu ordern. Eine schwer angesäuerte Marlis nahm mich in Empfang.

»Unmöglich! Die sind total unmöglich«, legte sie sofort los.

»Was verlangst du? Das ist hier ein Bierlokal und nicht der Wiener Opernball, auf dem du als Debütantin geladen bist.«

»Das ist doch ein Scheiß-Argument! Dieses Machogehabe, diese permanenten blöden Sprüche. Das ist eben keine gewöhnliche Eckpinte, sondern das Jonas! Und als weiblicher Teil des Kneipenkollektivs muss ich mir so ein dummes Gelaber nicht bieten lassen. Wie kannst du nur mit solchen Typen befreundet sein?«, wetterte die Gute vor sich hin, zapfte aber die nächsten sechs Pils fertig. Ich brachte sie selbst zu unserem Tisch, um keine Gelegenheit für weitere Scharmützel zu bieten.

Klaus, Benny und Meier-Deutschland waren Freunde aus der Heimat. Mehr als das. Wir kamen aus dem gleichen Viertel, waren zusammen aufgewachsen und natürlich waren wir alle Genossen geworden. Andere, wir selbst hätten das nie getan, nannten uns die Viererbande. Wir waren für unsere generelle Unangepasstheit berüchtigt. Gegenüber der bürgerlichen Gesellschaft ohnehin.

Aber auch etliche leitende Genossen, Kader und Zellenleiter hatten sich an uns abgearbeitet. Für die ideologischen und disziplinären Anforderungsprofile des organisierten Klassenkampfes unter den Bedingungen des demokratischen Zentralismus der Organisation waren wir nur bedingt geeignet. Wie unsere unfreiwilligen Namensgeber in der VR China, vertraten wir eher den linken Flügel der Bewegung, was die Granden der Leitungsebenen naturgemäß völlig anders sahen. Für sie waren wir wahlweise Linkssektierer, Abenteurer oder von bürgerlichen Auffassungen irregeleitete Elemente. Mit den neuen Ansprüchen des alternativ-ökologisch-feministischen Mainstreams konnte allerdings auch keine große Übereinstimmung erzielt werden.

»Habt ihr schon was gegessen?«, fragte nun Kraschno. »Ich hab nur gefrühstückt und jetzt ordentlich Kohldampf.«

»Nur jeder ne Flöte, sonst auch nichts«, antwortete Klaus für die Gruppe. Hinter Flöte verbarg sich La Flûte, ein Baguette mit Scheibenkäse, Kochschinken und Zwiebeln, warm gemacht, das die Küche des Jonas in ordentlicher Qualität verließ und Hauptnahrungsmittel der Stammgäste darstellte.

»Lass uns runter zum Kleistpark ins Petite Europe gehen«, schlug ich vor. Alle stimmten zu. Das Bezahlen wurde auf später vertagt, und so machten wir uns auf den Weg. Das Petite Europe war ein rustikal eingerichteter Laden, der jeden Abend gut gefüllt war. Er wurde von drei italienischen Brüdern betrieben und bot gute Küche zu korrekten Preisen. Es war knapp über null Grad, diesig, und die feuchte Luft war geschwängert von den Emissionen der vielen Kohleöfen in den umliegenden Altbauten. Der November wurde seinem Ruf gerecht. Der Gesundheitssenator Erich Pätzold hatte erst Anfang des Monats umfänglich gute Ratschläge zum Verhalten bei Smog gegeben, die in der Szene enthusiastisch begrüßt worden waren:

Am besten in der Wohnung bleiben!
Keine schweren Einkaufstaschen tragen!
Hausputz vermeiden und Kräfte schonen!
Längeres Kochen vermeiden!

Ansonsten tat die Szene gerne das genaue Gegenteil von dem, was der Stobbe-Senat von der Westberliner Bevölkerung einforderte, aber in diesem Fall waren alle bereit, eine Ausnahme zu machen und die Smog-Saison im Bett zu verbringen.
Bea beschwerte sich ausführlich, dass sie fror und Benny, dessen eher zwergenhafter Wuchs in diametralem Gegensatz zu der Welle stand, die er stets vor sich herschob, erläuterte, dass hinter der Mauer doch gleich Russland begänne und es insofern kein Wunder wäre, wenn es so kalt sei.

»Russland? Wirklich?«, Bea schien da irgendwie Zweifel zu haben.

»Uaaaahh!«, schrie unser Osteuropa-Experte, paddelte mit den Armen Halt suchend herum und fiel dann schließlich doch auf sein Gesäß.

»Diese Scheiße! Äh, Mist! Diese bescheuerte Hundescheiße!«, beschwerte sich Benny auf dem Boden sitzend. Er war aufgrund mangelnder Kenntnisse der örtlichen Verhältnisse unglücklich auf dem seifigen Untergrund aus dem feuchtem Laub der großen alten Straßenbäume an einer Stelle ausgerutscht, an der ein Exemplar des besten Freundes des Menschen seine Exkremente hinterlassen hatte. Zur Standardausstattung der Wohnungen der autochthonen Einwohnerschaft gehörte nicht unbedingt fließend Warmwasser oder eine Innentoilette, dafür aber mindestens ein Hund.

»Du hattest doch erst fünf Halbe, Benny«, ätzte Klaus, der im Gegensatz zu Benny eine durchschnittliche Körpergröße aufwies, dafür aber tendenziell mehr in die Breite ging, »sonst kommen die Gleichgewichtsstörungen doch immer erst nach dem achten, oder?«

»Witzig«, murmelte Benny und beschäftigte sich mit der Reinigung seiner Hose, während wir langsam weiter die Czeminskistraße entlanggingen.

Das Petite Europe war gut geheizt und ziemlich voll. Uns blieb nur ein Tisch in der linken hinteren Ecke, über dem ein Fernseher angebracht war, in dem das Programm der ARD lief. Der Abend verlief harmonisch. Es wurde geblödelt und gelacht, das

Wochenende geplant, zwischendurch die aktuelle Lage im Iran diskutiert. Seit Anfang des Monats war nun die US-Botschaft in Teheran besetzt. Die Aufregungen des Tages waren vergessen, als wir mit gut gefüllten Bäuchen vor unseren Biergläsern saßen, rauchten und entspannt auf den Bildschirm glotzten. Nur von Bennys Schuhen stieg ein etwas strenger Geruch auf. Es lief die Spätausgabe der Tagesschau. *Entscheidung durch Wunder* stand über einem Insert, das das Ergebnis des Freitagsspiels der Fußball-Bundesliga SV Werder Bremen gegen den MSV Duisburg mit 2:1 angab. Das löste allgemeine Heiterkeit, aber auch Erleichterung aus. Unser Heimatverein gewann sehr selten und taumelte in dieser Spielzeit dem Abstieg entgegen. Aber dass unser Lieblingsverein nun schon göttlichen Beistand benötigte, überraschte dann doch. In Wahrheit hatte Klaus (Cäsar) Wunder, Stürmer beim SVW, das entscheidende Tor zum 2:1 geschossen.
Kurz nach Mitternacht bezahlten wir und gingen zurück ins Jonas.

Das aktuelle lebensnahe Berlin-Lied von Bel Ami *Berlin bei Nacht* begrüßte uns, als wir das Jonas betraten. Der Laden war gerammelt voll, am Tresen standen sie in Dreierreihen, aber zu unserem Glück wurde weiter hinten beim Billard gerade ein Tisch frei, den wir gleich in Beschlag nahmen. Wir schickten Benny nach vorne zum Tresen, um ihn bei Marlis bestellen zu lassen. Sie sollte schließlich auch freudigen Anteil an unserer Rückkehr nehmen. Ich spendierte zwei Mark und fütterte damit den Flipper. Klaus und Bea verzogen sich albernd in eine andere Ecke. Lief da was zwischen Klaus und Bea? Kraschno, Meier-Deutschland, Benny und ich widmeten uns dem Flipper.
Nach einer guten Stunde beendeten wir unsere Tätigkeit. Klaus und Bea waren mittlerweile verschwunden, Benny ziemlich hinüber. Ich holte für ihn einen der Wohnungsschlüssel, die immer hinter dem Tresen des Jonas für meine Gäste deponiert waren. Oder auch für mich selbst, wenn ich mich wieder einmal ausgesperrt hatte. Benny torkelte aus der Kneipe und wir drei Übriggebliebenen begaben uns zum Tresen, um Marlis auf die Nerven

zu gehen und uns von Freddie Tequila einschenken zu lassen. So ging der Auftakt des Wochenendes in netter Runde stressfrei weiter und sollte nun langsam ausklingen.

Gerade als auch ich über Aufbruch nachdachte, stand plötzlich Penelope neben mir. Ich hatte ihr Kommen nicht bemerkt.

»Schau mich mal an, Mark«, sagte sie anstatt einer Begrüßung und sah mir prüfend in die Augen.

»Na, geht ja noch«, meinte sie, was immer das heißen sollte, »komm wir gehen«, fügte sie an, nahm meine Hand und zog mich zum Ausgang. Kraschno runzelte mit der Stirn, Meier-Deutschland stand mit offenem Mund am Tresen, an dem er sich vorsichtshalber festhielt. Ich war zu überrascht, um Widerstand zu leisten.

»Schreibs auf«, konnte ich Freddie noch zurufen und schon stand ich auf der Straße. »Lass uns noch was trinken gehn, Mark.«

»Noch was trinken«, wiederholte ich mechanisch, wobei die Betonung unnötigerweise auf ›noch‹ lag.

»Ja. Und du bekommst Tee, mein Freund«, merkte Penelope an, währenddessen sie immer noch meine Hand hielt.

»Tee, mein Freund«, stammelte ich und so gingen wir Hand in Hand durch die Novemberpisse. Toll!

Sie schleifte mich über die Julius-Leber-Brücke die Kolonnenstraße hinunter, bog am Kaiser-Wilhelm-Platz in die Crellestraße ab und ließ meine Hand erst wieder los, als wir den Leuchtturm schon betreten hatten. Hinten um den Kicker stand eine Clique von Ex-Mitgliedern der Liga gegen den Imperialismus. Wir grüßten uns distanziert durch kurzes Kopfnicken. Penelope suchte uns in der überschaubar kleinen Kneipe ein winziges Tischchen in der Ecke, bestellte sich ein Weizenbier und mir einen Kamillentee. Kurzfristig war ich beruhigt, weil ich mir sicher war, dass es hier keinen Kamillentee gab, aber die Bedienung sagte zu Penelope:

»Da habt ihr aber Glück gehabt, normal haben wir keinen Kamillentee, aber der Chef hatte es neulich am Magen, da ist noch was übrig.«

Die Braut muss komplett irre sein, dachte ich, Kamillentee? Derweil waberte durch die Nebelschwaden rauchiger Luft Crosby,

Stills & Nash mit *Just a Song Before I Go*. Andererseits war eine kleine Alkoholpause schon angebracht. Sie ermöglichte mir, mit Penelope eine einigermaßen vernünftige Unterhaltung zu führen, bei der wir uns dann ohne Unterbrechung in die Augen sahen. Puh!

Ich erfuhr eine Menge über sie. Sie hatte bis zu ihrem Abitur in Mons in Belgien gelebt, daher dieser zunächst unbekannte Akzent, war das Produkt einer belgisch-deutschen Ehe und besaß beide Staatsbürgerschaften. Ihr Vater kam ursprünglich aus dem Baltikum, genauer gesagt aus Litauen, und war niedergelassener Pneumologe, was mich daran erinnerte, endlich mal wieder eine Zigarette zu rauchen. Sie löcherte mich mit allerlei Fragen, die ich mit norddeutscher Zurückhaltung beantwortete. Über einige Dinge, die sie wissen wollte, hatte ich mir noch nie Gedanken gemacht. So bohrte sie an mir herum, was ich für ein Verhältnis zu meiner Mutter hätte.

»Gar keins«, sagte ich ihr. Aber ich glaube, ich hatte den tieferen Sinn ihrer Frage nicht verstanden. Jedenfalls war es offensichtlich nicht das, was sie von mir hören wollte.

Ausführlich erklärte sie, dass Männer ein Irrweg seien, dem sie abgeschworen hatte. Diese ganze Chose ›Alle Frauen sind lesbisch, außer denen, die es noch nicht wissen‹ wird langsam epidemisch und weitet sich zu einer grundsätzlichen Krise aus, schoss es durch mein Gehirn. Sie berichtete, dass sie mit ihren WG-Genossinnen heute auf einem Frauenplenum in Kreuzberg 36 gewesen war und dass es am Kotti einen Aufruhr verbunden mit einem größeren Polizeieinsatz gegeben hatte. Und dass hinterher niemand genau sagen konnte, um was es eigentlich gegangen sei. Die Leute hätten irgendwelche wirren Geschichten von Kindesentführungen und japanischem Geheimdienst gefaselt. Aber das sei ja vermutlich alles kompletter Nonsens.

»Sag mal, weißt du vielleicht, was da los war?«, fragte Penelope, wobei eine unschöne Betonung auf ›du‹ lag.

»Ich? Nee, wieso ausgerechnet ich? Ich war nicht dabei. Ich war schon länger nicht mehr am Kotti.«

»Ich dachte, ich hätte euch gesehen. Dich und deinen Bruder. Er mit ner Pudelmütze, du mit ner Sonnenbrille. Und dann seid ihr mit nem großen weißen Mercedes weggefahren.«
Ich lachte laut auf.

»Ehrlich, Penelope. Kindesentführung, Pudelmütze, weißer Mercedes und so. Und mein Bruder und ich dabei? Das ist doch irre! Und einen Mercedes können wir uns nicht leisten. Opel. Mein Bruder fährt nen Opel«, sagte ich mit großem Nachdruck.
Nach einem weiteren Kamillentee gab sie mir eine Visitenkarte von sich und ich erfuhr, dass sie Lapkritis hieß, Penelope Lapkritis. Bei meinen folgenden Ausspracheübungen war es dann wirklich ganz gut, dass ich seit über einer Stunde trockengelegt war. Als sich meine Zungenfertigkeit nach ein, zwei Fehlversuchen als halbwegs passabel erwies, zog sie meinen Kopf auf einmal über den Tisch zu sich herüber und gab mir einen langen leidenschaftlichen Kuss und testete, wozu meine Zunge sonst noch so imstande war. Wow! Dann stand sie abrupt auf und sagte: »Im Übrigen, du könntest dich mal wieder rasieren. Komm Sonntag um vier zu mir. Zum Kaffee«, und ehe ich noch eine einzige Silbe über meine Lippen bringen konnte, war sie durch die Tür des Leuchtturms entschwunden. Boah ey, was für ein Auftritt!
Hm, Sonntagnachmittag? Irgendetwas war da doch, dachte ich, aber es fiel mir nichts dazu ein. Ich ging zum Tresen, bestellte ein großes Pils und einen doppelten Persico und versuchte zu begreifen, welches Wunder sich gerade hier abgespielt hatte. Aber zu einer konzentrierten Geistesleistung war ich offensichtlich nicht mehr in der Lage. Also bezahlte ich und ging.
In meiner Wohnung angekommen, schaute ich kurz in das große Zimmer. Alle lagen in ihren Schlafsäcken und schlummerten, Klaus und Bea verdächtig dicht beieinander. Ich trollte mich in mein Zimmer und war Sekunden später auch eingeschlafen.

II

Befiehl dem HERRN deine Wege
und hoffe auf ihn;
er wird's wohl machen.

Psalm 37 (Das scheinbare
Glück der Frevler), Vers 5.

HEILSARMEE IN RUINE

Ein eher ungutes Traumgeschehen hatte mich in der letzten Schlafphase geplagt, welches die Hypothese zuließ, dass mein Lebensstil und die permanenten Auseinandersetzungen mit den Staatsorganen meiner Psyche doch mehr zusetzten, als ich wahrhaben wollte. Unter der heißen Dusche löste sich diese Annahme jedoch schnell in Wasserdampf auf und die Erinnerungen an den gestrigen Abend kondensierten sich. Penelope! Meine Güte, Penelope war doch tatsächlich mit mir auf einen Drink im Leuchtturm gewesen. Auch wenn es für mich nur Kamillentee gab. Unfassbar. Und dann dieser Kuss zum Abschied.
Eine unerwartete Leichtigkeit erfasste mich. Nach einer schwarzen Phase in meinem Leben schien sich nun das Blatt gewendet zu haben. Meine Projekte sollten wieder unter einem glücklicheren Stern stehen. Wenn nun alles wieder rund lief, dann brauchte ich mir hinsichtlich meines großen Vorhabens, welches mein Leben verändern sollte, doch auch keine Sorgen zu machen, oder nicht?

Nach dem Anziehen verriet mir ein Blick in das große Zimmer, dass alle die Wohnung bereits verlassen hatten, um zu frühstücken. Also folgte ich ihnen ins Jonas. Ich flog durch das Treppenhaus, stürmte über den Hof und durch das Vorderhaus. Die Kneipentür war in Windeseile erreicht. Ich öffnete sie schwungvoll. Und es konnte kein Zufall sein, dass gerade eine Passage des Stücks *Novembermorgen* von Klaus Hoffmann lief, die mir und meiner Liebeswelt Mut und Kraft versprach. Auf Wolke sieben schwebte ich in den hinteren Teil des Lokals, wo ich auf dem Podest sitzend die muntere Schar meiner Logiergäste vorfand. Sie waren beim Frühstücken oder hatten dieses vor kurzem beendet. Benny saß grinsend vor einem Hefeweizen. Weiß der Geier seit wann der schon wieder unterwegs ist, dachte ich und bestellte mir Kaffee und Rührei mit Schinken bei der Kollektivkraft, die gerade überflüssiges Geschirr an unserem Tisch abräumte. Kraschno war in den Immobilienteil der *Berliner Morgenpost* vom letzten Sonntag vertieft, den er sich extra von Freddie hatte aufheben lassen.

»Unglaublich, wie billig hier Wohnhäuser sind«, meinte er, ohne von seiner Lektüre aufzublicken.

»Mit was beschäftigst du dich denn? Gehts noch?«, fragte ich.

»Wir sollten uns mit solchen Dingen beschäftigen, Mark. Oder willste immer so weiter machen? Wir werden nicht jünger, die Ansprüche steigen und so«, kam zur Antwort.

»Das ist unserer kleinen Liebesperle heute zu prosaisch, Kraschno«, ätzte Klaus, der offensichtlich über meinen gestrigen Abgang aus dem Jonas von den Tatzeugen bereits informiert worden war.

»Wo hast du sie denn gelassen, Mark?«, bohrte Klaus. »Würd sie auch gerne mal sehen, deine Befreiten-Braut.«

»Wieso Befreite?«

»Na, die Beschreibungen waren eindeutig. Lila Latzhose und so. Ehrlich, Mark, du und ne Befreite, das passt ja nun gar nicht«, verkündete Klaus.

»Penelope! Sie heißt Penelope, Klaus. Und von Befreite weiß ich nichts«, gab ich zurück.

»Daran merkt man, dass du verknallt bist, Junge. Alle sehen ne Befreite! Nur du nicht!«, antwortete Klaus süffisant grinsend.

Kraschno schob mir wortlos den aufgeschlagenen Lokalteil des *Tagesspiegel* zu. Schnell fand ich den verspäteten Artikel zur Radio-Aktion. Was für ein pseudoliberales Dumm-Geschwätz, dachte ich und warf die Zeitung auf einen großen Haufen weiterer Erzeugnisse der Meinungsindustrie. Kraschno war noch immer in den Immobilienteil der *Berliner Morgenpost* versunken. Dieser Teil der Zeitung hatte die Stärke eines durchschnittlichen Taschenbuches. Jeden Samstagabend, wenn die Sonntagsausgaben der beiden großen Tageszeitungen mit den Immobilienanzeigen auf den Markt kamen, bildeten sich an den Verkaufsstellen der Zeitungen in der Stadt schon eine Stunde zuvor lange Schlangen. Jeder wollte der Erste sein, der die Mietwohnungsangebote durchforsten konnte.

Man operierte in der Regel zu zweit. Einer besorgte die Zeitungen, ein anderer blockierte eine umliegende Telefonzelle, um gegebenenfalls sofort einen Vermieter kontaktieren zu können. Am Bahnhof Zoologischer Garten lauerten die meisten der Wohnungssuchenden, da dort die Blätter in der Regel zuerst verkauft wurden. In der Mauerstadt herrschte Wohnungsnot.
Es gab erste Gegenreaktionen in Form von Wohnungsbesetzungen. Nachdem im Sommer das UFA-Gelände in Tempelhof erfolgreich besetzt worden war, wurden in der Szene wieder Hausbesetzungen diskutiert. Das hatte eventuell das Potenzial, wieder mehr Schwung in antikapitalistische Aktionen zu bringen.

»Also, darüber müssen wir mal ernsthaft reden, Leute«, meinte Kraschno. »Das sind hier praktisch alles Preise wie im Sommerschlussverkauf.« Er deutete auf seine Zeitung. »Mit ein paar Leuten und nem kleinen Kredit könnten wir hier ohne Probleme ein ganzes Wohnhaus erstehen. Mieteinnahmen, Wertsteigerung, gute Perspektiven.«

»Früher an später denken? Oder was soll das werden?«, fragte Meier-Deutschland in leicht genervtem Tonfall.

»So in etwa«, erwiderte Kraschno, »aber nicht jetzt. Ich fahr nach Bremen zurück. Muss mich mal wieder bei Ulrike sehen lassen.« Ulrike war Kraschnos Dauerfreundin, mit der er schon seit der 10. Klasse, also seit kurz nach dem Zweiten Weltkrieg, zusammen war. Meistens jedenfalls.

Würde mich nicht wundern, wenn die schon heimlich verlobt wären oder so, dachte ich. Wir standen alle auf und nahmen Kraschno zum Abschied in den Arm.

»Melde dich auf dem üblichen Weg, wenn was anliegt«, flüsterte mir Kraschno während der Umarmung ins Ohr, »sonst nächste Woche in Bremen, Mark. Machts gut, Leute«, fuhr er fort, hob die Hand zum Abschied und entschwand Richtung Tresen.

»Wir fahren zum Kudamm«, verkündete Klaus und stand mit Bea vom Tisch auf, um Kraschno zu folgen.

»Was läuft denn da?«, fragte ich. »Da gehts doch nicht um Touri-Programm.«

Bea war eigentlich mit einem Abwesenden unserer Bremer Clique zusammen. Meier-Deutschland zog die Schultern hoch. Benny stellte das Grinsen ein und machte ein Problem-Gesicht.

»Ja, das frag ich mich auch. Klaus ist so seltsam in letzter Zeit«, meinte er.

»Ist er doch immer«, kommentierte Meier-Deutschland.

Nachdem ich gefrühstückt und ausgiebig geraucht hatte, stellte ich mit Schrecken fest, dass es schon kurz nach halb eins war. Heute, einem Samstag, würden alle Geschäfte gleich schließen und ich hatte noch nicht eingekauft. Man fragt sich zwar, wozu einkaufen, wenn sich das Leben ausschließlich an öffentlichen Orten abspielt, aber ganz so war es dann doch nicht. Meier-Deutschland bot an mitzukommen, während Benny sich lieber einem weiteren Weizenbier widmen wollte. Wir verließen schnell das Jonas und machten uns auf den Weg in die Hauptstraße zu Bilka. In der Kolonnenstraße schauten wir kurz bei Harry Jaksch, ein in Schöneberg gestrandeter, passionierter Quetschkommodenspieler aus München, rein, der dort einen Gebrauchtwarenhandel mit Schwerpunkt Schallplatten betrieb, wobei sich in dem völlig mit Zeug zugestellten unübersichtlichen Laden noch diverse andere gebrauchte Dinge, von Fotoapparaten über alten Schreibmaschinen bis hin zu Normal-8 und Super-8-Filmen, auftreiben ließen. Wenig später hatten wir das kleine Kiezkaufhaus erreicht, schnappten uns einen Einkaufswagen und fuhren mit ihm das Laufband runter in die Lebensmittelabteilung. Dort herrschte im Augenblick reges Treiben. Bleiche, von den Exzessen der letzten Nacht gezeichnete Gesichter schoben unmotiviert und fahrig ihre Wagen durch die Gänge. Die Haare wirr und ungekämmt, irrlichterten sie zwischen Tütensuppen und Dosenrindfleisch aus der Senatsreserve umher. Manch bekanntes Gesicht war darunter. Man grüßte sich beiläufig. Die Frühaufsteher waren alle schon durch. Jetzt kamen die Langschläfer und Nachteulen, die Verpennten und Studenten. Alle Konzentration galt den letzten Minuten, in denen man seine Bestände noch auffüllen konnte. Nur jetzt nicht das Bier vergessen! Die vorwiegend männliche

Kundschaft begab sich in langen Reihen zu den Kassen, stützte sich auf die Einkaufswagen und wartete, bis sie an der Reihe war, ihren Wochenendeinkauf zu bezahlen und nach Hause zu schleifen.
Meier-Deutschland und ich hatten, neben ein paar Grundnahrungsmitteln für meinen Kühlschrank, vor allem Bier und Knabbereien eingekauft, die später zur *Sportschau* vor meinem Fernseher verkonsumiert werden sollten.
Hinter den Kassen trafen wir Udo, bei dem die Freitagnacht wohl auch etwas länger gedauert hatte. Udo war nicht nur sehr groß, das waren Meier-Deutschland und ich ebenfalls, sondern beinahe ebenso breit. Meier-Deutschland und ich hätten uns gut gemeinsam hinter ihm umziehen können. Er war im nüchternen Zustand ein umgänglicher Geselle, neigte aber unter Alkoholeinwirkung zu aggressiven Ausbrüchen, die scheinbar jeden und alles treffen konnten, insbesondere aber Typen, die er nicht mochte. Dazu gehörten grundsätzlich Studenten. Das Wort Student galt schon der Westberliner Normalbevölkerung, immer noch aufgehetzt von den Latrinenparolen der Kochstraße aus den späten 1960er Jahren, als Synonym für Tagedieb und Lump. Udo gehörte zu einer Fraktion des linken Spektrums, der jeder intellektuelle Dünkel verdächtig und zuwider war, und so eine Art Arbeiterklassendominanzkultur reinster Prägung vertrat. Das korrespondierte auf bestimmte Weise mit dem Selbsthass linker Intellektueller und dem kollektiven Minderwertigkeitsgefühl Intellektueller im Allgemeinen im Lande der Dichter und Denker. Abiturient oder Student war ein böses Schimpfwort und es war besser, dass es einen nicht traf. Zwar wirkte das Jonas auf den ersten Blick wie ein friedlicher Alternativschuppen, aber am Tresen saßen, insbesondere zu späterer Stunde, auch ziemlich raue Burschen. Da war es allemal besser, man verschwieg seine Immatrikulation und erzählte lieber von den Jobs, die man so machte, zumindest wenn einem an körperlicher Unversehrtheit gelegen war.
Udo und ich kannten uns aus dem Jonas, auch die Bremer Clique war ihm nicht unbekannt, und da sie zu Recht nicht gerade in dem Ruf stand, dass es sich bei ihr um versonnene Schöngeister und Grübler handelte, war sie auch bei Udo akzeptiert.

»Und was liegt bei euch heute Abend so an?«, quetschte Udo hervor.

»Später Disse vielleicht oder so«, erläuterte Meier-Deutschland ausführlich das ins Auge gefasste Abendprogramm.

»Komm vielleicht mit. Schaut ihr ins Jonas, wenn ihr losgeht?«, fragte Udo, »bin wohl da.«

»Jupp«, stimmte Meier-Deutschland gewohnt redselig zu.

»Juti«, ergänzte ich und nahm die Plastikeinkaufstüten wieder vom Boden auf, die wir, um uns auf diese schwierige Debatte besser konzentrieren zu können, dort abgestellt hatten.

Nachdem wir den anstrengenden Anstieg die Kolonnenstraße hoch gemeistert, die Julius-Leber-Brücke überquert und einige Kiez-Bekanntschaften im Vorübergehen gegrüßt hatten (man lebte hier auf der Insel ein bisschen wie auf dem Dorf), bogen wir wieder in die Naumannstraße ein. An meinem Hauseingang, rechts zwischen Vorderhaustür und Hofeinfahrt, bemerkte ich einen Zinken, eine mit Tafelkreide gemalte Kombination aus einem Kreis und einigen einfachen Strichen.

»Du, nimm du mal eben die Tüten mit hoch. Ich hab noch was vergessen«, sagte ich zu Meier-Deutschland.

»Ich schlepps hoch und ihr trinkts aus. Toll!«, meinte er, nahm mir aber die Einkäufe und das hingereichte Schlüsselbund ab.

Ich ging die wenigen Schritte zu der Doppeltelefonzelle vor dem Jonas, öffnete die Tür, die Richtung Kolonnenstraße zeigte, und ging hinein. Pro forma nahm ich den Hörer ab, blätterte im Telefonbuch zu einer zuvor vereinbarten Seite und erfuhr aus dem einfachen, am Rande notierten Zahlen- und Buchstabencode, dass sich am kommenden Montag um 18.30 Uhr unsere Antiimperialistische Gruppe am Eingang zum Kleistpark unter den Königskolonnaden treffen wird. Dieses unidirektionale Benachrichtigungssystem, welches auf meinem Mist gewachsen war, erfüllte mich, immer wenn es zur Anwendung kam, mit einem gewissen Erfinderstolz.

In Gedanken versunken ging ich die vier Treppen zu meiner Wohnung hoch. In der Küche angekommen, stellte ich fest, dass

Meier-Deutschland den frisch erworbenen Getränkevorrat bereits im Kühlschrank verstaut hatte.

»Benny«, sagte Meier-Deutschland, der schlaff auf einem Küchenstuhl lümmelte und rauchte, »meinst du nicht, wir sollten mal nach Benny gucken? Der, so völlig ohne Bewachung, das geht doch nicht gut«, ergänzte er und sah mich fragend an.

»Ey Mann, ich bin gerade die vier Treppen hochgeeiert. Hätte dir das nicht einfallen können, als ich noch unten war?«

Ich zog mir den Parka, den ich gerade über einen Küchenstuhl gehängt hatte, wieder an.

»Du hast Recht. Wir sollten mal nachsehen gehen.« Und schon waren wir wieder unterwegs.

Nur Benny trafen wir im Jonas nicht mehr an. Auf dem Tisch, an dem wir zuletzt gesessen hatten, stand noch ein halbvolles Weizenbierglas und Bennys Jacke hing über dem Stuhl.

»Nicht mal bezahlt hat er«, erklärte Gisela, die in der Frühstücksschicht eingeteilt war, auf unsere Nachfrage.

»Holt er nach oder ich zahls«, beschwichtigte ich und sah Meier-Deutschland fragend an. Der zuckte mit den Schultern.

»Mach uns mal zwei Kaffee«, sagte ich zu Gisela. Wir schwangen uns auf zwei Barhocker am Tresen. So rauchten wir schweigend und tranken unseren Kaffee. Nach gut 20 Minuten schaute ich Meier-Deutschland an.

»Dann müssen wir wohl.«

»Müssen wir wohl«, antwortete er, wand sich vom Hocker und ging zum Ausgang. Ich folgte ihm.

Vor dem Jonas knobelten wir noch aus, in welche Richtung wir unsere Suchaktion starten sollten. Wir entschieden uns für den Weg Richtung Hauptstraße. Nun steckten wir in jede Kneipe, jeden Imbiss, jede Döner-Bude, jedes Café und jedweden Schuppen, von dem wir annehmen konnten, dass in ihm Bier ausgeschenkt werden könnte, unsere Nasen, um nach Benny Ausschau zu halten. Auf diese Art und Weise kamen wir zu einem ausgiebigen Nachmittagsspaziergang durch Schöneberg. Es war die große Ochsentour durch den Bezirk. Wir wurden immer wieder kritisch

beäugt, wenn wir uns suchend in den unterschiedlichen Etablissements umsahen, wobei, insbesondere nördlich des Kleistparks, manch üble Kaschemme darunter war. Vermutlich hielten uns die meisten für die Schmiere. Dabei waren wir auf einer Rettungsmission unterwegs, altruistisch bis zur Selbstverleugnung.
Nach 38 vergeblichen Inspektionen hatten wir uns mittlerweile bis zum Winterfeldtplatz vorgearbeitet. Hier fanden gerade die letzten Aufräumungsarbeiten vom vormittäglichen Wochenmarkt statt. Die übliche Traube von übriggebliebenen Marktbesuchern vor dem Slumberland, der bis zum letzten Sommer der Dschungel oder korrekter gesagt der Ur-Dschungel war, hatte sich schon aufgelöst oder ins Innere des Ladens zurückgezogen. Wir gönnten uns ein Belohnungsbier in der Ruine. Wir zerrten in diesem Vorhof zur Hölle zwei der wenigen unbeschädigten Stühle zu einem wackeligen Tisch und ließen uns nieder. Die Ruine hieß nicht nur einfach Ruine. Der Name war Programm. Sie war im letzten halbwegs intakten Raum eines Trümmerhauses untergebracht, das der letzte Krieg hier stehengelassen hatte. Das spärliche Mobiliar war Bruch, die Gäste rekrutierten sich aus Härtefällen des Lumpenproletariats. Die Ruine gehörte zu den Kathedralen, die Jürgen Grage der Stadt geschenkt und dem permanenten Hochamt zur Verehrung des Suffs geweiht hatte. Heute war das Publikum mit ein paar Marktleuten eher moderat. An einem hinteren Tisch saß, total breit und mit sich selbst in ein Streitgespräch vertieft, die einbeinige Nutte, die ihren Stammplatz auf dem Trafokasten Potsdamer Straße Ecke Kurfürstenstraße hatte und dort normalerweise bei Wind und Wetter anzutreffen war. Neben ihr saß der im gebrochenen Deutsch vor sich hin brabbelnde Namibia, dessen Nomen proprium kein Rätsel der Onomastik war, und den das Schicksal nach Westberlin getrieben hatte, um hier seine Tage dem Konsum von ortsüblichen geistigen Getränken zu widmen, wobei er auf Nachfrage genau dieses als Asylgrund angab. Die Dritte im Bunde war Sunshine, in deren Körper sich nicht nur jede Menge LSD befand, das ihr den Beinamen eingetragen hatte, sondern auch noch anderer Drogenmüll und natürlich Alkohol. Sie war ganz in

Schwarz gekleidet, die Augen unter ihrem langen Pony versteckt, so dass man nicht sagen konnte, wem ihre wenig jugendfreien Ausführungen galten. Es war besser, nicht näher nachzufragen, da sie gerne unvermittelt und hemmungslos auf einen einprügeln konnte. Sonst war noch nicht viel los. Der Typ hinter dem Tresen hatte längere blonde Haare, trug eine völlig zerschlissene Bluejeans mit einem kaum zugeknöpften weißen Oberhemd, welches auch schon bessere Tage gesehen hatte, und hielt sich mit glasigem Blick am Zapfhahn fest. Er sah gleichzeitig wie fünfzehn-und-ein-Keks und wie sein eigener Vater aus. Den riesigen Joint zwischen seinen Lippen nahm er weder für das Zapfen noch wegen irgendetwas anderem aus dem Mund. Zwischendurch drehte er sich zu einem Plattenspieler um, für den er sich, wäre Kraschno dabei gewesen, harte Sprüche zum Thema zeitgemäße Technik hätte gefallen lassen müssen, legte *Jeder kommt irgendwoher* von Ulrik Remy auf den Teller und versuchte, die Nadel zu einem bestimmten Stück zu dirigieren. Das misslang ihm zunächst und aus den Boxen kam nur lautes Kratzen und Rauschen, was aber weder ihn noch sonst jemanden zu stören schien. Beim Bezahlen des Biers, hier gab es aus guten Gründen Getränke nur gegen Vorkasse, bemerkte ich, dass Hascher auch am Tresen stand, er hatte mich aber nicht gesehen oder erkannt oder er wollte mich nicht gesehen oder erkannt haben.
Ich brachte die Gläser zum Tisch, setzte mich und holte die Zigaretten aus der Tasche

»Irgendwie bringts das nicht, was wir machen«, sagte ich.

»Irgendwie?«, antwortete Meier-Deutschland indigniert, »es ist der totale Schwachsinn!« Und mit einem Blick auf seine Armbanduhr: »Wir sollten zurückgehen. Ich will wegen dem echt nicht die *Sportschau* verpassen. Außerdem sind wir auch mit Bea und Klaus verabredet.«

»Stimmt! Und die haben keinen Schlüssel, oder? Wo ist der Schlüssel von gestern Abend eigentlich geblieben?«

»Liegt, glaube ich, auf der Fensterbank in der Küche.«

»Na, da liegt er gut.«

Schon seit einiger Zeit kamen vom Nachbartisch einschlägige Rauchschwaden zu uns herüber geweht. Wortlos wurde uns ein großer Joint gereicht. Super! Hier wurde der Kommunismus schon praktiziert. Es gab noch Hoffnung!

»Danke, Bruder«, lehnte ich höflich ab, »aber wir müssen noch arbeiten.«

»Arbeeten? Hab ick ooch mal jemacht. War so um 1965. War scheiße jewesen. Hab ick denn aber schnelle wieder mit uffjehört, wa«, wurden wir unterrichtet.

Zwischenzeitlich hatte der Blonde es geschafft, das gewünschte Stück auf der Platte anzuspielen und Ulrik sang in *Die Kneipe* davon, wie es ihm nach durchzechter Nacht langsam dämmerte, dass er gestern ganz schön voll gewesen sein musste. Nach einem weiteren Bier schaute Meier-Deutschland abermals auf seine Uhr. Ich nickte nur und wir verließen diesen gastlichen Ort.

12

Wohl aber, wen sein
Lebensfragment auch
als dann nicht gereuet!

Johann Gottfried Herder:
Auch eine Philosophie der Geschichte
zur Bildung der Menschheit.
Beytrag zu vielen Beyträgen
des Jahrhunderts. 1774.

PECUNIA NON OLET!

Es hatte mittlerweile heftig zu regnen begonnen, so gingen wir schnellen Schrittes zurück Richtung Insel. Nach wenigen Minuten waren wir völlig durchnässt. Wir hatten schon fast die ganze Akazienstraße durchlaufen und bereits die Hauptstraße im Blick, da tat sich links von mir eine Kneipentür auf, weil ein Gast das Lokal verließ. Aus meinem Augenwinkel konnte ich ihn für eine Nanosekunde sehen. Ich hielt Meier-Deutschland am Arm fest und deutete mit dem Kopf auf den nun wieder verschlossenen Eingang. Dann betraten wir den Felsenkeller. Die Kneipe war ein schmaler Schlauch, zu dem man sich zunächst am Tresen vorbeischlängeln musste. Benny saß gleich am ersten Tisch hinter dem Tresen, deshalb hatte ich ihn überhaupt in diesem kurzen Moment sehen können. Vor ihm stand ein volles Bierglas, um ihn herum saßen einige ältere Männer und eine Frau, die ihm gebannt zuhörten. Er gab eine seiner zahlreichen Seemanns-Geschichten zum Besten, wobei er wild mit den Armen gestikulierte und auf seinem Stuhl bedenklich schwankte. Wir ließen ihn erst noch ausreden, schalteten uns dann aber ein:

»So, meine Herrschaften«, sagte ich, »nun müssen wir Ihnen leider die Unterhaltung entziehen, doch der Herr muss gehen. Er hat noch eine Verabredung.«

»Mark? Meier? Was macht ihr denn hier? Wie habt ihr mich gefunden?«

»Mühevolle Detailarbeit«, sagte Meier-Deutschland, während beständig Wasser aus seinen langen lockigen Haaren über sein Gesicht troff.

»Hat der Herr noch etwas zu bezahlen?«, fragte ich den Budiker, der hinter seinem Tresen stand.

»Nee, nüscht! Wer uns so jut unterhalten hat, der braucht ooch nix zu bezahlen. Mann, wat der Kerle alles erlebt hat, doll!«, begeisterte er sich.

»Ja, doll, nicht?«, ergänzte Meier-Deutschland.

»Komm, Benny, wir müssen los! Bea und Klaus warten«, sagte

ich und hakte mich bei Benny unter dem rechten Arm ein und zog ihn vom Stuhl. Seine Jacke hatte er ohnehin im Jonas hängen lassen. So konnten wir ohne viel Federlesens die Örtlichkeit verlassen.

»Ja, Klaus wartet«, sagte Benny und sein Blick ging ins Leere.

»Tschüss«, ergänzte er und wollte zum Abschied winken, aber das verunglückte ihm irgendwie.

»Ja, tschüss«, kam es aus der Rentnerrunde, »und kommense mal wieder zu uns. Dit is lustich mit Ihnen.«

»Lustig«, sagte Meier-Deutschland als wir wieder auf der Straße standen, »extrem lustig.« Er schüttelte seine Mähne, dass die Tropfen nur so sprühten und stürmte los. Ich mit Benny im Schlepptau hinterher.

In der Naumannstraße aufgetaucht, trafen wir auf Klaus und Bea, die unter einem Regenschirm vor dem Hauseingang standen.

»Ihr seht irgendwie nass aus«, bemerkte Klaus. Bea kicherte.

»Klaus?«, mutmaßte Benny ins spätnachmittägliche Novemberdunkel, als ob Klaus gerade nach vielen Jahren als Spätheimkehrer aus russischer Kriegsgefangenschaft zurückgekehrt wäre. Dabei blickte er ihn mit verklärtem Blick aus seinen glasigen Augen an. Bea gluckste schon wieder.

»Nass, Klaus?«, sagte Meier-Deutschland in leicht angefressenem Ton. »Das ist lustig. Extrem lustig!« Die Nadel schien bei Meier-Deutschland in dieser Rille hängen geblieben zu sein.

Oben in der Wohnung angekommen, schnappten sich Meier-Deutschland und ich jeder ein Handtuch, um unsere Haare zu trocknen. Alle versammelten sich in meinem Zimmer auf den Matratzen, die mir als Schlafstätte dienten. Der Radiator wurde hochgedreht und der Fernseher angestellt. Wir hatten es gerade noch geschafft. Es war fünf nach sechs, die *Sportschau* begann. Bea versorgte uns mit Bier und Salzstangen, Entspannung machte sich breit.

Benny war nach wenigen Augenblicken eingeschlafen und verpasste so die wichtigsten Ergebnisse des Tages. Nach der *Sportschau*, die leider eine Niederlage der Löwen gegen die Bayern präsentierte, sahen wir noch ein wenig *Abendschau* (öde-reaktionäre Langeweile), wechselten zur *Aktuellen Kamera* (totale Langeweile) und anschließend zur *Tagesschau* (mittlere Langeweile). Meier-Deutschland kommentierte die Meldung, dass Ajatollah Khomeini die Besetzer der US-Botschaft in Teheran um die Freilassung einiger Geiseln gebeten hatte, mit: »Lustig, extrem lustig!«, was wir aber nicht zu deuten wussten. Die ARD beglückte Fernseh-Deutschland anschließend mit *Der Maulkorb*, einer Komödie von Heinrich Spoerl mit Willi Millowitsch in der Hauptrolle, das ZDF überbot mit *Lustige Musikanten*. Als eine blondierte katholische Erektionsbremse die Bühne betrat, wurde der Fernseher sofort ausgeschaltet, Benny geweckt und in das Jonas gegangen, wo sich jeder noch eine Kleinigkeit zum Abendbrot bestellte. Bennys Jacke hing immer noch so über dem Stuhl, wie er sie zurückgelassen hatte, was sich als überaus praktisch herausstellte, denn so konnten wir den Tisch gleich wieder in Beschlag nehmen.

Im Jonas herrschte diese seltsame Zwischenstimmung zwischen Samstagnachmittag und Samstagabend, dieses nicht Fisch, nicht Fleisch, eine unangenehme Atmosphäre des Unentschiedenen, wabernd inmitten von Vergeblich- und Sinnlosigkeit. Ich mochte diese Stimmung nicht, ich mochte diese Zeit nicht. Ohnehin hatte die Samstagnacht schon länger ihren besonderen Reiz, ihre Verheißung, dass in ihr Großes und Entscheidendes, das Leben grundlegend Veränderndes passieren würde, verloren. In der früheren Jugend lebte man die ganze Woche nur auf diesen Tag hin, waren höchste Erwartungen an die Stunden von Samstagabend bis Sonntagfrüh geknüpft. Nicht dass sie regelmäßig erfüllt worden wären, aber im Vergleich zur stumpfsinnigen Eintönigkeit des wöchentlichen Alltags war die Samstagnacht noch etwas Besonderes gewesen. Auch dieser faule Zauber war dahin, so wie die kindliche Vorfreude auf die Adventszeit und Weihnachten irgendwann verblasste, wenn es sie denn jemals gegeben hatte.
Am Tresen standen einige Toto-Mitspieler und diskutierten mit Freddie die Bundesliga-Ergebnisse und unseren, mit nur acht Richtigen knapp, aber dennoch verhauenen, Toto-Tipp. Ich stellte mich dazu.

»Stuttgart-Schalke ne Null und wir spielen Eins, Zwei. Das hat uns letztlich das Genick gebrochen«, meinte Freddie.

»Schalke ist immer ne Null. Habe ich doch gesagt«, warf einer oberschlau ein.

»Was ist mit Schalke?«, kam es aggressiv vom anderen Ende des Tresens von Udo, der ankündigungsgemäß auch im Jonas saß und bei seiner Äußerung böse mit den Augen rollte. Man erinnerte sich mit Schrecken oder mit Wohlwollen, je nach Standpunkt, an die Geschichte von Ende August beim Spiel der Hertha gegen S04, als Udo mit seinen Schalke-Kumpels gen Olympiastadion gezogen war, um Hertha-Fröschen auf die Fresse zu hauen. Richtig geknallt hatte es dann bei der Rückfahrt in der U-Bahn Linie 1 und in der Notaufnahme im Urban-Krankenhaus gab es abends Froschschenkelragout.
Seit 1971 sprachen die Herthaner bei Schalke 04 nur noch vom FC Meineid, weil ihnen damals in den ersten Nachwehen des Bundesligaskandals ein 3:0-Heimsieg im Rückspiel des DFB-Pokals gegen S04, der zum Weiterkommen in der ersten Runde gereicht hätte, nachträglich aberkannt wurde, weil ein Hertha-Spieler in den Bundesliga-Bestechungsskandal verwickelt war. Bitter für Hertha war, dass später auch viele Schalker Spieler der Beteiligung an den Machenschaften überführt wurden, zu diesem Zeitpunkt aber die Mitwirkung des geständigen Hertha-Spielers zur Annullierung des Sieges führte. Noch bitterer war es, dass Schalke am Ende auch noch Pokalsieger wurde. Seitdem ging es zwischen den Fans beider Vereine oft hart zur Sache.

»Nichts ist mit Schalke! Null, äh Null, Null haben sie gespielt«, beschwichtigte Freddie, der so früh am Abend keinen Ärger im Laden haben wollte.

»Naja, wir lagen eben nicht richtig«, lenkte der Schlaumeier schnell ein.
Nun wechselte das Thema und ich trollte mich zu meinen Bremer Gästen.

Nachdem jeder was für sein leibliches Wohl getan hatte, flipperten wir noch eine gute Stunde. Dann brachen wir auf, um ins Sound, genauer ins S.O.U.N.D., welches von sich behauptete, die modernste Diskothek Europas zu sein, zu gehen. Zuvor hatten wir noch Udo am Tresen abgeholt. Zu sechst machten wir uns auf den Weg nach Tiergarten. Wir gingen zu Fuß vom Kleistpark die Potsdamer Straße hoch bis zur Kurfürstenstraße, wo wir durch den Wechsel der Straßenseite von Schöneberg nach Tiergarten kamen. Die einbeinige Nutte aus der Ruine saß auf ihrem Trafokasten, ihre beiden Krücken standen ordentlich beisammen, wie immer links von ihrem Thron. Wie war es ihr gelungen in kurzer Zeit wieder so nüchtern zu werden? Von der Kurfürstenstraße bogen wir rechts in die Genthiner Straße ab und verschwanden im Sound.

Wir zerstreuten uns schnell. Der Laden war groß und laut, jeder ging seinen eigenen Interessen und Vorlieben nach. Es wurde gedealt, dass sich die Balken bogen und Junkies machten locker ein Drittel des Publikums aus. Das Einzige, was mir am Sound wirklich gefiel, war, dass es hier Beck's gab, was damals in Westberlin noch eine Rarität darstellte. Mit einer grünen Flasche Bremer Braukunst ausstaffiert, stand ich in der Nähe der Tanzfläche, auf der noch nicht allzu viel los war, beobachtete das Geschehen und hörte der Musik zu. Sie spielten hier sogenannten ›Progressive Rock‹, vor allem aus den USA, was nicht so mein Ding war. Heute vor allem Stücke von Yes, Jethro Tull, Alan Parsons Project, Kansas und Yezda Urfa. *Silent Cries and Mighty Echoes* von Eloy schien es dem DJ dabei besonders angetan zu haben. Ich dachte an mein neues Großprojekt in Sachen Liebe. Und ich dachte auch kurz an Penelope. Meine euphorische Stimmung vom Morgen war noch nicht vollständig verflogen, aber eine gesunde Lebensskepsis schlich sich schon wieder ein. Und was erwartete mich morgen im Kreuzbergpark? Gab es Probleme? Ich hatte nicht die leiseste Ahnung, was anliegen könnte. So verging der Abend und ich schlabberte ein Beck's nach dem anderen in mich hinein.

Irgendwann stolperte ein sehr junges Ding, angetan mit hochhackigen Stiefeln, die erst in der mittleren Oberschenkelregion endeten, derart zuckend und zappelnd auf die Tanzfläche, dass die Anrufung des Heiligen Veit, dem Schutzpatron der Bierbrauer, Tänzer und Haustiere geboten erschien. Es war Walpurga. Walpurga war so etwas wie Haschers Freundin. Seine Kollegen bezeichneten sie in ihrer einfühlsamen Ausdrucksweise als Billys Matratze, was zumindest angesichts ihres Twiggy-ähnlichen Äußeren unwahrscheinlich klang. Das sah schon sehr beängstigend aus, was Walpurga da vorturnte in ihrem Hippie-Folklore-Kleidchen, das sie mit einigen aktuellen Disco-Stilelementen in knallbunter fallschirmseidener Oberbekleidung durchsetzt hatte: irgendetwas zwischen Epilepsie, Tollwut und Opfer einer Juckpulverattacke, so eine Art Vorstufe von Chorea Huntington. Chorea Huntington? Geile Mucke! Kenne ich, Alter, hätte Walpurga gesagt, wenn man sie danach gefragt hätte. Hascher ließ sich dann auch kurz auf der Tanzfläche blicken. Der tauchte mir mittlerweile zu häufig im Bild auf. War das wirklich Zufall?

»Benny will noch ins Ku'Dorf«, brüllte mir Meier-Deutschland auf einmal ins Ohr.

»Ins Ku'Dorf? Nee, nicht, der spinnt doch völlig. Was sollen wir denn da?«, brüllte ich zurück.

»Was weiß ich! Wir treffen uns gleich draußen«, schrie er in mein Ohr und verschwand.

Als ich ein wenig benommen mit Druck auf den Ohren wieder auf der Genthiner Straße stand, waren die anderen fünf schon da.

»Ins Ku'Dorf? Ist das euer Ernst?«, fragte ich.

»Ja, so zum Abschluss«, sagte Benny und grinste debil. Udo grinste ähnlich aussagekräftig und hatte den drei Köpfe kleineren Benny dabei im Arm.

Na, da haben sich zwei gefunden, dachte ich.

Die anderen schienen keine eigene Meinung zu dem Thema zu haben und so zogen wir schließlich los.

Die ganze Gegend hier war im Prinzip seit den 1920er Jahren ein einziger Rotlichtbezirk. Die komplette Potsdamer Straße und

ihre Nebenstraßen waren gesäumt von einschlägigen Bars, Lokalen, Stundenhotels. Der Straßenstrich florierte. Die Gegend um das Sound war nicht von ungefähr dem Babystrich vorbehalten. Mädchen, die beinahe schon unsere Töchter sein konnten - wir wurden wirklich langsam alt - standen am Straßenrand und warteten auf Freier. In der Regel, weil sie das Geld für ›Aitsch‹, also Heroin, brauchten, was es im Sound im Überfluss gab. Und so kurvten die Autos der potentiellen Interessenten an dieser Art schnellem Wochenendvergnügen langsam durch die Genthiner Straße, die Kurfürstenstraße, Pohlstraße, Kluckstraße und Frobenstraße.
Und schon nahm das Unglück seinen Lauf. An der Ecke Genthiner Straße und Kurfürstenstraße stand ein Mädchen, welches ich auf zwölf, maximal dreizehn, Jahre schätzte, in strichgerechter Aufmachung am Straßenrand. Ein dunkelblauer Mercedes fuhr auf der Kurfürstenstraße Richtung Zoologischer Garten langsam auf sie zu. Der Beifahrersitz war leer, die Scheibe heruntergekurbelt. Der Fahrer beugte sich über seinen Nebensitz und sprach das Mädchen an. Zur gleichen Zeit hatte Udo den Wagen von hinten umrundet und stand auf der Straße neben der Fahrertür. Ich ahnte das kommende Szenario voraus und stellte mich, noch auf dem Bürgersteig, kurz vor den Wagen. Udo klopfte an die geschlossene Scheibe der Fahrertür. Der Fahrer reagierte, brach das Gespräch mit dem Mädchen ab und kurbelte die andere Scheibe auch herunter.

»Entschuldigung«, sagte Udo, »aber das sollten Sie sich ansehen. Da hat sich wohl jemand an Ihrem Kofferraum zu schaffen gemacht. Sieht böse aus. Oder wissen Sie das schon?«
Udo trat einen halben Schritt zurück. Das fette Schwein im Daimler reagierte erwartungsgemäß, öffnete seine Wagentür und wollte den vermeintlichen Schaden begutachten. Dazu kam er aber nicht. Als er seine unansehnliche körperliche Hülle halb aus dem Wagen herausgeschält hatte, sprang Udo mit ausgestrecktem rechtem Bein auf die Fahrertür zu und trat mit voller Wucht zu. Schweinebacke schrie, zwischen Chassis und Tür eingeklemmt, laut auf. Udo nutzte die Gunst der Sekunde, brüllte: »Scheiß Kinderficker«, und donnerte ihm seine Faust in die Fresse.

Unmittelbar spritzte Blut aus mehreren Stellen des Arschlochgesichts, zeitgleich fiel die Wagentür nach vorne und der potenzielle Freier stürzte auf die Straße. Udo trat ihm mit voller Wucht in die Seite. Mittlerweile standen Klaus und ich neben Udo.

»Reicht«, sagte ich und schob Udo von dem Typen weg, der auf dem Asphalt lag und sich vor Schmerzen krümmte. Während Klaus schnell den Zündschlüssel abzog und in hohem Bogen in die von gebrauchten Spritzen und Kondomen versauten Rabatten warf, griff ich in die Innentasche seines Jacketts, entnahm die Brieftasche und verteilte seine sämtlichen Papiere über den Straßenbelag. Es waren ungefähr 400 D-Mark in kleinen Scheinen, die ich in der Hand behielt. Ich ging um das Auto herum und drückte dem Mädchen, das völlig verwirrt zwischen Benny, Meier-Deutschland und Bea stand, das Geld in die Hand. Meier-Deutschland hatte den Plattenspieler wieder angestellt:

»Lustig! Extrem lustig!«, ließ er vernehmen.

»Hau ab!«, wies ich die irritierte Zuschauerin in ihrem superkurzen Minirock an und dann, schon wieder mit einem Lächeln im Gesicht, »und kauf dir nicht nur Süßigkeiten von dem Geld.« Schneewittchen schaute mich verständnislos an, trottete dann aber Richtung Sound davon. Und nun an alle: »Und jetzt: Ab!« Komisch, sonst wurde jeder Mist tausendmal durchgekaut und besprochen. Jetzt hatten mich tatsächlich alle verstanden. Zügig verließen wir den Ort des Geschehens. Vermutlich würde der Arsch keine Bullen holen und wir hatten ihm ja auch ein bisschen Beschäftigung dagelassen, aber sicher ist sicher. Deshalb bogen wir rechts in die Derfflinger Straße ab, obwohl es nicht der direkte Weg zum Ku'Dorf war.

Keiner sagte etwas, nur Bea meldete sich zu Wort:

»Berlin ist echt ne harte Stadt! Ich hab nicht begriffen. Was war denn eben los? Äh, ich meine, der Typ hatte doch nichts gemacht, der wollte doch wohl nur seine Tochter abholen, oder?«

»Tochter?«, fragte Klaus.

»Ja, aber er war zu spät dran! Das musste bestraft werden«, fügte ich an.

»Oder war das gar nicht ihr Papi, sondern ...«, regten sich Zweifel in Bea.

»Eher sondern, Bea«, sagte Klaus.

»Echt hart! Super hart hier und voll die Großstadt«, konstatierte Bea.

»Und lustig! Extrem lustig!«, rundete Meier-Deutschland ab.

»Und Mark, das Geld, warum hast du ihr das viele Geld gegeben?«, setzte Bea nach.

»Ist doch bald Weihnachten«, beschied ich, was sie zufriedenzustellen schien.

Über den Umweg Lützowplatz und Lützowufer erreichten wir gut eine Viertelstunde später unser Ziel.

Die Türsteher gaben mir kurz Hoffnung, denn sie wollten uns zunächst nicht ins Ku'Dorf lassen. Wenigstens die hatten erkannt, dass wir hier eine Fehlbesetzung wären. Sie störten sich vor allem am Zustand von Udo und Benny und wollten nur den Rest von uns einlassen. Außerdem: Zu viele Typen, nur eine Frau. Das roch nach Ärger. Benny quatschte den beiden dann allerdings ein Ohr ab und so durften wir doch hinein.

Das Ku'Dorf war im Prinzip eine Ansammlung vieler kleiner Kneipen, von der wir eine auswählten, in der an einem großen langen Tisch noch einige Plätze frei waren. Wir setzten uns. Der Abend war kurz vor dem Höhepunkt, der Geräuschpegel entsprechend. Die Damen tranken vornehmlich Berliner Weiße in Kreischfarben, die Männer Bier und Schnaps, einige wenige auch Wein. Unsere Tischgenossen, die sich in ausgesprochen ausgelassener Stimmung befanden, rekrutierten sich aus zwei Pärchen aus Reinickendorf, die sonst nie in die Stadt fuhren, wie sie immer wieder betonten, und fünf Gestalten aus dem Westerwald, die Berlin soooo toll fanden. Vor allem auch, weil doch diese wahnsinnig tolle Sendung einmal im Monat aus Berlin übertragen wurde. Ich mischte mich ein und merkte an:

»Wieso monatlich? *Der Schwarze Kanal* kommt doch wöchentlich.«

Diesen Einwurf verstanden die Westerwälder nicht. Nur einer der Reinickendorfer, ein Berufsfeuerwehrmann, wie wir zuvor erfahren durften, funkelte mich kurz böse an. Aber der löschte heute nur seinen eigenen Brand und vergaß die Sache gleich wieder. Uns wurde dann deutlich gemacht, dass die Westerwälder die *ZDF-Hitparade* gemeint hatten. Das ließ bei den Reinickendorfern den Kamm schwellen und sie schwadronierten darüber, was sonst noch alles Tolles und Großartiges aus ihrer Stadt kam. Insbesondere Günter (Ick bin der Jünta, wa), ein Mitarbeiter der BVG, was nicht schwer zu erraten war, denn er trug seine blaue Uniform auch im Ku'Dorf, tat sich dabei hervor und betete eine nicht enden wollende Liste herunter. Anscheinend gab es nur ganz wenige Dinge auf der Welt, die nicht aus Berlin kamen.

»Und Peter Stuyvesant«, ergänzte ich, »die Fluppen kommen aus Wilmersdorf. Der Duft der großen weiten Welt direkt aus der guten Stube der Spießer.«

»Jenau, so isset«, stimmte Günter zu, der mich wohl nicht richtig verstanden hatte.

»Und der Tabak wird in den Rieselfeldern in Gatow angebaut, nicht?«, wollte ich festgestellt wissen.

»Dit is jut, dit is wirklich jut«, jubelte Günter. Ihn konnte scheinbar nichts aus der Ruhe bringen. »Und der Undaberch, der kommt aus Heiligensee, wa!«, triumphierte er.

Günter gab dann auch gleich eine Runde von dem Zeug aus und 15 kleine Fläschchen des Magenbitters wurden an den Tisch gebracht. Ungefragt wurden uns dazu große Biere vor die Nase gestellt und Udo Jürgens sang *Griechischer Wein*. Die Westerwälder und Reinickendorfer hakten sich bei uns unter und fingen an zu schunkeln. Wir waren gespalten. Während Benny, Udo und Bea mitmachten, verfinsterten sich bei Klaus, Meier-Deutschland und mir die Mienen. Aber das Grauen hatte noch lange kein Ende. Es folgte, hochaktuell, Peter Alexander mit *Schwarzes Gold*. Da wurden schon ein paar Augen feucht. Und weil es so schön war, gab es noch das eheliche Durchhaltelied *Und manchmal weinst du sicher ein paar Tränen* als Sahnehäubchen obendrauf.

Da floss bei unseren Tischgesellen tatsächlich Flüssigkeit aus den Äugelein.
Das alles schien den Meisten hier zu gefallen. Die Reinickendorfer vertrauten uns an, wie gerne sie in Reinickendorf wohnten und wie schön es am Kurt-Schuhmacher-Platz sei. Vermutlich waren sie durch das Leben in der Einflugschneise des Flughafens Tegel komplett taub geworden und bekamen gar nicht mit, was hier gedudelt wurde.
Nun sollte es wohl romantisch oder so was werden, denn Thom Pace sang *Maybe*: ›Deep inside the forest is a door into another land ...‹ Einmal abgesehen davon, dass Thom Pace aussah, als ob er persönlich im tiefen Wald hausen würde, glaubte ich ihm sofort. Und diese Tür führte direkt ins Ku'Dorf! Die Betreiber der Kleinkneipe wollten nun ihre Modernität unter Beweis stellen und beglückten uns mit Baccaras *Yes Sir, I can Boogie*. Die Westerwälder waren von allem schwer angetan.

»Dass hier soooo ausgelassen gefeiert wird, trotz dieser schrecklichen Mauer, unglaublich! Dieser Lebensmut der Berliner«, schwärmte man uns vor.

»Schrecklich? Wieso schrecklich? Ich finde die Mauer lustig! Extrem lustig«, goss Meier-Deutschland Wasser in den Wein. Aber das irritierte nur einen kurzen Moment, denn sogleich entfuhr erneut Baccara, dieses Mal mit *Sorry, I'm a Lady*, den Boxen.
Damit nicht genug, sprangen Bea und einer der Westerwälder, Heinz, wie er uns jovial anvertraut hatte, auf die Sitzbank und stießen mit ihren Hinterteilen zum Refrain des Stückes rhythmisch aneinander. Wer immer hier für die Musik verantwortlich war, war ein Sadist, denn er spielte das Stück zweimal hintereinander.
Dann stimmte uns Mireille Mathieu mit *Zu Hause wartet Natascha* auf den russischen Teil des Abends ein. Heinz bestellte sofort eine Runde Wodka für alle. Die schleichende Russifizierung wurde durch Ivan Rebroffs Darbietung von *Katjuscha* fortgesetzt. Dazu schlugen die meisten von uns mit den geleerten Schnapsgläsern auf dem Tisch den Takt mit, was die Gastronomen dazu veranlasste, die Gläser erneut mit Wodka füllen zu lassen. Ich wollte

den Feuerwehrtypen eigentlich fragen, ob das Lied hier die Stalinorgeln verherrlichte, verzichtete aber darauf und sagte stattdessen zu Günter:

»Da haben wir ja noch einen, der aus Berlin kommt, nicht.«

»Hä, wer kommt aus Bärlin?«, reagierte Günter irritiert.

»Na, der Ivan Rebroff, der ist doch in Spandau geboren.«

»Nee, der ist doch Russe! Das weiß doch jeder«, versicherte mir Günter.

Bevor ich widersprechen konnte, ging es in die Hauptstadt der UdSSR und die Texte wurden intellektuell anspruchsvoller. Die Sangestruppe Dschingis Khan, deren Lied *Moskau* nun intoniert wurde, überzeugte durch tiefgründige und inhaltsreiche Texte.

Derweil hatte Benny sich Heinz‘ Frau Inge geschnappt und tanzte mit ihr, ohne die Kippe dafür aus dem Mund zu nehmen, in einer Art Square Dance durch den Schankraum. Heinz und Bea hatten nach kurzer Pause, die sie nutzten, um sich mit Wodka zu stärken, nun den Tisch erklommen und tanzten weiter, wenn man das so nennen will.

Warum muss ich das erleben? Was hab ich getan? Mir blieb aber keine Zeit zum Philosophieren. Es folgte gleich der nächste Schlag und die Gesangsformation gab eine endlose Sequenz Hu und Ha oder Huha von sich. Dschingis Khan mit *Dschingis Khan*. Die Begeisterung kannte keine Grenzen. Bei der sexistischen Übertreibung, die Dschingis Khan den Zeugungsakt von sieben Kindern in einer einzigen Nacht bescheinigte, fiel Heinz vom Tisch auf die Sitzbank. Gläser stürzten um und zerbrachen. Sodann plumpste Heinz unter Mitnahme weiterer Gläser und des großen überfüllten Aschenbechers unter den Tisch. Die Anwesenden waren aufgesprungen, um sich Bier und Wein von den Klamotten zu wischen. Die Bedienung eilte mit Feudel und Handfeger herbei, um dem sprichwörtlichen Kladderadatsch beizukommen. Inge half Heinz wieder auf und setzte ihn auf einen Stuhl. Klaus nutzte die entstandene Stimmungslücke, bezahlte und drängte zum Aufbruch. Alle folgten.

Getreu unserem alten Wahlspruch ›Kollektiv, Nulltarif, Taxen her, wir könn' nicht mehr‹ steuerten wir auf die lange Reihe von Droschken zu, die sich vorm Ku'Dorf in Erwartung nächtlicher Kundschaft aufgereiht hatten. Wir nahmen uns zwei davon und ließen uns in das Jonas fahren. Ich fuhr mit Benny und Meier-Deutschland, der neben mir auf der Rücksitzbank saß. Wir schauten uns an.

»Ich weiß schon, was du sagen willst. Lustig! Extrem lustig!«, wollte ich ihm zuvorkommen. Aber er sagte nur: »Hu Ha!«

Schließlich standen wir alle unversehrt am Tresen des Jonas und gönnten uns noch einige Absacker bei Freddie, der die Schnapsflaschen gar nicht erst zudrehte. Zunächst aber hatte Kalle ein Anliegen. Kalle war ein kleiner bedauernswerter Alki aus einem Haus in der Monumentenstraße, in dem, wenn die Miete einmal gezahlt wurde, sofort die Bullen auftauchten, um herauszubekommen, woher das Geld stammte.

»Hier«, er hielt mir den Durchschlag von drei vollständig ausgefüllten und tatsächlich in einer Annahmestelle abgegebenen Lottoscheinen unter die Nase. »Kannste haben für nen Heiermann. Hat mir glatt dit Dreifache jekostet. Und du, du kriechst sie für nen Fünfer, Mark«, lallte Kalle, der sich, kaum noch auf den Beinen haltend, mit der linken Hand am Tresen festklammerte, während er, mit der rechten Hand mit den Scheinen wedelnd, hin und her schwankte.

»Kalle, es ist weit nach Mitternacht! Die Ziehung hat längst stattgefunden. Und du willst mir hier deine Nieten andrehen? Spinnst du?«, entgegnete ich ihm.

»Nee! Wat, nach zehne schon, wirklich? Nee, will ick nich. Ick will dir doch nicht bescheißen. Ick kenn die Zahlen doch jar nich. Bin hier nich raus jewesen seit achte. Kannste Freddie fragen. Nicht, Freddie?«, schaute er sich Hilfe suchend um.

»Ja, seit acht Uhr bist du hier, Kalle. Wie wahr«, stimmte Freddie mit leidender Miene zu.

»Komm, Mark! Is doch n jutes Jeschäft. Ey, meene Zahlen sind immer top, Alter«, bearbeitete Kalle mich weiter. »Ick bin blank und Freddie lässt mir keenen Deckel mehr nich machen. Nen Fünfer, Mark. Oder, komm Mark, noch nen Halben für mich, dann jebe ick dir schweren Herzens meene Joldscheine hier.«

»Okay! Freddie, gib ihm ein Bier auf mich«, willigte ich ein und nahm die Scheine entgegen. Eins achtzig zum Fenster rausgeschmissen, dachte ich. Andererseits, ob ich die Rechnung jemals bezahlen würde? Kalle nahm mit unsicheren Händen das Getränk entgegen, ließ sich auf einen freien Stuhl fallen und lächelte glücklich sein Bierglas an.

Es waren nur noch wenige Gäste im Jonas, der Tresen war schon völlig verwaist, nur Paul, ein Mann im Rentenalter, der sich hier viele Abende durchschnorrte und nie auch nur ein einziges Getränk selber bezahlte, hielt noch die Stellung vor den Zapfhähnen. Sommers wie Winters trug er einen dunkelgrauen Stoffmantel, den er niemals ablegte. Paul wurde immer obligatorisch in die Runden mit einbezogen.

»Pass auf«, flüsterte ich Meier-Deutschland vor dem ersten Tequila zu, »gleich bringt Paul seinen Standardspruch: ›Schnabus? Nee danke! Erstens trinke ich keenen Schnabus. Zweitens ist heute der Todestag von meiner Ollen, und drittens hab ick eben erst eenen jetrunken‹.«

Freddie schenkte acht Tequila ein, schnitt die halben Zitronenscheiben zurecht und stellte die Salzstreuer in Position.

»Paul, trinkste nen Schnaps mit uns?«, fragte ich unseren Zechgast.

»Schnabus?«, fragte Paul bedeutungsvoll. »Nee danke! Erstens trinke ich keenen Schnabus. Zweitens ist heute der Todestag von meiner Ollen, und drittens hab ick eben erst eenen jetrunken.«

»Prösterchen«, gab Freddie das Kommando, und das Ritual, etwas Salz in die Handbeuge zwischen Daumen und Zeigefinger zu schütten, die halbe Zitronenscheibe vom Rand des Glases zu nehmen, das Salz abzulecken, den Tequila hinterherzukippen und dann das Fruchtfleisch der Zitrone abzunagen, wurde absolviert. Paul machte diesen Firlefanz nicht mit und trank seinen Schnabus ohne Falsch, wie er immer sagte. Ratzfatz waren die Gläser geleert.

Freddie hatte Jackson Browne aufgelegt und spielte die Jonas-Hymne *The Load Out/Stay* zu jeder Runde auf ein Neues, wobei ein Gutteil der verbliebenen Kneipengäste den Refrain mitgrölte und Freddie hinter dem Tresen mit Zigarette in der einen und Tequila-Flasche in der anderen Hand mittanzte. Oft passten auch zwei oder drei Runden Schnaps in die Dauer des Musikstücks. Schließlich waren aber doch alle ermattet. Paul war gegangen, Benny schlief bereits wieder auf dem Barhocker und hatte die letzten Runden schon nicht mehr mitgemacht. Udo war mittlerweile völlig hinüber. Er war zwischenzeitlich von Tequila zu Fernet Branca gewechselt und lächelte abwesend vor sich hin, konzentrierte sich dann aber, nahm sein Schnapsglas in die Hand und sagte:

»Ich trinke Jeschermeister, weil ich nich weisss, wovon mir sonst slecht werden soll.«

Dann kippte er sich den Inhalt des Glases in den Schlund, stellte das Glas hart auf dem Tresen ab, fiel mit einem großen Krach vom Barhocker und blieb vor dem Tresen liegen. Durch den Lärm und die Erschütterung war Benny aufgewacht und sang:

»Wann wirds mal wieder richtig Sommer?«

Zeit zu gehen.

13

Jedes Recht [auf Eigentum an Grund und Boden] ist eine verjährte Unterdrückung, ein verjährter Raub, nichts weiter. Der Flecken Erde, den ich izt zum rechtmäßigen Eigenthume erkaufe, raubte, riß der erste Besitzer an sich. Alle Menschen hatten vor ihm gleich gegründetes Recht darauf [oder jeder kein Recht]: er raubte ihn dem Menschengeschlecht, behauptete ihn durch die Obermacht, diese vollendete sein Recht.

Johann Karl Wezel: Belphegor oder Die wahrscheinlichste Geschichte unter der Sonne. Leipzig 1776.

Sonntagsspaziergang

»He Reiter, Ho Leute«, machte es im Türspalt. Meier-Deutschland steckte seinen Kopf ins Zimmer:

»Mark, kommste mit frühstücken? Wir wollen danach auch losfahren!«

»Au Mann, du hast mich geweckt. Wie spät ist es denn?«

»Schon halb eins. Deshalb ja.«

»Auf, Brüder! Sauft Brüder! Rauft Brüder!«, nahm ich den Text des schrecklichen Ohrwurms von gestern Abend auf, schlug die Bettdecke zurück und ging unter die Dusche.

Beim Einseifen fiel es mir ein. Ich musste um vier Uhr im Kreuzbergpark sein, gleichzeitig aber auch bei Penelope zum Kaffeetrinken. Ein Konflikt, der sich nicht lösen ließ. Da würde ich wohl bei Penelope zu spät kommen müssen. Und das gleich beim ersten Besuch. Ungünstig, aber nicht zu ändern, dachte ich beim Verlassen der Dusche. Aber rasieren sollte ich mich noch, sagte meine innere Stimme, ohne dass ich gewusst hätte, warum.

Das Jonas war heute ziemlich voll. Es war Sonntag. Da gingen eine Menge Leute frühstücken. Infolgedessen dauerte alles etwas länger, obwohl die Schicht mit drei Extra-Kollektivkräften besetzt war.

Ich bat am Tresen um ein Glas Leitungswasser und warf zwei Alka-Seltzer hinein, die ich mir vorsorglich nach dem Duschen eingesteckt hatte.

»Schädel?«, fragte Meier-Deutschland.

»Ist dir etwa schlecht?«, erkundigte Benny sich mit gespieltem Erstaunen bei mir. Er hatte sein zweites oder drittes Weizenbier in Arbeit.

»Eine von den Zitronenscheiben gestern war vermutlich nicht mehr ganz frisch«, antwortete ich.

»Vermutlich«, sagte Meier-Deutschland süffisant.

»Nee, Quatsch«, gab ich zu, »ich muss heut Nachmittag fit sein. Hab ne Einladung zum Kaffee.«

Klaus guckte mich an, lächelte und bewies einmal mehr seinen guten Instinkt.

»Es ist ja nun jammerjammerschade, dass wir wieder zurückfahren und deine Befreite nicht kennenlernen konnten, Mark«, fing er wieder an zu bohren. »Hab die Visitenkarte auf dem Küchentisch gesehen. Penelope Lapkritis? Nach Kraschnos Schilderungen ist sie ja mehr so der Balkan-Typ. Aber der Name? Kommt sie aus dem Land des Syrtos und Sirtaki?«

»Balkan-Typ? Gehts noch, Klaus?«, entgegnete ich und ergänzte, »nee, mehr so aus dem Lande der Schalauen und Schamaiten.«

»Schalaue Scha…, was? Syrtos? Wat is los mit der Ollen? Müsst ihr immer raushauen, dass ihr Abitur habt, ihr Scheiß-Oberschüler? Ich versteh kein Wort!«, meckerte Benny.

Meier-Deutschland kam mit einem Tablett und fünf kleinen Schnapsgläsern, die mit einer dunklen, braunen Flüssigkeit gefüllt waren, an den Tisch.

»Was haben wir gestern von Kraschno gelernt, Leute? Früher an später denken!«, deklamierte er.

In den Gesichtern der Frühstücksrunde war keinerlei Begeisterung zu entdecken. Skepsis und Widerwillen herrschten vor. Aber Daseinsvorsorge war nun einmal wichtig, und so wurden die Gläschen schnell in Angriff genommen.

»Boah, nee, Meier, du Perversling, was issen das?«, stöhnte Klaus auf, unterlegt von einem hoch und lang tönenden »Iiiieeh!« von Bea.

»Mampe Halb und Halb«, gab Meier-Deutschland zur Antwort. »Damit bekämpfense in Berlin seit über 100 Jahren erfolgreich die Cholera. Das kann nicht schaden.«

»Was issen mit dir?«, fragte Benny und zeigte auf das unberührte Glas, welches noch vor mir auf dem Tisch stand.

Ich war heute früh einfach noch nicht bereit für derartige Experimente mit meinem eigenen Körper.

»Mark, denk bitte an deine Gesundheit!«, ermahnte mich Meier-Deutschland und schaute mich und das volle Glas streng an.

»Schluckimpfung ist süß, Kinderlähmung ist grausam!«, resignierte ich, ergriff das Glas und stürzte die Brühe hinunter.

So frotzelten wir noch einige Zeit vor uns hin, aßen, rauchten, lasen Zeitung, bis Klaus das Kommando gab:

»Los Leute, Taschen packen! Es ist nach zwei. Wir sollten auf den Transit!«

Daraufhin erhoben wir uns, zahlten und begaben uns in meine Wohnung. Im großen Zimmer, welches wie immer als kollektives Nachtlager gedient hatte, sah es noch wüst aus. Luftmatratzen, Schlafsäcke, Taschen, Klamotten, Beutestücke aus dem Intershop oder vom Kudamm: Alles lag noch durcheinander und wollte nun in Windeseile verstaut werden. Es war unangenehm kühl in dem Raum. Weder Kraschno noch die Bremer Logiergäste hatten Zeit und Muße gefunden, den braunen Kachelofen in den letzten Tagen anzufeuern. Daher hatte der Raum, obwohl zwischen Hinterhaus, Seitenflügel und den Nachbarhäusern gut eingebaut, nicht viel mehr als 10 Grad Celsius. Bea hatte ihren weißen BH Lenin als wärmenden Schal um den Hals gelegt, was ich gar nicht lustig, schon gar nicht extrem lustig fand. Lenin stützte als silberfarbene Büste im Bücherregal die ausgewählten Werke in fünf Bänden von Mao Tse-Tung und die beiden einzigen in deutscher Sprache in der BRD erschienen zwei Bände der ausgewählten Werke von Ho Chi Minh.

»Bea, vergiss deine Schweinerei da nicht zu entsorgen«, sagte ich, während Klaus die Meute mit unerbittlicher Härte zur Eile antrieb. Er wollte noch im Hellen über den Transit kommen, was mir allerdings angesichts der vorgerückten Stunde im November als ein aussichtsloses Unterfangen erschien. Aber Klaus galt als Spezialist für unmögliche Fälle. Zumindest, was Frauen anging. Bea schaute sich rätselnd im Zimmer um.

»Schweinerei? Was meinstn, Mark?«

»Vergiss den Spießer!«, antwortete Klaus für mich.

Während des hektischen Treibens stand ich im Türrahmen, rauchte und beobachtete das Szenario. Nach einer Viertelstunde war es vollbracht und wir gingen zum Käfer von Benny.

Weitere zehn Minuten später hatte sich der Wagen in Bewegung gesetzt und ich ging noch auf einen Kaffee ins Jonas, bevor ich Richtung Kreuzbergpark aufbrechen wollte. Kurz vor der Abfahrt der Bremer hatte mich Klaus beiseite genommen.

»Mark, du weißt, was Donnerstag ansteht? Versetz uns nicht und komm am Mittwochabend zur Abschlussbesprechung um zehn in den Schweizer Bierkrug. Schaffst du das?«

»Na sicher. Eigentlich haben wir ja alles schon durchgekaut, aber natürlich werd ich da sein.«

»Gut. Benny macht sich große Sorgen. Er hat Schiss, dass wir einfahren. Deshalb deliriert er nur noch durch die Gegend. Er braucht uns, okay?«, betonte Klaus.

»Logo! Keine Sache. Bin da«, sagte ich Klaus ins Ohr, als wir uns zum Abschied umarmten.

In das Jonas zurückgekehrt, setzte ich mich an einen freien Tisch in einer ruhigen Ecke und starrte rauchend aus dem Fenster. Der morgendliche Trubel hatte sich gelegt, die meisten Frühstücksgäste waren gegangen und wandten sich anderen Beschäftigungen zu. Es schien mir, als wolle niemand mehr etwas von diesem Novembertag wissen und deshalb begann schon jetzt die Dämmerung einzusetzen. Seit Tagen pausenloser Zirkus und nun plötzlich Ruhe. Stille. Innehalten. Kaum zu ertragen. Eine pathologische Sonntagsmelancholie stieg langsam in mir hoch. Die trostlose Gewissheit absoluter Sinnlosigkeit. Deutsche Sonntage, zentnerschwere Last seit Kindertagen. Die Hölle namens Kindheit kannte viele dunkle Tage, aber was war hassenswerter, verlogener, als ein Sonntag? Diese an Heuchelei nicht zu überbietenden Inszenierungen in Sonntagskluft. Kratzende graue Stoffhosen, eng am Hals scheuernde weiße Hemdkragen bis zur Untragbarkeit gestärkt, ein Schlips, der einem die Luft abschnürte, dunkelblaue Clubjacke nach Art der Zeit. Zumeist ein bedingungslos erwarteter Kirchgang am frühen Morgen, obwohl der Alte selbst zu Hause saß und sich statt der Heiligen Messe schon den Weinbrand reinschüttete. Wenn Religion Opium des Volkes ist, dann ist Opium ein verdammt mieser

Trip! Meist ein erzwungener Sonntagsspaziergang am Nachmittag oder öde Besuche bei Freunden und Bekannten der Eltern auf dem Opfertisch bürgerlicher Konventionen. Und die Bigotterie erlaubte es, auch am Tag des Herrn geschlagen zu werden. Gerade am Tag des Herrn, wenn man sich seiner, wie immer, nicht würdig erwies. Und eine Extraportion dafür, dass die schönen, teuren Klamotten, der Sonntagsstaat, Schaden genommen hatten. Schaden, weil trotz striktem Verbot gespielt wurde oder auch nur Schaden, weil man sich, um den Schlägen auszuweichen, auf den Boden geworfen und die Sachen dabei verunreinigt hatte. In späteren Jahren dann endlos leere Stunden. Verbracht alleine auf dem Zimmer. Stundenlanges Aus-dem-Fenster-Starren auf die niederschmetternde Trost- und Ereignislosigkeit der Reihenhaustristesse. Tonnenweise Langeweile.

Unvermittelt stand wieder so ein kleines Schnapsglas mit braunem Inhalt vor mir. Freddie hatte sich zu mir gesetzt.

»Du machst nen zerknautschten Eindruck, Mark«, sagte er, das braune Zeug zum Mund führend. »Ein Thymoleptikum für dich, mein Guter. Prösterchen!«

Ohne darüber nachzudenken, kippte ich den Inhalt des Gläschens hinunter.

Man gewöhnt sich an alles, dachte ich und steckte mir noch eine an. Dann verließ ich das Jonas. Draußen wandte ich mich nach rechts in Richtung Hohenfriedbergstraße, um mich auf meinen Weg zum vereinbarten Treffpunkt zu machen. Sprühregen und ein kalter Wind schlugen mir entgegen. Ich wickelte meine schwarzweiße Kufiya fest um Hals und Kopf.

Was würde Leni mit mir besprechen wollen? Über letzten Donnerstag gab es doch nicht mehr viele Worte zu verlieren, oder doch? Wenigstens war Leni nicht so eine auf linksradikal getrimmte Sponti-Tussi wie Trude. Sie war früher bei der Liga gegen den Imperialismus gewesen, die im Sprachgebrauch des Dschungels nur kurz Liga genannt wurde. Vermutlich war sie auch bei der KPD/AO, die sich selber ab einem bestimmten

Zeitpunkt einfach KPD nannte, was von der Konkurrenz der anderen K-Gruppen, zu der wir auch gezählt hatten, natürlich nicht akzeptiert werden konnte, daher sprach man bei uns an freundlichen Tagen von der Gruppe Rote Fahne, so benannt nach ihrem Zentralorgan. An böswilligeren Tagen redete man kurz von der A-Null oder die letzten beiden Buchstaben wurden umgedreht und es entstand die KPD/OA, was für ›Ohne Arbeiter‹ stand. Immerhin aber hatte sie als ehemaliger Kader eine halbwegs tragfähige theoretische Grundlage mitbekommen und driftete nicht so schnell ins Ungefähre ab. Nur eigentlich wäre ich jetzt sowieso lieber in umgekehrter Richtung unterwegs, Richtung Penelope, aber das musste warten.
Ich fand zufällig in meiner linken Parkatasche noch ein gelb verpacktes Wrigley's-Kaugummi, Juicy Fruit, das mit dem an Bananen erinnernden Geschmack. Das passte zu Roth-Händle und Mampe Halb und Halb wie Heinz Schenk zu Patti Smith, gleichwohl war es ein probates Mittel zur Eingrenzung der Alkoholfahne. Schließlich musste ich Gräfin Freifrau Anna Lena Marie-Louise von und zu Fürstenberg auch keinen Vorwand geben, sich über meinen frühnachmittäglichen Alkoholkonsum aufzupumpen.
An der Monumentenstraße angekommen, ging ich nach rechts, wechselte die Straßenseite und lief an der Mauer des St.-Matthäus-Friedhofs entlang. Gleich zu Beginn stand jenseits der Mauer, von der Monumentenstraße aus unsichtbar, das imposante Familienmausoleum von Carl Bolle und den Seinen. Ihnen verdankten wir die Supermärkte der Meierei Bolle überall in Westberlin. Kurzfristig beruhigte mich der Gedanke, dass, entgegen den Plänen der Nazis für Albert Speers größenwahnsinniges Germania-Projekt, nicht die ganze Fläche des Friedhofs einplaniert worden war. Zwar hatten sie damit 1938 begonnen und einen Teil der Gräber nach Stahnsdorf verlegt, zusammen mit den sterblichen Überresten der Toten, die auf dem am längeren Teil meiner Wohnstraße gelegenen Zwölf-Apostel-Kirchhof lagen. Bis 1940 immerhin 15.000 Leichname, aber der Kriegsausbruch fiel zumindest diesem Wahnwitz der Faschisten in den Arm. Ein schwacher Trost.

Zur Sonntagsmelancholie gesellten sich morbide Spätnovembergedanken. Auf der Monumentenbrücke blies der Wind noch stärker. Unter mir rappelte eine komplett leere S-Bahn über eines der wenigen befahrbaren Gleise. Sonst barackenartige Behausungen, die Gebrauchtwagen- und Schrotthändlern, Schraubern und anderen Müllsammlern als Geschäftsräume dienten. Die Birken, die zwischen den Schwellen der seit Jahren verwaisten Gleise emporgewachsen waren, hatten all ihre Blätter bereits verloren und passten sich der allgemeinen Depression an.

Pünktlich um 16.00 Uhr traf ich am Zielort, Kreuzbergstraße am unteren Ende des Wasserfalls, ein. Leni hatte offensichtlich auf der anderen Straßenseite auf mich gewartet und überquerte zügig die Fahrbahn. Sie nahm mich zur Begrüßung flüchtig in den Arm, was zumindest ungewöhnlich war, und meinte: »Lass uns ein wenig laufen, Mark. Dann können wir ungestört reden und uns wird auch nicht kalt.«

»Okay«, sagte ich und schlug den Weg zu den wenigen Tiergehegen ein, die sich am Fuße des Kreuzbergs befanden.

»Wie gehts Trudchen? Wieder auf dem Damm?«, wollte ich unverbindlich beginnen.

»Hör bloß auf. Ist immer noch nicht aus dem Bett gekommen. Hat sie schwer erwischt.«

»Tut mir leid. Liegt aber nicht an uns, oder?«

»Wie mans nimmt, Mark.«

»Wie mans nimmt?«

»Es ist wohl weniger die beknackte Show, die ihr Donnerstag abgezogen habt, aber sicher auch. Mit Fritz hat sie seitdem kein Wort mehr geredet und mit den anderen Genossen in der WG auch nicht viel mehr. Offiziell ist sie schwer erkältet.«

»Offiziell?«

»Mark, kriegst du eigentlich noch irgendetwas mit? Trude hat sich total in Kraschno verknallt. Hast du das nicht bemerkt? Und ihr zieht mit ihr eure erbärmliche Mackerscheiße ab.«

»In Kraschno? Verknallt? Nee, wusste ich nix von«, stammelte ich und sah den Bergziegen oder Zwergziegen bei ihrem Treiben im Gehege zu, vor dem wir stehen geblieben waren.

»Ich glaube nicht, dass Kraschno das klar ist«, ergänzte ich.

»Euch ist so einiges nicht klar, Mark!«, betonte Leni im unangenehm strengen Kadertonfall.

»Aber deshalb bin ich nicht hier, oder?«, versuchte ich in mir aufkommenden Ärger herunterzuschlucken und ließ die Ziegen Ziegen sein.

»Nein, Mark. Es geht um etwas anderes. Auch wenn ich euch persönlich für durchgeknallte Desperados halte, die meisten Genossen bei uns halten große Stücke auf euch, warum auch immer. Wir halten eine bestimmte Aktion gegen den Staatsapparat für dringend geboten, haben aber derzeit keine eigenen Kräfte dafür. Daher wollten wir quasi eine Aktionseinheit vorschlagen.«

»Durchgeknallte Desperados, Leni? Aber erzähl! Um was gehts?«, siegte meine Neugier über sinnlose Verteidigungsreden.

»Die Gesamtlage der gefangenen Genossen von RAF, 2. Juni und militantem Widerstand in Westberliner Knästen ist schon dramatisch genug. Nun kommen in den letzten Wochen noch die Schweinereien gegen die inhaftierten Genossen aus dem palästinensischen Widerstand hinzu. Der Einsatz von Mossad-Agenten bei den Verhören, die komplett inszenierte Anklage, der ganze Scheiß«, führte Leni aus.
Im letzten Gehege auf der linken Seite kam Meister Grimbart aus seiner Höhle, um zu sehen, was so lief. Es roch ein wenig streng nach Schweinestall. Und in der Tat tummelte sich im Gehege rechts von uns eine Horde Schweine, genauer gesagt Wildschweine. Man drängte begierig an den abgrenzenden Maschendrahtzaun, vermutlich in der Hoffnung auf mitgebrachtes Futter. Es wurde interessiert gegrunzt.

»Und bei allen Dingen ist Staatsanwalt von Erbe Wegbereiter, immer dabei, immer vorneweg. Er ist derzeit die treibende Kraft der Schweine, er ist ihr Mann für jedwede Sauerei. Dabei ist er zum Star der Reaktion geworden, seine steile Karriere nimmt scheinbar kein Ende. Da ist von unserer Seite dringend ein Zeichen geboten. Und das auf drei Ebenen. Erstens: Die inhaftierten Genossen müssen wissen, dass wir die Schweine im Visier haben, von außen unter Druck setzen. Zweitens: Wir müssen den Volksmassen zeigen, dass wir da sind und Leute wie von Erbe aktiv bekämpfen und Grenzen setzen. Und zu guter Letzt: Von Erbe braucht eine ganz persönliche unmissverständliche Ermahnung. Eine Lektion. Diese Typen müssen spüren, dass der Widerstand nicht nur irgendein Vorgang zwischen Aktendeckeln ist, sondern etwas verdammt Reales, was ihnen persönlich im Nacken sitzt, sie persönlich betrifft«, referierte Leni engagiert weiter.

»Ermahnung? Wie soll die aussehen? Sollen wir ihm ins Knie schießen?«

»Keine schlechte Idee!«

»Vergiss es! Ist mit uns nicht drin! Das ist nicht unsere Form von Militanz, Leni. Und das weißt du, wisst ihr auch. Aber logo, von Erbe ist ein übler Eiterpickel des Systems. Und im Übrigen ist er nicht einfach Staatsanwalt. Er ist Oberstaatsanwalt und, wie es aussieht, auf dem besten Weg zum Leitenden Oberstaatsanwalt. Das macht schon einen Unterschied. Das heißt, er dirigiert Teile des Apparats. Er legt den Kurs an, den andere Staatsanwälte zu befolgen haben. Aber egal, eine nette Denkzettelaktion gegen ihn könnte ich mir schon gut vorstellen. Wir könnten seine Kiste abfackeln, aber wenn er nen Opel fährt, macht Kraschno nicht mit.«

»Hä?«

»Abermals: Vergiss es! War ein Scherz, Leni. Die Nummer wäre eh zu schwach. Aber was heißt eigentlich: keine eigenen Kräfte dafür? Habt ihr alten Sektierer euch gespalten? Oder seid ihr für mehr als Flugblätter verteilen zu feige?«

Leni pumpte Luft in ihre Lungen: »Müller!« Ein paar dunkle Vögel unbekannter Art flogen erschreckt auf. »Müller, warum in aller Welt bist du nur so ein Scheiß-Typ?«

Da ich vermutete, dass Leni keine Antwort erwartete, schwieg ich.

»Und Feigheit ist keine politische Kategorie, Mark.«

»Ach, wie mans nimmt.«

Wir kreuzten jetzt das ausgetrocknete Bett des künstlichen Wasserfalls, der sich im Sommer den Kreuzberg herunterstürzte, sich jetzt aber im Winterschlaf befand. Ich dachte darüber nach, was in dieser Angelegenheit zu machen sei.

»Pass auf, Leni! Ich hab einen Vorschlag für euch. Wir bestimmen die Form und ziehen durch und ihr übernehmt die Bürokratie. Politische Begründung, Propaganda der Tat, Bekennerschreiben und dergleichen.«

»Nicht, wenn nicht klar ist, was läuft. Wir stehen nicht für Kasperle-Theater.«

»Wir auch nicht, Leni. Soviel dürfte klar sein. Wenn es euch nicht gefällt, braucht ihr ja auch nicht zu reagieren. Dann waren es halt andere Kräfte. Oder wir übernehmen dann selbst.«

»Wir wollen den Aktionsrahmen mit euch schon etwas verbindlicher festlegen.«

»Schwierig, so aus dem Stegreif. Ohne dass wir uns mit dem Typen intensiver beschäftigt haben. Wie er lebt, wie er geschützt wird, wie sehen die Risiken aus et cetera, et cetera. Nee, Leni, wenn du von uns was Konkreteres willst, lass uns zwei Wochen Zeit. Ich muss das auch erst in der Gruppe diskutieren, ob wir, wie wir und so weiter. Das muss politisch erst mal gründlich beleuchtet werden. Ist doch wohl klar? In vierzehn Tagen erzähl ich dir was dazu, okay?«

»Zwei Wochen? Nee, Mark. Da muss mehr Tempo rein! Von Erbe holt fast täglich zu neuen Schlägen aus. Konkreter Vorschlag in einer Woche, Aktion im Dezember!«

»In Gottes Namen.«

»In was, Mark?«, stöhnte Leni auf. »Das ist, was ich meine. Eure Sprache, eure Sprüche, euer Auftreten. Diese Macker-Scheiße von früh bis spät. Habitus von kleinbürgerlichen Abenteurern. Das nervt nicht nur, das lässt grundsätzliche Zweifel aufkommen!"

»Bei wem? In aristokratischen Kreisen?«

»Ach, Mark, frag nicht so blöd! Aber wenn wir schon einmal dabei sind. Freitagabend Kotti. Kurz nachdem die Technik wieder bei uns gelandet war. Was habt ihr da gemacht? Ganz 36 spricht davon. Wilde Gerüchte. Ausländische Geheimdienste, entführte Kinder. Wisst ihr eigentlich, dass bei dem Polizeieinsatz einige Leute eingefahren sind, dass es Verletzte gab und so weiter. Alles nur wegen euren Cowboyspielchen!«

»Leni, die Widersprüche zwischen dem Volk und den bewaffneten Formationen der Bourgeoisie brechen immer offener zutage. Spontan. Unberechenbar. Das ist doch gut. Hat aber nichts mit uns persönlich zu tun.«

»Hör auf abzulenken, Mark!«

Zahllose schwarze Krähen krächzten empört über unsere Köpfe hinweg.

»Und noch was: dein Umgang!«

»Hä, mein Umgang? Was meinste denn? Kraschno etwa?«

»Nee. Aber eigentlich auch. Nee, ich meine deine Freundin!«, wobei Leni eine unangenehme Betonung auf deine legte.

»Ich hab ne Freundin?«

»Maaark«, drohte Lenis Stimme gedehnt. »Du weißt, wen ich meine. Freitagabend nach eurem Glanzauftritt am Kotti warst du noch im Leuchtturm, nicht wahr?« Von daher wehte der Wind. Lenis Leute von der Liga am Kickertisch hatten mich mit Penelope gesehen.

»Ja, und?«

»GIM, Mark! Die ist bei der GIM! Und bei diesen neuen kleinbürgerlichen Frauengruppen mischt sie auch mit.«

GIM – Gruppe Internationale Marxisten. Deutsche Sektion der Vierten Internationale. Das war in der Tat ein Tiefschlag. Penelope bei den Trotzkisten? Das war nicht einfach der rechte Flügel. Das war die Konterrevolution! Grundsätzlich galt die alte Weisheit: Zwei Trotzkisten, drei Organisationen! Das auch deshalb, weil die meisten Trotzkisten parallel zu ihrem eigenen Haufen noch in der SPD waren, jedenfalls solange sie nicht entdeckt und rausgeschmissen wurden. Das sagte doch schon alles über diese Irren. Diese Offenbarung hatte etwa dasselbe Gewicht, als ob die Tochter eines Ku-Klux-Klan-Führers mit ihrem neuen farbigen Freund zum Abendessen nach Hause kommen würde.

»Und im Übrigen, man sieht euch nie bei Infoveranstaltungen, Plenen und so. Ihr hängt nur in Kneipen ab, sauft euch jeden Abend zu. Du hast doch selbst jetzt noch ne Fahne. Oder schon wieder?«

»Arbeiter, meidet den Schnaps! Oder was soll das werden? Das war vorm Ersten Weltkrieg, Leni.«

»Das ist doch scheißegal, Mark! Ihr sauft euch langsam das Gehirn weg! Das ist es!«

»Ja, Mami.«

Leni seufzte tief und machte einen resignierten Gesichtsausdruck: »Vergiss es!«, zischte sie.

»Was?«, fragte ich betont unschuldig nach.

Leni verdrehte die Augen zum grauen Himmel über dem Kreuzberg.

»Leni, ich bin nicht gekommen, um mit dir über die Anzahl meiner Feierabendbierchen zu diskutieren.«

»Ich weiß. Aber ich mach mir Sorgen.«

Jetzt riss ich die Augen auf, erflehte Hilfe von höheren Mächten und begann zu trällern wie Freddy Quinn in seinen besten Tagen: »Ich mach mir Sorgen, Sorgen um dich. Denk auch an morgen, denk auch an mich.«

»Arschloch!«

Arschloch? Hatte ich mir das nicht erst vor ein paar Tagen sagen lassen müssen? Ich steckte mir erst einmal eine an und schaute über die Dächer von Kreuzberg in die Dunkelheit. Es entstand eine angenehme Schweigepause. Aus der Ferne grüßte leuchtend der Fernsehturm am Alexanderplatz. Es waren seltsame Zeiten. Alle Welt machte neuerdings Lärm wegen zu viel Alkohol. Anfang des Jahres hatten sie Ozzy Osborne deswegen bei Black Sabbath rausgeschmissen. Aus einer Heavy-Metal-Band! Das muss man sich mal vorstellen. Ein Flugzeug näherte sich blinkend dem Flughafen Tempelhof und setzte zur Landung an.

»Orelli-Rinderknecht, Leni. Genauer gesagt: Susanna Orelli-Rinderknecht. Kennst du die?«, sinnierte ich nach einer Weile vor mich hin.

»Wen?«

»Weißt du, Leni, ich hab früher Briefmarken gesammelt.«

»Was, Briefmarken? Was wird das denn, Mark?«

»Ja, wirklich. Mir war immer so langweilig und ich war alleine, stundenlang, tagelang in meinem Zimmer. Also früher, bevor ich agitiert wurde, da hab ich mich extrem viel mit meiner Briefmarkensammlung beschäftigt. Das war toll. Diese vielen bunten Briefmarken aus allen Ländern der Welt, ich träumte dann immer davon, mit meinem großen Weltatlas auf den Knien, wie ich all diese Länder besuchen würde. Ja, und Susanna Orelli-Rinderknecht war 1945 die erste Frau auf einer Schweizer Briefmarke.«

»Wie?« Leni sah jetzt ernsthaft besorgt aus.

»Und, Leni, sie gehörte zu so einer Abstinenzbewegung in der Schweiz und hatte Ende des letzten Jahrhunderts nen Verein gegründet. *Zürcher Verein für Mässigkeit und Volkswohl*, der später *Zürcher Frauenverein für alkoholfreie Wirtschaft* hieß. Fällt mir nur so ein, Leni«, sagte ich und blies letzte Rauchwolken in die kalte Abendluft. »Vielleicht kommst du ja nach der Revolution auch mal auf ne Briefmarke, Leni.«

Leni schaute mich ganz komisch von der Seite an. »Sag mal, Müller, du säufst doch nicht nur. Was nimmst du noch?«

»Nix, Leni. Das war bei uns in der Organisation tabu, wie du weißt. Die Kiffer wurden alle ausgeschlossen.«

»Bei uns in der Organisation? So nennt ihr vom KBWuppdich euren Zirkel also intern«, giftete sie mich an.

»Wir waren wenigstens nicht so größenwahnsinnig und haben uns Partei genannt. Aber zurück zu von Erbe!«, wollte ich wieder zu einer sachlichen Ebene zurück. »Du hängst doch ständig im OSI rum. Bringst du mir nächste Woche ein paar Artikel vom Pressearchiv über den Typen mit? Du kennst den Zeitungsausschnittdienst?«

»Logisch, du Schlauberger. Und du machst deine Hausaufgaben.«

»So siehts aus, Leni! Nächsten Sonntag, gleiche Stelle, gleiche Welle und wir reden weiter.«

»Termin ist okay, Mark. Aber niemals zweimal am selben Ort. Das solltest du wissen.«

»Gut. Dann aber auch anderer Termin. Samstag, gleiche Uhrzeit vor der Staatsbibliothek. Wir gehen dann rüber in den Tiergarten, okay?«

Leni schien dies vorerst zufriedenzustellen. Wir hatten uns inzwischen ohne Sauerstoffgerät die über 60 Höhenmeter bis zum Fuße des in Brettergerüste eingehüllten Nationaldenkmals von Karl Friedrich Schinkel den Kreuzberg heraufgeschwungen. Die dauerhafte Verhüllung wegen langwieriger Bauarbeiten war kein großer ästhetischer Verlust, aber vom Denkmal aus hatte man einen tollen Blick über weite Teile der Stadt. Jedenfalls, wenn man es betreten konnte und wenn die Sonne schien. Beides war nicht der Fall.

»Mark, ich bin total durchgefroren! Gehst du mit mir noch auf ne Pizza in die Osteria zum Aufwärmen?«

Ich war heute bereits zum zweiten Mal erstaunt. Leni wollte mit mir Pizza essen? Ich konnte nicht wirklich über das Angebot nachdenken. Bekanntlich saß ich auf Kohlen. Penelope wartete schon die ganze Zeit auf mich. Ich musste mich sputen, um eine noch schlimmere Unpünktlichkeit zu verhindern.

»Tut mir leid, Leni, aber ich muss schnell weiter. Bin noch zum Kaffeetrinken eingeladen.«

»Wenns denn Kaffee ist.«

»Denke schon.«

Jetzt war ich es, der Leni zum Abschied in den Arm nahm. Sie erwiderte den zaghaften Druck meiner Umarmung vielleicht etwas zu stark. Der dritte ungewöhnliche Vorgang an diesem Nachmittag. Über mich selbst ein wenig verwundert, aber mit der gebotenen Eile, lief ich in weniger als einer Minute durch den Viktoriapark den Kreuzberg zur gleichnamigen Kreuzbergstraße hinunter und hielt nach einem Taxi Ausschau. Dabei dachte ich über die Von-Erbe-Aktion nach. Mir kam da eine Idee. Ich hatte irgendwann im Laufe des Sommers im pseudo-intellektuellen Kampfblatt der Reaktion aus Frankfurt einen liebesdienerischen Artikel über von Erbe gelesen. Nach der Lektüre war ich so tief beeindruckt, dass ich in einem Leserbrief die sofortige Aufnahme von Erbes in die Gottes-Begnadeten-Liste für unentbehrliche Juristen vorschlagen wollte. Ich habe vergessen, was mich letztlich davon abhielt. Der Autor war voller Lobhudelei tief in den Enddarm von von Erbe gekrochen und hatte unter anderem seinen enormen Tatendrang gelobt, der ihn angeblich Aktenberge mit nach Hause nehmen ließ, um auch dort Tag und Nacht seinen harten Obliegenheiten im beharrlichen Kampfe gegen die Feinde des demokratischen Rechtsstaats nachzukommen. Dann wäre es doch eine interessante Idee, ihn einmal zu Hause zu besuchen, um einen Blick in das vorhandene Material zu werfen und ihm dabei klarzumachen, dass es für Leute wie ihn keinen sicheren Platz auf diesem Planeten gab. Der Einfall erschien mir ausbaufähig.

14

Wie Schuppen fiel es von unsern Augen. Also die Gefahr des Alkoholgenusses war wissenschaftlich bewiesen! [...] Man täusche sich nicht, unsere Trinksitten sind noch nicht viel besser geworden. Die Genusssucht in unserem Volke nimmt zu und die Anstrengungen der Alkoholinteressenten haben es erreicht, dass der Alkoholgenuss vielerorts wieder im Steigen begriffen ist. Mehr als je ist unsere Jugend in Gefahr, von der seelenlosen materiellen Strömung unserer Zeit fortgerissen zu werden und dunklen Einflüssen zu erliegen.

Susanna von Orelli (1845-1939):
Aus meinem Leben. [Zürich] 1940, S. 6/7.

VOLKSTRAUERTAG

Nach ein paar Minuten kam eine freie Droschke aus Richtung Mehringdamm auf mich zu. Ich konnte sie anhalten und fragte den Fahrer nach einem geöffneten Blumengeschäft in der unmittelbaren Umgebung. Mit leeren Händen wollte ich nicht bei Penelope aufkreuzen. Blumen sind etwas konservativ, aber ich bin ein Sprössling der 1950er Jahre.

»Blumenjeschäft? Jetze noch?«, nörgelte der Fahrer, »vorne Bergmann am Friedhof, dit hatte jeöffnet wejen Volkstrauertach, wa. Aber jetze noch?«

»Okay! Probieren wir es«, antwortete ich. Der Fahrer wendete achselzuckend. Es war schon wieder dunkel und wir fuhren kurz darauf durch die spärlich beleuchtete Bergmannstraße. Hinter dem Marheinekeplatz wurde es noch dunkler. Hier begann auf der rechten Seite der Friedhof oder besser gesagt die vier ineinander übergehenden Friedhöfe, die etwa eine gleich große Fläche einnahmen wie der gesamte Viktoriapark. Kreuzbergs größte Grünflächen sind Friedhöfe. Der Gedanke gefiel mir.

Der Fahrer hielt vor einem kleinen Laden, in dem noch Licht schien.

»Da hamse Ihr Blumenjeschäft, wa.«

Ich stieg rasch aus und betrat den Laden. Ein winziges Mütterchen schepperte im hinteren Teil des kleinen Geschäfts mit alten Zinkeimern herum. Ich blickte mich um. Es gab Grabschmuck, Gestecke mit Binden, Schleifen und hässlichen roten Kerzen, dazu mehrere Drehgestelle mit Trauerkarten. Aber Blumensträuße?

»Entschuldigen Sie«, rief ich nach hinten, »haben Sie auch Blumen?«

»Wir ham jeschlossen, junger Mann«, kam es aus dem Hintergrund.

»Ja, das habe ich gemerkt«, sagte ich, »deshalb war die Tür auch offen. Es ist ein Notfall. Ich bräuchte noch ein paar schöne Blumen. Rosen vielleicht, oder so.«

Das Mütterchen war mittlerweile nach vorne in den mäßig beleuchteten Ladenraum gekrebst und wischte ihre knochigen Hände an ihrer ausgewaschenen rot-weiß-karierten Kittelschürze sauber.

»Jeschlossen hamwa und Blumen hamwa ooch keene. Und Rosen sind Rosen und keene Blumen und die hamwa aba ooch nich, wa.«
Das würde eine sinnlose Debatte werden. Ich entschied mich zu gehen. »Vielen Dank! Ich werde Ihr Geschäft weiterempfehlen.«

»Nu werd hier mal nich frech Männeken, wa. Heute is Volkstrauertach, vastehste, und nich Muttertach!«

»Volkstrauertag, aha. Schöner Name für Ihren Laden, sollten Sie groß draußen dranschreiben.«
Die Antwort, falls es eine gab, bekam ich nicht mehr mit, denn ich setzte mich schnell wieder in das Taxi und steckte mir eine an.

»War n Schuss in den Ofen! Fahren Sie mich zum Zoo, da werd ich bestimmt fündig«, bat ich den Taxifahrer.
Scheiße auch, nun würde es noch später werden. Ein Besuch zur Kaffeezeit sah anders aus, aber was sollte ich machen? Dabei lag hier in Kreuzberg, nur wenige Straßenzüge von diesem floristischen Ödland entfernt, in der Prinzenstraße einst die Keimzelle der Fleurop AG, die letztes Jahr ihr 70-jähriges Jubiläum feiern durfte und damals unter dem schönen Namen Blumenspendenvermittlungsvereinigung firmierte. Draußen wurde es noch dunkler und abweisender, als das Taxi auf der Yorckstraße unter vermeintlich zahllosen Bahnbrücken hindurch fuhr. Von den ursprünglich 45 Brücken existierten noch über 30, von denen einige noch in Betrieb waren. Darunter befanden sich auch wenig vertrauenerweckende Exemplare mit offenem Gleisträgerrost. Das Ensemble bildete ein halbtotes Verbindungsstück zwischen Kreuzberg und Schöneberg. Eine gänzlich unbelebte Welt, scheinbar aus dem Realen und der Zeit gefallen. Eine imaginäre Szenerie. Die Bürgersteige waren trotz der frühen Abendstunde menschenleer. Auf den Brücken und den Seitenmauern waren etliche politische Parolen aufgemalt, die in der Dunkelheit und der spärlichen Straßenbeleuchtung kaum lesbar waren. Meine Gedanken schweiften ab.

Penelope bei der GIM? Das war ein Stich in mein Herz! Trotzkisten und Kommunisten waren nicht die besten Freunde. Und das nicht erst seit Leo Trotzki völlig unverständlicherweise 1940 in Mexiko seinen Kopf mehrmals mit voller Wucht in einen Eispickel gerammt hatte und dabei zu Tode gekommen war. Was machte sie bei diesen Sektierern?
Um den Bahnhof Zoologischer Garten herum, den wir wenig später erreichten, war ein wenig mehr los. Der Fahrer fuhr an der Schlange seiner wartenden Kollegen vorbei und hielt vor dem Eingang in das Bahnhofsgebäude.

»Bitte warten Sie auf mich. Ich hole rasch ein paar Blumen und bin dann zurück«, sagte ich und wollte das Taxi verlassen.

»Dit haste dir so jedacht, Meester. Lässt den ollen Droschkenkutscher hier stehn und vakrümmelst dir, wa. Aba nich mit meena Person. Erst lässte mal die Mücken vom Taxameter hier, dann kannste dir deene Blumen holen, kapiert?«
Ich gab ihm einen Zwanzig-Mark-Schein.

»Bin in zwei Minuten zurück«, sagte ich und stieg aus.
Es war nicht gerade eine Ansammlung vertraueneinflößender Mitbürger, die sich hier im und um den Bahnhof herumtrieben. Aber das war mir egal. Ich steuerte rasch das geöffnete Blumengeschäft an und konnte einen netten Strauß Moosröschen ohne umständliche Verkaufsverhandlungen erwerben. Wieder vor dem Ausgang stehend, sah ich nur noch die Rücklichter meines Taxis über die naheliegende Ampelkreuzung fahren. Im Fond saßen zwei neue Fahrgäste. Der geldgeile Penner hatte die Gunst des Moments ausgenutzt und seine diszipliniert wartenden Kollegen und mich ausgetrickst.
Gerade war ein Transitzug aus Westdeutschland mit vom Wochenendbesuch heimkehrenden Frontstädtern angekommen. Viele Reisende wollten nun ein Taxi. Nur unter Einsatz von Ellenbogen und einer gehörigen Portion Rücksichtslosigkeit kam ich schnell wieder zu einer Fahrgelegenheit.

»Nach Schöneberg in die Barbarossastraße, bitte.« Ich konnte den Unmut über die relativ kurze Tour in den Augen des Fahrers über den Rückspiegel ablesen. Aber zu unser beider Glück enthielt er sich eines Kommentars. Nun wurde es aber auch wirklich höchste Eisenbahn. Es war schon halb sieben durch. Ich musste nun endlich einmal bei Penelope aufschlagen.

Ohne weitere Komplikationen erreichte ich mein Ziel. Penelope bewohnte in der Barbarossastraße eine Vorderhauswohnung zwischen Kyffhäuser- und Goltzstraße. Sie lag im dritten Stock. Als ich mit meinen Moosrosen total verspätet vor der Tür stand, kam ich mir doch ziemlich bescheuert vor. Schnell entfernte ich noch das Papier von dem kleinen Bukett und ließ die Verpackung in einer Parkatasche verschwinden.

Penelope öffnete selbst die Tür.

»Mark! Schön, dass du doch noch kommst«, sagte sie ohne einen Anflug von Sarkasmus in der Stimme und gab mir wie selbstverständlich einen Kuss auf den Mund.

»Ja, entschuldige bitte, aber ich hatte noch einen unaufschiebbaren Termin. Es tut mir leid, dass ich so spät bin«, antwortete ich leicht stockend.

»Und woher wusstest du?«, fragte sie und zeigte auf die Moosrosen, die sich immer noch in meiner Hand befanden und jetzt erst schnell von mir überreicht wurden.

Ich? Ich wusste gar nichts.

»Na, ich dachte, es wäre nett.«

»Komm rein. Ich meine, woher wusstest du, dass ich heute Geburtstag habe? Das habe ich dir doch gar nicht gesagt.«

»Intuition«, bluffte ich.

»Komm in unsere Küche, da sitzen die anderen auch alle«, meinte Penelope und schritt voran.

Geburtstag also.

»Das ist Mark«, sagte Penelope, als ich mit ihr die Küche betrat. Alle Augen richteten sich auf mich. »Er kommt ein bisschen spät, aber es sind ja noch alle da. Süß, nicht?«, ergänzte sie und hantierte mit den Moosröschen, die allseits kritisch betrachtet wurden, und einer Vase an der Spüle herum.

Ich hoffte stark, dass Penelope meine Zwergrosen meinte und nicht mich.

»Hallo! Guten Abend«, presste ich etwas steif hervor, während ich Parka und Kufiya über einen freien Küchenstuhl hing. Auf die Schnelle erkannte ich einige von Penelopes Mitstreiterinnen, die ich vom Sehen aus dem Jonas kannte. Es saßen knapp ein Dutzend Personen um einen großen Küchentisch herum, den einige halbverzehrte Torten, viele benutzte Teller und fast ebenso viele Aschenbecher schmückten.
Hoffentlich war das hier nicht das Frauenplenum der GIM, dachte ich. Vielleicht sollte ich mich als Ramón Mercader vorstellen, dann bekäme ich schnell Klarheit.
Bis auf einen älteren Herrn in der Ecke war ich das einzige männliche Wesen im Raum.

»Gut, dass Sie endliesch kommen unger Mann«, sagte dieser. »Iesch bauche ier dringend Verstärkung.«
Es handelte sich offensichtlich um Penelopes Vater. Da war ich ja in etwas hineingeraten.
Penelope schenkte mir ein Glas Sekt ein. Aus den vielen bereits geleerten Flaschen konnte ich schließen, dass man bei diesem Kaffeetrinken schon vor geraumer Zeit die Getränke gewechselt hatte. Arme Leni! Wieder würde ich den Tag nicht als frisch gebackener Blaukreuzler beenden.
Alle Augen waren immer noch auf mich gerichtet, als ob von mir etwas Besonderes erwartet würde.

»Prost! Auf das Geburtstagskind!«, sagte ich wenig originell und hielt das Sektglas in die Höhe.
Die Latzhosenschwestern schauten indigniert. Trotz offensichtlicher innerer Ablehnung machten sie das Ritual halbherzig mit.

»Unger Mann, sind Sie auch der Meinung, wie alle ier im Aum, dass die Bedürfnisse femininer Sexualität mit Ilfe von die maskulinen Geschlechtsorganen niescht zu befiedigen sind?«
Ich zuckte zusammen. Sekt geriet in meine Luftröhre. Ich prustete los, wobei ich das stark kohlensäurehaltige Getränk aus meiner Mundhöhle sprühdosenartig in der Umgegend verteilte. Zum Glück traf ich keine der tendenziell von männlichen Geschlechtsorganen unbefriedigten Besucherinnen.

»Rein anatomisch, oder wie?«, stellte ich, mir die Tropfen von Hemd und Hose wischend, die etwas unglücklich geratene Gegenfrage.

»Anatomiesch? Ja! Aba iesch fage Sie niescht als Mediziner, sondern als diejenige im Aum mit eine maskuline Teil.«
Wieder schauten mich alle erwartungsvoll an. Ich schenkte mir schnell noch etwas Sekt nach. Was sollte ich sagen? Jede mögliche Antwort konnte nur falsch sein.

»Also, ich fürchte, ich habe über diese Frage noch nicht wirklich nachgedacht«, versuchte ich einer verbalen Hinrichtung durch Penelopes Geburtstagsgesellschaft zu entkommen. Warum musste dieser Irre auch so ein Thema anschneiden? Konnte er keine vernünftige Frage stellen? Etwas zum Volkstrauertag oder zum tendenziellen Fall der durchschnittlichen Profitrate?

»Unger Mann, weichen Sie miesch niescht aus! Aus Iehre persönliesche Efahrung eraus. Geht es oder geht es niescht mit die Befiedigung?«

»Aus meiner persönlichen Erfahrung heraus? Ja, also ..., ja, eigentlich schon ..., doch, irgendwie schon. Also, es gab bislang keine Klagen«, näherte ich mich der vorhersehbaren Katastrophe.

»Voilà, meine Damen, da aben Sie es!«, triumphierte Herr Lapkritis mit breitem Grinsen.
Wogen der Empörung brachen über mir zusammen. Mindestens die Hälfte der anwesenden Gratulantinnen fiel zeitgleich über mich her. Es war nicht einfach, aus dieser Kakophonie einzelne Stimmen herauszufiltern.

»Keine Klagen? Wenn ich diese Chauvi-Scheiße schon höre! Du hast dir doch noch nie Gedanken über weibliche Sexualität gemacht!«

»Penetrieren, abspritzen, fertig. Penetration ist immer Vergewaltigung. Immer! Und heterosexuelle Sexualität bedeutet Herrschaft des Patriarchats, sonst nichts!«

»Nur die penisfreie körperliche Liebe zwischen gleichgeschlechtlichen Frauen ermöglicht die Erfüllung weiblicher Lust!«

Gab es auch ungleichgeschlechtliche Frauen? Vermutlich ja. Nur gut, dass ich mir heute zwei Schachteln Zigaretten eingesteckt hatte. So konnte ich mich wenigstens an meinen Glimmstängeln festhalten.

»Keine Gedanken! Genau, keine Gedanken! Einfach nur rumvögeln! Das ist alles, was sie draufhaben.«

»Die Erniedrigung der Frau manifestiert sich in der heterosexuellen Beziehung durch den erigierten Penis. Er ist das reale Subjekt der Ignoranz weiblicher Sexualität. Er ist die Waffe gegen weibliche Erfüllung! Gegen Weiblichkeit!«, deklamierte eine Freundin Penelopes, die mit einer hennagefärbten roten Lockenmähne direkt neben mir saß und mich durch ihre runde Nickelbrille eiskalt fixierte wie einen eitrigen Furunkel, den sie als tätige Operateurin sogleich ektomieren würde. Sie unterschied sich von den anderen Aktivistinnen an der Geburtstagstafel vor allem dadurch, dass sie keine Latzhose wahlweise in lila, rot, weinrot oder weiß trug, sondern bunte wallende Gewänder, die vermutlich von einer Altkleidersammlung in den Slums von Conakry stammten.

»Voilà bien les femmes«, resümierte ich.

Darüber konnte nur einer lachen. Herrn Lapkritis schien meine Bemerkung köstlich zu amüsieren.

»Voilà bien les femmes!«, wiederholte er lautstark. »Sie sind komplett ver'ückt! Die Deutschen sind komplett ver'ückt! Fauen genauso wie die Ungen!«, lachte er und schlug sich dabei auf die Schenkel.

Penelope war die ganze Sache offensichtlich unangenehm. Sie unternahm einen Versuch, ihren Vater und mich zu retten.

»Nun ist aber wirklich Schluss mit eurem Chauvi-Gequatsche, ihr beiden! Das ist mein Geburtstag und ich möchte, dass alle feiern und nicht streiten.«

Schon gut, aber ich hatte nun wirklich nicht angefangen!

»Papa, du kannst jetzt auch mal etwas Nützliches tun! Machst du vielleicht jetzt, wo alle da sind, den Champagner auf, den du mitgebracht hast? Das wäre toll.«

Was? Hier wartete Champagner im Hintergrund und ich hatte mir schon das dritte Glas von diesem drittklassigen Sodbrennerzeugs reingeschüttet? Warum wird einem das nicht gleich gesagt?

Herr Lapkritis erhob sich umständlich und tat wie ihm geheißen. Er zauberte drei Flaschen Dom Pérignon aus dem großen WG-Kühlschrank und öffnete sie professionell.

Die Maßnahmen von Penelope und Dr. Pranas Lapkritis, ich durfte ihn schon wenig später vertrauensvoll mit Prani ansprechen, erwiesen sich als erfolgreicher Schachzug. Die Stimmungslage beruhigte sich trotz einiger radikalfeministischer Einwürfe relativ schnell und es trat eine gewisse Entspannung ein. So war auch ich mit dem Heldengedenktag zu versöhnen.
Meine bürgerliche Erziehung erforderte nun von mir einen weiteren Auftritt, den die Women's Liberation Front im späteren Verlauf des Abends als üble Heuchelei denunzieren würde. Gerade deshalb war es mir aber auch eine Herzensangelegenheit. Ich zog meinen Pullover aus, die große WG-Küche glich ohnehin einem Glutofen, und mein nicht gebügeltes, aber immerhin weißes Oberhemd glatt, um mich durch irrsinnige Rauchschwaden hindurch in die andere Ecke der Küche zu begeben. Penelopes Freundinnen drehten sich unablässig dünne, kleine Zigaretten mit viel Papier und wenig Tabak aus ihren Ascot-Halfzware-, Samson-, Javaanse-Jongens- oder Drum-Halfzware-Zigarettentabakbeuteln. Prani, der alte Lungenspezialist, half mit seiner ewig glimmenden Pfeife ordentlich mit, und der roten Lockenmähne zu meiner Rechten hatten es kleine Zigarillos angetan. In der anderen Ecke des Raumes saß eine ältere Dame, jedenfalls deutlich älter als alle anderen Frauen im Raum, mit dunklen, glatten Haaren am Rande des Geschehens, die in die aufgeregte Kommunikation nicht eingebunden schien und etwas verloren in dieser Geburtstagsgesellschaft wirkte. Sie musste Penelopes Mutter sein. Ich stellte mich vor ihr auf.

»Gnädige Frau, darf ich mich Ihnen vorstellen! Mark Müller!«, sagte ich, streckte meine Hand vor, ergriff die mir mechanisch entgegengestreckte und machte einen ordentlichen tiefen Diener. Es entstand eine Pause. Es entstand eine verdächtig lange Pause. Die neben Penelopes Mutter sitzenden Geburtstagsbesucherinnen schauten Mama Lapkritis erwartungsvoll an. Auch ich blickte sie erwartungsfroh an und lächelte.

»Wat willste, du Spacken? Gnädige Frau? Willste mich anmachen, oder was?«, beendete sie die Pause. »Hört mal her, Mädels! Der Penner hier hat Gnädige Frau zu mir gesagt«, brüllte sie durch die Küche. Das Lächeln war von meinem Gesicht entschwunden und wurde durch eine betretene Miene ersetzt. Diese Aktion hatte ich wohl voll in die Grütze gefahren!

»Nee, nee!«, beeilte ich mich, zurückzurudern, »ich dachte nur, du wärst Penelopes …« An dieser Stelle stoppte ich besser. »Du weißt schon … Tut mir leid. Sorry. War n Irrtum«, stotterte ich noch ein wenig vor mich hin, während sich in der WG-Küche ein akustischer Orkan aus schrillem Gelächter und beißendem Spott ausbreitete. Ich beschloss, mir augenblicklich eine Atempause auf der Toilette zu gönnen, und verließ die Küche.

Nach kurzer Orientierung im Flur fand ich das Badezimmer der WG. Echter Luxus. Badewanne, Dusche, kein Badeofen, sondern fließend Warmwasser, Waschmaschine, Innenklo. Aber irgendwie roch es merkwürdig. Neben dem Toilettenbecken hing ein dreieckiges, original schwarz-weiß-rotes Straßenverkehrsschild, welches vor Gefahren aller Art warnte. Warum? Wurde auf etwaige Hygienemängel hingewiesen? Die weißen Flächen des Schildes waren in kleinen Buchstaben mit dunkellila Nagellack beschriftet und gaben nähere Aufklärung: ›Setz dich sofort hin mit deinem Scheiß-Schwanz, Macker!‹

Ich befolgte die Anweisung der Autorin, während ich noch grübelte, wie ich mich wohl ohne den soeben so übel Beleumundeten hinsetzen sollte. Die von mir eingenommene kontemplative Sitzhaltung hatte auch seine Vorzüge: Man konnte in aller Seelenruhe die Umgebung studieren und verschwendete keine Kräfte auf konzentrierte Zielübungen. Der befremdliche Geruch stieg mir jetzt beißend in die Nase. Da sah ich die Quelle des Übels. Neben dem Toilettenbecken, unterhalb des verkehrstechnischen Warnhinweises, stand eine flache rechteckige Plastikschüssel, angefüllt mit Sägespänen oder ähnlichem Material. Darin fanden

sich sowohl diverse feuchte Einsprengsel als auch kleine braune Kügelchen härterer Konsistenz. Katzenklo. Der unmittelbare Konnex der allgemeinen Aufforderung des Hinweisschilds mit der Katzentoilette verwirrte mich. Wurde hier etwa zum Gebrauch des Plastikbehältnisses aufgefordert? Oder waren das schon abwegige Überlegungen eines Angetrunkenen? Man sollte der Frage nachgehen.
Ich beendete meinen spekulativen Exkurs und beschloss, zurück in die WG-Küche zu gehen. Im Flur traf ich auf Penelope, die mich abermals unverwandt auf den Mund küsste.

»Wo bleibst du denn, Mark? Die anderen haben sich wieder beruhigt wegen deiner Verwechslung. Aber dass du Ute auch für meine Mutter gehalten hast … süß!«
Meine Stirn zog Falten.

»Ute ist Zoras Geliebte aus Hamburg. Sie ist schon ewig lesbisch. Und Zora ist die mit den tollen Hennalocken und den wahnsinnig scharfen bunten Klamotten, die vorhin die ganze Zeit neben dir saß«, bemühte sich Penelope um Aufklärung.

»Hhmm, aha«, machte ich.

»Komm wieder in die Küche. Mein Papa hat noch drei weitere Flaschen Champagner im Kühlschrank. Die soll er auch noch aufmachen. Die Stimmung ist sooo toll«, sagte sie und zog mich am Ärmel zurück an den Ort meiner jüngsten Niederlage.
Ich erwartete, dass kübelweise weiterer Hohn auf mich niederprasseln würde. Aber nichts dergleichen geschah und ich konnte meinen alten Platz neben Zora zunächst unbehelligt wieder einnehmen.

Bislang war das Kaffeekränzchen ohne Musik ausgekommen. In meiner Abwesenheit hatte jedoch jemand eine Patti-Smith-Kassette in den großen Ghettoblaster, der auf der Küchenfensterbank stand, geworfen. Es lief gerade das erste Stück der Scheibe *Easter*, *Till Victory*. Bei weiteren Gläsern Champagner offenbarte mir Prani allerlei aus seinem Leben. So zum Beispiel, dass seine Frau nicht mit zum Geburtstag der Tochter gekommen war, weil es Penelopes Großmutter, die bei ihnen mit im Haus lebte, sehr schlecht ging und

sie zu ihrer Pflege in Belgien geblieben war. Er amüsierte sich über meine verpatzte Vorstellaktion und kündigte an, der Gattin gleich nach seiner Rückkehr hiervon zu berichten. Er war vermutlich der einzige im Raum, der die Sache nicht total daneben fand, sondern von einer Heldentat sprach und meinen Mut lobte, auf dieser Frauenfeier, wie er betonte, als einziger Mann überhaupt aufzutauchen. Dass dieses völlig unfreiwillig geschehen war, verschwieg ich ihm.
Weiter wusste er zu berichten, dass er seine Heimat bereits als kleiner Junge in den 1920er Jahren verlassen hatte und mit den Eltern nach Paris gekommen war. Es waren damals unruhige Zeiten: Völkerbundmandat, französische Besatzung, Kriegsrecht. Ich verstand nicht einmal die Hälfte vom Gesagten. Pranis Vater, der bis zur Übersiedlung nach Frankreich Karl August Seyfried hieß, erst bei der Ankunft in Paris nahm er den Nachnamen seiner litauischen Ehefrau an, war Redakteur beim *Memeler Dampfboot* gewesen. ›Memeler Dampfboot‹ war so ziemlich das Einzige, das ich mir merken konnte, es war aber auch ein zu schnurriger Name für eine Tageszeitung.
Langsam wurde ich zu betrunken, um mit Penelopes Vater zu fachsimpeln. Ich hatte noch eine wichtige Mission im Auge, denn ich wollte Hascher wegen von Erbe kontaktieren. Überhaupt traute ich dem zwischenzeitlichen Frieden in dieser Runde nicht. Meine Ohren waren nur zum Teil mit dem Dialog zwischen Prani und mir beschäftigt. Zum anderen Teil folgten sie einer Diskussion zwischen dreien von Penelopes Gästen über Ernest Mandels Ansichten zur Politischen Ökonomie und seiner neusten Veröffentlichung *Kritik des Eurokommunismus*, die letztes Jahr bei Olle & Wolter in Westberlin erschienen war. Der Untertitel *Revolutionäre Alternative oder neue Etappe in der Krise des Stalinismus* verriet schon, welcher Irrsinn hier verhandelt wurde. Konterrevolutionäre schrieben über Konterrevolutionäre. Wenn das alles kein Trotzkisten-Gequatsche war, dann könnt ihr mich Leo nennen. Oder Leonie, falls ich ein Mädchen werde, dachte ich vor mich hin.

»Am besten Leonie Dampfboot«, sagte ich halblaut.

»Wie meinen Sie, bitte?«, wollte Prani von mir wissen.

»Äh, nur so dahingesagt. Das meint nix weiter.«
Prani schaute mich fragend an.
Ich sollte gehen! Die Sache hier begann aus dem Ruder zu laufen. Ich war in einem Bermudadreieck aus Vierter Internationale, Feminismus und Champagner-Abusus gefangen. Die fortgesetzte Einnahme alkoholhaltiger Flüssigkeiten hinterließ bei allen Beteiligten ihre Spuren. Auch bei Penelope, die sich nun, trotz allseits missbilligender Blicke, auf meinen Schoß setzte und unkontrolliert in meinen für dergleichen Vorhaben viel zu kurzen Haaren herumzuwühlen begann, indem sie versuchte, sich eine Haarsträhne um den rechten Zeigefinger zu wickeln.

»Nelope, wier spachen geade von Leonie Dampfer-Bott. Ist das eine der Mädchen von deine Fauenfeier hier?«

»Leonie Dampfer-Bott? Nee, wer soll das denn sein?«

»Dein Mark hat von iehr gesprochen.«
Dein Mark? Wer zum Teufel soll das denn sein? Dein Mark? Klang so wie dein Sohn. Und das klang gar nicht gut.

»Mark, wer soll das denn sein?«, begehrte Penelope von mir zu wissen.

»Leonie Dampfer-Bott ist eine eher unbekannte Weggefährtin von Susanna Orelli-Rinderknecht, der bekannten Schweizer Frauenrechtlerin der Jahrhundertwende«, fabulierte ich ins Blaue. »Sie half der guten Rinderknecht vor allem beim Betrieb ihrer alkoholfreien Gastronomiebetriebe. Fiel mir nur so gerade ein. Vielleicht weil wir alle schon ein bisschen viel getrunken haben«, glänzte ich mit unerwartet feministischer Gelehrsamkeit.
Penelope schaute mich halb bewundernd, halb zweifelnd an.

»Das aus deinem Munde? Woher weißt du so was? Und seit wann hast ausgerechnet du etwas gegen Alkohol?«
Wieso nun schon wieder ausgerechnet du, bohrte es in mir.

»Hab ich doch gar nicht«, sagte ich und schenkte mir das mutmaßlich letzte Gläschen Champagner ein. »Du solltest DEINEN Mark eben nicht unterschätzen. Dein Mark weiß eben auch Dinge, die man bei ihm nicht erwartet«, strahlte ich Penelope an.

Was ich nicht bemerkt hatte, war, dass Zora offensichtlich unserer Unterhaltung seit einer Weile zugehört hatte, denn sie fragte:

»Orelli-Rinderknecht? Dampfer-Bott? Habe ich ja noch nie gehört. Erzähl mal ein bisschen genauer! Das klingt so nach bürgerlicher Frauenbewegung.«

»In gewisser Hinsicht schon, obwohl Susanna Rinderknecht aus einer wohlhabenden Bauernfamilie stammte«, begann ich mein Wissen über diese Dame ausführlich auszubreiten. Besondere Freude bereitete es mir, nun auch Leonie Dampfer-Bott ein Gesicht zu geben. Ich schenkte ihr am 1. April 1863 in Luzern als Handwerkstochter das Leben, ließ ihren Vater früh sterben und schickte die nun verarmte Leonie bereits mit acht Jahren in ein Kloster in St. Gallen. Über kirchliche Aktivitäten in der Abstinenzbewegung lernte sie Anfang der 1890er Jahre Orelli-Rinderknecht kennen, trat aus dem Kloster aus, schloss sich der früh verwitweten Orelli-Rinderknecht an und wurde praktisch ihre rechte Hand.

Mit dem letzten Schluck Champagner beendete ich meine Ausführungen. Zora schwieg beeindruckt oder nachdenklich.

Ich sollte mich nun wirklich vom Acker machen!

»Leute«, sagte ich und blickte ernst auf die Küchenuhr, die eine Zeit kurz vor Mitternacht anzeigte, »ich muss nun wirklich los. Morgen ist ein harter Tag.«

Meine Beine waren eingeschlafen. Penelope war auf die Dauer doch ganz schön schwer. Sie stand auf, als ich versuchte, mich zu erheben. Brav schüttelte ich Prani die Hand, rief ein: »Tschüss dann!«, in die Runde, schnappte mir Parka und Kufiya und ging aus der Küche. Zora und Penelope folgten mir in den Flur. Zora schien doch ein wenig skeptisch zu sein und hakte noch einmal nach.

»Und woher weißt du das alles über Orelli-Rinderknecht und Dampfer-Bott? Das lernt man doch nicht in der Schule, oder?«

»Nee, natürlich nicht«, sagte ich und dachte an meine geliebte Briefmarkensammlung, die ich allerdings nicht abermals bemühen wollte.

»Ich lag mal in der Schweiz, in der Nähe von Locarno, im Krankenhaus. War totlangweilig da. Die hatten eine winzige

Patientenbibliothek, die meisten Bücher auf Italienisch oder Französisch. Die paar Schinken auf Deutsch habe ich alle durchgelesen, ganz egal, was es war. Und da waren auch so uralte Heftchen von der Rinderknecht über ihr Leben und ihre Ideen zur Wirtshausreform und Frauenarbeit und so dabei. Daher, verstehste?«, erläuterte ich Zora, die daraufhin kurz nickte und anschließend kommentar- und grußlos in Richtung Katzenklo stolperte.

»Mark, Mark, was du da so alles erzählst. Du bist schon ein komischer Typ«, sagte Penelope und entließ mich nach einem langen Kuss in Richtung Ausgang. »Tschüss, du«, hauchte sie zum Abschied.

Wieder auf der Straße sortierte ich mich und schlenderte durch Nieselregen und Düften vom Hausbrand in Richtung Schwäbische Straße, um Hascher in seinem Domizil aufzusuchen. Jetzt könnte er in der Von-Erbe-Sache beweisen, was er wert war, und die Scharte von letzter Woche auswetzen.
Es tat gut, der Räucherhöhle von Penelopes WG-Küche entkommen zu sein und ein paar Schritte durch das nächtliche Schöneberg zu gehen. Mein Kopf wurde erfreulicherweise wieder klarer. Hascher brauchte schließlich noch präzise Instruktionen von mir.

Nach wenigen Minuten hatte ich die Mansarde erreicht. Kaum hatte ich die Tür geöffnet, da schallte mir die Kifferhymne *A Whiter Shade of Pale* von Procol Harum entgegen. Auch wenn es unmöglich erschien: Hier war die Raumluft noch schlechter als bei Trotzkis Frauenbrigade, vor allem roch sie bedeutend süßlicher. An der Beleuchtung wurde gespart. Man konnte die Gäste, die in den dunklen Ecken um Tische lümmelten, auf denen einfache weiße Kerzen spärliches Licht spendeten, kaum erkennen, geschweige denn identifizieren. Der kleine Tresen war nur sehr mäßig besucht. Hier würde ich erst einmal einen Zwischenstopp einlegen müssen, um mich an das Halbdunkel zu gewöhnen und zu checken, ob sich Hascher hier aufhielt. Die meisten Typen hier sahen aus wie der Sänger von Mouth & McNeal und hätten ohne

weiter aufzufallen in *Viel Rauch um Nichts (Up in Smoke)* mitspielen können, während die wenigen anwesenden Frauen aussahen wie Brian Connolly von The Sweet.
Im Geiste strukturierte ich die Aufträge für Hascher durch. Er müsste vor allem klären, welchen Personenschutz von Erbe bekam. Dass er welchen bekam, stand für mich außer Zweifel. Ich wollte ganz genau wissen, wie viele Leute ihn bewachten. Was war mit seiner Alten? Wurde die auch geschützt? Kinder hatte er, soweit ich wusste, keine, was meinen Plänen entgegenkam. Wo wohnte der Typ? Was war das für eine Hütte? Stand sie unter Objektschutz? Permanent? Oder nur, wenn er zu Hause war? Gab es irgendwelche Besonderheiten, die von Interesse waren? Wie kam er von A nach B? Dienstwagen? Eigener PKW? Womöglich fuhr er BVG, der miese Geizhals. Die Liste an Fragen für unseren dauerbenebelten Informanten wurde länger und länger.
Im rückwärtigen Raum des Lokals, hinter der Tür zu den Toiletten, materialisierte sich allmählich eine Gestalt, die gut und gerne Hascher sein konnte. Sie wirkte aus der Ferne seltsam leblos und starr, wie sie so alleine auf einem gammeligen Sofa saß. Die Gelegenheit war günstig: Auch die beiden alten Sessel, die gegenüber dem Sofa standen, waren unbesetzt. Auf dem niedrigen Couchtisch vor Hascher stand eine halbleere Flasche Bier. Ich nahm mein Bierglas vom Tresen, ging zu Haschers Sofa und setzte mich neben ihn.

»Hi, Billy! Alles klar? Wieder aufm Damm? Warst ja gestern schon wieder gut unterwegs. Nachmittags Ruine, abends Sound? Pass auf. Wir brauchen deine Unterstützung. Gute Möglichkeit für dich, den Quark von letzter Woche wiedergutzumachen. Es geht um von Erbe, den Staatsanwalt. Den kennste ja. Wir brauchen so eine Art kleines Dossier über ihn. Also, Wohnort mit allen Infos zum Objektschutz und alles über ihn, also seinen Personenschutz. Wer, wann, wie, warum? Alles! Und keine ollen Kamellen! Wir brauchen aktuellstes Material. Und, wenn ihr so was habt, schön wäre so eine Art Terminkalender. Wann ist er wo? Hat er irgendeinen besonderen Auftritt in nächster Zeit und was dergleichen mehr ist. Ich komm Freitag aus Wessiland zurück. Bis dahin hat die Sache Zeit. Kommste dann abends um halb acht zum Kleistpark? Okay, Billy?«

Hascher reagierte nicht. Eigentlich hatte er die ganze Zeit schon nicht reagiert. Seine Augen waren geschlossen. Hatte er eine Überdosis erwischt und war bereits tot? Dagegen sprach, dass sein rechter Fuß auf und ab wippte.

Ich schnappte mir die Bierflasche von Hascher, die mir insofern komisch vorkam, als ich so ein Etikett noch nie gesehen hatte. Alkoholfrei war darauf zu lesen. Das war also dieser neumodische Müll, den es neuerdings gab. Alkoholfreies Bier? Wer braucht denn sowas? Als nächstes kommt dann wohl alkoholfreier Schnaps, oder was? War das Zeug unserem Herrn Drogenschnüffler nicht bekommen?

»Billy!«, rief ich mit lauter Stimme, »Ey, Billy!« Nichts tat sich. Ich schaute ihn an. Er bewegte sich nicht. Nur der eine Fuß schien noch lebendig.

The Rattles kommentierten aus den Lautsprecherboxen mit *The Witch* die Szenerie durchaus passend. Da bemerkte ich erst, dass Hascher etwas aus der Jacke wuchs. Ein dünnes Kabel kam aus seiner oberen Jackentasche und führte zum Kopf, wo es hinter seinen langen Haaren verschwand. Ich nahm seine Haare ein wenig beiseite und stellte fest, dass Hascher etwas an den Ohren hatte. Irgendein dunkles Teil hatte er sich offensichtlich ins Ohr gestopft. Das andere Ende des Kabels aus der Jacke endete in diesem Pfropfen. Ich zog am Kabel und das dunkle Etwas fiel aus Haschers Ohr. Nun reagierte er, öffnete die Augen, fischte nach dem dunklen Etwas und erkannte mich.

»Ach, Hans, du bist es.«

»Ja, bin ich. Was ist denn das?«, fragte ich und zeigte auf das dunkle Teil mit Kabelanschluss, welches er jetzt zwischen Daumen und Zeigefinger hielt.

»Walkman, Mann, Walkman! Is ne dolle Sache. Solltest du dir auch holen. Von Sony, wa. Damit laufense in Amiland schon fast alle rum. Kannste immer deine eigene Musik hören von Kassette.«

»Hhm, haste denn gehört, was ich dich gefragt habe, Billy?«

»Gefragt? Du mich?« Billy schien völlig ahnungslos zu sein.

»Na prima!«, stöhnte ich und wollte mich schon allgemeiner Verzweiflung hingeben. »Okay Billy, komm, wir gehen mal kurz vor die Tür«, ergriff ich erneut die Initiative und stand auf. Hascher folgte mir.

Draußen holte ich mir eine Fluppe aus der Packung, spendierte Hascher auch eine und wiederholte meinen kleinen Vortrag.

»Von Erbe?«, presste Hascher hervor, »Von Erbe? Das ist nicht irgendwer! Und auch nicht mein Dezernat. Wir arbeiten deliktorientiert.«

»Arbeiten, Billy?«, schob ich ein. Billy war heute extrem klar und sortiert. Es musste irgendetwas Neues auf dem Markt der Narkotika geben.

»Was wollt ihr von dem?«

»Ihn überraschen«, sagte ich und grinste.

»Hans, bei der Sache ist mir nicht wohl. Ich, ich gehe da auch n Risiko ein. Wenn von Erbe was passiert, was ist dann?«

»Billy, check, was geht! Wir wollen doch auch nicht, dass du die Pferde scheu machst. Alles schön dezent, nix Risiko.«

»Kannst du mir garantieren …?«

»Ich kann dir gar nichts garantieren! Ich kann dir nur sagen, dass wir, ich sage WIR, Billy, von Erbe unversehrt lassen wollen. Aber auch mal Klartext: Von Erbe ist eine Natter! Er steht für den Terror gegen unsere Genossen im Knast. Diese Inszenierung mit den angeblichen Anschlagsplänen der palästinensischen Genossen in Marienfelde auf die Erdgaslager und das ganze Drum und Dran. Da steckt der Staatsschutz dahinter und von Erbe mischt mit. Und zwar richtig! Und mal grundsätzlich, Billy: Im Trikont sterben die Menschen wie die Fliegen für den Profit der Monopole. Die Völkermordzentrale ist Washington mit ihren Filialen in London, Paris, Bonn. Und für diesen Komplex arbeitet und steht von Erbe und macht die Drecksarbeit. Wenn jemand auf die Idee kommt, ihn wegzupusten, okay, bitte. Ich halte das zwar nicht für schlau im Moment und es entspricht auch in keinster Weise unserer Politik, aber mal ehrlich, kein anständiger

Mensch könnte darüber heulen. Aber egal, Billy, ich will hier kein politisches Seminar abhalten. Das Ding am Donnerstag war scheiße von dir. Das hätte schiefgehen können. Du bist uns noch was schuldig.«
Hascher schien noch nicht vollständig überzeugt.

»Freitagabend, 19.30 Uhr, im U-Bahnhof Kleistpark, Imbissbude, okay? Komm, ich geb noch nen Absacker aus, Billy«, sagte ich und öffnete ihm die Tür zur Mansarde.
Am Tresen bestellte ich zwei doppelte Apfelkorn. Hascher zuliebe, weil ich wusste, dass er das Zeug mochte. The Who spielten *Won't Get Fooled Again*.

»Prosit, Billy«, sagte ich und stieß mit meinem Glas an seines.

»Prosit!«, erwiderte Hascher.
Und noch bevor ich die angenehme Wirkung des Apfelkorns in meinem Bauch in aller Intensität genießen konnte, ging die Kneipentür schon wieder auf.
Wir wurden Zeugen der Invasion der Suffragetten. Walpurga, bekanntlich Haschers Freundin, führte, vermutlich rein zufällig, den Tross an. Zora, Ute und zwei weitere Besucherinnen von Penelopes Festivität folgten. Während sich Walpurga sogleich auf Hascher stürzte, gesellten sich Zora und Penelopes vermeintliche Erzeugerin, Ute, zu mir. Das war so eigentlich nicht vorgesehen.

»Ach nee, Mark«, sagte Zora, »musstest du nicht dringend ins Bett?«

»Ja, im Prinzip schon«, sann ich danach, diese ungewollte Zusammenkunft schnell zu beenden.

»Diese, diese Kämpfer-Boot aus der Schweiz, Mark«, kam es mit schwerer Zunge aus Zoras Mund. Sie hielt sich dabei eigentümlich am Tresen fest, indem sie sich auf die Zehenspitzen stellte und mit Daumen und Zeigefinger beider Hände an der Kante des Tresens festklammerte. »Also, die Kämpfer-Boot, die wär n prima Thema für meine Diplomarbeit am OSI.«

»Dampfer-Bott! Leonie Dampfer-Bott!«, verbesserte ich.

»Du musst mir noch einmal ganss ausführlich von ihr ersähln und von deinen Wellen«, lallte Zora.

Sie meinte vermutlich meine Quellen. Das war ja gerade das Problem. Und nicht nur das.
Ute stand mit einem halben Meter Abstand zwischen uns und guckte extrem finster in die Welt. Zora fingerte sich einen Zigarillo aus einer zerknitterten Pappschachtel in den Mund. Dafür musste sie eine Hand vom Tresen nehmen, was sich negativ auf ihre Standfestigkeit auswirkte. Sie stieß dadurch leicht Walpurga an, die von Hascher auf den Tresen gesetzt worden war.
Walpurga, kaum größer als eine Maggi-Flasche, war heute auf mindestens 25 cm hohen Pfennigabsätzen unterwegs. Übergroße runde silberne Ohrringe hingen beidseitig an ihr herunter und durften wohl der Papageienvoliere des Zoologischen Gartens entstammen. Walpurga hatte vor kurzem ihre langjährige Nasentropfenabhängigkeit durch kalten Entzug schlagartig überwunden und setzte seitdem konsequent auf Hustensaft. Sie roch, gar nicht einmal unangenehm, immerfort nach einer Mischung aus Kräuterbonbonladen und Kinderkrankenbett. Walpurga, deren glänzende Codeinlippen sich noch zur Begrüßung in Haschers Mund befanden, nahm die Zunge kurz aus Haschers Mund und bemerkte:

»Ey, cooles Kleid, Alte!«

Zora drehte sich in Walpurgas Richtung und erwiderte das Kompliment.

»Tolles Parfüm, Frau, echt gut!«

»Ja, echt? Ich kann selber nämlich gar nichts mehr riechen. Echt doof, weißte?«

Mit dem Geständnis von Walpurga, Anosmikerin zu sein, konnte Zora offenbar nichts anfangen. Walpurga nutzte die kurze Unterbrechung des öffentlichen Austausches oraler Körperflüssigkeiten und nahm noch einen beherzten Schluck eines gerade neu auf den Markt gekommenen Hustensaftes, welchen sie in ihrer kleinen Handtasche mitführte. Gutes Zeug mit Hydrocodon, wie sie Hascher erklärte. Naja, Heroin wurde ursprünglich auch als Antitussivum entwickelt und vermarktet, dachte ich bei mir.
Zwischenzeitlich wurde Zora von Ute heftig angegiftet. Es ging, soweit ich es verstehen konnte, um Zoras Zustand und diesen

miesen Schuppen, wie Ute meinte. »Plelope will gleich auch noch runterkommen. Komm, wir setzen uns zu den anderen«, schlug Zora vor. Dass Zora mich Chauvi-Arsch zum Niederlassen an einem gemeinsamen Tisch aufforderte, konnte wohl nur dem wundersamen Wirken von Leonie Dampfer-Bott (hoffentlich wusste ich morgen früh selber noch, wie die Frau hieß) und widersinnigerweise dem Teufel Alkohol zugeschrieben werden. Die beiden anderen ehemaligen Geburtstagsgäste hatten es sich in der von Hascher und mir eben verlassenen Sofaecke bequem gemacht. Ich trottete mit Zora und Ute zu ihnen hinüber, auch weil mir das Zusammentreffen von Penelopes Freundinnen und Hascher überhaupt nicht gefallen konnte. Eben war schon mein Name gefallen. Im Kopf war ich mit der Frage beschäftigt, wie ich mich hier schnell und elegant davonschleichen könnte.

Zora hatte noch eine Runde Batida de Coco auf Eis für alle bestellt. Dieses bedeutende Ereignis würde ich noch abwarten müssen.

Politische Arbeit war schon verdammt hart und anstrengend! Da macht man sich in Laienkreisen gar keine richtige Vorstellung von, dachte ich und schmunzelte in mich hinein.

»Mark, Kämpfer-Boot mal beiseite. Freitagabend am Kotti, wasss warn da los mit den Lullen und dir? Das hab ich jar nicht gerafft, was da eigentlich abging.«

Himmel, hilf! Jetzt kam die auch noch mit diesem Mist angekäfert. Der Himmel half durch eine extrem tranige Bedienung, die ungelenk und weitschweifig fünf schlanke Wassergläser mit milchiger Konsistenz in Zeitlupentempo auf den Tisch platzierte.

»Proscht, ihr Süsssen«, versuchte Zora zu artikulieren. Wir stießen alle umständlich miteinander an, nippten oder kippten das Zeug hinunter, je nach Gusto.

»Muss leider alles warten«, sagte ich aufspringend, »muss jetzt echt weg.« Dabei versuchte ich eine bedauernde Mine aufzulegen. Rasch ging ich zum Tresen, bezahlte und klopfte Hascher zum Abschied auf die Schulter. Er wollte mir noch was sagen, aber ich musste jetzt wirklich los. Vermutlich stand gleich auch

noch Penelope in der Mansarde und würde wissen wollen, warum ich immer noch in einer Kneipe herumhing, obwohl ich doch so dringend nach Hause gewollt hatte.
Draußen, schon auf der Grunewaldstraße, sah ich mich gezwungen, mir erst einmal eine anzustecken. Puh, was war das wieder für ein Tag gewesen? Volkstrauertag!

15

Die Welt besteht
aus lauter Gelegenheiten
zur Liebe.

Søren Aabye Kierkegaard (1813-1855)

TRANSIT ODER SO VIEL LIEBE AUF EINMAL

Rauchend starrte ich aus dem Fenster und dachte wieder an sie. Ob ich sie in Bremen sehen würde? Eventuell würde mir der Zufall helfen? Eine ungeplante Begegnung im Ostertorviertel nach dem Hauptakt des morgigen Tages vielleicht?
Eine Kulisse aus nicht enden wollenden Kiefernwäldern mit vereinzelt davor gesetzten, blattlosen Birken wurde am Transitzug, der sich irgendwo zwischen Potsdam und Magdeburg befand, in einem gemächlichen Tempo vorbeigezogen.
Die Ereignisse der letzten Tage spukten durch meinen Kopf. Seit ich Sonntagnacht die Mansarde verlassen hatte quälte mich der Gedanke, ob es so sonderlich schlau von mir gewesen war, Hascher um Informationen zu von Erbe zu bitten. Darin lag doch ein gewisses Risiko. Und vor allem eines, welches sich nicht kalkulieren ließ. Hascher gehörte schließlich nicht zu uns, wie es andere taten, die auf den Besoldungslisten des Staatsapparates standen, aber dennoch Genossen waren. Was war, wenn Hascher sich auf seinen Amtseid besann und bei interessierten Kollegen vorstellig wurde? Es gibt da so einen Typen in Schöneberg, der will wohl was von von Erbe. Dazu kam, dass die Genossen unserer Antiimperialistischen Gruppe, mit denen ich am Montag zwischen Uni und Job die Sache diskutiert hatte, auch nicht übermäßig begeistert vom Ansinnen der Leute um Leni waren. Die Bedenken waren nicht grundsätzlicher Natur, aber von Erbe war eben auch kein Kleindarsteller. Und von der mir von Leni unterbreiteten Aufgabenverteilung hielten die meisten gar nichts. Sie wollten die politischen Dimensionen einer solchen Aktion nicht so einfach anderen überlassen. Von meinen Sorgen um Hascher und seine möglichen Reaktionen erzählte ich natürlich nichts.

Ich steckte mir noch eine an. Der Zug war nur äußerst spärlich besetzt. Ich saß alleine in einem achtsitzigen Raucherabteil eines Wagons der Deutschen Reichsbahn am Ende des Zuges. Ich saß nicht nur alleine im Abteil, ich war auch der einzige Fahrgast im

ganzen Eisenbahnwagen. Mitten in einer Novemberwoche wollte kaum jemand die Transitreise von Westberlin in die BRD unternehmen. Noch dazu an einem Feiertag. Zumindest einem Feiertag in den politischen Gebilden, die mit diesem Transitzug verbunden wurden. In der DDR, welche es zu durchqueren galt, war der Buß- und Bettag kein gesetzlicher Feiertag.
Alle konnten gleich beim Einsteigen erkennen, auch die Augenlosen und Erblindeten, ob man mit Zugmaterial der Deutschen Bundesbahn oder der Deutschen Reichsbahn transportiert werden würde: durch olfaktorische Wahrnehmung. Jedes Unternehmen hatte sozusagen seine eigene Duftnote. Die Reichsbahnzüge rochen vor allem nach formaldehydhaltigen Reinigungsmitteln, Wofasept oder Fesiaform wurden großzügig eingesetzt. Auf den Transitfahrten strömte zuweilen auch der Duft der 2000 PS-starken Dieselmotoren der Taiga-Trommeln, wie der Volksmund sie nannte, durch die nicht ganz dichten Fenster herein. Die Lokomotiven der Baureihe LTS M62 aus der UdSSR, mit denen alle RGW-Staaten beglückt werden sollten, donnerten lautstark durch die Republik. Wonach das Material der Deutschen Bundesbahn roch, hätte ich nicht sagen können, aber Meister Propper, der Beglücker aller westdeutschen Hausfrauen, war es nicht. Die Abteile in den Wagons der Bundesbahn waren in der Regel sechssitzig und insgesamt ein wenig komfortabler als die Varianten aus der DDR.

Rat für gegenseitige Wirtschaftshilfe

Auch mein Plan eines kleinen unangemeldeten Besuchs bei von Erbe stieß bei der Gruppe auf wenig Enthusiasmus. Den einen waren meine Ideen zu unpolitisch und sie fanden, die Aktion sei schlecht vermittelbar. Ihnen schwebte eher eine kleine Kundgebung vor von Erbes Haus vor, um den propagandistischen Effekt zu erhöhen, aber auch um unser Risiko kleiner zu halten. So nach dem Motto ›Schiri, wir wissen wo dein Auto steht!‹. Den anderen war das Ganze zu lasch. Von Erbes Büro bei der Staatsanwaltschaft sollte das Ziel sein. Eine Aktion mitten im Herzen der Bestie. Wobei von der Einrichtung nicht viel übrigbleiben sollte.

Ich versuchte, mit meinem Vorhaben zwischen beiden Positionen zu vermitteln, indem ich einige agitationsfähige Zusatzeffekte in die Diskussion einbrachte, wie Transparente mit politischen Forderungen, die vor von Erbes Fenstern wehen sollten.
Bosco, ein seit Jahren fast promovierter Germanist und Taxifahrer, hatte Handfestes zu bieten. Er hatte von Erbe im Januar vom Presseball nach Hause gefahren, ärgerlich kurze Tour, mieses Trinkgeld, und sich schon einmal prophylaktisch die Adresse gemerkt. Es handelte sich um einen repräsentativen Altbau in einer Parallelstraße zum Kurfürstendamm in Charlottenburg. So eine Lokalität hatte Vor- und Nachteile. Besser als eine Wannsee-Villa in Alleinlage war das aber allemal. Mal sehen, was Hascher am Freitag beizusteuern hatte.
Die Genossen der Gruppe hatten sich wie verabredet um halb sieben an den um diese Uhrzeit ganz im Dunkeln liegenden Königskolonnaden in der Potsdamer Straße getroffen, einem bizarren Ort Berliner Stadtgeschichte. Erst Anfang des Jahrhunderts waren die Königskolonnaden von der bereits abgerissenen Königsbrücke in Mitte hier nach Schöneberg verlegt worden. Sie bildeten den Eingang zum Heinrich-von-Kleist-Park, der wie die nach ihm benannte, nur wenige Schritte entfernte U-Bahn-Station umgangssprachlich kurz als Kleistpark bezeichnet wurde. Dieser war zuvor zu Adelbert von Chamissos Zeiten der Botanische Garten, welcher dann später in Steglitz neu entstand. Dahinter lag das Gebäude des Preußischen Kammergerichts, in dem in den 1940er Jahren Roland Freisler gewütet hatte und welches heute dem Alliierten Kontrollrat als Heimstatt diente.
Schon die Art der Verabredung über den Kreidezinken und die Codes in der Telefonzelle waren extrem diskret. Aufgrund schlechter Erfahrungen gab es auch keinen vorher verabredeten Ort für unsere anschließende Zusammenkunft. Er wurde grundsätzlich erst kurzfristig gemeinsam bestimmt. Dieses Mal ging es in eine Wohnung in der Gleditschstraße, die ein Genosse für die derzeit abwesende Mieterin betreute. Dementsprechend war es übel kalt in der Bude und wir behielten die ganze Zeit Jacken und

Mäntel an, wobei ich ohnehin nur kurz bleiben konnte, da ich Nachtschicht hatte. Eine stressige Sache, die Nacht über zu keulen, während alle anderen schlafen, obwohl der Job an sich nicht übermäßig anspruchsvoll war und auf jeden Fall ganz gut bezahlt. Aber das ist eine komplett andere, bereits erzählte Geschichte *(vgl. Mark Müller: Der Anteil der Arbeit an der Entmenschlichung des Menschen: Industriearbeit im Spätkapitalismus. Westberlin 1978).* Mein angekündigter verfrühter Abgang, dem sich auch Hendrik anschließen würde, der mit mir in demselben Schuppen arbeitete und heute ebenfalls Schicht hatte, erforderte eine beschleunigte Beschlussfassung. Trotz disparater Debatte einigten wir uns darauf, meine Idee eines Denkzettelbesuches, unter Vornahme einiger akzeptabler Modifikationen, in die Tat umzusetzen. Bosco, Hendrik und ich wurden mit der Feinplanung beauftragt und meinem Wunsch, die Sache vor Ort zusammen mit Kraschno durchzuziehen, wurde entsprochen. Kraschno war aus naheliegenden Gründen seltener an Aktionen vor Ort beteiligt, aber hinreichend bekannt und als Genosse vollends akzeptiert. Es kam dann noch ein anderer interessanter Punkt zur Sprache. Es würde Anfang nächsten Jahres in Bologna ein von italienischen Genossen organisiertes Symposium zu den europäischen Regionalbewegungen geben, an dem auch Antiimperialistische Gruppen aus Westberlin teilnehmen sollten. Gemeint waren mit Regionalbewegungen mehr oder minder militanter Separatisten: (Nord)Iren, Basken, Katalanen, Korsen. Bei aller Würdigung des besonderen politischen Status von Westberlin, aber mit Regionalbewegung hatten wir nun wirklich nichts gemein. Dort waren, was an der Natur der Sache lag, zum Teil extrem nationalistische Kreise am Werke. Wir gehörten lediglich zur internationalen Solidaritätsszene. Die Anti-Imps, die die Hauptstadt der Emilia-Romagna besuchen sollten, fungierten derzeit einerseits als Auffangbecken für Genossen aus den immer schneller zerfallenden K-Gruppen und stellten andererseits einen Anknüpfungspunkt für jüngere Leute aus der Sponti-Szene dar, für die die K-Gruppen keine denkbare Adresse für organisierte politische Arbeit mehr waren. Die hoffnungslos zersplitterte revolutionäre Linke in der BRD und Westberlin zerlief und zerfiel immer mehr in drei Richtungen. Erstens: Aufgabe und Rückzug auf das Sofa. Zweitens: Kotau vor dem Staatsapparat und Gründung bürgerlicher Wahlvereine als bunte oder alternative Listen, also halbgarer Ökologie-Schnickschnack mit Schneckenschützern, Okkultisten und Blut-und-Boden-Ideologen. Drittens: Antiimperialistische oder autonome Gruppen. Das waren kleine Zirkel von meist überschaubarer Größe, was strategische sowie taktische Vor- und Nachteile hatte. Der Verfassungsschutz jammerte seinerseits über die schwer überschaubare undogmatische linksextremistische Szene. Wie auch immer: Eine Fahrt im März nach Bologna war sicher reizvoll. Besser als Schneeschmelze in Hundescheiße allemal.

Ein Uniformträger öffnete die Abteiltür und riss mich aus meinen Gedanken. Die Passkontrolleinheit des Ministeriums für Staatssicherheit in Uniformen der Grenztruppen der DDR war mittlerweile bis in meinen Zugwagen gelangt und machte ihren Job. Nach der kurzen Routine zur Ausstellung des Transitvisums erhielt ich das Dokument und den zigsten Stempel in meinen mit Transitvermerken übersäten Pass.

Alsbald machte ich mich auf den Weg in den Speisewagen der Mitropa, um zu frühstücken. Auf dem Gang begegnete ich einigen Herren der Transportpolizei in ihren blauen Uniformen, dem DDR-Pendant zu unserer Bahnpolizei. Gestern, nach der zweiten Nachtschicht der in der Mitte durch den Feiertag gespaltenen Arbeitswoche, war ich noch auf ein paar Biere im Jonas gewesen. Es war nur ein kurzer Pflichtbesuch. So vollkommen nüchtern nach stundenlanger Nachtarbeit konnte man sich zwischen fünf und sechs Uhr morgens nicht in die debilen Nonsensgespräche der anwesenden Restgäste einfinden. Der Vorsprung der Anwesenden beim Zuschütten mit Alkohol und anderen Drogen war einfach nicht aufzuholen. Nach ein paar Stunden Schlaf hatte der Wecker wenig Mitleid mit mir gezeigt, und im Anschluss an die notwendigen Tätigkeiten in Sachen Körperpflege war ich eine Viertelstunde

später mit meiner kleinen Reisetasche zum Bahnhof Zoologischer Garten gefahren, um Westberlin für zwei Tage zu verlassen.
Im völlig überheizten Speisewagen saßen vereinzelt einige Rentner an den mit Stofftischdeckchen dekorierten Plätzen. Ich wählte einen der großen Tische für vier Personen, obwohl ich mich damit der Gefahr aussetzte, von Mitreisenden Kriegserlebnisse oder endlose Jammergeschichten über die böse Zone präsentiert zu bekommen, die einem gerne ungefragt zu Gehör gebracht wurden. Ich hatte mir einen DIN-A4-Block mitgebracht und wollte mir einige verschlüsselte Notizen zur Vorbereitung der Von-Erbe-Aktion machen. Da war etwas mehr Platz willkommen. Beim Studium der mit Schreibmaschine getippten und anschließend hektographierten Speisekarte, auf der einige Positionen mit Bleistift durchgestrichen waren, rauchte ich erst einmal in Ruhe eine Zigarette. Mich beschäftigte die Frage, ob ich erst Rührei mit Schinken und Brot und dann die Soljanka nehmen sollte oder umgekehrt. Dazu sollte es ein Kännchen Bohnenkaffee sein. Die Überlegungen zur Speisenfolge erwiesen sich im Nachhinein als vollkommen überflüssig. Die stark sächselnde männliche Bedienung brachte erst die als zweite Speise gewünschte Soljanka in dem üblichen Mitropa-Geschirr aus solidem Colditzer Porzellan mit dem schönen Namen Rationell, dann das Rührei und zuletzt den Kaffee. Wahrscheinlich war das als pädagogische Maßnahme gemeint. Ich sollte mir bloß keine Schwachheiten einbilden wie ›Der Gast ist König‹ oder so etwas. Ich hatte bestimmt andere Sorgen!
Die Planung der Von-Erbe-Aktion quälte mich. Das Risiko war hoch. Wie kamen wir überhaupt einigermaßen diskret in seine Bude? Wir waren schließlich keine Einbruchspezialisten. Früher, als wir noch für eine Jugendorganisation des KBW tätig waren, agitierten wir mit einigem Erfolg auftragsgemäß die ausschließlich männlichen Bewohner einer Jugendverwahranstalt in unserem Stadtteil, welche sowohl über eine offene wie eine geschlossene Abteilung verfügte. In der offiziellen Bezeichnung der Einrichtung tauchte irgendwo der Begriff Heim auf, was ähnlich schönfärberisch zu interpretieren war wie die neueste Wortkreation der Atomindustrie, wenn sie von

Entsorgungsparks sprach, aber Atommüllendlagerstätten meinte. In Wahrheit handelte es sich um ein sozialpädagogisch, um nicht zu sagen sozialdemokratisch verbrämtes Kinder- und Jugendgefängnis. Unter den Insassen waren einige Burschen, die sich oberflächlich betrachtet auf das Einbruchshandwerk verstanden, wenn man dann allerdings genauer hinschaute, leider auch hierbei nur geringes Talent bewiesen hatten, was neben vielen anderen Gründen, wie zum Beispiel ihrer nervenzerreißenden Disziplinlosigkeit, zu den Ursachen zählte, warum sie in dieser Manifestation der Hölle auf Erden gelandet waren. Es war für diese Lumpenproletarier reinsten Wassers ohnehin nicht recht schlüssig, warum wir einerseits die vollständige Enteignung der Kapitalistenklasse propagierten, andererseits die individuelle, kleinteilige Umverteilung von Eigentum als gefährliche und kontraproduktive Handlungen brandmarkten, die es tunlichst zu unterlassen galt. Von dieser Seite durfte ich jedenfalls weder Unterstützung anfordern noch erwarten.

Und würde ich Kraschno überzeugen können mitzuziehen? Und das ohne Knarre? Und wenn wir es verpatzten? Dann war U-Haft amtlich. Keine Penelope, schon gar nicht mein neues Projekt in Sache Liebe ... alles versaut! So wie dieser vorgebliche Bohnenkaffee, der war ja nun wirklich scheiße! Ich würde mir in Hannover beim Umsteigen eine ordentliche Koffeindröhnung verpassen müssen. Den üblichen Spruch ›Starke Tassen, schwacher Kaffee‹ schenkte ich mir, den hörte der tapfere Mitropa-Sachse bestimmt zwanzigmal am Tag.

Beim Thema Liebe fiel mir mein Sonntagsspaziergang mit Leni wieder ein. Die Sache mit Trude musste ich Kraschno berichten. Trude verliebt in ihn? Ich war gespannt auf seine Reaktion. Und Leni? Was war mit ihr? Fand sie mich gut hinter der ganzen Politfassade und dem damit einhergehenden Theaterdonner? Und ich? Was empfand ich für Leni? Ich seufzte tief und zündete mir eine weitere Zigarette zum nächsten Schluck Kaffee an. Das war schon wahnsinnig anstrengend, ständig verliebt zu sein. Dazu dieser permanente politische Aktionismus. Kein Wunder, dass ich mit meinem Studium nicht wirklich vorankam.

»Na, fleißig, der Herr Student?«, riss mich ein schwitzender, pausbäckiger Anzugträger, Typ Schweinbacke, aus meinen Überlegungen, als er seinen massigen Körper mühsam auf die mir gegenüberliegenden Plätze zwängte und sogleich die Speisekarte ergriff. Nun war es doch passiert: Das Schicksal hatte mir einen ungebetenen Tischpartner beschert. Ich räumte meine Dinge ein wenig beisammen.

»Na, dit is ja wieder typisch Interzonenzug. Nur Hamwanich uff die Karte, wa! Haha«, quietschte er mit einer Fistelstimme, Zustimmung erheischend.

»Na, dit ham wa gleich! Hey, Komsomolze!«, rief Schweinchen Fett nach dem Ober und warf die Speisekarte auf den Tisch.

»Wat haste denn für meene harte D-Mark hier noch zu futtern?«, kodderte er, nachdem die Bedienung in aller Ruhe an den Tisch gekommen war. Unseren stolzen Devisenbesitzer schien das alles sehr anzustrengen, er transpirierte heftig und versuchte, seine Wurstfinger zwischen Speckhals und weißes Oberhemd zu bekommen, um sich ein wenig Luft zu verschaffen, nachdem er die geschmacklose, orange-grüne Krawatte etwas gelockert hatte. Diesen Mist wollte ich mir nicht länger geben. Abrupt stand ich auf, drückte dem Ober einen Zehn-Mark-Schein in die Hand und sagte lächelnd zu ihm:

»Der Schweinenacken würde zu dem Herrn passen. Schade, dass der aus ist.« Eine ältere Dame, die an einem kleinen Einzeltisch auf der anderen Seite des Speisewagens saß, grinste in sich hinein. Ich zwinkerte ihr zu. Endlich einmal eine Frau, die meine Witze verstand!

Zurück in meinem Abteil sah ich wieder aus dem Fenster. Föhren, Föhren, Föhren und dann rumpelte der Zug im Blümchen-Pflück-Tempo über eine marode Eisenbahnbrücke, mit der die Elbe kurz vor Magdeburg Hauptbahnhof überquert wurde. Mir fehlte Schlaf. Mir fehlte jede Menge Schlaf. Müde schloss ich die Augen, nickte kurz darauf ein und fiel in tiefen Schlummer.

Ich träumte, ich säße noch immer im Speisewagen. Am Tisch schräg gegenüber saß Hascher mit von Erbe in einem lebhaften Dialog. Leni brachte mir Kamillentee. Sie trug ein dunkelblaues

Dienstmädchenkleid mit einer weißen Schürze darüber, auf ihrem Kopf prangte eine weiße Haube. Plötzlich stand Hascher auf, zog seine Pistole aus dem Halfter und trat zu meinem Tisch. Ich fühlte mich ziemlich unwohl, wollte aufspringen, doch irgendetwas hinderte mich. Hascher hielt die Waffe Schweinebacke an die Schläfe, der jetzt aussah wie mein alter Lateinlehrer. Hascher starrte mich an.

»Mark, von Erbe will die Adresse von Leonie Dampfer-Bott! Rück sie raus oder ich drück ab.«
Das Unwohlsein schlug in nackte Angst um. Was sollte ich sagen? Wegen Leonie Dampfer-Botts Adresse sollte doch niemand sterben. Auch nicht mein alter Lateinlehrer.

»Geht nicht, Hascher. Sie hat keine Adresse und auch keinen Ausweis.«

»Keinen Ausweis, Mark? Das kannst Du mir nicht erzählen! Keinen Ausweis?«
Hascher entsicherte die Waffe und drückte sie meinem Gegenüber, der jetzt aussah wie Leonie Dampfer-Botts Vater, in das linke Ohr. Dampfer-Botts Vater? Sie hat doch gar keinen Vater! Ich brüllte in äußerster Verzweiflung Hascher an.

»Sie hat keinen Vater, keine Adresse, keinen Ausweis, verdammt noch mal!«

»Ausweis! Verdammt noch mal!«, brüllte mich eine Stimme an. Ich öffnete die Augen. Ein Vertreter der Rechtsnachfolger des Dritten Reiches in der Uniform eines Bundesgrenzschutzbeamten stand extrem ungehalten in der Abteiltür. Ich griff instinktiv in die Innentasche meines Parkas und reichte wortlos meinen Pass, mit dem der BGS-Typ verschwand.

»Hauptbahnhof Helmstedt. Hier ist Hauptbahnhof Helmstedt. Der eingefahrene D 344 von Berlin-Friedrichstraße fährt um 13.48 Uhr weiter nach Aachen Hauptbahnhof über Braunschweig, Hannover, Dortmund und Köln.« Alles klar, aber Helmstedt HAUPTBAHNHOF?, dachte ich jedes Mal bei dieser Durchsage.

»Kaffee, Bier, Cola, Fanta, heiße Würstchen!« Der unvermeidliche Typ mit seinem Karren zur Versorgung mit Reiseproviant zog am Abteilfenster vorbei. Ich öffnete es und erwarb eine Bockwurst und einen Becher Kaffee, während ich weiter über Helmstedt sinnierte.

Die Rückkehr meines Reisepasses ließ auf sich warten. Das gab wieder eine Notiz für die Befa-Datei. Und wenn schon, sagte ich mir. Die Befa-Datei diente der sogenannten ›Beobachtenden Fahndung‹ und war ein Instrument des BKA, welches unter Horst Herold zu einem damals weltweit einmaligen und im gewissen Sinne innovativen computergestützten Überwachungssystem ausgebaut worden war. Es diente vorgeblich dem Kampf gegen die RAF, wobei der Anti-Guerilla-Kampf nur ein vorgeschobenes, wenn auch wohlfeiles Argument für Kontrolle linker Opposition, revolutionärer Umtriebe und ganz allgemein der Aufstandsbekämpfung war. Die erste InPol-Datei, die es in modifizierter Form noch heute gibt, basiert auf der PIOS-Datei (Personen, Institutionen, Organisationen, Sachen), dem ersten Herzstück von Herolds negativer Rasterfahndung gegen die RAF. Sie hatte in den 1970er Jahren bereits weit über 10.000 Einträge verdachtsnaher Personen. Selbst wenn man in Rechnung stellt, dass sich darunter auch Wirtschaftskriminelle und Drogenhändler befinden sollten, war dies eine sehr große Zahl, wenn man einmal die Sentenz *vom Krieg der 6 gegen 60 Millionen* aufgreifen will, den die Reaktion sich ausgerechnet aus einem kritischen Text von Heinrich Böll herausgegriffen und zur propagandistischen Waffe gegen die RAF gemacht hatte.

Die Geschichte um diesen Text, den *der Spiegel* 1972 veröffentlichte, ist ohnehin in vieler Hinsicht ein Lehrstück. Es begann bei dem vom *Spiegel* gefälschten Titel *Will Ulrike Gnade oder freies Geleit?*, der den von Böll gewählten Titel *So viel Liebe auf einmal?*, ein ironisierendes Zitat einer Überschrift aus Axel Cäsar Springers *Bild*-Zeitung zur Weihnachtszeit, unautorisiert ersetzte, was den Autor des Essays dem Hass und den Schmähungen der Reaktion auslieferte, die ihm nun eine niemals vorhandene kumpelhafte Nähe zu Ulrike Meinhof unterschieben konnte. Fortan galt der arme Mann, ein biederer Kölner Katholik, als Sympathisant der Terroristen. Und der den reaktionären Hetzern treu ergebene bundesdeutsche Rechtsstaat entblödete sich nicht, trotz der neuen Weisheit aus Computerdateien, bei Böll schwerbewaffnete Polizisten aufmarschieren lassen, um in seinem Haus flüchtige RAF-Genossen zu suchen. Wie schmerzhaft muss es für diese Bagage gewesen sein, als im Herbst des gleichen Jahres bekanntgegeben wurde, dass Heinrich Böll den Nobelpreis für Literatur bekommen würde.

Ein Lehrstück ist der Text im Rückblick noch aus zwei anderen Gründen. Böll schrieb in diesem Artikel über die Methoden von Springers *Bild*-Zeitung in ihrer Berichterstattung zur RAF: ›Das ist nicht mehr kryptofaschistisch, nicht mehr faschistoid, das ist nackter Faschismus. Verhetzung, Lüge, Dreck.‹

Erstaunlich, wie viel Klartext es 1972 im *Spiegel* zu lesen gab. Wenn sich ein Autor heute solch unverblümter Worte bedienen würde, wäre eine Publikation vermutlich gar nicht möglich. Enorm klarsichtig erwies sich Böll auch im Hinblick auf die in den kommenden Jahrzehnten anstehende juristische Aburteilung von RAF-Aktivisten in der BRD. So mutmaßte er bereits in diesem Text geradezu prophetisch, dass die RAF-Mitglieder länger und gnadenloser in deutschen Gefängnissen würden schmoren dürfen als verurteilte Spitzenschergen des NS-Regimes.

Endlich kam der Grenzschützer zurück und reichte mir wortlos den Reisepass. Unsere Blicke trafen sich kurz. Kalte Verachtung und tiefe Abscheu. Jeder wusste, was er vom anderen zu halten hatte. War doch immer schön, wenn alles geklärt war!

Der Zug zuckelt wieder weiter und ich grübelte mit Blick auf das niedersächsische Einerlei. Ja, die Haupttendenz in der Welt ist die Revolution! Das war klar und wurde gebetsmühlenartig wiederholt. Andererseits schien es mindestens gleichermaßen viele Belege dafür zu geben, dass die Haupttendenzen in der Welt Reaktion, Restauration und Imperialismus sind. Aber das klang eher defätistisch und wurde infolgedessen als Gegenwehr auf die eigentliche Haupttendenz (um)interpretiert. Genauso gut oder schlecht hätte man sagen können, die Haupttendenz in der Welt ist Desorientierung als Konsequenz aus der völligen Überforderung des Einzelnen vor der Komplexität der Moderne.

Aber war das etwas substanziell Neues? War der Verweis auf die Komplexität der Moderne als Ursache für die Überlastung des Individuums nicht auch bloß modisches pseudointellektuelles Gebrabbel? War nicht insbesondere der Mensch der Vormoderne alleine und ohne brauchbares Wissen über die Dinge, die ihn in der Welt umgaben: die Gewalten der Natur, die Ursache von Krankheiten, das Unerklärliche des Todes?

Wie immer es sich auch verhalten sollte, es gab und gibt scheinbar viele Gründe, Unsinn zu treiben und den eigenen Hirnbrei mit psychotropen Stoffen aller Art in einen Zustand momentaner Immunität vor Erkenntnisschock und Urangst zu versetzen.

Ohne besondere Vorkommnisse erreichte der Zug irgendwann Hannover Hauptbahnhof. Ich gönnte mir zur Überbrückung der Wartezeit auf meinen Weitertransport einen neuen Kaffee und ein paar Zigaretten. Nach einer knappen Stunde ging ich über den Ernst-August-Platz in die Kurt-Schuhmacher-Straße. An verabredeter Stelle warteten Kraschno und Georg schon im Wagen auf mich. Nach kurzer Begrüßung verließen wir die Innenstadt Hannovers Richtung Autobahn. Ich wurde darüber aufgeklärt, dass wir noch bei Günther vorbeifahren müssten. Kraschnos Opel sollte dort bleiben und wir würden mit einem reparierten Auto von Georg nach Bremen weiterfahren. Ich nahm das zurückhaltend zur Kenntnis, denn ich sah meine Verabredung in Bremen in Gefahr.

»Jungs, ihr wisst schon, dass ich ein paar Termine in Bremen hab, die ich einhalten muss? Ist schon okay bei Günther, aber die Zeit verläuft anders da.«

»Keine Sorge, Mark. Wir tauschen nur die Autos. Wir wollen auch zügig weiter«, versuchte mich Georg zu beruhigen.

Ich blickte dennoch stirnrunzelnd in das November-Einerlei der norddeutschen Tiefebene, das mir außerhalb des PKW präsentiert wurde, und sang mir in trüben Vorahnungen schwelgend stumm Franz Josef Degenhardts *Hier im Innern des Landes* vor.

16

Ein neuer Wald entsteht, der Fahnenwald der Hakenkreuzbanner reckt sich auf. Aus seiner Heimat, dem deutschen Wald, hat das deutsche Volk aufs Neue die Kraft gesogen, den Sturmlauf zur Sonne zu wagen.

Eingesprochener Text aus dem Film
Der Ewige Wald von 1936.

IM WALD, IM WALD, DA IST ES KALT

Nach dem Genuss von zwei weiteren Glimmstängeln, die ich in tiefer kontemplativer Versenkung verkonsumierte, hielten wir dann schließlich vor Günthers Scheune. Wie üblich standen eine ganze Menge Autos herum, die sich in unterschiedlichen Zuständen des Verfalls befanden. Georg und Kraschno stiegen aus und gingen schnurstracks in die Scheune. Ich brauchte ein wenig mehr Zeit, um mich von der Rückbank zu schälen, und wurde von Wotan und Thor, den beiden übergroßen Caniden des Grundstücks, mit Beschlag belegt. Es kostete sie keine besondere Mühe mir ihre Vorderpfoten auf die Schultern zu legen, um mich ihrer freundschaftlichen Gefühle zu vergewissern. Während ich noch mit den feuchten Liebesbekundungen beschäftigt war, nahm ich Opa Hermann im Augenwinkel wahr. Er näherte sich mir mit einem Gewehr im Anschlag. Er trug eine dunkelgrüne Jägerkluft und rief die Hunde an:

»Thor! Wotan! Stellt ihn! Fasst den Eindringling!«

›Dem Führer sei Dank‹, wie man hier gerne sagte, interessierten sich die Hunde nicht für Opa Hermanns Befehle, sondern sprangen schwanzwedelnd um mich herum und versuchten weiterhin mir unappetitlich im Gesicht herumzuschlecken.

»Nichts Eindringling. Ich bin es, Mark.«

»Mark. Mark? Mark ist kein deutscher Name. Wotan, fass!«

»Deutscher Name? Was soll der Quatsch, Opa Hermann? Ich bin es: Mark. Ich bin häufiger hier. Du kennst mich doch!«

»Mark? Nein, nein. Du willst ihn schänden, unseren Heiligen. Das weiß ich«, beharrte Opa Hermann.

»Nimm das Scheiß-Gewehr runter! Was soll der Mist, hä?«, versuchte ich ruhig, aber bestimmt zu intervenieren. »Und wen zum Teufel soll ich schänden, die Köter etwa?«

»Thor und Wotan kannst du nicht schänden, du Wurm!« Er war offensichtlich doch nicht völlig verkalkt. Das hatte er verstanden.

»Ihn willst du schänden! Ihn! Den Heiligen! Den Wald!«

»Den Wald? Ich will den Wald schänden? Opa Hermann, das ist doch …«

Im Oktober hatte eine Bremer Grüne Liste den Sprung in die Bürgerschaft geschafft. Diese Renegaten und Öko-Irren planten gleich im Januar folgenden Jahres, unter reger Mitwirkung von Ex-Genossen der KPD/AO und des KB Nord, eine Partei auf Bundesebene zu gründen, die sich möglicherweise Die Grünen nennen würde. Opa Hermann sollte unbedingt mitmachen. Der passt zu ihnen, dachte ich.
Opa Hermann hatte inzwischen den nahen Misthaufen erklommen und deklamierte lauthals, das Gewehr immer noch auf mich gerichtet:

»Ewiger Wald – Ewiges Volk!
Es lebt der Baum wie du und ich,
er strebt zum Raum wie du und ich.
Sein Stirb und Werde webt die Zeit,
Volk steht wie Wald in Ewigkeit.«

Thor, Wotan und ich schauten ihn verständnislos an.
Er schien auf zustimmenden Applaus oder ähnliches zu warten. Das Bruchstück hatte er aus dem Nazi-Film *Der ewige Wald* von 1936 offensichtlich noch in Erinnerung. Da nahte die Rettung in Form von Günthers Vater.

»Opa, komm da runter und geh ins Haus«, sagte er bestimmt in Richtung Misthaufen und an mich gewandt:

»Zigarette, Mark?« Er offerierte mir eine Overstolz, die ich dankbar annahm. Immer noch besser, als erschossen zu werden.

»Ist nur ne Attrappe. Ein Gewehr für die Kinner im Schützenverein, Mark. Brauchst keine Angst zu haben. Meinen Vater beruhigt das, wenn er meint, er hätte wie früher ein richtiges Gewehr.«

»Hhmm«, machte ich nur.

»Der Wald, der wird euch holen! Euch alle, weil ihr ihn nicht ehrt, weil ihr ihn nicht schützt!«, brüllte Opa Hermann vom Misthaufen absteigend und mit dem Spielzeuggewehr fuchtelnd. Die zweite oder dritte politische Karriere schien für Opa Hermann vorgezeichnet. Ich sah ihn schon im niedersächsischen Landtag für die Ökofritzen sitzen. Mindestens.

Günthers Vater ignorierte das ganze Theater vollkommen.
»Mein Namensvetter und Reichsjägermeister sagte schon ...«, kam noch von Opa Hermann, bevor er sich Richtung Hof trollte. Reichsjägermeister, was für ein geiler Titel, dachte ich. Sein Träger, Hermann Göring, war allerdings alles andere als ein cooler Typ gewesen. Reichsjägermeister wäre Opa Hermann vielleicht gerne selber gewesen. Vielleicht ist es ja für ihn noch nicht zu spät?
Wilhelm griff in das Innere seiner Jacke und zauberte einen voluminösen Flachmann heraus, der nach dem Öffnen den Geruch von Kräuterlikör verströmte.

»Hier, nimm erst mal das auf den Schreck!«
Ich griff ohne Zögern zu und nahm einen ordentlichen Schluck.

»Uuhh, Leberkleister! Oder sollte ich besser sagen Göring-Schnaps?«

»Du kennst dich ja verdächtig gut aus«, meinte Wilhelm ungerührt und nahm mir den Flachmann wieder ab.

»Na, Mark, haste die Landluft genossen?«, fragte Georg, der wieder aus der Scheune kam.

»Waldluft, Georg. Ich stehe neuerdings mehr auf Waldluft.«

»Frische Luft bekommst du gleich reichlich, Mark«, meinte Georg, ohne auf meine kleine Korrektur einzugehen.

»Wie? Müssen wir zu Fuß gehen?«

»Nee, nee, das nicht«, sagte Georg, während nun auch Kraschno und Günther aus der Scheune traten und gemeinsam auf einen olivgrünen, offenen Kübelwagen zugingen.

»Damit wollen wir jetzt aber nicht weiterfahren, oder? Es ist November, Jungs«, sagte ich, Ungemach ahnend.

»Geiles Teil, oder? Hat Günther mir das Wochenende über flott gemacht. Hab ich billig bei so einem Militaria-Typen geschossen«, meinte Georg.

»Ein VW Typ 181«, ergänzte Kraschno fachmännisch. »Wurde als Kurierwagen ursprünglich für die Bundeswehr produziert. Hat damals den DKW Munga ersetzt.«

»Ja. Toll. Deswegen ist aber immer noch November«, nörgelte ich.

»Komm, Mark, mach hier jetzt keinen auf Weichei. Es friert ja nicht mal. Und in gut zwanzig Minuten seid ihr in Bremen«, munterte Günther mich auf. »Der Wagen kommt gut im Gelände, besonders im Wald.«

»Ja. Im Wald. Im Wald ist immer wichtig, nicht? Der Wald ist ewig, ewiger Wald eben«, teilte ich mit.

»Hä? Ich glaube, dir bekommt die Luft in Berlin nicht, Mark. Ewiger Wald? Auf son Quatsch kommt man doch nur, wenn man immer inner Stadt ist«, bezog Günther Stellung.

»Ach, ja? Egal. Lass uns einfach losfahren. Ich werds schon überleben«, bekundete ich und holte meine Tasche resigniert aus Kraschnos Opel.

Bereits als Georg zu Otto Groschenbügel mutierte, hätte mir klar sein müssen, was mir gleich bevorstand. Er versah seinen Kopf mit einer Ledermütze, einer Original-Fliegerfunkkopfhaube der Luftwaffe der Wehrmacht, wie Günther betonte, und dazu passender Schutzbrille. Als Quax, der Bruchpilot, den Motor anließ, kauerte sich Kraschno hinten auf die Notbank und ich nahm auf dem Beifahrersitz Platz, auf dem die kältesten dreißig Minuten meines Lebens begannen, obwohl ich mich mittels meiner Kufiya in Lawrence von Arabien kurz vor dem entscheidenden Schlag gegen das Osmanische Reich verwandelt hatte.

Während wir, bevor es wieder auf die Autobahn ging, durch einen dichten Laubwald fuhren, kam mir wieder Opa Hermanns Wald-Ode in den Sinn. Irgendwie war dieses Wald-Ding seit den Tagen der alten Römer und Tacitus‘ Charakterisierung der Germanen nicht mehr aus den deutschnationalen Köpfen zu bekommen, obwohl es mit der deutschen und vordeutschen Realgeschichte so gut wie nichts zu tun hatte. Das war scheinbar ein unausrottbarer Topos. Darauf würden sich mit Sicherheit auch diese Neu-Deutschen von den Grünen stürzen. Klar, dass die Oberwalddeutschen vom Schlage Opa Hermanns in diese Kerbe schlugen und sich demonstrativ von den jüdisch-bolschewistischen Untermenschen, die unwürdig in der Steppe vegetierten, durch gesunden

deutschen Waldgeist abheben wollten. Trachteten sie nicht auch während ihrer tausendjährigen Herrschaft danach, die traditionelle Weihnachtskrippe mit dem Jesuskindchen unter dem nunmehr artgerechten deutschen Lichterbaum, der Jultanne, durch mit Moos ausgelegte Weihnachtsgärtlein, geschmückt mit Tieren des deutschen Waldes wie Rehe, Hasen, Füchse, Wildschweine und Eichhörnchen zu ersetzen?
Kurz vor einem zu frühen Ableben durch Hypothermie endete die halbe Stunde Volldurchkühlung und ich schälte mich steif und ungelenk aus dem Kübelwagen, um die wenigen Meter bis zu Bennys Haus mehr schlecht als recht stolpernd hinter mich zu bringen. Georg und Kraschno fuhren ohne mich weiter.

Der ursprüngliche Treffpunkt, unsere Stammkneipe im Stadtteil, war aufgegeben worden, unter anderem weil dort zu viele unerwünschte Mithörer zu erwarten gewesen wären. Also stand ich nun vor Bennys Haus und klingelte. Klaus öffnete mir die Tür und wir gingen die enge Holztreppe hoch zu Bennys kleinem Reich. Die Autobahnfahrt hatte mich stark mitgenommen, aber mein Lamento über diese Zitterpartie der besonderen Art schien hier niemanden sonderlich zu beeindrucken. Alle waren schon auf den morgigen Tag fixiert und hatten kein Ohr für das Schicksal eines fast Erfrorenen. Ansonsten bot sich dem Auge des Betrachters ein wüster Anblick. Obwohl das Dachfenster geöffnet war, hatte man Mühe, durch die verquarzte Luft zu schauen. Das war nun definitiv das genaue Gegenteil von frischer Waldluft. Trotz des blauen Dunstes roch es stark nach frischer Farbe. Hier war offensichtlich böse gebastelt und gewerkelt worden. Man hatte diverse Holzschilder hergestellt und beschriftet. In dieser kleinsten Werkhalle der Stadt standen zwischen fertig produzierten Schildern Unmengen leerer und halbvoller Bierflaschen.
Bennys Dachzimmer war zweifelsohne ein Raumwunder. Neben der Einrichtung und unzähligen Gerätschaften befanden sich fast zehn Personen in der kaum fünfzehn Quadratmeter großen Mansarde. Die Stimmung war prima, ich wurde, nachdem ich

das Jammern aufgegeben hatte, ausgelassen begrüßt und in die Vorfreude auf die morgige Aktion integriert. Lude LaFayette's Wolfsmond schepperte in den für den Raum komplett überdimensionierten Boxen mit *Das hat Spaß gemacht*.

Nach einem Begrüßungsbierchen, welches ich aus einem der drei zu zwei Drittel geleerten Bierkästen entnahm, bat ich Benny, Klaus und Torsten in das Erdgeschoss des Hauses. Im Fernseher dümpelte ein Freundschaftsspiel der Fußballnationalmannschaft gegen die Sowjetunion vor sich hin, was niemanden ernsthaft interessierte. Die Begeisterung für die Nation war nur schwach entwickelt und die Leistungen der Mannschaft waren alles andere als animierend. Die Qualifikation für die Europameisterschaft 1980 verlief schleppend und die Weltmeisterschaft letztes Jahr in Argentinien war allen noch in böser Erinnerung. Udo Jürgens sang *Buenos Dias Argentina* und die Nation sang fröhlich mit, während General Videla unsere Genossen zu Dutzenden über dem Südatlantik aus Militärhubschraubern schmeißen ließ, was noch eine vergleichsweise harmlose Art war, unter diesen faschistischen Mörderbanden zu Tode zu kommen. Den Offiziellen des DFB unter der Führung von Wehrmachtshauptmann Hermann Neuberger war dies selbstverständlich keinerlei Erwähnung oder gar Kritik wert. Im Gegenteil! Hermann Neuberger lud Hans-Ulrich Rudel, eine Ikone der Tötungsmaschinerie Wehrmacht und aktiver Nazi vor und vor allem nach 1945, in das Trainingslager der deutschen Nationalmannschaft ein, und als einige wenige es wagten, daran Kritik zu üben, äußerte der saubere Herr Neuberger, dass dies einer Beleidigung aller deutschen Soldaten gleichkäme. Da war es nur konsequent, dass er als Organisationschef der WM 1978 die Spieler des Vizeweltmeisters Niederlande rügte, weil sie dem Diktator Videla und den Mitgliedern der Militärjunta den Handschlag verweigert hatten. Für den DFB endete diese Weltmeisterschaft bekanntlich mit der legendären Schmach von Córdoba.
Wir ließen also unsere Rumpelkicker in Tiflis unbesehen über das Spielfeld stolpern und gingen in die kleine Küche nebenan, um

den schon vor längerer Zeit erstellten Plan für den morgigen Tag noch einmal im Detail durchzusprechen. Kaum, dass wir angefangen hatten, bekamen wir unerwartet Besuch.

»Na, ihr Bagaluten! Da kann ja wiedermal nix Gutes bei rauskommen, wenn ihr mit meinem Benny zusammensteht. Nicht, Klaus und Mark?«, platzte Bennys Mutter herein. »Glaubt ja nicht, ich wüsste nicht Bescheid«, fügte sie vielsagend hinzu.

Klaus und ich setzten eine Unschuldsmine auf.

»Wie, Bescheid? Was meinste denn?«, fragte Klaus.

»Ich bin nicht blöd, Jungs. Ich weiß genau, was morgen los ist. Und ihr seid es, die meinen Benny immer wieder in diese kriminellen Machenschaften reinziehen.«

»Kriminelle Machenschaften ..., wir? Das glaubst du doch nicht wirklich, oder?«, tat ich empört kund.

»Mark, hör auf! Ich hab den Brief vom Gericht gelesen.«

»Benny, kannst du nicht besser auf deine Post aufpassen«, sagte Klaus nach einer Schrecksekunde leicht angefressen.

Benny sagte gar nichts, Torsten machte ein betroffenes Gesicht und ich hielt jetzt auch besser die Klappe.

»Naja, Jungs. Auf jeden Fall braucht ihr erst mal ne Stärkung«, meinte Bennys Mutter in einem versöhnlichen Tonfall, ging zum Küchenschrank und entnahm ihm fünf Schnapsgläser, die anschließend mit Weizenkorn aus dem Eisfach des Kühlschranks von ihr gefüllt wurden. ›Männlich, markant, dreifachgebrannt‹, versprach die Werbung, was Bennys Mutter nicht davon abhielt (oder gerade motivierte) diesem Getränk verstärkt zuzusprechen.

»Prost!«

»Prost!«

Nachdem die Gläser geleert waren, wollte ich noch etwas zu unserer Verteidigung vorbringen, aber dazu kam ich nicht.

»Auf einem Bein kann man nicht stehen, nicht Jungens«, stellte Bennys Mutter fest und schenkte noch einmal nach.

»Prost!«

»Prost!«

»Und ich will nur mal klarstellen, dass ...«, hub ich an.

»Ich will nichts hören von euren Ausreden, Mark. Gar nichts! Bringt das morgen anständig hinter euch. Und bringt mir Benny zurück«, diktierte Bennys Mutter Klaus und mir ins Protokoll. Torsten tat erfolgreich so, als ginge ihn das alles nichts an.

»Und Benny, du ziehst dir morgen eine frische Unterbüxe und saubere Socken an, klar? Ich will nicht, dass du mir ne Schande machst, wenn sie dich ins Zuchthaus stecken!«

»Ja, Mama, mache ich«, stöhnte Benny in der Art ›Du hast Recht und ich meine Ruhe‹.

Klaus guckte finster. Ich rieb mir etwas angestrengt die Stirn und kratzte mich an der Wange.

»Weißt du, das Zuchthaus ist sowohl als Institution als auch als Begriff ...«

»Halt mir keinen von deinen schlauen Vorträgen, Mark. Trink mit!«, sagte Bennys Mutter bestimmt, während sie die fünf Gläser schon wieder aufgefüllt hatte und mir eines davon unter die Nase hielt.

»Prost!«

»Prost!«

Hier war nichts mehr zu gewinnen. Ich sann über Rückzug nach.

»Die Macht des Wortes ertrinkt gelegentlich im Fluss des Weines«, kommentierte ich philosophisch.

Mutter Benny, Benny, Klaus und Torsten schauten mich an, als ob ich gerade von einem weitgehend unbekannten Planeten vom äußersten Rand unseres Sonnensystems am Bremer Stadtrand gelandet oder aus dem Ewigen Wald der norddeutschen Tiefebene in diese kleine überheizte Küche gekrochen wäre.

»Trotzdem, danke, Mutter Benny. Und keine Angst, wir schaukeln die Sache schon«, fügte ich an und ging in den Flur, um mir über das Telefon ein Taxi zu meiner Schlafstätte zu bestellen, die ich mir im Voraus organisiert hatte, um nicht womöglich eine Nacht bei meinen Eltern verbringen zu müssen.

Während das Taxi durch die dunklen Straßen rollte, kam mir eine verwegene Idee: Warum sollte ich auf Schützenhilfe von Genosse Zufall warten? Ich könnte doch selbst aktiv werden und einfach in der WG meiner neuen Liebe aufschlagen. Irgendein Vorwand würde mir schon einfallen. Ich wollte sie unbedingt sehen, ich musste sie unbedingt sehen.

Und zugleich meldete sich der Zweifler in mir: Was, wenn sie gar nicht zu Hause ist? Was, wenn ich nur peinlich rumstottere? Dann fiel mir das Unken von Bennys Mutter ein. Ich ging absolut nicht davon aus, dass die Gefahr bestand, morgen nicht mehr frei herumlaufen zu können. Aber konnte ich mir da völlig sicher sein? Und dann? Alles scheiße!

»Entschuldigung, aber ich muss mein Fahrtziel ändern. Bringen Sie mich bitte zur Sielwall-Kreuzung«, sagte ich kurzentschlossen zum Taxifahrer. Alle Ängste und Bedenken waren verflogen. Ich wollte es wagen!

Als ich kurz darauf am entsprechenden Türschild klingelte, summte der Türöffner und gewährte mir Einlass. Ich hatte drei Stockwerke vor mir. Mein Herz schlug wie verrückt. Ich musste komplett wahnsinnig geworden sein. Oben angelangt, stand die Wohnungstür schon offen, so dass mir ein weiterer Überwindungsakt erspart blieb. Ich trat ein.

Space Oddity von David Bowie schallte mir aus der warmen Wohnung entgegen. Sie war großer Bowie-Fan. Bowie lief bei ihr rauf und runter.

»Hallo, jemand da?«, rief ich in die große Altbauwohnung hinein.

»Bin in der Küche«, antwortete eine Stimme aus dem Inneren. Ich war nicht zum ersten Mal hier und steuerte die WG-Küche an. An der Küchentür blieb ich stehen. Da saß sie mit dem Rücken zu mir in einem weißen Nicki. Ihre blonden Haare fielen über den Kragenrand. Mann, war ich verknallt.

»Hi, ich bins, Mark. Komme gerade aus Berlin und wollte …« Ja, was wollte ich eigentlich? Beziehungsweise was konnte ich ihr sagen, was ich wollte.

»Ja, Mark, was wolltest du?«, sagte sie und drehte sich zu mir um. Das machte die Beantwortung der Frage nicht gerade leichter. Puh, was wollte ich? Ich wusste natürlich schon, was ich wollte. Ich wollte in dieses Gesicht sehen. Lange. Und nicht nur das.

»Äh, ich wollte eigentlich zu Lisa«, log ich.

»Lisa ist nicht da. Sie besucht ihren Bruder in Berlin. Da bist du sozusagen in der falschen Stadt.«

»In der falschen Stadt!? Naja, nicht so schlimm. Eigentlich bin ich schon in der richtigen Stadt. Äh, ich meine, dass ich schon, eigentlich, nach Bremen wollte. Also, ich hab mich nicht verfahren.«
Sie lachte.

»Ach so. Du hast dich also nicht verfahren? Du wirkst aber schon ein bisschen so.«
Sie lachte wieder.

»Komm, Mark, setz dich! Willste auch einen Schluck Rotwein?«

»Setzen? Rotwein? Äh, ja. Ja, gerne.«

»Du bist so anders, Mark. Berlin scheint dir gutzutun. Du bist nicht mehr ganz so oberarschlochhaft wie früher.«

»Oberarschlochhaft?«

»Ja! Immer wissen, was richtig ist. Ohne jeden Zweifel. Fürchterlich!«

»Ich? Ist mir gar nicht aufgefallen.«

»Na, das glaube ich dir sofort.«
Ich nahm erst einmal einen Schluck Rotwein.

Drei lange, unendlich schöne Stunden verbrachte ich mit ihr am Küchentisch. Am Ende des Abends lud ich sie verbindlich unverbindlich zu mir nach Westberlin ein und verflüchtigte mich unter Nichtwahrnehmung der äußeren Umstände in mein Nachtquartier. Voll von ihr, voll von Liebe zu ihr, schloss es mir die Augen.

(Und ganz egal, was ich auch immer schreibe, ich schreibe eigentlich nur wegen ihr.)

17

Das wirkliche Verbrechen
beginnt immer erst mit
der Gerichtsverhandlung.

Karl Kraus (1874-1936)

VOR GERICHT

Es war ein wunderschöner Morgen und ich erwachte ungewöhnlich frisch und ausgeschlafen. Doch schon beim Rasieren gleich früh um sieben beschlich mich vor dem Badezimmerspiegel eine dumpfe Nervosität. Ich schaute noch einmal auf die Vorladung zur Verhandlung beim Amtsgericht Bremen, das sich ab neun Uhr mit mir und meinen beiden Freunden Benny und Klaus wegen einiger Verstöße gegen das Strafgesetzbuch beschäftigen wollte. Die Justiz schlägt bekanntlich so lange ins Wasser, bis sie in den Wellen ertrinkt, sagte ich mir, nur wollte mir das heute keinen rechten Mut machen.

Jahrelang schon geierte die Justiz danach, unsereinem irgendetwas ans Bein binden zu können. Es hagelte Ermittlungsverfahren wie Schneebälle auf einem Schulhof nach dem ersten Neuschnee. Nur dass sie nicht trafen. Die Konstrukte der Ermittlungsbehörden waren allzu dünn, häufig vielleicht plausibel, aber nicht wirklich beweisbar. Genauso regelmäßig wie die Schreiben über die Eröffnung eines Ermittlungsverfahrens, versehen mit der Aufforderung zu den Anschuldigungen Stellung zu nehmen (diese Termine ließen wir natürlich immer unbesucht verstreichen), im Briefkasten landeten, genauso oft wurde einem kurz und knapp die Einstellung des Verfahrens mitgeteilt. Wobei dazwischen oft ein, zwei oder auch mehrere Jahre vergehen konnten. Deswegen allerdings anzunehmen, dass man es lediglich mit einer Bande reaktionärer Volltrottel zu tun hatte, wäre ein fataler Irrtum gewesen. Es gehörte zu der nur auf den ersten Blick absurden Handlungsweise der tätigen Klassenjustiz, Angehörige der revolutionären Linken einerseits mit Ermittlungen zu Tatvorwürfen zu überziehen, die sie offensichtlich nicht begangen hatten, andererseits Ermittlungsverfahren zu Taten nicht zu Anklageerhebungen führen zu lassen, deren Begehung nicht zu leugnen gewesen wäre. Das zeugte mitnichten ausschließlich von einem Übermaß an handwerklichen Fehlern oder Dilettantismus, wie einige in oberflächlicher Betrachtung frohlockten, obwohl diese bei den gewissensfreien Pflichterfüllern in der Justiz und ihren Hilfstruppen sehr wohl an der Tagesordnung

waren. Nein, diese Art des Umgangs mit der (Nicht-) Rechtsfindung war Teil einer Systematik im politischen Kampf der Herrschenden gegen den unbotmäßigen Teil ihrer Untertanen. Das Motiv der Strafe und Sühne war Programm für Fensterreden zum Thema Rechtspflege für die Gläubigen im Volke. In Wahrheit ging es bei dieser Umkehrung von Opportunität und Plausibilität um eine wohlbekannte Doppelstrategie zur Vernichtung des Feindes. Zum einen demonstrierte man den Insurgenten die grenzenlose Macht des Apparates: Wir verurteilen dich, wann wir wollen, zu was wir wollen, ohne jede Rücksichtnahme auf Tatbestände! Du bist ein Wurm, der unserer Willkür ausgeliefert ist! Es war daher bewusstes Kalkül, Offensichtliches nicht anzuklagen, dafür aber Konstruiertes auf die Bühne zu zerren. Dieses hatte für die Protagonisten der Klassenjustiz den Vorteil, die Angeklagten in ganz anderer Weise unter Zugzwang zu setzen. Unter bewusster Verletzung des Gerechtigkeitsempfindens der Beschuldigten bestand für sie die Hoffnung, dass die Provokation der Anklage und des Prozesses zu unerwarteten Einlassungen und Aussagen, bestenfalls zu ungewollten Verstrickungen oder Entsolidarisierungen führen konnte. Gleichzeitig behielten die Parageheimdienste des Staates die tatsächlich oder wahrscheinlich begangenen Rechtsverstöße als Material für Erpressungen und Bedrohungen aller Art in der Hinterhand. Das hatte für sie viele nützlich-praktische Aspekte.
Zum anderen ging es immer auch um die Vernichtung der Identität und Integrität der Gegner des Systems. Mit der Verurteilung für eine revolutionär-politische Tat konnte diese Sorte von Angeklagten in ihrem Selbstverständnis gut leben und die auferlegten Sanktionen waren für sie Teil einer, in gewisser Hinsicht normalen, Interaktion zwischen ihnen und dem Feind. Diese Art von Genugtuung war natürlich nicht im Sinne der Herrschenden und damit weniger willkommen, als es auf den ersten Blick schien.
Was nun uns anging, so operierten wir aus Prinzip immer sehr vorsichtig und versuchten, aus einer guten Deckung zu kommen und hielten es, im Gegensatz zu anderen Linken, nicht für eine Art Prädikatsexamen, möglichst oft verurteilt worden zu sein oder

Zeiten im Knast verbracht zu haben. Opfermentalität war so gar nicht unser Ding. Auch der in linksradikalen Kreisen damals gerne gebrauchten Formulierung ›Es gibt keinen Unterschied zwischen drinnen und draußen!‹ mochten wir uns nicht wirklich anschließen. Zumindest nicht unter praktischen Erwägungen. Wir waren lieber draußen als drinnen!

Nun sollte es zwei Freunden und mir also endlich an den Kragen gehen. Das besonders Tückische an der Angelegenheit war, dass es sich bei diesem Prozess keineswegs um einen politischen Prozess handelte und das in Frage stehende Delikt nicht ohne weiteres als eine politische Straftat bezeichnet werden konnte. Der Kern des Vorwurfes bezog sich auf § 242 Strafgesetzbuch, also auf simplen Diebstahl. Als Marxisten konnten wir uns der verkürzten These von Pierre-Joseph Proudhon, dass Eigentum Diebstahl sei, zwar ohnehin nur bedingt anschließen, aber unter populistischen Gesichtspunkten klang das doch immer gut.
Bei Angeklagten aus unserer Ecke gab es immer noch als übliche Beigabe die §§ 185 und 113 StGB obendrauf, was in der Regel die Beleidigung der Bullen meinte und den Widerstand gegen Vollstreckungsbeamte. Diese beiden Tatvorwürfe gab es, egal um was es ging und wie die Anklage lautete, immer gratis dazu, so wie die Rabattmarken für das Rabattmarkenheftchen beim Lebensmitteleinkauf.
Die ganze Sache hatte schon etwas Beunruhigendes. Wir waren seit vielen Jahren aus jeder Aktion, aus jeder Straßenschlacht, aus jeder noch so beschissenen Situation immer irgendwie halbwegs ungeschoren herausgekommen und nun sollte uns ein simpler Diebstahl, der zudem niemals stattgefunden hatte, zu Fall bringen?
Was war passiert?

Klaus, Benny und ich hatten an einem Tag im letzten Frühherbst abends am Bremer Stadtrand in einer Kneipe gesessen, gequatscht und Bier getrunken. Im Laden herrschte Totentanz und daher stellte der Wirt früh die Stühle auf den Tisch. Wir zahlten und gingen quer über eine große Kreuzung zu einem anderen

Schuppen, der immer sehr viel länger geöffnet hatte und bei dem wir schon etliche Male eingekehrt waren. Er war zu Recht nicht gut beleumundet, denn hier trafen sich nicht die braven Bürger. Es brannte noch Licht, aber die Eingangstür war schon verschlossen. Also versuchten wir, auf uns aufmerksam zu machen, aber der Wirt, ein Italiener, der mit diesem Laden tagsüber noch ein Eiscafé betrieb, hatte wohl einen üblen Tag erwischt und bekam einen halben Tobsuchtsanfall ob unseres Ansinnens und ließ uns nicht rein. So weit, so schlecht. Es mag vielleicht auch das ein oder andere böse Wort gefallen sein, jedenfalls trollten wir uns durch die verwaisten Stuhlreihen des Eiscafés zum benachbarten Taxistand und ließen uns einen Kilometer weiter in einen richtigen Ganovenschuppen fahren, der sicher noch aufhaben würde, der aber von uns wegen seines Publikums eher gemieden wurde. Hier saß wirklich niemand drin, der nicht wenigstens fünf Jahre im Bau gesessen und sich mindestens die Vorhaut hatte tätowieren lassen. Aber Durst ist bekanntlich schlimmer als Heimweh und so traten wir ein. Alle Blicke waren sofort auf uns gerichtet. Aber nicht lange fackeln, an die Bar setzen und was bestellen. Der Zapfer war pikanterweise die einzige Person im Raum, von uns Chorbrüdern einmal abgesehen, der noch nicht wegen einer respektablen Straftat verurteilt worden war, aber immerhin schon einmal einen Menschen erstochen hatte, damals an der Berliner Freiheit (sogar einen aus einer Rockertruppe), dann aber freigesprochen wurde, weil völlig klar war, das er aus purer Notwehr gehandelt hatte. Völlig friedlich tranken wir unser Bier, als plötzlich die Tür aufgerissen wurde und ein Trupp Zivilbullen den Laden stürmte. Dass es Zivis waren, wusste jeder sofort, hier saßen nur Experten. Sie fragten in die Runde, wer zuletzt den Laden betreten hatte. 350 Jahre Knast schwiegen. Wir auch. Dann wandten sie sich an den Zapfer und er deutete auf uns. Zu seinem Erstaunen, zu unserem Erstaunen, zum Erstaunen der anderen Gäste standen wir im Fokus des Interesses der Staatsmacht. Sie fragten uns:

»Haben Sie als letzte Personen das Lokal betreten?«

»Das geht euch einen Scheißdreck an!«, war meine Antwort.

»Los, aufstehen und mitkommen«, wurde ich angeherrscht.

»Nicht, bevor ich mein Bier ausgetrunken habe«, war das letzte, was ich sagen konnte. Ich wurde von mehreren Staatsbütteln von hinten hochgerissen, gepackt, noch in der Kneipe in Handschellen gelegt und aus dem Laden gezerrt.

Draußen: Großer Bahnhof! Sie waren mit einem mittelgroßen Fuhrpark erschienen, verstauten uns getrennt auf den Rückbänken ihrer Fahrzeuge (kurz kamen mir Zweifel, ob es sich wirklich um reguläre Truppen handelte) und fuhren uns unter grober Vernachlässigung der geltenden Geschwindigkeitsbegrenzung in das nächste Polizeirevier. Dieses weckte in uns nicht die besten Erinnerungen. Es gehörte zum guten Ton des Hauses, dass man auf dem Weg in die Arrestzellen, die sich im Keller des Gebäudes befanden, immer irgendwie unglücklich ins Fallen geriet, stürzte und sich dabei ganz dumme Verletzungen zuzog. So gut wie jeder in der Gegend kannte diese legendäre Treppe, dieses Oraculum des Treppenbaus, das den Bösen erkannte und ihn fallen ließ, den Guten aber, den es vermutlich an der Uniform identifizierte, verschonte. Diesem Orakel wurden alle Unbill der Arretierten in die Schuhe geschoben. Obgleich man natürlich auch woanders von den Bullen zusammengeschlagen und malträtiert werden konnte, was allerdings nicht ausschloss, dass man vor dem Wegsperren in eine Zelle, als vorläufiger Höhepunkt der Gastfreundschaft des Hauses, die Kellertreppe hinuntergeworfen wurde.

An diesem Tag geschah nichts dergleichen. Nachdem die Zivis uns die Handschellen wieder abgenommen hatten, wurden wir am Eingang abgeliefert und von der Trachtentruppe in Empfang genommen. Es herrschte die übliche gereizte Atmosphäre, ganz nüchtern waren wir auch nicht mehr, aber wir wurden offenbar als normale Kundschaft behandelt, gewöhnliche Kriminelle, die beschuldigt wurden, Stühle, einen Stuhl oder Teile eines Stuhles, so ganz klar waren die Ausführungen des Wachdienstleiters da nicht, von der Bestuhlung des Eiscafés gestohlen zu haben. § 242 StGB. Da die Zivis uns ohne Stuhl angeliefert hatten, wurde über Funk eine Polizeistreife angewiesen, zum Tatort zu fahren, um die entwendeten

Stühle als Beweismaterial sicherzustellen. Dieses paradoxe Geschehen, Polizisten durch die Stadt zu schicken, um vermeintliches Diebesgut just an der Stelle zu suchen, von der es entwendet worden sein sollte, wurde von uns mit beißendem Spott begleitet. Zu unserer Überraschung bekamen wir dafür nicht gleich etwas auf die Fresse, flogen noch nicht einmal aus dem Wachraum. Diese ganze Sache verursachte bei mir immer mehr Stirnrunzeln. Was ging hier ab? Was sollte der Unsinn? Der Klamauk wurde weiter betrieben und wir durften Zeugen des nächtlichen Funkverkehrs zwischen dem Wachleiter und seinen tapferen Mannen werden.

Wachleiter: »Roland 24! Beim Eiscafé Venezia wurden Stühle entwendet. Stellen Sie die mal sicher und verbringen Sie diese als Beweismittel zur Wache. Die Kollegen von der Kripo haben uns die Tatverdächtigen schon gebracht. Sitzen hier. Ende.«

Roland 24: »Sind in der Nähe, fahren gleich hin. Ende.«

Wachleiter: »Danke! Ende.«

Wenig später:

Roland 24: »Sind jetzt da. Wo sind denn die Stühle? Ende.«

Wachleiter: »Woher soll ich das wissen? Die wurden entwendet, müssen da irgendwo sein. Ende.«

Roland 24: »Hier sind viele Stühle, also so Eiscaféstühle so wie Gartenstühle, die stehen hier normal rum. Sind die das? Ende.«

Wachleiter: »Sind die entwendet worden? Ende.«

Roland 24: »Weiß ich nicht, stehen hier rum, irgendwie normal, also entwendet sehen die nicht aus. Ende.«

Wachleiter: »Dann sind das die falschen Stühle, wir brauchen die entwendeten Stühle. Sucht mal das Umfeld ab, die liegen da bestimmt irgendwo. Ende.«

Kleine Pause.

Roland 24: »Also ehrlich, ich kann hier keine weiteren Stühle finden, also keine entwendeten. Sieht alles korrekt aus. Ende.«

Wachleiter: »Das Venezia ist doch da an der Endstation der Eins, ist da nichts? Ende.«

Roland 24: »Nein, nur die Gleise vom Wendekreis. Ende.«

Wachleiter: »Wendekreis? Die haben die Stühle bestimmt da reingeschmissen. Da müsst ihr suchen. Ende.«

Roland 24: »Aber da sind lauter Büsche und so, da können wir auch mit den Taschenlampen nichts sehen. Ende.«

Wachleiter (nun etwas ungeduldig): »Mensch, Schulze, dann müsst ihr eben da rein, Mann! Dann findet ihr die schon. Ende.«

Roland 24: »Muss das denn sein, die Büsche stehen ganz dicht. Wir können doch ein paar von den anderen Stühlen nehmen und mitbringen. Das ist doch egal, die sehen doch alle gleich aus, merkt doch keiner. Ende.«

Wachleiter (mit aller Strenge seines Dienstpostens in der Stimme): »Rein da jetzt und Stühle gesucht! Ende.«
Kleine Pause.

Roland 24: »Hier ist nichts. Die Büsche haben so fiese Dornen, ich hab mich schon ganz dolle gestochen. Ende.«

Wachleiter: »Wozu habt ihr Handschuhe? Ende.«

Roland 24: »Die liegen im Roland. Ende.«
Gerade als ich mir ernsthaft Sorgen um die gesundheitliche Verfassung des Wachleiters zu machen begann, denn sein Kopf war inzwischen tiefrot angelaufen, wandte er sich erstaunlich freundlich an uns und sagte:

»Na, gehen Sie mal nach Hause. Ihre Personalien haben wir ja. Sie hören dann von uns.«
Er drehte sich ab und dann schrie er ins Mikrofon: »Schulze, Mann, ich will die verdammten Stühle! Ende.«
Wir schauten uns verwundert an, als wir draußen vor der Wache standen. Was war das für eine Nummer gewesen? Und noch nie, wirklich noch nie, hatten wir diesen Laden ohne Blessuren verlassen. Auf dem langen Weg nach Hause machte ich mir so meine Gedanken. Das würde bestimmt noch irgendein blödes Nachspiel geben, deuchte es mir.

Und nun sollte dieses blöde Nachspiel stattfinden. Die deutsche Justiz war bekanntlich zu großer Skurrilität fähig und die Bremer nicht minder (ausführlicher in *Mark Müller: Something is rotten in the state. Possen und Grotesken der Bremer Justiz. Oldenburg 1982*). Nur, sonderlich tröstlich war das nicht. Unsere Anwälte waren mäßig begeistert ob der Angelegenheit, denn ihre Domäne war, deshalb waren sie ja auch unsere Anwälte, der politische Strafprozess, als der sich dieser nun wahrlich nicht ausmachen ließ, und sie hielten die ganze Sache zunächst, im Stadium des Ermittlungsverfahrens, für einen spätpubertären Fauxpas unsererseits und die Eröffnung einer Hauptverhandlung, wenn schon nicht für völlig ausgeschlossen, so doch für extrem unwahrscheinlich. Leichte Beunruhigung zeigten sie erst, als die Sache nun doch terminiert worden war und sich dabei herausstellte, dass der schlimmste Scharfrichter der Bremer Justiz, Pierre Tapie, den Vorsitz führen sollte. Vielen galt er schlicht als Faschist. Mit dieser Klassifizierung war man damals schnell bei der Hand: Alles Mögliche und Unmögliche war faschistoid, jeder Staatstrottel war gleich ein Faschist. Das war eine Waffe in der politischen Auseinandersetzung, aber in Wahrheit natürlich eine etwas stumpfsinnige Vereinfachung der Dinge. Auch bei Pierre Tapie.

Pierre Tapie, Sohn Berliner Hugenotten, wie es hieß, war Richter am Amtsgericht Bremen und eine wahre Verurteilungsmaschine, desinteressiert an Tatbeständen, der Wahrheit, rechtsstaatlichen Normen, Rechten der Angeklagten und der Verteidigung, ein Fan härtester und höchster Strafen, auch für Klein- und Kleinstdelikte. Tapie hatte immer nur ein Ziel: Verurteilen, verurteilen, verurteilen! Viel, hart, oft! Genau deshalb war er in unseren Kreisen und weit darüber hinaus genauso bekannt wie verhasst. Die Reaktion liebte ihn, die Springer-Presse lobte ihn und die pseudo-liberale Bremer Justiz hatte in ihm den geeigneten Popanz gefunden. Sie konnte die Terrorurteile ihrer Klassenjustiz hageln lassen, ohne sich selbst die Hände schmutzig machen und sich mit dem ganzen Unrat besudeln zu müssen. Dabei hütete Tapie sich, in den Prozessen und seinen Urteilen irgendwelche politischen Aussagen zu machen. Er war ein unabhängiger Richter, der nur dem Gesetz folgte. In Wahrheit war er allerdings ein finsterer Kommunistenfresser, der schon nach dem KPD-Verbot 1956 seine Schandurteile gefällt hatte. Er war sich auch nicht zu schade, das

Abhandenkommen einer Schachtel Zigaretten oder einer Flasche Schnaps in einem Supermarkt mit längeren Gefängnisstrafen zu belegen. Er war ein mieser Lump der übelsten Sorte, eine Charakterbaracke ohne jede Menschlichkeit und ohne jedes Maß. Aber ein Faschist, wie die vielen nationalsozialistischen Verbrecher, die damals noch die bundesdeutsche Justiz zierten, war er nicht. Nicht nur, weil er ein bisschen zu jung dafür war. Vermutlich war er in der HJ gewesen, hatte dort aber wahrscheinlich auch kein leichtes Leben gehabt. Wie anzunehmen ist, wurde er schon ob seines Namens gehänselt, auch wenn er sich damals bestimmt Peter Tapie nennen ließ, war er mit Sicherheit ehedem schon zu dumm und zu dick gewesen, ein einfaches Klettergerüst zu bezwingen, und das kam in der HJ nicht gut an. Er war schlicht der Prototyp eines reaktionären Schweins. Und eine dunkle Wolke am Horizont.

Es schien wirklich ein prächtiger Novembertag zu werden. Der Frühnebel lichtete sich und die Sonne stieg rot am Horizont auf, als ich vom Ostertorsteinweg rechts in die Wallanlagen abbog, um meine Mitangeklagten und ein paar Freunde zu treffen. Kraschno hatte mich mit einem Mietwagen abgeholt, den er seit heute fuhr, und Höhe Mozartstraße wieder abgesetzt. Er wollte aber nicht zum Prozess mitkommen, denn er hielt unsere diesbezüglichen Planungen für eine Form von gesteigerter Hebephrenie, wie er sich ungewöhnlich medizinisch ausdrückte, an der er sich nicht beteiligen wollte.
Alle waren schon im Schutze der hohen Bäume und des dichten Strauchwerks, von außen unsichtbar, versammelt. Neben Benny und Klaus, die auch ein wenig nervös wirkten, noch ein gutes Dutzend Genossen, Freunde und Bekannte. Sie würden sich als Zuschauer im Gerichtssaal einfinden und waren Teil einer kleinen Überraschung, die wir für die Justiz vorbereitet hatten, was auch der Grund war, warum wir die Deckung der Grünanlage suchten. Die Bullen sollten uns nicht vorzeitig entdecken und uns womöglich einen Strich durch unsere Planungen machen. Wir drei Beschuldigten machten uns bald auf den Weg unsere

Anwälte zu treffen, mit denen wir in der Buchtstraße verabredet waren. Dabei umkreisten wir das Gericht und stellten zufrieden fest, dass die von uns vertraulich informierte Presse, ein bekannter Lokalreporter und ein Photograph des *Weser Kurier*, bereits vor dem Gericht Posten bezogen hatte. Wir grüßten unauffällig. Der gesamte Justiz- und Staatsapparat hatte keinerlei Veranlassung zur Beunruhigung. Heute standen im örtlichen Gericht keine brisanten Prozesse an, nur die üblichen Verfahren. Die Anwälte waren schon am Treffpunkt, wir schüttelten die Hände, zogen zum Gericht. Dort angekommen, begaben wir uns durch das große Treppenhaus in den zweiten Stock und wurden zehn Minuten vor Prozessbeginn von einem Justizbediensteten in den Gerichtssaal gelassen, der noch völlig leer war. Die Prozessstrategie war längst im Vorfeld festgelegt worden, so gab es eigentlich nichts zu besprechen und es blieb genügend Zeit, nun auch unsere Anwälte über die kleine Überraschungsaktion zu informieren. Sie zeigten sich erwartungsgemäß weniger begeistert. Die beiden älteren Anwälte kommentierten das Gehörte mit vollpubertärer Sponti-Mist. Sie hatten für Clownerien dieser Art vor Gericht nur wenig Verständnis, da es in den meisten ihrer anderen Fälle um knallharte Kollisionen mit dem Staat und ihren Justizbütteln ging, existenzielle Auseinandersetzung für die Angeklagten, aber auch für ihre Verteidiger. Jedes Verfahren gegen militante Linke wurde gleich von der Einheitspresse zum Terroristenprozess hochstilisiert. Der jüngere Verteidiger meinte nur, das könne ja amüsant werden.

Inzwischen hatte sich die muntere Schar von Prozessbeobachtern auf den nur wenige hundert Meter langen Weg in den Wallanlagen zum Eingang des Gerichtsgebäudes gemacht. Sie trugen ein Transparent vorne weg und mehrere Holzschilder mit sich, auf denen sie diverse Forderungen oder Kommentare geschrieben hatten. Schnell hatten sie den Weg zurückgelegt und gaben dem Photographen des *Weser Kurier* die Gelegenheit, die abgesprochenen Aufnahmen zu schießen: Keine einzelnen Portraits der Teilnehmer, sondern Gruppenfotos, auf denen das Transparent und die Texte der Holzschilder

zu sehen sein sollten. Das Transparent, ein ausrangiertes Bettlaken, zierte die Aufschrift ›Höchststrafe für Stuhldiebe‹. Es wurde von Heike und Bea stolz präsentiert. Die anderen zeigten Holzschilder in die Kamera. Rolf hielt ›Heute Stühle, morgen Banken‹ in die Höhe, Heino feuerte den Richter mit ›Sperr sie weg, Tapie‹ an. Die Gruppe skandierte bei der Fotosession ›Kein Mitleid, keine Gnade: Höchststrafe‹, was sich nicht wirklich, aber doch ein wenig reimte, und Mike schwenkte die entsprechende Holztafel dazu im Takt. ›Stuhlbeine sind kein Pappenstiel‹ wurde von Torsten getragen und Meier-Deutschland hatte sich mit einem Schild bestückt, das er, mangels Vorbereitungszeit, von einer anderen Aktion recycelt hatte und auf dem ›Irgendetwas stimmt hier nicht‹ geschrieben stand, wobei es verkehrt herum an der Holzstange angenagelt worden war. Ole wartete mit ›Stuhldiebe sind Volksschädlinge‹ auf. Dann gab es noch meine persönlichen Podiumsplätze. Mario war mit ›Stühle haben keine Beine‹ angetreten, Jürgen hielt ›Das ist Stuhlgang‹ in die spätherbstliche Sonne und das Schild, welches Marlene zum Besten gab, zeigte den Spruch ›Wo man es weiß, Rübe ab‹, der mich meine gesamte Kindheit und Jugend verfolgt hatte und für mich das ganze stumpfe ideologische Programm der Eltern- und Großelterngeneration zusammenfasste.
Torsten, der bei diesem kleinen Coup die Orchestrierung übernommen hatte, gab dem *Weser Kurier* ein kurzes Interview, bei dem er die Intentionen des Grüppchens deutlich machte: »Es kann nicht angehen, dass gewissenlose Kriminelle, die ohne jede Bedenken Stühle stehlen, frei in unserer Stadt herumlaufen! Tapie muss die Höchststrafe von fünf Jahren verhängen und zusehen, was er diesen Banditen noch alles anhängen kann. Jedenfalls müssen sie für lange Zeit weggesperrt bleiben und anschließend am besten in ein Arbeitslager oder Möbellager oder äh, Hauptsache: Lager!«

Mit einem Blick auf die Uhr, es war schon kurz nach neun, brach Torsten das Interview ab und gab das Zeichen zum Aufbruch. Eilig zwängten sich alle mit dem Transparent und den Schildern durch den Eingang. Die Pförtner und Gerichtsdiener in ihrer verglasten

Loge, die schon minutenlang hektisch telefonierten hatten, blieben brav in ihrem verräucherten Zimmerchen hocken, arbeiteten weiter am kommenden Lungenkrebs und ließen unsere Freunde ungehindert passieren. Die beiden Journalisten bildeten die Nachhut. Wenige Minuten zuvor hatten Tapie und sein Lakaienstab pünktlich den Gerichtssaal betreten. Sogleich machten unsere Anwälte und wir eine weitere dunkle Wolke am Horizont aus: Nicht Staatsanwalt Sennefeld, ein seniler alter Knochen der Klassenjustiz, auch ein Freund der tätigen Rechtsbeugung, aber inzwischen oft so durcheinander, dass er bei der Anwaltschaft als lebender Garant für Formfehler geschätzt wurde, trat in die Arena, sondern Staatsanwältin Meyer-Klassen. Sennefeld war kurzfristig erkrankt. Sein Ersatz war eine weitere Pestbeule der Bremer Rechtspflege. Meyer-Klassen, Typ gealtertes BDM-Mädel, vermutlich ein wenig jünger als Tapie, vielleicht war das aber auch nur eine optische Täuschung, war das passende Korrelat zu Richter Tapie. Getrieben von demselben blindwütigen Hass auf alles, was ihr auf den Schreibtisch kam und die heilige Ordnung störte, verfolgte auch sie nur das eine Ziel: Verurteilen lassen! Hohe Strafen realisieren! Rechtsmissbräuchliche Anwendung von Gesetzen war an der Tagesordnung. Bedenken gab es keine oder sie waren lästiges, zu verscheuchendes Ungeziefer, genau wie das asoziale Pack, mit dem sie sich tagtäglich abgeben musste, dessen Bekämpfung sie ihr Leben verschrieben hatte. Dieses Leben hatte sie früh für immer dem Führer geweiht und für diesen bis heute ihre Jungfräulichkeit bewahrt. Als Flakhelferin hatte sie mit leuchtenden Augen auf die steil in den Himmel gerichteten langen, harten Stahlrohre geblickt. Diese wunderbar perfekte Inkarnation arischer Lebenskraft trieb ihr die Feuchte in die Augen. Mindestens. Bei nächtlichen Luftangriffen der Alliierten durfte sie helfen, auf ›Kultur verderbende Tommys‹ zu ballern. Als dann die Tommys wirklich in die Stadt kamen und sogleich der US-Armee mit ihren ›Negersoldaten‹ Platz machten, war der Traum vom reinen Leben für immer ausgeträumt. Aber in ihrer Rolle als Staatsanwältin konnte sie versuchen, das Schlimmste zu verhindern, und sich bemühen, die ekligsten Auswirkungen der neuen Zeit in ihre

Schranken zu weisen. In ihrem tiefsten Inneren bedauerte sie es sehr, dass das praktische Heimtückegesetz von 1934 durch das Kontrollratsgesetz 1945 aufgehoben worden war und danach kein adäquater Ersatz geschaffen wurde. Aber das dachte sie nur heimlich, öffentlich geäußert hätte sie ihr Bedauern nie.

Der Einzug des Panoptikums war schnell beendet und wir durften uns wieder setzen, wobei ich in den Augen meiner Mitangeklagten so etwas wie aufkommende Niedergeschlagenheit las.

Da riss Torsten die Tür auf. Das Transparent mit Bea und Heike drängte als erstes in den kleinen, nur aus drei Stuhlreihen bestehenden Zuschauerraum. Sofort ertönte das Tagesmotto ›Kein Mitleid, keine Gnade, Höchststrafe‹ im Gerichtssaal und der Rest der Bande strömte herein. Verabredungsgemäß belegten die Lokalberichterstatter die vordersten Plätze, um zu gewährleisten, dass Tapie und Konsorten sie auch wahrnahmen.

Tapie starrte fassungslos auf die Szenerie, offensichtlich brauchten seine grauen Zellen eine Weile, um das Geschehen zu erfassen. Eine reine Freude war es, in den Augen von Meyer-Klassen ehrliches Entsetzen zu lesen. Unsere Anwälte betrachteten das Ganze mit kühler Distanz. In kurzer Zeit hatten alle Platz gefunden und hielten nun schweigend ihre Holzschilder in die Luft. Tapie schnappte nach Luft, pumpte ordentlich Sauerstoff in seine Lunge und fing an zu brüllen, seine Stimme überschlug sich, so dass nur einzelne Sprachfetzen verständlich waren. Die Worte »Grobe Missachtung des Gerichts«, »raus« und »Ordnungsstrafen« waren hörbar. Es entstand kurzfristig eine unübersichtliche Lage, die durch Vermittlung des jüngeren Rechtsanwaltes dann doch unerwartet schnell wieder beruhigt werden konnte. Das Transparent wurde eingerollt und die Holzschilder aus dem Gerichtssaal geschafft. Torsten versprach für die Gruppe Wohlverhalten, denn wir waren an keiner Eskalation interessiert. Wir wollten die Justiz vorführen, aber irgendwelche Sanktionen gegen einen von uns war die Sache nicht wert. So konnte der Prozess nach einer zwanzigminütigen Verzögerung beginnen.

Im Anschluss an die Präliminarien zu unseren Personen verlas Meyer-Klassen die Anklageschrift. Es ging im Kern um gemeinschaftlichen Diebstahl, wobei Meyer-Klassen uns drei abhandengekommene Stühle unterschieben wollte. Sie sah das besonders Verwerfliche unserer Tat darin, dass die Stühle nicht gesichert waren, da, so Meyer-Klassen, die Besitzer der Stühle auf das Funktionieren unserer Rechtsordnung vertraut hätten. Dieses Vertrauen hätten wir durch unsere kriminelle Handlungsweise nachhaltig erschüttert. Zu solchem Gehirnschrott ist wohl nur eine durch exzessiven Rechtsmissbrauch deformierte Persönlichkeit fähig. Tapie wollte zunächst mit der Befragung von Klaus beginnen. Diese kam aber nicht wirklich voran. Tapie, der sich auf einen erfreulichen Vormittag eingestellt hatte, an dem er drei Rechtsbrecher locker verknacken konnte, war durch die Vorkommnisse alarmiert, und wenn er auch ein Arschloch war, so war er doch kein Idiot und er konnte sich auch zusammenreimen, dass er es hier mit linken Bazillen zu tun hatte, die nur darauf aus waren, ihn und den Rechtsstaat auf die Rolle zu schieben. Klaus zickte herum und wollte sich nicht recht befragen lassen, sondern stattdessen eine vorgefertigte Erklärung zu dem Tatvorwurf verlesen. Das gefiel Tapie nicht. Der Verteidigung und mir auch nicht wirklich, denn Klaus hatte mit uns nichts abgesprochen. Ich schielte zu Benny, aber der zuckte nur mit den Schultern. Nach einem kurzen Hickhack zwischen den Anwälten und Tapie ließ dieser Klaus gewähren. Es folgte ein langer Sermon über die Produktionsbedingungen und Produktivkräfte im Kapitalismus am Beispiel der Möbelindustrie, wobei insbesondere auf die Stuhlproduktion abgehoben wurde.

Marxistische Gruppe

Also stimmten die Gerüchte um Klaus doch. Seit ich mehr in Westberlin als in Bremen war, liefen die Dinge immer mehr aus dem Ruder. Die Gerüchte besagten, dass Klaus in letzter Zeit regelmäßig Veranstaltungen der MG an der Uni besuchte und in dem seltsam zynischen Duktus dieser Gruppe, der aus der *MSZ* beziehungsweise der *MAZ* hinlänglich bekannt war, hatte Klaus die gesamte Erklärung verfasst. Er hatte die Ingredienzen der MG-Kapitalschulungen durchgerührt, aufgekocht und mit Stuhlproblemen neu abgeschmeckt. Bea und Heike kicherten im Zuschauerraum in einem fort, während Klaus vorlas. Offensichtlich schleppte er sie zu diesen Teach-ins mit. Aber gab es bei der MG überhaupt Frauen? Hörte sich alles megaschlau an, aber keiner im Saal konnte Klaus folgen, niemand verstand irgendetwas von diesem Hirnsalat. Tapie schaute genervt in den Saal, unsere Anwälte blickten Klaus finster an und ich ahnte, dass es ein richtiger Scheißtag werden würde und Kraschno wohl verdammt richtig lag, als er für sich entschieden hatte, von dieser Gerichtsaktion lieber die Finger zu lassen.

Der nun folgende Dialog zwischen Tapie und Benny war fast eine Wohltat ob seiner Direktheit und Kürze, obwohl Benny immer hart an einer Ordnungsstrafe vorbeischrammte. Benny bemühte sich, Tapie in proletarischer Deutlichkeit klar zu machen, dass die ganze Anklage totaler Schwachsinn sei und er und seine Kumpels keine Stühle geklaut hätten. Meyer-Klassen, die alte Schrapnelle des letzten Deutschen Reiches, intervenierte bei dieser Befragung von Benny ab und an im guten alten Freisler-Stil:

»Also auf Deutsch: Sie waren betrunken und wollten stehlen!« Oder:

»Also auf Deutsch: Sie waren total betrunken und enthemmt und wollten rauben!« Oder noch besser: »Also auf Deutsch: Sie waren durch übermäßigen Alkoholgenuss vollkommen willenlos, aber ihrem Trieb zu stehlen ließen Sie dennoch freien Lauf!« und was dergleichen geistiger Diarrhö mehr war.

Als Letzter kam ich an die Reihe. Ich hatte mir eine hübsche Einlassung zu einer möglichen Motivlage überlegt: Warum stiehlt jemand Stuhl?, war aber irgendwie nun nicht mehr in Stimmung und berief mich lieber auf das Recht auf Aussageverweigerung, den guten alten Ratschlag ›Nichts sagen, nur das ist sicher‹ zu meiner Maxime machend.

Es folgte die sogenannte Beweisaufnahme. Dieses absurde Affentheater wurde von Tapie, Meyer-Klassen und unseren Anwälten bestritten und war eine Groteske allererster Ordnung. Die Bullen logen, dass sich die Balken bogen und das altehrwürdige Gerichtsgebäude dem Einsturz nahe war. Das Publikum murrte, Tapie ermahnte. Meyer-Klassen und er waren ein eingespieltes Team und manipulierten mit sicherer Hand an allen entlastenden Faktoren herum, wobei hier von Rechtsbeugung zu sprechen der pure Euphemismus gewesen wäre. Der einzige zivile Belastungszeuge war der halbseidene Italiener des vermeintlich bestohlenen Eiscafés, der einem minder erfolgreichen Nebenzweig der Camorra in Westdeutschland angehörte und kürzlich in einen Topf mit Selbstbräunungscreme gefallen sein musste. Das passte hervorragend zu seiner kanariengelben Krawatte, an der er beständig herumzippelte. Bei der suggestiven Befragung durch die beiden Totengräber rechtsstaatlicher Verfahrenspraxis konnte er sich an alles und jedes erinnern. Er wusste noch, wie viele Sternlein am Himmelszelt standen in jener Nacht. Auf Nachfragen unserer Verteidiger lavierte er zwischen Eierlikör-Schoko und Stracciatella-Banane herum, das heißt: Ja, natürlich hatten wir die Stühle geklaut! Wer denn sonst? Nein, konkret gesehen hatte er es nicht. Es war ja dunkel. Apropos dunkel. Der Photograph des *Weser Kurier* war gleich nach Eröffnung der Verhandlung in seine Dunkelkammer entschwunden und der Lokalreporter war nun von seinem gerichtserfahrenen Kollegen Hans-Günther T. abgelöst worden, der sich eifrig Notizen machte, was Tapie sichtlich missfiel, mich aber ein wenig beruhigte. Die Sache nahm einen routinegemäßen Verlauf und wirkte fast ein wenig einschläfernd. Benny, der sich bereits heute Morgen in den Wallanlagen zur Bekämpfung seiner verständlichen Nervosität vor dem Prozess einige Büchsen Beck‘s gegönnt hatte, war mittlerweile, unbemerkt von den meisten Akteuren, sanft entschlummert und hatte seinen Kopf an Klaus‘ Schulter gelehnt. Tapie sagte gerade zu Meyer-Klassen:

»Haben Sie da noch abschließende Fragen, Frau Staatsanwältin?«, als Benny plötzlich erwachte und mit den Armen rudernd sich bemühte wieder voll im Geschehen zu sein.

»Frau Staatsanwältin? Frau Staatsanwältin? Die olle Meyerbohm hat auch Jura studiert und ist jetzt Staatsanwältin geworden, dabei kann ich mich noch genau erinnern, wie sie sich hinten in Günthers Leichenwagen vom dicken Hartmann

hat ficken lassen, damals am Oyter See. Dabei hatten wir doch die Salate zur Grillparty auf die Ladefläche vom Leichenwagen gestellt, damit wir dann da gut rankamen und so«, sagte Benny, der sich Unterstützung suchend umblickte.
Im Gerichtssaal herrschten allseitige Verblüffung und Schweigen ob dieser unerwarteten Darlegung. Meyer-Klassens Gesichtsfarbe wechselte ins Kirschfarbene.

»Nicht, Klaus, da kannst du dich auch dran erinnern«, suchte Benny nun unsere Unterstützung. Tapie brauchte noch einige Sekunden, um dann aber komplett zu explodieren. Er ordnete für Benny drei Tage Ordnungshaft zur sofortigen Vollstreckung wegen Missachtung des Gerichts an. Benny fühlte sich ungerecht behandelt:

»Aber so war es doch gewesen, oder Mark, sag doch mal was dazu«, wandte er sich nun an mich. Ich wollte ihn nicht hängen lassen:

»Also, hinsichtlich der Anordnung des kalten Büffets kann ich die Angaben nur bestätigen«, sagte ich, »es kam durch die inkriminierte Handlung zu ein wenig Ungemach beim Speisen.«

»Angeklagter Müller, schweigen Sie! Sie haben nicht das Wort«, brüllte Tapie mich an.

»Es war für mich besonders misslich, dass ich nicht ohne weiteres an den Kartoffelsalat kam, den ich im Übrigen, trotz der zeitweiligen Nähe zu Kopulierenden, als äußerst schmackhaft in Erinnerung habe.«

»Ruhe! Ich verhänge 200 Mark Ordnungsstrafe gegen Sie, Angeklagter Müller, wegen ungebührlichen Verhaltens vor Gericht.«

»Aber der Kartoffelsalat war wirklich delikat, Herr Richter.«

»Ich verhänge weitere 100 Mark Ordnungsstrafe gegen Sie, Angeklagter Müller, und wenn Sie jetzt hier nicht zur Ruhe kommen, wandern Sie auch ab!«

»Lukullisch gesehen …«

»Müüüllller!«

»Also, Herr Richter, Lucius Licinius Lucullus …«

»Schluss jetzt, Müller! Das kostet Sie weitere 100 D-Mark«, drohte Tapie nun endgültig zu zerbersten.

Ich schwieg. Nun herrschte dafür eine erhebliche Unruhe im Gerichtssaal. Tapie unterbrach die Interventionsversuche unserer Anwälte und die Verhandlung für eine halbe Stunde und der immer noch lamentierende Benny wurde von zwei Justizwachtmeistern abgeführt.
Draußen im Gerichtsflur hatte Tapie mittlerweile für eine dem Bullenstaat angemessene Dekoration gesorgt. Nicht nur ein halbes Dutzend Justizwachtmeister schmückte die Szenerie, sondern auf den alten Holzbänken lümmelten auch allseits bekannte Zivilbullen der Politischen Polizei herum. Es kam natürlich sofort zu den üblichen Wortgefechten und Provokationen. Es blieb aber alles im Rahmen, denn die Stimmung im Gerichtsflur während der Verhandlungspause war doch sehr gedrückt. Die Anwälte kochten, Klaus war in tiefes Schweigen verfallen. Uns allen tat Benny leid, der nun drei Tage in einer Zelle schmoren sollte. Das war nun wirklich nicht der Plan. Überdies war der Ausgang des Verfahrens noch völlig ungewiss. Unsere Anwälte hatten sich redlich bemüht auf Freispruch hinzuwirken, aber unser Auftritt war insgesamt nur als kontraproduktiv zu werten. Nach den zwei Pausenzigaretten ging es mir dennoch etwas besser und ich ging mit Torsten und Mario auf die am Ende des Ganges liegenden Toiletten. Bei einem zufälligen Blick ins Treppenhaus sah ich, was ich mir eigentlich auch hätte denken können. Unten im Eingangsbereich saßen gut zwanzig Bereitschaftsbullen in voller Kampfmontur. Nur die Helme hatten sie noch nicht aufgesetzt, sondern sie lagen zu ihren Füßen für den Einsatz bereit. Nachdem ich auf der Toilette fertig war, konnte ich der Versuchung nicht widerstehen, steckte kurz den Kopf ins Treppenhaus und brüllte: »Mensch Männer, Helme auf! Die Chaoten kommen gleich runter!«
Der Geräuschpegel, der aus dem Treppenhaus zu uns heraufdrang, gab uns die Gewissheit, dass mein Befehl befolgt wurde. Mit einem Lächeln begaben wir uns zur Fortsetzung des weiteren Schauspiels wieder in den Gerichtssaal.
Die Verhandlung dauerte dann nur noch sehr kurz. Irgendwie war die Luft raus. Meyer-Klassen forderte für Klaus und mich sechs Monate Haft ohne Bewährung, für Benny wollte sie aufgrund

seiner Vorstrafen, vornehmlich Verkehrsdelikte, zehn Monate ohne Bewährung. Das saß und war happig. Unsere Verteidiger nahmen die groteske Anklage noch einmal nach allen Regeln der Kunst auseinander und forderten Freisprüche. Klaus und mir war der Spaß vergangen und wir verzichteten auf eine letzte Einlassung. Das Gericht zog sich zur Beratung zurück und wir zogen in leicht getrübter Stimmung in die Gerichtskantine. In einer Stunde sollte es weitergehen. Unsere Verteidiger gingen von einer Verurteilung aus und redeten schon über die Berufung. Das klang alles scheiße! Und tatsächlich kam es, wie es kommen musste. Tapie verurteilte Klaus und mich zu zehn Monaten Haft und Benny zu zwölf. Den zweimonatigen Zuschlag verordnete er Benny aufgrund einer Jugendstrafe, die dieser sich wegen eines mittelblöden Verkehrsdeliktes vor etlichen Jahren eingefangen hatte. Tapie wäre nicht Tapie gewesen, wenn er die Gelegenheit verpasst hätte, allen, auch Meyer-Klassen, zu zeigen, was es heißt, Straftäter richtig hart anzupacken. Allerdings verhängte er die Haftstrafen zur Bewährung. Welch mildtätige Gnade! Die Stimmung im Gerichtssaal war nun gespalten, einige unserer Freunde beschimpften Tapie in getreuer Fortführung der Satireaktion, dass das Urteil zu milde sei, andere empörten sich über dieses üble, völlig aus dem Nichts gezimmerte Urteil. In der Begründung führte Tapie aus, dass aufgrund der eindeutigen Beweislage, er meinte den tumben Lügencocktail dieser Geistesschwachen in Uniform und des italienischen Münchhausen, ein Freispruch selbstverständlich nicht in Frage gekommen wäre. Das Urteil sei zur Verteidigung der Rechtsordnung und aus generalpräventiven Gründen in dieser Höhe notwendig und insgesamt schuld- und tatangemessen. Man dürfe dergleichen Elementen, damit meinte der Penner uns, grundsätzlich keinen sanktionsfreien Raum überlassen. Die Angeklagten hätten durch ihre Einlassungen und ihr Gesamtverhalten einen mangelnden Respekt vor der Rechtsordnung erkennen lassen. Allerdings, du Arschloch, dachte ich, und nicht heute und nicht morgen, aber irgendwann kriege ich dich noch mal vor die Flinte, Tapie. Bis jetzt war es simpler Klassenkampf, Alltagsgeschäft, aber jetzt wird es persönlich! Und das ist immer bitter! Nun war ich richtig gepestet.

18

Übrigens habe ich mich
so an die anarchistischen
Possenreißer gewöhnt,
daß es mir ganz natürlich
vorkommt, wenn neben der
wirklichen Bewegung
diese hanswurstische
Karikatur so mitläuft.

Friedrich Engels an Johann Philipp Becker
in Genf, 16.12.1882. MEW 35, S. 411.

NA(H(T)GERI(HT

Der Tag war ruiniert, für mich, für uns, für alle. Und zwar völlig. Wir verabschiedeten uns noch im Gerichtssaal von den Anwälten, die uns trösteten und meinten, das Urteil würde keinen Bestand haben. Aber im Moment verhalf uns das nicht zu einer besseren Stimmung. Der versammelte Repressionsapparat, der uns vor der Gerichtstür in Empfang nahm und durch das Gebäude zum Ausgang begleitete, tat sein Übriges. Wir zogen schweigend Richtung Wallanlagen ins Ostertor-Viertel, wobei die Ordnungskräfte ihre grünen Ford Transit Busse bestiegen hatten und uns mit vier Fahrzeugen in 30 Metern Abstand folgten. Wir gingen in das Litfass am Ostertorsteinweg, wo uns der Wirt, unser persischer Kumpel Zadeh, schon erwartete und setzten uns an alle vier Seiten der Bar im hinteren Teil der Kneipe. Er war sensibel genug, um zu erkennen, dass die Sache nicht gut gelaufen war, und baute uns behutsam wieder auf. Zunächst einmal mit Bier. Dann mit Tequila. Das half.
Nach einer knappen Stunde schaute ich auf die Uhr. Au Mann, schon so spät? Die ganze Sache hatte länger gedauert, als ich zuvor vermutet hatte. Ich war noch mit Kraschno verabredet. Aber wenn ich mit der ganzen Schmiere draußen oder auch nur einem von den Zivi-Affen im Schlepptau ankommen würde, wäre Kraschno zu Recht wenig begeistert. Also das Treffen sausen lassen oder die Begleitung abschütteln?

»Jungs, muss noch was klären, bin bald zurück«, sagte ich in die Runde und verließ das Litfass. Draußen war es inzwischen dunkel geworden. Der ganze Müllhaufen von Staatsbütteln lungerte noch vor dem Lokal am Ulrichsplatz herum. Mit ein paar schnellen Hakenschlägen über Baulücken und Trümmergrundstücke im Landweg und Hohenpfad, über die Ruten-, Charlotten- und Wulwesstraße erreichte ich die Kneipe Türken in der Kohlhökerstraße, die eigentlich den Namen Beim Steinernen Kreuz trug. Kraschno stand am Tresen und hob den Kopf, als er mich eintreten sah.

»Na, wie ist es gelaufen?«, fragte er ohne Umschweife.

»Im Wesentlichen scheiße!«

»Hab ich dir doch vorher gesagt. Da konnte doch nur Scheiße bei rauskommen«, meinte Kraschno, »Sponti-Scheiße.«

»Benny ist eingefahren. Drei Tage Ordnungshaft.«

»Scheiße. Ausgerechnet Benny. Das steht der doch gar nicht durch.«

»Vier Hunderter hat Tapie mir reingewürgt, wegen ein paar Sprüchen.«

»Scheiße. Das sind 20 LPs. Wahnsinn.«

»Und dann gabs noch 10 Monate für Klaus und mich, 12 für Benny. Auf Bewährung.«

»Scheiße. Das ist doch alles Müll. Und das wegen dieser Kack-Sache«, schüttelte Kraschno den Kopf.

Dann schwiegen wir erst einmal.

»Lass uns zahlen. Ich muss noch n paar Dinge mit dir besprechen«, sagte ich nach einer Weile.

Das taten wir und gingen durch die Albertstraße und Auf den Häfen in Richtung Humboldtstraße. Ich erläuterte Kraschno die Von-Erbe-Sache und wie weit die Überlegungen bisher waren. Er war grundsätzlich bereit dabei zu sein, was mich erleichterte. Mit jemand anderem hätte ich die Aktion nicht so gerne durchgezogen. Er behielt sich allerdings vor zu einem späteren Zeitpunkt in die Feinplanung mit einzusteigen, was völlig in Ordnung für mich war.

Ich fragte ihn dann, nachdem wir eine große Runde durch das Viertel gedreht hatten und uns über den Ostertorsteinweg wieder dem Litfass näherten, ob er noch mitkommen wolle, wies ihn aber auf die vermutlich andauernde Präsenz der Staatsmacht hin.

»Ist auch schon egal«, meinte er dazu.

Der uniformierte Teil der Betreuung war bereits abgerückt, als wir das Lokal erreichten, aber Schmierlappen in Zivil drückten sich noch in den gegenüberliegenden Hauseingängen herum.

Das Litfass hatte sich mittlerweile gut gefüllt und die Depression bei unserer Truppe war weitestgehend fortgespült worden. Im Gegenteil, man schmiedete schon wieder Pläne.

»Wir müssen Benny noch ins Bett bringen«, meinte Meier-Deutschland zu uns, als wir in den hinteren Teil des Schankraumes eingetreten waren.

»Ins Bett bringen?«, fragte ich und zog die Stirn in Falten.

»Du kennst doch Benny. Der hängt jetzt durch. Der braucht uns. Wir haben beschlossen ihm von der Buchtstraße aus noch ein Gute-Nacht-Ständchen zu bringen. Das wird ihn aufmuntern«, meinte Meier-Deutschland.

»Außerdem kann der Tag so nicht zu Ende gehen. Das sieht zu sehr nach Niederlage aus«, steuerte Klaus bei.

Da hatte er natürlich Recht.

»Heino und Rolf tingeln gerade durch die Läden. Türke, Story, Römer, Eule, Schule und so trommeln zusammen was geht. Punkt zehn ziehen wir hier los, singen ihm ein Liedchen und verschwinden in alle Richtungen. Das müsste gerade so aufgehen, bevor sie die Kavallerie wieder in Marsch setzen können«, ergänzte Klaus.

»Die allerdings im selben Haus wohnt«, gab Kraschno zu bedenken. Diese Bemerkung wies darauf hin, dass in dem Gebäudeensemble, welches die Gerichte und die Staatsanwaltschaft beherbergte, nicht nur eine berüchtigte Polizeiwache untergebracht war, sondern in einem Innenhof in der Regel auch einiges an Bereitschaftspolizei abrufbereit zur Verfügung stand. Es war die Schaltzentrale der Repressionsmaschinerie in der Bremer Innenstadt.

»Ja. Stimmt schon. Es muss einfach sehr schnell gehen. Mehr als zwanzig, dreißig Leutchen werden wir eh nicht sein«, erwiderte Klaus.

»Draußen hängen noch Schmidt das Arschloch und der Blasse rum. Die funken jede Sache gleich durch«, wandt ich ein.

In Bremen war alles ungleich familiärer als in Westberlin. Da hatte man sogar für seine Zivis Namen.

»Für die haben wir uns schon was ausgedacht«, sagte Meier-Deutschland. »Bea und Heike locken sie um kurz vor zehn weg. Die beiden Mädels sind hier so gut wie nie auf irgendwelchen Demos oder so dabei, seit sie in Göttingen studieren. Die werden die beiden Hohlköpfe nicht gleich erkennen. Sie sitzen schon im Wienerhof Café, damit das nicht so aussieht, als kämen sie aus dem Litfass.«

»Naja, klingt ja alles ganz gut. Was singen wir Benny denn? *Der Mond ist aufgegangen*?«, fragte ich.

»Nee. Ursprünglich sollte es *Guten Abend, gute Nacht* werden, aber da ist der Text für Benny zu gruselig. Da kann er dann gar nicht mehr einschlafen. Von wegen ›Morgen früh, wenn Gott will, wirst Du wieder geweckt‹. Jetzt haben wir uns auf *Schlaf, Kindlein, schlaf* geeinigt«, sagte Klaus.

»Lustig, nicht, Mark?«, meinte Meier-Deutschland.

»Ja. Lustig. Extrem lustig«, zitierte ich Meier-Deutschland, was ihn zufrieden grinsen ließ.

Kraschno schaute uns verständnislos an.

»Na, wenn ihr meint.«

Zadeh stellte uns ungefragt neues Bier und neuen Tequila vor die Nase.

Es war jetzt fast zwanzig vor zehn. Es blieb also noch genug Zeit für diese Runde.

Diskret bat ich den Wirt beiseite. »Zadeh, gibt es eine Möglichkeit irgendwie hintenrum durch eines der Nachbarhäuser auf die Straße zu gelangen?«, fragte ich ihn. Er zögerte einen Moment und meinte dann: »Komm mal mit in den Keller.« Er ging voran und ich folgte über eine schmale Treppe nach unten. Alles war nur sehr spärlich beleuchtet. »Hallo, was ist denn das für ne tolle Requisitensammlung?«, stieß ich begeistert beim Anblick zahlreicher Jacken, Mäntel, Pullover und anderer Gegenstände aus, die hier verstreut herumlagen.

»Das sind alles Fundsachen. Werden meistens nie abgeholt.«

»Genau was ich suche, Zadeh. Ich leihe mir diese heiße Regenrobe mal für eine Viertelstunde aus, ja?«, sagte ich zu ihm und tauschte ein schwarzes Ungetüm gegen meinen Parka aus.

»Hier diese Treppe wieder hoch«, deutete Zadeh nach oben, »und du bist im Hof. Dann rechts am Nachbarhaus vorbei und über die kleine Pforte zum nächsten Grundstück. Da kommst du in den Hausflur und kannst wieder auf den Ostertorsteinweg, okay?«

Ich nahm Zadeh dankbar in den Arm. »Danke, Mann!« Er hatte im Iran der Pahlavi-Dynastie genug Erfahrungen mit Unterdrückung und Staatsterror gemacht, um zu wissen, wann und wie geholfen werden musste.
Ich handelte nach Zadehs Anweisungen, zog mir die übergroße Kapuze des Regenumhangs über den Kopf und lugte zunächst vorsichtig aus dem Hauseingang, um aus sicherer Entfernung zu beobachten, ob das Ablenkungsmanöver unserer Freundinnen auch Früchte trug. Nicht, dass ich an ihnen zweifelte, aber an diesem Tag war einfach schon zu viel schief gelaufen.

Unbemerkt von unserer nun wieder fröhlichen Gemeinschaft im Litfass kamen Heike und Bea aus der Weberstraße, wo sie wohl im Wienerhof Café gewartet hatten, um auf Schmidt das Arschloch und den Blassen, die immer noch die Stellung schräg gegenüber hielten, zu treffen. Die beiden Zivis langweilten sich vermutlich fürchterlich, während sie ihren miesen Schmierendienst vollrichteten.

»Hallo, hallo«, kamen Bea und Heike auf die Zwei zugerannt. Sie schauten verdutzt auf die beiden sichtlich aufgeregten Frauen.

»Helfen Sie uns, helfen Sie uns bitte! Unsere Freundin wird von einem fiesen Araber bedroht. Er hält sie fest und schlägt sie«, sprudelte es aus ihnen heraus.
Schmidt das Arschloch und der Blasse brauchten einen Augenblick, um die Information zu verarbeiten. Dass sie gezielt angesprochen wurden, obwohl sie doch in Zivil waren, ließ offenbar bei ihnen keinerlei Verdacht aufkommen.

»Wir funken einen Roland ran, die Kollegen können Ihnen dann he, he, helfen«, formulierte der Blasse, der der etwas hellere der beiden Staatsschläger war, dafür einen winzigen Sprachfehler hatte.

»Nein! Sie müssen uns sofort helfen! Das Schwein schlägt sie sonst noch tot! Bitte!«, schrie Heike.
Die beiden Polypen zögerten. Schmidt das Arschloch hatte schon mal wieder Bock einen Kanaken zu klatschen, statt linke Spinner beim Saufen zu beobachten. Er war beeindruckende

Einssechsundneunzig und von früher, als er noch Uniform trug und stets mit einem bisswütigen Schäferhund auftrat, dafür bekannt ohne Angst und Scheu auf alles einzuprügeln, was sich ihm darbot.

»Tut uns le, le, le, leid, aber wir können hier nicht we, we, we, weg«, bedauerte der Blasse.

»Aber Herr Oberinspektor, bitte! Sie sind unsere letzte Rettung!«, jammerte Bea und klammerte sich dramatisch an den linken Oberarm von Schmidt dem Arschloch.

Zum Oberinspektor hatte es bei den beiden nicht gereicht und das würde sich auch in Zukunft nicht ändern. Die Inszenierung zeigte gleichwohl die gewünschte Wirkung. Schmidt das Arschloch schaute den Blassen auffordernd an. Der lenkte ein.

»Was soll hier schon groß pa, pa, passieren. Also, lo, lo, lo, los!" Bea und Heike stürmten voraus Richtung Weberstraße, die beiden hintendrein. Ich folgte mit einem gewissen Abstand. Am Wienerhof Café vorbei ging es bis zur Höhe Theodor-Körner-Straße, wo die beiden Verzweifelten zum Stehen kamen und nun völlig durchdrehten. Sie schrien hysterisch herum mit allem, was ihre Lungen und Stimmbänder hergaben.

»Oh, Scheiße, sie ist weg!«

»Das Schwein hat sie mitgenommen!«

Dabei schlugen sie abwechselnd die Hände vor ihr Gesicht und zerrten wie besinnungslos an den beiden tapferen Recken herum.

»Er bringt sie um! Er bringt sie sicher um, das Schwein!«

»Saaaabiiiine! Da ist sie noch«, schrie Bea, zeigte in die Dunkelheit des weiteren Verlaufs der Weberstraße und rannte mit Heike weiter.

Der Blasse zuckte mit den Schultern. »Na, hin, hin, hinterher.«

Schnell ging ich zurück ins Litfass und entledigte mich der Regenrobe. Zwei Minuten später standen wir vor dem Lokal. Von Schmidt dem Arschloch und dem Blassen war nichts zu sehen. Heino und Rolf hatten ebenfalls gute Arbeit geleistet: Mit unserer kleinen Truppe waren wir gut 30 Leute, ein bunt zusammengewürfelter Haufen. Etliche Gesichter waren mir bekannt.

Darunter einige Gestalten der FAU, unbelehrbare Anarchosyndikalisten, die offensichtlich aus dem Keller des Storyville gelockt worden waren. Wir zogen uns schwarze Tücher, die knapp über die Nase reichten, vor die Gesichter und die Kapuzen fest über die Köpfe. Heino, Meier-Deutschland, Kraschno und ich hakten uns unter, bildeten die erste Reihe und gingen entschlossen los. Der Rest formierte sich umstandslos hinter uns. Wir wählten den Bürgersteig, die Straße hätte uns zu viel Aufmerksamkeit beschert.

freie Arbeiter-Union

Unser Ziel war die Buchtstraße, die hinter dem Gerichtsgebäude und dem zugehörigen Zellentrakt, in dem wir Benny mit ziemlicher Sicherheit vermuten konnten, Richtung Innenstadt führte. Von der Straße aus hatte man Sicht- und Rufkontakt zu den höhergelegenen Zellen.

Bei der Festlegung geeigneter Parolen für unsere kleine Gruppe musste auf die heterogene Zusammensetzung Rücksicht genommen werden. Wären wir noch beim KBW gewesen, hätten die Forderungen vermutlich ›Weg mit den §§ 177 und 178 des reaktionären Gerichtsverfassungsgesetzes‹ und ›Für die Wahl der Richter durch das Volk‹ gelautet. Für unsere Zehn-Minuten-Aktionseinheit musste linker Populismus reichen. Kurz vor der Höhe Goetheheater begannen wir zu rufen:

»Aufruhr! Widerstand!
Es gibt kein ruhiges Hinterland!

Tapie ist
Ein Arschloch und Faschist!«

Die zweite Losung gefiel mir überhaupt nicht, war aber als Identifikationsvorlage für die übrigen Insassen in der Untersuchungshaftanstalt gedacht.

Als wir die Buchtstraße an der richtigen Stelle erreicht hatten, waren wir schon gut eingestimmt und veranstalteten ein Getöse, als ob wir mindestens hundert Leute gewesen wären. Die gewünschte

Wirkung blieb nicht aus. Die meisten Insassen öffneten die Oberlichter und schlugen mit ihrem Blechgeschirr und anderen Gegenständen gegen die Gitterstäbe, einige kletterten in ihren Zellen hoch und riefen ihre Empörung durch den schmalen Lichtschacht hinaus. Klaus hielt eine ganz kurze Rede, die in drei Sätzen auf Tapies miese Inszenierung und das Skandalurteil vom Tage einging. Die Insassen beantworteten dieses mit Wutgeheul und noch mehr Krach. Aus zwei Fenstern wurde brennendes Papier geworfen. Die Bambule war bestens in Gang gekommen.
Meier-Deutschland brüllte:

»Und jetzt ein Lied! - Zwo, drei, vier!«

Und wir sangen schräg und schlecht:

»Jede Flasche Wein, jede Flasche Wein,
Möchte gern ein Molli sein
Jedes Küchenmesser
Fühlt sich als ein Dolch viel besser
Ja, wir sind die Roten, ja, wir sind die Roten
Spontis und Polit-Chaoten
Wir werden immer mehr, wir werden immer mehr
Wir schaffen auch die Bundeswehr

Hubschrauber fliegen, Hubschrauber fliegen
Die werden wir auch noch runterkriegen ...«

Weiter kamen wir nicht mit unserer Darbietung. Vom unteren Teil der Buchtstraße kam ein ganzer Haufen Bullen auf uns zugerannt. Es war eine spontan zusammengestellte Mischung aus Zivis und Bereitschaftsbullen in Uniform. Die Zivis schwangen ziemlich lange Holzknüppel über den Köpfen, die eindeutig nicht zur Standardausrüstung der Polizei gehörten. Das war das Risiko bei einer Aktion ohne den Schutz von Öffentlichkeit in einer kleinen unbelebten Straße mitten in der Nacht.
Wir rannten Richtung Innenstadt davon. Leider hatten sie die Nachhut schnell eingeholt und es kam zu unübersichtlichen

Szenen. Einerseits wollten die Bullen einfach nur zuschlagen, andererseits aber wohl auch Verhaftungen vornehmen. Es wurde geschrien, gezerrt, gerangelt und geprügelt. Alles auf einmal. Kraschno und ich hatten gerade einen schmächtigen Typen von der FAU aus der Umklammerung von zwei Uniformierten befreit, da kam der Blasse holzstockschwingend auf uns zugestürmt. Keine Ahnung, wie der so schnell hier sein konnte. Ich lief auf den Eingang zum Kuhgang zu, eine winzig schmale Fußgängergasse zum Ostertorsteinwall, der von uns gut gehalten werden konnte, gerade weil er so klein war und sich zudem gut zur Flucht eignete. Kraschno hintendrein. Der Blasse war bedenklich dicht an Kraschno dran. Kraschno riss im Vorbeilaufen die Tür einer Telefonzelle auf. Der Blasse konnte weder ausweichen noch abstoppen und schoss durch die Türscheibe, die in tausende Stücke zersplitterte. Ohne Schrei oder weiteres Geräusch fiel der Blasse hinter der zerstörten Tür zu Boden. Kraschno blieb stehen und schaute auf den am Boden liegenden Beamten. Der hatte die Augen geöffnet und sah überrascht aus.

»Sche, sche, Scheiße, Blasser, was?«, sagte Kraschno und war im Kuhgang verschwunden.

Kaum eine Minute später waren wir bis in die überwiegend unbeleuchteten Wallanlagen gerannt und sahen zu, dass wir den Ort des Geschehens schnellstens weit hinter uns ließen. Erst als wir Fedelhören auf der Höhe des US-amerikanischen Generalkonsulats erreicht hatten, hörten wir auf zu laufen und verfielen wieder in normalen Schritt. Wir waren noch zu fünft. Neben Heino, Kraschno und mir noch Heinzi und Rollo, zwei wahre Anarchisten, wie sie von sich selber sagten, die jedwede Form von Organisation ablehnten, also auch niemals bei der FAU oder einem anderen Anarchistenverein mitgemacht hätten. Fedelhören war eine alte Bremer Straße, an deren intakten Charme ich mich noch gut aus meinen Kindertagen erinnern konnte. Mittlerweile hatten die Bremer Strategen für eine autogerechte Stadt diese mittels einer vierspurigen Schnellstraße in der Mitte durchschnitten und jedes urbane Gefüge zwischen den beiden Teilen zerstört. Gerade als wir diesen Schandfleck moderner Stadtplanung überquerten, kamen aus Richtung Auf den Häfen Klaus, Bea und Heike auf uns zu. Sie schlossen sich uns nach kurzer Begrüßung an.

Praktischerweise bewohnten Heinzi und Rollo eine Souterrainbude, wenn man das so nennen will, am anderen Ende des Fedelhören, wo man fast schon den Dobben in Sichtweite hatte. Wir warfen uns auf verschlissene Sofas und atmeten erst einmal tief durch. Das heißt, wir rauchten. Sie hatten kein Licht angemacht, sondern ließen nur eine Kerze brennen, die, auf eine alte Weinflasche gesteckt, den Raum ein wenig erhellte. Das war keineswegs eine Vorsichtsmaßnahme gegenüber etwaiger behördlicher Nachstellung, sondern der Tatsache geschuldet, dass ihnen der Strom wegen zahlloser unbezahlter Rechnungen abgeschaltet worden war.

Heinzi verteilte Flaschenbier. Hemelinger. Und Rollo gab Auskunft über die Beschaffungsgeschichte des Bieres. Es gehörte zu den erklärten Grundsätzen von Rollo und seiner Anarcho-Schar nicht arbeiten zu gehen und auch keine Sozialhilfe zu beantragen, wobei ich ihnen letzteres nicht so ganz abnahm. Ebenso war es zentraler Bestandteil ihres Ehrenkodexes Konsumgüter nicht käuflich zu erwerben. Das war bürgerlich und bedeutete Kollaboration mit dem System. Also mussten wir uns eine abenteuerliche Geschichte anhören, wie fünf Kisten Hemelinger Pils ihren Weg von einem Getränkemarkt in Schwachhausen in ihre Kellerwohnung gefunden hatten.

»Das war ja heute mal eine richtig geile Aktion von euch stalinistischen Spießern! Hätte ich euch gar nicht zugetraut!«, ergänzte Rollo seine Ausführungen.

»Echt geil«, echote Heinzi.

»Geil? Das war komplette Scheiße! Der ganze Tag war scheiße und das Ende war oberscheiße!«, empörte sich Kraschno.

»Und warum warst du dann dabei?«, interessierte sich Rollo erstaunt. »Und lässt den Blassen noch so geil abgehen? Der ist umgefallen wien nasser Sack. Geil!«

»Das frage ich mich selber auch. Ich wollte meine Leute nicht hängen lassen. Und vor allem Benny nicht. Der ist doch das eigentliche Opfer von diesem Kinderfasching«, antwortete Kraschno.

»Kinderfasching? Das ist ja nun ein bisschen hart«, wandte ich ein.

»Mark, mal abgesehen von dieser unpolitischen Kabarettnummer vor Gericht, war die Sache in der Buchtstraße blinder Aktionismus. Saugefährlich und verantwortungslos. Du weißt doch noch gar nicht, wie viele und wen es erwischt hat, oder?«, sagte Kraschno, nun schon etwas ruhiger.

»Gefährlich? Wusste gar nicht, dass du so ein Schisser bist, Kraschno«, bemerkte Rollo.

Kraschno guckte Rollo nur genervt an, soweit man dieses bei der spärlichen Beleuchtung erkennen konnte. Auch ich schwieg, denn ich wusste, dass Kraschno im Grunde genommen Recht hatte.

Während ich uninspiriert an der Flasche Hemelinger nuckelte, dämmerte mir, dass sich meine romantischen Hoffnungen, SIE heute Abend noch einmal sehen zu können, zerschlagen hatten. Der Tag war so oder so gelaufen. Wie viel lieber wäre ich jetzt bei ihr oder wenigstens in ihrer Nähe, als nach einem völlig verpatzten Tag hier in einem muffigen Kellerloch mit halbseidenen Pseudo-Anarchosyndikalisten abzuhängen und ein ungekühltes, mittelgutes Bier zu trinken. Dieser Aufenthalt in Bremen würde in Sachen Liebe keine weiteren Fortschritte bringen, so viel stand fest. So musste ich mich vorerst mit den wundervollen Erinnerungen an den gestrigen Abend begnügen.

Ein allgemeines Schweigen hatte sich breitgemacht, zog sich in eine unangenehm werdende Länge und ließ eine bleierne Müdigkeit in mir hochkriechen. Ich fror. Geheizt wurde hier aus ideologischen Gründen wohl auch nicht.

»Heinzi, Rollo, danke für das Bier«, sagte ich nach einer Weile und stand auf. Die anderen folgten meinem Beispiel und verabschiedeten sich. Wieder auf der Straße, verabredete ich mich

mit Klaus für den nächsten Morgen, um Bennys Mutter über den Verbleib ihres Sprösslings aufzuklären. Mich plagte schon ein schlechtes Gewissen, hatte ich gestern noch großspurig erklärt, wir würden die Sache schon schaukeln. Kraschno wollte Klaus, Bea, Heike und Heino mit dem Auto nach Hause fahren. Ich hatte beschlossen, zu Fuß zu meiner Unterkunft zu laufen. Frische Luft und ein wenig innere Einkehr würden mir guttun.
Ich lief durch dunkle Bremer Straßen und meine Gedanken kreisten noch ein wenig um unsere zufälligen Gastgeber in der kalten Tiefparterrewohnung. Am Ort meines Nachtlagers angekommen, verzichtete ich auf einen längeren Aufenthalt im Badezimmer, stellte den Wecker auf eine unerfreuliche Uhrzeit und warf mich in voller Montur auf das zur Verfügung gestellte Sofa. Ich war hundemüde. Hoffentlich hat Benny den guten Rat seiner Mutter von gestern Abend befolgt und sich heute früh frische Socken und Unterwäsche angezogen, dachte ich noch. Dann kam nichts mehr.

19

Ein großer Teil der Nachrichten, die man im Kriege bekommt, ist widersprechend, ein noch größerer ist falsch und bei weitem der Größte einer ziemlichen Ungewissheit unterworfen.

Carl Philipp Gottlieb von Clausewitz:
Vom Kriege. Erstes Buch,
Sechstes Kapitel, 1832.

EIN FALL VON GELDSCHEINMISSHANDLUNG, PREUSSISCHE KRYPTOLOGIE UND LEONIES ERSTE EIGENE MONOGRAPHIE

Ich war noch nicht wirklich wach, als ich am Kaiser-Wilhelm-Platz auf den Bus wartete. Die Nachtschicht steckte mir noch in den Knochen, zu der ich gleich nach meiner Rückkehr aus Bremen angetreten war, wenn man den kleinen Umweg über den U-Bahnhof Kleistpark zum Treffen mit Hascher nicht mitzählen wollte. Auf ein Frühstück hatte ich verzichtet. Der Kühlschrank war ohnehin leer. Auch steckte mir noch der unangenehme Besuch bei Mutter Benny in den Schuhen. Klaus und ich informierten sie, während sie noch am Frühstückstisch saß, weil sie zur Spätschicht musste, dass Benny erst am Sonntag zurückkommen würde, wegen einer ungerechtfertigten, aber ansonsten völlig harmlosen Ordnungsstrafe.

»Das hat weiter keine Konsequenzen«, versicherte ich ihr.

»Weiter keine Konsequenzen? Bei euch hat nie was Konsequenzen. Deshalb landet ihr auch alle im Knast mit euren roten Flausen. SPD, Gewerkschaften, das sind Arbeitervertreter! Aber das reicht euch ja nicht. Die sind euch ja nicht links genug. Es muss ja der ganz große Putz sein. Der große Affe!«, schimpfte sie und schlug dabei mit dem Buttermesser auf den Tisch, dass der Kaffee aus der Tasse schwappte.

»Beruhige dich, Sonntag ist er wieder da und alles ist wie immer«, sagte ich so ruhig wie möglich.

»Wie immer? Nichts ist wie immer, Mark«, blieb sie weiter in den höheren Stimmlagen. »Und was ist mit dem Urteil? Wozu haben sie euch verknackt? Warum höre ich dazu nichts von euch Helden, hä?«

»Weil es noch nicht rechtskräftig ist. Wir gehen sowieso in Revision. Es wird keinen Bestand haben«, bemühte sich auch Klaus um einen sachlichen Ton.

»Quatscht hier nicht dumm rum! Wie lautet das verfluchte Urteil nun?«

Klaus brachte ihr die Fakten kurz und möglichst schonend bei.

»Aber wie Klaus schon sagte, das Urteil wird keinen Bestand haben«, ergänzte ich.

»Sagt wer? Der Schön-Schwätzer, der vorgestern geprahlt hat, keine Angst, wir schaukeln die Sache schon, hä?«, war Mutter Benny nicht zu beruhigen. »Ein Jahr Zuchthaus? So hast du die Sache geschaukelt?«

»Nein! Erstens gibt es kein Zuchthaus. Zweitens sind die Strafen auf Bewährung und drittens nicht rechtskräftig.«

»Blabla, Mark! Ihr landet im Knast, das ist es, was bei eurem Kommunisten-Mist herausgekommen ist.«

»Das ist ein Terrorurteil der Klassenjustiz. So ist es nun mal, wenn man im Kapitalismus lebt«, stellte ich fest.

»Klassenjustiz?«, brüllte Mutter Benny durch die Küche. »Ich erzähl dir mal, was Klassenjustiz ist. Mein Benny kriegt zwölf Monate und die Herren Studenten, die ihn zu diesem Mist verführt haben, nur zehn. Und Benny wird alles absitzen müssen, während eure Eltern dafür Sorge tragen werden, dass die Karrieren der sauberen Herren Studenten ungestört weitergehen. Das ist Klassenjustiz!«, dabei nahm sie die Büchsenmilch vom Frühstückstisch und warf sie in unsere Richtung. Zum Glück war die gute Bärenmarke noch nicht geöffnet worden. Sie verfehlte uns beide und traf den Türpfosten der Küchentür. Klaus hob die leicht deformierte Büchse auf und stellte sie wieder auf den Tisch.

»Du weißt, dass das so nicht stimmt, Mutter Benny«, sagte Klaus in ruhigem Ton und verließ den Raum.
Ich fühlte mich von ihrem Ausbruch getroffen und konnte mein Schandmaul mal wieder nicht halten: »Ich empfehle Glücksklee, Glücksklee zum Kaffee. Dann bist du vielleicht etwas entspannter.«

Dann hob ich die Hand zum Abschied und verließ auch die Küche. Wandte mich dann aber noch einmal kurz um und steckte nur noch meinen Kopf in die Tür. »Und im Übrigen ist es genau deine Scheiß-SPD, die in Bremen und Bonn an der Macht ist und deinen Benny ins Zuchthaus befördern will.«
Ich vermutete, es war abermals die gute Bärenmarke, die hinter mir krachend aufschlug. Das war der unschöne Abschluss meiner Reise in die alte Heimat gewesen.

Die Schöneberger Hauptstraße zeigte am späten Samstagvormittag den für diese Zeit üblichen Betrieb. Der Bus ließ auf sich warten. Die 48er-Buslinie, parallel zur Wannseebahn verlaufend, wurde ab August 1961 im Zuge des Westberliner S-Bahn-Boykotts ›Wer S-Bahn fährt, zahlt Ulbrichts Stacheldraht‹ verstärkt ausgebaut. Als der 48er endlich die Haltestelle anfuhr, kam unmittelbar dahinter gleich ein zweiter. Ich nahm den zweiten in der Hoffnung, dass er mehr freie Plätze bereithielt. Es war ein neuerer Bus, der aufgrund von Rationalisierungsmaßnahmen als Einmanndoppeldecker betrieben wurde. Da ich meine Monatskarte dummerweise in Bremen liegen lassen hatte, musste ich mir einen Fahrausweis kaufen. Von der verbreiteten Schwarzfahrer-Ideologie hielt ich nicht viel. Das war mir als Thema zu marginal und mir fehlte hier jeglicher sportlicher Ehrgeiz. Ich kramte einen halb zusammengefalteten 5-Mark-Schein aus meiner Hosentasche und legte ihn auf die Bezahlstelle beim Fahrer.

»Einen Einzelfahrschein, bitte.« Es folgte eine Runde Schweigen und ein hasserfüllter Blick.

»Was ist denn das?«, schnauzte der Busfahrer.

Ich schaute zur Sicherheit noch einmal genau hin, nicht, dass ich da was verwechselt und ihm eine alte Verpackung eines Schokoriegels vorgelegt hatte.

»Ein 5-Mark-Schein, oder nicht?«

»Das ist doch wieder typisch! Keinen Respekt vor gar nichts! Das ist ein Geldschein! Ein Dokument des Staates! Aber ihr Typen müsst ja alles kaputt machen!«

Ich schaute ihn irritiert an. Kannten wir uns oder war der Typ einfach nur ein normaler Frontstadtpsychopath?

»Ey, macht mal hinne da vorne! Ick hab wejen euch Spinnern ooch keene Zeit mehr uff Tasche!«, kam es vom ersten ungeduldigen Mitreisenden.

Ich war für eine Auseinandersetzung auf diesem hohen Niveau einfach noch nicht fit genug. Daher nahm ich den Geldschein noch einmal in die Hand, faltete ihn vollständig auseinander und legte ihn diesem Hüter von Zahlungsmitteln des Kapitalismus erneut vor. »Reicht das so? Hab mein Bügeleisen leider nicht dabei.«

Der Busfahrer kochte, das war unübersehbar.

»Ich bin nicht verpflichtet, Scheine in diesem Zustand anzunehmen, und es ist strafbar, Geld so zu misshandeln!« Er nahm das inkriminierte Objekt mit spitzen Fingern entgegen und ließ Wechselgeld in die Auffangschale fallen.

Misshandeln? Der Typ hatte doch wirklich einen an der Marmel.

»Aha!«, antwortete ich knapp, nahm die Münzen und den abgestempelten Fahrschein und verzog mich auf das Oberdeck.

Von meiner privilegierten Aussichtsposition vorne auf dem Oberdeck des Doppelstockbusses konnte ich das Treiben auf der Straße gut beobachten. Hinter dem Kleistpark auf der Potsdamer Straße ging alles seinen gewohnten Gang. Die Kiezbewohner erledigten ihre Einkäufe, die Junkies und Dealer strichen um die Häuser, die Prostituierten warteten vor den entsprechenden Etablissements auf Kundschaft, auch die Einbeinige saß wieder auf ihrem Stammplatz. Kurz vor der Endstation verließ ich den Bus an der Haltestelle hinter der Potsdamer Brücke. Vor mir stand ein riesiger Gebäudekomplex mit goldenem Dach. Das Bücherschiff von Hans Scharoun. Diesem Architekten war ich aus drei Gründen gewogen. Er war in Bremen geboren, war hinsichtlich der jüngeren deutschen Geschichte unbelastet und hatte hier einen Ort schaffen lassen, an dem man außerordentlich privilegiert arbeiten konnte.

Ich ging auf den Haupteingang der Staatsbibliothek zu. SBPK - Staatsbibliothek Preußischer Kulturbesitz. Der Name verriet die Tradition des Hauses und die Herkunft seiner Bestände. Erst letztes Jahr im Dezember war das Haus nach elf Jahren Bauzeit für die in den westlichen Besatzungszonen gelandeten Bücher, Handschriften und Karten der ehemaligen Preußischen Staatsbibliothek eröffnet worden. Und der Neubau an diesem Ort war ein großes Glück, denn ursprüngliche Planungen wollten die Bibliothek in Kasernengebäuden am Gardeschützenweg in Lichterfelde beheimatet wissen, also am Arsch der Welt. Das eigentliche Bibliotheksgebäude in Mitte, Unter den Linden, eine steingewordene Demonstration preußischer Großmachtsehnsucht, war 1914 als teuerster Kulturbau in der Zeit von Kaiser Wilhelm II. von

ebendiesem eingeweiht worden. Nun lag es für die westdeutschen Restauratoren deutscher imperialer Träume unerreichbar im Ostteil der Stadt. Man hatte es als unbefriedigend empfunden, dass die aus den Westzonen im Wilhelmsbau auf dem Marburger Schloss zusammengeführten, kriegsbedingt verlagerten Sammlungsteile der einstmals ruhmreichen Preußischen Staatsbibliothek, die zunächst unter dem Namen Hessische Bibliothek firmierten, doch eher provinziell gestrandet waren. ›Berlin, Berlin, wir wollen nach Berlin‹ war auch hier das Motto gewesen. So wurde für die Fortsetzung Preußens mit anderen Mitteln dieser imposante Neubau errichtet. Vorerst beschränkte man sich im Rahmen der Stiftung Preußischer Kulturbesitz, deren Teil die Staatsbibliothek im Westen nun war, auf das kulturelle Erbe Preußens. Die veränderten territorialen Gegebenheiten gegenüber 1871 oder 1918 waren derzeit zu gravierend, um anderes propagieren zu können. Und natürlich außerdem aus Unterwürfigkeit gegenüber dem auch von den USA gestützten Kontrollratsbeschluss von 1947, den Staat Preußen als Träger des Militarismus und der Reaktion in Deutschland aufzulösen. Die Preußen-Sehnsucht konnte nur in symbolischen Handlungen befriedigt werden und fand beispielsweise ihren Ausdruck in der entsprechend dezenten Beschriftung von Pkw in Westberlin, sicherlich nicht zufällig vornehmlich der Marken BMW und Mercedes.
Und so war aus dem Marburger Büchergrab, quasi wie Phönix aus der Asche, dieser Prachtbau entstanden, in dem ich viele produktive Stunden verbrachte und aus dem Vollen schöpfte, denn fleißige Bibliothekare, ausgestattet mit üppigen Erwerbungsmitteln, hatten hier einen soliden Korpus der internationalen wissenschaftlichen Nachkriegsliteratur aufgebaut.

Ich trat ein. Gleich links in der repräsentativen Eingangshalle war die Garderobe, deren Personal ohne Murren meine wenig respektable Oberbekleidung entgegennahm. Auf der anderen Seite lockten eine Anzahl bequemer dunkelroter Sessel und eine große Auswahl an Zeitungen zum Verweilen. Ich klemmte mir die letzten beiden Ausgaben der *Zeit* unter den Arm, durchschritt die Eingangskontrolle, an der ich aufgrund meiner häufigen Besuche freundlich mit: »Guten Tag, Herr Müller! Länger nicht da gewesen, nicht«, begrüßt wurde und ging direkt in die nur äußerst spärlich besetzte Cafeteria, die sich im ersten Stock befand. Zielstrebig nahm ich meinen Lieblingstisch ein, den letzten an der Fensterfront. Ich setzte mich so, dass ich den weiten Blick in Richtung Nordosten genießen konnte. Richtung Südosten versperrte einem der hässliche Bellevue-Tower als eines der wenigen Gebäude, die hier nach dem Krieg errichtet wurden, die weitere Aussicht. Ein 14 Stockwerke hoher Betonkasten, 1971 fertiggestellt und ursprünglich als Hotel betrieben, vergammelte nun als Studentenwohnheim und Unterkunft für Asylbewerber. In der anderen Richtung sah man die Bäume der alten Potsdamer Straße und schaute über die Baracken vor der Mauer mit ihren Andenkenläden und dem hölzernen Aussichtsturm, der Touristen einen Blick über die Mauer und die dahinter liegenden Grenzsicherungsanlagen erlaubte. Gerade spuckte ein Reisebus aus Tübingen eine Gruppe Touristen auf die durch die Mauer unterbrochene Straße aus, die einen Blick nach drüben werfen oder auch nur ein Mauer-Souvenir erwerben wollten. Hinter dem Grenzstreifen sah man die Bauten an der Otto-Grotewohl-Straße in Ostberlin. Die alte Mitte der Stadt war nah und doch unendlich fern.

Ich frühstückte belegte Brötchen und Kaffee von bescheidener Qualität, aber üppigem Preis, der auf eine überdurchschnittlich hohe Gewinnspanne für den Pächter der Cafeteria hindeutete und durchblätterte die Ausgaben der *Zeit*. Auf den Sofas mit Couchtischen und dazugehörigen niedrigen Hockern, die die Cafeteria auf der Seite zum Lesesaal hin möblierten, saßen junge Bibliotheksmitarbeiterinnen. Sie rauchten und kicherten vor sich hin. Für meine nächsten Zigaretten holte ich mir noch einen Becher Kaffee und legte die *Zeit* beiseite. Ich wollte mich vor meinem Treffen mit Leni noch einmal mit von Erbe beschäftigen und die Angaben, die ich gestern von Hascher erhalten hatte, ergänzen.

Hascher war gestern pünktlich zum Treffen erschienen. Ich saß schon in der hinteren Ecke der unterirdischen Imbissbude im U-Bahnhof Kleistpark, die ich nicht nur wegen ihrer guten Currywurst schätzte. Dieser Ort hatte als Treffpunkt für eine kleine vertrauliche Unterredung, obwohl unter der Straßenkreuzung gelegen, einige operative Vorteile. Die Currybude hatte zwei Eingänge, einen nach vorne in Richtung der Treppen zu den U-Bahn-Gleisen, einen anderen zu den Fahrkartenschaltern der Berliner Verkehrsbetriebe. Dort saßen Mitarbeiter, die hierher wegen fortgesetzter Trunksucht als U-Bahn-Fahrer versetzt worden waren oder weil sie als Chauffeure von Linienbussen ihre Fahrgäste nicht nur ortsüblich beschimpft, sondern auch angespuckt hatten. Die Strafversetzten stellten Netzkarten mit Lichtbild aus, wenn man aus irgendeinem Grund das Anrecht auf verbilligte Monatskarten hatte. Aus Sicherheitsgründen hielt die BVG diese Vorzeigemitarbeiter des Unternehmens hinter dicken Glasscheiben, die nur mit Sprechfunkanlagen mit der Außenwelt verbunden waren.
Ferner besaß der U-Bahnhof selbst insgesamt fünf Ausgänge, wenn man den eigentlichen U-Bahnhof dazuzählte, sogar sechs. Zwei davon befanden sich auf der Seite des BVG-Hauptgebäudes, das, 1939 fertiggestellt, ursprünglich Heimat der Bauleitung der Reichsautobahnen bzw. Verwaltungssitz der Deutschen Milchwirtschaft war. Auch dieses Gebäude war im Rahmen der Neubauten für die Welthauptstadt Germania entstanden. Die BVG war erst 1945 hier eingezogen, nachdem 1943 ihr eigentliches Hauptgebäude in der Köthener Straße bei einem Luftangriff zerstört wurde, das ganz in der Nähe von dem Platz gestanden hatte, auf dem nun die neue Staatsbibliothek stand, in der ich gerade saß. Den U-Bahnhof Kleistpark hatte es 1945 allerdings noch nicht gegeben. Der eröffnete erst Anfang 1971. Und dem Umstand, dass unter dem U-Bahnhof der U7 noch ein weiterer U-Bahnhof im Rohbau fertiggestellt lag, verdankte diese Anlage auch dieses Zwischengeschoss, in dem der Schnellimbiss untergebracht war. Hier wollte man einmal einen Umsteigebahnhof zur U-Bahn-Linie F bzw. U10 einrichten, die von Weißensee über Alexander- und Potsdamer Platz bis Lichterfelde führen sollte. Alles Geschichte.

Hascher knallte ein verschlissenes Superman-Batman-Heft auf den kleinen Tisch und ging zum Tresen, um sich mit einem warmen Kakao und zwei Currybouletten zu versorgen. Da er nicht sofort bedient wurde, blätterte ich in dem Comicheftchen bis er zurückkam. Hascher sah immer noch ungewöhnlich frisch aus. Er schaute mich ernst an und schwieg. Ich blies Zigarettenrauch in die Luft und unternahm nichts, um das Schweigen zu unterbrechen.

»Hans«, brachte Hascher endlich gequält hervor, »Hans, die Sache gefällt mir nicht.«

»Welche Sache? Wenn du mit Sache von Erbe meinst, der gefällt mir auch nicht.«

Hascher stöhnte, zog aber aus dem Inneren seiner Parkajacke einen einfachen blassrosa Aktendeckel hervor und legte ihn auf den Tisch. Ich öffnete das Mitbringsel und überflog die einzelnen Papiere des Konvoluts. Das war mehr, als ich zu hoffen gewagt hatte. Es waren eine Menge Informationen, insbesondere was den Objekt- und Personenschutz betraf.

»Super, Billy! Muss ich mir noch in Ruhe ansehen, aber ich denke, damit können wir erst einmal arbeiten«, sagte ich und steckte die Papiere in eine rote Plastiktüte von Bolle, die mir regelmäßig zum Transport meiner aktuellen Unterlagen diente.

Hascher blickte unglücklich zu mir herüber.

»Haste bei Walpurga im Erste-Hilfe-Kasten genascht? Du kannst den Kram nicht mitnehmen. Das Zeug verlässt diesen Imbiss nicht.«

Ich lächelte. Nicht weil Hascher witzig sein konnte, sondern weil diese Vorsicht für mich ein Indiz für die Qualität und die Authentizität des Materials war. Das wollte ich zumindest glauben.

So ging ich in Haschers Anwesenheit Blatt für Blatt durch und notierte mir die relevantesten Fakten, zunächst unverschlüsselt, auf der Rückseite eines Werbezettels von Bolle, dessen Vorderseite die Sonderangebote der Woche zierten. Zwischendurch holte ich mir noch eine weitere kleine Cola. Der Staat gönnte von Erbe eine mittlere Gefährdungsstufe des Personenschutzes, was derzeit die Bewachung seiner Person während des Tages und eine dauernde, aber eher lockere Bewachung seines Wohnhauses einschloss. Das

beleidigte vermutlich von Erbes Ehrgeiz und Selbstwertgefühl. Er sah sich sicher eher in der höchsten Gefährdungsstufe, so wie sie natürlich der aktuelle Herr Generalbundesanwalt genoss. Diesem ehemaligen NSDAP-Mitglied, Befürworter der Todesstrafe und Erschießung von Terroristen, hatte ausgerechnet die RAF zu seinem neuen Job verholfen. C'est la vie!
Hascher beobachtete mein Geschreibsel, Boulette kauend, mit argwöhnischem Gesicht. Gut, dass er keine Gedanken lesen konnte.

»Sag mal, Billy, bei der Gefährdungsstufe, in der von Erbe ist, wie sieht denn der Polizeischutz für das Wohnhaus konkret aus. Von Erbe wohnt ja nicht in einer Villa im grünen Vorort, da kann ich mir das ja vorstellen, aber mitten in der Stadt?«

»Na, ne große Sache ist das nicht. Mehr Abschreckung. Es stehen je nach Personallage ein bis zwei Kollegen in Uniform, meistens aus dem einfachen Dienst, vorm Hauseingang herum und halten die Augen auf. Sie haben irgendein altes Dienstfahrzeug dabei, was mehr dem Schutz vor Wind und Wetter dient, als dass damit groß gefahren werden sollte. Sie sind in ständiger Funkbereitschaft zur Zentrale und melden Verdächtiges. Im Zweifelsfall können sie natürlich verdächtige Personen auch ansprechen, aber in der Praxis, wie soll das gehen? Da wohnen zig Mietparteien in so einem Haus, die wollen ungestört bleiben. Außerdem sollen sich die Kollegen schon aus Gründen des Eigenschutzes eher zurückhalten.«

»Und ne MP5 von Heckler & Koch immer um den Hals gehängt?«

»Hans, deine Fragen gefallen mir nicht.«

»Du wiederholst dich, Billy! Aber mir gefällt auch vieles nicht, das kannste mir glauben. Nur, ne korrekte Antwort brauchts trotzdem.«

»Nee, nee. Nicht bei der Gefährdungsstufe. Es sei denn, es gibt eine akute Gefahrenlage.«

»Danke, Billy. Das wars schon.« Ich schloss den Aktendeckel und schob ihm das Teil wieder rüber. »Wir sollten uns mal wieder bei der Oberliga sehen, Billy. Ich schau mal, ob das vor der Winterpause noch etwas wird.« Dann schnappte ich mir meine Bolle-Tüte und verschwand in Richtung U-Bahn.

Bis zu meinem Treffen mit Leni hatte ich noch jede Menge Zeit für Recherchearbeiten. Um die Bundesliga musste ich mich heute nicht weiter kümmern. Mein Verein hatte bereits gestern Abend nach einer guten Viertelstunde mit 0:3 auf dem Betzenberg hintengelegen, alle Tore erzielte ein schwedischer Wunderstürmer, und das Spiel dann am Ende mit 1:3 verloren.
Mein bevorzugter Arbeitsplatz in der Bibliothek war eigentlich an der Fensterfront im Orient- und Ostasienlesesaal, dort, wo man über die Potsdamer Straße hinweg die Nationalgalerie von Mies van der Rohe im Blick hatte. Aber dafür war es heute schon zu spät, dieser Sonderlesesaal wurde am Samstag um 13.00 Uhr geschlossen. Ich suchte mir einen Platz in der Nähe der Kataloge, Bibliographien und Nachschlagewerke.
Zunächst transkribierte ich die Ergebnisse von Haschers Zuarbeit in eine verschlüsselte Fassung und entsorgte anschließend Teile des Werbezettels von Bolle an diversen Stellen in den Räumen der Bibliothek. Den Rest würde ich später in der Stadt verteilen. Während ich mir gerade Schnipsel in die hintere Gesäßtasche schob, fiel mir ein unbeschriebener weißer Briefumschlag in die Hände, den ich heute früh nach der Nachtschicht hinter meiner Wohnungstür gefunden und bis zu diesem Moment völlig vergessen hatte. Ich öffnete ihn. Es war eine Einladung von Johann. Er lud Kraschno und mich für heute Abend in ein Restaurant in der Rankestraße ein. Ich sollte bis 15.00 Uhr zu- oder absagen. Das kam etwas überraschend. Hatte er etwa Langeweile?
Gedankenversunken ging ich durch das große, menschenleere Ostfoyer der Bibliothek zu den Münztelefonen neben den Toiletten und wählte Johanns Nummer.

»Ja, bitte«, kam es förmlich von Johann.

»Hallo. Hab da heut früh ne Einladung gefunden, Johann. Fürchte, wir können nicht komplett erscheinen. Mein Alter Ego is not in town.«

»Schade. Wär mir aber wichtig. Kannst du denn kommen?« Seine Stimme klang müde und verunsichert.

»Hhm, ja. Im Prinzip, ja. Ich kann kommen.«

»Gut. Ich hab nen Tisch bestellt. 20.00 Uhr. Adresse hast du. Meisung heißt der Laden. Ist neu, sieht aber nicht so aus. Du musst draußen klingeln. Und zieh dir was Anständiges an.«

»Na, gut. Dann bis später«, sagte ich und hängte ein. Genauso gedankenverloren wie ich zum Telefon gegangen war, ging ich wieder zurück zu meinem Arbeitsplatz. Draußen klingeln? Was sollte denn das für ein Puff sein? Und was könnte Johann wollen? Es war doch keine reine Menschenfreundlichkeit uns einzuladen, oder? Am Telefon danach zu fragen, verbot sich natürlich von selbst. Wie auch immer. Ich musste bis halb acht mit Leni und allen anderen Dingen hier fertig sein. Mein Äußeres fand ich anständig genug. Ich hatte weder Lust noch einmal nach Hause zu fahren, noch schon wieder den Krawattenmann zu geben. Da lief mir zufällig Bouteflika über den Weg. Es war natürlich nicht wirklich Bouteflika, der FLN-Mann aus Algerien, sondern Karim, der bei mir im Seitenflügel wohnte, an der Freien Universität in Dahlem VWL studierte und von uns den Spitznamen Bouteflika verpasst bekommen hatte, weil er aus Algerien kam. Er trug diesen Beinamen nicht ohne Stolz. Mit gewissem Stolz war er auch Eigentümer eines VW Käfers, mit dem er bestimmt zur Bibliothek gefahren war.

Front de Libération Nationale (Algerien)

»Hi Bouteflika, na, machste schon Schluss für heute?«

»Ja. Ich will noch was kochen mit meiner Frau.«

»Löblich, löblich, Herr Nachbar«, kommentierte ich. Die zufällige Begegnung mit Bouteflika brachte meine Einstellung zu Johanns Dresscode-Phantasien noch einmal ins Wanken.

»Sag mal, du bist doch bestimmt mit dem Auto da, oder? Kannste mich mitnehmen? Und allerdings auch gleich wieder zurückfahren? Ich muss mich nur schnell noch mal umziehen. Hab da was völlig verplant.«

»Klar Mann, mache ich doch gerne«, sagte er und strahlte mich an. Er passte nun überhaupt nicht in diese Stadt. Er freute sich ehrlich, mir einen Gefallen zu tun. Jede Form von sozialem Austausch war für ihn ein wirkliches Geschenk, egal, ob es etwas Mehl für einen Kuchen, ein wenig Milch für den Sohnemann oder nur ein kleines Gespräch im Treppenhaus war. Er war immer von allem total begeistert, unabhängig davon, ob er nahm oder gab.

»Super, das hilft mir wirklich sehr«, entgegnete ich und versuchte auch so ein strahlendes Lächeln aufzulegen.

Schnell waren wir wieder auf der Schöneberger Insel gelandet. Er blieb gleich im Wagen sitzen und wartete in der Toreinfahrt. Ich zog mich schnell um und spendierte Johann zum gebügelten Oberhemd auch noch eine Krawatte.

Als ich wieder die Eingangskontrolle der Staatsbibliothek passierte, wurde meine Verwandlung gleich notiert.

»Herr Müller, Herr Müller, wat hammse denn noch vor heute?«, schäkerte eine ältliche Kontrolleurin, die sich gestern offensichtlich einen intensiven Friseurbesuch gegönnt hatte. »Später nochn Rondewuchen, wa?«

»Ja, genau. Immer nur Wissenschaft, das geht ja nun auch nicht.«

»Recht so, Herr Müller, recht so.«

Das offensichtlich Eindruck machende Kostüm war ein guter Anlass, sich wieder einmal mit einigen Fragen an die Bibliographische Auskunft zu wenden. An dieser Auskunftsstelle wurde man traditionell obrigkeitsstaatlich geschurigelt und darüber belehrt, dass das Faktum, dass man eine Frage hatte, nur mit der völligen Unzulänglichkeit des persönlichen Wissensstandes zu erklären war. So auch heute, was bewies, dass die routinemäßige Demonstration der eigenen Überlegenheit des Auskunftspersonals ganz demokratisch jedwedem zuteilwurde und zumindest nichts mit dem äußeren Erscheinungsbild des Gegenübers zu tun hatte. Hier galt es offensichtlich, ein höheres Prinzip zu wahren.

Ich war unter anderem bei der Suche nach einer wissenschaftlichen Zeitschrift, die ich für mein Studium einsehen wollte, gescheitert, konnte mir aber auch nicht vorstellen, dass dieses für das Fach so zentrale Journal ausgerechnet in der Staatsbibliothek nicht vorhanden sein sollte. Ich trat also an den Schalter und versuchte, das erste meiner Anliegen vorzubringen.

Hinter dem Tresen saß ein Häufchen weiblichen Bibliothekspersonals an großen Schreibtischen über Papierkram gebeugt. Nach einer ganzen Weile hob eine Dame den Kopf und erblickte den Störenfried. Sie erhob sich und blickte mich mit einer Mischung aus Widerwillen und Genervtheit an. Da sie nichts sagte, hob ich an:

»Guten Tag. Entschuldigen Sie, aber die *Neue Zeitschrift für internationale Politik*, die haben Sie doch sicher, oder?«

»Das weiß ich nicht«, antwortete sie spitz.

»Äh, ja, also im Katalog habe ich schon nachgesehen, aber da hab ich sie nicht gefunden«, versuchte ich weiter mein Glück.

»Katalog ist ja nun eine sehr unpräzise Angabe. Da müssen Sie sich schon deutlicher ausdrücken«, antwortete sie und schaute auf irgendetwas, das sich ungefähr 20 cm neben meinem Kopf befinden musste.

»Naja, dort in dem großen Zettelkatalog am Fenster habe ich nachgeschaut. Bei *N*, also bei *Neue*«, bemühte ich mich zu präzisieren.

»Na, so kann das ja auch nichts werden! Das am Fenster ist der AK, Zeitschriften sind fortlaufende Sammelwerke. Sie sind daher wie Zeitungen, zeitschriftenartige Reihen, Serien, periodische Kongresse und Loseblattausgaben im NSKZS verzeichnet«, belehrte sie mich ausführlich.

Und die Sammelwerke laufen fort, weil das alles so beschissen kompliziert ist und sie lieber kleine einfache Monographien wären, dachte ich. Aber war ich jetzt schlauer?

»Und der NKSZ …«, wollte ich fragen.

»NSKZS!«, wurde ich harsch korrigiert. »Und nicht so schnell, der Herr. Denn *N* ist auch völlig falsch, weil die Kataloge nach PI sortieren«, stellte sie nachdrücklich fest.

PI? Was zur Hölle sollte das sein? Ich kannte Pi aus dem Matheunterricht und natürlich die PCI. Aber PI?

»Und was ist das?«

»Preußische Instruktionen.«

Preußische Instruktionen!? Wovon redete die Schnalle? Was könnte gemeint sein? Preußische Geschichte war zwar nicht gerade mein Steckenpferd, aber ich war auch nicht völlig ahnungslos. Ich hatte

Partito Comunista Italiano

meinen Clausewitz wie alle guten Revolutionäre gelesen. Nein, studiert. Und das mit großem Gewinn. Hunderte von Seiten seines großen Werkes *Vom Kriege*, aber an irgendwelche Preußischen Instruktionen konnte ich mich nicht erinnern.

»In PI-Katalogen muss nach dem substantivum regens gesucht werden. Das sollten Sie aber wirklich wissen, wenn Sie unser Haus nutzen wollen.«

»Substantivum was?« Ich musste wirklich ein kompletter Idiot sein.

»Substantivum regens! Das Substantivum regens ist das erste unabhängige Substantiv im Titel. Also ›Zeitschrift‹ in Ihrem Fall. Und dann die Ordnungswörter bestimmen und suchen. Also, in folgender Reihenfolge: Zeitschrift, Neue, Politik, internationale. Ist doch ganz einfach«, beschloss sie, drehte sich um und ging wieder in Richtung ihres Schreibtischstuhls.

»Ähm«, machte ich, »ich bin noch nicht ganz fertig mit meinen Fragen.«

»Sie sollten sich doch vielleicht erst einmal um Ihr erstes Problem kümmern, nicht wahr? Aber wo Sie hier schon mal stehen, was gibt es denn noch?«, kehrte sie zurück und ließ sich auf eine Fortführung der Konversation ein.

»Weiterhin habe ich Alois Mank nicht im Katalog gefunden.«

»Sie meinen im AK?«

»Ja, vermutlich. Also, *Der steinige Weg des Arbeiterführers Erwin Krause, Berlin 1929*, von Alois Mank ist das, was ich suche.«

»Hhm«, machte die Bibliothekarin. »Vielleicht hat die Staatsbibliothek dieses Werk nicht im Bestand«, äußerte sie schmallippig, wobei es ihr schwerzufallen schien, nicht dieses *Machwerk* zu sagen.

»Das kann eigentlich nicht sein. Ein Freund von mir hat es vor kurzem hier eingesehen.«

»Hhm«, machte die Bibliothekarin wiederum. »Und Sie haben in beiden Alphabetteilen nachgeschaut?«

»Ja«, log ich.

Alphabetteile? Was für Teile des Alphabets gibt es denn? Vokale und Konsonanten? Gerade und ungerade Buchstaben?

»Hhm. Ist der Alois Mank der alleinige Verfasser des Werkes?«

»Nein, das wohl nicht. Es berichten, soweit ich weiß, mehrere Weggefährten über Erwin Krauses Wirken.«

»Mehr als drei?«

»Vielleicht auch mehr als drei.«

»Aha. Dann liegt eine Vielverfasserschrift vor und das Werk bekommt seine Hauptaufnahme unter dem Sachtitel und der erste Verfasser bekommt eine Personalverweisung, die Sie eigentlich hätten finden müssen. Ist denn Alois Mank der erste Verfasser?«

»Wie meinen Sie das, erster Verfasser?«

»Erster Verfasser auf dem Titelblatt. Nur dann kann er eine Verweisung bekommen.«

»Woher soll ich das denn wissen? Ich habe das Titelblatt doch noch nie gesehen.«

Diese Frau trieb mich definitiv in den Wahnsinn mit ihren unbeantwortbaren Fragen.

»Ja, Ihre Angaben sind schon recht dürftig, wissen Sie. Also, Vielverfasserschrift und daher unter dem Sachtitel zu suchen«, fasste sie kurz zusammen.

»Okay«, sagte ich, »also suche ich unter *steinige*?«

Das war wohl schon wieder nicht richtig, denn die Auskunftskraft rang nach Luft. Ich befürchtete schon, sie würde die Lesesaalstille durchbrechen und hysterisch kreischen. Das machte sie dann natürlich nicht, aber ihr Tonfall klang äußerst gereizt, als sie mir mitteilte: »PI! Der AK ist ein PI-Katalog. Das sagte ich doch bereits. Also nicht steinige, sondern: Weg, steinige, Krause, Arbeiterführer.«

Bei mir rauschte es nur noch in den Ohren. Ich konnte mir das ganze Zeug nicht merken. Die Auskünfte dieser Schreckschraube sollten wohl in erster Linie dem Schutz des Bibliotheksbestandes vor der Nutzung durch den interessierten Leser dienen. Immerhin war ihre Antwort bezüglich meiner letzten Zusatzfrage, die ich vorbeugend für weitere Interventionen von Zora bezüglich Leonie Dampfer-Botts stellte, recht nützlich. Ihre eisgrauen Augen leuchteten hinter ihrer übergroßen Brille auf, als ich mich nach einer bibliographischen Quelle zur frühen Frauenbewegung im späten 19. Jahrhundert erkundigte.

»Der Sveistrup«, triumphierte sie geradezu, »im Sveistrup müssen Sie nachsehen. HB 1 Pi zweitausendzweihundertundfünfzehn«, ergänzte sie. Diese Signatur schien ihr eine Herzensangelegenheit zu sein.
Trotz dieses überraschend unkomplizierten Schlussaktes war ich von Art und Summe der Auskünfte völlig geschafft. Ich hatte nicht viel verstanden und nur wenig Hoffnung, das Gesuchte zu finden. Da hatte diese Expertin für Verwirrung und Desinformation noch eine ergänzende Bemerkung: »Den Sveistrup werden Sie am Standort allerdings nicht finden. Der ist beim Buchbinder.« Nach dieser finalen Glanzleistung setzte sie sich zufrieden wieder auf ihren Platz.
Ich stand noch etwas benommen und zögerlich an der Auskunftsstelle herum, da erschien ein Mann mittleren Alters mit Vollbart. Er schien so etwas wie ein Vorgesetzter meiner Disputantin zu sein, denn er korrigierte den abschließenden Bescheid seiner Mitarbeiterin insofern, als er sagte: »Wenn Sie uns Ihren Bibliotheksausweis als Pfand hierlassen, kann ich Ihnen für eine kurze Recherche unser Handexemplar des Sveistrup überlassen.«
Auf dieses großzügige Angebot ging ich sofort ein. Mit meiner Beute unter dem Arm ging ich zunächst zurück zu meinem Arbeitsplatz und dann zu einer wohlverdienten Rauchpause in die Cafeteria, die nunmehr etwas besser gefüllt war. Auf dem Rückweg stolperte ich über den NSKZS, der sich als Neuer Standortkatalog der Zeitschriften und Serien enttarnte. Und tatsächlich konnte ich ihm die Signatur der gesuchten Zeitschrift entlocken. Juhu!
Gleich füllte ich einen Leihschein aus, um den gewünschten Jahrgang zu bestellen. Das erforderte höchste Konzentration. Alle Felder mussten korrekt beschriftet werden, einige davon, wie Signatur, Jahrgangs- und Bandangabe sowie Benutzernummer, doppelt. Dann brachte man sein Werk zur Bücherausgabe des Lesesaals, wo es vor der Annahme kritisch geprüft wurde. Hatte man einen Fehler gemacht oder etwas vergessen, wurde die Entgegennahme verweigert und man musste von vorne beginnen. Durch häufiges Üben war ich ein gut trainierter Leihscheinausfüller und mein Exemplar wurde ohne weitere Korrekturanweisungen entgegengenommen. Kurze stille Genugtuung.

Berauscht von diesem Erfolg machte ich mich nun daran zu ergründen, was von Erbe in seiner Doktorarbeit verzapft hatte.

Ich fand seine Dissertation im *Jahresverzeichnis der deutschen Hochschulschriften* fast sofort und ohne Hilfe, da ich mich aufgrund des Zeitungsartikels über ihn richtig erinnern konnte, dass er 1966 an der Universität Würzburg promoviert hatte. Er hatte an der rechts- und staatswissenschaftlichen Fakultät mit einer Arbeit über das Notwegrecht des BGB und seiner baurechtlichen Implikationen seinen Doktortitel erlangt. Auf ganze 67 maschinenschriftliche Seiten hatte er es gebracht. Naja, dieses Werk musste man sicher nicht einsehen, wenn man mehr über ihn wissen wollte. Beim Blättern im Jahresverzeichnis stieß man auf eine große Anzahl von medizinischen Dissertationen und es wurde einem bewusst, welch unendliches Forschungsgebiet doch der menschliche Organismus darstellte. Ich fand es hinsichtlich meiner eigenen schwächelnden akademischen Karriere tröstlich zu lesen, dass ein Medizinmann im gleichen Jahr wie von Erbe an einer deutschen Universität mit einem Vergleich des Gebrauches zweier elektrischer Zahnbürsten promoviert worden war. Es gab also auch für mich noch Hoffnung.

Danach blätterte ich im Sveistrup. Es handelte sich um eine Bibliographie mit dem Titel *Die Frauenfrage in Deutschland: Strömungen und Gegenströmungen 1790–1930*. Sie war 1934 erschienen, war thematisch gegliedert und beruhte auf Bibliotheksbeständen aus ganz Deutschland, Österreich und der Schweiz, wobei Bestände der Preußischen Staatsbibliothek besonders zahlreich vertreten waren. Dieses war auch dem Umstand geschuldet, dass die Erarbeitung der Bibliographie in der Berliner Bibliothek stattgefunden hatte und Hans Sveistrup, der Namensgeber des Werkes, Mitarbeiter des Hauses war. Die zweite Person, der laut Titelblatt das Werk zugeschrieben wurde, war Agnes von Zahn-Harnack, die erste Vorsitzende des Deutschen Akademikerinnenbundes und Initiatorin der Bibliographie, wie mich das ausführliche Vorwort belehrte. Überhaupt das Vorwort! Dieser Text der beiden Hauptbearbeiter der Bibliographie erfrischte einen gleich zu Beginn mit der Erkenntnis: ›Das deutsche Volk steht im Aufgang eines neuen Zeitalters seiner Geschichte. Ein Gestaltungswille, der das Wort, es geht um Sein und Leben des deutschen Volkes, heilig ernst nimmt, hat Raum gegriffen und sucht alte und neue Aufgaben mit Kräften aus der Tiefe des Volkstums zu meistern.‹

Da geht einem doch das Herz auf! Gleich darauf wird dem Herrn Reichsminister des Innern, Wilhelm Frick, gehuldigt, immerhin eine so zentrale Gestalt des Nationalsozialismus, dass er im Nürnberger Prozess gegen die Hauptkriegsverbrecher schuldig gesprochen und 1946 hingerichtet wurde. Aber wir wollen nicht kleinlich sein. Natürlich gab es niemals Gemeinsamkeiten zwischen deutschen bürgerlichen Intellektuellen und Nationalsozialisten.

Bevor ich mich weiter unnötig aufregte, suchte ich nach meiner Freundin Susanna Orelli-Rinderknecht und fand sie im hinteren Teil der Bibliographie unter Frauenfrage im Ausland. Nun hatte mir der nette Herr Chefbibliothekar bekanntlich das Handexemplar der Bibliographischen Auskunft zur Verfügung gestellt, welches eine Menge handschriftlicher Annotationen enthielt. Zum großen Teil, wie im gedruckten Original, unter Hinzufügung von Signaturen der Staatsbibliothek. Das ließ in mir einen kühnen Plan reifen.

Zunächst stieg ich tiefer in die Materie der Signaturvergabe des Preußischen Altbestandes ein, mit der ich als Nutzer dieses Hauses notgedrungen ein wenig vertraut war. Die Signatur des Sveistrup selbst wies in die richtige Spur und so ermittelte ich, dass Bücher zu Frauenfragen gerne unter den Signaturbereich No 3000 bis ungefähr No 4700 gestellt wurden. Und so konnte ich der Versuchung nicht widerstehen mit einem schwarzschreibenden Füllfederhalter, den ich mir dafür extra von einer anderen Bibliotheksnutzerin ausleihen musste, in meiner allerschönsten Druckschrift, die dennoch nicht an die professionelle Bibliotheksschrift der anderen Eintragungen heranreichen konnte, eine Ergänzung anzubringen. Natürlich blieb das Schriftbild hinter den Anforderungen weit zurück, hätte mein Schönschriftlehrer geurteilt, der fürwahr *Schöne* hieß und ein Spezialist für den von ihm so bezeichneten Abfangtrick war, der darin bestand, dass der Delinquent, also der Schmierfink, am Haaransatz mit zwei Fingern gepackt und langsam vom Stuhl in die Höhe gezogen wurde, bis er schließlich auf dem äußersten Rande der Zehenspitzen stehend von Herrn Schöne losgelassen und dann, quasi noch in der Luft, mit einer schallenden Ohrfeige abgefangen wurde. Am Blattrand neben dem Eintrag zu Orellis *Schrift zum alkoholfreien Wirtschaften*, herausgegeben 1904 in Basel vom Alkoholgegnerbund aus der Vereinigten Universitäts- und von Senckenbergischen Bibliothek in Gießen, stand nun folgender Zusatz: *s. a.: Dampfer-Bott, Leonie: Frauenfrage, Alkohol und das Elend des Mannes im Allgemeinen und im Besonderen. 1: No 4221*!

War das nicht pure Poesie? Und letztlich Kalligraphie?

Ich sah der Tinte beim Trocknen zu und fühlte mich wie weiland Ibn Muqla, obwohl mir gottlob niemand die rechte Hand abgeschlagen hatte und mein Geschreibsel eher nach Quadratkufi aussah, als nach den kunstvollen Kreationen des alten Persers aus Bagdad. Und im Gefängnis sterben wollte ich auch nicht.

Nachdem die Tinte endgültig getrocknet schien, ging ich mit tiefer Befriedigung und einem breiten inneren Grinsen wieder zur Informationsstelle und gab den Band gegen Aushändigung meines Bibliotheksausweises zurück. Bei der anschließenden wohlverdienten Pausenzigarette in der Cafeteria stellte ich fest, dass es schon kurz vor vier war. Ich musste die Recherchen abbrechen, um mich mit Leni zu treffen.

20

Ich wollte so oft sterben,
doch ich konnte nicht sterben.
Die entschwundenen Zeiten
meines Lebens sind interessant
und zugleich erbärmlich.

Ishikawa Takuboku:
Unvergeßliche Leute 1.3. 1910.
In: Eine Handvoll Sand.
Aus dem Japanischen übersetzt
von Tsutomu Ito, Gifu-City 1986.

PAUL MACHT EIN GUTES GESCHÄFT, JOHANN MACHT KEIN GESCHÄFT UND LENI WIRD HEIDEKÖNIGIN

»Na, dann viel Vergnügen, Herr Müller!«, wünschte mir die frisch Frisierte, als ich den Lesesaal verließ, und zwinkerte mir zu.

»Danke, werde ich haben«, antwortete ich, zwinkerte zurück und ging zur Garderobe, um meinen Mantel zu holen, den ich vorhin gegen die Parkajacke eingetauscht hatte. Draußen wurde es schon wieder dunkel. Auf dem kleinen Platz vor dem Eingang wartete Leni schon bei den Fahrradständern auf mich. Sie kam auf mich zu, nahm mich in den Arm und hauchte jeweils einen Kuss auf jede Wangenseite.

Das war neu! Aber was sollte das? Spielen wir jetzt neuerdings französische Bourgeoisie, oder was?

»Hi Leni, schön dich zu sehen«, wollte ich auch etwas Positives beisteuern.

Leni betrachtete mich ein wenig reserviert. Unter meinem Mantel hatte sie Oberhemd und Krawatte entdeckt.

»Mark, was hast du denn noch vor?«, fragte sie, offensichtlich ohne sich für eine Antwort zu interessieren. »Ich möchte nicht wissen, was du so in deiner Freizeit treibst.«

»Leni, du weißt doch. Revolutionäre haben keine Freizeit! Aber wenn es dich interessiert, ich will nachher noch ins Casino. Ein bisschen zocken.«

»Das Schlimme ist, dass ich dir das sogar glaube, Mark.«

»Schön, wenn du mir vertrauen kannst.«

Irgendwie nahmen die Gespräche mit Leni immer einen absonderlichen Verlauf.

»Und was hast du wirklich vor?«

»Wie, wirklich? Ach so, wirklich! Ich will ins Café Keese. Ich tanze nämlich gern Foxtrott. Aber erzähls nicht weiter, Leni.«

»Wem soll ich es nicht erzählen? Deiner Trotzkisten-Tussi?«

»Echt, Leni«, wollte ich protestieren, aber sie unterbrach mich.

»Du quatschst echt nur Scheiße, Müller. Mit dir zu reden ist die reine Qual.«

»Das ist super, Leni! Lass uns zur Sache kommen. Hast du mir was Schönes mitgebracht?«

Leni führte immer eine altmodische braune Aktentasche mit sich und entnahm ihr nun einen Aktendeckel voll mit kopierten Zeitungsartikeln über von Erbe. Ich blätterte die Kopien oberflächlich durch.

»Interessant«, kommentierte ich.

»Ich habe mich bei der Auswahl auf Artikel beschränkt, die ein wenig mehr den Menschen von Erbe beleuchten«, fügte Leni hinzu.

»Den Menschen von Erbe? Gibt es den?«

»Du weißt schon, was ich meine.«

Ich nahm das Konvolut an mich und steckte es in meine Bolle-Plastiktüte, die, wie ich jetzt erst bemerkte, nicht so recht zu meiner abendlichen Ausgehuniform passen wollte.

»Komm, Leni, wir gehen in den Tiergarten. Ich erzähle dir, was wir in Sachen von Erbe vorhaben«, sagte ich und überquerte mit ihr die Potsdamer Straße sowie die der Staatsbibliothek gegenüberliegende Brache, welche ursprünglich das Herzstück des Kulturforums werden sollte, um dann rechts vorbei an der Philharmonie und der Endstation des 48er-Bus in den Tiergarten zu gelangen. Dort angekommen, stiegen Dunst und Nebel aus den Teichen und Wasserläufen und aufgrund fehlender Beleuchtung starrte man in bedenkliche Finsternis. Bis jetzt hatten wir geschwiegen. Es tat gut, mit Leni zu schweigen, aber so konnte es leider nicht weitergehen.

»Also«, begann ich entschlossen, Operation Band 16 ist ab sofort der Codename für die Von-Erbe-Aktion!«

Ich erläuterte Leni nun, wie Hendrik, Bosco und ich auf den Tarnnamen für die Unternehmung gekommen waren. Ausgangspunkt war von Erbes Rolle als Menschenjäger in den aktuellen politischen Auseinandersetzungen in Anlehnung an einen Songtitel von Ton Steine Scherben. Das Vorhaben einfach Operation Menschenjäger zu nennen, war uns zu plump und durchsichtig vorgekommen. Operation Band 16 bezog sich auf den 16. Band der *Gesammelten Werke von Karl May*. Dieser

Band trug den Titel *Menschenjäger* und ist der erste Teil einer Trilogie, die sich mit dem Sklavenhandel in Afrika beschäftigte. Sollte der Name Operation Band 16 dem Gegner zur Kenntnis gelangen, so mutmaßten wir vielleicht nicht ganz zu Unrecht, dass die entsprechenden Stellen nicht über Karl Mays *Gesammelte Werke*, sondern eher über Karl Marx sinnieren und sich mit dem Band 16 der *MEW* beschäftigen würden. Ein gründliches Studium der Quellen des Marxismus, so meinte Hendrik, würde diesem Pack nicht schaden. *MEW Band 16* enthielt unter anderem den bekannten Text *Lohn, Preis und Profit*, der zum beständigen Schulungskanon bei kommunistischen Organisationen gehörte und der zum Leidwesen der hundertfünfzigprozentigen Marxisten aller Strömungen unter uns zu Schulenden unter dem Spotttitel *Lohn, Preis, Pommes Frites* lief.
Im Folgenden informierte ich Leni über den Stand der Dinge hinsichtlich unserer Pläne, ohne auf jedes Detail oder die beteiligten Personen einzugehen. Natürlich hatte sie an fast jeder Stelle etwas zu kritisieren. Aber nach einer knappen Stunde war das Palaver nahezu beendet und ich hatte sie im Wesentlichen zufriedenstellen können. Es blieb die Frage nach den konkreten Daten der Aktion.

»Leni, das steht noch nicht fest. Dazu müssen noch ein paar Recherchen gemacht werden. Und ehrlich gesagt, ich will euch das genaue Datum auch nicht im Voraus mitteilen. Es wird mir ganz allgemein zu viel gequatscht. Das ist mir zu heiß. Niemand soll einfahren. Klar?«

»So viel zum Thema Vertrauen«, kommentierte Leni angesäuert.

»Leni, ich vertraue dir! Das heißt nicht, dass ich jedem Hansel vertraue. Ich weiß nicht, wer bei euch alles so rumspringt und will es auch gar nicht wissen. Du erinnerst dich vielleicht noch an den Flop in Piräus, als ihr den Krankenwagen aus der Sammlungsaktion der Liga für die palästinensischen Genossen in den Libanon verschiffen wolltet und dieser nach einem simplen Bauerntrick in das Hafenbecken plumpste und natürlich im Eimer war?«

Leni war stehengeblieben und malte kleine Kreise mit ihren Schuhen in den Boden.

»Bereitet euren Teil in der Sache vor. Halte den Kreis der informierten Genossen so klein wie irgend möglich. Ich will keine Überraschungen erleben. Sobald mehr feststeht, wirst du in Kenntnis gesetzt. Versprochen.«

Leni seufzte tief und ich sah sie fragend an. Eventuell etwas zu sehr fragend.

»Mark, die Aktion ist politisch wichtig. Klar! Aber plane kein Hasardeurzeugs. Ich will nicht, dass dir was passiert.«

Klar, antwortete ich mir. Hab ich doch kein Problem mit, Alte. In der Realität schwieg ich und sah weiter indifferent in die dunkle Welt des Berliner Tiergartens.

Leni hob ihre rechte Hand und hielt sie vertraulich-fürsorglich an meinen linken Arm.

»Ich meine es ernst, Mark, das weißt du doch, oder?«

Ich wusste, wie immer in solchen Situationen, nichts. Ich hatte von meinem Leben nicht viel verstanden. So viel schien immerhin festzustehen.

Leni sah mir fest in die Augen und während ich ihrem direkten Blick auswich, stellte ich in dieser fast vollständigen Dunkelheit fest, dass auch Leni sich ganz schön rausgeputzt hatte. Sie war dezent geschminkt und unter ihrem grauen Flanellmantel trug sie offenbar ein kurzes schwarzes Kleid und schwarze Nylonstrümpfe, was durchaus geeignet war, hormonell gesteuerte Phantasien beim männlichen Teil der Menschheit auszulösen. Unter kompletter Abschaltung meines Gehirns und weiterer eventuell steuerbarer Körperfunktionen hob auch ich meine rechte Hand und berührte Lenis linke Schulter unter gleichzeitiger Dominanz zahlreicher aphasischer Hauptsyndrome, also Beeinträchtigungen in den Bereichen Semantik, Syntax, Morphologie und Phonologie.

Mein fortgesetztes Schweigen schien Leni nicht zu tangieren. Vielleicht war es in der Situation auch nicht relevant, jedenfalls tat ihre linke Hand es ihrer rechten gleich und ich folgte wider besseres Wissen diesem Unsinn.

Was war das für ein Geräusch im Gebüsch neben uns? Wurden wir plump beschattet oder erwachte einer der zahlreichen obdachlosen Bewohner des Tiergartens aus einem alkoholbedingten Schlummer? Nein, es war eher das Quaken eines Frosches, der die Winterstarre verpasst hatte, oder?
Leni schien nichts zu hören. Ich musste eine Erlösung aus meiner momentanen Reglosigkeit finden. So konnte es nicht weitergehen. Es gab nur drei Möglichkeiten: Entweder musste ich Leni jetzt küssen oder einen stimmungstötenden Spruch von mir geben oder die Himmelskuppel tat sich auf und bot einen überraschenden Ausweg, so etwas wie eine spontane Selbstentflammung käme zum Beispiel gut. Tatsächlich gab es keinen dritten Weg! Zwischen Kapitalismus und Sozialismus nicht. Und auch sonst nicht.
Dachte ich.
Da zerteilte sich das Dunkel zu meiner Rechten und ein dunkelgraues Etwas schälte sich aus dem Nichts. Es war nicht direkt der liebe Gott, aber immerhin.

»Äh, tschuldigung. Ach, Mark? Du hier?«, sprach das Graue aus dem Gestrüpp.
Ich brauchte einige Sekunden, um aus meiner Aphasie zu erwachen.

»Hi Paul! Du hier zu später Stunde? Ist ja ne echte Überraschung. Alles gut bei dir?«, fand ich meine Sprache wieder.

»Ick hab vor Durscht son Hunger, dit ick nich weeß, wie ick schlafen soll, so friert mir.«

»Schon klar, Paule. Nimm nen Schnabus oder zwei auf meinen Deckel, wenn du im Jonas vorbeikommst.«
Nun musste ich wohl bürgerlich werden. »Mensch, Paule, hab ich dir schon Leni vorgestellt? Leni, das ist Paul, ein Stammgast aus dem Jonas. Paul, das ist Leni, eine gute Freundin von mir.«

»Lieber Jott, lass Abend werden, am besten noch vorm Frühstück«, kommentierte Paul die gegenseitige Vorstellung.

»Mal nicht so pessimistisch in Anwesenheit einer Dame, Paule!«

»Säufste – stirbste. Säufste nich – stirbste ooch. Also säufste!«, verabschiedete Paul sich wieder in die Nacht.

Leni und ich hatten unsere Positionen auf dem Parkweg noch nicht verändert. Ich hauchte Leni einen Kuss auf die Stirn, löste meine Hände von ihren Armen und lachte: »Also, der Paule. Mit dem war jetzt echt nicht zu rechnen.«

Wir gingen aus der Parkanlage zurück in Richtung Philharmonie, ohne weitere Erörterungen zu führen. Zu ihrem und vielleicht auch meinem Trost legte ich meinen Arm um Leni. Der pralle Sternenhimmel über dem Großen Tiergarten funkelte tausendfach und diamanten über uns. Theoretisch jedenfalls. Praktisch war er smog-vergiftet und diffus grau. Als wir die Bushaltestelle neben der Neuen Nationalgalerie Richtung Wittenbergplatz erreicht hatten, fragte ich Leni: »Du hast ja heute auch nicht gerade deine Renovierungsklamotten an, wenn ich das so bei Lichte besehe. Wo willst du denn noch hin?«

Leni zögerte mit der Antwort.

»Naja, Mark, Familie halt.«

»Ach, Aristrokratenrummel in der Frontstadt? Ist ja Klasse! Was wird denn geboten?«

»Ach Mark, so ein neuer Fresstempel halt. Du weißt ja, aus was für einer Scheiß-Familie ich komme.«

»Da kannste ganz entspannt sein, Leni. Meine Familie möchte auch keiner geschenkt haben. Und meinen Vater würde ich auch mit einer extrem hohen Mitgift auf dem freien Markt nicht losschlagen können.«

So bestiegen wir gemeinsam den Bus, der uns bis zur Gedächtniskirche transportieren sollte. Wir setzten uns ganz nach vorne auf das Oberdeck. Ohne weiter nachzudenken, nahm ich Lenis Hand.

»Vergiss die Story deiner Herkunft. Wir haben uns entschieden, für die richtige Sache zu kämpfen. Das ist gut und nicht schlecht. Auch wenn man aus dem Kleinbürgertum kommt oder wie du sogar aus der Aristokratie. Scheißegal. Es kommt darauf an, für welche Klasse man kämpft. Das ist entscheidend. Der Rest ist Banane.«

»Ja, Mark, ich weiß«, seufzte Leni.

Ich wollte Leni noch ein bisschen aufbauen.

»Leni, kennste den Witz, bei dem sich Chruschtschow und Tschu En Lai im Himmel treffen? Also, die beiden treffen sich im Himmel und sofort geht der Streit um die richtige Linie los, wer denn nun ein richtiger Kommunist und wer ein Verräter ist. Chruschtschow wettert gegen Tschu En Lai: Ich bin ein richtiger Arbeitersohn. Mein Vater war schon Arbeiter im Bergbau. Ich habe Maschinenschlosser gelernt und war dann auch im Bergwerk. Du dagegen kommst aus der Bourgeoisie, aus der Großbourgeoisie sogar. Du konntest im Ausland studieren und solche Dinge. So redet sich Chruschtschow in Rage. Tschu En Lai hörte sich das Ganze in Ruhe an und sagte dann gelassen zu Chruschtschow: Aber eine Sache wir haben gemeinsam: Wir haben beide unsere Klasse verraten.«

Leni lächelte ein wenig. »Mark, weißt du eigentlich, wie sehr …«

»Nächste Haltestelle: Kaiser-Wilhelm-Gedächtniskirche!«, krächzte der kleine Lautsprecher über uns.

Auf der Straße war der Zeitpunkt zur Verabschiedung gekommen. Ich nahm Leni kurz in den Arm. »Machs gut. Du hörst von mir.« Leni sagte nichts, überquerte den Tauentzien und verschwand in der Dunkelheit.

Was hatte Johann mir übermittelt? Meisung. Rankestraße 23. Das konnte ja nicht weit sein. Und so überquerte auch ich den Tauentzien und ging in die Rankestraße. Die Nummer 23 hatte ich schnell gefunden. Von draußen konnte man schlecht einschätzen, was einen drinnen erwarten würde. Zwar hatte der Schuppen Fenster zur Straße, aber die Sicht wurde von dunkelroten Vorhängen vereitelt. Wie von Johann angewiesen, drückte ich auf einen Klingelknopf. Ein älterer Mann mit Anzug, Krawatte und Brille öffnete mir.

»Guten Abend. Ich bin hier mit Herrn Gröhlin verabredet«, eröffnete ich die Konversation.

»Einen wunderschönen guten Abend, der Herr. Ich freue mich, dass Sie den Weg zu uns gefunden haben. Ich hoffe, Sie hatten einen angenehmen Tag. Darf ich Sie hereinbitten?«, textete mich der Türöffner zu.

Was hatten sie dem denn in den Kaffee getan? Ich trat ein und bestaunte eine mir fremde Welt: Gedämpftes Licht, gedämpfte Gespräche, dezentes Klaviergeklimper von irgendwoher, durchweg alles in warmen Brauntönen gehalten, gepolsterte Stühle, handgeknüpfte Teppiche, die Wände offenbar mit Seidentapeten bespannt, daran Bilder mit Motiven aus der (natürlich) preußischen Geschichte, im Marmorkamin brannte ein Feuer, Kerzenleuchter, Blumenvasen mit Rosen, festlich eingedeckte Tische mit offensichtlich edlem KPM-Porzellan, weiße, gestärkte Stoffservietten zu Mitren gefaltet, runde und ovale Tische aus der Gründerzeit, Gläser aus Kristall, die Gäste allesamt herausgeputzt, als ob sie heute Abend noch die Queen und ihre Bagage erwarten würden. Wirklich gut, dass ich mein Räuberzivil gegen eine entsprechende Verkleidung getauscht hatte.

Königliche Porzellan-Manufaktur

»Wenn der Herr ablegen möchte.« Quasselstrippe hatte mich bis zu einer Art begehbarem Kleiderschrank begleitet und half mir aus dem Mantel. Das passierte mir sonst eigentlich nie. Meine leicht unpassende Bolle-Tüte, die ich eindeutig schon etwas zu lange im Gebrauch hatte, wurde vornehm übersehen.

»Herr Gröhlin, Ihr Gast ist eingetroffen«, sagte er zu Johann, der mich nicht hatte kommen sehen, weil er mit dem Rücken zum Eingang saß. »Herr …?«

»Müller«, ergänzte ich. »Ganz einfach Müller.«

»Sehr wohl, Herr Müller«, nahm er meinen Namen auf und schob mir auch noch den Stuhl unter den Hintern.

»Hi Johann. Irrer Schuppen. Muss man hier selber essen und kauen oder wird man auch gefüttert?«, begrüßte ich meinen Gastgeber.

»Hi Mark. Benimm dich. Das ist hier nicht die Suppenküche im Rauch-Haus.«

»Ach was? Wär mir gar nicht aufgefallen. Im Ernst Johann, was ist mit dir los? Was treibt dich in so ein dekadentes Etablissement? Das spielt ja schon leicht ins Perverse.«

»Die Küche. Die Küche ist ausgezeichnet«, entgegnete Johann, der irgendwie fertig aussah, so als ob er die komplette letzte Woche unter erschwerten Bedingungen durchgesoffen hätte.

Weiter kam er nicht, denn eine mittelalte Dame in einem absolut nicht beschreibbaren langen goldenen Kleid, welches aussah, als ob lauter Goldplättchen miteinander verwoben worden wären, trat neben unseren Tisch. Ich war geblendet. Spontan fiel mir Trude ein. Sowas sollte sie bei unserer nächsten Aktion im Dunstkreis der Bourgeoisie tragen.

»Möchte der Herr auch ein Gläschen Champagner zum Aperitif?«

»Ja, sehr gerne! Das wäre wirklich zu liebenswürdig, gnädige Frau«, versuchte ich mich dem elaborierten Code hier anzupassen. Aber eigentlich war er nicht elaboriert, sondern antiquiert.

»Hat aber trotzdem irgendwie was puffartiges hier, oder?«, nahm ich das Gespräch mit Johann wieder auf.

»Du bist und bleibst ein Banause, Mark!«

»Also, als ein Bordell zur Gründerzeit könnte der Schuppen doch durchgehen, oder? Zur Gründerzeit in Preußen natürlich.«

»Ende der Debatte, Mark! Herr Meisung bringt uns gerade netterweise die Speisekarte, der unsere ganze Aufmerksamkeit gelten sollte.«

In der Tat erschien der Türsteher, der offensichtlich auch der Maître des Restaurants war, mit zwei wuchtigen, in Leder gehaltenen Mappen. Das Studium der Karte offenbarte die Ausrichtung des Hauses an der klassischen französischen Küche. Ökologisch-politisch korrekt würde es kaum werden können, aber mit Rücksicht auf die Großzügigkeit meines Gastgebers verzichtete ich auf jeden Kommentar. Tabellarisch sah unsere Bestellung wie folgt aus:

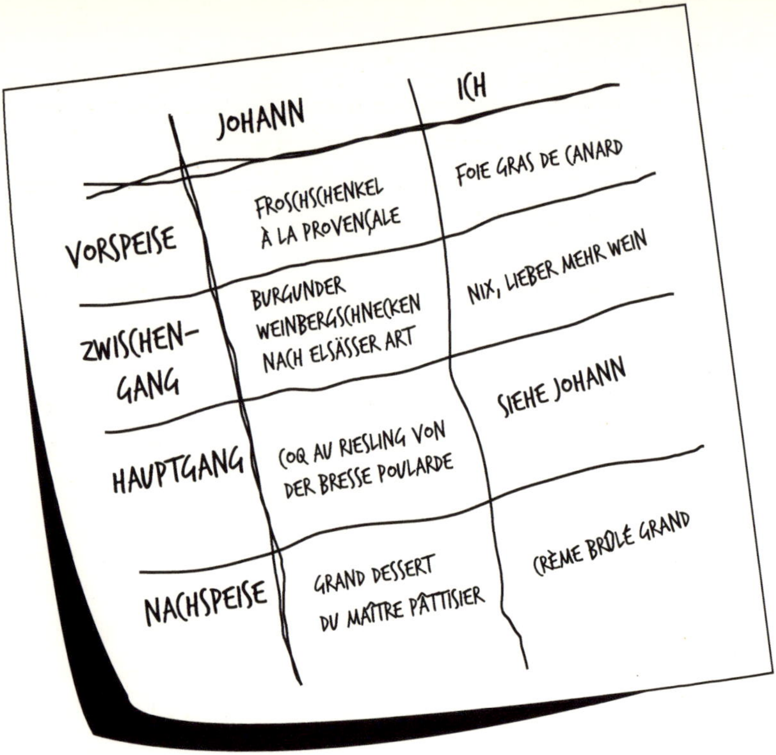

Die Auswahl der begleitenden Weine sollte Johanns Aufgabe sein. Für mich war die umfangreiche Weinkarte ein Buch mit sieben Siegeln und ich wollte zwar für den Untergang des Kapitalismus verantwortlich zeichnen, nicht aber die Apokalypse auslösen.
Das Goldene Wunder servierte mir dann einen Sauternes, dessen Süße mich an die Gummibärchennester denken ließ, die mir meine Großmutter immer zum Einschlafen bereitete hatte. Für Johanns Froschschenkel schleppte sie einen Bourgogne Aligoté an, von dem es gleich eine ganze Flasche gab, weil er auch das richtige Gesöff für Johanns Weinbergschnecken war. Das kam mir entgegen, da mir dieser Wein später bei seiner Verkostung doch ungleich süffiger erschien als mein Vorspeisenwein, der doch mehr an eine überdosierte Tri-Top-Mischung erinnerte.
Während ich mich, als die Getränkefrage gelöst war, immer noch staunend in diesem zu Leben erwachten Museum umblickte, erbot Johann mir aus einer goldenen Schachtel eine Benson & Hedges

Filterzigarette und zündete sich auch eine an. Dann blickte er sich kurz um, senkte leicht den Kopf und die Stimme:

»Mark, ich will nicht lange drumrumreden. Ich brauche eure Hilfe in einer delikaten Angelegenheit. Es geht um Geld.«

»Geht es das nicht immer?«

Johann ignorierte meinen Einwurf und fuhr fort: »Ich habe hohe Außenstände. Das geht mittlerweile an die Substanz.«

»Wie kommts?«

»Die Zahlungsmoral im Baugewerbe ist, gelinde gesagt, beschissen. Ich habe in letzter Zeit viel als Subunternehmer für einen sehr Großen in der Branche gearbeitet. Bei einigen umfangreichen Projekten war ich von der Bauplanung bis hin zur Bauaufsicht für alles zuständig. Bezahlung Fehlanzeige. Langsam steht mir das Wasser bis zum Hals. Ich habe selber Löhne zu zahlen, Sozialabgaben, Büromiete, Unkosten hier, Unkosten da.«

»Es gibt keine Unkosten, es gibt nur Kosten. Wenn du buchhalterisch-kaufmännisch betrachtet Unkosten hast, hast du keine Kosten, also auch nichts ausgegeben.«

»Nerv nicht rum, Mark. Du weißt, was ich meine. Aufgrund der Außenstände habe ich hohe Schulden. Die Banken sitzen mir im Nacken. Meine Anwälte machen Druck bei meinem Auftraggeber, aber der versucht die Sache auszusitzen und zahlt partout nicht.«

Johann drückte seine Angeberzigarette aggressiv im Aschenbecher aus und wurde in seinen Ausführungen durch die Ankunft der Froschschenkel unterbrochen. Appetitlich sah das ja nun wirklich nicht aus. Er ließ sich davon aber nicht abschrecken, aß das Zeug und redete unterdessen weiter, während ich mich meiner ebenfalls servierten Entenleberpastete widmete. »Der Rechtsweg hilft mir nicht weiter und ich stehe kurz vor der Pleite. Nun meinen selbst meine Anwälte, dass ich mich nach anderen Alternativen umsehen muss.«

»Haben deine Anwälte im Lateinunterricht nicht aufgepasst? Was sollen denn andere Alternativen sein? Das Wort Alternative kommt von …«

»Mark, nerv mich nicht! Hast du heute deinen Klugscheißertag, oder was?«
Ich versuchte Johann möglichst unschuldig anzusehen.

»Als ihr letzte Woche den Wagen zurückgebracht hattet, kam ich auf die Idee und dachte mir, dass Kraschno und du doch vielleicht die Richtigen seid, um da mal ordentlich Druck zu machen, wegen meiner Kohle.«

»Wir? Wie kommste denn darauf? Seit wann betreiben wir ein Inkassobüro? Wir sind politische Aktivisten, schon vergessen, Johann?«

»Komm, Mark, jetzt mach hier mal keinen auf Heiligen der reinen Lehre. Ihr macht doch sonst auch allen möglichen Scheiß. Im Kempinski Champagner saufen, in Kreuzberg eine Massenschlägerei anzetteln, irgendwelchen Agentenquatsch in die Welt setzen. Ich bin doch nicht blöde. Ich hab auch meine Quellen. Ich unterstütze euch immer großzügig. Wer hat vorletztes Jahr, oder wann das war, deinen mehr als fragwürdigen Libanoneinsatz mitgesponsert? Schon vergessen? Wer hat Kraschno das Geld für den Ascona vorgestreckt? Und was, glaubst du, hättet ihr vorletzten Sommer für die Woche im Ferienhaus unserer Familie in Kampen auf dem freien Markt bezahlt, du und deine kleine Freundin? Wie hieß sie noch gleich?«

»Oh, erinnere mich jetzt bitte nicht an die, sonst muss ich anfangen zu weinen.«

»Du und weinen? Du hast doch wahrscheinlich noch nicht einmal nach dem abrupten Abstillen geweint.«

»Äh, Johann, hör sofort auf mit dieser ekeligen Psychoscheiße!«

»Du hast doch angefangen. Aber ist jetzt auch schietendudi! Nun könntet ihr euch jedenfalls mal erkenntlich zeigen. Schon aus Eigeninteresse, wenn ihr nicht wollt, dass diese Quelle versiegt. Wenn ich pleite bin, schaut auch ihr in die Röhre.«

»Logisch haben wir kein Interesse an deinem finanziellen Ruin. Aber wie stellst du dir das vor? Was sollen wir machen?«, fragte ich Johann ein wenig verzweifelt und entschuldigte mich für einen Gang auf die Toilette.

Als ich zurückkam, waren die Reste der Vorspeisen abgeräumt worden und Johann hatte seinen Zwischengang erhalten.

»Sollen wir den Typen zur Schnecke machen, um einmal im Bild zu bleiben«, sagte ich und deutete auf Johanns Teller, auf dem den Weinbergschnecken mit diffizilen, mir bislang völlig unbekannten Gerätschaften zu Leibe gerückt wurde. Ich nahm einen tiefen Schluck von dem Bourgogne Aligoté und starrte ins Kaminfeuer.

»Mach hier nicht den Kasper. Ihr seid ja nun nicht dafür bekannt, sonderlich zimperlich zu sein. Lasst euch gefälligst was einfallen.«

»Ja, vielleicht sind wir das nicht. Aber unsere konsequente Haltung gilt politischen Aktionen, nicht individuellen Einschüchterungskisten.«

»Wobei die Übergänge bekanntlich fließend sind. Ihr sollt es ja auch nicht umsonst machen. Sag mir bloß nicht, ihr könnt kein Geld gebrauchen.«

»Das wäre in der Tat nicht sehr glaubwürdig«, räumte ich ein. »Über welche Größenordnung an Außenständen reden wir denn überhaupt?«

»Es geht um verschiedene Teilsummen, insgesamt fast 250.000.«

»Puh, eine schöne Stange Geld, wie man bei uns armen Rittern so sagt.«

»Klingt mehr, als es ist. Ich muss meine Einnahmen schließlich noch versteuern.«

»Ach, du Ärmster.«

»Im Erfolgsfall ein Prozent davon für euch, Mark. Ist das etwa nichts?«

»Du hast Anwälte mit einem Bildungsdefizit, wie wir schon wissen. Und wie war es bei dir mit dem Mathe-Abi? Was hat dein Vater bezahlt, damit es reichte? Ich meine fürs Abitur.«

Ich unterbrach meine Ausführungen, weil ich meinen nächsten Schluck Wein aspirierte. Nicht, weil Johann unter Umständen unter Dyskalkulie litt oder auch nur ein mieser, geiziger Pfeffersack war, so wurden diese Typen also reich, sondern weil Leni von einem Tisch, keine fünf Schritte entfernt, besetzt mit einer größeren Gruppe von Personen, offensichtlich die Familie derer von und zu Fürstenberg, aufgestanden war.

Ich wollte nicht den Faden verlieren und riss mich zusammen. »Ein Prozent? Im Erfolgsfall? Für Kraschno und mich? Weißt du, was ich jeden Monat für ein paar Tage Nachtarbeit in der Woche mit Berlinzulage verdiene? Und du bietest mir 1.250 DM für ein Ding an, für das wir locker in den Bau gehen können? Im Erfolgsfall?«

»Hey, Mark. Nicht so laut. Komm mal wieder runter!«

Ich hatte mich wirklich etwas zu geräuschvoll artikuliert.

»Okay, Johann. Ist gut.«

»Ist vielleicht wirklich ein bisschen wenig Honorar. Aber was ist mit dem Aligoté? Warum verteilst du den hier über den Tisch?«

»Hat nichts mit deinem Geiz oder deiner Rechenschwäche zu tun. Hab gerade jemanden gesehen, den ich kenne, aber nicht unbedingt erwartet habe.«

»Die kleine Blonde da vom Nachbartisch? Sieht nicht schlecht aus.«

»Ja, nicht? Die war sogar mal ein Jahr lang Heidekönigin oder sowas Ähnliches.«

»Heidekönigin? Wie kommst du denn an so eine Frau?«

»Die kenne ich noch von der Liga gegen den Imperialismus.«

»Sieh mal einer an, wer alles bei diesen durchgeknallten Vaterlandsverteidigern war.«

»Nicht wahr. Aber zurück zum Thema, Johann«, wollte ich den pekuniären Aspekt unserer Debatte wieder in den Mittelpunkt rücken. Aber dazu kam ich nicht, da das Goldene Wunder, in voller Pracht gülden glänzend und glitternd wie sonst nur zwischen Ostern und Pfingsten, eine gute Flasche Pinot Noir aus dem Elsass an den Tisch brachte.

»Also nochmal, Johann. Bei uns gibt es nur Festpreise. Nix Prozentsatz, nix nur im Erfolgsfall. Bei der Summe, die du noch erwartest 10.000 für die Heimsuchung deines Schuldners. Fix. Okay?«

»Mark, Mark, Mark, die Hälfte, maximal!«

»Vier für jeden von uns und Schluss.«

»Dreieinhalb.«

»Dreieinhalb, okay.«

»Blutsauger!«

»Prost, Johann«, nahm ich das volle Glas Pinot Noir in die Hand und stieß mit ihm an, ohne auch nur ansatzweise zu wissen, auf was ich mich da eingelassen hatte, beziehungsweise, ob Kraschno überhaupt mit im Boot sein wollte. Aber dreieinhalb pro Nase, da kann man schon einmal schwach werden. Kommentarlos schob Johann mir eine Visitenkarte über den Tisch. Ich nahm sie auf und registrierte, wem wir Johanns Kohle aus dem Kreuz leiern sollten. Boah, das war eine große Nummer. Selbst ich, den dieser ganze Baufirlefanz nicht interessierte, kannte den Namen. Na denn.

Mein Gehirn legte über die klassische Klaviermusik, die hier im Hintergrund das Gemurmel der Gäste untermalte, das Stück *Money (That's What I Want)* der Gruppe The Flying Lizards.

In einem Punkt musste ich Johann unbedingt rechtgeben: Die Küche war wirklich vorzüglich und so genossen wir dann den Hauptgang unseres Mahls schweigend.

Unterdessen schaute ich mehr als einmal zu dem Aristokratentisch herüber. Leni saß mit dem Rücken zu mir, aber es war unübersehbar, dass sie sich verdächtig oft und offensichtlich grundlos in Richtung unseres Tisches umblickte.

Ich ließ mich auf das Spielchen beim Dessert ein und verlor dabei den Faden in der Konversation mit Johann, die wir wieder aufgenommen hatten. Obwohl ich schon jetzt ein bisschen zu viel Wein intus hatte, um die Lage zu überblicken, ließ ich mich von Johann noch zu einem Digestif überreden, der als doppelter 40-jähriger Armagnac vor mich gestellt wurde.

Bevor dieser uns erreichte, wagte ich einen Ausflug an den Von-und-zu-Fürstenberg-Tisch. Der Stuhl neben Leni war gerade frei und ich setze mich.

»Also hier verbringst du deine Freizeit, Leni, während ich im Casino und im Café Keese Kopf und Kragen riskiere.«

»Was machst du denn hier, Mark?«, tat Leni überrascht, der etwas Pimpinelle an der Oberlippe klebte, was mich kurz aus dem Takt brachte.

»Essen. Und ja, ich wollte noch einmal nach dir sehen. Ging dir ja vorhin nicht so gut.«

Aus dem Restbestand des Tisches von Leni löste sich einer dieser notorischen Bauernschinder und drohte mich schräg von der Seite anzulabern, also verzog ich mich schnell unter einer gemurmelten Entschuldigung in Richtung WC. Als ich mich vor dem Urinal auf das Wasserlassen konzentrieren wollte, stand der aufdringliche Krautjunker neben mir und sabbelte darauf los: »Also, wissen Sie, die Miktion ist ein bemerkenswerter Vorgang, der durch äußerst komplizierte und komplexe Regelkreise des willkürlichen und autonomen Nervensystems gesteuert wird.«
Auweia. Diese jahrhundertelange Inzucht in der Aristokratie zeitigte offenbar doch böse Folgen. Kommentarlos verließ ich den blaublütigen Pinkel-Experten und begab mich wieder zu Johann, um weiterer unerwünschter Konversation aus dem Weg zu gehen. Worüber wir im Einzelnen bei dem exquisiten Absacker parlierten, erinnere ich nicht mehr. Irgendwann verwandelte sich das hochfeine Ambiente in eine unwichtige Kulisse. Glitzer-Else brachte irgendwann ein Tellerchen mit sechs kleinen Teilen, die wie aus der Folienverpackung befreite Mon Chéri aussahen, sich aber als delikate, vom Haus selbsthergestellte Pralinés entpuppten, als ich mir sie beiläufig und vermutlich unfein in den Mund schob. Einer spontanen Eingebung folgend, entführte ich Leni an unseren Tisch und stellte sie Johann vor. Umgekehrt stellte ich ihr Johann als einen alten Freund und Genossen vor. Die ganze Architekten-Bau-Karriere-Story ließ ich unter den Tisch fallen. Danach setzten wir unsere etwas unsortierte Debatte über Bauthemen fort.

»Okay, Johann, Eltern lernen neue Mathematik, Unterrubrik Mengenlehre für Architekten: Ein Haus. Okay? Ist ein Haus. Und zwei Häuser sind zwei Häuser. Und die Hälfte von einem Haus ist ein halbes Haus und die Hälfte von zwei Häusern ist ein Haus. Okay? Was ist dann aber eine Doppelhaushälfte? Das ist doch wohl Deutschlands Schwachsinnskompositum Nummer Eins.«

»Es ist mathematisch gesehen die Reduktion um den gleichen Faktor, der zuvor zur Verdoppelung führte. Außerdem macht Mengenlehre bekanntlich krank.«

»Hä?«

»Ökonomisch kann man es einfacher erklären. Ich baue ein großes Haus zu den üblichen Kosten eines großen Hauses. Dann teile ich es in zwei Teile. Anschließend verkaufe ich das Haus in zwei Margen zu einem Preis, der jeweils 100 Prozent der Gesamtkosten eines normalen großen Hauses minus 10 bis 20 Prozent Rabatt pro Hälfte beträgt. Verstehst du das, du Besserwisser? So verdient man Geld.«

»Wenn man es denn bekommt.«

»Mark!«, ermahnte mich Johann mit einem Seitenblick auf Leni. Ich hatte ihn schon verstanden. Er wollte natürlich nicht, dass Dritte von seinen gegenwärtigen Schwierigkeiten erfuhren.

Leni hatte unserem Gespräch distanziert und schweigend zugehört. Kopfschüttelnd kommentierte sie: »Sorry, aber eure Gespräche sind genauso hirnrissig wie die an meinem Tisch.«

»Ja, sicher sind sie das«, bestätigte Johann. «Und du warst echt mal Heidekönigin?«

»Heidekönigin? Was ist das denn für ein Schwachsinn? Hat Mark dir das erzählt?«, empörte sich Leni und schaute mich wütend an.

»Ja, wieso?«

»Äh, ja, ich, ich wollte dich schützen, wegen deiner Herkunft und habe ein bisschen untertrieben.«

»Mich schützen?«, keifte Leni in einer Tonlage, die auf einen unmittelbar bevorstehenden hysterischen Anfall hindeutete.

»Wie untertrieben? Was ist denn die Steigerung von Heidekönigin? Weinkönigin?«, wollte Johann wissen.

»Vielleicht Bienenkönigin?«, mutmaßte ich.

»Maaaark!«, schrillte Leni.

In dem begehbaren Museum begannen sich bereits einige Gäste umzudrehen.

»Ich habe es dir heute schon einmal gesagt: Du quatschst echt nur Scheiße, Müller!«, zischte Leni, die sich jetzt um etwas mehr Diskretion bemühte.

»Ja, Leni, ich weiß, manchmal gehen die Pferde mit mir durch. Tut mir leid.«

»Apropos Pferde«, begann sich Johann einzuklinken. »Die soll man bekanntlich öfter mal wechseln, wenn man irgendwie vorankommen will.«

»Genau! Mal ehrlich, Leute, der Laden ist doch jetzt abgefackelt. Lasst uns noch woanders hingehen. Was meint ihr?«

Erstaunlicherweise fanden alle meinen Vorschlag gut.

Johann bat um die Rechnung, die uns in Windeseile vorgelegt wurde. Er steckte vier blaue Scheine in ein seltsames Gefäß, welches die Begleichung der Zechschulden dezent organisierte. Für diesen Betrag könnte ich ungefähr 200 Mal das Stammessen in der Mensa zu mir nehmen. Was allerdings auch nicht gesund wäre.

Überraschend schnell standen wir drei und meine Bolle-Tüte auf der Straße und genauso fix fielen wir in eine Taxe, welche uns zu Lucie Leydicke in die Mansteinstraße nach Schöneberg fuhr.

Dort setzten erste Ausfallerscheinungen bei mir ein. Die derben Sprüche von Lucie, die tatsächlich bereits ihren achtzigsten Geburtstag gefeiert hatte, nahm ich kaum noch wahr. Ob oder was ich im Einzelnen trank, ist mir komplett entfallen. Ich kann mich nur noch an drei Dinge erinnern. Zum einen, wie Johann in der einen Hand ein Tablett mit drei vollen Schnapsgläsern und drei leeren Weingläsern jonglierte, während er in der anderen Hand eine Flasche Stachelbeerwein schwenkte. Den Schnaps stellte er uns gleich darauf als Pomeranzenlikör vor. Zum anderen weiß ich noch, dass Leni und Johann mir nicht glauben wollten, dass meine Großeltern bereits in den 1920er Jahren häufiger Gäste im Leydicke bei der Wirtin Lucie gewesen waren. Zu guter Letzt erinnere ich mich noch, wie Leni mir am Tresen eine knallte, als ich sie der Wirtin als amtierende Heidekönigin von Amelinghausen auf Berlin-Urlaub vorstellte.

21

Mein Alltag als Kind in den frühen 60er Jahren war eine endlose Marter. Aber er war eine bunte Blumenwiese gegenüber den Sonntagen. Sonntage waren wirklich, und zwar jeder einzelne für sich, die zur Realität gewordene Vorhölle! Durchaus vergleichbar mit diesen schaudererregenden Zeichnungen, die sie an uns Kinder im Religionsunterricht in Vorbereitung auf die Heilige Erstkommunion verteilten, um uns die Schrecken des Ewigen Fegefeuers drastisch vor Augen zu führen und die mir damals so große Angst gemacht haben, dass ich nachts, starr vom Grauen vor diesem möglichen Schicksal, nicht schlafen konnte.

Mark Müller: Erinnerungen an ein verpatztes Leben. Band VII, S. 907.

AN EINEM TOTEN SONNTAG TRETMINEN VERMEIDEND EINE ELYSISCHE FÜRBITTE LESEN

Ich hockte auf meinen Knien und arbeitete gerade intensiv an einem schwarz-weißen Fußbodenmosaik in Quadratkufi im Foyer des Stammhauses der Familie von und zu Fürstenberg, als Leni erschien und flötete:

»Mark, Besuch für dich!«

Ibn Muqla betrat langsam und würdevoll den Raum und inspizierte meine Arbeit.

»Nicht schlecht für einen Ungläubigen«, lobte er mich. »Aber gestern hast du einen unverzeihlichen Fehler gemacht: Du warst perfekt! Und das ist Gotteslästerung. Dafür wird dein Kopf vom Rumpf getrennt werden.«

»Aber Meister, das ist unislamisch«, erwiderte ich nicht völlig frei von aufkommender Angst vor einer letalen Schnittverletzung. »Es gibt keine Sure und keinen Vers im Koran, der dergleichen für Gotteslästerung fordert oder gutheißt. Und wo, zum Teufel, war ich perfekt?«

»Dein Eintrag im Sveistrup war perfekt. Ohne Fehler. Das war gegen das Gesetz. Jedes Kunstwerk muss einen Fehler enthalten, damit klar ist, dass es Gott allein ist, der vollkommen ist.«

»Ja, das leuchtet mir ein! Aber natürlich muss es einen Fehler enthalten, weil es das Werk eines Menschen war, mein Eintrag kann also gar nicht perfekt gewesen sein.«

Ich war geradezu euphorisch über die Reife meiner theologischen Argumentation. Doch dann dämmerte mir, dass Ibn Muqla historisch betrachtet den Sveistrup gar nicht kennen konnte.

Während Ibn Muqla in einem nicht näher beschreibbaren Nebel verschwand, kam ein wunderschönes, wie antikes weißes Porzellan schimmerndes, weibliches Wesen auf mich zu und flüsterte mir ins Ohr:

»Um das Leben zu gewinnen, musst du die Sonntage besiegen. Sonntage besiegen ist kein Kinderspiel. Eine Horde blutrünstiger Drachen mit einer umgebogenen Büroklammer zu bezwingen, das ist ein Kinderspiel, aber einen Sonntag zu besiegen ist unendlich viel schwieriger.«

Dann verschwand auch sie im Nebel und ich öffnete die Augen.

Bei der Wiedererlangung des Wachzustandes schaute ich in einen einheitlich grauen Himmel. Ich stand auf, blickte aus einem kleinen Dachfenster und sah einem verdutzten Spatzen ins Antlitz, der auf dem äußeren Rand der Regenrinne saß und vor Schreck fast in den Hinterhof fiel, als er meiner gewahr wurde. Also, hier wohnte ich nicht, soviel war klar. Ich stellte fest, dass ich vollständig bekleidet war und brüllende Kopfschmerzen hatte, als Leni ihren Kopf durch die Zimmertür steckte und fröhlich kundtat:

»Mark, Frühstück für dich!«

Leicht panisch irrlichterte ich durch die Messie-Wohnung meines Gedächtnisses. Wo war ich und vor allem, wie war ich hierhergekommen? Der stechende Schmerz erschwerte rationale Überlegungen jedweder Art und verhinderte die noch viel interessantere Frage, warum war ich hierhergekommen?

Frühstück! Prima Idee, Leni, wollte ich von mir geben, aber mit brüchiger Stimme entfuhr mir nur so etwas wie:

»Frühstück? Primini ...«

»Bitte?«

»Äh, Frühstück, Leni, ist eine prima Idee«, gelang mir dieses Mal die Artikulation.

Mein Aufwachraum bot neben einer Bettnische einen kleinen Tisch mit zwei Stühlen. Leni stellte ein großes Tablett auf dem Tisch ab und ich half ihr beim Abladen der zahlreichen phantastischen Dinge, die auf dem Tablett drapiert waren: eine große Kanne Kaffee, eine Karaffe Orangensaft, Schinken, Käse, Marmelade, Rührei, ein reich gefülltes Brotkörbchen, dazugehöriges Geschirr und Besteck sowie Ingredienzien, die meiner tragischen Verfassung angemessen waren, wie saure Gurken, ein Toast mit Lachs verziert mit einem Häubchen aus Sahnemeerrettich und ein Tässchen heiß dampfende Hühnerbrühe. Zusätzlich gab es noch ein Glas mit einer mir unbekannten hellbraunen Flüssigkeit.

»Boah, Leni, wo, wo kommt denn das alles her, ich meine wie?«

»Komm erstmal richtig zu dir, bevor du wieder große Reden schwingst«, unterbrach Leni meine stotternden Nachfragen.

Na, wo sie Recht hat, hat sie Recht, dachte ich mir und widmete mich in aller gebotenen Vorsicht den Speisen, obwohl die Kopfschmerzen schier unerträglich waren. Stachelbeerwein und Pomeranzenlikör, was für eine Scheiß-Idee. Das konnte ja auch nicht gut gehen. Kurz hatte ich Bedenken, ob mein Magen mitspielen würde, aber auf ihn war eigentlich immer Verlass. Es tat gut, sich langsam den Bauch zu füllen. Der Kaffee war bestens, stark und heiß, Leni eine angenehme Frühstücksgenossin. Sie schwieg, wirkte entspannt und verzichtete auf Streit und Vorhaltungen. Vorerst jedenfalls. Eine wahre Idylle.

Wie jeder paradiesähnliche Zustand auf Erden konnte auch dieser nur von begrenzter Dauer sein. Ich selbst sollte ihn nach einer knappen Viertelstunde zerstören.

»Leni, ich habe da doch einige kleinere Erinnerungslücken. Wo sind wir noch mal?«

»Kleinere Erinnerungslücken, so so. Das ist eine der Wohnungen, die meine Familie für Besuche in der Stadt vorhält. Ich hatte mir die Schlüssel geben lassen, weil ich auch mal eine WG-Pause brauche, da kam mir das Familientreffen zur rechten Zeit. Und wir sind in Charlottenburg, nicht weit von der Schlossstraße entfernt.«

»Ah ja, prima.«

»Was ist denn so das Letzte, an das du dich erinnern kannst, Mark?«

»Ach, das kann ich gar nicht so genau sagen.«

»Leydicke? Nulpe? Music Hall? Kleine Blondinen anbaggern? Woran erinnerst du dich noch?«, fragte sie mit einem besorgniserregenden Unterton.

Ich erschrak. Da schien sich tatsächlich ein etwas größeres Loch in der Erinnerung an den gestrigen Abend aufzutun.

»Na klar, Leydicke, dieser leidige Obstwein, den Johann unbedingt noch anschleppen musste«, versuchte ich meinem Gedächtnis etwas Zeit zu verschaffen. »Und du hast mir eine gescheuert«, ergänzte ich ein wenig vorwurfsvoll. Ich tastete meinen Körper nach Zigaretten ab und fand in meiner Hemdtasche eine ziemlich ramponierte Papierpackung mit Roth-Händle ohne Filter, von denen etliche zerbrochen, drei aber noch in einem Stück geblieben waren. Meine rechte Hosentasche lieferte eine Schachtel Welthölzer dazu, die ich mir irgendwo unabsichtlich eingesteckt haben musste, denn sie enthielt zahlreiche bereits abgebrannte Hölzer, die nach Gebrauch statt entsorgt, wieder in die Schachtel zurückgelegt worden waren. Eine schreckliche Unsitte, welche vor allem schmutzige Finger bescherte. Ich entnahm und entzündete ein noch nicht abgebranntes Streichholz. Beim ersten Zug rebellierte der ganze Körper.

»Ja, und dann, Mark? Hhmm? Das ganz große Schweigen?«

»Ja, Leni, puuuh. Also im Moment fürchte ich, ist bei deiner Ohrfeige Schluss«, gestand ich nach etwas Zögern ungern ein.
Oh, oh, oh. War ich noch in der Nulpe gewesen? Und womöglich auch noch in der Music Hall? Auweia.

»Wozu dient eigentlich diese braune Flüssigkeit in dem Glas da, Leni?«, versuchte ich ein anderes Themengebiet zu erreichen. »Ist das Deko oder willst du das zu dir nehmen?«

»Ich? Nee, du, Mark. Das habe ich für dich angerührt. Das soll dich wieder aufbauen.«

»Und was ist da drin?«

»Eigelb, Cognac, Zucker und ein paar Familiengeheimnisse.«

»Ah, ja. Na, dann will ich mal: Darauf einen Fürstenberger!«, sagte ich, führte die unbekannte Substanz zum Mund und leerte das Glas. »Hhm, interessant. Und das baut einen auf?«
Es schmeckte wie irgendetwas von einem betrüblichen Besuch eines schlecht frequentierten Weihnachtsmarktes an einem zweiten Adventssonntag im Zonenrandgebiet inmitten der 1960er Jahre. Klebrig-süße Alkoholpampe.

»Keine blöden Anspielungen auf meine Familie mehr, Mark!«, drohte meine Frühstücksfee. Ansonsten ging Leni nicht weiter auf meine Frage zur Wirkung der Zuckerwatte mit Alkoholgeschmack ein, sondern bohrte weiter.

»Und, Mark, was ist nun mit deiner Erinnerung? Wo setzt sie aus?«

»Wie kommst du so penetrant auf die Idee, ich könnte überhaupt irgendwelche Aussetzer haben, Leni? Ich bin quasi der Erinnerungskönig. Nur gegen Ende des gestrigen Abends scheine ich ein bisschen geschwächelt zu haben.«

»Egal, Mark. Darum gehts hier auch im Kern nicht. Ich habe dir letzte Woche schon ein paar Takte zu eurer Sauferei gesagt. Und gestern musste ich Zeugin deiner Exzesse werden«, wurde Leni nun ernst und im Tonfall gereizt.

»Exzesse? Leni, es war Wochenende und …«

»Revolutionäre haben kein Wochenende. Hast du nicht gestern Abend selber so einen Spruch gelassen?«

»Freizeit. Haben keine Freizeit, habe ich gesagt.«

»Blöder Besserwisser! Das ist doch scheißegal!« Leni war nun dabei angekommen, mich anzubrüllen. »Dein Machogehabe ist schon kaum erträglich, aber du Idiot hast unsere ganze Aktion gegen von Erbe gefährdet! Das ist kein Spaß mehr!«

»Äh, wieso das denn?«

»Deine Bolle-Tüte mit den ganzen Von-Erbe-Unterlagen, Mark, wo ist die?«

Ich blickte mich panisch im Raum um. Scheiße, die Bolle-Tüte. Wo hatte ich die gelassen. Ich schaute Leni Hilfe suchend an.

»Wer den Inhalt findet, kann trotz deines Verschlüsselungsfirlefanzes schnell eins und eins zusammenzählen, Mark!«

Scheiße, da lag Leni leider richtig. Das war echt nicht komisch. Wo war diese verdammte Tüte? Vor allem ihr Inhalt! Mir wurde ganz heiß. Jetzt nur nicht die Nerven verlieren.

Ich steckte mir die nächste Zigarette an und marterte mein Hirn. Wann und wo hatte ich die bescheuerte Tüte zuletzt bei mir? Im Taxi, als wir ins Leydicke fuhren, war sie sicher noch dabei und dann? Meine Erinnerungsversuche rannten immer wieder vergeblich gegen eine Mauer aus Weiß-ich-nicht-mehr-Beton an.

Aber was hatte Leni gesagt? Verschlüsselungsfirlefanz? Wie konnte sie davon wissen? Sie musste den Inhalt des Plastikbeutels gesichtet haben und dann hatte sie als guter Geist und Übermutter strauchelnder Revolutionäre das Teil selbstredend auch gesichert.

»Leni, nun komm mal wieder runter. Du hast doch die Tüte, oder? Es war wirklich keine gute Idee, mit dem Material zu von Erbe im Gepäck so tief ins Glas zu schauen, da hast du schon Recht, aber gottlob warst du ja dabei und hast aufgepasst.«

»Mannomann, Müller, du machst dir alles immer schön einfach, nicht? Die Tüte hängt im Flur an der Garderobe, was wahrlich nicht dein Verdienst ist.«

»Ich werde im Purgatorium für sämtliche Verfehlungen meines Lebens büßen.«

»Werd nicht albern, Müller!«

»Nein, im Ernst: Danke, Leni. Du hast was gut bei mir«, sagte ich so demütig wie nur möglich, wobei mir gleichzeitig noch ein ganz anderes Thema auf der Seele lag, wenn es denn so etwas wie eine Seele gab. War es zwischen Leni und mir zu irgendeinem relevanten Geschehnis gekommen, das weiterer Erklärungen oder Kommentierungen bedurfte? Ich war zwar vollständig bekleidet auf der Lagerstatt unseres Frühstückszimmers aufgewacht, aber was hieß das schon? Wenn ich Lenis gleich gebliebenes Verhalten mir gegenüber als Gradmesser nahm, konnte ich deduzieren, dass es zu keinerlei inkriminierenden Handlungen gekommen war. Dennoch, oder gerade deshalb sollte ich mich jetzt trollen, meiner Wege gehen und mich wieder konstruktiv um meine diversen Projekte kümmern.

»Leni, ich denke, ich muss langsam mal los. Wie spät ist es eigentlich?«, bereitete ich meinen Rückzug vor.

»Viertel vor zwei.«

»Hopplahopp! Dann wird es aber nun wirklich Zeit. Das war ja echt mal ein tolles Frühstück. Vielen Dank. Und danke auch für das Nachtquartier.«

Leni brachte mich noch zur Wohnungstür. Ich zog mir die Schuhe an, schnappte Mantel und Bolle-Tüte, nahm Leni kurz in den Arm und sagte: »Machs gut, Leni. Du hörst von mir.«

Kurz war mir, als hätte ich gestern zum Abschied das Gleiche gesagt. Dann lief ich raschen Schrittes durch das Treppenhaus nach unten.

Draußen angekommen, musste ich erst einmal tief durchatmen und mich orientieren. Das war hier nicht meine Gegend. Die Straße war sonntäglich leer, die Luft für Ende November geradezu mild, das Licht fahl, der Himmel farblos, die Stimmung trübe. Der Sonntag präsentierte sich in seiner ganzen deprimierenden Tristesse. Kaum hatte ich das Haus verlassen, durfte ich einen schweren Anfall von Sonntagsdepression bekämpfen. Langeweile im Verein mit Niedergeschlagenheit kroch wie ein Deckung suchendes Wildtier langsam und ohne Eile an den Häuserecken entlang und breitete sich genauso ungehindert wie epidemisch aus.

Nach wenigen Minuten spuckte mich die kleine Querstraße meines Nachtquartiers unverdaut auf der Schlossstraße aus. Ich ließ das Charlottenburger Schloss in meinem Rücken liegen, ging auf dem nicht asphaltierten, mit kleinen Pfützen drapierten Weg auf dem Mittelstreifen Richtung Kaiserdamm dahin und versuchte meine Gedanken zu ordnen. Einige vereinzelte Hundebesitzer ließen ihre schwer verhaltensgestörten Tölen die schmalen Randstreifen zu beiden Fahrbahnseiten mit Exkrementen verunreinigen, die im Gras versteckt als schwer identifizierbare Tretminen den Winter bis in das Frühjahr überdauern würden und spätestens zu Ostern jungen Eltern mit ihren Sprösslingen bei der üblichen Eiersuche in der freien Natur Charlottenburgs jede Menge Freude bescheren würden, insbesondere jenen stolzen Erhaltern der Menschheit, deren Nachwuchs sich gerade in der oralen Phase befand.

Ebenso wenig begeistert waren die frankophilen Lehrer und Studenten, die auf der Höhe der Gaststätte Zur weißen Kastanie, die immer nur kurz ›Kastanie‹ genannt wurde, auf eben diesem Mittelstreifen an einem der ersten schönen Märztage des Jahres dem Boule-Spiel frönten, über die Hinterlassenschaften der felltragenden Großstadtplage. Es waren ja beileibe nicht nur die fäkalen Überreste eines in hohem Maße entbehrlichen Totensonntags, vielmehr bekam jeder halbwegs grüne Quadratmeter der Stadt alltäglich etwas von den 25 Tonnen Hundekot ab, die pro Tag über die Halbstadt verteilt wurden. Dementsprechend war die Desillusionierung des Tireurs (der in der deutschen Sprache etwas platt als Schießer bezeichnet wird), also desjenigen Spielers, dessen vornehmliche Aufgabe darin besteht, die gegnerische Kugel aus dem Spiel zu entfernen und im optimalen Falle durch die eigene zu ersetzen, doch zu groß, wenn er beispielsweise nach einem verfehlten Schuss auf eine Kugel der konkurrierenden Mannschaft womöglich noch unglücklich eine eigene hervorragend positionierte Kugel aus dem Spiel entfernt hatte, dann bei der anschließenden Suche nach dem eigenen Sportgerät am Rande des Spielfeldes, statt die eigene Eisenkugel wieder in Besitz zu nehmen, wortwörtlich in die Scheiße gegriffen hatte. Auch wenig tröstlich für den Herrn Tireur war es, wenn die Mitspieler anschließend am Tresen der Kastanie beim unvermeidlichen Après-Boule mit Pastis 51 aus Marseille eine aphoristische Überschrift in der lokalen Boulevardpresse mit *Schießer griff in Scheiße* imaginierten.

Das Ordnen meiner Gedanken fiel mir nicht leicht. Zu stark unterdrückten noch die Folgen des Alkoholgenusses die Arbeitsfähigkeit des präfrontalen Cortex, nur wenige Tausend der Aberbillionen Synapsen schienen ihre segensreichen Tätigkeiten wieder aufgenommen zu haben. Die fehlenden Puzzleteile des gestrigen Abends nervten mich und verursachten ebenso selbstanklagende Grübeleien wie der Wahnsinn, dass ich uns für Johann als freiberufliche Inkassobevollmächtigte hatte verpflichten lassen. Insofern schien ein Stopp in der Kastanie nicht die schlechteste Idee zu sein, zumal meine Zigarettenschachtel nur noch zerstörte Glimmstängel und Tabakkrümel enthielt.
Die Kastanie zeigte sich gut besucht, als ich mich durch den Schankraum zu den hintenliegenden Zigarettenautomaten durchschlängelte. Nach einem erfolgreichen Besuch dieser lebenswichtigen Versorgungseinrichtung bestellte ich mir ein Kännchen Kaffee und wollte mir eine der ausliegenden Sonntagszeitungen schnappen, die aber leider alle im Gebrauch

waren, so dass ich auf den *Spiegel* zurückgreifen musste. Ich blieb beim Blättern durch die eroberte Ausgabe an einem Artikel mit dem Titel *Gott ist der echte Kriegesmann* hängen, der Auszüge aus dem gerade erschienen Werk *Kirche im Krieg – Der deutsche Protestantismus am Beginn des Zweiten Weltkriegs* wiedergab. Es waren Textbeispiele aus dem Bereich der evangelischen Kirche von 1937 bis 1940 dokumentiert worden. Die Lektüre war, ob nun wahrer Christenmensch oder nicht, starker Tobak. Und das konnte man trotz des Genusses weiterer Zigaretten aus der rotschwarzen Packung guten Gewissens behaupten. Besonders hatte es mir ein poetisches Meisterwerk der Badischen Landeskirchen vom 21. April 1940 angetan, welches im *Evangelisches Kirchen- und Volksblatt*, vermutlich zum 53. Geburtstag des Führers, veröffentlicht worden war:

> Wie hat dich Gott so überreich, / du seltener Mann, gesegnet! /
> Wie ist er dir mit seiner Huld / so wunderbar begegnet!
>
> Er legte es in deine Hand, / ein neues Reich zu schaffen: /
> »Großdeutschland«, unser Vaterland, / nicht mit Gewalt der Waffen.
>
> Und wenn der Feind jetzt wutentbrannt / den Krieg uns aufgezwungen, /
> blitzartig und mit starker Hand / hast du den Sieg errungen.
>
> Im Westen hältst du treue Wacht / durch tapfere Soldaten! /
> Und wenn es donnert, blitzt und kracht, / der Herr lässt dir's geraten.
>
> Er geb' dir weiter Sieg auf Sieg / in diesem heißen Ringen. /
> Du, deutscher Adler, machtvoll flieg, / auch England zu bezwingen.
>
> Herr über unserm Führer halt / der Allmacht starke Hände, /
> dass er mit Weisheit und Kraft / sein großes Werk vollende.

Ist das nicht deutsche Dichtkunst und christliche Gesinnung in höchster Vollendung?

Bei dieser ganzen protestantischen Inbrunst und furiosen Gottesanrufung kam mir in den Sinn, dass ich es heute verabsäumt hatte, einem evangelischen Gottesdienst beizuwohnen und das am Ewigkeitssonntag, wo doch an diesem letzten Sonntag des Kirchenjahres eines meiner Lieblingsthemen, die Erwartung des Jüngsten Tages, im Mittelpunkt stand. Leni hatte Schuld! Sie hatte mich vom rechten Weg abgebracht, mich weder rechtzeitig geweckt noch zum anstehenden Kirchgang begleitet.
Aber das war natürlich alles Blödsinn. Ich war schließlich römisch-katholisch getauft, hatte die heilige Erstkommunion empfangen und gehörte ergo zur einzig wahren Kirche Christi. Folglich hatte ich mit diesen verkappten Heiden von protestantischen Abweichlern und Sektierern nichts am Hut. Ich machte mich lieber an das Bezahlen des Kaffees und befand, dass ich mir für heute eine ausreichende Menge an theologischen Witzen erzählt hatte.

Draußen war es schon wieder fast vollständig dunkel und glanzlos diesig, zudem herrschte mittlerweile eine unangenehm feuchte Kühle. Ich hatte beschlossen, meinen Sonntagsspaziergang noch etwas auszuweiten, um den Wohnkiez von von Erbe, der nicht allzu weit entfernt lag, zu inspizieren. Im Grunde musste ich nur immer geradeaus laufen. Nachdem ich Kaiserdamm, Kantstraße und den Stuttgarter Platz überquert hatte, erreichte ich das angestrebte Areal. Von Erbes Wohnhaus war nicht allzu schwer zu finden, denn der uniformierte Wachschutz, der sich die Beine in den Bauch stand und beim offensichtlichen Frösteln sein Gehirn mit der Frage zu zerlegen schien, was er wohl als nächstes denken könnte, war nicht zu übersehen. Ich konnte einige nützliche Beobachtungen bei dieser kleinen Feldforschung machen, die ich später den geretteten Von-Erbe-Unterlagen hinzufügen sollte. Nach einer knappen Viertelstunde hatte ich genug gesehen und ging zum Adenauerplatz, um mit der U7 wieder nach Schöneberg zu fahren. Ich wollte nun doch endlich einmal unter die heimische Dusche und die Ausgehklamotten von gestern Abend loswerden. Sie und ich rochen vermutlich wie ein seit drei Wochen nicht gereinigter Gastronomieaschenbecher in Dunkelbraun mit dem Namenszug eines populären Magenbitters auf dem dekorativen Überbügel direkt vom Stammtisch der Honka-Stube. Ein Umstand, der mir angesichts der Abendverabredung mit Penelope unpassend erschien.

Tatsächlich erreichten die Bolle-Tüte und ich frei von irgendwelchen Zwischenfällen heimatliche Gefilde, wenn man einmal davon absah, dass mir beim Aussteigen am U-Bahnhof Kleistpark Paul begegnete, der sich bei mir ein wenig kryptisch und ein paar Fragen hinterlassend für den gestrigen Abend im Jonas bedankte.

»Hab fürstlich jespiesen und schnabuliert wie een Weltmeester und natürlich ooch nich verjessen den eenen oder andren Schnabus uff dit Wohl von meenem Jönner, dem jütigen Herrn Jeheimrat, olle Mark, zu verköstijen, wa.«

Bevor ich zu meiner Wohnung ging, musste ich dringend Operation Band 16 noch etwas Speed geben. Ich hatte sie in den letzten Stunden doch etwas sehr vernachlässigt. Hendrik und Bosco erhielten auf Wegen, die dem Toter-Briefkasten-Prinzip ähnelten, eine Einladung zu einem Planungstreffen für die kommende Woche, Kraschno wurde fernmündlich über eine Telefonzelle, mittels der von mir entwickelten Drei-Stationen-Methode, bei der es oberstes Prinzip war, dass die erste angerufene Telefonnummer absolut sauber und unverdächtig sein musste, in Kenntnis gesetzt, dass er nächsten Freitagabend in der Frontstadt erwartet wurde. Kurz stieg in mir wegen der ›Affäre Bolle-Tüte‹ die Hitze der Scham auf. Hier beachtete ich alle Regeln der verdeckten Kommunikation und letzte Nacht hätte ich beinahe wichtige Unterlagen wer weiß wo verloren.

Dann begab ich mich ohne Umschweife in meine Unterkunft und dort unter die Dusche. Dem Kassettenrecorder gönnte ich dazu in voller Lautstärke eine Aufnahme von den Ramones.

Der Titel der LP *Rocket to Russia* offenbarte zwar eine mehr als zweifelhafte politische Gesinnung, aber wie radikal diese Protopunks mit dem derzeit noch vorherrschenden Bombast-Rock-

Scheiß aufräumten und die Ursprünge der Rockmusik wieder freilegten, war schon durchaus erfrischend. Der Wind einer neuen musikalischen Zeit, der in New York und England schon länger blies, wehte nun auch durch meine Wohnung. *Sheena Is a Punk Rocker* versicherte Joey Ramone immer und immer wieder. In einem Anfall von Ausgelassenheit sang ich den Text mit, wobei mir sekundenweise Bilder einer vollen Tanzfläche unter Discoblitzlichtgewitter vor den Augen erschienen. Sollte ich gestern doch in der Music Hall gewesen sein? Aber würden die dort tatsächlich Ramones spielen?

Für mein Äußeres wählte ich anschließend wieder den üblichen Gammler-Look, wie meine Mutter sich nicht hätte verkneifen können zu bemerken. Dabei fiel mir unangenehm auf, dass demnächst ein ausführlicher Besuch im Waschsalon vonnöten sein würde, wenn ich erneut in den Besitz gewaschener Trikotagen aller Art kommen wollte. Mit Penelope war ich in einer Stunde in der Osteria in der Kreuzbergstraße zum Pizzaessen verabredet, da blieb mir noch Zeit für einen kurzen Zwischenstopp im Jonas, in dem ich mich ein paar Tage nicht hatte blicken lassen.

22

Es ist möglich, dass psychiatrische Reaktionen nach der ersten Einnahme von N.N. auftreten. Wenn Sie unter Depressionen oder einer Psychose leiden, können sich Ihre Symptome unter der Behandlung mit N.N. verschlimmern. In seltenen Fällen kann eine Depression oder Psychose zu Selbstmordgedanken, Selbstmordversuchen oder einem vollendeten Selbstmord führen. Wenn das passiert, beenden Sie die Einnahme von N.N. und wenden sich sofort an Ihren Arzt.

Aus dem Beipackzettel eines Medikaments,
das mir mein Arzt während der Arbeit
an diesem Roman verschrieb, um eine
mittelharmlose Entzündung zu therapieren.

Beuteltiere spielen kein Lotto und gehen nicht zum Eisangeln

Freddie hatte Dienst im Jonas und begrüßte mich ungewöhnlich überschwänglich.

»Ah, der Herr Geheimrat ist zurück. Freue mich sehr, dass Sie unserem bescheidenen Etablissement die Ehre geben«, triefte mir ein Schwall Ironie entgegen.

»Hallo Freddie! Hab ich irgendwas verpasst?«

»Na, allerdings. Gestern hat dein spezieller Freund Paul hier alles auffahren lassen, was gut und teuer ist.«

»Das kann in diesem Laden ja nicht so gravierend gewesen sein, Freddie.«

»Dann bist du wohl wirklich über Nacht reich geworden, was? Schau mal, was ich von dir für gestern Abend zu bekommen habe«, grinste er und schob mir einen vollgeschriebenen Zettel zu, der erhebliche kulinarische Ausschweifungen dokumentierte.

»Paul? Alle Achtung. Da hat er ja nichts anbrennen lassen. Was hat er denn da gespielt? La Grande Bouffe? Ich hatte ihm gestattet, ein oder zwei Schnäpse auf meine Rechnung zu trinken und nicht euren Tagesumsatz zu verdoppeln. Aber egal, ich bezahl den Quatsch.«

»Dafür bist du jetzt bei ihm eine ganz große Nummer. Er hat gestern jeden vollgelabert, was für ein großzügiger und honoriger Mensch du doch bist.«

»Na, das ist ja auch was wert, vielleicht komme ich doch noch in den Himmel. Mach mir noch einen Kaffee, Freddie und schreib ihn dazu«, sagte ich, während zwei grüne Zwanzig-Mark-Scheine aus meiner Barschaft auf den Tresen wanderten.

»Wobei«, führte Freddie weiter aus und das Grinsen wollte dabei nicht aus seinem Gesicht weichen, »er auch angedeutet hat, dass er den Herrn Geheimrat, wie er dich immer nannte, in einer kompromittierenden Situation im Tiergarten angetroffen hat und er nun praktisch in seiner Hand wäre.«

»Kompromittierende Situation? Der hat doch nen Riss im Pfirsich! Er ist gestern Abend aus irgendeinem Gebüsch heraus mir quasi auf die Füße gefallen, als ich mit einer Bekannten durch den Tiergarten spazierengegangen bin. Ein bisschen skurril, aber das war alles. Kompromittierend? Für wen? Für ihn vielleicht?«

An einem Tisch in der Nähe des Tresens saß ein kleiner Trupp Stammgäste, die gemeinsam den Totensonntag ertränkten. Sie schienen sich durch unseren Dialog gut unterhalten zu fühlen. Ich setzte mich mit meinem Kaffee zu ihnen. Es war das übliche Potpourri aus allen Ecken der Deutschen Bundesrepublik. Erhard, ein Soziologie-Langzeitstudent aus dem Saarland, der im Jonas tagaus tagein auf der Lauer nach jungem Gemüse lag, das er in seine Fänge locken könnte, nuckelte an einem Cola-Altbier, Ulrike aus Leverkusen, die vor ihrem Umzug nach Westberlin kommunistische Agitation bei der Bayer AG betrieben hatte, bevorzugte ein richtiges Pils, Hans-Werner, den es aus Emden in die Frontstadt verschlagen hatte, gönnte sich ein Weizenbier und Rotwein-Werner aus dem Schwäbischen saß erwartungsgemäß vor, oder um mit Wolfgang Hildesheimer zu sprechen, hinter einem Glas Rotwein. Alle wohnten im unmittelbaren Umfeld des Jonas und rauchten, was die Lungen hergaben. Dem schloss ich mich an und lauschte einem Kapitel Seemannsgarn, welches Hans-Werner aus dem Anekdotenschatz seines Vaters, der als Handelskapitän die Weltmeere befahren hatte, zum Besten gab. Die Geschichte handelte von einem Vorfall, in dem sein Erzeuger bei einem etwas verunglückten Anlegemanöver im Winter im Hafen von Leningrad sieben Eisangler von einer Scholle in unmittelbarer Nähe zum Hafenbecken gefegt hatte, diese aber anschließend alle unversehrt retten und an Bord nehmen konnte. Sie zeigten sich keineswegs dankbar für ihre Rettung, sondern beschimpften den Kapitän und seine Besatzung wegen des Verlusts ihres Fangs und der Angelgerätschaften. Alle sieben wären im Übrigen sturzbetrunken gewesen, was ihnen in dem eiskalten Wasser treibend wohl das Leben gerettet habe. Hans-Werner schloss den Bericht mit der gewagten These, dass in Russland mehr Männer beim Eisangeln zu Tode kommen würden, als durch Alkoholvergiftungen.

Im Anschluss ließ ich mich über den offensichtlich denkwürdigen Auftritt von Paul am gestrigen Abend informieren, der einen Einzeltisch für sich reklamierte, eine Stoffserviette verlangte, sich dann aber aus Mangel daran ein weißes Geschirrhandtuch um den Hals band, den Mantel wie gewohnt nicht ablegend, um dann systematisch die kleine Speisekarte des Jonas von oben nach unten abzuarbeiten. Dazu durften ihm diverse Gläser Wein und zum Abschluss verschiedene Schnäpse gebracht werden. Als ich gerade weitere Nachfragen zu diesem dramaturgisch halbwegs akzeptabel inszenierten Ereignis stellen wollte, schwankte Kalle ins Jonas. Abgebrannt wie immer, bat er Freddie um ein Bier auf Kredit, das dieser ihm aus einer ganzen Reihe von Gründen nicht geben wollte. Da fielen mir Kalles Lottoscheine wieder ein.

»Ey Kalle, ich mach heute für dich mal den Walter Spahrbier«, rief ich ihm vom Tisch aus zu und bot ihm einen freien Stuhl an.

»Mark, du … super. Aber ein Sparbier? Kannste mir nich een normalet Bier ausjeben? Dit fänd ick irjentwie besser.«

»Walter Spahrbier, Kalle, nicht Sparbier! Der Geldbriefträger bei Peter Frankenfeld. Klingelts? Ich bring dir das Geld von deinem Lottogewinn.«

»Wat? Lottojewinn?«

Bei Kalle ging es zustandsbedingt wieder etwas langsamer.

»Mark, ick habs doch immer jewusst, wa. Ick bin irjendwann dran, wa?«

»Mal langsam, Kalle. Ich habe doch deine miesen Lottoscheine letzten Samstag fürn Bier übernommen. Weißte das noch, Kalle?«

»Ja … ja, irjendwie schon.«

»Und das war natürlich alles Asche, aber du hattest einen Dreier.«

»Glückwunsch, Kalle. Haste es denn auch richtig genossen?«, mischte sich Erhard ein und griente in sein fragwürdiges Mixgetränk.

Ich warf ihm einen genervten Blick zu.

»Also, 1, 5, und 22 hatteste richtig. Gewinnklasse 5. Macht fette fünf Mark und sechzig, Kalle. Geil, wa? Und weil ich meine Ausgaben für dich ausnahmsweise mal nicht in Rechnung stellen will, gebe ich dir jetzt das Geld in voller Höhe. Mach damit was du willst, kauf dir ne schöne Immobilie oder geh auf Weltreise, aber gib nicht alles auf einmal aus.«

Ich drückte Kalle das Geld in Münzen in die Hand, wobei mir klar war, dass es nur sehr kurzfristig dort bleiben würde.

»Mark, du bist echtn Korrekter, wa«, sagte Kalle und machte Anstalten mich zu küssen, was nicht so ganz das war, auf das ich schon immer gewartet hatte. Bei aller Liebe zu Paule und Kalle und der Welt der verlorenen Seelen, ich konnte und wollte Penelope nicht versetzen. Daher ging ich, die Anwesenden zum Abschied grüßend, aus dem Jonas und machte mich in Richtung Osteria auf den Weg.

Ich hatte noch nicht ganz die Monumentenstraße erreicht und mich tief in meinen Gedankengängen verirrt, da sprach mich aus dem Nichts eine zierliche junge Frau an. Blond, hübsch, irgendwie an weißes Porzellan erinnernd, ungefähr mein Alter.

»Na, Großer, trägst du deinen Sonntagsblues spazieren, um so den Sonntag zu besiegen?«

Mir fiel vor Schreck beinahe meine fast aufgerauchte Wegzigarette aus dem Mund. Sonntage besiegen?

»Koala-Bären mögen keine Marmelade.«

Was hatte ich da gerade gesagt?

»Wombats fahren gerne Dreirad. Haste mal ne Kippe? Mir ist kalt.«

Ohne weiteres Nachdenken griff ich in meine Parkatasche, reichte ihr meine Zigarettenpackung und gab meinen Zigarettenstummel weiter, damit sie sich ihren Stängel daran anmachen konnte. Die Kippenschnorrerin erzeugte Rauch wie eine Dampflokomotive der Baureihe 41.

»Der Beutelteufel ist nicht gerade ein Vegetarier.«

Litt ich an einem akuten Anfall von absurder Polyphrasie?

»Nasenbeutler bevorzugen Tempos mit Menthol und lehnen Kleenex kategorisch ab«, entgegnete sie.

»Känguru: Käng Käng? Guru Guru!«, fiel mir dazu ein.

Ich war in meiner Kindheit so viel geschlagen worden, dass es dafür gereicht hätte, sämtliche Gäste eines komplett belegten Landschulheims zu pathologischen Serienmördern werden zu lassen, insofern sollte ich mich nicht wundern, wenn mein Denkapparat eines schönen Tages nur noch Ratatouille produzieren würde.
Wir gingen auf der Monumentenstraße weiter in Richtung Kreuzberg, als ein kurzer, kalter Novemberschauer auf uns niederprasselte. Sie schien das nicht zu stören. Ich war völlig blockiert. Meinem Gehirn wollte kein probates Gesprächsthema einfallen, nicht einmal ein unpassendes. Die Parolen auf der Friedhofsmauer warnten vor dem Einfluss außerirdischer Mächte auf unsere Gehirne. Mein Leben wurde mir langsam unheimlich. In meinem Kopf herrschte schlimme Unordnung. Sah ich mich da an der Bar der Music Hall lümmeln, während mir gegenüber Johann mit Leni im Dialog vertieft, letztere mir böse Blicke zuwerfend, ich mit der unbekannten Schönen über Metatheria schwadronierend, insbesondere über den Aspekt des verdoppelten Fortpflanzungstraktes, wie zum Beispiel den doppelten Penis oder dem auch bei männlichen Schwimmbeutlern vorhandenen Beutel, der sonst nur weiblichen Beuteltieren vorbehalten ist, in dem die gestressten Schwimmbeutler bei schnellen Fluchtreaktionen ihren Hodensack unterbringen können?
Nach einer ganzen Weile Dampfen und Schweigen kam der Zug wieder zum Stehen.

»War schön gestern, Großer. Sollten mal wieder über Beuteltiere quatschen«, sagte sie und verschwand genauso urplötzlich wie sie aufgetaucht war auf dem Tankstellengelände kurz vor der Monumentenbrücke.

Es wurde Zeit, dass dieser Scheiß-Sonntag ein Ende nahm. Ich beschleunigte meine Schritte, als ob ich damit die Zeit vorantreiben könnte und bemühte mich darum, mich auf einen ruhigen, vielleicht sogar romantischen Abend mit Penelope zu freuen. Das verschärfte Tempo beförderte meine körperliche Hülle überraschend hurtig vor die Tür der Osteria. Nicht ganz so schnell fand ich den Tisch mit Penelope. In der Osteria waren fast alle Tische schon belegt. Ich hielt nach Tischen mit Einzelpersonen Ausschau. Da wurde ich unvermutet von einem Tisch mit Zweierbelegung angerufen.

»Hey, Mark, wir sitzen hier!«

Zora und Ute an einem der größeren Tische. Schock. Die bitte heute nicht auch noch!

»Setz dich zu uns. Penelope muss auch gleich kommen.«

Volltreffer! Jetzt bat mich das lila Kampfgeschwader schon nüchtern in ihre Mitte. Das konnte ja ein lustiger Abend werden. Nach der Begrüßung durch die beiden wählte ich aus der auf dem Tisch liegenden Speisekarte eine Pizza Funghi und einen halben Liter sizilianischen Nero d'Avola.

Derweil bezeugten Zora und Ute sich überdeutlich ihrer gegenseitigen Zuneigung in einer Art und Weise, die man zu Zeiten meiner Pubertät mit dem Ausdruck Petting belegt hatte und meiner, vielleicht unzeitgemäßen Auffassung nach, nicht an den Esstisch eines öffentlichen Restaurants gehörte. Von dieser Zurschaustellung menschlicher Triebe augenscheinlich unbeeindruckt, trat ein langhaariger Italiener, der als Betreiber des Ladens und Anhänger der Indiani Metropolitani galt, an den Tisch, brachte Zora und Ute Gläser und eine braune Steingutkanne mit Rotwein und nahm meine Bestellung entgegen. Da platzte zu meinem Segen Penelope in unsere Runde und unterband zunächst eine Fortsetzung des eifrigen Gefummels. Penelope rieb ausgedehnt die Handflächen aneinander und begeisterte sich:

»Bin mit dem Rad gekommen. Verdammt kalt draußen. Es wird Winter. Wisst ihr, dass im Harz schon 40 Zentimeter Schnee liegen? Ist das nicht toll?«

Dann bekamen alle ihre Begrüßungsküsse. Meinen bekam ich auf den Mund. Zora und Ute ließen dann auch deshalb von ihrem Tun ab, weil ihre Speisen, Pizza Salami und Spaghetti Carbonara, serviert wurden.

So normalisierte sich langsam das Geschehen. Statt ideologisch aufgeladenem Feministenklimbim regierte der Smalltalk. Das

Gespräch über das Wetter wurde fortgesetzt und wanderte dann über den Harz, Berge im Allgemeinen, Wintersport und korrespondierenden Urlaubsreisen zu Zoras anstehender Diplomarbeit in Politikwissenschaft am Otto-Suhr-Institut der Freien Universität, die auch als aktuelles Hindernis für eine derartige Urlaubsreise der beiden in naher Zukunft identifiziert wurde.

»Ich bin ja immer noch so unsicher hinsichtlich der Themenwahl«, jammerte Zora. »Dabei fällt mir wieder diese, wie hieß sie noch gleich, Lara Dampfschiff ein. Mark, du wolltest doch noch einmal ausführlicher von ihr erzählen.«

»Nicht, dass ich wüsste! Und die Frau heißt Leonie Dampfer-Bott und ich weiß beim besten Willen nicht, was ich euch noch über sie erzählen könnte.«

Zwischendurch kamen meine Bestellung und Penelopes Wahl, Pizza Napoli und Lambrusco, an den Tisch.

»Ich käme vielleicht ein wenig besser voran«, nörgelte Zora weiter, »wenn es so etwas wie eine Zusammenstellung von Literatur von Frauen über Frauen gäbe, aber …«

»Gibt es doch«, sagte ich vorwitzig und bereute es sogleich.

»Und zwar wie und wo?«

Ich stellte den Dreien detailliert den Sveistrup vor. Umfassend ging ich auch auf die Rolle von Agnes von Zahn-Harnack bei der Erstellung der Bibliographie ein.

»Agnes von Zahn-Harnack war die Tochter von Adolf von Harnack, der unter anderem von 1905 bis 1921 der Direktor der Königlichen Bibliothek, die ab 1918 Preußische Staatsbibliothek hieß, war. Das hat ihr sicherlich auch geholfen, dieses Projekt bei der Bibliothek unterzubringen. Sie war nicht nur 1908 die erste Frau, die sich in der Friedrich-Wilhelms-Universität einschreiben durfte, sondern auch später, als die Bibliographie zur Frauenfrage in Deutschland auf der Tagesordnung stand, die Vorsitzende des Deutschen Akademikerinnenbundes. Bürgerliche Frauenbewegung pur. Von ihr stammt auch eine ganz ausführliche Darstellung zur Geschichte der Frauenbewegung, die Ende der zwanziger Jahre erschien.«

»Gab es nicht auch einen von Harnack bei den 20.-Juli-Attentätern?«, fragte Ute.

»Ja, das ist richtig, Ernst von Harnack, ein Bruder von Agnes. Wurde wegen seiner Beteiligung an der Aktion zum Tode verurteilt und '45 in Plötzensee gehängt.«

Zora hing an meinen Lippen, indessen Penelope das Geschehen halb bewundernd, halb verwundert beobachtete.

»Weißt du, wie das Werk von dieser Agnes von Zahn-Harnack hieß?«, wollte Zora wissen, die mittlerweile neben ihren Zigarillos und ihrer Nickelbrille einen kleinen Block und einen Kugelschreiber aus den Tiefen ihres in Braun-Rot-Gelb-Grün-Tönen gehaltenen afrikanischen Wickelkleides befördert hatte. Ute massierte ihr, seitdem sie Gabel und Löffel zur Seite gelegt hatte, intensiv den Nacken.

»Ja. Es ist ein ganz simpler Titel. *Die Frauenbewegung: Geschichte, Probleme, Ziele*. 1928 erschienen. Ein Wälzer mit fast 400 Seiten.«

»Mark, wo holst du das nur alles her?«, wunderte sich Penelope weiter. Ich lächelte sie und die Runde selbstzufrieden an.

»Lass uns noch ein schönes Dessert nehmen«, fügte Zora an, ohne dabei die Gelegenheit auszulassen, sich darüber zu beklagen, dass es immer noch kein lesbisches Kochbuch auf dem Buchmarkt gab. Und so bestellten sich die drei Damen alle noch Tiramisu. Ich begnügte mich mit einem Gläschen des vorzüglichen Hausgrappas. Vor der Anlieferung des Nachtisches machten sich Ute und Zora gemeinsam auf einen Gang zur Toilette.

»Ich dachte, dass wir einen gemeinsamen Abend verbringen würden, Penelope«, merkte ich vorsichtig an.

»Tun wir doch auch.«

»Naja, ich meinte, wir würden den Abend zu zweit verbringen.«

»Zu zweit? Wie süß! Du möchtest mit mir allein sein. Das werden wir doch auch nachher noch. Und nächsten Sonntag möchte ich mit dir ganz alleine auf den Weihnachtsmarkt gehen. Ist das nicht toll?«

Meine Reaktion oder besser gesagt Nicht-Reaktion weckte die Skepsis bei Penelope.

»Hast du was gegen den Weihnachtsmarkt? Oder hast du etwa etwas gegen Ute und Zora?«, setzte sie mit einer gewissen Schärfe nach.

»Nein, natürlich nicht!«, beeilte ich mich zu antworten. Dann entfuhr mir: »Außer einigen Vorbehalten eher ästhetischer Natur.« Ihrem Gesichtsausdruck nach zu urteilen wollte Penelope mich gerade rund machen, aber die Rückkehr unserer beiden Tischgenossinnen vereitelte drohendes Ungemach. Händchenhaltend und entspannt lächelnd kamen sie, eine mir fremde Art von Glücksseligkeit versprühend, wieder an den Tisch.

Der pizzabackende Stadtindianer brachte das Tiramisu, welches sich eingedenk der Jahreszeit kalorienverstärkt als Nougat-Tiramisu darbot. Meinen Grappa hatte er nicht vergessen. Der wärmte mich wohltuend von innen und die Hand von Penelope auf meinem Oberschenkel, die mir offensichtlich meine etwas bissige Bemerkung zu ihren strapaziösen Kumpaninnen verziehen hatte, verstärkte dieses Wohlgefühl.

Die Restaurantluft wurde nun durch den Konsum von diversen Tabakwaren angereichert, derweil wir das Angebot eines Verkäufers von Raubdrucken prüften, der ungefragt seine Schwarzmarktwaren auf unserem und den umliegenden Tischen ausgebreitet hatte. Raubdrucker war meiner Ansicht nach ein übermäßig gewalttätig und gefährlich klingender Begriff für Leute, die bereits publizierte Texte unter Verletzung des Urheberrechtsgesetzes nachdruckten. Das Wort klang in meinen Ohren übertrieben martialisch für einen minderschweren Fall von – jetzt, lieber Verleger, einfach einmal aufstehen, ein wenig Rotwein nachschenken und beim nächsten Absatz weiterlesen – Unterschlagung, der zu dem für sich in Anspruch nehmen konnte, überteuerte Verlagserzeugnisse dem minderbegüterten lesenden Publikum zu günstigen Preisen zur Verfügung zu stellen.

Obligatorisch waren im Warenkorb des hektisch agierenden fliegenden Händlers Exemplare des Comics *Asterix und das Atomkraftwerk*, welche U. Raub und G. Druck zugeschrieben wurden und seit Anfang des Jahres für reißenden Absatz in der Szene gesorgt hatten. Mittlerweile war aber jeder potentielle Kunde versorgt und auch das nahende Weihnachtsgeschäft versprach keinen Aufschwung für diesen Titel mehr. Dagegen verkauften sich die beiden Kassenschlager *Momo* und *Die unendliche Geschichte* des Kinderbuchautors und Märchenonkels Michael Ende außerordentlich gut. Die Szene probte den Rückzug von den unerquicklichen Realitäten des Spätkapitalismus in Phantasiewelten. Auch Schriften von Wilhelm Reich und Herbert Marcuse hatte er in seinem Portfolio, obwohl deren große Zeit bei der Linken in Westeuropa nun auch schon zehn Jahre zurück lag. Wir blätterten ein wenig in Büchern von Erich Fromm, J. R. R. Tolkien und Carlos Castaneda. Bevor ich mich in Rezepturen von bewusstseinserweiternden heiligen Kakteen und Pilzen nach Don Juan Matus vertiefen konnte, kam Zora abermals auf eine Angelegenheit phantastischer Natur zurück.

»Mark, diese ganzen mir bislang nicht geläufigen Aktivistinnen der bürgerlichen Frauenbewegung beschäftigen mich immer noch. Agnes von Zahn-Harnack, Susanna Orelli-Rinderknecht, Leonie Dampfer-Bott - da müsste ich doch in dieser Bibliographie massenweise Material finden, oder?«

»Naja, ob massenweise, weiß ich nicht. Aber ja, von der Logik der Sache her sollte man dort fündig werden können«, antwortete ich und suchte mit den Augen ungeduldig nach einer Bedienung, um zahlen zu können.

»Ich werde gleich morgen einmal in der UB oder besser noch in der Stabi nach dieser wundervollen Publikation fragen. Wie hieß das Ding nochmal?«, hakte Zora nach.

»Sveistrup! Sie nennen es den Sveistrup«, gab ich zur Antwort und hatte nahezu im gleichen Moment die herbeigesehnte Gelegenheit, meine Rechnung zu begleichen. Meine Hoffnung allerdings, den weiteren Verlauf des Abends ohne Begleitung durch die beiden Turteltäubchen bestreiten zu können, wurde durch Zora gleich wieder zerstört.

»Wir gehen doch noch alle zusammen ins Jonas, oder nicht?«, wollte Zora sich versichern. Und da die anderen Damen gleich zustimmten, blieb auch mir nichts anderes übrig, als mich begeistert zu zeigen. So wechselten wir zügig von der überheizten Osteria in die nächtliche Kälte Kreuzbergs. Ute und Zora gingen voran, Penelope schob ihr Fahrrad mit der einen Hand neben mir her und hakte sich mit dem anderen Arm bei mir unter. Es waren dann auch keine Beutelratten, sondern stinknormale lokale Nager, die die ansonsten erfreuliche Ereignislosigkeit unseres Rückwegs nach Schöneberg auflockerten.

Im Jonas angekommen, schallte uns Dire Straits *Sultans of Swing* entgegen. Das Lokal war heute nicht so prall gefüllt wie gewöhnlich. Das war es an einem Sonntag eigentlich nie. Die konkrete Bedrohung durch die anstehende Arbeitswoche und damit einhergehende gute Vorsätze ließen den einen oder anderen den heimischen Herd bewachen und früher ins Bett gehen. Die kurzfristigen Tischgenossen meines Besuches vor gut drei Stunden gehörten offenbar nicht zu dieser Gruppe, denn sie saßen unverändert mit inzwischen glühenden Köpfen beisammen und stritten engagiert über beliebige Belanglosigkeiten des Lebens. Hans-Werner stellte gewöhnlich irgendeine absurde These auf, wie etwa, dass es für das Eisangeln keinen besseren Köder gäbe als Capri-Eis von Langnese, was er bereits auf dem Zwischenahner Meer bewiesen habe, wo er 1971 mit einem halben Dutzend dieser Sorte Eis am Stiel in einer Stunde 33 Rotaugen geangelt habe, die bei der kleinsten Berührung mit dem Köder augenblicklich am Capri-Eis festfroren und so leichte Beute wurden. Die anderen fielen dann verbal über ihn her und er verteidigte seinen unhaltbaren Standpunkt mit Verve und Enthusiasmus. Auf dem Höhepunkt seiner Ausführungen rieb er sich gern mit Daumen und Zeigefinger der linken Hand über den Nasenrücken, um dann urplötzlich hektisch und alle Proteste ignorierend das Lokal zu verlassen. Dieses Verhalten hatte schon seine eigene Bezeichnung gefunden: ›Hans-Werner muss die letzte U-Bahn bekommen‹. Jeder wusste, dass er nur zwei Häuser weiter wohnte.
Als ich eintraf, befand sich Hans-Werner bereits im bekannten Aufbruchsmodus. Ich nahm den freigewordenen Platz in der

Runde ein, während Penelope und Anhang weiter hinten im Lokal am Tisch mit drei Frauen Platz nahmen, die in ihren weißen Latzhosen wie eine Maler- und Lackierertruppe in der Mittagspause aussahen. Während sich die Zurückgebliebenen noch gewohnheitsmäßig über das Gebaren von Hans-Werner mokierten, betrat Udo das Lokal, der einigermaßen gut gelaunt schien, vermutlich auch, weil sich Schalke gestern zu einem 1:1-Heimsieg über den neuen Tabellenletzten Eintracht Braunschweig gequält hatte. Er schnappte sich einen freien Stuhl von einem der Nachbartische und setzte sich zu uns.

Udo und ich bestellten uns erst einmal ein Bier und boten uns gegenseitig Zigaretten an. Unterdessen hatte sich das Gesprächsthema dem heutigen Totensonntag zugewandt und es wurde über das damit einhergehende Verbot von Tanzveranstaltungen lamentiert.

»Das ist doch voll anachronistisch, deswegen die Diskotheken nicht öffnen zu lassen«, meinte Erhard. »Die Kirchen haben bei uns sowieso viel zu viel Einfluss.«

»Stimmt schon. Den Totensonntag haben wir allerdings in erster Linie dem Staat Preußen zu verdanken. König Friedrich Wilhelm der Dritte hat ihn erst vor gut 150 Jahren eingeführt«, warf ich ein.

»Ausgerechnet du verteidigst die Kirche?«

»Ich? Tue ich doch gar nicht«, gab ich mich verwundert.

Mein Bedarf an theologischem Disput war für heute bereits gedeckt. Da kam Udo aus der Deckung.

»Außerdem ist das gar nicht unsere Baustelle. Bei uns ist das seit dem Zweiten Vatikanischen Konzil der Christkönigssonntag.«

Udo und ich hatten als ehemalige Messdiener der Katholischen Kirche eine biographische Gemeinsamkeit, wie wir unlängst nach dem fünften Pils am Tresen festgestellt hatten.

»Ach ja, ihr seid ja katholisch, stimmt ja«, sagte Ulrike mit einem Unterton, als ob wir irgendwie nicht zur menschlichen Rasse gehören würden.

»Waren«, korrigierte Udo.

»Aus guten Gründen schon lange nicht mehr dabei«, unterstützte ich Udo.

»Bei guten Gründen fällt mir einer ein«, begann Udo. »Also, der Herr Pfarrer musste in einer dringenden Angelegenheit zum Bischof und damit die Beichte nicht ausfallen musste, sagte er zum Küster, pass auf, du nimmst morgen die Beichte ab, du weißt ja aus eigener Anschauung, was ich immer so als Buße auferlege. In dem dunklen Beichtstuhl merkt das gar keiner, dass ich nicht da bin. Gesagt, getan. Es ging auch alles gut, bis eine junge Frau nach langem Zögern beichtete, Herr Pfarrer, ich habe schwer gesündigt. Ich habe bei meinem Mann Oralverkehr ausgeübt. Da war der Küster ratlos und wusste nicht, was er als Buße auferlegen sollte. In seiner Not lief er in die Sakristei, wo er hoffte, Rat bei einem erfahrenen Kirchenmitglied zu bekommen. Er traf aber nur die Ministranten-Gruppe an. Verzweifelt fragte er diese: Was gibt der Herr Pfarrer für Oralverkehr? Daraufhin sagten die Messdiener, fürs Blasen gibt er zwei Mars und ein Milky Way, für Arschficken drei Bounty.«
Nachdem sich alle von ihrer rechtschaffenen Empörung über den Inhalt dieses Witzes erholt hatten, wurde bezweifelt, dass es solche Fälle von Missbrauch gegenüber Kindern und Jugendlichen ausgeübt von Männern Gottes überhaupt gab. Udo konnte über soviel Naivität nur lächeln und auch ich hatte keine Lust, mich dazu näher zu äußern. Rotwein-Werner sah sich aus unbekannten, vermutlich aber ideologisch motivierten Gründen genötigt, ein atheistisches Bekenntnis abzulegen:

»Ich glaube nicht an Gott!«

»Und ich glaube nicht einmal das«, ergänzte ich.
Gott sei Dank ging keiner auf meine Spitzfindigkeit ein und auch Leni wurde nicht Ohrenzeuge meiner Äußerung.

Plötzlich stand Penelope neben mir, was ich als Zeichen zum gemeinsamen Aufbruch wertete. Ich stand auf, beugte mich aber noch einmal zum Tisch herunter und sagte zu den Anwesenden:

»Ich hab da noch einen Ökumenischen: Was ist der Unterschied zwischen Akne und einem Geistlichen?«
Keiner wusste eine Antwort.

»Die Akne wartet, bis du vierzehn bist, bevor sie in deinem Gesicht kommt.«

Allen stand der Mund offen. Ich zog Penelope zur Tür und verschwand mit ihr nach draußen.

»Mark, was sind denn das für unappetitliche Sachen, die du da erzählst?«, fragte Penelope, die gerade dabei war ihr Fahrrad aufzuschließen.

»Unappetitliche Sachen? Das ist doch nur ein beliebiger Ausschnitt aus der Erlebniswelt junger Christen«, meinte ich lakonisch und legte meinen Arm um sie.

Nach einer Viertelstunde Fußmarsch kamen wir beim Wohnhaus von Penelope an. Sie ging im Treppenhaus vor mir und öffnete im dritten Stock umständlich die Wohnungstür. Ich stolperte hinter ihr her. Noch bevor ich mich recht orientieren konnte, machte sich etwas an mir knapp oberhalb meiner Füße zu schaffen. Eine kleine schwarze Katze strich mir um die Beine. Dunkel erinnerte ich mich an die Episode mit dem Katzenklo bei meinem letzten Besuch.

»Das ist Filou, unser Kater.«

»Aha. Und was sucht er unten an meiner Hose?«

»Er will dir zeigen, dass er dich mag.«

»Er kennt mich doch gar nicht.«

Wir gingen in die große WG-Küche, Filou wich mir nicht nur nicht von der Seite, sondern es schien mir, als ob er mich nun noch enger begleitete. Ich ließ mich auf einen Stuhl fallen, woraufhin Filou schnurrend auf meinen Schoß sprang. Während Penelope zwei Gläser Rotwein einschenkte, steckte ich mir meine nächste Roth-Händle an, was das Tier nicht zu stören schien. Was erwartete der Typ von mir?

»Isser nicht süß?«, wollte Penelope wissen.

»Keine Ahnung. Will ihn aber auch nicht essen.«

»So weit kommt es noch.«

»Keine Sorge. War nicht ernst gemeint«, stellte ich klar und nippte vorsichtig an meinem Glas Rotwein. Man wusste bei Wein nie so genau, was einem in dieser Stadt so angedreht wurde. Penelope und Filou beobachteten mich dabei.

»Sag mal, ein Kater? So ein männliches Wesen in einer Frauen-WG? Macht das keine Probleme?«

»Oh doch, aber wir wussten es vorher nicht. Die Vorbesitzerinnen haben uns ihn als Katze verkauft. Naja, und als er einmal da war ... Aber er ist kastriert.«

Filou drehte sein dickes Köpfchen nach oben und sah mir in die Augen, als ob er sagen wollte: »Nun sag du mal was dazu.«

»Na, das ist natürlich eine gute Voraussetzung für ein Leben im Mädchenpensionat.«

»Mädchenpensionat? Spinnst du? Aber, wie gesagt, wir haben ihn kastriert.«

Ich riss leicht entsetzt die Augen auf.

»Also, nicht wir persönlich, sondern der Tierarzt.«

Das beruhigte mich nicht wirklich. In der aktuellen feministischen Rhetorik gehörten Kastrationsphantasien zum Standard.

»Und dann geht das in Ordnung in einer Frauen-WG? Also, wenn man kastriert ist. Also, so als Kater?«

»Naja, wir hatten schon ziemlich heftige Diskussionen bei uns, ob es okay ist, nen Mann aufzunehmen, aber am Ende gab es dann bei den Frauen eine Mehrheit für Filou.«

»Aha«, sagte ich und nahm noch einen kleinen Schluck des kredenzten Rebensaftes und eine neue Kippe in den Mund.

Sollte man hierüber nicht gelegentlich den Tierschutz informieren, dachte ich bei mir.

»Nun sind wir endlich alleine, Mark, so wie du es dir gewünscht hast, nicht wahr?«, stellte Penelope mit einer gewissen Genugtuung, aber einem leicht trotzigen Unterton fest.

»Nicht ganz«, sagte ich und blickte auf den Gast in meinem Schoß.

»Du bist aber heute kleinkariert. Ich wusste gar nicht, dass du so kleinbürgerlich drauf bist. Totaler Zweierkram und so«, tat sie verwundert. »Schon vorhin. Deine Bemerkung zu Ute und Zora. Haben sie dich wirklich gestört?«

»Nein, gar nicht«, wollte ich eine unerfreuliche Diskussion in dieser Richtung unbedingt vermeiden. Jetzt ein falsches Thema und man konnte jede Erwartung auf einen erotischen Tagesabschluss vergessen.

»Überhaupt, Mark, dir ist schon klar, dass ich nicht hundertprozentig hetero bin?«, setzte Penelope nach. Leichte Brise. Schwach bewegte See. Kleine, kurze Wellen. Oberfläche glasig.

»Ja, ja, ist mir klar«, beeilte ich mich, das Meer glatt zu halten.

»Hhmm. Ich blicke bei dir echt nicht durch. Bist du wirklich so liberal oder in Wahrheit total verklemmt-spießig und kannst es nur nicht zugeben?«, ließ Penelope eine schwache Brise aufkommen. Anfänge von Schaumbildung.

»Ich bin weder liberal noch verklemmt. Das sind für mich keine Kategorien. Ich bin Revolutionär. Das ist alles«, trug ich ziemlich dick auf und hoffte, damit die Sache beenden zu können. Frische Brise. Mäßige Wellen von großer Länge, überall Schaumköpfe. Royalsegel.

»Da machst du dir die Sache aber wohl doch ein bisschen zu einfach. Typisch Macker. Das Revolutionäre ist bei dir nur Fassade!« Stürmischer Wind. Ziemlich hohe Wellenberge, deren Köpfe verweht werden. Überall Schaumstreifen. Obermarssegel.

Ich stand auf, stellte den Kater auf den Küchenfußboden und mich hinter Penelope. Dann atmete ich unhörbar dreimal tief durch und streichelte ihr über das Haar und über diverse Stellen rund um ihre Schulterblätter.

»Penelope, ich bin irrsinnig müde. Lass uns bald ins Bett gehen«, sülzte ich und massierte noch ein bisschen weiter.

»Ja, du Chauvi«, sagte sie und erhob sich. »Aber erst musst du Filou noch mit seinem Futter belohnen.« Sie ging zum Küchenschrank und hielt mir eine Dose entgegen. Das Tier schien das Behältnis identifizieren zu können, denn es setzte ein unablässiges Miauen ein, begleitet von dem Versuch, an meinem Bein hochzukrabbeln.

»Belohnen? Wofür?«, fragte ich, kramte aber aus einer Schublade des Küchenschrankes einen Dosenöffner hervor und machte mich ans Werk, um diesem unwürdigen Schauspiel ein schnelles Ende zu bereiten. Auf dem Fußboden stand ein kleiner Napf, der offensichtlich dem Stubentiger als Teller diente. ›Delikate zarte Stückchen in cremiger Pastete mit Kalb, Leber und Huhn‹ stand auf dem Etikett der Dose. Das Zeug roch fürchterlich. Ich hatte neulich gelesen, dass Vertreter von Hundefutter auf einer Verkaufsmesse den Fraß vor den menschlichen Kunden essen mussten, um zu beweisen, wie gut das Zeug ist. Mir wurde jetzt klar, wie hanebüchen diese Männer ihr Geld verdienten.

Die Fellnase war kurz davor völlig auszuticken und inzwischen auf den Küchenschrank gesprungen. Ich stellte den gefüllten Napf auf den Fußboden und augenblicklich war das Gezeter vorbei und Herr Samtpfote machte sich über sein Abendmahl her.

»Halt, Mark, das ist doch viel zu viel. Doch nicht die ganze Dose. Willst du den kleinen Kerl umbringen?«, ging das Gemaule von anderer Seite gleich weiter.

Das unwürdige Schauspiel setzte sich also doch fort, wenn auch mit vertauschten Rollen. Ich lag auf dem Boden und versuchte mit einem Löffel so viel wie möglich von der stinkenden Pampe in die Dose zurück zu bugsieren, während Filou versuchte, sich noch so viel wie möglich davon einzuverleiben.

Penelope schüttelte sich vor Lachen. »Ach, schade, dass ich keinen Fotoapparat zur Hand habe«, kommentierte sie prustend.

Nun war es an der Zeit, sich bettfertig zu machen. Zu diesem Behufe stand ich vom Fußboden auf und ging ins Badezimmer. Filou schien mir das peinliche Intermezzo nicht übel zu nehmen, denn er folgte mir und achtete darauf, keinesfalls mehr als zwei Zentimeter zwischen seinem Körper und meinen Beinen zu lassen. Im Bad angekommen, sprang Dr. Klette, wie ich ihn inzwischen getauft hatte, auf den Rand der Badewanne und verfolgte mein Tun andächtig. Der aufmerksame Leser erinnert sich an die Toilette mit Sitzzwang. So saßen Filou und ich uns eine Weile Auge in Auge gegenüber. Anschließend ging ich unter engem Begleitschutz in Penelopes Zimmer. Als sie nun im Bad war, hatte ich die Gelegenheit, in Ruhe den Bestand ihres Bücherregals zu studieren, indem ich die Rückentitel der eingestellten Bände las. Eine allseits beliebte Tätigkeit in fremden

Wohnungen, um sich ein schnelles Bild vom Besitzer oder hier der Besitzerin mit Hilfe des gedruckten Inventars zu machen. Ich fand etliche literarische Modetitel der Zeit, gängige Nachschlagewerke und Lexika sowie diverse Schwarten, die offensichtlich zur Lehrerausbildung gehörten. Leider schien sich auch Lenis Trotzkismus-Verdacht gegenüber Penelope zu erhärten. Es fanden sich viele Bände, die zur Pflichtlektüre der IV. Internationale gehörten. Darüber hinaus gab es ein Regalbrett voll von Werken aus der Rubrik Aktueller Feminismus, wie zum Beispiel Shulamith Firestone mit *Frauenbefreiung und sexuelle Revolution* oder Kate Millet und ihr Klassiker *Sexus und Herrschaft - Die Tyrannei des Mannes in unserer Gesellschaft*. Ich zog den Millet-Band heraus und blätterte ein wenig darin herum. Der Kurt Desch Verlag pries das Werk mit den Worten ›Eine aufsehenerregende Bilanz‹ an. Das sollten meine Verleger sich einmal zum Vorbild nehmen. *Mark Müller: Kapitalismus und Minigolf – Eine aufsehenerregende Bilanz!* Dann lägen die Verkaufszahlen vielleicht nicht hartnäckig im unteren zweistelligen Bereich.
Natürlich durfte auch Valerie Solanas mit ihrem *Manifest der Gesellschaft zur Vernichtung der Männer, SCUM* aus dem März Verlag nicht fehlen. *SCUM* sollte nicht nur klarstellen, dass Männer der Abschaum der Menschheit waren, sondern stand auch für ›Society for Cutting Up Men‹, wobei ich die Aussicht auf Zerstückelung noch ein wenig bedrohlicher fand, als die Perspektive, nur vernichtet zu werden. Ich nahm auch diesen schmalen Band aus dem Regal, für den man vor zehn Jahren beim Erscheinen fünf Mark auf den Tisch des Buchhändlers legen musste. Filou, der mir schon bei der bisherigen Inspektion der kleinen Bibliothek nicht von der Seite gewichen war, schien mit Solanas nicht einverstanden zu sein, denn er begann mit einem lauten Klage-Miauen. Den ersten Satz des Manifestes: ›Das Leben in dieser Gesellschaft ist ein einziger Stumpfsinn, kein Aspekt der Gesellschaft vermag die Frauen zu interessieren, daher bleibt den aufgeklärten, verantwortungsbewussten und abenteuerlustigen Frauen nichts anderes übrig, als die Regierung zu stürzen, das Geldsystem abzuschaffen, die umfassende Automation einzuführen und das männliche

Geschlecht zu vernichten‹, hätte ich bis auf die Bezüge zu den beiden Geschlechtern vorbehaltlos unterschreiben können.
Ich wollte mir weder vom Trotzkismus noch vom Feminismus die Nacht verderben lassen, stellte das Bändchen zurück und ließ mich auf Penelopes Bett fallen. Filou, dessen Haltung zum Trotzkismus mir unbekannt war, der aber gegenüber radikal-feministischen Positionen aufgrund seiner Lebensumstände verständliche Einwände zu haben schien, hielt das Vorhaben, eine entspannte Haltung anzunehmen, offensichtlich auch für eine gute Idee und folgte mir. Nachdem ich mir noch eine Zu-Bett-geh-Zigarette angesteckt hatte, legte er sich neben mich, wobei er sein Köpfchen so auf meinen Bauch legte, dass er mich mit seinen bernsteinfarbenen Augen beobachten konnte. Ich dachte über eine Welt ohne Männer und die möglichen Implikationen nach. Was sollte aus den Wiener Sängerknaben und der ewigen Tabelle der Bundesliga werden? Bald danach kam Penelope, löschte das Licht, in dem sie die große vielfarbige Tropfkerze, die auf ihrem niedrigen Tischchen mit der schwarzen Samtdecke stand, ausblies und legte *To The Limit* von Joan Armatrading auf: *Barefoot & Pregnant.*
Gott bewahre, schoss es durch meinen Kopf. Dann zog ich die Bettdecke über Penelope und mich.

Was mein Traumgeschehen angeht, kann ich mitteilen, dass mir gegen Morgen Opa Hermann erschien und sich als Reichsgeflügeladmiral bezeichnete, gewandet in einer obskuren Uniform mit wuchtigen Epauletten, die an den Goldfasan erinnerten. Er hielt mir und Filou einen pathetischen Vortrag darüber, warum aus agrarökonomischen Gründen in der Geflügelzucht männliche Eintagsküken vergast oder lebendig geschreddert werden müssen und warum biologische Selektion ganz allgemein gut für diese Welt ist. Ich nahm Filou, der am ganzen Körper vor Angst zitterte, schützend in den Arm und wachte schweißgebadet auf.

23

Wo sich viele Räder drehn,
ist ein Unglück schnell geschehn.

Titel eines verkehrserzieherischen Kinderbuchs
von Emil Nocken: Ein lehrreiches Bilderbuch
für unsere Kleinen, Schwabach-Nürnberg 1942.

VOR ROTEN KÄFERN WIRD GEWARNT

In meinem Leben als Sechsjähriger gab es wenig zu lachen. In der Klasse, die ich nach meiner Einschulung zu Ostern besuchen musste, gab es gar nichts zu lachen. Unsere Klassenlehrerin, die ihre Dienstzeit aufgrund des akuten Lehrermangels über die Pensionsgrenze hinaus verlängert bekam, erzählte uns irgendetwas von Werten, die auch noch in der heutigen Zeit Bedeutung haben sollten. Ich hatte keine Ahnung, was sie meinte. Was ich aber schnell kapierte, waren ihre Anforderungen: Man stand auf, wenn die Lehrerin den Raum betrat, und brüllte: »Guten Morgen, Frau Reber.« Man hatte gerade am Tisch zu sitzen. Rückgrat durchgedrückt. Der Oberkörper schloss mit der Tischkante ab. Die Hände lagen gefaltet auf dem Tisch und bewegten sich nur, wenn man sich melden sollte oder man ausdrücklich aufgefordert wurde, etwas zu tun, was sich ohne Bewegung nicht bewerkstelligen ließ. Man hatte geradeaus zu gucken, die Musik spielte vorne, Blicke zur Seite waren verboten, das Gespräch mit dem Nachbarn ohnehin. Bei Verstößen wurde man vor die Tür gestellt, was nicht so unangenehm war wie Hiebe mit dem Zeigestock aus Bambus, mit dem Frau Reber die ganze Zeit herumfuchtelte, auf die auf dem Lehrerpult ausgestreckten Finger. Einer der wenigen Gründe, halbwegs freiwillig länger als eine Woche dieser Tortur beizuwohnen, war ein blondes Mädchen, das ich ausnehmend schön fand. Leider saß sie direkt hinter mir, was strategisch gesehen ungünstig war. Dafür wohnte sie nur eine Querstraße weiter, so dass ich sie öfter nach Hause begleiten konnte oder auf der Straße traf. Tatsächlich war sie die erste Frau, die mich beinahe das Leben gekostet hätte.

Eines späten Nachmittags hatte meine Mutter einen Brief in der Hand, der unbedingt noch vor der Abendleerung in den Briefkasten musste. Gerne übernahm ich die Sache, denn der Briefkasten lag genau gegenüber von dem Haus, in dem das schöne Mädchen wohnte. Und ich hatte Glück, denn gerade, als ich den Brief in den Kasten warf, stand das Mädchen oben auf der Treppe vor der Haustür und winkte mir zu. Freudig schickte ich mich an,

auf die andere Straßenseite zu wechseln und übersah dabei einen weinroten VW Käfer. Das Auto bremste, ich riss den linken Arm schützend hoch, es erwischte mich an der linken Körperseite und ich flog in einem flachen Bogen über die Kühlerhaube auf das Pflaster. Nur für den Bruchteil einer Sekunde blieb ich liegen. Mir war sofort klar, dass ich mal wieder Mist gebaut hatte und bekam Angst vor der drohenden Prügel, die mich todsicher erwartete. Also stand ich auf und rannte weg. Der Arm schmerzte höllisch und blutete. Dennoch war ich so geistesgegenwärtig, nicht direkt in meine Wohnstraße zu laufen, so sollte man mein Zuhause nicht finden können. Ich lief bis zur nächsten Straßenecke, bog links ab, rannte weiter, der Schmerz im Arm brannte wie Feuer, erreichte die nächste Straßenecke, bog wieder links ab und blieb das erste Mal stehen. Niemand schien mich zu verfolgen. Schnell ging ich weiter und bog an der nächsten Ecke noch einmal links ab. Nun hatte ich einen ganzen Straßenblock umrundet und befand mich wieder in meiner Wohnstraße. Schnell verschwand ich im Hauseingang. Ich betrachtete meinen Arm. An der Unterseite war er an mehreren Stellen aufgerissen und blutete, aber richtig schlimm sah es nicht aus. Zum Glück trug ich meine unverwüstliche kurze Lederhose, die Beine hatten nur unwesentlich mehr Schrammen als gewöhnlich und mein kurzärmliges Hemd sah auch nicht besonders schlimm aus. So musste ich zumindest keinen Ärger wegen beschädigter Bekleidung befürchten.
Meine Mutter war wenig begeistert von meinem Zustand, ihr genügte aber die Erklärung, dass ich von einem Baum gefallen sei, wie ich ihr versicherte. »Und der Brief?«, war ihre größere Sorge. »Ist im Kasten«, konnte ich wahrheitsgemäß berichten und war heilfroh, dass sie nicht weiter nachfragte.
Vor roten VW Käfern fürchtete ich mich von diesem Tag an jahrelang. Wann immer einer irgendwo auf der Straße auftauchte, blieb mir das Herz stehen im Glauben, nun würde ich doch noch erwischt werden. Das blonde Mädchen verlor nie ein Wort über das Geschehen. Solidarität? Desinteresse? Ich sollte es nie erfahren. Noch im gleichen Jahr zogen wir um und ich wechselte die Schule.

24

Vom bloßen Wünschen ist
noch keiner satt geworden.
Es hilft nichts, ja schwächt,
wenn kein scharfes Wollen
hinzukommt. Und mit ihm ein
scharfer, umsichtiger Blick,
der dem Wollen zeigt, was
getan werden kann.

Ernst Bloch: Das Prinzip Hoffnung.
1959, S. 1602.

VORWEIHNACHTSZEIT

Den Ort meines Aufenthaltes als schäbiges Loch zu bezeichnen, wäre noch untertrieben. Es war einer jener Plätze, an denen sich die Lieblosigkeit, die Tristesse und das Desinteresse scheinbar zufällig trafen und eine wohlige Atmosphäre der Verwahrlosung schufen. Gleichwohl handelte es sich um einen Ort, der die kommende Elite des Kapitalismus mit erfrischenden Getränken und stärkenden Speisen versorgen sollte. Ich befand mich in der im Keller untergebrachten Cafeteria eines Instituts der Freien Universität, das der Lehre der Betriebs- und Volkswirtschaft gewidmet war. Auf einem stark verschmutzten, wackeligen Tisch schwamm in einem weißen Styroporbecher ein lauwarmer Kaffee mit zu viel Würfelzucker lustlos herum. Auf einem Stück Pappe, auf dem Konditoreien üblicherweise ihre Waren zur Mitnahme legten, sah eine mit dünnen Scheiben von einem hartgekochten Ei belegte Brötchenhälfte dem nahen Ende des Zeitraums entgegen, der einen gesundheitlich unbedenklichen Verzehr ermöglichte. Im vom Personal in einer Bastelstunde vermutlich selbstgefertigten Aschenbecher aus Alufolie erzählten sich zahlreiche ausgedrückte Zigaretten Geschichten aus ihrem kürzlich in Rauch aufgegangenen Leben. Der Stuhl, auf dem ich mich niedergelassen hatte, bot ebenfalls nicht unbedingt die Gewähr, dass er die Dauer meines absehbaren Aufenthaltes heil überstehen würde. Ich war dabei, meine Aufzeichnungen zur Operation Band 16 zu aktualisieren, die in der vergangenen Woche, trotz vier anstrengender Nachtschichten, ein ordentliches Stück vorangekommen war.

Bosco, Hendrik und ich hatten einen genauen Ablaufplan festgelegt, der den beiden Mitplanenden Rollen für den sicheren Ablauf der Aktion zuwies, allerdings auch noch eine offene zentrale Frage enthielt, um die ich mich mit Kraschno am morgigen Samstag kümmern wollte, wenn unser spezieller Freund Oberstaatsanwalt von Erbe eine Rede auf einem Symposium der Westberliner CDU mit dem schönen Titel *Die Innere Sicherheit: Bedrohungen und ihre*

Abwehr halten würde. Voraussetzung für eine erfolgreiche Klärung des Problems war es aber, dass die holde Gattin in dieser Zeit zu Hause weilte, um uns die Wohnungstür zu öffnen. Das war die Achillesferse unserer Planung. Ich hatte Tischler Raul, einen Stammgast des Jonas, intensiv zum Thema Türen von Altbauwohnungen und Einbruchssicherungen befragt, woraus sich die samstägliche Rechercheaufgabe ergeben hatte. Leider hatte ich nach meiner letzten Schicht einen schlaflosen Morgen und halben Vormittag im Bett verbracht, an dem sich bei mir grundsätzliche Zweifel am Sinn der ganzen Aktion und ob unseres nicht unerheblichen Risikos auftaten. Es war eine Mischung aus konkreter Furcht vor dem Scheitern der Aktion und den möglichen Konsequenzen sowie prinzipiellen Bedenken unsere gesamte Politik betreffend, wenn nicht Politik überhaupt. Dergleichen Sinnkrisen befielen mich immer wieder seit dem Beginn meiner politischen Arbeit als Kommunist. Sie traten meist vor größeren Aktionen auf und waren alles andere als hilfreich. Hinzu kam an diesem Morgen noch die ebenfalls häufig wiederkehrende Paranoia vor Spitzeln. Wer war wirklich einer von uns? Wem konnte man trauen?
Wir hatten in dieser Hinsicht ziemlich deprimierende Erfahrungen machen müssen. Immer wieder einmal erfuhren wir durch Zufall und über Umwege, wie gut und erschreckend detailliert der Verfassungsschutz, die Politische Polizei oder der Militärische Abschirmdienst über uns informiert waren, was allerdings die komplette Ahnungslosigkeit des Staatsapparates in Einzelpunkten nicht ausschloss. Und das trug zur generellen Verunsicherung bei (und sollte dieses sicherlich auch tun). Soviel nur zur allgemeinen Betrachtung der Dinge. Auf der persönlichen Ebene war alles noch viel verheerender, weil man in letzter Konsequenz niemandem hundertprozentig vertrauen konnte. Als ich quälend wach lag, ging ich im Geiste alle direkt und indirekt Beteiligten an der Operation Band 16 durch und unterzog sie einer gedanklichen Überprüfung. Was völlig sinnlos war, weil das Ergebnis von vorneherein feststand: Die einzige Person, die mit absoluter Sicherheit nicht für die Gegenseite arbeitete, war ich selbst. Relativ sicher war

ich mir noch bei Kraschno, den ich seit der 5. Klasse kannte und mit dem ich schon viele Jahre zusammen kämpfte, bei Leni, deren Herkunft und Verhalten eine Spitzelfunktion eher unwahrscheinlich machte, und bei Bosco, der zwar noch dabei war, der aber seine grundsätzlichen politischen Zweifel an unserem Kurs und seinen vermutlich kurz bevorstehenden Ausstieg nicht verheimlichte, sondern zum Thema machte, was nicht gerade für eine Spitzeltätigkeit sprach (oder ein besonders raffinierter Schachzug war). Alles in allem führte die ausgeprägte Agentenparanoia zu dem absurden und völlig kontraproduktiven Resultat, dass man denjenigen Personen am meisten vertraute, die am weitesten von den eigenen politischen Meinungen und Aktivitäten entfernt waren. Es war wie im richtigen Dschungel, in dem es nicht nur unzählige Pflanzen- und Tierarten gibt, sondern zuweilen auch Pflanzen, die wie Tiere aussehen oder gefährlicher noch, Tiere, die wie Pflanzen aussehen. Da hieß es sich extrem vorsichtig zu bewegen.

Am wenigsten traute ich den Genossen meiner eigenen Gruppe, die von Erbe das Dienstzimmer bei der Staatsanwaltschaft abfackeln wollten, und ein paar Typen aus Lenis Gruppe, nicht zuletzt Trude und Fritz, deren radikales politisches Gerede nicht mit ihrem sonstigen Habitus übereinstimmte. Und Hascher? Schluss jetzt! Das waren alles unfruchtbare, wenn nicht zersetzende Spekulationen. Die immer wieder gern wiederholte Legende im linksradikalen Umfeld, dass zur Zeit der russischen Revolution über die Hälfte des Zentralkomitees Lenins aus Spitzeln jedweder Couleur bestand und dass dies den Sieg der Sache auch nicht verhindert hatte, mochte historisch stimmen, löste das Dilemma aber kein bisschen. Man konnte die gesammelten Zweifel drehen und wenden wie man wollte, am Ende lief es immer wieder auf die gleichen zwei Möglichkeiten hinaus. Entweder man ließ die Finger von allem und gab den Kampf auf, oder man preschte vor und zog die Aktionen ohne Wenn und Aber durch. Das war eine an sich völlig unbefriedigende Erkenntnis und roch fatal nach Sieg oder Tod, war aber leider auch unumstößlich wahr.

Eigentlich gab es für einen solchen Anfall von Bedenkenträgerei nach dieser Woche voller Fortschritte keinerlei Anlass. So hatte ich Dienstag früh gleich nach meiner Nachtschicht Georg im Flughafen Tegel getroffen, der mit der Morgenmaschine aus Bremen gekommen war und über Schönefeld und zwei weitere Zwischenstopps nach Singapur fliegen wollte. Er sollte uns von dort oder besser aus einem der Duty-Free-Shops unterwegs das neueste Modell von Walkie-Talkies mit vier Einzelgeräten eines japanischen Herstellers mitbringen. Deren Gebrauch war bei uns nicht legal, weil sie von der Deutschen Post nicht zugelassen waren, galten aber bei den Technikfreaks unter den Genossen als das derzeitige Nonplusultra in ihrer Klasse. Dafür hatte ich Georg 500 US-Dollar zum Flughafen mitgebracht, die ich am Montag noch auf die Schnelle Johann als Anzahlung auf unsere Dienste als Geldeintreiber aus der Nase gezogen hatte. Bei der Operation Band 16 sollte die ultramoderne Technik, die ich schon am Sonntag in Tegel aus Georgs Händen in Empfang nehmen wollte, erstmals zum Einsatz kommen.
Um die Terminierung der Aktion zu präzisieren, hielt ich mich nun in diesen Katakomben auf. Ich war mit einem Bremer Genossen verabredet, der sich immer noch in den Fängen des KBW befand, für den KSB an der Freien Universität aktiv gewesen war und an der benachbarten Juristischen Fakultät sein Jurastudium mittlerweile so weit vorangetrieben hatte, dass er sich im Referendariat befand und den Abschnitt, den er bei der Staatsanwaltschaft absolvieren musste, unter anderem dazu genutzt hatte, eine Rechtspflegerin anzugraben, die so eine Art Sekretärin für von Erbe mimte und Einblick in seinen Terminkalender hatte. Das Angraben dieser Tante hatte er nicht uns oder der Revolution zuliebe getan, sondern entsprach seinen Gewohnheiten. Ich war vor Jahren, obwohl einige Jahre jünger, an unserem Gymnasium im KOB eine Zeit lang sein Zellenleiter gewesen und hielt immer noch losen Kontakt zu ihm. In der Vorbereitung der Von-Erbe-Geschichte war mir in den Sinn gekommen, dass er sich im Referendariat befand und vielleicht etwas Nützliches beisteuern könnte. Aus der Kaderzeit genoss ich noch so viel Ansehen und Respekt bei ihm, dass er sich bereiterklärte zu schauen, ob er etwas Brauchbares über von

Erbe liefern konnte. Er wusste, wo ich momentan ungefähr politisch zu verorten war, blieb aber erfreulicherweise taktvoll genug, um nicht nachzufragen, wozu ich diese Dinge wissen wollte.
Lenis und meine Recherchen hatten ergeben, dass von Erbe, soweit man wusste und zum Glück für diese Welt, kinderlos war. Er hatte sich aber eine Gattin, die aus noch besseren Kreisen als er selber stammte, zugelegt. Außer der Tatsache, dass ihre großbürgerliche Herkunft Glanz in von Erbes Hütte brachte, verfügte sie wohl auch über ein beträchtliches ererbtes Vermögen und besaß einen akademischen Titel, den sie sich über ein Studium der Kunstgeschichte in Florenz und Rom ergattert hatte. Die Eheleute sollten bei unserer geplanten Visite natürlich nicht zugegen sein. Also ging es mir nicht um irgendeine dienstliche Verpflichtung von von Erbe, sondern um einen Termin mit gesellschaftlicher Bedeutung, bei der er auch seine Schnalle zu präsentieren hatte.
Andreas erschien pünktlich in diesem halbdunklen Verlies und hatte etwas zu erzählen. Zunächst lieferte er eine Anekdote seiner Informantin, wonach über von Erbe bei der Staatsanwaltschaft der Spruch umging, dass, wer bei ihm eine hochgezogene Augenbraue übersehe, wertvolle Zeit zur Flucht verlöre. Das passte in das Bild, welches ich mir inzwischen von ihm gemacht hatte. Wesentlich interessanter aber war, dass der Herr Justizsenator der gerade regierenden Koalition, FDP-Meyer, im Dezember seine Spitzenlakaien zu einer Weihnachtsfeier ins Rathaus Schöneberg einlud und von Erbe und seine Alte nicht nur auf der Gästeliste standen, sondern auch bereits zugesagt hatten. Das Ganze sollte sinnigerweise am Nikolaustag stattfinden. Zum Glück für unseren Planungsansatz waren die höheren Beamten des Justizsenators faule Hunde, und so fand die Weihnachtsfeier, auch der Personalrat hatte auf einer solchen Terminierung bestanden, natürlich in der Dienstzeit stand. Bereits um 15.00 Uhr sollte es am nächsten Donnerstag losgehen.

»Vorzüglich!«, rutsche mir als Reaktion auf diese Neuigkeit heraus. Andreas runzelte die Stirn: »Muss ich mir Sorgen um von Erbe machen? Du willst doch wohl kaum mitfeiern, oder? Was immer ihr plant, Mark, pass auf dich auf. Die Zeiten sind rauer geworden.«

»Ich auch«, sagte ich, rührte im kalten Kaffee herum und sah Andreas an. Er schien ernsthaft besorgt zu sein.

»Du musst dir keine Gedanken machen. Ich komme schon nicht zu Schaden und auch für von Erbe besteht keine existenzielle Gefahr, falls das dein Problem ist.«

In Westberlin dachte man bei militanten Aktionen gegen die Justiz schnell an das jähe Ende des einstmaligen Kammergerichtspräsidenten im Jahre 1974, dessen Sippschaft einem im Übrigen zeitübergreifend das Gefühl vermittelte, dass das Amt in Berlin vererbt wurde.

Man muss sich über den lausigen Zustand der Linken in diesem Land nicht wundern, dachte ich, denn immer wenn ich mit jemandem über von Erbe sprach, machte man sich Sorgen um sein Wohlergehen. Was bei seinen permanenten Attacken auf die politischen Gefangenen und die revolutionäre Linke auch kein Wunder war. Meine Sorgen gingen langsam in die Richtung, dass unsere ganze bisherige Mühe vergeblich gewesen sein könnte und jemand ihm vor unserer Aktion zu Leibe rückte oder unsere Sicherheitsorgane plötzlich zu der Auffassung gelangten, dass angesichts seiner Beliebtheit die Maßnahmen zum Schutz seiner Person deutlich verschärft werden mussten.

Andreas und ich plauderten noch ein wenig über alte Zeiten, ein wenig Klatsch und Tratsch unter alten Kampfgefährten. Was hatte man von jener gehört, was machte ein anderer, was trieben die vielen Ehemaligen, die wir seinerzeit wegen des Kifferbeschlusses, der besagte, dass, wer kiffte, nicht länger Mitglied sein konnte, aus dem SK des KOB schmeißen mussten? Nach einigen ›Ach was, nee, nicht wirklich?‹ und ›Na, das passt ja‹ stand er auf und machte sich wieder davon.

Ich packte meine Siebensachen zusammen und verließ ebenfalls diese Caféte mit Luftschutzbunkercharme. Auf meinem kurzen Fußweg zum U-Bahnhof Thielplatz knirschten zu Boden gefallene Eicheln, die einen breiten bräunlichen Knisterteppich auf dem Pflaster bildeten, hörbar unter meinen Sohlen. Ich passierte das rundum mit hohem Zaun und Stacheldraht gesicherte

Harnack-Haus, das früher Gäste- und Tagungshaus der Kaiser-Wilhelm-Gesellschaft war und derzeit von den US-Besatzern als Offizierscasino genutzt wurde. Am U-Bahnhof angekommen, wurde ich von drei mit viel Lametta behängten US-Offizieren, die sich diesen Tand vermutlich durch allerlei Gräueltaten in Indochina verdient hatten, in gebrochenem Deutsch mit amerikanischem Akzent angesprochen, wo es denn hier zum Harnack House ginge. Ich erzählte ihnen, dass sie wieder in die U-Bahn einsteigen, bis zur Endstation Krumme Lanke fahren und dann in Fahrtrichtung immer geradeaus laufen müssten. Dann kämen sie irgendwann ›unerringly‹ zur Harnack-Villa. Ich nahm die U-Bahn in die Gegenrichtung, die mich zügig zum Wittenbergplatz beförderte.

Im KaDeWe, das seine Verkaufsfläche gerade auf 44.000 qm erweitert hatte, gedachte ich meinen aktuellen Notstand in Sachen Unterwäsche zu beenden. Der Mangel an sauberen Trikotagen dieser Art hatte sich am Morgen, nicht zum ersten Mal, zu einer veritablen Krise zugespitzt. Ich fand einfach keine Zeit für einen Besuch im Waschsalon und ein diffuser und sinnfreier Ehrenkodex, den ich selber nicht hätte erläutern können, verbot mir, dass sich eine Wäscherei mit meiner Leibwäsche befassen durfte. So erstand ich, statt zu waschen, beständig neue Socken, Unterhosen und Unterhemden. Das hatte mittlerweile dazu geführt, dass ich im Waschsalon problemlos eine ganze Waschmaschine nur mit meinen Socken, eine andere nur mit meinen Unterhosen und so weiter füllen konnte. Wenn ich dann einmal den Weg dorthin fand, brauchte ich fast den ganzen Waschsalon für mich. Und diese permanenten Neuanschaffungen verbrannten leider erhebliche finanzielle Ressourcen, an denen es mir eigentlich eher ermangelte. Such is life.
Aufgrund des einsetzenden Weihnachtsgeschäfts verdarben einem deutlich mehr grundaggressive und mit abstrusen Hüten bewehrte Wilmersdorfer Kriegerwitwen im Verbund mit kaufwütigen Zehlendorfer Groß- und Kleinbürgern als sonst üblich das Einkaufserlebnis, wie Konsumausbrüche neuerdings von interessierter Seite genannt wurden. An der Außenfassade dieser zunächst einmal kos-

tenfreien Peepshow des Warenkapitalismus hatten sie, damit man in entsprechende Stimmung kam, einen armen alten Mann mit einem langen weißen Bart, der etwas verwahrlost und ungepflegt aussah und gut und gerne gestern noch vor dem Bahnhof Zoologischer Garten obdachlos und bettelnd hätte hausen können, in eine rote Kutte gesteckt und auf einen mit riesigen bunten Geschenkkartons überladenen Schlitten gesetzt. Dieser wurde von lebensgroßen Plüschrentieren gezogen, die in der Kinderspielzeugabteilung für das Anderthalbfache meines Monatseinkommens käuflich erworben werden konnten. Dann hatte man alles mit Unmengen von Kunstschnee überzuckert und den Alten hinter einem Schaufenster arretiert. Das Schaufenster des Westens! Sie zwangen ihn, während sich der hoffnungslos verblödete Nachwuchs dieser Spießer gemeinsam mit seinen verkalkten Ahnen vor dem Schaufenster gegenseitig die Ellenbogen in die Rippen schlug, vorgeblich weihnachtliche Geschichten aus einem großen Buch vorzulesen, die über Lautsprecher nach draußen übertragen wurden. Wegen jedes beschissenen Pfaffens, der in der DDR wegen seiner Umtriebe ein bisschen gemaßregelt wurde, machte Amnesty International einen Riesenaufstand, aber hier, wo die Menschenwürde als solche mit Füßen getreten wurde, befand man, dass alles in Ordnung sei. In Deutschland hatte schon lange kein Kaufhaus mehr gebrannt. Advent, Advent, ein Kaufhaus brennt, erst eins, dann zwei, dann drei, dann vier, dann steht das Christkind vor der Tür. Zum Christkind und der christlichen Weihnachtsbotschaft fiel den Werbestrategen des Vorzeigekonsumtempels nicht viel mehr ein, als aus überall installierten Boxen Weihnachtsmusik dudeln zu lassen, die von allerlei heidnischem Brauchtum schwadronierte. *Oh Tannenbaum, Oh Tannenbaum. Am Weihnachtsbaum die Lichter brennen.* Dazu wurde auf einer Sonderverkaufsfläche von der Größe eines halben Fußballfeldes Christbaumschmuck angeboten. Was zum Teufel sollte denn ein Christbaum sein? Starb Gottes Sohn etwa am Baum und nicht am Kreuz? Oder ist es ein Baum, an dem nervende christliche Geistliche bei gescheiterten Missionierungsprojekten aufgeknüpft wurden? Aber, unverdrossen immer weiter. *Morgen kommt der Weihnachtsmann!* Ja, Hoffmann von Fallersleben konnte einen inspirieren.

Morgen kommt der Weihnachtsmann,
Kommt mit seinen Gaben.
Trommel, Pfeife und Gewehr,
Fahn und Säbel und noch mehr,
Ja ein ganzes Kriegesheer,
Möcht' ich gerne haben.

Und mit diesem Kriegesheer würde ich, wie weiland Jesus Christus bei der Tempelreinigung die Wechsler und Händler vertrieb, dieses ganze Konsumentenpack in die Rehberge, in den Teufelssee oder sonst wohin jagen. Und, wo ich schon dabei war, auch den Imperialisten und ihren bewaffneten Banden in aller Welt heftige Schläge versetzen. Was hatte ich neulich bei einer Ausstellung über die NS-Zeit auf einer Türplakette des Winterhilfswerks von 1936/37, die man als Beweis seiner Systemtreue an den Hauseingang hängte, so schön gelesen? Jedem soll der Weihnachtbaum brennen! Genau! Und zwar komplett und lichterloh mitten in der guten Stube!
Mein vorweihnachtlicher Einkaufsausflug machte mich zunehmend wütend. Grimmig und hasserfüllt wie ich war, musste ich erst einmal wieder runterkommen, wozu ich im sechsten Stockwerk des KaDeWe, der so genannten Feinschmeckeretage, an einem der diversen weiteren Sonderverkaufsstände ein Glas schwedischen Weihnachtspunsch zu missbrauchen gedachte. Ich arbeitete mich die Rolltreppen Stock für Stock hoch, wobei ich auf der Spielwarenetage hängenblieb. Sie hatten dort einen Mega-Weihnachtsbaum aufgestellt, der auch mich in seinen Bann schlug. Das war nicht einfach nur ein überaus festlich dekorierter Tannenbaum, sondern er war als eine schneeumwölkte Winterlandschaft gestaltet und in ihm fuhr in aufsteigenden Kreisen eine kleine Modelleisenbahn von unten nach oben und wieder zurück. Der Zug blitzte und blinkte. Die kleinen Fachwerkhäuschen, an denen er vorbeizog, waren von innen beleuchtet und aus einigen Schornsteinen stieg wahrhaftig Rauch auf. Das war er, der wahrgewordene Kindheitstraum von einer Weihnachtsmodelleisenbahn. Der Anblick versetzte mich unmittelbar in eine wehmütige Stim-

mung. Ich weiß nicht, wie lange ich andächtig vor diesem Kunstwerk stehenblieb, bis ich mich mit aller Kraft davon löste, um weiter dem Beruhigungspunsch entgegenzurollen.
Die Bedienung an dem Getränkestand meiner Wahl, die gar nicht schwedisch aussah, eine Studentin der Kunstgeschichte aus Oberhausen mit befristetem Sechs-Wochen-Vertrag für das Weihnachtsgeschäft, wie ich bald in Erfahrung bringen würde, hatte lange pechschwarze Haare und ein geschäftsschädigendes Verhältnis zum Anteil des Rums, in diesem Falle ein Verschnitt von Jamaica-Rum aus Dänisch-Westindien und Monopolalkohol aus einer traditionellen Flensburger Produktionsstätte, den sie in das sauheiße Blossa Glögg schüttete. Das Zeug heizte einem ordentlich ein. Die Dauerberieselung durch Weihnachtsschmonzetten ging allerdings währenddessen genauso rücksichtslos wie unvermindert weiter. In den Ohren schmerzte *Kling, Glöckchen, Klingelingeling*. Als Analgetikum erwarb ich ein weiteres Glas Schwedenpunsch. Doch es nützte nichts, der Klangterror steigerte sich textlich ins Debile.

Eine Muh, eine Mäh,
eine Täterätätä,
eine Tute, eine Rute,
eine Hopp-hopp-hopp-hopp,
eine Diedeldadeldum,
eine Wau-wau-wau,
ratatsching-daderatabum.

Während ich zur Ablenkung versuchte, ein wenig mit der Rumpanscherin zu schäkern, nahm mein immer eingeschaltetes Rundumradar, nicht etwa Rumradar, etwas Bemerkenswertes wahr. Der Herr Oberstaatsanwalt von Erbe, schwer beladen mit zahlreichen Einkaufstüten, stolzierte mit einer aufgebrezelten Rotblonden, seiner Gattin, wie ich inzwischen wusste, durch die lukullischen Segnungen der westlichen Welt und nahm stramm Kurs in Richtung des Punsch- und Glühweinstandes auf. Das musste nun echt nicht sein. Westberlin war wirklich ein Dorf. Kraschno kam heute für unseren für morgen vorgesehenen Besuch bei Frau von Erbe in die Stadt und trotz geplanter Verkleidung sollte sie mich im Normalstand niemals zu Gesicht bekommen. Zu spät. Der Herr Staatsanwalt bestellte zwei Gläser Feuerzangenbowle, die Ludmilla, so weit war ich immerhin gekommen, frisch zubereitete, wobei jeder feuerpolizeiliche Sicherheitsstandard mit Füßen getreten wurde, und stellte sich mit seiner Else genau neben mich. Soweit ich das beurteilen konnte, war er ohne Personenschutz unterwegs. Das konnte wirklich nicht so weiter gehen, dass dieser Menschenjäger und Bluthund des Systems sein Leben so unbeschwert genießen konnte. Nach Nikolaus würden er und seine Lakaien die Lage anders beurteilen. Während Ludmilla sich leidlich bemühte, nicht das größte Kaufhaus des Karstadt-Konzerns in Schutt und Asche zu legen, nahm ich Fetzen des Gespräches der Eheleute von Erbe wahr. Es drehte sich um irgendwelche Anzüge, die für den Herrn Oberstaatsanwalt käuflich erworben worden waren, sich aber noch in der hauseigenen Änderungsschneiderei zum Zwecke der Kürzung des Beinkleids und der Ärmel, er war eben doch ein wenig unförmig proportioniert, befanden. Ich nahm meinen Punsch und wollte ihnen den Rücken zudrehen, aber von Erbes Alte lächelte mich freundlich an und prostete mir dezent zu. Da hieß es bürgerliche Haltung bewahren und freundlich zurückprosten. Alsdann versuchte ich mir den Punsch möglichst schnell hinter die Binde zu gießen, wobei es in meiner Speiseröhre brannte, als hätte ich eine mittelgroße Phosphorbombe verschluckt. Dann verließ ich zügig und zu meinem großen Bedauern Ludmilla und ohne das geringste Bedauern das Ehepaar von Erbe. Den Einkauf von Strümpfen und frischer Unterwäsche brachte ich anschließend im Eiltempo hinter mich. Im U-Bahnhof Wittenbergplatz packte ich die erstandenen Waren schnell um. Die neuen Teile wurden aus den KaDeWe-Einkaufstüten in meine Bolle-Tüte verfrachtet, denn mit unübersehbaren Beweisstücken, dass ich mich in diesem dekadenten Laden herumgetrieben und mich dem Konsum, der neuerdings auch Shoppen genannt wurde, hingegeben hatte, konnte und wollte ich mich im Kiez nicht sehen lassen.

Die BVG brachte mich mit ihren U-Bahnen wieder zum Kleistpark und meine Füße trugen mich in das noch halbleere Jonas, in dem Kraschno schon bei einem Pils am Tresen neben Gisela hockte und mit ihr und Freddie schwatzte. Freddie hatte soeben von Gisela die Theke übernommen und als Abendschicht die Tagesschicht abgelöst. Gisela wurde wegen ihrer Vorliebe für den aktuellen Ökotrend, der nicht bloß den Reformhäusern neuerdings jüngere Kundschaft bescherte, sondern in den einschlägigen Kiezen und Szenevierteln immer mehr Ökoläden entstehen ließ, die verschrumpelte Mohrrüben und halbvergammelten Salat anboten, die im Gegenzug für ihren kläglichen Zustand Gesundheit, ein gutes Gewissen und ewiges Leben versprachen, von Freddie und vielen Stammgästen ›Gemüsela‹ genannt. Gemüsela selbst fand das nicht so toll, weshalb man diesen schönen Namen in ihrer Gegenwart besser nicht benutzte, was ich außerordentlich bedauerlich fand. Freddie ließ mir nun auch ein Pils zuteilwerden und ich vertilgte die Reste einer von Kraschno übriggelassenen Flöte. Als sich Hans-Werner zu uns setzte, der seinen täglichen Abend im Jonas gewohnt früh begann und davon schwärmte, dass, wenn es demnächst wieder strengen Frost gäbe, er auf den Wannsee zum Eisangeln gehen würde, entführte ich den frisch Angereisten an einen der hinteren Tische, um ihn über den aktuellen Stand der Planungen zu unterrichten. Das dauerte eine ganze Weile. Die Tatsache, dass es nun schon nächsten Donnerstag so weit sein sollte, löste bei Kraschno kurzfristig Stirnrunzeln aus.

»Eijeijei, wie bekomme ich das nur mit der Arbeit hin? Dann sollte ich Mittwochabend schon wieder hier sein. Und wie erkläre ich das Ulrike, dass ich schon wieder wegfahre?«

»Ja, das ist für dich ziemlich ungünstig, aber in diesem Fall gilt das Diktat von von Erbes Terminkalender.«

»Schon klar. Eigentlich wollte ich ja bis Sonntag bleiben, aber ich fahre dann morgen gleich nach unserem Besuch bei von Erbe wieder nach Bremen und überrasche Ulrike. Das verschafft mir Kredit für nächste Woche.«

Als ich ihm anschließend von meinem brandfrischen Erlebnis im KaDeWe berichtete, zeigte er sich noch weniger begeistert.

»Da müssen wir dich morgen nicht nur verkleiden, sondern geradezu verhüllen. Es ist alles andere als gut, wenn die Alte anfängt, sich dein Gesicht einzuprägen.«

»Ja, davon träume ich auch nicht gerade. Aber ich habe ein wenig vorgesorgt und Roswitha zu unserem Frühstück eingeladen. Sie bringt ihr Köfferchen mit und nach dem Frühstück gehen wir gemeinsam zu Deko-Behrendt und schauen einmal, was da so Hilfreiches zu finden ist. Sie macht uns dann fertig für unseren Besuch bei von Erbes Trulla.«

»Roswitha? Wer ist Roswitha?«

»Roswitha ist Maskenbildnerin am Theater des Westens. Die hat echt was drauf. Sie hat seinerzeit mit Petra Schelm die Frisörlehre durchgezogen und dann ihren gemeinsamen Traum, Maskenbildnerin zu werden, verwirklicht. Den Verlust ihrer Freundin hat sie nie wirklich verdaut. Sie hat seitdem so ne Art verschärfter Politikphobie. Das ist schon ziemlich krass bei der. Hab sie durch Zufall bei Bosco kennengelernt, als der eine seiner Künstlerfeten gegeben hat. Ich halte Roswitha zwar für schwierig, aber auch für top integer.«

»Hört sich gut an, Mark. Wir müssen trotzdem obervorsichtig sein. Wir hauen da richtig in den Brei, wenn wir uns dieser Filzlaus annehmen. Das ist dir hoffentlich klar.«

»Logen. Deshalb ja.«

Soviel zur Ungezieferbekämpfung. Die nächsten beiden Themenkomplexe, die ich gegenüber Kraschno ansprechen wollte, waren bei weitem delikaterer Natur. Deshalb ging ich zunächst zum Tresen und brachte zwei neue Biere und zwei Tequila plus Zubehör mit. Ich hatte mich dazu entschlossen, mit dem weniger schwierigen Part zu beginnen.

»Kraschno, ich hab noch zwei andere Sachen, die ich dir erzählen muss. Also, erstens habe ich da letzten Samstag einen ziemlich unpolitischen Auftrag für uns angenommen. Tut mir leid. Ging alles recht schnell. Konnte dich nicht fragen.«

»Unpolitischer Auftrag?« Kraschno zog die Augenbrauen hoch.

Dann erzählte ich ihm in einer nur wenig geschönten Version von meiner Debatte mit Johann über seine finanziellen Probleme und dem Ergebnis. Kraschno fehlten für einen kurzen Augenblick, was nur äußerst selten geschah, die Worte. Jedenfalls blieb er einige Sekunden stumm und schaute mich mit großen Augen an.

»Sonst geht es dir gut, Mark?«, echauffierte er sich schließlich und griff ohne rituelles Vorgeplänkel zum Tequila. Ich folgte ihm.

»Baubranche!? Du spinnst wohl!? Das ist total vermintes Gebiet. Ein falscher Tritt und das war es dann. Beton for ever.«

Ich wollte irgendetwas Relativierendes vorbringen, aber Kraschno stand abrupt auf und ging zum Tresen. Ich blieb alleine zurück und gab ihm innerlich Recht. Da hatte ich einfach Mist gebaut. Wie konnte ich nur einem solch unpolitischen und riskanten Unterfangen meine Zustimmung erteilen? Und wie würde ich uns aus der Nummer wieder heraus manövrieren können?

Ich rauchte und spielte schuldbewusst mit den leeren Schnapsgläsern auf dem Tisch herum, als Kraschno mit einem runden kleinen Tablett, auf dem eine noch zu einem knappen Drittel gefüllten Tequilaflasche und mehrere leere Schnapsgläser standen, zurückkehrte. Kraschno schenkte ein.

»Dreieinhalbtausend, steuerfrei, das ist ein Wort, Mark. Behalts für dich, aber ich brauche gerade jeden Pfennig. Ich will mir mit Ulrike ne Wohnung kaufen. Da kommt mir dein Deal mit Johann ganz gut zu pass. Trink, Junge!«, fügte er an und hob das Glas.

Das musste ich auch. Eben noch war ich voller Reue wegen des unverantwortlichen Abkommens, welches ich mit Johann getroffen hatte, da offenbarte mir Kraschno, ausgerechnet Kraschno, einen geplanten Schritt in schlimme Verbürgerlichung. War es nur noch eine Frage der Zeit, dass ich ihn als Kampfgenossen verlieren sollte? ›Kommunisten sterben früh und einsam‹, oder so ähnlich, hatte mein Vater immer befriedigt festgestellt. Nun schenkte ich aus der Flasche nach.

»Mir ist ja schon aufgefallen, dass du deine Nase auffällig oft in die Immobilienteile der Zeitungen steckst, aber dass du dir im Ernst ne Wohnung mit Ulrike kaufen willst, haut mich dann doch um. Und was plant ihr noch? Hochzeit? Nachwuchs?«

»Beim letzten Thema solltest du mal ganz leise sein, mein Guter«, nahm Kraschno das Gläschen Tequila hoch und prostete mir zu: »Auf Sophia! Und auf Johann natürlich!«, sagte er, grinste und quatschte weiter.

»Um mal mit Jack Lemmon zu sprechen: Heute kann sich kaum noch jemand das Leben leisten, das er führt. Das gilt auch für dich. Und zwar in mehrfacher Hinsicht. Aber egal. Lass uns lieber überlegen, wie wir dem Schuldner Feuer unter dem Arsch machen können, damit wir die Kohle auch sehen. Und die dreieinhalb werden auch dir guttun, oder nicht?«

»Klar kann ich das Geld auch gebrauchen. Wer kann das nicht? Aber eine Immobilie kaufen ist schon was anderes.«

»Was denkst du eigentlich, wann wir unseren politischen Kampf gewinnen werden? In zehn Jahren, in zwanzig, in dreißig? Wenn überhaupt jemals. Mach mal die Augen auf. Auch wenn unser Kampf richtig ist, erfolgreich ist er nicht gerade. Das ist doch unübersehbar. Wir wollen den Imperialismus zerschlagen und den Kapitalismus überwinden, denken aber maximal nur bis zur nächsten Aktion. Das ist doch schizophren. Schon einmal das Wort Zukunft gehört? Es gibt ein Leben jenseits der Dreißig, mein Guter! Wie willst du das gestalten?«

»Kraschno«, wollte ich mich empören, »mach mal halblang.« Aber Kraschnos Redefluss war nicht zu stoppen.

»Wir werden auf längere Sicht irgendwie in diesem System klarkommen müssen. Ich fahre da eine klare Doppelstrategie: Einerseits bleibt es bei den konsequenten Anstrengungen, die Schweine loszuwerden, anderseits betreibe ich, wenn du so willst, systemimmanente Vorsorge. Ich hab keinen Bock in einem Scheiß-Sozialloch oder unter der Brücke mein Leben zu fristen, verstehste?«

»Doppelstrategie? Systemimmanente Vorsorge? Das sind alles nicht unsere Kategorien.«

»Sollten es aber langsam mal werden. Weißt du, wie alt wir inzwischen sind? Wie lange studierst du schon so rum? Weißt du, wie viel Züge inzwischen ohne uns abgefahren sind?«

»Kraschno, das sind Züge nach nirgendwo. Bist du Christian Anders?«

»Quatsch keinen Scheiß! Weißt du überhaupt, wo andere mittlerweile stehen? Systemimmanent betrachtet? Guck dir zum Beispiel Johann an und schau dir uns an. Fällt dir da was auf?«

»Willst du mit diesem frustrierten saturierten Sack im Ernst tauschen?«

»In gewisser Hinsicht sofort.«

»Mit seiner Kiste, oder was? Mann, Kraschno, mach mir keine Angst«, sagte ich ernsthaft besorgt und schenkte uns noch einmal nach.

»Mach du mir keine Angst und rück mit zweitens raus. Da war doch noch was.«

In gewisser Hinsicht war ich froh, dass Kraschno mir die Chance gab, das Thema zu wechseln.

»Also, zweitens gibt es da noch was zu Trude zu sagen.«

»Sie ist in die Klapse eingeliefert worden, stimmts? Wundert mich nicht.«

»Ja, so ungefähr, Kraschno«, lachte ich. »Nee, also, wie ich von Leni erfahren habe, ist sie wohl total verknallt in dich. Das ist die Sache.«

Da riss mein Gegenüber die Augen übernatürlich weit auf und stürzte einen weiteren Tequila hinunter:

»Auweia! Aber ist sie nicht mit diesem Schwabenaffen zusammen?«, zeigte sich Kraschno offensichtlich ehrlich erschrocken.

»Dachte ich auch, aber diese Böblinger Flachzange würd mich auch nicht überzeugen, wenn ich Trude wär.«

»Hä? Wie, wenn du Trude wärst? Verträgst du den Agavensaft nicht?«

»Eigentlich schon«, sagte ich und füllte mit dem Rest der Flasche nochmals zwei Gläser. »Ich meine ja nur, dass dieser Maultaschen-Burt-Reynolds nicht unbedingt der Typ von Mann ist, von dem die Frauen so träumen.«

»Denkst du, wenn du Trude bist?«, lachte Kraschno.

»Genau! Und dann denk ich wieder, bevor ich Trude wär, wär ich lieber wieder ich«, lachte ich mit und wir vernichteten die letzten zwei Tequila der Flasche.

Als wir damit gerade fertig waren, stand Bosco auf einmal mit einem Glas Weizenbier in der Hand vor unserem Tischchen. Wir holten ihm einen dritten Stuhl dazu, begrüßten uns kurz und kamen gleich zum Thema, wobei er nur kurz leicht irritiert auf unser Stillleben mit Tequilaflasche blickte, sich dann aber schweigend eine Gitanes ansteckte. Boscos Erscheinen war abgesprochen. Heute sollte endgültig der Tag der Aktion festgelegt werden. Kraschno hatte ich schon über den Termin informiert, Bosco erhielt nun auch ohne Nennung der Quelle die Ergebnisse von Andreas' Recherchen mitgeteilt.

»Gut. Dann also am nächsten Donnerstag. Wann bekommen wir die Walkie-Talkies zum Testen?«, zeigte sich Bosco zufrieden.

»Wenn alles nach Plan läuft, können wir Sonntagabend etwas arrangieren«, antwortete ich.

»Prima. Habt ihr schon die Frage der Wohnungssicherung klären können?«

»Kommt noch. Ich geb dir auch am Sonntagabend Bescheid, wie es ausschaut«, ergänzte ich.

»Bestens. Dann kann Hendrik die Werkzeugauswahl noch darauf abstellen. Du weißt ja, Basteln ist nich so meine Stärke.«

»Meine auch nicht, aber dafür hab ich ja Kraschno.«
Kraschno reagierte mit einer beleidigten Leidensmine auf meine letzte Äußerung.

»Dafür ist das Transparent schon fertig. Farbdosen haben wir ja immer im Haus«, schloss Bosco ab.

»Sieht doch alles gut aus, oder?«, beendete ich jetzt auch die kleine Konferenz.

»Sieht wohl so aus. Und ich werde mal sehen, dass ich noch ne Mark verdiene«, meinte Bosco.

»Musste noch auf den Bock?«, fragte Kraschno mitfühlend.

»Nee, nee«, lachte Bosco, »ich hab da noch meine Freitags-Doppelkopfrunde.«
Bosco begab sich drei Tische weiter. Er setzte sich zu einigen anderen Taxifahrern, die schon vor Weizenbieren sitzend die Spielkarten mischten, um die nächsten fünf, sechs Stunden beim Doppelkopf zu fluchen und zu streiten wie die sprichwörtlichen Kesselflicker.

Als wir in den vorderen Teil des Lokals zurückkehrten, konnten wir feststellen, dass der Abend schon weiter vorangekommen war, denn der Bereich war inzwischen gut gefüllt. Zwei Drittel der Anwesenden waren Stammgäste. Man grüßte hier, man grüßte dort. Eiermann, der Automatenheini, stand am Tresen und hielt ein Weinbrandglas und eine Zigarette in der rechten Hand. Er sah irgendwie schief aus, die linke Gesichtshälfte war heruntergerutscht, sein linker Arm wirkte verdreht und baumelte teilnahmslos von der Schulter. Er schien neben einer wenig kontrollierbaren Zunge noch eine heiße Kartoffel in seinem Mund zu haben, während er von den Vorzügen des Schlaganfalls berichtete, der ihn vor knapp vierzehn Tagen heimgesucht hatte. »Ick kann mir jetzte die Notten sparen, wa«, verstand ich. Bei ihm klangen alle Vokale stark nach o. »Ick hol mir mit die linken Hand janz langsam enen runter, schnell kann ick ja ooch nich mehr, wa.« Dabei schlackerte er ein wenig mit dem linken Arm und bewegte die fünf Finger seiner linken Hand schwach und unkoordiniert in der Luft. »Und dabei spür ick jar nich, dit ick dit selba bin. Dit erspart mir jede Menge Kohle, wa«, freute sich Eiermann weiter über die Folgen des erlittenen Hirnschlags. Jetzt wurde mir klar, dass es sich bei den Notten wohl eher um Nutten handelte. »Willste mal anfassen?«, fragte er Marlis, indem er ihr seine Wabbelfinger vor die Nase hielt. Marlis lief kreidebleich in die Küche, ohne das großzügige Angebot von Eiermann näher in Betracht zu ziehen.

Freddie drückte Kraschno und mir ungefragt noch ein Pils in die Hand und machte ein entschuldigendes Gesicht. Es war noch nicht allzu spät, aber der fehlende Schlaf und das Missverhältnis zwischen fester und flüssiger Nahrung machten sich bei mir bemerkbar. Irgendwie war das nicht mein Tag. Erst Nachtschicht, dann kein Schlaf, schräge Begegnungen im Weihnachtstrubel, zweifelhafte Offenbarungen über Immobilienkäufe und Krankheitsgewinne, das würde heute kaum noch besser werden.

»Kraschno, ich bin für heute hinüber. Ich hau mich hin. Roswitha trifft sich um neun Uhr im Jonas zum Frühstück mit uns.

Ich wecke dich gegen halb. Freddie hat noch einen zweiten Hausschlüssel für dich hinterm Tresen«, tat ich zum Abschied kund, nahm den letzten Schluck Bier und verschwand in der Dunkelheit. Kurz bevor ich meinen Hauseingang erreicht hatte, rief Penelope von der anderen Straßenseite:

»Ey, Mark!« Ich blieb stehen, sie kam herüber und gab mir einen langen und leidenschaftlichen Kuss.

Aha, dachte ich, also geht das mit Penelope doch noch weiter. Seit vergangenem Sonntag hatte ich von ihr nichts gehört oder gesehen, mich allerdings auch nicht gemeldet. Oft kühlten diese Beziehungen nach der ersten gemeinsamen Nacht ab. Die Spannung war irgendwie raus, das gegenseitige Interesse erlahmte, man stritt sich nicht lange rum, sondern grüßte sich nur noch höflich. Mit Penelope schien das anders zu werden.

»Gehst du schon nach Hause? Wie schade. Ich dachte, wir könnten noch im Jonas zusammensitzen.«

»Oh, Mann, Penelope, heute nicht! Okay? Ich bin komplett tot von heute, von dieser Woche.«

»Ja, ja, schon in Ordnung. Aber Sonntag, unseren Besuch auf dem Weihnachtsmarkt, den hast du doch hoffentlich nicht vergessen, oder?«

Doch. Hatte ich natürlich. Und zwar völlig.

»Nein, natürlich nicht, Penelope.«

»Hol mich so um drei ab«, sagte sie fröhlich und hauchte mir noch einen Kuss auf die Lippen und entschwand hüpfend, nein, ich hatte mich nicht getäuscht, hüpfend in Richtung Jonas.

In der Wohnung war es beinahe so feucht und kalt wie draußen auf der Straße. Ich warf die Bolle-Tüte mit der neuen Unterwäsche und den Plänen zur Operation Band 16 in die Ecke, zog mich schnell aus und legte mich ohne Umschweife auf meine Matratzen. Den Auftritt des Sandmanns verpasste ich.

25

Keine Schneeflocke
fällt jemals
auf den falschen Platz.

Zen-Spruch

IN DER MASKE

Um Punkt acht Uhr sabbelte der Radiowecker mir die Nachrichten auf SFB2 ins Ohr. Ich stand gleich auf, steckte mir eine an und ging in die Küche, um das Kaffeewasser aufzusetzen. Nach dem Duschen goss ich den Kaffee auf und entnahm meiner Bolle-Tüte den gestrigen Einkauf aus dem KaDeWe, wobei der größte Teil in den Schrank wanderte. Eine Garnitur zog ich gleich an. Dann weckte ich Kraschno, und als er unter der Dusche war, suchte ich die Kopien der Verträge für Zeitschriftenabonnements heraus, die ich diese Woche angefertigt hatte. Ich würde sie nachher brauchen. Es war nicht weiter schwierig, an die Kopien zu kommen. In unserem Kiez tauchten beinahe täglich arme Schweine auf, die zu irgendwelchen Drückerkolonnen gehörten, von Tür zu Tür zogen und versuchten, den Leuten Aboverträge aufzuquatschen, um die Prämien dafür zu kassieren. Besser gesagt: Die Führer der Drückerkolonnen bekamen die Prämien. Die Werber, Gescheiterte vom sozialen Rand des Wirtschaftswunderlandes, bekamen lächerliche Anteile der Prämienzahlungen und wurden mit Knebelverträgen, hinterhältigen Kleinkrediten zu Wucherzinsen oder der überzogenen Miete für einen menschenunwürdigen Schlafplatz zu ihrer Tätigkeit gedungen. Scheine machen hieß das, also Verträge mit Kundenunterschriften beibringen, sonst setzte es was.
Letzte Woche hatte ich mich, nach einem wie immer zu kurzen Nachnachtschichtschlaf, um die Mittagszeit im Jonas mit einer Tasse Kaffee an das Fenster gesetzt und die kleine Halbkreuzung im Blick behalten. Ich hatte Glück. Nach einer guten Stunde kamen zwei Zeitschriftenwerber, es gehörte keine kriminalistische Spürnase dazu, sie zu erkennen, aus einem Haus in der Brunhildstraße. Ich ging zu ihnen und sprach sie an.

»Hört mal zu. Wollt ihr euch schnell jeder einen Heiermann verdienen?«
Sie waren skeptisch und schwiegen erst einmal.

»Passt auf. Ihr setzt euch da drüben in den Laden und bekommt jeder von mir einen ausgegeben. Ihr gebt mir für die Zeit einen

von euren Zetteln. Blanko. Ich verschwinde für eine Viertelstunde und bring euch den Schein zurück. Das ist alles. Na, wie siehts aus?«
Sie zögerten und guckten sich unsicher an.

»Leicht verdientes Geld, oder? Aber wenn ihr nicht wollt. Ich finde schnell andere, die auf den Deal eingehen«, baute ich ein bisschen Druck auf.

Das genügte. Sie willigten ein und folgten mir ins Jonas, wo ich sie an meinen Tisch setzte, ihnen bei Marlis zwei Pils auf meinen Deckel bestellte und mir gleich noch Marlis' klappriges altes Fahrrad ausborgte, mit dem ich zur Grunewaldstraße Ecke Akazienstraße fuhr, um im Copyshop zehn Kopien von der Vorlage zu ziehen. Bevor ich das Original auf den Kopierer legte, schaute ich mir die Blankovorlage noch einmal genau an, ob irgendwelche individuellen Kennzeichnungen, Zahlen- oder Buchstabencodes auf ihr angebracht waren, die Rückschlüsse auf die beiden Jungs zuließen. Wenn etwas schief ging und den Bullen diese Zettel in die Hände fielen, sollten sich die beiden nicht noch einem Ermittlungsverfahren wegen Unterstützung einer kriminellen oder gar terroristischen Vereinigung ausgesetzt sehen. Diesem Staatsapparat war alles zuzutrauen und besonders gerne haute er den Schwächsten auf den Kopf. Es gab in dieser Hinsicht aber nichts zu entdecken.

Als ich zurück war, hatten die beiden ihre Biere bereits ausgetrunken. Marlis bekam ihr Fahrrad zurück, allerdings nicht, ohne sich zuvor einen Fahrradwitz von mir anhören zu müssen.

»Marlis, kennste den? Da kommt einer mit deinem Fahrrad in ein Fahrradgeschäft und sagt zum Verkäufer, ich hätte gerne eine einfache Fahrradklingel für mein Rad. Da überlegt der Fahrradhändler lange und sagt schließlich, okay, der Tausch geht in Ordnung.«

Marlis verdrehte die Augen zur nikotingefärbten Decke des Jonas. Die Zeitschriftenwerber bekamen ihren Originalvertrag zurück, dazu zwei Fünf-Mark-Scheine und zogen zufrieden von dannen.

Als Kraschno aus der Dusche kam und sich Kaffee und Zigarette genommen hatte, zeigte ich ihm die Kopien.

»Okay, da müssen wir nachher nur noch ein paar einschlägige Zeitschriften besorgen, damit wir authentisch rüberkommen«, meinte Kraschno beim Betrachten der Blankoverträge.

»Ja, aber wir sollten uns in erster Linie auf unsere Kernfrage für nächsten Donnerstag konzentrieren und die lautet: Gibt es eine besondere Sicherung der Wohnungstür und gegebenenfalls welche? Ich hoffe, dass das Halbwissen, das mir Tischler Raul vermittelt hat, ausreicht, um die Sache richtig zu beurteilen. Am besten wäre es natürlich, er würde sich die Sache selbst ansehen, aber das geht nun einmal nicht.«

»Ganz blöd bin ich auch nicht, Mark. Wenn ich die Gegebenheiten ausreichend checken kann, weiß ich auch Bescheid. Notfalls führe ich mit Tischler Raul noch einmal ein Fachgespräch.«

»Das wär mir nicht so recht.«

»Verstehe. Dann mache ich das mit jemandem in Bremen, wobei ich nicht hoffe, dass das nötig sein wird. Die Zeit wird langsam verdammt knapp.«

»Ja, allerdings. Was mich zur Schwachstelle unseres heutigen Ausflugs führt. Wir haben den dienstlichen Terminkalender von von Erbe. Schön und gut. Und wir wissen nach Informationen aus der Pressestelle der CDU-Zentrale, dass unser sicheres Zeitfenster nur etwa zwei Stunden beträgt. Also muss in dieser Zeit Frau von Erbe unbedingt zu Hause sein, damit uns jemand die Tür öffnet. Oder die Putzfrau, die Schwester, die Schwiegermutter, scheißegal, irgendjemand. Und wir können mit unserer Tarnung nur einmal in das Haus. Ein zweites Mal wäre viel zu riskant.«

»Das heißt, wir brauchen eine ordentliche Portion Mehl«, kommentierte Kraschno und blies Ringe von Zigarettenrauch in die Luft.

»In der Tat! Und noch einmal zum Ablauf: Es gibt im Grunde nur zwei Varianten. Entweder sie hat eine soziale Ader, dann brauchen wir einen Vertrag und eine Zeitschrift für sie, oder, was ich für wahrscheinlicher halte, sie will uns schnell wieder loswerden. Und weil mir die zweite Version sowieso viel lieber ist, sollten wir die auch anstreben, denn ich möchte im Hause von Erbe keinen großen gemischten Spurensalat hinterlassen. Womöglich will sie neben einem Zeitschriftenexemplar eine von uns unterschriebene Kopie des Vertrages für sich, sie ist immerhin Juristengattin, oder sie bittet uns herein und will uns einen warmen Kakao andrehen und hat womöglich noch Besuch oder, oder … Nee, ich will mir das alles gar nicht ausmalen, was da so passieren könnte. Deshalb nehmen wir nur Zeitschriften mit, von denen wir annehmen können, dass sie unter dem Niveau einer Frau ihres Standes sind. Und wir sollten echt rüberkommen, aber nicht unbedingt sympathisch.«

»Ach, Mark, ich glaube, das könnte heute ein richtiger Spaß werden.«

»Dein Wort in Gottes Gehörgang.«

Es war noch Zeit für eine zweite Tasse Kaffee und so schenkte ich noch einmal nach.

»Und gab es gestern noch was Besonderes im Jonas?«, fragte ich bei Kraschno eher beiläufig nach.

»Nee, eigentlich nicht. Nur das übliche Tresen-Blabla. Kurz nachdem du weg warst, kam deine Latzhosenschönheit noch ins Jonas geschneit, wie hieß sie noch gleich?«

»Penelope.«

»Ja, genau, Penelope. Und läuft da was?«

»Naja, was soll ich sagen? Ein bisschen was geht immer.«

»Sehr aufschlussreich. Später kam noch die Genossin aus Kreuzberg vom Freien Radio vorbei, bei der wir damals die Technik abgeliefert haben, und hat nach dir gefragt.«

»Leni?«

»Ja, Leni, genau. Ist aber nicht lange geblieben.«

»Hhm. Hat sie mit Penelope gesprochen?«

»Du kannst Fragen stellen. Keine Ahnung. Warum?«

»Ach, nur so! Los dann, ich will Roswitha nicht warten lassen.«

Als wir aus dem Hauseingang traten, konnte ich Roswitha schon sehen. Sie hatte mit ihrem knallroten R4 einen Parkplatz direkt vor dem Jonas erwischt und nahm gerade einen mittelgroßen silbernen Koffer aus dem Auto. Als wir näherkamen, hielt sie ihn mit der linken Hand, in der rechten Hand hatte sie einen kleinen Taschenspiegel, in dem sie ihr Make-up überprüfte. Roswitha war keine Schönheit, aber ich habe niemals zuvor eine Frau gesehen, die diese Anmalerei so perfekt beherrschte wie sie. War wahrscheinlich so etwas wie Berufsehre. Ich nahm sie zur Begrüßung in den Arm und stellte Kraschno vor. Um kurz nach neun Uhr betraten wir als erste Gäste des Tages das Jonas, was uns nicht nur die freie Tischwahl erlaubte, sondern es vor allem ermöglichte, unser Anliegen völlig ungestört erörtern zu können. Bevor es soweit war und wir unsere Frühstücke bestellten, stellte ich fest, dass Roswitha Nagellack trug, der in etwa der Farbe ihres Autos entsprach. Ich nahm wie immer das Englische Frühstück, Roswitha das Französische und Kraschno machte auf Softie und bestellte sich das Große Müsli mit Naturjoghurt, wozu ich mir einen passenden Spruch mit Rücksicht auf Roswithas Anwesenheit verkniff.

»Eines will ich gleich zu Anfang klarstellen«, eröffnete Roswitha das Gespräch, »ich bin hier, weil ich mit Bosco befreundet bin. Dich, Mark, habe ich auf der letzten Party bei ihm kennengelernt und wir haben uns ganz nett unterhalten. Deiner Einladung bin ich gefolgt, weil ich gerne Menschen mit meiner Arbeit in andere Persönlichkeiten verwandle. Und weil ich Zeit habe. Aus keinem anderen Grund. Ist das klar? Ich will nichts, absolut gar nichts von euch hören, wozu das Ganze gut sein soll. Und wenn einem von euch nur einmal die Worte politische Notwendigkeit oder Klassenstandpunkt aus dem Mund kommen, stehe ich sofort auf und gehe. Habt ihr das klar?«

Ich erhob die Hände, als ob ich mich ergeben würde und sagte ein wenig überrascht über die Deutlichkeit ihrer Ansage:

»Okay, okay! Kommt im Prinzip unseren Intentionen entgegen. Wir machen es einfach wie bei dir im Theater. Ich erzähle dir, welche Rolle wir heute spielen müssen und du schaust, wie du uns verwandeln kannst.«

Elmar, der zu seinem Leidwesen heute in der Frühschicht eingeteilt war, was ihm im Gegensatz zur Spätschicht, die hauptsächlich aus Zapfen und Selbertrinken bestand, jede Menge mühseliger Arbeit mit unnötig komplizierter Frühstückszubereitung einbrockte, brachte uns schon einmal unter großem Jammern und Wehklagen ob der beschwerlichen Umstände des Seins und der frühen Stunde den Kaffee, während Kraschno eine Runde Zigaretten schmiss.

»Das Stück heißt *Ex-Knackis auf Wanderschaft*. Es geht um zwei Männer, sagen wir Ende 20, die seit ihrer Jugend die meiste Zeit im Knast verbracht haben. Kleinkriminelle. Hier ein Auto oder eine Laube geknackt, da mal eine Tankstelle oder einen Bäcker überfallen. Keine großen Dinger, dafür kontinuierlich. Und nun sind sie wieder raus und versuchen, irgendwie auf die Beine zu kommen. Dabei sind sie in eine Drückerkolonne geraten und laufen von Tür zu Tür und versuchen den Leuten Zeitschriftenabonnements anzudrehen. Sie erwecken auf den ersten Eindruck hin keineswegs Sympathien, sondern sind eher so Typen, mit denen man nichts zu tun haben will. Das ist eigentlich schon die ganze Geschichte«, führte ich aus.

»Und ihr spielt diese beiden Männer?«

»Ja, genau so ist es«, stimmte Kraschno zu, der bereits seinen Frühstücksbrei erhalten hatte und lustlos darin herumrührte.

»Haben die beiden Namen?«

»Es ist ein trauriges Stück. Die beiden haben keine Namen«, gab ich ihr zur Antwort.

»Schade«, bedauerte Roswitha, »wenn sie Namen haben, kann ich mir die Personen immer besser vorstellen. Ich kann dann irgendwie kreativer arbeiten.«

»Kein Problem. Wir haben ja noch etwas Zeit. Zwei Namen werden wir beim Frühstück doch entwickeln können, oder?«, meinte Kraschno und legte seinen Suppenlöffel beiseite, mit dem er sich seine unappetitliche Ökopampe reinschaufelte.

»Ist das Teil deiner neuen Vorsorgestrategie? Gesundheit und so«, konnte ich mir eine ketzerische Nachfrage, auf seinen Müslitrog zeigend, nun doch nicht verkneifen.

»Genau!«, war die Antwort, die Kraschno den Löffel abermals ergreifen ließ. »Herzinfarktprophylaxe!«
Ich schickte ein stummes Hilfsgebet zum Himmel: Herr, gib ihm seinen Verstand zurück!

Und so kam es, dass wir beim Frühstück eine langwierige Diskussion führten, wie diese beiden Ex-Knackis wohl heißen könnten. Zunächst wurden die üblichen Vorschläge, die die Weltgeschichte so bereit hielt, wie Kain und Abel, Tim und Struppi, Stadler und Waldorf oder Simon & Garfunkel auf den Tisch geworfen, dann wurde es seriöser und wir einigten uns nach zähem Ringen bei Croissants, Spiegelei und Körnerpampe auf Richard, der aber nur Ritschie genannt wurde und sich auch genauso schrieb für Kraschnos Rolle und auf Harald, genannt Harry, für meine. Zum Ende des Frühstücks konnte das Stück auch noch bühnenreif in *Die lange Suche von Ritschie und Harry nach Liebe und Brot* umgetauft werden.

»Eines ist uns noch wichtig, Roswitha«, bat ich, »Ritschie und Harry sollten so wenig Ähnlichkeit mit mir und Kraschno haben wie möglich.«

»Na, dann wartet mal das Ergebnis ab«, sagte Roswitha und schob sich das letzte Stück Erdbeermarmeladen-Croissant in den Mund. Ich nahm ihren Koffer, bat Elmar, ihn für eine Stunde hinter dem Tresen zu deponieren und übernahm für alle die Frühstücksrechnung. Zu dritt verließen wir das Jonas und begaben uns zu Fuß in Richtung Deko-Behrendt. Als wir abermals an meinem Hauseingang vorbeikamen, trafen wir Bouteflika mit seiner Frau, die gerade zur samstäglichen Einkaufstour aufbrachen. Er begrüßte uns wie immer mit großer Begeisterung und Ausführlichkeit. Roswitha reagierte etwas irritiert auf diese Begegnung und so erzählte ich ihr beim Weitergehen, was es mit Bouteflika auf sich hatte, denn so viel freundliche Herzlichkeit war ihr als echter Berlinerin doch ziemlich suspekt.

In dem Geschäftsraum von Deko-Behrendt am Kaiser-Wilhelm-Platz war am frühen Samstagvormittag noch nicht viel los. Jedenfalls, soweit man das vom Eingang aus beurteilen konnte, denn es war gänzlich unmöglich, dieses einzigartige Geschäft mit einem Mal zu überblicken. Es handelte mit allem und jedem, was man irgendwie zum Feiern brauchen konnte. Girlanden, Pappteller, Plastikbecher, Papierservietten in großer Motiv-Vielfalt, Papierschirmchen, Käsepicker in allen Farben des Regenbogens, Spielzeugrevolver und Plastikschwerter, Konfettikanonen und als Munition dafür Konfetti im Zehn-Kilo-Sack, Luftschlangen, Masken, um zu Monstern, Aliens und anderen Gruselgestalten zu mutieren, Perücken und Haarteile, Skelette aus Kunststoff in jeder Größe, ebenso Totenschädel, Hüte und Kostüme, falsche Bärte und Nasen, Brillen mit Glubschaugen, Theaterschminke, Kunstblut als Blutkapseln oder in kleinen Flaschen, Gebisse mit schlimmen Zahnschäden, Messer-durch-den-Kopf-Attrappen, künstliche Brandwunden, Wundschorf aus Sprühdosen, Farbsprays für die Haare, Lampions, Gartenfackeln, Wertmarken, Eintrittskarten, Losnummern, Klein- und Tischfeuerwerk, Riesenwunderkerzen, Knallzigaretten, Plastikspinnen, Scherzartikel aller Art, Lachsäcke, Furzkissen und Tausende weitere Dinge waren bis unter die hohen Decken gestapelt. Jahreszeitlich bedingt lag ein gewisser Schwerpunkt auf künstlichen Weihnachtsbäumen, Weihnachtsbaumschmuck mit starker Tendenz zu Lametta, falls man die frisch geschlagenen Bäume aus heimischen Wäldern bevorzugte, Weihnachtsmannkostümen, einer großen Auswahl an Weihnachtsmannbärten und Säcken zum weihnachtlichen Geschenketransport. Der Verkaufsraum war ein langer, scheinbar endloser Schlauch. Immerdar, wenn man dachte, man müsse nun am Ende des Geschäftes angekommen sein, ging es noch ein bisschen weiter und ganz am Ende dieser phantastischen Reise tat sich, quasi als Belohnung für den, der bis hierhin gekommen war, noch einmal eine breitere Fläche auf, immer noch vollgestopft mit zahllosen Absurditäten. Viele Leute waren völlig vernarrt in diesen Laden und Roswitha gehörte zu ihnen. Es war für die bevorstehende Maske vermutlich gar nicht absolut notwendig zuvor hierherzukommen, aber mit Sicherheit war es ein überzeugendes Argument gewesen, um sie für eine Zusammenarbeit zu gewinnen. Sie durfte sich die Dinge kaufen, die sie für nötig hielt, und wir durften bezahlen. Nach einer dreiviertel Stunde standen wir mit Roswitha an der Kasse. Allzu viel hatte sie nicht in ihr Körbchen gepackt. Es waren hauptsächlich kleinere Artikel, die es ihr angetan hatten. Ich legte noch ein Hundekotimitat aus Plastik sowie zwei Brillen mit dickem Rahmen und Fensterglas dazu. Zu welchem Zweck ich den künstlichen Scheißhaufen erwarb, hätte ich nicht sagen können, aber das Teil sah verdammt echt aus. Insgesamt hielt sich die Summe auf dem Kassenzettel in Grenzen. Dieses Mal durfte Kraschno ran, was er auch ohne Widerspruch tat, nur das kleine Plastiksäckchen mit den Kunststoffexkrementen hielt er kurz fragend in die Luft.

Nachdem wir Roswithas Koffer aus dem Jonas geholt hatten und zurück in meiner Wohnung waren, wurde die Küche zu ihrem Arbeitsraum umfunktioniert. Sie legte ihren Koffer auf den Küchentisch und breitete sich aus.

»Zunächst müssen wir noch ein bisschen an euren Klamotten arbeiten. So geht ihr nicht als Ritschie und Harry durch. Kraschno, deine Lederjacke geht schon mal nicht. Mark, dein Parka ist in Ordnung«, legte Roswitha los.

Sollte ich jetzt beleidigt sein oder mir Gedanken über meine Alltagskleidung machen?

»Wo hast du denn deinen Kleiderschrank, Mark? Wollen doch mal sehen, was man so machen kann«, ging es weiter.

»Kleiderschrank? So was habe ich nicht. Ich zeige dir mal, wo meine Sachen sind«, entgegnete ich kleinlaut. Und dann wurde es doch etwas peinlich. In dem kleinen Zimmer, in dem ich schlief und wo mein Matratzenlager war, gab es eine größere Kommode mit Wäsche. Leider war sie fast ausschließlich mit getragener Unterwäsche und Strümpfen gefüllt. Roswitha murmelte etwas davon, ob ich wüsste, dass es so etwas wie Waschmaschinen gäbe und ich glaubte, das Wort Wahnsinn gehört zu haben. Dass ich an anderen Stellen in der Wohnung weitere Plastiktüten mit gebrauchter Wäsche deponiert hatte, verschwieg ich ihr geflissentlich. Im großen Zimmer war eine Garderobe hinter der Tür angebracht worden, an der Jacken, Hosen, Pullover und dergleichen hingen. Hier wurde Roswitha tatsächlich fündig.

Kraschno bekam eine uralte, ausgeleierte schwarze Trainingshose, die schon unzählige Male in einer Waschmaschine rotiert hatte, und eine ebenso alte, ausgewaschene Jeansjacke von mir verpasst. Ich musste mir eine antike, graue Breitcordhose anziehen, die ich nur noch bei Umzügen und Renovierungsarbeiten trug. Dann durfte ich auf dem Stuhl neben dem Küchentisch Platz nehmen. Roswitha nahm so eine Art Umhang, wie man ihn beim Friseur bekommt, und legte ihn mir um. Dann begann sie mit ihrer Arbeit. Kraschno brühte noch einmal Kaffee auf und stellte den Kassettenrecorder auf Play, was erneut die Ramones mit *Rocket To Russia* bemühte. Sie gaben *We're a Happy Family* zum Besten, das von schlimmen Familienverhältnissen mit einem schwulen Vater, einer drogensüchtigen Mutter und einem kranken, fliegenessenden Kleinkind berichtete. Ich hätte im Einzelnen hinterher gar nicht beschreiben können, was Roswitha genau mit mir gemacht hatte. Cremes, Puder, Pasten, unterschiedlichste Pinsel und Quasten wechselten einander in hohem Tempo ab, wobei es nicht bei Camouflage blieb, sondern eine tatsächliche äußere Verwandlung der Person angestrebt wurde. Mein Haar wurde gekämmt, irgendetwas Kaltes hineingeschmiert, wieder gekämmt, es wurde gemacht und getan. Irgendwann war ich fertig und Roswitha nahm einen großen Spiegel aus ihrem Koffer und hielt ihn mir vor das Gesicht. Ich erschrak schon ein wenig. Mann, sah ich scheiße aus! Mindestens zehn Jahre älter und ziemlich kaputt. Die Haare waren nach hinten frisiert und mit viel Gelatine an den Kopf geklebt worden.

»Alle Achtung«, sagte ich, »das soll ich sein? Das hast du ja toll hinbekommen. Ich glaube, nicht einmal meine Mutter würde mich so erkennen.«

»Super, Roswitha! So gefällt er mir viel besser. Endlich passt die Fresse zu dem Typen. Vorher hat mich immer was gestört. Jetzt stimmt alles.«

»Warte ab, bis du fertig bist, du Schwafler. Deine Maske wird gleich als Tätowierung angelegt, das dauert zwar etwas länger, dafür hast du für immer Freude daran«, sagte ich und drückte ihm den Friseurumhang in die Hand.

Der Kassettenrecorder brauchte neue Nahrung, also wühlte ich in dem Schuhkarton, der auf der Küchenfensterbank stand und die Kassetten beherbergte. Mir war eigentlich nach Tommis *Fuchs Du hast die Gans gestohlen*, gib sie nicht mehr her, aber ich fürchtete, dass das Roswitha zu politisch wäre, weshalb ich Hannes Waders *Der Rattenfänger* in das Gerät schob. Und Hannes sang *Eine Frau, die ich kannte.*

Während Kraschno von Roswitha bearbeitet wurde, schnappte ich mir noch einmal die Von-Erbe-Unterlagen, warf mich auf meine nächtliche Lagerstätte und vertiefte mich in sie, bis Roswitha aus der Küche rief.

»Wir sind fertig! Du kannst gucken kommen.«

Zurück in der Küche war ich abermals total beeindruckt. Was Roswitha aus Kraschnos Gesicht gemacht hatte, war echt überzeugend und ähnelte dem Original nicht mehr sehr. Insbesondere der kleine Oberlippenbart, den sie ihm verpasst hatte und der so aussah, als ob er dort schon immer gewesen wäre, veränderte den Gesamteindruck total.

»Kraschno, du siehst echt scheiße aus. Super!«

Kraschno, der sich immer noch im Spiegel betrachtete, sagte mit verstellter Stimme, die nach Schurke klingen sollte: »Sach nie wieder Kraschno zu mir! Ick bin Ritschie, der Könich von Tejel, wa! Haste dit kapiert, Pomaden-Harry?«

Nun konnte sich der Vorhang für das sozialkritische Theaterstück über Ritschie und Harry öffnen. Roswitha wollte während der Aufführung durch Schöneberg bummeln und den Winterfeldtmarkt besuchen. Wir verabredeten eine ungefähre Zeit, um die wir sie vor dem Slumberland wieder abholen wollten.

»Roswitha, ich habe da noch eine kleine Bitte. Kannst du diese Tüte, solange wir weg sind, in dein Auto packen«, fragte ich und hielt ihr meine Bolle-Tüte mit dem Von-Erbe-Kram entgegen. Es war vielleicht etwas paranoid, aber wenn bei von Erbe etwas richtig schief ging und wir die Bullen an den Hacken hätten, wollte ich nicht, dass bei einer möglichen Wohnungsdurchsuchung diese Tüte gefunden werden würde.

»Ach nee, Mark, ich will in nichts, aber auch gar nichts reingezogen werden! Das hatte ich doch gesagt, oder.«

»Ja, ja, klar, Roswitha. Ist nur Papier. Hier, guck rein. Nur diese Tüte und nur, bis wir zurück sind. Ich will sie nicht in der Wohnung lassen, wenn ich nicht da bin«, versuchte ich die Sache ein wenig herunterzuspielen.

»Okay, gib her«, willigte sie überraschend schnell ein.

Ich nahm mir vor, dem Material noch heute meine Aufmerksamkeit zu schenken. Erstens wollte ich die Sammlung von Zeitungsausschnitten über von Erbe vernichten und zweitens musste der Rest dringend an einen neutralen Ort, der nicht so schnell mit unmittelbar Beteiligten an der Operation Band 16 in Verbindung gebracht werden konnte.

Durch Roswithas Hilfsbereitschaft konnte ich zumindest in dieser Hinsicht den nächsten Stunden entspannt entgegensehen und wir konnten aufbrechen. Vor dem Jonas an Roswithas R4 trennten sich unsere Wege. Sie wollte über die Kolonnenstraße in den besseren Teil Schönebergs laufen, wir zur U-Bahn. Als wir die Langenscheidtstraße heruntergingen, kamen uns Bouteflika und seine Frau erneut, diesmal schwer bepackt mit zahlreichen Einkaufstüten an allen vier Händen, entgegen. Ohne von uns auch nur die geringste Notiz zu nehmen, passierten sie uns. Das war der Ritterschlag für Roswithas Arbeit.

Im U-Bahnhof Kleistpark angekommen, begaben wir uns zu dem Zeitungskiosk, der unten zwischen den Gleisen der U7 lag, und wählten die *Quick, Neue Revue, Praline, Wochenend* und *Das goldene Blatt* aus.

»Das sieht jetzt aber noch nicht wirklich echt aus«, meinte Kraschno. »Als Zeitschriftenwerber hat man doch immer mehrere Exemplare von jedem Titel dabei, oder?«

»Das stimmt allerdings auffällig«, sagte ich, ging zu dem Kiosk zurück und sagte zu dem türkischen Verkäufer: »Noch einmal dasselbe bitte!«

Der gute Mann in seinem kleinen Verlies schaute mich ziemlich verständnislos an. Fünf Zeitschriften auf einen Streich, das kam gelegentlich vor, aber das jemand noch einmal dieselben Titel wünschte, war offensichtlich neu für ihn.

»Wir können uns nie einigen, wer wann welche Zeitschrift liest. Immer wenn einer eine liest, dann will der andere genau in dem Moment auch die gleiche lesen. Deshalb kaufen wir lieber gleich zwei von jeder Sorte, dann gibt es keinen Streit«, erklärte ich ihm. Dann beugte ich mich vor und flüsterte ihm mit einer Kopfbewegung in Richtung Kraschno zu: »Außerdem schreibt er immer falsche Sachen in die Kreuzworträtsel. Mit Kugelschreiber. Deshalb.«

»Ach so«, nickte der Türke nun erleichtert und lächelte verständnisvoll, wobei ich nicht wissen möchte, welche Gedanken ihm wirklich in diesem Augenblick durch den Kopf gingen, und suchte die Titelauswahl erneut heraus. Immerhin machte er so über 20 DM Umsatz in weniger als drei Minuten.

Dann verstaute ich das Wechselgeld, nahm den weiteren Zeitschriftenstapel an mich, und als die U-Bahn Richtung Richard-Wagner-Platz einfuhr, wandte sich Kraschno noch einmal an den Kioskverkäufer: »Stimmt gar nicht!«, sagte Kraschno mit Verschwörerstimme, »ich nehme immer einen Bleistift.«

Als wir in der U-Bahn auf einer Sitzbank nebeneinandersaßen, fügte Kraschno an:

»Dir ist schon klar, dass die Nummer eben total schwul war, oder?«

Ich zuckte mit den Schultern.

Bis wir am Adenauerplatz wieder ausstiegen, blätterte ich ein wenig in *Das goldene Blatt* herum und war entsetzt, mit welchen Abgründen sich die Königsfamilien und Fürstenhäuser in Europa auseinandersetzen mussten. Großes Mitleid kam in mir auf. Ich würde das unbedingt mit Leni besprechen müssen.

Kurz hinter dem Adenauerplatz musterte ich unser Erscheinungsbild in einer großen Kudamm-Schaufensterscheibe. Wir sahen aus wie Stammkunden der Kneipe Zum Goldenen Handschuh auf dem Hamburger Kiez, als der Schuppen noch nicht nach dem Frauenmörder Fritz Honka benannt worden war. Wie titelte die *Bild Hamburg* damals so unnachahmlich: *HONKA, HITZE, HSV.*

Auf halbem Weg zwischen Adenauerplatz und Sybelstraße enterte ich eine Telefonzelle.

»Drück die Daumen, Kraschno, dass die Alte zu Hause ist; wenn wir das in den nächsten zwei Stunden nicht hinkriegen, haben wir heute Abend eine Krisensitzung.«

»Nee, bloß nicht, ich will doch zurück zu Ulrike.«

Ich warf 20 Pfennige ein und wählte von Erbes Privatnummer, die sowohl in dem Material von Hascher genannt als auch von Andreas bestätigt worden war. Im Telefonbuch fand man sie nicht. Ich ließ das Telefon lange läuten und wollte schon resigniert einhängen, da wurde der Hörer doch noch abgenommen.

»Von Erbe«, verkündete eine Frauenstimme.

»Einen schönen guten Tag, Frau von Erbe. Hier Hartmut Heinemann von der Änderungsschneiderei des KaDeWe. Ihre Ware wäre dann ab Montag früh abholbereit.«

»Schon? Uns wurde gestern gesagt, dass das vor Dienstag nichts würde.«

»Verehrteste, wir sind das KaDeWe, da geht alles immer noch etwas schneller.«

»Na, schön. Vielen Dank für den Anruf.«

»Aber immer wieder gerne, Frau von Erbe.«

Kraschno stand vor der Telefonzelle und hielt fragend den Daumen nach oben. Ich erwiderte die Geste.

»Na, dann kann es ja losgehen. Was hast du ihr gesagt?«

»Ach, das Übliche: Sie soll schon mal das Badewasser einlassen. Ich bin gleich da.«

»Warum bin ich nur so blöde und frage dich immer wieder.«

In der Sybelstraße gingen wir schnurstracks auf das Wohnhaus von von Erbe zu. Ich hielt meinen kleinen Zeitschriftenstapel sichtbar im Arm. Der obligatorische Wachpolizist vor dem Hauseingang schaute uns kurz an, machte aber keine Anstalten, sich weiter für uns zu interessieren. Ich deckte Kraschno mit meinem Körper ab, als er mit dem Ärmel meiner speckigen Jeansjacke etliche Klingelknöpfe im Seitenflügel gleichzeitig drückte. Es dauerte nicht lange und die Wechselsprechanlage knisterte.

»Ja, bitte?«, ertönte eine weibliche Stimme.

»Hallo, die Post. Paketdienst!«, rief Kraschno stimmungsvoll. Der Türöffner summte und wir traten ein.

Das war mal ein Hausflur: Er sah eher aus wie eine große Empfangshalle. Es dominierten rechts und links jeweils zwei Marmorsäulen, die zwei sich gegenüberliegende breite Spiegel, die bis fast an die Decke reichten, einfassten. Die Wände waren dunkelrot gestrichen. Zu beiden Seiten der Treppe führte ein dunkler Steinfußboden in die hinteren Teile des Hauses. Der Aufgang des Vorderhauses war eine einzige Inszenierung großbürgerlicher Hybris. Breit wie ein Mittelklassewagen, mit goldenen Handläufen, die an vielen kleinen Marmorsäulchen verankert waren, war über der hellen Steintreppe noch ein breiter weinroter Läufer in etwa der Wandfarbe verlegt worden. Die gewölbeartige Decke zierte um die Ausläufe der großen Marmorsäulen und über der torartigen Haustür jede Menge Stuck, dazwischen farbige Deckenmalereien, die Szenen antiken Lebens zeigen sollten. Da war ich einen Moment schon ziemlich beeindruckt, insbesondere, als ich an meinen eigenen Hausflur dachte, der eine fröhliche Mischung zwischen Schrottplatz und Altpapiersammellager war.

»Vielleicht hätte ich doch Staatsanwalt werden sollen«, sagte ich zu Kraschno.

»Zu spät, Alter. Aber wenn du fleißig deine Zeitschriftenabonnements an den Mann bringst, vielleicht wird dann noch was aus dir«, grinste unser Experte für Immobilien und systemimmanente Vorsorge.

26

Wer nicht schafft,
soll auch nicht essen.
Lass uns Herr das nie vergessen.
Lass uns alle Groß und Klein
Immer treu am Werke sein.

Gebet aus einer Junkerschule
der Waffen-SS im Elsass.

Wir gingen das Vestibül gemessenen Schrittes hoch. Im ersten Stock ging jeweils ganz links und rechts eine Wohnungstür ab und in der Mitte zwei. Das mussten kleinere Wohnungen sein. Ich bemerkte, dass sich die Wohnungstür ganz rechts einen Spalt auftat und wies Kraschno mit einem Augenaufschlag und Kopfneigen darauf hin. Im zweiten Stock gab es nur noch eine Wohnungstür. Das Namensschild präsentierte einen Professor Doktor. Wir kamen der Sache näher. Im dritten Stock verkündete ein etwas zu groß geratenes Schild die Namen Lydia von Erbe und Maximilian von Erbe. Wir stellten uns in Positur und Kraschno versuchte die Klingel zu drücken, was einen Augenblick dauerte, denn hier gab es nichts zu drücken, da man an einem Messingknauf ziehen musste. Es ertönte dann natürlich auch keine Klingel, nicht einmal ein profanes Glockengeläut, sondern ein tiefes Geräusch, einem Donnerton nicht unähnlich. Das erinnerte mich an die Addams Family. Sir, Sie haben gedonnert!
Erfreulicherweise war kein Gekläffe eines Köters zu vernehmen. Nach einer ganzen Weile, Kraschno wollte gerade ein zweites Mal an der Donnerstange ziehen, ließ sich hinter der Tür das Klacken von Schritten vernehmen. Es öffnete sich die Tür und Morticia A. Addams erschien in voller Schönheit im Türrahmen, nein, es war dann doch nur Lydia von Erbe, deren Gesichtsausdruck innerhalb von drei Zehntelsekunden von aufgesetzt-freundlich in angewidert-genervt wechselte. Sie war allerdings mindestens so perfekt zurechtgemacht, wie es Morticia immer war.

»Guten Tag, verehrte Frau. Wir sind zwei entlassene Strafgefangene ohne feste Arbeit und Wohnung und wollen wieder Fuß fassen im Leben. Sie haben doch keine Vorurteile gegenüber ehemaligen Gefängnisinsassen, nicht? Wir sind auf die schiefe Bahn geraten und haben viele Jahre dafür gebüßt. Und um ein paar Mark zu verdienen, vermitteln wir Zeitschriften. Zeitschriften im Abonnement. Wir haben hochinteressante Zeitschriften im Angebot, die sicherlich auch Sie interessieren werden. Wir können Ihnen hier und heute einmalige Vorzugsabonnements zu allen diesen Spitzenerzeugnissen anbieten«, begann ich die Werbeaktion, wobei ich die mitgebrachten Zeitschriften auffächerte und ihr aufdringlich unter die Nase hielt. Sie wich einen halben Schritt zurück und guckte nun noch etwas mehr ins Geekelte.

»Ja, diese Abschlüsse sind sehr wichtig für uns, weil sie die einzige Möglichkeit sind, auf ehrliche Art und Weise Geld zu verdienen, damit wir überhaupt eine Chance haben auf Wiedereingliederung in die Gesellschaft«, setzte Kraschno nach.

»Nein, danke. Kein Interesse, kein Bedarf!«, teilte Lydia spitz mit und machte Anstalten, die Haustür wieder zu schließen.

»Äh, aber gnädige Frau ...«, wollte ich weiter quatschen, als ihr plötzlich der ganze Haufen bunter Blätter, der sich noch immer in ihrer Nasennähe befand, so als ob ich sie für extrem kurzsichtig hielt, in einem hohen Bogen entgegenfiel, so dass sie sich alle auf dem Fußboden hinter der Eingangsschwelle wiederfanden. Wir stürzten ihnen zeitgleich hinterher, indem wir uns mit den Knien auf den Boden warfen, was es uns erlaubte, die Zwölf-Zentimeter-Absätze von Lydia auf Augenhöhe zu betrachten und etwaige Türsicherungseinrichtungen gründlich zu checken.

»Sie ungeschickter Mensch, Sie!«, zischte Lydia von Erbe.

»Siehste Keule, wat ick dir immer saje, du bist sooo unjeschickt«, stimmte ihr Kraschno zu, während wir uns so blöde wie nur möglich dabei anstellten, die Zeitschriften und unsere mitgebrachten Vertragsunterlagen wieder zusammenzusammeln. Ich wollte es besonders gut machen und legte zwischendurch immer mal wieder eine Zeitschrift oder ein Blatt der Papiere, welche ich gerade aufgenommen hatte, wieder auf den Fußboden, so als ob es noch nicht an der Reihe wäre und es mir um die Einhaltung einer bestimmten geordneten Reihenfolge des Materials ginge.

Über uns wurde demonstrativ ein- und ausgeatmet.

»Wissense, gnädige Frau, der war im Bau schon immer so unjeschickt, der hat bei die Essensausjaabe immer den Blechnapf fallenjelassen, wa«, ließ sich Kraschno nicht beirren und klärte die Staatsanwaltsgemahlin weiter über meine angeborene Trotteligkeit auf, wobei sich unsere Köpfe etwa auf ihrer Kniehöhe befanden. Wir ließen uns nicht von ihren knallroten Stöckelschuhen ablenken, schauten uns kurz in die Augen und signalisierten wechselseitig mit einem Augenaufschlag, dass jeder auf seiner Seite gesehen hatte, was er sehen musste.

»Wirds bald mal!«, zickte es irgendwo über unseren Köpfen.

»Ja, ick werd immer so wuschelig, wenn ick wat halten soll, wa«, stimmte ich Kraschno unbeeindruckt von der Ungeduld unserer potenziellen Kundin zu und erhob mich umständlich mit meinem immer noch völlig unsortierten Konvolut wieder vom Boden.

»Dit war schon immer so, wa.«

»Wie sieht es denn nun mit Ihrer Unterstützung für arme, entlassene Strafgefangene aus«, fragte Kraschno leutselig, nachdem auch er sich langsam wieder aufgerichtet hatte.

»Ich sagte doch: kein Interesse! Und nun verschwinden Sie!«

»Huch, nicht doch so böse«, tat ich erschrocken und warf meinen Papierhaufen noch einmal vor Schreck vollkommen verängstigt in die Luft. Es machte mir gerade einen wahnsinnigen Spaß, den kompletten Volltrottel zu spielen.

Lydia knallte die Tür zu, dass es im ganzen Hausflur widerhallte.

Als ich das Material wieder aufsammelte und daran dachte, Morticia das nächste Mal einen Strauß geköpfter Rosen mitzubringen, wurde die Haustür noch einmal aufgerissen und uns Folgendes in aller Schärfe mit einem Schuss persönlichem Beleidigtsein mitgeteilt: »Und dass Sie es nur wissen: Mein Mann ist Staatsanwalt! Oberstaatsanwalt!«

Dieses Mal warf sie die Tür nicht ganz so geräuschvoll zu.

Wir drehten uns ab und gingen mit demütig gesenkten Köpfen über den edlen Läufer das Treppenhaus herunter. Dabei grinsten wir uns was in unsere geschminkten Gesichter, dass Roswithas Kunstwerke Risse zu bekommen drohten.

»Boah, was für eine miese Schlampe«, stöhnte Kraschno. »Und dass Sie es nur wissen, mein Mann ist Staatsanwalt! Oberstaatsanwalt!« Wir prusteten los und mussten uns gewaltig zusammenreißen, damit man uns nicht im ganzen Treppenhaus hören konnte, weshalb wir uns im zweiten Stock erst einmal auf die Stufen setzten, um wieder runterzukommen.

»Mich hat der Sound der Klingel irgendwie an das Haustürgeläut der Addams Family erinnert«, sagte ich zu Kraschno, nachdem ich mich wieder beruhigt hatte.

»Ja«, lachte er. »Ich setze meine Hoffnungen auf einen Unfall mit Cleopatra. Sie fällt in diese fleischfressende Pflanze und wird ganz und gar verdaut.«

»Und ich setze auf das Eiskalte Händchen, dass sie einfach erwürgt, wenn es sie zu fassen kriegt.«

Dann erhoben wir uns und gingen die Treppen weiter hinab. Als wir den ersten Stock erreichten, ging die gleiche Tür wie schon zuvor einen Spalt auf und schloss sich sofort wieder. Auch dieses Mal machte ich Kraschno mit den Augen darauf aufmerksam. Auf dem Namensschild an der Tür konnte man den Namen Schneider lesen. Im Gegensatz zu vorhin, als wir nach oben gingen, gab es jedoch nun Geräusche hinter der Tür. Eine Kette rasselte, die Tür ging halb auf und eine ältere Frau band sich ihre Küchenschürze ab und lächelte uns an.

»Haben Sie mich denn ganz vergessen, meine Herren?«, fragte sie uns freundlich und lächelte immer noch. »Oder klingeln Sie nur bei den großen Wohnungen, weil Sie denken, die Leute dort haben mehr Geld?«

»Äh, eh, nein«, stotterte ich. Auf diese Frage war ich nicht vorbereitet.

»Es ist nicht so, dass die, die mehr Geld haben, auch die großzügigeren Menschen sind, meine Herren. Wissen Sie denn das noch nicht?«, hakte sie nach.

»Oh, doch, das wissen wir«, beeilte ich mich zu sagen.

»Dann kommen Sie mal rein. Sie können doch sicher eine kleine Stärkung vertragen, oder?«, meinte sie und öffnete ihre Haustür nun vollends.

Ich schaute Kraschno fragend an. Der zuckte mit den Schultern und machte Anstalten, der Aufforderung Folge zu leisten. Das war zwar Mist, aber wir durften jetzt auch nicht aus der Rolle fallen. Also betraten wir den Flur der Wohnung.

»Ich bin Frau Schneider«, sagte sie und schloss hinter uns die Tür. Frau Schneider war kaum 1,60 groß und hatte eine ordentliche Friseurfrisur aus schlohweißen kräftigen Haaren, trug einen mausgrauen langen Rock und eine weiße Bluse. Das wirkte sehr gepflegt, geradezu ein wenig feierlich. Ich schätzte sie auf irgendetwas zwischen 60 und 70 Jahren. Ich war nicht wirklich gut im Schätzen. Sie konnte auch noch deutlich jünger sein.

»Haben Sie denn heute schon viele Abonnements loswerden können?«, wollte sie wissen, während sie die Tür zum Wohnzimmer öffnete. Offenbar hatte sie unser Verkaufsgespräch mit Frau von Erbe im Treppenhaus belauscht.

»Nein, kein einziges«, gab Kraschno wahrheitsgemäß Auskunft. Sie schien uns erwartet zu haben. Auf den niedrigen Wohnzimmertischchen waren drei Teller und drei Kaffeetassen gedeckt, auf der Tischmitte lag ein aufgeschnittener Marmorkuchen auf einer silbernen Platte, daneben eine Schüssel mit Schlagsahne und unter einer verschlissenen, dicken, blau-weißen Wärmehaube vermutete ich eine große Kanne Kaffee. Wie hatte sie das nur so schnell anrichten können?

»Setzen Sie sich doch«, sagte Frau Schneider und zog die Wärmehaube ab.

Wir folgten ihrer Aufforderung und nahmen auf einem Sofa Platz, das seine besseren Tage bereits hinter sich hatte, aber mit allerlei Kissen gemütlich und bequem dekoriert war. Ich legte den Packen mit den Probeexemplaren neben mich.

»Und Sie haben also lange im Gefängnis gesessen, ja? Sie wirken noch so jung«, wollte Frau Schneider bestätigt wissen, während sie dampfenden Kaffee in die Tassen füllte.

»Ja, was man so macht im Leben«, sagte ich lakonisch. Kraschno guckte mich an und verdrehte die Augen.

Neben dem Wohnzimmertisch stand eine kleine Anrichte mit weißer Spitzendecke, darauf ein Foto in einem schlichten schwarzen Holzrahmen. Es zeigte einen geschätzt kaum dreißigjährigen Mann mit schütterem Haar in der Uniform der Waffen-SS. Wenn ich das Rangabzeichen auf dem Kragenspiegel richtig las, ein

Obersturmführer. Davor eine einzelne brennende weiße Kerze in einem schlanken silbernen Kerzenhalter. Frau Schneider war eine aufmerksame Person, denn sie hatte bemerkt, dass ich das dekorierte Möbelstück fixiert hatte.

»Das ist Hans, mein Mann. Er hat heute Geburtstag. Sein sechzigster. Ich bin Kriegerwitwe.«

»Kriegerwitwe? Ist das ein Beruf?«, kam es reflexartig und unnötig barsch von Kraschno. Ich trat ihm unter dem Tisch auf den Fuß.

»Ist Verbrecher ein Beruf?«

»Äh, sorry. Das war unhöflich von mir. Ich habe das nicht so gemeint«, entschuldigte sich Kraschno schnell.

»Wir sind nicht direkt Berufsverbrecher, Frau Schneider, sondern entlassene Strafgefangene ohne Arbeit und richtige Wohnung«, wollte ich etwas Spannung aus dem Gespräch nehmen.

»Na, nehmen Sie sich erstmal etwas Kuchen und Sahne«, meinte Frau Schneider, die Kraschnos Fauxpas nicht weiter übelzunehmen schien.

»Den Kuchen habe ich selbst gebacken. Marmorkuchen. Der Lieblingskuchen von meinem Mann. Gibt es immer am 1. Dezember. Ich backe häufig. Kann den vielen Kuchen aber gar nicht selbst aufessen. Dann verschenke ich ihn an die Nachbarn. Aber die essen ihn dann auch nicht auf. Im Herbst hatte ich einen wunderbaren Pflaumenkuchen gemacht und Frau von Erbe hat mir fast ein halbes Blech abgenommen. Und wissen Sie, was sie dann damit gemacht hat? Weggeschmissen hat sie ihn. Hab ihn drei Tage später in der Mülltonne gefunden, als ich meinen Abfall runterbrachte. Meinen Pflaumenkuchen. Ich bin Kriegerwitwe. Hab sonst ja niemand für meinen Kuchen«, erzählte Frau Schneider in einem neutralen, fast unbeteiligten Tonfall.

Worauf würde das hier hinauslaufen, fragte ich mich. Der Kaffee war gut, der Kuchen lecker, aber, dass wir hier saßen, war natürlich großer Käse.

»Sie haben keine Kinder?«, fragte Kraschno, wohl um wieder ein paar Pluspunkte zu sammeln.

»Warum haben Sie nur bei der von Erbe geläutet, wenn Sie doch so auf diese Abonnements angewiesen sind?«, überging Frau Schneider Kraschnos etwas verunglückte Höflichkeitsfrage.

Jetzt wurde es eng.

»Ach ja, wissen Sie, diese Abos sind ja eigentlich doch nur Abzocke. Ich meine, wir werden abgezockt und die Abonnenten letztlich auch und …«

»Ja, und uns macht das irgendwie auch gar keinen Spaß, dieses Werben von Abonnenten«, sprang Kraschno mir zu Seite, eierte aber auch nur rum.

»Warum haben Sie nicht im ersten Stock angefangen zu läuten oder im vierten. Warum nur bei der von Erbe?«, ließ sie nicht locker.

»Moderne Marktforschung, Frau Schneider!«, kam mir ein rettender Einfall. »Also, mit so Computern wird da irgendwie rumgerechnet, in welchem Haushalt es am wahrscheinlichsten ist, dass jemand ein Abonnement abschließt. Wir kriegen da so Listen und wir gehen dann nur zu den Leuten, die auf der Liste stehen, wissen Sie«, erläuterte ich Frau Schneider die Welt des modernen Marketings.

»Ja«, ergänzte Kraschno, »und die Computer, die wissen auch, wer schon welche Zeitschrift abonniert hat und dann müssen wir da ja gar nicht mehr hin, wenn die die schon haben, nich.«

»Noch Kaffee?«, fragte Frau Schneider, was aber wohl gar nicht als Frage gemeint war, denn sie schenkte uns nach ohne eine Antwort abzuwarten.

»Wir müssen dann auch bald mal wieder weitermachen, sonst gibts Ärger«, wollte ich diesen ungeplanten Zwischenstopp bei Frau Schneider schnell beenden. Ihre Fragerei war unangenehm und wir waren nicht hier, um in diesem Haus Freundschaften zu schließen.

»Ich bin Kriegerwitwe seit bald 35 Jahren …«, formulierte Frau Schneider unbeirrt.

»So alt wird kein Mensch, sagt man in Russland«, rutschte mir reflexartig heraus.

Jetzt war es Kraschno, der mich unter dem Tisch trat.

»Ich bin seit bald 35 Jahren Kriegerwitwe. Ich habe Hans im letzten Kriegswinter kennengelernt. Er war auf Heimaturlaub von der Ostfront. Über Weihnachten. Er war gerade 25 Jahre alt geworden. Und ich war 18. Noch ein ganz junges Ding. Er war zu Besuch bei seinen Eltern im Nachbarhaus. In dem Haus unten war eine Backstube und die verkauften dort nicht nur Brot und Kuchen, die hatten auch ein paar Tische neben dem Verkaufstresen stehen. Das war wie ein kleines Café. Nichts Großes. Es gab ja auch schon nicht mehr viel. Aber sie hatten Glühwein gemacht. Wegen Weihnachten. Und da saß Hans alleine am Tisch mit einem Stück Marmorkuchen und einem Glas Glühwein in seiner schönen Uniform und schaute mich an. Mutter hatte mich nach Brot geschickt. Und ich schaute ihn an. Und als ich wieder gehen wollte mit meinem halben Brot, sprach er mich an. Gnädiges Fräulein sagte er, darf ich Sie auf einen Glühwein zu mir an den Tisch bitten. Er schaute mich an mit seinen braunen Augen und ich konnte nicht nein sagen. Ich hatte mich noch nie von einem Mann einladen lassen. Und Alkohol trank ich auch nicht. Ich weiß bis heute nicht, ob ich überhaupt einen Schluck genommen habe von dem Glühwein. Ich glaube nicht. Ich sah nur kurz seine warmen Augen, schlug meine dann nieder und sah auf seine feinen Hände. Diese Hände. Und hörte seine warme Stimme. Ich hatte mich verliebt. Sofort. Zum allerersten Mal war ich verliebt. Ich kannte das alles nicht. Diese Gefühle, das rasende Herz, dieses wilde Pochen, dieses Die-ganze-Welt-umarmen-Wollen. Die nächsten Tage saßen wir mindestens zweimal am Tag an diesem Tisch. Gingen zusammen um den Block. Natürlich nur, wenn es keinen Fliegeralarm gab. Am dritten Tag brachte ich ihn hoch zu meiner Mutter. Mutter, sagte ich, das ist der Hans, der wird mein Mann. Meine Mutter sagte nichts. Sie sah ihn in seiner Uniform. Er trug sie ja immer. Deshalb sagte sie nichts. Sie sagte aber auch nicht nein. Am Tag unserer Hochzeit, vier Tage später, es war der 27. Dezember 1944, sagte sie zu mir: Ich wünsche dir alles Glück dieser Erde. Ihm gab sie nur stumm die Hand. Danach verlor sie nie wieder ein Wort über Hans. Unsere Hochzeitsnacht verbrachten wir in der Wohnung von Hans' Eltern. Sie wohnten im Vorderhaus und hatten viel Platz. Meine Mutter und ich hatten nur eine kleine Anderthalb-Zimmer-Wohnung im Hinterhaus. Seine Eltern hatten extra ein

Zimmer mit großem Bett für uns freigeräumt. Ich habe nur diese eine Nacht in diesem Zimmer verbracht. Hans musste gleich am 28. Dezember wieder zurück an die Front. Er hatte den Befehl, seinen Urlaub vorzeitig abzubrechen, an unserem Hochzeitstag erhalten. Mir hatte er aber nichts davon gesagt. Erst am Morgen nach dem Frühstück im Esszimmer seiner Eltern hat er es mir gesagt. Zehn Minuten später standen wir alleine im Flur. Er nahm meinen Kopf in seine warmen Hände und sagte, wenn er wiederkomme, würden wir das schönste und glücklichste Leben führen, dass ich mir nur vorstellen könnte. Es klingt noch immer in meinen Ohren, wie er flüsterte: Bestimmt, ich verspreche es! Dann gab er mir einen Kuss, lächelte und ging zur Tür hinaus. Er war schon auf der Türschwelle, als er zögerte, stehenblieb und sich noch einmal umdrehte. Er nahm seine Pistole aus dem Halfter, drückte sie mir in die Hand und sagte sehr leise: Wir werden den Krieg verlieren. Wir haben fürchterliche Dinge getan und die Rache dafür wird schlimm sein. Nimm sie zu deinem Schutz. Dann ging er, ohne sich noch einmal umzudrehen, die Treppe hinunter. Ich habe ihn so sehr geliebt. Und ich habe bis heute keinen einzigen Tag aufgehört, ihn zu lieben. Ich habe ihn nie wiedergesehen, nie wieder etwas von ihm gehört. Ich wartete jeden Tag auf Feldpost von ihm, aber es kam nie ein Brief. Nicht ein einziger. Ich schrieb ihm jeden Tag einen Brief. Bis etwa Mitte April. Dann brach ja alles zusammen. Anfang März erfuhr ich, dass ich schwanger war. Meine Mutter sagte nichts, als ich ihr die Neuigkeit überbrachte. Ich wollte es den Eltern von Hans erzählen, weil mich das Schweigen meiner Mutter so verletzte, aber bevor ich ins Nachbarhaus gehen konnte, gab es Fliegeralarm. Mutter und ich rannten in den Luftschutzkeller. Es war ein fürchterlicher Luftangriff. Alle Luftangriffe waren fürchterlich, aber dieser besonders. Unzählige Bomben schlugen in unmittelbarer Nähe ein. Die Notbeleuchtung fiel gleich nach der ersten Detonation aus. Also saßen wir im Stockfinsteren. Es hörte und hörte nicht auf. Es gab kaum noch Sauerstoff zum Atmen. Wahrscheinlich warfen sie auch wieder Brandbomben. Ich konnte mir nicht vorstellen, dass in unserer Straße noch irgendetwas stand. Die Wände zitterten ununterbrochen. Putz, Kalk, halbe

Mauersteine fielen auf uns herab. Ich fragte mich, warum ich ausgerechnet jetzt, wo ich ein Kind von Hans bekam, sterben musste und ich betete, obwohl ich nie in meinem Leben zuvor gebetet hatte, dass Gott mich um Hans' willen, um des Kindes von Hans' willen, überleben ließe. Dann gab es einen fürchterlichen Schlag, der den Boden so erbeben ließ, dass mich der Kellerboden ein Stück noch oben warf, und die Decke des Luftschutzkellers brach ein. Nur noch Staub und Dunkelheit. Ich dachte, das war es. Dann blieb es still. Man hörte nur das Wimmern der Kinder, das Röcheln und Husten derer, die um Luft rangen, aber der Luftangriff schien vorbei zu sein. Trotzdem rührte sich zunächst niemand. Nach einer ganzen Weile zündeten die ersten Leute Kerzen an, jemand hatte eine Taschenlampe. Da sah ich erst, dass die Hälfte des Luftschutzkellers fehlte und alle Nachbarn, die dort gesessen hatten. Später dann, als ich auf der Straße stand und mir einfiel, dass ich doch den Eltern von Hans die Nachricht überbringen wollte, dass ihr Sohn Vater werden würde, sah ich, dass das gesamte Vorderhaus nebenan fehlte. Es war nur noch ein großer Schutthaufen, der bis zum ersten Stock unseres Hauses ragte. Das war alles. Hans' Eltern hat man erst Mitte März aus den Trümmern gezogen. Im Sommer 1945 fingen wir an wirklich zu hungern. Zuvor ging es immer noch irgendwie, aber dann wurde es immer schlimmer. Der Winter 45/46 war die schlimmste Zeit. Am 2. September wurde Hans' Tochter geboren, da war Mutter schon krank. Schwindsucht. Ich habe Hans' Tochter Brunhild genannt, weil seine Mutter so hieß. Ich hoffte damals immer noch, er käme zurück. Dachte jeden Morgen, heute wird er kommen und abends dachte ich, morgen wird er kommen. Als ich Mutter Brunhild das erste Mal gezeigt habe, lag sie im Bett. Ich sagte, Mutter, das ist Brunhild. Mutter sagte nur ›schön‹ und drehte sich zur Wand um. Brunhild war vom ersten Tag an nicht richtig gesund. Ich tat, was ich konnte, war selber sehr schwach. Am ersten Weihnachtstag '45 wollte ich sie aus ihrem Bettchen holen. Da war sie tot. Zwei Tage nach Neujahr starb Mutter. Seitdem bin ich allein. Kriegerwitwe. Vater war ja schon lange fort. Er verschwand von einem Tag auf den anderen, als ich in die zweite Klasse ging. Mutter hatte nie eine

Antwort für mich, wenn ich nach ihm fragte. Ich habe erst 1965 erfahren, dass sie ihn schon im Februar '33 abgeholt hatten und er '44 in Buchenwald starb. Und in jedem Jahr zur Weihnachtszeit glaubte ich ganz fest: Dieses Mal, da kommt der Hans zurück, dieses Jahr bestimmt. Aber er ist nie gekommen. Und heute hat Hans Geburtstag«, trug Frau Schneider ihr bisheriges Leben in kurzen leisen Sätzen vor. Ohne Pathos, ohne Dramatik, so als spräche sie nicht von sich selbst, als ginge es um irgendeine andere Person.

Im Raum herrschte eine gedrückte Atmosphäre. Man konnte sie buchstäblich mit Händen greifen. Die Wände des Wohnzimmers schienen näher gerückt zu sein, wir saßen auf einmal ungemein dicht beisammen. Mit fehlte frische Luft. Kraschnos Gesichtsausdruck war unter Roswithas Maske nicht zu deuten. Er schien in ein imaginäres Nichts zu starren und schwieg. Ich schwieg auch. Ich hatte, während Frau Schneider sprach, meinen Kuchenteller fixiert, wagte nach dem Blick auf Kraschno einen Blick auf Frau Schneider. Sie saß wie versteinert in dem Sessel schräg gegenüber dem Sofa und befand sich augenscheinlich gedanklich irgendwo, aber nicht in ihrem Wohnzimmer. Ich räusperte mich vernehmbar, um uns alle wieder zurückzuholen. Bei Frau Schneider schien das zu funktionieren.

»Und ich frage Sie nun«, schien sie wieder zu sich zu kommen und schaute uns dabei an, »ist das Leben gerecht?«

Es entstand eine längere Pause.

»Unzweifelhaft nicht, wenn man die Frage so stellt«, sagte ich. »Die Frage muss allerdings korrekt lauten: Sind die Verhältnisse gerecht? Und die Antwort darauf lautet: Nein!«, gab ich so sanft wie nur möglich zur Antwort.

Nun war auch Kraschno aufgewacht, denn er trat mir abermals von der Seite gegen die Wade. Und das völlig zu Recht. Was redete ich da? Ich war Harry, der Ex-Knacki und nicht irgendein Scheiß-Philosoph, der über das Leben an und für sich schwadronierte.

Ich machte mich an die Kurswende. »Wir müssen nun aber echt mal los, wa. Sonst machen wir heute keene Abschlüsse mehr und dit wär richtig scheiße für uns, wa.«

Frau Schneider griff unter ihren Couchtisch, zog offenbar eine Schublade auf und hielt mit einem Mal eine Pistole in beiden Händen und zielte auf uns.

»Was gegen die Russen geholfen hat, hilft auch gegen Gangster und Verbrecher. Glaubt bloß nicht, weil die alte Frau Schneider alleine ist, könnt ihr sie ausrauben.«
Ich hob heute schon zum zweiten Mal beide Hände zum Zeichen der Aufgabe. Scheiße. Die Alte war doch total plemplem. Sie hatte uns doch reingebeten. Warum zielte sie jetzt mit diesem alten Wehrmachtsteil auf uns?

»Frau Schneider, niemand will Sie ausrauben«, kam in kontrolliertem Tonfall von Kraschno. »Sie hatten uns doch reingebeten in Ihre Wohnung, Frau Schneider, wenn Sie sich erinnern wollen.«

»Ich bin doch nicht senil! Ich erinnere mich an alles. An alles von damals und an alles von heute«, sagte sie. »Ich wollte Sie nur warnen, das ist alles.«

»Warnung angekommen, Frau Schneider«, sagte ich, nahm die Zeitschriften wieder an mich und stand fast zeitgleich mit Kraschno auf, allerdings erst, nachdem die Pistole wieder unter dem Tisch verschwunden war. Ohne weitere Absprache gingen wir aus dem Wohnzimmer auf den Flur, während wir uns noch einmal höflich für die gewährte Gastfreundschaft bedankten.

»Das war sehr nett von Ihnen mit dem Kaffee und Kuchen«, versicherte Kraschno.

»Ja, allerdings, sehr nett«, setze ich nach, als wir das rettende Ufer der Wohnungstür erreicht hatten. Und als Frau Schneider die Tür auch noch freundlicherweise öffnete, dachte ich, wir hätten es geschafft. Vor lauter einsetzender Erleichterung nahm ich ein Exemplar der Neuen Revue und drückte es Frau Schneider in die Hand:

»Für Sie als Probeexemplar. Wir kriegen die ja umsonst, nicht wahr.«
Frau Schneider nahm die Zeitschrift wortlos entgegen, legte sie auf einem kleinen Schrank im Flur ab und nahm ihre Hände hoch, packte mit jeder Hand einen von uns am Kragen, zog uns ein Stück zu sich herunter und flüsterte, damit niemand etwas von ihren Worten im Hausflur hören konnte:

»Und Sie beide waren nicht einmal zusammengenommen eine Woche im Gefängnis, geschweige denn jahrelang.« Dann ließ sie uns wieder los.
Kraschno und ich schauten uns nur an, sagten aber nichts und wollten schon die Treppe hinunterlaufen, doch Frau Schneider war noch nicht fertig mit uns.

»Warten Sie noch einen Augenblick!«, rief sie. Und als sie blitzschnell erkannte, dass uns so gar nicht danach war zu warten, fügte sie leise an:

»Und wenn Sie nicht warten, schreie ich das komplette Treppenhaus zusammen.«
Was blieb uns anderes übrig? Wir blieben stehen. Ich griff mir ohne Rücksicht auf Roswithas Kunstwerk an die Stirn und strich meine Harry-Haare in voller Verzweiflung noch platter, Kraschno hielt sich die Hände mit gespreizten Fingern so vor das Gesicht, dass nur seine Augen zu sehen waren. Nach einer ganzen Weile kam Frau Schneider wieder an die Tür. Sie hielt zwei kleine Rechtecke aus silbrig-glänzender Alufolie in der Hand.

»Der restliche Marmorkuchen«, sagte sie, »wäre doch schade um ihn.« Sie überreichte uns beiden ein Päckchen in der Größe eines kleinen Taschenbuches und als sie schon die Tür schloss, sagte sie nur noch: »Machen Sie es gut.«
Wir beeilten uns, dieses Haus zu verlassen. Die Wache vor dem Hauseingang schenkte uns abermals keinerlei Beachtung, so dass wir eilig und ohne Umschweife in Richtung U-Bahnhof Adenauerplatz laufen konnten.

»Die Alte muss weg, definitiv!«, war der erste Satz, der wieder gesprochen wurde. Er kam von Kraschno. »Ich betrete das Haus nie wieder, wenn ich nicht vorher weiß, dass die nicht da ist. Das gilt immer und besonders für Donnerstag!«

»Puh! Au Mann, ey Alter. Das muss ich erstmal verkraften. Da läuft die Sache so top und dann greifen wir so tief in die Scheiße! Ich fass es nicht«, versuchte ich mir Erleichterung zu verschaffen.

»Die ist schlimmer als jeder Blockwart oder KOB. Die bekommt alles mit, was da im Haus abgeht«, schimpfte Kraschno weiter. »Und außerdem hat sie einen an der Pfanne! Was die da erzählt hat, okay, aber wie sie das erzählt hat. Da krieg ich Angst.«

»Ja. Aber es treibt einem schon das Wasser in die Augen, wenn sie so von ihrem Schicksal erzählt«, gab ich zu bedenken. »Also, mir wird da immer wieder ganz anders, wenn ich mir anhören muss, was der Krieg der Faschisten so angerichtet hat.«

»Nur, dass die alte Schneider das bestimmt nicht so sieht.«
Am Ende der Straße schien gerade ein Zeitungsladen zu schließen, denn ein älterer Mann räumte die Werbestellschilder für die täglichen Presseprodukte und ein HB-Männchen in der Größe eines Sechstklässlers von der Straße.

»Ich brauch jetzt erstmal nen Bier. Da hilft jetzt alles nichts«, sagte ich zu Kraschno. So betraten wir den Kiosk und ich holte zwei Schultheiss. Kraschno besorgte uns noch zwei Mini-Fläschchen Jägermeister dazu. Wortlos stellten wir uns an einen kleinen runden Stehtresen mit Aschenbecher darauf, holten unsere Zigaretten heraus, rauchten und tranken Bier mit Magenbitter. Jetzt waren Ritschie und Harry endlich in ihren Rollen angekommen.

»Hast du gesehen, dass ihr Hans SS-Mann war?«, nahm ich irgendwann das Gespräch wieder auf, »irgendein unterer Offiziersrang immerhin.«

»Ja, klar! Und hast du gesehen, wie sie mit diesem Museumsstück auf uns gezielt hat? Wenn das Teil losgeht. Die weiß doch gar nicht, was sie tut!«

»Ja, sicher. Aber ich hab auch Mitleid mit ihr. Das ist doch ein ziemlich trauriges Leben, auf das sie da zurückblickt«, relativierte ich, paffte Rauch in die Luft und versuchte, mit dem Fingernagel meines rechten Zeigefingers das Etikett von der Bierflasche zu kratzen.
Vor uns lagen die beiden mit silberner Folie umpackten Marmorkuchenreste. Aus dem einen ragte eine kleine grün-weiße Ecke heraus. Ich zog daran und hielt einen Zwanzig-Mark-Schein in der Hand. Kraschno nahm das andere Päckchen, lugte hinein und fingerte einen zweiten Zwanzig-Mark-Schein hervor.

Zum wiederholten Mal an diesem Vormittag sahen wir uns sprachlos an.

»Und wie soll man das jetzt wieder deuten? Diese Schneider ist ein Rätselbuch«, sagte ich.

»Vor allem ist sie ein Sicherheitsrisiko«, beharrte Kraschno trotz dieser noblen Geste, und im Hinblick auf Operation Band 16 war das auch richtig.

»Nun wird es doch so etwas wie eine Krisensitzung geben müssen, wenn auch nicht wegen der Türsicherung, denn die gibt es schlicht nicht. Seltsam eigentlich, dass die von Erbes da gar nichts vorgesehen haben. Ist das Mut, Arroganz oder Leichtsinn?«

»Krisensitzung? Ohne mich. Du musst da alleine eine Lösung finden oder umplanen. Wenn wir mit Roswitha wieder in der Naumann waren, fahr ich zurück. Und noch was, Mark. Am Tag X sollten wir was Eleganteres als die trübe Paketpost-Nummer draufhaben, wenn uns jemand die Haustür öffnen muss. Man kann nicht immer mit so einer Tranfunzel von Wachmann rechnen wie heute. Das muss dann fluppen, klar?«

Ich stöhnte ein wenig. »Fluppen? Ja, es sollte immer irgendwie fluppen, nicht? Und umplanen? Ich weiß nicht recht. Eigentlich passt jetzt alles. Aber Oma Schneider muss weg. Zumindest für die besagte Zeit am Donnerstag. So viel ist klar.«

Kraschno zeigte auf eine Uhr mit dem HB-Männchen drauf, die über dem Verkaufstresen des Ladens hing. Es war später geworden, als wir gedacht hatten.

»Lass uns schnell Roswitha einsacken und dann ab in die Naumann. Wir schnappen uns am Adenauerplatz ein Taxi, dann sind wir schneller. Frau Schneider sei Dank«, sagte Kraschno und hielt seinen Zwanzig-Mark-Schein in die Höhe.

So wurde es gemacht. Der Taxifahrer guckte zunächst ein wenig besorgt, ob Ritschie und Harry auch würden zahlen können, aber nachdem er Frau Schneiders Geldschein als Vorauszahlung erhalten hatte, brachte er uns zügig vor das Slumberland. Nur die letzten Meter musste er im Schritttempo fahren, weil der Trubel des sich auflösenden Winterfeldtmarkts ein Verkehrshindernis darstellte.

Roswitha stand verabredungsgemäß vor der Tür und als Kraschno ihren Namen durch das heruntergekurbelte Seitenfenster rief, stieg sie zu uns in die Droschke, so dass wir im Handumdrehen wieder in der Naumannstraße eintrafen.
In der Küche durfte Kraschno sich als erster zum Abschminken niederlassen, während ich uns eine große Kanne Kaffee kochte. Roswitha schien bester Laune zu sein. Sie hatte sich eine volle Tüte Obst und einen bunten Blumenstrauß vom Markt mitgebracht. Unsere Stimmung war ob der Erlebnisse etwas gedrückt. Diskreterweise und ihrer Devise treu bleibend, fragte Roswitha nicht nach, wie es gelaufen war. Vermutlich registrierte sie auch so unseren Stimmungsabfall gegenüber heute früh und sei es nur dadurch, dass wir uns unsere blöden Sprüche sparten. Da das Abschminken wesentlich schneller vonstattenging als der umgekehrte Vorgang, konnten Kraschno und ich bald den Stuhl tauschen. Kraschno sprang noch schnell unter die Dusche und war bereits reisefertig, als Roswitha mich wieder in mich verwandelt hatte.

»Ich mach ne Düse. Und du schaff dieses Problem da aus der Welt!« Dabei zeigte Kraschno auf die beiden Päckchen mit Marmorkuchen, die auf dem Küchentisch neben den Probenummern der Zeitschriften lagen und nahm erst Roswitha, dann mich in den Arm und verschwand aus der Küche mit den Worten: »Bis Mittwochabend, Alter.«
Ich schob mir eine Ecke von Frau Schneiders Marmorkuchen in den Mund und spülte mit Kaffee nach, während Roswitha ihren Schminkkoffer sortierte.

»Brauchste noch was zum Lesen?«, fragte ich Roswitha und hielt ihr unser Zeitungssortiment unter die Nase. »Oder ein Stückchen selbstgemachten Marmorkuchen?«

»Eure Blätter da sind nicht so mein Fall, aber zum Marmorkuchen lass ich mich überreden.«

»Bitte, bitte, kannste alles mitnehmen, wenn du willst. Mein Bedarf an Marmorkuchen ist für den Augenblick vollauf gedeckt. Ich komme noch mit runter, wegen der Tüte.«
So brachen wir auf und steuerten Roswithas Wagen vor dem Jonas an.

»Kommste noch auf ein Weinchen mit rein?«, fragte Roswitha, nachdem sie mir die Bolle-Tüte überreicht hatte.

»Nee, tut mir leid, Roswitha, aber ich muss wieder nach oben. Ich hab noch ein paar Sachen in der Wohnung zu erledigen«, entschuldigte ich mich. Ich fand mich selbst wenig überzeugend und es machte mir ein schlechtes Gewissen, Roswitha nach ihrer netten Hilfsaktion jetzt eine schnöde Abfuhr erteilen zu müssen.

»In der was, Mark? Wohnung? Ich will dir ja nicht zu nahe treten, aber wenn du einen Redakteur von *Schöner Wohnen* in eine tiefe Sinnkrise und Suizidgefahr treiben möchtest, dann solltest du ihn zu dir nach Hause einladen«, schoss es leicht säuerlich aus Roswitha heraus.

»Ey, keine Beleidigungen! Meine Wohnung ist ein Gesamtkunstwerk! Streng dem Dadaismus verpflichtet, ist das nicht einfach eine Wohnung, sondern ein Environment. Man könnte das Ganze auch als bewohnte Installation bezeichnen. Kurt Schwitters ist mein großes Vorbild!«

»Hörst du dir eigentlich manchmal selbst zu?«, fragte Roswitha wohl eher rhetorisch nach.

»Ja, unbedingt! Man kann ja nie wissen, was man so sagt«, antwortete ich als getreuer Schwitters-Schüler.

Roswitha schüttelte in tatsächlicher oder gespielter Verzweiflung ihr Haupt, nahm mich zum Abschied in den Arm und entschwand im Jonas.

Und ich stand auf der Naumannstraße mit meiner Bolle-Tüte und hatte ein fettes Problem: Frau Schneider!

Nun musste ein Plan her. Ich machte mich auf den Weg zur U-Bahn und begann schon beim Gehen, Zeitungsartikel über von Erbe zu kleinsten Schnipseln zu zerreißen und in öffentlichen und privaten Müllbehältern zu entsorgen. Auf meiner Fahrt mit der U7 zur Möckernbrücke und dann mit der U1 zum Kottbusser Tor machte ich damit weiter. Zuvor hatte ich von einer Telefonzelle in der Langenscheidtstraße in Lenis WG angerufen. Das war gegen die Regeln, aber hier lag ein Notfall vor. Ich hatte Glück, denn

Leni ging selber an den Apparat. Ich plapperte gleich los, ohne mich mit meinem Namen zu melden.

»Hi, ich bins. Pass auf. Kleiner Notfall. In 30 Minuten bei Wilhelm Busch in der O-Straße«, war alles, was ich mitzuteilen hatte. Ich legte auf, ohne eine Antwort abzuwarten und saß gute 30 Minuten später vor einem großen Pils im Max und Moritz in der Oranienstraße 162. Im Schwarz-Weiß-Fernseher, der in einer Ecke über dem Tresen montiert war, durfte ich mir das absolut sehenswerte 3:2-Freistoß-Tor von Uwe Bracht aus dem Weserstadion ansehen, das er am Nachmittag gegen Eintracht Frankfurt für unseren Heimatverein erzielt hatte. Aber ich konnte mich nicht traumverlorenen Fußballschwärmereien hingeben, sondern hatte mich um die Operation Band 16 zu kümmern.

Auf Leni war wirklich Verlass. Meine erste Zigarette glimmte gerade auf, da kam sie schon rein und zu mir an den Tisch, der in einer nur wenig beleuchteten Ecke des Schankraumes stand.

»Na, Müller, wo brennts? Was haste jetzt wieder angestellt?«, begrüßte mich Leni auf ihre unnachahmliche Weise.

»Nix, wie immer! Aber ich hatte Sehnsucht nach dir, genau wie du gestern nach mir«, antwortete ich und winkte die Bedienung heran.

»Was möchtest du trinken, Leni? Kräutertee, Bananensaft, heiße Milch mit Honig?«

»Damit ich deine Stories überhaupt ertrage, trinke ich lieber auch ein Bier«, wollte Leni nicht auf meine Temperenzler-Vorschläge eingehen.

»Des Menschen Wille ist sein Himmelreich, Leni«, tat ich so, als müsste ich eine gewisse Enttäuschung über ihre Entscheidung verbergen.

»Wir hätten gerne noch einmal zwei große Pils«, sagte ich zur Kellnerin, die inzwischen an unserem Tisch stand, um mir für die Darlegung der aktuellen Lage einen ausreichenden Getränkevorrat zu sichern.

»Und es war nicht so sehr Sehnsucht nach dir, die mich ins Jonas getrieben hat, sondern die Sorge, ob es bei der geplanten Aktion ordentlich vorangeht«, sagte Leni spitz.

»Ganz die alte Politkommissarin, nicht wahr? Und in der Tat ist heute ein Problem aufgetaucht, das es gestern noch nicht gab, Leni.«

»Bevor du loslegst, Mark, noch eine grundsätzliche Sache zur Aktion. Wir übernehmen ja sozusagen die Pressearbeit, dazu gehört aber auch, dass wir Fotos von den Transparenten machen lassen, die dann auch von der bürgerlichen Presse abgedruckt werden sollten. Sonst macht das Ganze ja schließlich keinen Sinn.«

Das war natürlich richtig, musste ich zugeben.

»Wir haben da einen entsprechenden Pressephotographen an der Hand. Und dafür brauchen wir natürlich das konkrete Datum und die Uhrzeit der Aktion. Ich garantiere dir, dass das völlig sicher für euch abläuft.«

»Erzähl mir mal, wie!«

In der folgenden Viertelstunde erläuterte mir Leni die diesbezüglichen Pläne und erfuhr, was sie selbst wissen musste. Zudem setzte ich sie ausführlich über die Causa Schneider in Kenntnis.

»Es bleibt also die Frage, wie wir die alte Schneider für die Zeit der Aktion neutralisieren können, ohne dass es zusätzliche und unnötige Risiken gibt«, schloss ich meine Darstellung zunächst ab.

»Mann, Müller, da habt ihr Experten ja mal eine echte Traumfrau aufgerissen. Und im Übrigen ist Frau Schneider keinesfalls eine alte Schachtel, wie du sie als alter Macho ständig darstellst. Sie war '44 gerade 18 Jahre alt, dürfte also jetzt 53 sein. Das ist ganz schön weit weg von Rentenalter, halbsenile Oma und so. Nicht wahr, mein lieber Müller?«

»Hhmm, das stimmt natürlich. Irgendwie kam sie deutlich älter rüber, wahrscheinlich wegen dem WK-II-Gequatsche. Aber ob alt oder nur mittelalt oder was auch immer. Sie muss weg! Nur wie?«

»Lass uns in Ruhe drüber nachdenken. Irgendeine Möglichkeit muss es geben, Mark. Wir können uns doch von dieser SS-Braut nicht unsere Aktion versauen lassen.«

Sodann wurden allerlei Varianten durchgespielt, wie man Frau Schneider am kommenden Donnerstag für ein paar Stunden aus dem Haus locken könnte, ohne allzu viel Staub aufzuwirbeln oder eine halbe Armee als Kulissenschieber aufbieten zu müssen.

Die Zeit verging, meine Zigarettenschachtel leerte sich, die Striche auf meinem Bierdeckel vermehrten sich, aber uns wollte nichts wirklich Überzeugendes und Vertretbares einfallen. Ich war kurz davor, zu resignieren und über eine komplett andere Aktion gegen von Erbe nachzudenken, in der Frau Schneider keinen Hinderungsgrund darstellen würde, als ich Leni noch einmal lange schweigend ansah. Vor meinem inneren Auge tauchte plötzlich der Abend auf, als Leni im kleinen Schwarzen mit mir und Johann im Meisung am Tisch saß. Da machte es Klick.

»Leni, ich habs! Du wirst unsere Rettung sein!«

»Ich?«

»Ja, genau du! Du machst uns ne SFB-Tante, die die olle Schneider zu ihren Erlebnissen am Ende des Krieges befragen will. Man muss die Leute immer mit den ureigensten Kisten packen, dann haste sie. Sie hat uns ungefragt mit ihrem Kriegerwitwen-Epos zugetextet. Und wenn man ihr genau dafür ne Bühne gibt, ist sie dabei. Pass auf, Leni, ich stell mir das ungefähr so vor. Frau Schneider bekommt einen Anruf von einer Journalistin des SFB. Radio, von mir aus Jugendfunk. Und das alles ganz kurzfristig. Die Schneider ist eine verdammt misstrauische Person. Da kann man nicht vorsichtig genug sein. Wir nehmen eine echte Identität von so einer Radiotante, die wir noch recherchieren und basteln einen Presseausweis mit irgendeinem Foto, das halbwegs passt. Ich hab noch ein paar von den Dingern blanko auf Halde liegen. Über das Einwohnermeldeamt hast du Adressen von Frauen des Jahrgangs 1926 und 1927 bekommen, die am Kriegsende 18 Jahre alt waren. Und du willst Interviews über ihre Erlebnisse von damals mit ihnen führen. Dafür triffst du dich mit ihnen in einem Caféhaus. Irgend ne ruhigere Bude in Kudamm-Nähe oder so. Tonbandgerät oder Kassettenrecorder und ein halbwegs professionelles Mikro sollten kein Problem sein. Das Ganze findet zeitlich so statt, dass die Schneider weg ist, wenn wir kommen und garantiert erst wiederkommt, wenn für uns alles vorbei ist.«

»Ich weiß nicht, Mark. Das gefällt mir irgendwie nicht. Wenn die Schneider mich so hautnah erlebt, da …«

»Was soll da schon groß passieren?«

»Du bist gut! Wenn die Aktion gelaufen ist, werden die Bullen jeden im Haus befragen. Das ist doch wohl klar. Natürlich gibt es erstmal keinen Zusammenhang, aber die Schneider ist offensichtlich geschwätzig. Und wenn die Bullen tiefer bohren, werden sie feststellen, dass die Schneider weggelockt wurde.«

»Naja, und wenn schon.«

»Und dann fangen sie an, ihr Fotos zu zeigen. Sie haben da immer ein paar schöne von mir gemacht, wenn sie mich bei Aktionen der Liga einkassiert haben.«

»Scheiße! Dann brauchst du vorher auch eine Roswitha-Maske. Dann können sie mit ihren Fotos nicht mehr viel anfangen.«

»Hä? Roswitha-Maske? Was soll das denn sein?«

Ich setzte Leni die Zusammenhänge um Roswitha auseinander, obwohl ich natürlich nicht wissen konnte, ob ich Roswitha noch einmal würde motivieren können, uns zu helfen.

»Trotzdem, Müller, ich weiß nicht. Gibts denn keine andere Lösung?«

»Mir fällt im Moment nichts Besseres ein, aber wenn du was auf Lager hast, bitte.«

Leni ließ sich ermattet und resigniert zurück in den Stuhl fallen.

»Das ist alles eine große Scheiße, Müller! Aber im Moment nicht zu ändern. Ich muss jetzt echt schlafen. Bereite die Sache mit der Schneider weiter vor. Lass uns am Montag noch einmal quatschen. Sagen wir 20 Uhr Herrmannplatz.«

»Oki! Montag Herrmannplatz.« Leni war bereits aufgestanden, wir nahmen uns zum Abschied kurz in den Arm und Leni verschwand in Richtung Ausgang.

Mir rauchte die Rübe. Diese Schneider-Sache raubte mir den Verstand. Ich entnahm der Zigarettenschachtel eine letzte Fünf-Minuten-Denkhilfe und paffte vor mich hin. Die Bedienung brachte mir nach dem Bezahlen auf meinen Wunsch noch einen Zitronenkorn. Das führte zwar auch nicht zu einer alle Probleme beseitigenden Lösung, stellte aber immerhin einen angemessenen Abschluss meines Aufenthaltes im Max und Moritz dar. Als ich anschließend

gerade am Oranienplatz in ein Taxi steigen wollte, um mich nach Schöneberg fahren zu lassen, fiel meine Aufmerksamkeit wieder einmal auf meine Bolle-Tüte. Ich beschloss spontan diese Sicherheitslücke für immer zu schließen, verzichtete auf eine bequeme Rückfahrt und vernichtete sukzessive die Unterlagen auf meinem Fußmarsch Richtung Schöneberger Insel. Dabei wurde mir bewusst, dass mit der Vernichtung aller Aufzeichnungen immer klarer wurde, dass wir von unserer ursprünglichen Planung der Aktion nicht mehr abweichen sollten. Auch wenn ich glaubte, alle wesentlichen Fakten im Gedächtnis zu haben, schuf ich damit eine veränderte Ausgangslage für die Operation Band 16. Der weite Weg zurück zur Naumannstraße bei Temperaturen knapp über null Grad sorgte allmählich in jeder Hinsicht wieder für einen klaren Kopf. Das war alles andere als unangenehm.
Ich hatte mich schon bis kurz hinter den Kreuzberg vorgearbeitet, da fiel dreckig-grauer Schneegriesel vom Himmel, welcher die vor mir liegende Monumentenbrücke in einem grotesken bräunlichgelben Licht erscheinen und die Schöneberger Seite verschwinden ließ. Das sah heftig nach anderem Planeten aus. Innerhalb weniger Augenblicke war aus einem schwachen Rieseln ein ausgewachsener Schneeschauer geworden und ich war im Nu komplett weiß eingehüllt, was mir das Aussehen eines Alpenschneehuhns auf Weihnachtsurlaub in der großen Stadt verschaffte. Aber immer, wenn man in Schöneberg in Not kam, tat sich eine mitleidige Kneipentür auf und man wurde gerettet. In diesem Fall war es ein Nachtlokal auf der Ecke Bautzener Straße gleich am Beginn der Schöneberger Seite der Monumentenbrücke. Heinrich, der Wirt des Etablissements, ein langer hagerer Typ, dessen Kopf stets ein Cowboyhut schmückte, warf mir einen strengen Blick zu nachdem ich eingetreten war, weil er befürchtete, dass ich mit dem Schneestaub seinen Schankraum versauen könnte. Der Name des Schuppens war ein gewisses Änigma: Üblicherweise sagten Eingeweihte, dass sie ›zu Heinrich gingen‹ oder sie nannten den Laden ›Puschen‹, was eine Verdeutschung eines Teils des tatsächlich vom Besitzer festgelegten Namens war. Aus dem provokativ gewählten

englischen Namensbestandteil ›pusher‹ machte das Berliner Publikum in seiner unnachahmlichen Art eben einen plüschigen Hausschuh. Heinrich betrieb jedenfalls eine typische Nachtkneipe mit einem dementsprechend anti-bürgerlichen Publikum, war aber in seinem tiefsten Herzen ein Ordnungsfanatiker und Spießer. Allerdings einer mit einem extrem guten Gedächtnis für seine Gäste. Als ich zum ersten Mal in seinem Laden war, hatte ich ein großes Altbier bestellt, warum auch immer. Nun bekam ich immer ungefragt ein großes Altbier vorgesetzt, wenn ich wieder bei ihm in seiner Bierstube aufschlug. Da er sehr stolz auf sein Wer-trinkt-was-Gedächtnis war und gleichzeitig gewisse psychopathische Züge zeigte, wenn man sich nicht in seine starren Muster fügte, beließ ich es bei diesem Altbierquatsch, obwohl es nicht mein Lieblingsgetränk war.

Ob es jemals angemessen war, von einer göttlichen Fügung zu sprechen, wenn man bei Heinrich oder einer anderen Schöneberger Nachtspelunke landete, sei einmal dahingestellt, in diesem spezifischen Fall konnte man aber durchaus davon sprechen, denn Roswitha hing vor einem Glas Rotwein an Heinrichs Tresen. Hing war die richtige Beschreibung, denn Roswitha hatte in den letzten Stunden viel von ihrer natürlichen Frische verloren, was auch für ihr perfektes Make-up galt. Ich ignorierte das alles geflissentlich und begab mich mit meinem Altbier zu ihr. Sie schaute mich eine ganze Weile ausdruckslos an, bevor es bei ihr klingelte:

»Ah, Ritschie, der erfolglose Drücker mit den flachen Sprüchen«, begrüßte mich Roswitha wenig enthusiastisch.

»Ritschie? Läufst du nicht sonst unter Mark?«, mischte sich der Herr des Tresens kurz ein.

»Genau, Mark!«, kam von Roswitha in einem überrascht schneidenden Tonfall. »Mark, der seine versiffte Bude als Gesamtkunstwerk verkaufen will und eine dumme und naive Theatertante nicht einmal auf ein Glas Wein begleitet, obwohl sie ihm einen großen Gefallen getan hat, weil er noch ein paar Sachen zu erledigen hat. Ein paar Sachen zu erledigen heißt bei Typen wie Mark Massenmördern wie Stalin und Mao Tse-tung zu huldigen und irgendwelchen Scheiß auszuhecken, der nur Unglück und Katastrophen in die Welt bringt«, klärte Roswitha die anderen Tresenhocker auf, was diese aber nicht weiter zu interessieren schien. Hier war offensichtlich jemand richtig beleidigt. Das war schlecht und musste sofort korrigiert werden.

»Sorry, Roswitha, aber ich habe da noch eine alte Großtante in Kreuzberg sitzen, der es gerade gesundheitlich sehr schlecht geht. Komme gerade von ihr. Da konnte ich vorhin leider nicht mit dir ins Jonas, was ich bestimmt lieber gemacht hätte. Aber Familie, verstehste, da kann ich mich schlecht drücken«, versuchte ich verlorene Zuneigung schnell zurückzugewinnen.

Roswitha sah mich unentschieden an und überlegte offensichtlich gerade, ob sie mir glauben konnte oder nicht. Ich bemühte mich, ein Gesicht zu machen, das dem bei der Erstbeichte glich, wenn am Ende die Stelle mit der Bitte um die Lossprechung von den Sünden zu folgen hatte. Nur, dass ich hier unter Roswithas kritischer Begutachtung stand und nicht im schummrig-zwielichtigen Halbdunkel eines Beichtstuhls kniete. Es gibt über eine katholische Kindheit nicht viel Gutes zu erzählen. Ein Vorteil dieser widerwärtigen Bigotterie allerdings ist, dass man, wenn es notwendig ist, Menschen ohne rot zu werden jeden beliebigen Mist erzählen kann. War es nun das schauspielerische Talent eines römisch-katholischen Laiendarstellers oder der reichliche Genuss des Rotweins bei meiner Zuhörerin? Egal. Roswitha fiel bei ihrer Entscheidung auf die richtige Seite.

»Mark, warum hast du das denn nicht gesagt? Ich war schon ein wenig sauer, dass du mich so einfach vor dem Jonas hast stehen lassen, aber das mit deiner Großtante kann ich natürlich verstehen. Was hatse denn?«

»Danke für dein Verständnis, Roswitha. Aber du hast natürlich Recht. Es war blöd von mir, dass ich dir nicht ehrlich gesagt habe, was Sache ist, aber du weißt ja, wie wir Typen sind, nicht wahr? Ja, und meine Großtante, sie hat alles und nichts, Zucker, Arthrose und so. Na, sie ist einfach schon sehr alt und gebrechlich. Und sie hat in Berlin niemanden mehr. Da muss ich halt gelegentlich ran.«

Roswitha schaute verständnisvoll, fast schon ein bisschen bewundernd, zu mir auf. Sie schien wieder milde gestimmt. Das musste sofort ausgenutzt werden. Ich gab erst noch einen Rotwein für sie aus, obwohl das schon fast an Körperverletzung grenzte, und begann sie ganz behutsam für einen weiteren Arbeitseinsatz in der Sache Schneider zu gewinnen. Die Rollenbeschreibung für Leni als aufgedonnerte Journalistentusse war nicht allzu anspruchsvoll. Es war eher schwierig, Roswitha klar zu machen, dass das eigentliche Ziel darin bestand, eine mögliche Wiedererkennung der zu schminkenden Person bei diesem Mummenschanz zu verhindern, ohne dass sie unnötig misstrauisch wurde und ihre Hilfe verweigerte. Auch erwiesen sich meine relativ engen zeitlichen Vorstellungen als schwierig, aber von Erbes Terminkalender diktierte nun einmal den Ablaufplan für den nächsten Donnerstag. Es dauerte zwar eine ganze Weile, aber am Ende hatte ich sie da, wo ich sie haben wollte. Sie würde am Donnerstag gegen 13 Uhr bei Leni in der WG aufschlagen und sie zurecht machen, was nur funktionierte, weil sie erst um 15 Uhr bei sich im Theater sein musste. So würde sogar genügend Zeit bleiben, ein Passfoto mit der neuen Leni für den Presseausweis zu erstellen. Aufgrund der fortschreitenden Intoxikation durch roten Most bestand ich darauf, dass Roswitha sich den Termin in ihrem Notizbüchlein aufschrieb, obwohl sie mir wiederholt versicherte, dass das nicht nötig sei. Als absolute Krönung dieses denkwürdigen Tages erlaubte mir Roswitha, dass ich Heinrich bitten durfte, ihr ein Taxi für ihre Heimfahrt zu ordern. Dass mir Heinrich, der alte Pfennigfuchser, für den Anruf fünfzig Pfennige in bar auf meinem Deckel notierte, sei nur am Rande erwähnt.

Roswitha begab sich nun in die Hände eines verständnisvollen Taxifahrers, Heinrich erhielt die Kohle für die ausgeschenkten Getränke und ich war am Ende des Tages einigermaßen versöhnt mit der Gesamtsituation.

Die Uhr verriet mir, dass es mittlerweile halb drei war. Ein guter Zeitpunkt für einen abschließenden Kontrollbesuch im Jonas und ein wohlverdientes Feierabendbier.

27

Tod dem Faschismus!
Krieg dem Krieg!
Kampf um Befreiung
bis zum Sieg!

Parole im Schwarzen Block

Morgenstund ohne Gold im Mund

11.55 Uhr hatte ich von der Uhr des Radioweckers abgelesen, als ich vor gut zehn Minuten mühsam meine Augen aufgeschlagen hatte. Wie hatte sich die Welt verändert? Was hatte sich gestern ereignet? Im Schnelldurchlauf war ich die Ereignisse des vergangenen Tages durchgegangen, wobei mir sogleich die alte Schneider wieder in den Sinn kam. Dann hatte ich im Geiste die Anforderungen des heutigen Tages in Augenschein genommen, wobei das Bild eines hoffnungslos überfüllten Weihnachtsmarktes ein weiteres spontanes Unwohlsein in mir auslöste. Alsdann war ich in die Küche gestolpert, hatte den Radiator auf maximale Leistung gestellt und mir eine angesteckt. Heute durfte Tommi nun endlich das vormittägliche Sonntagskonzert in der Küche geben. Keine Roswitha als dogmatisch-unpolitische Spaßbremse stand dem im Wege. Ich warf die entsprechende Kassette in den Recorder ein, drehte den Lautstärkeregler in die Nähe des Maximums und sang bei *Wir wollen leben* gleich lauthals mit.

In einem spontanen Anfall hausfraulicher Sorgfaltspflicht wischte ich den Küchentisch ab, der noch diverse Spuren von Schminke, Kaffeerändern, gerauchten Zigaretten und Marmorkuchen aufwies. Nach dieser Anstrengung ließ ich mich auf einen der Küchenstühle fallen, blickte mich um und erinnerte mich der rüden Generalkritik an meiner Wohnung durch Roswitha, und dass ich nicht wirklich dawider gesprochen hatte. Was gab es beispielsweise an dieser Küche, dem eigentlichen Zentrum und Ersatzwohnzimmer meiner Bude, auszusetzen? Überhaupt Wohnzimmer? Wenn man in einem Wohnzimmer wohnte, was machte man dann in den anderen Räumen? Die Wohnstube wurde gerne auch die gute Stube genannt. Was war dann die schlechte Stube? Die Küche? In der sich doch in Wahrheit alle viel lieber aufhielten, weil sie nicht so ein Sakralraum erstarrter und sinnentleerter wohlbürgerlicher Wohlanständigkeit war. Was hatte Roswitha gesagt? Meine Küche sei ein einziger Alptraum? Gut, eine Küchentür fehlte. Das Schicksal der mutmaßlich früher einmal vorhandenen Tür, jetzt funktionslose Türzargen deuteten dies an, verblieb jedoch im Dunkeln. Es gab sowohl die Theorie, dass der Vormieter sie verheizt hätte, als auch die, dass sie noch in irgendeinem Kellerverschlag stünde. Ich meinte die Bretter, aus denen ein selbstgebastelter Hängeboden im Flur gebaut worden war, sahen verdächtig nach ehemaliger Tür aus. Aber letztlich hatte ich keine Ahnung, was zutraf. Rechts neben dem offenen, nun durch einen Vorhang kaschierten Durchgang stand dafür eine göttliche Tür. Es war nicht das Tor zu einer anderen oder besseren Welt, aber es war die Autotür einer Göttin, also eines Citroen DS La Déesse, die einen offenstehenden, überquellenden Türaschenbecher aufweisen konnte. Hatte der Vorbesitzer die Wagentür wegen dieses Mangels ausgebaut und am Straßenrand stehen lassen, bevor sie von einem Gast in nächtlichem Übermut in den vierten Stock meines Wohnhauses geschleppt worden war? Zwischen der Schrottplatzdeko und dem provisorischen Mülleimer war eine größere Fläche des Bodens mit leeren Pfandflaschen (hier wurde dem Siegeszug der Wegwerfgetränkedose noch getrotzt) zugestellt, die ein gewisses finanzielles Polster für kommende Krisenzeiten bereithielten. Ein in irgendeiner Form eingebautes Spülbecken, womöglich mit Abtropffläche oder als Mehrbeckenspüle, suchte man hier vergeblich. Es gab lediglich ein vormals weiß emailliertes Ausgussbecken, welches unmotiviert mitten aus der Küchenwand trat. Darüber befand sich der einzige Luxusgegenstand des ganzen Raumes, wenn nicht der ganzen Wohnung, ein elektrischer Durchlauferhitzer, der selbstredend noch die in der ehemaligen Speisekammer eingebaute Dusche mit Heißwasser versorgte und tunlichst nicht gleichzeitig in Betrieb gesetzt werden sollte, wenn sich gerade eine Person unter der Brause befand, es sei denn, man wollte sich am Aufschrei der unter eiskaltem Wasser Stehenden erfreuen. Diese Innendusche war Fluch und Segen der Wohnung zugleich. Einerseits ermöglichte sie einem eine komfortable Form der Körperpflege und ersparte das mühsame Anheizen eines Badeofens oder den lästigen Besuch einer lokalen Badeanstalt, um sich in einen hygienisch einwandfreien Zustand zu versetzen, andererseits zog diese seltene Komforteinrichtung einer wohnungseigenen Warmwasseranlage zahlreiche Duschgäste an, die unvermittelt mit Seife und Handtuch vor der Tür standen und fragten, ob sie einmal kurz duschen könnten. Dabei blieb es meist nicht. In der Regel musste noch Kaffee aufgebrüht werden, den Tabak oder die Zigaretten hatte man gerade nicht dabei, oft war es auch schon Zeit für das erste Bier. Kurzum: Duschgäste waren eine zeit- und kostenintensive Angelegenheit und man konnte nie sagen, ob man um seiner selbst willen oder in Wirklichkeit nur wegen der praktischen Duschgelegenheit aufgesucht wurde. Manch andere Besitzer einer solchen modernen Installation schränkten dergleichen Besuche rigoros ein oder verwiesen auf ein bereitgestelltes Sparschwein für Stromrechnung und Bewirtungskosten. Dergleichen kam für mich als Kommunist natürlich nicht in Frage.

Der stark verrostete Elektroherd aus den frühen 1950er Jahren, der auf dünnen Metallbeinchen im Raum stand und dessen Äußeres von Missgeschicken und Unfällen bei verschiedenen Kochversuchen erzählte, war nicht wirklich ein Schmuckstück. Jedoch war das die hochwertige, hellgrüne Auslegeware, die einst von der Baustelle eines Westberliner Luxushotels auf verschwiegenen Pfaden, die hier nicht weiter von Interesse sein sollen, den Weg in meine Wohnung gefunden hatte. Allerdings bevor küchentypische Gebrauchsspuren ein unregelmäßiges Fleckenmuster gebildet hatten, das bei böswilliger Betrachtung den Eindruck einer gewissen Verwahrlosung hinterlassen konnte. Zugegebenermaßen war ein Hochflor-Teppichfußboden als Bodenbelag für eine Küche denkbar ungeeignet, aber irgendwie diente der Raum doch mehr als Wohnzimmer und wir hatten ohnehin zu viel von dem Teppichimitat herbeigeschafft. Immerhin versteckte er diverse Schichten von verblichenem löchrigen Linoleum mit verschiedenen, extrem hässlichen Blümchenmustern der Designsünden vergangener Jahrzehnte. Der kleine, ewig leere Kühlschrank aus jugoslawischer Produktion, den irgendein früherer Bewohner meiner vier Wände gegen eine geringfügige Abstandszahlung hinterlassen hatte, war ebenso kein Blickfang im eigentlichen Sinn des Wortes. Der wackelige Küchentisch war die mildtätige Gabe eines befreundeten Genossen vom hiesigen Nahostkomitee, der diesen sonst dem Sperrmüll anvertraut hätte.

Die weißen und roten Plastikklappstühle waren die günstigsten ihrer Art, die IKEA in Spandau dieses Jahr zur Eröffnung im Angebot hatte. Nun wurde auch Westberlin von allerlei billigem Einrichtungsplunder mit altnordisch klingenden Bezeichnungen überschwemmt, die für unsere Ohren wie von drogenumnebelten, skandinavischen Werbestrategen ausgedacht klangen. Der eher spärlich bestückte Besteckkasten auf dem Kühlschrank präsentierte eine überraschend einheitliche Ausstattung von Esswerkzeugen. Es handelte sich ausschließlich um Exemplare, die eine Gravur mit dem Schriftzug ›Studentenwerk Berlin‹ zeigten und bei Mensabesuchen ebenso systematisch wie langwierig privatisiert worden waren. Für neues Geschirr aus dem schwedischen Möbelgroßmarkt, der sich aus unbekannten Gründen als unmögliches Möbelhaus bezeichnete, hatte das Geld nicht gereicht. So mussten Reststücke diverser ausrangierter Services aus dem näheren und weiteren Bekanntenkreis die Lücke schließen. Die Gläser wiederum waren eine interessante Sammlung aus umliegenden gastronomischen Betrieben, wobei ein gewisser Schwerpunkt auf Bierkrügen und Schnapsgläsern lag. Einige kleinere Küchengeräte und Töpfe hatte ich einem alten Mann abgekauft, der auf der Kolonnenstraße ein unrettbar antiquiertes Haushaltswarengeschäft betrieb. Die Gläser und das Geschirr befanden sich in einem gebrauchten Küchenschrank, der einer ausrangierten Küche meiner Eltern entstammte und dennoch, einmal abgesehen von den IKEA-Stühlen, das neuzeitlichste Element der Einrichtung darstellte. Wenn eine neue, schicke Küche, so wie unsere Mütter das sahen, den Status einer Familie in der Gesellschaft wesentlich mitbestimmte und ihn nach außen dokumentierte, dann lebte ich definitiv auf der untersten sozialen Stufe als Paria in diesem System. Wobei mir das keinerlei Sorgen bereitete, sondern mich im Gegenteil in einen Zustand vollständiger Tiefenentspannung versetzte. An den mit abwaschbarer grüner, blauer und roter Ölfarbe gestrichenen Wänden klebten mehrere ältere Plakate des KBW sowie Demonstrationsaufrufe und Veranstaltungsankündigungen aus dem linksradikalen Spektrum der letzten Jahre. Auf den Scheiben des einfach verglasten Kassettenfensters schlug sich

wie immer die Raumfeuchtigkeit nieder, was den Anblick des tristen Hinterhofes zwar nicht völlig verunmöglichte, ihn aber auf eine seltsame Art weichzeichnete. Anders als in den kommenden harten Wintermonaten, in denen dieses Kondenswasser gefrieren und eine durch den beständigen Zustrom von Luftfeuchtigkeit durch Atmen, Kochen und Duschen stetig anwachsende Eisschicht am Fenster bilden würde, die nicht nur die Küche dauerhaft in ein trübes Zwielicht versetzte, sondern etwa bis Ende März brauchen würde, um wieder vollständig abzutauen. Noch aber war der Blick halbwegs frei auf einen öden Hinterhof, dessen einzige Möblierung ein Sextett aus zerbeulten Mülltonnen war, die unter einer verrosteten Teppichstange standen. Sie waren mit einem rot-braunen Aschefilm der Kohleöfen überzogen und brannten alle naselang unter Verbreitung fürchterlichen Gestanks aus, wenn ein Mieter mal wieder verbotswidrig nicht vollständig abgekühlte Aschereste aus seinem Kachelofen in ihnen entsorgt hatte. Darüber ein Stück Himmel, an dem sich in unregelmäßigen Abständen Flugzeuge zeigten, die sich im Landeanflug auf den nahen Flughafen Tempelhof befanden.
Ich beendete meine kontemplativen aber nutzlosen Betrachtungen und verfügte mich der Morgentoilette. Nach dem Ankleiden begab ich mich in das Frühstückszimmer des Quartiers. Das Jonas präsentierte das übliche geschäftige Treiben eines Sonntagmittags. Mir blieb, wollte ich meine seltsame innenbezogene Stimmung nicht offenbaren und mich auch nicht dem üblichen ungehemmten Kiez-Blabla aussetzen, nur die Wahl, mich an ein noch freies Ende des Tresens zu setzen.
Aus Furcht vor den Folgen einseitiger Ernährung erwog ich kurz, auf das gewohnte Englische Frühstück zu verzichten. Was aber gab es für Alternativen für mich auf der Frühstückskarte des Jonas? Und waren diese wirklich gesünder? Kraschnos gestriges ungewöhnliches Frühstücksverhalten hatte mich verunsichert. Überhaupt nagte sein Zukunftsgelaber an meinem Seelenfrieden. Ich wollte mich mit seinen neuesten kleinbürgerlichen Neigungen nicht befassen, aber irgendwie gelang mir das nicht. Und was waren die Langzeitfolgen, wenn man sich Morgen für Morgen Spiegeleier mit Schinken und

Toast einverleibte? Nahm man dann sukzessive eine englische Physiognomie an? Und dann immer diese Butter auf dem Toast, wo doch Margarine viel gesünder war. Mit was für absurden Gedanken ich mich heute früh abquälte. Um dem allgemeinen und ernährungspolitischen Obskurantismus keinen weiteren Raum zu gönnen, bestellte ich bei Elmar, der abermals zu einer Schicht der Leiden angetreten war, trotzig Kaffee und ein Englisches Frühstück mit einer Extraportion Butter. Aufpreis: 30 Pfennige!

Meine miese Stimmung machte mir Sorgen. Waren das jetzt bereits erste Anzeichen für Defätismus oder war ich einfach nur schlecht drauf? Um mich abzulenken, blätterte ich in den letzten Seiten meines Taschenkalenders, den ich aus meiner Parkajacke gezogen hatte und stellte mit gewissem Entsetzen fest, dass morgen in drei Wochen Heiligabend sein würde, was zugleich bedeutete, dass in dem Betrieb, in dem ich arbeitete, am Wochenende zuvor die alljährliche Weihnachtsfeier stattfinden würde. Ein Besäufnis epochalen Ausmaßes, welches gewöhnlich Silvester, Schützenfest und Tanz in den Mai problemlos in den Schatten zu stellen wusste. Damit einher kam die unerfreuliche Frage angeflogen, wie ich gedachte, den 24. Dezember zu verbringen. All das machte mich gerade auch nicht glücklicher. Ich schlenderte zum Zeitungsständer, um nach geeigneterer Ablenkung zu suchen. Jener war jedoch bereits vollständig geplündert worden. Nur ein Exemplar des Zentralorgans der Sozialistischen Einheitspartei Deutschlands, *ND*, vom Vortag hatte keinen Interessenten gefunden. Vermutlich hatte es ein Gast nach einem Besuch im Ostteil der Stadt gestern mitgebracht und im Zeitungsständer belassen.

Rationalisierung bringt Zuwachs an Produktivität stellten die Revisionisten auf der ersten Seite fest. Ach, was! Das war ja wirklich eine sensationelle Neuigkeit! Hatte da jemand in aktueller Fachliteratur geschnüffelt? Es folgte eine Aneinanderreihung betriebs- und volkswirtschaftlicher Plattheiten. Ich blätterte weiter. Das *ND* bot in etwa so viele Überraschungsmomente wie die Liturgie des byzantinischen Ritus oder eine x-beliebige Rede vom IX. Parteitag der SED, um im Bilde zu bleiben. *Neues*

Deutschland war wie sein Westberliner Gegenstück, der bürgerlich-reaktionäre *Tagesspiegel*, ein hervorragendes Instrument, um während der Lektüre kurz vor einer drohenden depressiven Verstimmung in einen komaähnlichen Tiefschlaf zu fallen. Würde das hüben wie drüben von der Schulmedizin konsequenter beachtet, könnten die Ausgaben für Hypnotika, Sedativa und Narkotika drastisch gesenkt werden und das *ND* könnte titeln *Kostensenkung bringt Zuwachs an Produktivität.* Und der *Tagesspiegel* könnte melden *Schlafmittel ohne Nebenwirkungen gefunden.*
Ich blätterte weiter. Auf Seite 4 konnte ich einer Plattenkritik, die sich unter anderem mit einer neuen LP von Hans-Jürgen Beyer beschäftigte, einen sehr schönen Satz entnehmen, den ich mir ein paar Mal durchlesen musste: ›Mit *Kommen und gehen* […] hat er gleichfalls ein Lied zur Verfügung, das in seiner originellen Schlichtheit zu intensivem Gestalten zwang.‹ Das musste ich mir merken. Den Spruch konnte man doch gut und gerne in jedem beliebigen Zusammenhang verwenden.
Auf Seite 5 fiel mir in einer kleinen Meldung unter der Überschrift *Gedenken für ermordete KZ-Kinder in Hamburg* ein gewisser SS-Obersturmführer Arnold Strippel auf und sofort zwei Dinge gleichzeitig ein:
Zum einen Obersturmführer. Auch der Hans von Frau Schneider, der uns gestern so eindringlich nahegebracht worden war, trug den Rang eines SS-Obersturmführers, bevor er scheinbar unauffindbar in den Wirren des letzten Kriegsjahres verschwunden war. Das hatte mich schon gestern etwas stutzig gemacht. Diese Deutschen waren und sind ein Volk von pedantischen Buchhaltern und Erbsenzählern. Kein SS-Obersturmführer, auch kein einfacher Wehrmachtssoldat, konnte sich deutscher Gründlichkeit und Bürokratie entziehen. Auch nicht posthum. Es gab fast immer Hinweise über den ungefähren Verbleib eines Wehrmachtsangehörigen, auch wenn er einer der großen Schlachten im Osten zum Opfer gefallen war. Die diesbezüglichen Schilderungen der Schneider klangen doch stark nach Legendenbildung. Schließlich gab es in dieser Stadt die WASt,

die mit hunderten von Beamten an nichts anderem arbeiteten, als Soldatenschicksale aufzuklären. Vermutlich wusste sie, welches Schicksal ihrem Hans widerfahren war und es passte nicht zu der Geschichte von der größten und einzigen Liebe ihres Lebens. Vielleicht hatte Hans den Krieg im Osten sogar überlebt und war gleich in den ersten Wochen nach Ende des Krieges als Kriegsverbrecher aufgehängt worden. Ein Schicksal, dem sich Arnold Strippel leider durch Untertauchen nach Kriegsende entziehen konnte. Der Name Arnold Strippel war das andere Ding, welches mir sogleich ins Auge fiel. Arnold Strippel war einer der ungezählten deutschen SS-Kriegsverbrecher und sein Name wäre mir nicht präsent gewesen, wenn er nicht erst Anfang dieses Jahres anlässlich einer Serie im *Stern* über die Gräueltaten von Ärzten während des Faschismus von sich reden gemacht hätte. Strippel, ein rechtskräftig verurteilter Kriegsverbrecher und Massenmörder, erstritt vor einem bundesdeutschen Gericht ein Ordnungsgeld von 100.000 DM gegen den *Stern*, welcher in seiner Serie über Strippels Rolle bei der Ermordung von 20 jüdischen Kindern im Alter von fünf bis zwölf Jahren im Keller der Schule Bullenhuser Damm in Hamburg-Rothenburgsort in der Nacht vom 20. auf den 21. April 1945 berichtete. Die Kinder waren von Kurt Heißmeyer, dem Arzt des KZ Neuengamme, von dessen Wirken die Serie des *Stern* unter anderem handelte, aus Auschwitz angefordert worden. Der KZ-Arzt, der zuvor bereits Menschenversuche an sowjetischen Kriegsgefangenen vorgenommen hatte, infizierte die Kinder mit Tuberkulose. Ausgerechnet der SS-Zentrale in Berlin wurde offensichtlich kurz vor Kriegsende klar, dass das Verbrechen waren, die es möglichst zu vertuschen galt, weshalb die Beseitigung der Kinder und anderer Zeugen befohlen wurde. Im Schulkeller wurde den Kindern Morphium gespritzt. Dann wurden sie unter tätiger Mithilfe Arnold Strippels an den Heizungsrohren erhängt. Mit den jüdischen Kindern wurden auch ihre vier Betreuer und über 20 sowjetische Kriegsgefangene ermordet.

Soweit der Kern dieser grausamen Geschichte. Und sie wäre mit der Erwähnung, dass der *Stern* in der 2. Instanz in der Ordnungsgeldsache gegen Strippel obsiegte und er den Taten dieses SS-Schergen einen ausführlichen Artikel widmete, eigentlich zu Ende erzählt. Eigentlich. Wären da nicht die Heroen unseres demokratischen Rechtsstaats in Form von Richtern und Staatsanwälten. Der KZ-Wachposten und Schutzhaftlagerführer Strippel war 1949 zu 21 Mal lebenslänglich wegen 21 Morden, begangen 1939 im KZ Buchenwald, plus zehn Jahren Haft für schwere Körperverletzungen verurteilt worden. In zwei Wiederaufnahmeverfahren Ende der 1960er Jahre bzw. 1970 erreichte Strippel eine Reduzierung der Haftstrafe für die Körperverletzungen auf fünf Jahre und für die 21 Morde auf sechs Jahre Zuchthaus, weil seine Rolle bei der Tatbegehung der Morde angeblich nur eine untergeordnete war. Einmal völlig abgesehen davon, wie ein Richter auf ein Strafmaß von sechs Jahren Freiheitsentzug für 21 Morde kommt, bescherten diese Urteile Strippel nicht nur die sofortige Freiheit, sondern auch noch 121.500 DM an Haftentschädigungssumme. Das war damals ein kleines Vermögen. Nun, so sollte man denken, hatte es sich mit Ruhmestaten deutscher Juristen erledigt. Eigentlich. Wäre da nicht beispielsweise der Hamburger Staatsanwalt Helmut Münzberg gewesen, ein deutscher Sozialdemokrat, der 1967 ein Verfahren gegen Strippel wegen der Taten aus dem April 1945 aus Mangel an Beweisen einstellte und hinsichtlich der Morde an den jüdischen Kindern zu der Auffassung gelangte, dass sie heimtückisch und aus niedrigen Beweggründen geschehen seien, nicht aber als grausam anzusehen seien, denn: ›Ihnen [den Kindern] ist also über die Vernichtung ihres Lebens hinaus kein weiteres Übel zugefügt worden, sie hatten insbesondere nicht besonders lange seelisch oder körperlich zu leiden.‹ Und einem Staatsanwalt, der aus barbarischen Nazi-Morden noch eine mildtätige Aktion für humanes Sterben macht, fällt es dann auch nicht schwer festzustellen, dass es sich bei den ermordeten sowjetischen Kriegsgefangen um rechtmäßig zum Tode Verurteilte handelt und die SS von daher nicht rechtswidrig gehandelt haben konnte. Genau, Herr Münzberg! Das leuchtet ein!

Und was ich damals nicht wissen, aber schon erahnen konnte, war, dass Strippel sich nie für die Morde in dem Hamburger Schulhaus vor einem deutschen Gericht verantworten musste. Er durfte sein Leben und sein Geld, von dem er unter anderem eine Eigentumswohnung erwarb, in vollen Zügen genießen, arbeitete nach seiner Haftzeit zunächst in einem Unternehmen in Frankfurt am Main, welches den schönen Namen Stempel-Eck trug, als Buchhalter, als was auch sonst, und starb mit fast 83 Lenzen im Jahre des Herrn 1994.

Die Liste der Opfer erhielt erst viele Jahre später Konturen und brachte damit den Kindern aus der Schule am Bullenhuser Damm immerhin ihre Individualität zurück.

Alexander (Lexje) Hornemann, 8 Jahre alt, Niederländer
Blumel Mekler, 10 oder 11 Jahre alt, Polin
Eduard (Edo) Hornemann, 12 Jahre alt, Niederländer
Eduard Reichenbaum, 10 Jahre alt, Pole
Elenora Witónska, 5 Jahre alt, Polin
Georges-André Kohn, 12 Jahre alt, Franzose
H. Wassermann, 8 oder 9 Jahre, Polin
Jaqueline Morgenstern, 12 Jahre alt, Französin
Lea Klygermann, 7 Jahre alt, Polin
Lelka Birnbaum, 12 Jahre alt, Polin
Mania Altmann, 7 Jahre alt, Polin
Marek James, 6 Jahre alt, Pole
Marek Steinbaum, 7 Jahre alt, Pole
Riwka Herszberg, 6 Jahre alt, Polin
Roman Witónska, 6 Jahre alt, Pole
Roman Zeller, 12 Jahre alt, Pole
Ruchla Zylberberg, 8 Jahre alt, Polin
Sergio De Simone, 7 Jahre alt, Italiener
Surcis Goldinger, 10 bis 12 Jahre alt, Polin
Walter Jungleib, 12 Jahre alt, Tschechoslowake

Ich blickte gedankenverloren aus dem Fenster und sah den allerletzten Blättern der fast vollständig kahlen Straßenbäume bei ihrem langsamen, zeitlupenartigen Herabgleiten zu. Am feuchten Straßenboden angekommen, blieben sie stumpf und unbeachtet neben tausenden anderen Blättern liegen, um die sich niemand kümmerte und die sich in unterschiedlichen Stadien des Verfalls befanden, wobei sie begannen, eine dunkelbraune Schmiere zu bilden.
Ein wenig von mir entfernt saß ein seltsames älteres Pärchen am Tresen, dessen aus der Zeit gefallene Bekleidung, komische Mäntel, die sie trotz großer Wärme im Schankraum nicht ablegten, mir sofort ins Auge gestochen war. Ich hatte sie hier noch nie gesehen und sie wirkten wie zwei Ameisenbären in einer Pinguinkolonie. Die beiden führten absurde Dialoge, die ich krampfhaft zu ignorieren versuchte. Sie hatten mich vorhin schon ziemlich entsetzt angesehen, als ich mir das *Neue Deutschland* aus dem geplünderten Zeitungsangebot geholt hatte, was an sich völlig normal war, denn die Zone oder DDR, je nach Gusto mit oder ohne Anführungsstriche, hatte nicht nur bei der Normalbevölkerung, sondern auch in links-alternativen Kreisen einen weitestgehend ruinierten Ruf. Ihr Blick hatte allerdings fast schon panikartige Züge, als hätte ich mir die neueste Ausgabe des *Antichrist Aktuell* aus dem Zeitungsständer gefingert.

»Doch, doch, Traudel, die Polen sind ganz andere Menschen als wie wir Deutschen, gewiss. Jesus Christus hat ja die Völker gemacht und er hat ja auch jedem Volk sein Land gegeben. Deshalb darf man die Unterschiede auch benennen und soll sie nicht einebnen. Das hat ja alles seinen Sinn«, belehrte der männliche Teil des Paares den weiblichen.
Nun riss aber doch mein Geduldsfaden.

»Was ist das für eine Rassistenkacke, hä? Das ist sowohl historisch wie auch theologisch der letzte Scheißdreck! Wie kann man so einen Unsinn labern? Wenn überhaupt, hat Gott die Völker gemacht und ihnen Land gegeben, aber nicht einmal das ist richtig«, polterte ich in Richtung Maria und Josef. Sie gaben sich mächtig erschrocken, erwiderten aber nichts, sondern beeilten sich, bei Elmar ihre zwei Tassen Filterkaffee zu bezahlen. Im

Hinausgehen schloss Josef seinen Schlabbermantel, der verdächtig nach professioneller Exhibitionistenausstattung aussah, und sagte zu mir: »Möge Jesus Christ«, der alte Rassistenprediger sagte tatsächlich *Dschiesis Kreist*, was wohl Englisch sein sollte, »dich auf den richtigen Weg leiten!«

»Das hat er bereits. Vielen Dank!«, entgegnete ich, wobei ich mühsam einen mittleren Tobsuchtsanfall unterdrücken musste.

»Wird hier jetzt eigentlich jeder reingelassen?«, fragte ich Elmar, als Herr und Frau Wunderlich durch den braunen Vorhang entschwunden waren. Elmar zog resignierend die Schultern hoch und rollte mit den Augen.

»Umsatz! Es geht doch nur noch um Umsatz. Da bleibt jeder Anstand auf der Strecke.«

Ich widmete mich nun wieder dem *ND*. Die letzte Seite dieser Ausgabe zierte ein Kreuzworträtsel, welches mir Hoffnung auf Zerstreuung machte. 110 waagerecht: Lärminstrument. Was soll das denn sein? Potenziell ist doch jedes Instrument, zumal jedes Musikinstrument, ein Lärminstrument. Trommel? Nein, zu lang. Genau wie Klapper oder Ratsche. Rassel? Passt! Passt auch, weil der zweite Buchstabe als Anfangsbuchstabe zu 111 senkrecht Opernlied mit vier Buchstaben ist. 16 senkrecht: ein Storchvogel. Das ist immer der Ibis. 37 waagerecht: eine Dauerwurst mit sechs Buchstaben. Akabla war eine beliebte Kreuzworträtselantwort für Dauerwurst, wobei niemand wusste, wie eine Akabla aussah oder schmeckte. Letzter Buchstabe der erste Buchstabe zu 39 senkrecht: Schabeisen der Kammmacher. Wusste auch kein Mensch, wozu ein Schabeisen diente. Und wer war zuletzt einem Kammmacher begegnet? Egal. Es war wie immer Iler. Also nicht Akabla, sondern Salami als Dauerwurst. 1 senkrecht: Erwerb des Doktorgrades. Na, Promotion. Und wie auf das Stichwort schob Bosco den für seine jungen Jahre beachtlichen Bauch, wahrscheinlich aß er zu viel Akabla, neben mich und guckte mit ins *ND*. Er half sogleich bei der Klärung der noch offenen Kreuzworträtselstellen. Und so fanden auch die letzten Fragen von Weltbedeutung, wie nach dem synthetischen Bodenbelag für

Sportstätten, der Hauptstadt der Lettischen SSR und dem zu den Dorschartigen gehörenden Fisch eine lückenfüllende Antwort. Wir tauschten uns noch kurz über die Resultate des gestrigen Bundesligaspieltages aus. Er hatte bis zu seinem Umzug nach Westberlin in Stuttgart gelebt und konnte aufgrund des gestrigen 4:0-Heimsiegs seines VfB über Borussia Mönchengladbach rundum zufrieden sein. Aufgrund seiner bürgerlichen Herkunft und Erziehung verschonte Bosco seine Umwelt mit dem Idiom seiner Heimat. Überhaupt war er, trotz seines etwas abartigen Geschmacks in fußballerischen Dingen, ein überaus angenehmer und ideenreicher Mensch und die Aussicht, ihn alsbald als Genossen und damit vermutlich auch als Freund zu verlieren, betrübte mich, so wie mich heute früh alles betrübte und mir nur unsinniges, unproduktives Zeug in den Kopf kam. Es galt nun aber wirklich, dieses innere Gejammere zu beenden und sich zusammenzureißen! Normalerweise gab ich mir als Spruch ›Die Pflicht eines jeden Revolutionärs ist es, die Revolution zu machen‹ oder ähnliches, um mich wieder in die Spur zu bringen. Heute sagte ich mir als Motivationsstütze frei nach Lukas 9:23 ›Wer mein Jünger sein will, muss täglich neu sein Kreuz tragen‹. Aber nur weil Sonntag war.

Ich wartete einen günstigen Moment ab, in dem ich mich vor Zuhörern sicher fühlte und vereinbarte mit Bosco den nächsten Termin: »Heute Abend 22 Uhr, auf ne späte Pizza bei Lucky's. Okay? Bring Hendrik mit. Ich übergebe euch die Walkie-Talkies und wir sprechen alles noch mal durch. Einverstanden?«

»So machen wir es«, stimmte Bosco zu und verzog sich mit Kaffeetasse und der *Zeit* an einen gerade freiwerdenden Tisch.

Für mich wurde es auch Zeit. Penelope und der Weihnachtsmarkt warteten auf mich. Ich verließ das Jonas und traf auf ein Wetter, welches sich jeder konkreten Beschreibung entzog. Es war trocken. Der braunkohlekraftwerksgelbe Himmel sah gefährlich nach Chemieunfall aus und deutete für die nächsten Stunden alles nur Denkbare an, was sich zwischen Schneefall und radioaktivem Fallout bewegen konnte. Es dämmerte bereits wieder und sehr wahrscheinlich würde es einfach nur dunkel werden.

28

Zwischen Wahnsinn
und Verstand
ist oft nur
eine dünne Wand.

Daniel Düsentrieb

Dr. Klette, Liebesäpfel und andere Naturkatastrophen

Penelope begrüßte mich freudig mit einem leidenschaftlichen Kuss und führte mich in die WG-Küche, in der ein zum Teil in Betrieb genommener Adventskranz sogleich meinen Unwillen auf sich zog.

»Wozu braucht ihr sowas denn?«, entfuhr es mir säuerlich, auf das rot bekerzte Rundgebilde deutend. »Könnt ihr nicht im Kopf bis vier zählen und habt Angst, Weihnachten zu verpassen?«

»Was ist denn mit dir los? Hat dich ein Floh gebissen? Wie kann man nur so kleinlich sein? Schau doch mal, Zora hat die ursprünglichen roten Schleifen gegen lila Schleifen ausgetauscht. So ist es jetzt ein richtiger Frauen-Adventskranz geworden.«

Sie setzte mir ein Heißgetränk vor die Nase, das süßlich nach orientalischem Parfüm und Seife roch und von mir vorsichtshalber nicht angerührt wurde.

»Und lila Kerzen gabs keine?«, nörgelte ich noch ein bisschen weiter, während Filou auf der Bühne erschien, auf den Tisch sprang und mit seiner rechten Vorderpfote ein gewisses Interesse an den lila Schleifen bekundete. Er schien von dem feministischen Gesamtkunstwerk auch nicht völlig überzeugt zu sein. Penelope ignorierte meine Bemerkung und setzte den Kater auf meinem Schoß ab. Sodann eröffnete sie die Debatte darüber, welchen Weihnachtsmarkt wir denn nun besuchen sollten. Das hatte für mich in etwa die Relevanz wie die Frage, ob ich lieber von einem Linienbus oder einem Reisebus überrollt werden wollte. Penelope konnte zu meiner Verblüffung viele unterschiedliche Weihnachtsmärkte in der Frontstadt aufzählen und ihnen eine erstaunliche Menge differenzierter Attribute und atmosphärischer Eigenschaften zuordnen. Einen alternativen oder gar feministischen Weihnachtsmarkt gab es offenbar noch nicht, sonst wäre dieser sicherlich favorisiert worden. Unterdessen hatte es sich Dr. Klette auf meinem Schoß bequem gemacht und schnurrte. Ich wollte ihn nicht unter meiner mäßigen Laune leiden lassen und verwöhnte ihn mit Streicheleinheiten, was offenbar auf sein Wohlwollen stieß. Penelope werkelte in einer Ecke der Küche noch auf einem Backblech herum, in dem sie auf dessen Oberfläche nach Vanille riechenden Teig in die

Form gleichsam zu dicker wie zu kurz geratener Regenwürmer rollte und mit ihnen anschließend einen fast geschlossenen Kreis bildete.

»Ich muss die Kipferln noch fertig machen und in den Ofen schieben. Zora nimmt sie dann später raus. Sie hat übrigens noch eine Frage an dich wegen dieser Dampfer-Bott. Irgendwas in der Stabi hat wohl nicht so richtig geklappt.«

»Ja, ja, da klappt so einiges nicht.« Diese Dampfer-Bott beginnt mich auf unangenehme Art zu verfolgen, dachte ich. Dr. Klette drehte seinen Kopf und sah mich unverwandt an. Vor Schreck hatte ich wohl vergessen, ihm die gebührende Aufmerksamkeit zuteilwerden zu lassen.

»Penelope, ich hab nach unserem Weihnachtsmarktbummel noch ein paar Dinge zu erledigen, wollte ich dir nur sagen«, beugte ich übermäßiger Erwartungshaltung hinsichtlich meiner Verfügbarkeit vor.

»Ach, das ist aber doof, ich dachte wir hätten auch den Abend für uns?«

»Es wird nicht ewig dauern. Ein Schlummertrunk im Jonas sollte allemal drin sein.«

»Ach, schön. Zora und Ute wollten auch noch ins Jonas. Das könnte nett werden.«

Das bezweifelte ich zwar stark, aber warum sollte ich mich darüber jetzt schon grämen? Penelope nahm ihren Vortrag über Weihnachtsmärkte in Westberlin wieder auf und ich kümmerte mich um Dr. Klette.

»Lass uns zu dem Weihnachtsmarkt an der Gedächtniskirche gehen, Mark. Der ist zwar nicht sooo schön wie einige andere, aber es ist schon spät und zu den anderen müssen wir zu lange fahren«, schloss Penelope den Weihnachtsmarkt-Auswahl-Monolog ab.

Vor dem Aufbruch ging ich noch in das WG-Badezimmer. Ich befolgte die hier geltenden besonderen Regeln und setzte mich auf die Klobrille. Da fiel mir ein Umstand ins Auge, der mein Missfallen erregte. Die Toilettenpapierrolle war falsch herum aufgehängt. Man konnte das gewünschte Stückchen Papier nicht von einem oben abrollenden, wandabgewandten Rollenende abziehen, sondern musste es von unten wandzugewandt abreißen. Das war nicht nur ergonomischer Unsinn und Zeitverschwendung, sondern auch unter historischen Aspekten eine nicht korrekte Installation einer Klopapierrolle. Auch wenn es in diesem Fall unklar blieb, ob die Rolle von der Anhängerin einer falschen Auffassung absichtlich so aufgehängt worden war oder, was ich schlimmer gefunden hätte, von einer Person, die zu dieser Angelegenheit keine Meinung hatte und der es womöglich schnurzpiepe war, wie eine Toilettenpapierrolle hing, korrigierte ich den Missstand augenblicklich und hängte die Rolle um. Neben der Befriedigung, die sich nach einer Blasenentleerung einstellt, hatte ich auch das Gefühl, die Welt wieder ein Stückchen besser gemacht zu haben.

Wenig später fuhren wir mit der U-Bahn bis Berliner Straße und stiegen dort um. Am Bahnhof Zoologischer Garten verließen wir die U9 mit vielen anderen potenziellen Weihnachtsmarktenthusiasten und stürzten uns ins vorweihnachtliche Getümmel. Es war die übliche Melange aus Buden mit Weihnachtströdel aller Art und jahreszeitlich inspirierten Fress- und Saufständen. Ich hätte unmöglich sagen können, warum dieser Weihnachtsmarkt nun weniger schön als ein anderer sein sollte. Für mich war er genauso schrecklich wie alle anderen. Neben der Gedächtniskirche hatten sie einen über 20 Meter hohen Tannenbaum aufgestellt, um dessen Auswahl, Größe, Provenienz und Anlieferung die Lokalpresse alljährlich ein großes Bohei veranstaltete. Das war so ein typisch Berliner Wettstreit nach dem Motto ›Wer hat den Größten?‹. Dass diese Monsternadelbäume in ihrer phallischen Symbolik nicht von der allseits virulenten Frauenbewegung der Stadt thematisiert wurden, wunderte mich, hütete mich aber, das gegenüber meiner Begleitung zu erwähnen. Selbige hatte sich bei mir untergehakt und bedachte jeden Stand, der Tand und Firlefanz offerierte, mit intensiver und lang andauernder Aufmerksamkeit. Damit nicht genug: Es wurden diverse Gegenstände zweifelhafter Natur käuflich erworben. Obgleich es mir durch massive Intervention immerhin gelang, den Kauf von Nussknackern und Räuchermännchen aus dem Erzgebirge zu verhindern, trug ich mit der Zeit immer mehr Tütchen und Täschchen für Penelope über

den Platz. Darin befanden sich eine viel zu kleine rot-weiße Weihnachtsmannmütze, etliche Stabkerzen, leider nicht in lila, dafür aber in himbeerrot und pink, eine Duftkerze Romantik Jasmin, ein Bastelset zum Zusammenbau eines Herrnhuter Sterns, eine besonders tolle Lichterkette, eine Elch-Knickfigur, klassische Strohsterne verschiedener Größe und ein Paar selbstgestrickte bunte Fingerhandschuhe. Bei jedem Kaufakt musste ich ausgiebig bestätigen, dass die ausgesuchten Waren süß, toll, niedlich, superschön, geschmackvoll oder bezaubernd waren. Offensichtlich waren die Bezüge für Lehramtsreferendare viel zu hoch, so wie Penelope hier zuschlug. Dieser ohnehin alptraumhafte Weihnachtsmarktbesuch fand einen weiteren traurigen Höhepunkt, als Penelope an einem Stand zwei Liebesäpfel für uns erstand und ich in aller Öffentlichkeit dieses mit rotem Karamell kandierte Obststück, welches an einem Holzstab aufgespießt worden war, anknabbern musste und wie eine Monstranz vor mir hertrug. Während meine andere Hand mit zahlreichem Einkaufsgepäck beschwert war und ich an selbigem Arm eine glücksseelige Penelope mitschleifte, versuchte ich einen möglichst neutralen und unbeteiligten Gesichtsausdruck zu machen. Wenn mich so ein Genosse getroffen hätte oder ich womöglich Leni in die Arme gelaufen wäre, nicht auszudenken, was ich mir hätte anhören dürfen.
Ich erkundigte mich höflich bei Penelope, ob ich den von mir nur mit äußerster Mühe zur Hälfte vertilgten Liebesapfel in einen der aufgestellten Abfallkörbe werfen dürfte, da mir vom Magen her doch ein wenig flau wäre. Penelope machte ein besorgtes Gesicht, gestattete mir mit einem: »Oh, wie schade um den schönen Apfel«, die Entsorgungsaktion und wusste sofort Abhilfe wegen des Zustandes meines Verdauungsorgans.

»Es gibt hier einen ganz besonderen Glühweinstand, Mark, da gehen wir jetzt hin«, dirigierte sie mich zu einer kleinen Bretterbude ganz am Ende des Marktgeschehens. Dort angekommen bestellte Penelope für sich eine Heiße Hexe und für mich einen Heißen Hirsch, was ich versuchte, in keiner Weise persönlich zu nehmen. Die Heiße Hexe wurde mit der überflüssigen Bemerkung ›Schönheit vor Alter‹

bereitgestellt und stellte sich als Glühwein mit Amaretto und Sahnehäubchen heraus, was meinen Magen bei der puren Erwähnung der Ingredienzien in Entsetzen stürzte. Penelope dagegen strahlte über das ganze Gesicht und befand unumwunden:

»Oh, Mark, wie lecker und wirklich richtig schön heiß.«

»Prima«, übte ich mich gezwungen lächelnd in optimistischer Gemütsverfassung.

Ich hätte es bereits wissen müssen, als ich die Namen der gewählten Getränke erfuhr und den Budenbesitzer in Augenschein genommen hatte. Er würde sich eine entsprechende geistlose Anspielung kaum entgehen lassen und so sagte er, als er mir das Getränk augenzwinkernd überreichte, vermutlich zum tausendsten Mal in dieser Adventszeit:

»Und hier das Richtige für den heißen Hirsch, damit er seiner heißen Hexe auch richtig schön einheizen kann.«

Hätte ich das gesagt, hätte mir Penelope die glühend heiße Emanzenpredigt serviert und mir gründlich meinen Chauvi-Kopf gewaschen, aber dieser Getränkepanscher war offensichtlich durch eine Art Weihnachtszauber vor jeder Kritik geschützt, denn sie kommentierte diesen Mist mit keiner Silbe.

»Wohl bekomms«, sagte sie nur und stieß mit ihrem Becher an meinen.

»Ja, auf dein Wohl«, entgegnete ich und nippte extrem vorsichtig an der dunklen Brühe. Ich hatte dem Aushang mit dem Getränkeangebot entnommen, dass es sich beim Heißen Hirsch um Glühwein mit Jägermeister handelte. Daher hatte ich sinnbildlich bereits den Kopf eingezogen und war auf das Schlimmste gefasst.

Es schmeckte dann doch noch schauderhafter als befürchtet und eigentlich unbeschreiblich.

»Na, wie ist er?«, sah Penelope mich erwartungsvoll an.

»Ja, ungewöhnlich. Und verdammt heiß.«

»Lass mich auch mal probieren«, begehrte Penelope Anteil zu nehmen, gönnte sich einen ordentlichen Schluck, was verwunderlich war, denn der Stoff war wirklich kochend heiß.

»Oh ja, außergewöhnlich«, war alles, was sie sagte.

Wie es mir letztlich gelang, den Becher bis auf einen unbedeutenden Rest zu leeren, kann ich nicht sagen. Jedenfalls war ich froh, dass es Penelope bei einer einmaligen Glühweinrunde beließ und wir zum Stand mit den gebrannten Mandeln wechselten, an dem wir noch eine Tüte mit der größtmöglichen Grammzahl für den Rückweg erstanden, nachdem ich den Kauf eines ganzen Dresdener Christstollens mit der Bemerkung ›Stollen muss man wollen‹ abwehren konnte. Penelope entschied, dass wir zu Fuß nach Schöneberg zurückgehen sollten, weil ihr nach dem Amaretto und dem Sahnehäubchen ein bisschen Bewegung gut tun würde, was sie dann freilich nicht davon abhielt, eine gebrannte Mandel nach der anderen in sich reinzuschieben, bis die Tüte bis auf eine letzte Mandel geleert war, die sie dann entschuldigend mir anbot. Mein Zeitmanagement stand zu einem Spaziergang nicht im Widerspruch und so ließ ich es geschehen. Wir verabschiedeten uns vom Breitscheidplatz und wanderten in einer Menschentraube den Tauentzien in Richtung Wittenbergplatz entlang. Nach dem wir ihn passiert hatten, wurden die Gehsteige erfreulicherweise leerer und ich konnte mich ein wenig entspannen. Am Ende des Weges brachte ich ihr noch ihre Weihnachtsmarktausbeute an die Wohnungstür und ließ sie dort nach einem ›Bis später im Jonas‹ und einem Kuss zurück.

Ein Taxi, das ich auf der Grunewaldstraße stoppen konnte, brachte mich zum Flughafen Tegel. Ich traf Georg vor dem Abfertigungsschalter, an dem er gleich für die Spätmaschine nach Bremen einchecken wollte. Georg sah etwas bleich aus, was an der vielen Fliegerei liegen mochte. Nach der Begrüßung hielt er mir triumphierend eine Plastiktüte entgegen, in der sich ein dicker Karton mit den fabrikneuen Walkie-Talkies befand.

»Echt starkes Zeug, was du da geordert hast«, meinte Georg anerkennend. »Ich hab mich ein bisschen mit dem Thema beschäftigt und in Singapur ein paar Geschäftspartner befragt. Es ist echt das Beste, was es in diesem Bereich zurzeit gibt. Und in Dubai Airport gabs die Dinger zu einem echten Hammerpreis.«

»Danke, Mann! Echt super von dir«, bekundete ich, während Georg einige grüne Dollarscheine aus seiner Brieftasche fingerte.

»Hier, der Rest. Musste echt nur 300 Dollar löhnen. Ist doch wirklich sensationell, oder?«

»Ein wahres Schnäppchen!«, stimmte ich ein.

»Lass dich mal wieder in Bremen sehen«, beendete Georg unser kurzes Treffen. »Ich muss jetzt dringend zum Check-in.«

Ein weiteres Taxi brachte mich zurück nach Schöneberg, wo ich am Kleistpark kurz vor zehn Uhr ausstieg und zum Willmanndamm 15 ging, um Lucky's Pizzeria den heute früh verabredeten Arbeitsbesuch abzustatten. Der Laden war nur noch gut zur Hälfte gefüllt, was der Notwendigkeit entgegenkam, mit Bosco und Hendrik, die noch nicht eingetroffen waren, alleine an einem Tisch sitzen zu können. Siegfried Nagel servierte in diesem recht eigentümlichen Lokal, das so überhaupt nichts mit dem klassischen Italiener zu tun hatte, in den das Kleinbürgertum pilgerte, um sich einbilden zu dürfen, Menschen ohne Xenophobie und mit klassischer kultureller Bildung zu sein, immer noch die schärfste Pizza Berlins, wie er in dieser immer gleich lautenden Formulierung seinen Laden bewarb. Siggi, der seinen Strohschlapphut genauso obligatorisch trug wie Heinrich im Puschen seinen Cowboyhut, nahm meine Standardbestellung, ein Pils und eine Pizza Funghi, gewohnt mürrisch, was aber keinerlei Bedeutung hatte, entgegen. Auch hinsichtlich dieser Dauer-schlechte-Laune-Attitüde gab es gewisse Ähnlichkeiten zwischen den beiden Schöneberger Wirten. Der Laden war denkbar einfach möbliert. Ansichtskarten aus aller Herren Länder, verblasste oder vergilbte Poster und Tinnef der unterschiedlichsten Art waren der einzige Schmuck.

Nach erfolgreicher Bestellung verlief ich mich wie gewöhnlich beim Gang auf die Toilette, Siggi hatte das verwinkelte Ladenlokal zusätzlich mit allerlei Gerümpel vollgestellt, und landete irrtümlich vor der kleinen Küche. Als ich zurückkam, traten Bosco und Hendrik gerade durch die Tür und Siggi, der auch unter Lucky firmierte, stellte mir ein Glas und eine Halbliterflasche des günstigen und süffigen Wohn-Pils aus Franken auf den Tisch, das mir in der Welt der Gastronomie nur bei ihm begegnet war.

»Und was wollt ihr jetzt noch?«, begrüßte Lucky seine neuen Gäste mit aller Herzlichkeit, was Hendrik und Bosco als in den hiesigen Umgangston Eingeweihte nicht weiter beeindruckte.

»Wollen wir wirklich hier …?«, fragte Hendrik und ließ seine Augen demonstrativ durch den Raum wandern.

»Ich denke, das geht schon in Ordnung«, sagte ich, »es geht ja nur noch um einige Details und bestimmt hört uns niemand ernsthaft zu.« Dabei schaute ich mir noch einmal die wenigen verblieben Gäste an, die allesamt intensiv mit sich selbst beschäftigt waren.

»Ich habe euch auch was Schönes mitgebracht«, schloss ich an und reichte die Plastiktüte aus Dubai über den Tisch. »Testet die Dinger durch und macht sie einsatzbereit.«

Hendrik nahm die Tüte entgegen und warf einen kurzen Blick rein: »Oh, sieht ziemlich interessant aus. Da freu ich mich schon drauf.«

»Und die Frage der Wohnungssicherung konnten wir auch positiv klären. Es gibt einfach keine besondere Sicherung«, berichtete ich. Bosco und Hendrik schauten ein wenig überrascht.

»Na, dann eben nicht. Macht es für euch einfacher«, meinte Hendrik.

Siggi brachte Getränke für Bosco und Hendrik und meine Pizza, die er wieder mit reichlich Chiliöl zur schärfsten Pizza in town gemacht hatte. Dafür konnte man mal die Zigarette ausmachen. Zügig wurden in dieser deutschen Pizzeria alle offenen Fragen abgearbeitet und ein paar Präzisierungen vorgenommen. Nachdem weitere Gäste das Lokal verlassen hatten, griff Siggi zur Gitarre und gab den Barden, was uns den Abschied erleichterte. Wir trennten uns vor der Tür. Bosco und Hendrik wollten noch in den Hefeeimer auf einen Absacker, auf mich wartete Penelope im Jonas.

»Ich sehe was, was du nicht siehst und das ist schön«, kam eine Stimme von rechts hinten an mein Ohr, als ich die Langenscheidtstraße hochlief. Ich erschrak und drehte mich um. Die Beuteltier-Expertin aus der Music Hall lief neben mir her und hatte eine Zigarette im Mundwinkel.

»Na, versuchst du mal wieder dem Sonntag-Montag-Rätsel davonzulaufen?«, fragte sie, mich unverwandt anstarrend.

»Hi. Na, wie gehts denn so?«, versuchte ich mich nicht verwirren zu lassen. An ein spezifisches Sonntag-Montag-Rätsel konnte ich mich im Moment nicht erinnern. Ging es nicht zuletzt um Kängurus und dergleichen?

»Da sind dir auch schon mal bessere Sprüche eingefallen, Großer.«

»Schwierige Zeiten. Das geht auf Kosten der Poesie. Und auch der Prosa.«

»Du weißt schon noch, wer ich bin, oder?«, fragte ungünstigerweise nun die Schöne neben mir, denn einen Namen für sie hielt mein Gehirn nicht parat.

»Na, klar. Du und ich, Music Hall letzten Samstag, nicht?«, eierte ich mich in Richtung Langenscheidtbrücke.

»Ich heiße aber nicht Music Hall, Großer. Das weißt du schon?«

»Logo!«

»Sondern?«

Ein schwaches Signal erreichte mich von irgendwo her:

»Melanie …«

»Leonie, du Pfeife!«

»Na, klar, Leonie! Bin gerade schlecht sortiert.«

»Letzte Woche hast du mir noch einen großen Vortrag über eine Leonie gehalten. Leonie Ampferbott oder so ähnlich. Und heute?«

»Ja, entschuldige, ich bin mit meinem Kopf ganz woanders. Hatte nen harten Tag. Musste auf nen Weihnachtsmarkt.«

»Na, das erklärt natürlich alles«, sagte sie und lachte. »Hat dich deine Freundin dazu gezwungen?«

Freundin? Gezwungen? Nun wurde es unangenehm.

»Nee, nee, so war das nicht.«

Wir waren inzwischen in der Czeminskistraße kurz vor der Ecke Brunhildstraße angelangt und mir schoss panikartig der Gedanke in den Kopf, dass meine Music-Hall-Bekanntschaft eventuell mit ins Jonas kommen könnte. Das hätte das Potential für unliebsame Begegnungen.

»Sondern, wie?«, bohrte sie.

Tatsächlich bog sie mit mir in die Brunhildstraße ab und wechselte zu der Straßenseite, auf der das Jonas lag. Mir wurde ganz heiß. Wenn sie in den Schuppen ging, könnte ich zwar einfach weiter gehen, aber was würde dann aus meiner Verabredung mit Penelope?

»Na, halt anders. Wollte da irgendwie hin. War aber keine gute Idee von mir«, versuchte ich mich herauszuwinden.
Sie ging am Eingang des Jonas vorbei und ich ging weiter neben ihr her. Die Panikattacke verzog sich, die Herzschlagfrequenz sank um zehn Prozent.

»Glaube ich auch. Du siehst ein bisschen fertig aus, Großer. Solltest mal ausspannen«, erteilte sie mir einen mütterlichen Ratschlag. Am Ende der Brunhildstraße ging sie über die Hohenfriedbergstraße in Richtung Geßlerstraße und ich ergriff die Gelegenheit beim Schopfe.

»Ja, gute Idee! Das mache ich jetzt auch. Bis bald einmal, Leonie«, erwiderte ich und wollte in Richtung Kolonnenstraße abdrehen.

»Stopp, Großer!«
Verschreckt dachte ich, was sie wohl nun noch wollte und drehte mich um.

»Erst gibste mir noch ne Zichte, Großer!«, entschied sie. »Und du hast vergessen, das Rätsel zu lösen.«
Mein Gott, das Rätsel ..., aber wenn es nur um Zigaretten ging. Ich holte meine Roth-Händle-Schachtel aus dem Parka und hielt sie ihr hin.

»Nimm dir gleich nen kleinen Vorrat mit.«
Das ließ sie sich nicht zweimal sagen und fingerte fünf Stück aus der Packung.

»Okay, dann hast du für die Lösung ja noch ein bisschen Zeit gewonnen, mein Guter«, lachte sie und zog von dannen.
Ich nahm mir auch eine Zigarette, steckte sie an und sah ihr nach, wie sie in der dunklen Geßlerstraße verschwand. Ich hatte die Begegnung mit ihr vom letzten Sonntag versucht zu verdrängen und alles auf mein überspanntes und vom Samstag-Suff gemartertes Gehirn geschoben. Leonie - ob sie allen Ernstes Leonie hieß? Oder schob sie mich nur auf die Rolle? Aber warum? Ein paar Minuten später betrat ich das Jonas.

Allseits grüßend arbeitete ich mich am Tresen vorbei in den hinteren Teil der Kneipe vor, wo Penelope mit ihren beiden unvermeidlichen Freundinnen und glühenden Wangen bereits beim Sonntagabendbierchen saß. Die Nina Hagen Band ließ Nina Hagen vom Damenklo *Auf'm Bahnhof Zoo* fabulieren. Die Platte lief hier Minimum zweimal pro Abend. Ich sagte brav »Hallo«, gab Penelope einen Kuss zur Begrüßung, ließ mich auf einen freien Stuhl fallen und bedankte mich bei Freddie, der mir unaufgefordert ein Pils brachte.

»Ach Mark, ich erzähle gerade Zora und Ute, wie schön es heute auf dem Weihnachtsmarkt war. Ich habe die Küche schon weiter dekorieren können. Das sieht sooo toll aus! Nicht wahr, Zora?«

»Ja, wirklich toll. Und Penelopes Vanillekipferl waren auch total lecker. Die musst du unbedingt probieren«, stimmte Zora in den allgemeinen Begeisterungsrausch ein.

»Ja, das werde ich tun«, versuchte ich mich positiv einzubringen.

»Und ich habe so hübsche Sachen auf dem Weihnachtsmarkt bekommen, damit hatte ich gar nicht gerechnet«, schwadronierte Penelope trunken vor Glück über ihre diversen Erwerbungen, während meine Gedanken wieder zu den Planungen hinsichtlich der Operation Band 16 gingen. War nun wirklich alles ordentlich vorbereitet? Penelope riss mich aber sofort wieder aus meiner Gedankenwelt.

»Der Heiße Hirsch hat aber ziemlich scheiße geschmeckt, oder, Mark?«, schränkte Penelope die Erfolgsstory Weihnachtsmarkt unvermutet ein wenig ein.

»Nein, aber überhaupt nicht«, ereiferte ich mich. »Der Heiße Hirsch verführt mit seinem differenzierten und anspruchsvollen Aromenspektrum, das dem Glas schon beim ersten Schnuppern entsteigt: Anklänge von Hühnersuppe, abgestandener Kantinenluft nach dem Kohlsuppenmontag und Krankenhausfußboden. Am Gaumen werden die Aromen der Nase durch nachhaltige Alkoholausdünstungen mit runden und kräftigen Tanninen vervollständigt. Die feine Balance, die der Heiße Hirsch beim Abgang zeigt, begeistert und erinnert an leicht überlagertes Feinwaschmittel und vollbelegtes Jugendherbergszimmer nach einem

Regentag. Der Heiße Hirsch macht große Freude als Begleitung zu verdorbenem Fisch, versalzenen Speisen und kandierten Früchten.«

»Ach, Mark, du bist ein Quatschkopf«, lachte Penelope und gab mir einen Kuss.

»Apropos Quatschkopf, Mark, ich hab da noch eine Nachfrage an dich wegen deiner bürgerlichen Aktivistinnen«, kam von Zora mit einem Unterton in der Stimme, der nichts Gutes erahnen ließ.

»Meine Aktivistinnen? Was meinste denn damit?«

»Ich war in der Stabi wegen der Aktivistinnen der bürgerlichen Frauenbewegung, du erinnerst dich? Über Zahn-Harnack und Orelli-Rinderknecht konnte ich was finden, aber diese Leonie Dampfer-Bott scheint irgendwie ein echtes Mysterium zu sein. Zum Schluss haben sich fast ein halbes Dutzend Bibliothekarinnen mit der Recherche nach ihr beschäftigt, aber ohne ein wirkliches Ergebnis. Bis auf eine seltsame handschriftliche Eintragung in einem Exemplar des von dir so empfohlenen Sveistrup scheint es keine Spur von ihr zugeben. Also, frage ich mich, woher hast du diesen Namen, Mark?«

»Tja, mein Gott, so ganz genau weiß ich das auch nicht mehr. Ich habe irgendwann was über die Orelli-Rinderknecht gelesen und da tauchte dann auch diese Dampfer-Bott auf.«

»Hast du mir nicht irgendwas von einer Krankenhausbibliothek in Lugano erzählt?«, grätschte Penelope ein.

»Ja, ja, das ist schon richtig. Wobei es Locarno war und nicht Lugano. Ist aber auch egal. Ja, damals habe ich das Zeug gelesen, aber wie die Titel im Einzelnen hießen, weiß ich natürlich auch nicht mehr«, wollte ich das Thema nun gerne abgeschlossen wissen.

»Ist schon komisch, Mark«, meinte Zora nun noch anmerken zu müssen, »aber als du uns das erste Mal von der Leonie Dampfer-Bott erzählt hast, klang das alles irgendwie viel konkreter.«

»Und du klangst informierter«, setzte Ute hinzu.

Ich nahm einen tiefen Schluck aus meinem Bierglas, schaute bedächtig auf den Boden des nunmehr leeren Glases und überlegte, wie ich möglichst geschickt das Thema auf andere Gefilde lenken könnte.

»Wart ihr denn heute auch auf einem schönen Weihnachtsmarkt mit Glühwein und so?«

»Lenk nicht ab, du Blender«, giftete Ute mich kurz an, aber bei Zora funktionierte das Ablenkungsmanöver.

»Ja, ach wirklich, ganz große Klasse. Wir waren in Spandau auf dem Weihnachtsmarkt. Wie groß der ist. Über die ganze Altstadt verteilt. Und eine ganz, ganz dufte Atmosphäre.«

»Ach, da wäre ich mit Mark auch gerne hingefahren, aber uns fehlte ein bisschen die Zeit für die lange U-Bahn-Fahrt.«

»Ich geh mal kurz zum Tresen und hol mir noch ein Bier. Möchtet ihr auch noch was trinken?«, fragte ich, um mich für ein paar Minuten der Inquisition zu entziehen. Penelope wünschte sich auch noch ein Bier, die anderen beiden wollten sich einen Kaffee mit Baileys teilen. Am Tresen übermittelte ich Freddie die Bestellung und blieb mit meinem schnellgezapften neuen Bier einen Moment alleine verloren im Schankraum stehen, Nina Hagen gellte: ›Allein! Die Welt hat mich vergessen!‹

Die Welt hat mich vergessen? Hatte ich die Zeile nicht einst bei Joseph Freiherr von Eichendorff in dem Gedicht *Der Einsiedler* gelesen? Vermutlich passte ich gar nicht in die neue Ära von Punk und New Wave, war schon zu alt dafür, zu verkopft. Und politisch gesehen kam ich auch zwei Generationen zu spät. Mir fiel Eichendorffs Novelle *Aus dem Leben eines Taugenichts* ein. Stolperte ich auch blindlings durch meine Lehr- und Wanderjahre?

Um diese wenig gewinnbringenden Gedanken zu vertreiben, klinkte ich mich in das laufende Thekengespräch ein. Hans-Werner schwadronierte über den richtigen Einsatz eines Krüllkoken-Waffeleisens, was für die Sprachunkundigen als Hörnchenautomat übersetzt wurde, zur Produktion von ostfriesischem Neujahrskoken und erklärte Rezepte für Knetwaffeln und Rullerkes mit reichlich Schlagsahne. Eiermann hörte zu, nutze das Stichwort Schlagsahne dann allerdings für einige Unappetitlichkeiten, die Marlis mal wieder angewidert in die Küche fliehen ließen. Alsbald verabschiedete er sich mit den Worten:

»Na denn, Leute. Man sieht sich, wa.«

Und damit irrte sich Eiermann gewaltig.

29

Beobachtung ist eine
der größten Quellen des Wissens!

Mark Müller: Feldforschung, Teilnehmende
Beobachtung und Revolution:
Eine Handreichung zur Bekämpfung des
Staatsapparates. o.O. ,1979, S. 19.

MUTTERTAG ODER UNVERHOFFT KOMMT OFT

Ein Montagmorgen ist selten der Höhepunkt der Woche und ich konnte für mich und die kommenden Tage nur hoffen, dass dieses auch für diese Woche galt. Penelope hatte zur ersten Stunde Unterricht und mich zu einer bösartig frühen Zeit aus dem Bett geschmissen. Ich war ohne Frühstück durch dunkle und feuchte Straßen in meine kalte Wohnung getrottet und hatte mich wieder ins Bett gelegt. Leider vergaß ich, den Wecker zu stellen, so dass ich erst erwachte, als es für die Fahrt nach Dahlem zu meiner ersten Lehrveranstaltung bereits zu spät war. Meine Laune war ähnlich miserabel wie am Tag zuvor. Meine Zweifel, meine Irritationen, die klebrigen Weihnachtsmarkterlebnisse und die Inkarnation einer Leonie. Sollte mich davon irgendetwas aufbauen?
Als ich mit Zigarette in der Hand vor der geöffneten Tür meines Kühlschranks stand, kam mir der Gedanke, dass das alles so nicht weitergehen konnte und ich erwog grundlegende Veränderungen. Dabei blieb es dann aber auch. Ich schloss den Kühlschrank, nahm meinen Parka und verließ die Wohnung.
Mir stand heute früh nicht der Sinn nach dem x-ten Englischen Frühstück im Jonas, mein Magen schien von den gestrigen Ernährungsexperimenten auf dem Weihnachtsmarkt noch etwas irritiert und die knapp 20 Vanillekipferl, die ich gestern Nacht noch unbedingt in Penelopes WG-Küche verputzen musste, während sie dem auf meinem Schoß sitzenden Filou eine rote Weihnachtsmannmütze aus ihren Einkäufen aufgesetzt hatte (woraufhin dieser erstaunlich gelassen unter verzückten Oh-wie-süß-Rufen eine Runde durch den zentralen Ort der WG drehte), waren wohl noch nicht vollständig verdaut.
Bei einem meiner letzten Aufenthalte im Jonas hatte ich mich für einen kleinen Plausch an den Tresen gestellt, um mit Achim, einem Architekten, der sich mit Jobs als Bauleiter seine Biere verdiente, mal ein wenig über Horst Binkel zu parlieren. Das war der Name, der auf der Visitenkarte stand, die Johann mir im Meisung über den Tisch geschoben hatte und dessen Zahlungsmoral

Kraschno und ich verbessern sollten. Achim hatte gleich munter drauflosgeplaudert:

»Ach ja, Pinkel Hotte, wer kennt den nicht? Verdammt mieser Vogel. Hat seine Finger in vielen Projekten. Ihm gehören in den Rotlichtecken der Stadt ein paar Immobilien. Macht ansonsten einen auf seriöser Bauunternehmer, dabei ist er ein besserer Zuhälter. Jedenfalls hat er seine Kohle wohl vor allem am Stutti und auf der Potse gemacht. Bordelle, Nachtclubs, Bars und son Zeug.« Achim war froh, mal etwas aus seinem Erfahrungsschatz berichten zu dürfen, denn als normale bürgerliche Existenz lag er im Jonas knapp neben dem Mainstream. Mich interessierten weniger Binkels Image oder seine Machenschaften, sondern ich wollte etwas über seine Gewohnheiten und bevorzugten Aufenthaltsorte erfahren. Auch in dieser Hinsicht erwies sich Achim als brauchbare Quelle.

»Sein Büro hat er am Kudamm, wo auch sonst, aber da soll er sich nicht allzu häufig blicken lassen. Ansonsten ist er sehr umtriebig und hält mal hier und mal da Hof. Sein zweites Frühstück nimmt er gewöhnlich im KaDeWe ein. Austern und Champagner. Dann klappert er diverse Ganovenkneipen in Charlottenburg und Schöneberg ab. Immer mit seinem Faktotum Knockout Kalle im Schlepptau. Ein ehemaliger Rummelplatzboxer, dumm wie die Nacht, aber mit seinen zwei Metern ziemlich furchteinflößend. Dann lässt er sich wohl auch gerne in den teuren Hotelbars rund um die Gedächtniskirche blicken. Auf den Baustellen selbst bekommt man ihn in der Regel nicht zu Gesicht. Dafür hat er seine Leute. Wahrscheinlich ist das Bauen für ihn in erster Linie Geldwäsche. Aber bei dieser Geldwäsche verdient er bestens. Seine Zahlungsmoral gilt, milde ausgedrückt, als beschissen. Ich kenne etliche kleine Bauhandwerkerfirmen, die von ihm in den Ruin getrieben wurden. Umgekehrt sollte man ihm besser kein Geld schulden.«

»Scheint sich ja bei diesem Typen um einen richtigen Sonnyboy zu handeln«, kommentierte ich, ohne mir mein inneres Unbehagen anmerken zu lassen. »Wie findet er das, wenn man ihn Pinkel Hotte nennt?«

»Würd ich nicht ausprobieren.«

»Hat er Frau und Kinder?«

»Soweit ich weiß, nicht.«

»Hobbies?«

»Er sponsert wohl ein paar Boxer aus Spandau und hat ein Pferd in Mariendorf. Und ach ja, dann ist er noch Mitglied in der CDU Wilmersdorf. Wohnt ja auch am Rüdesheimer Platz, nicht wahr.«

»Das klingt ja mal richtig zivil.«

»Würd ich mich nicht drauf verlassen«, schloss Achim seine Schilderungen. Da hatte ich mich ja auf eine schöne Scheiße eingelassen. Wie sollten wir den Burschen bloß zahlungswillig stimmen? Dann hatte ich doch noch eine wichtige Frage.

»Schwächen?«

Achim dachte einen Moment nach und schaute mich nachdenklich an:

»Er möchte mehr sein, als er ist ... und«, Achim zögerte und nahm noch einen Schluck aus seinem Bierglas, »angeblich kleine Jungen.«

»Wer will das nicht. Scheint ein Massenphänomen zu sein«, sinnierte ich.

»Wie?« Achim sah mich entsetzt an.

»Ich meine, mehr sein, als man ist.« Ich nahm auch noch einen Schluck Bier. »Obwohl, das andere ist ja auch irgendwie gerade in Mode.«

Die BVG beförderte mich und meine schlechte Stimmung nun zum Wittenbergplatz, um heute mein Frühstück in der Feinschmeckeretage des KaDeWe einzunehmen und mir Pinkel Hotte und Knockout Kalle, zwei Namen wie ein Programm, einmal aus der Nähe anzusehen. Auf der Fahrt las ich bei meinem Nebenmann in der Zeitung mit und erfuhr, dass derzeit die Filme *Eis am Stiel 2* und Steiner – *Das Eiserne Kreuz II* die großen Renner an den Kinokassen waren und ich überlegte, ob ich ernsthaft mein Leben der Befreiung von Menschen widmen sollte, die freiwillig Geld für solchen Mist ausgaben. In dem Moment, als ich gerade den U-Bahnhof verließ, gab es einen schlagartigen Wolkenbruch,

der mich in wenigen Sekunden völlig durchnässte und meine Laune auf ein noch erbärmlicheres Niveau brachte, als es der Zeitungsartikel vermocht hatte. Für die Rolltreppen hatte ich keine Geduld, weshalb ich mit einem Aufzug nach oben fuhr. Gerne hätte ich mich im obersten Stockwerk des Kaufhauses an magenfreundlichen und frühstückstauglichen Ständen gelabt, aber ich musste der Frage nachgehen, wo es Austern und Champagner gab. Wie ich befürchtet hatte, war es am Fischstand. Es bedurfte keines detektivischen Spürsinns zu ermitteln, bei welchen Kunden es sich um Binkel und Co. handelte. Unübersehbar residierten meine beiden neuen Spezies an der Austernbar: Pinkel Hotte in einem dunkelblauen Nadelstreifenanzug mit weißem Hemd und knallroter Krawatte, einen bodenlagen Mantel aus weißem Hermelin lässig über die Schultern geworfen, machte auf Chef und Knockout Kalle, in einer billigen C&A-Kombination in einem nach Badehose aussehenden Hellblau, machte, etwas abgesetzt von seinem Herrn und Meister, auf menschlichen Wachhund. Eine glänzende Inszenierung! Auffällig waren ihre strohblonden Haare, die verdächtig nach Wasserstoffperoxid aussahen. Und nach Partnerlook. Während man Knockout Kalle einen stinknormalen Pottschnitt verpasst hatte, der vorne über seinem Riesenzinken, der ihm wahrscheinlich bereits mehrfach gebrochen worden war, als Fransenpony gestaltet war, zeigte Pinkel Hotte einen Urwald kleinster Löckchen, deren Ursprung ich nicht unbedingt Mutter Natur zuschrieb.
Mich sollten sie natürlich nicht zur Kenntnis nehmen und so blieben mir nur ein Beobachterposten am benachbarten Asia-Stand und ein paar Frühlingsrollen mit Wan-Tan-Suppe zum Frühstück. Aus einem exotischen, aber ruhigen Frühstück sollte dann nicht viel werden. Kaum hatte ich ein wenig im Wan-Tan-Suppenschälchen gelöffelt und in die nicht unleckere erste Frühlingsrolle gebissen, machten Pat und Patachon auf wichtig und verließen effektheischend ihre Position. Ähnlich hektisch bezahlte ich die Rechnung für mein nicht verzehrtes Frühstück, wobei ich für wenig mehr als den Rechnungsbetrag stiller Teilhaber jeder Garküche in Fernost hätte werden können.

Netterweise nahmen die beiden nicht den Fahrstuhl, sondern die Rolltreppen, was es mir erlaubte, ihnen einigermaßen folgen zu können und hätten sie, wie jeder normale Autofahrer, ihr Gefährt im Parkhaus des KaDeWe abgestellt, wären sie mir wahrscheinlich entwischt. Aber der schneeweiße Ford Mustang Fastback von Pinkel Hotte stand dekorativ im Halteverbot vor dem Kaufhaus und mit dem schönen Nummernschild B-HB-100 war er leicht zu identifizieren.
Der Himmel hielt seine Schleusen weiter geöffnet. Es regnete immer noch in Strömen. Knockout Kalle war zunächst alleine zum Wagen gegangen, hatte einen großen schwarzen Regenschirm aus dem Kofferraum geholt, um seinen Chef dann gut beschirmt zur Beifahrertür zu geleiten. Sie stiegen ein und fuhren Richtung Nollendorfplatz davon. Ich nahm eines der wartenden Taxis gegenüber vom KaDeWe und folgte ihnen.
Teuer wurde die Fahrt nicht. Es ging immer geradeaus, und schon an der Ecke Potsdamer Straße fuhr Knockout Kalle den Wagen auf den Bürgersteig und ließ Pinkel Hotte aussteigen, der in einer der vielen Zockerkneipen verschwand. Knockout Kalle blieb beim Auto stehen und steckte sich eine an. Ich blieb im Hintergrund und setzte mich an das große Straßenfenster einer fast menschenleeren Dönerbude. Nur an dem an der Wand aufgehängten Geldspielautomaten, der sich Monarch nannte, saß eine Gestalt mit Bierflasche und vollem Aschenbecher und starrte gebannt auf die rotierenden bunten Scheiben. Der Türken-Imbiss lag auf der anderen Straßenseite gegenüber der Zockerbude, was einen großartigen Beobachtungsposten abgab. Ich unternahm einen zweiten Versuch zu frühstücken, bestellte einen kleinen Dönerteller mit Salat und zwei Sigara Börek und schaute auf das Geschehen der Straße. Diese Ecke der Stadt war übel beleumundet. Erst vor sechs Jahren hatte der Abriss des legendären Sportpalastes, der in unmittelbarer Nähe gelegen hatte, der Gegend einen weiteren Schlag versetzt. Der Kahlschlag zugunsten der Charlottenburger Deutschlandhalle hatte diese Gegend eines zentralen und allseits beliebten kulturellen Anziehungspunktes beraubt. Der Sportpalast war weit mehr als nur der Ort von Goebbels berüchtigter Rede *Nun, Volk, steh auf, und Sturm, brich los* und

bierseliger Sechs-Tage-Radrennen. Hier waren fast alle Jazzgrößen der Zeit, aber auch Mikis Theodorakis, Jimi Hendrix, Frank Zappa, The Who, Deep Purple und Fleetwood Mac aufgetreten. Darüber hinaus hatte es jede Menge andere beliebte Veranstaltungsformate gegeben. Alles vorbei.

Trotz unangenehmer Kälte und relativ früher Stunde war das gesamte Ensemble der Potse bereits wieder vollständig zur Vorstellung angetreten. Der Autoverkehr zuckelte, blau-graue Abgase hinter sich herziehend, die das Wasser von oben nicht zu binden vermocht hatte, in beide Richtungen dahin, doppelstöckige BVG-Busse fuhren alle paar Minuten die Haltestellen an und entluden ebenso große Mengen an Fahrgästen, wie sie von den Haltestellen mitnahmen, Rentnerinnen schleppten ihre in dunkelgraue Wollmäntel gehüllten Körper zur nächsten Arztpraxis, um mal wieder mit jemandem zu Quatschen, die Dealer rauchten Marlboro in gespielter Teilnahmslosigkeit und besetzten die Straßenecken, auf den Treppen und an den Türen zu den Bordellen hatten sich die Frauen aufgestellt und warteten gelangweilt auf Kundschaft. Wie im Straßenbild unübersehbar zu erkennen, setzten die Immobilienbesitzer hier neuerdings nicht mehr so sehr auf das Geschäftsmodell Stundenhotel, sondern füllten ihre Wohnungen mit Asylbewerbern aus Sri Lanka, Pakistan oder dem Libanon und kassierten beim Sozialamt für die Miete kräftig ab. Und weil sie den Hals nicht voll bekamen, hausten die Flüchtlinge mit zehn oder zwölf Leuten pro Zimmer in den heruntergekommenen Altbauten und drehten Däumchen. Das war für die Eigentümer wie Geld selber drucken. Nur legaler. Da konnten die Einnahmen aus dem horizontalen Gewerbe, bei allem Hang zur Ausbeutung der Prostituierten, nicht ansatzweise mithalten.
Die Bierkutscher von Schultheiß rollten Fässer in den Keller einer Oben-Ohne-Bar, unter den desinteressierten Blicken türkischer Obst- und Gemüsehändler schleppten die Kiezmütter Einkaufstüten und die Jüngsten hinter sich her, Kinder, die eigentlich in der Schule sein sollten, machten sich an einem Kaugummiautomaten zu schaffen, zwei Straßenkehrer der BSR kümmerten sich um

die Hinterlassenschaften der letzten Nacht, die schlecht bezahlten, aber gut geschmierten Revierpolizisten ließen sich nicht blicken und neben vielen weiteren Komparsen, über deren genauere Rollen in diesem Stück man nur spekulieren konnte, irrlichterten inmitten des ganzen Geschehens zahlreiche Junkies herum, aus denen die Folgen der Sucht in wenigen Jahren menschliche Wracks in der Randzone zum Tod gemacht hatten. Auch nicht wirklich gesund sah ein Obdachloser aus, der sich angesichts des Regenwetters eine transparente Zweiradfaltgarage aus PVC übergestülpt hatte und an einer Krücke über das Pflaster humpelte. Er hatte sich wie ein Maulesel vor einen mit seinen Habseligkeiten vollgepackten Einkaufswagen gespannt und zog das Beutestück aus einer Aldi-Filiale an einem dicken Strick hinter sich her, wobei das Gefährt gefährlich über den Bürgersteig schlingerte und jeden Moment umzustürzen drohte. Er stocherte mit seinem Krückstock in einem Abfalleimer herum, brabbelte vor sich hin und ließ sich auf einem aufgeschlitzten schwarzen Ledersessel nieder, den irgendjemand auf die Straße gestellt hatte. Beim Haus gegenüber hieß es gerade ›Mutter, der Mann mit dem Koks ist da‹, wobei mir der anliefernde Kleinlaster kurzfristig den Blick auf den derzeitigen Aufenthaltsort von Pinkel Hotte verstellte.
Gerade hatte ich begonnen, mit der Gabel die erste Portion Dönerfleisch aufzuspießen, da kam der Baulöwe aus dem Pik Ass und ließ seinen Blick über das Geschehen wandern. Er winkte seinen Adlatus heran und schickte ihn in die benachbarte Striptease-Bar. Er selbst sah sich in aller Ausführlichkeit seine Fingernägel an. Wenig später kam Knockout Kalle wieder aus der Tür der Bar, überreichte Pinkel Hotte einen brauen DIN-A4-Umschlag und öffnete ihm die Wagentür. Wieder sollte nichts aus meinem Frühstück werden.
Schnell bezahlte ich, stürzte auf die Straße und winkte ein freies Taxi aus dem Verkehrsgewimmel heran. Dieses Mal dauerte die Tour etwas länger und es ging in der Tat, so wie es Achim im Jonas prophezeit hatte, zum Stuttgarter Platz. Hier existierte ein spiegelgleiches Milieu wie rund um die Potsdamer Straße. Früher war hier noch der zentrale Abfahrtsort für die Linien-

busse nach Westdeutschland, aber vor gut zehn Jahren war der ZOB von hier zum Funkturm an die Masurenallee gezogen. Der Ford Mustang Fastback hielt vor einem Laden mit Namen Mon Chérie, Pinkel Hotte klopfte an die Tür, die sich wenig später für ihn öffnete. Ich verzog mich rauchend in einen nahegelegenen Hauseingang und wartete ab. Besonders erhellend war diese Stadtrundfahrt bis jetzt nicht gewesen. Mein Magen knurrte, ich bekam einen Riesenhunger und fühlte mich ein wenig unterzuckert. Unweit des Mon Chérie entdeckte ich eine Bäckerei, in die ich mich zügig begab.

»Wat wollnse? Een beleechtes Brötchen? Dit is ne Backstube, hier kannste Schrippen koofen, beleejen musste die dir schon selbar, wa? Oder gloobste dit ick dir dit machen tu? Dit gloobst aber ooch nur du alleene. Beleechtes Brötchen? Sind wa nen Restaurang, oder wat?«

Eingeschüchtert kaufte ich der kundenorientierten Backwarenfachverkäuferin, der ich gerne ›Ick gloobe, es hackt‹ an den Kopf geworfen hätte, was ich mich aber nicht traute, eine übergroße Streuselschnecke ab, die sich als nur wenig genießbar erwies und zu Magenproblemen führte, die ich vor einer Viertelstunde noch nicht hatte.

Die Zeit verging und nichts passierte. Es begann zu regnen und die Gedanken in meinem unterbeschäftigten Gehirn nahmen unangenehm depressive Formen an. Ich beschloss, in dem immerhin trockenen Hauseingang nicht mehr länger als eine weitere Zigarettenlänge zu verbleiben, um dann an die Uni zu fahren. Ich starrte in den fallenden Regen, wartete und sah irgendwann statt der Trostlosigkeit des Stutti eine karge, menschenleere Küstenlandschaft vor meinen Augen. Der Blick war weit. Den Himmel schmückten wilde Wolkenformationen. Das Meer schlug an hohe Felsen. Eine beispiellose innere Ruhe erfasste mich. Ich spürte etwas wie eine tiefe Sehnsucht in mir. Da gehöre ich hin, dachte es in mir. Dann knallte die Hauseingangstür hinter mir zu und ich war wieder in Charlottenburg im Spätherbst 1979 kurz vor der Operation Band 16.

Kurz bevor meine innere Buchhaltung dabei war, diesen Vormittag unter der Rubrik Unnütze Scheiße abzuhaken, öffnete sich das Mon Chérie und spuckte Pinkel Hotte aus. An seiner Hand ein etwa zehnjähriger, schwarzhaariger Junge mit einem Tornister auf dem Rücken. Jetzt wird es unappetitlich, dachte ich eingedenk der einschlägigen Bemerkung von Achim. Eine zierliche, asiatisch aussehende Frau folgte ihnen. Knockout Kalle, der die ganze Zeit den Wagen bewacht hatte, öffnete die Tür von Pinkel Hottes Oldtimer und die Frau stieg mit dem Jungen ein, der dem Aussehen nach zu urteilen ihr Sohn sein konnte. Wurde es in der Kiste zu eng oder was war der Grund, dass Knockout Kalle ohne seinen Chef losfuhr? Dieser schlenderte zum naheliegenden Taxistand und stieg in einen Daimler. Ich ging ebenfalls zur Taxihalte und bearbeitete die Frage, wem ich folgen sollte. Was würde interessantere und nützlichere Erkenntnisse bringen? Es war ja ohnehin etwas seltsam, zum Taxifahrer zu sagen, er möge bitte einem Wagen hinterherfahren, obgleich die beiden von heute Vormittag das ohne irgendwelche Umstände kommentarlos getan hatten. Schien vielleicht doch nicht so ungewöhnlich zu sein, wie ich dachte. Ich entschied mich für Pinkel Hottes Wagen. Schließlich sollte er Johanns Außenstände begleichen und nicht Knockout Kalle oder ein kleiner Schuljunge. Dennoch war ich überzeugt davon, dass die Alternative wahrscheinlich interessanter geworden wäre.
Die Fahrt führte wieder über die gleiche Strecke, die uns schon nach Charlottenburg gebracht hatte. Gerade durchfuhren wir den Tiergarten, dessen Bäume sich blattlos und nass-schwarz präsentierten und näherten uns wieder unserem Ausgangsort, dem Kiez an der Potsdamer Straße. Ich befürchtete schon, Pinkel Hotte würde es erneut in eine Rotlichtbar oder eine Zockerhöhle ziehen, als sein Taxi plötzlich in der Kurfürstenstraße vor dem Café Einstein hielt, in das er ohne zu zögern entschwand.
Das wird ein teurer Tag, dachte ich bei mir, als ich die Taxitour bezahlte. Das Café Einstein, so meine Überlegung, war groß genug, um ein ruhiges Eckchen zu finden, ohne die Aufmerksam-

keit meiner Zielperson zu erregen. Außerdem war mein Hunger inzwischen so groß, dass es mir auch ein bisschen egal war, was mit dem Bauluden los war oder nicht. Ich wollte endlich frühstücken. Die Tische im Einstein waren nur spärlich besetzt, so dass ich nahezu freie Auswahl bei der Platzsuche hatte. Ich fand die gewünschte Nische mit Blick auf den in der Mitte eines der Räume in angemessener Entfernung platzierten Pinkel Hotte. Um meinen kommenden finanziellen Ruin zu beschleunigen, wählte ich das Einstein-Frühstück zu einem Kännchen Kaffee. Ich eroberte den neuen *Spiegel*, den ich mir vom Zeitschriftenständer nahm, und sah, wie sich der Herr Unternehmer schon wieder ein Gläschen Champagner servieren ließ.

Heute setz ich mir den Todesschuß titelte das Nachrichtenmagazin. Na, dergleichen hatte Pinkel Hotte bestimmt nicht vor. Er rauchte ostentativ eine Zigarette aus einer roten Flachpackung Dunhill International, die er aus seinem Sakko geholt hatte, und sah ziemlich zufrieden aus. London, Paris, New York, Wilmersdorf. Drunter machte es einer wie Pinkel Hotte nicht. Er blätterte in Springers heißem Blatt und bohrte intensiv in seinem rechten Nasenloch herum. Ich wollte nicht wissen, ob er fündig wurde, drehte den *Spiegel* mit dem Titelblatt nach unten und begann mich mit Rückspiegel und Hohlspiegel zu beschäftigen. Wenig später wurde Hotte ein großes Wiener Schnitzel inklusive einiger Beilagen serviert. Man hatte auch vor mir inzwischen groß aufgetischt. Eine Auswahl von Wurst und Käse, Lachs, irgendeine Salat-Mayonnaise-Matsche, Butter, Marmelade, ein Körbchen mit Croissant und Brot, Obst und ein Frühstücksei. Ich schob mir ein Toast mit Lachs in den Mund und widmete mich der Rubrik *Gestorben*, ohne den mutmaßlich pädophilen Schnitzelfresser aus den Augen zu verlieren. Dieses Mal schien mein Projekt Frühstück erfolgreich zu verlaufen. Nur kurz, als Knockout Kalle das Lokal betrat, befürchtete ich, Pinkel Hotte könnte überstürzt aufbrechen, aber sein Helferlein ließ sich an seinem Tisch nieder und begann in der Speisekarte zu blättern.

Des trauten Duos Mittagspause beanspruchte eine gute Stunde, bis Pinkel Hotte genauso demonstrativ wie penetrant mit einem blauen Hundert-Mark-Schein wedelte, um zu bezahlen, was ich, um flexibel auf den Fortgang der Tagesgestaltung meiner Observationsobjekte reagieren zu können, bereits erledigt hatte. Draußen angekommen schlenderten die Brüder gemütlich zum Wagen, der wieder im absoluten Halteverbot stand, während ich mich hinter der Eingangstür des Lokals bedeckt hielt und wartete, bis die beiden eingestiegen waren. Sie fuhren in Richtung City davon. Ich eilte auf die Straße und hielt nach einer Droschke Ausschau. Es traf ein, was heute eigentlich längst hätte passieren müssen, ich fand kein freies Taxi. Die, die an mir vorbeifuhren, waren besetzt oder offenbar bereits von anderen Fahrgästen bestellt. Erst als ich Pinkel Hottes Ford Mustang bereits hoffnungslos aus den Augen verloren hatte, hielt endlich ein Wagen an. Ich ließ den Fahrer auf Verdacht erst einmal in Richtung Tauentzien fahren und bat ihn außerdem, das zügig zu tun, in der Hoffnung noch die Rücklichter meines Zielobjekts in der Ferne ins Auge fassen zu können.

»Sie wissen nich wose hin wolln, aber se wissn, dit is züjich jehen soll, wa? Na, dit machtmer ma wieda Spaß«, meckerte der Taxifahrer. Trotzdem fuhr er zackig durch den einsetzenden Feierabendverkehr. Und noch schneller als wir den Tauentzien erreicht hatten, waren wir auch schon an seinem Ende angekommen, ohne dass ich von Pinkel Hottes Fahrzeug etwas entdeckt hätte. So fuhren wir weiter den Kurfürstendamm hoch, wobei meine Hoffnungen sanken, die Spur wieder aufnehmen zu können, als ich im Augenwinkel bei der Vorbeifahrt links in der Fasanenstraße meinte, den Oldtimer beim Einparken erblickt zu haben. Sofort ließ ich das Taxi anhalten und wegen meines schlechten Gewissens ob des etwas dubiosen Fahrauftrags übertrieb ich es ordentlich mit dem Trinkgeld. Tatsächlich konnte ich das gesuchte Gefährt alsbald auf dem Seitenstreifen geparkt ausmachen. Knockout Kalle saß hinter dem Lenkrad und rauchte, von Pinkel Hotte keine Spur. Ich blieb in einiger Entfernung in einem Torbogen stehen. Die Straßenlaternen gingen an, eine frühe Dämmerung setzte ein und ich streifte mit den Augen die zum

Teil von innen hell erleuchteten Fensterfronten der Ladengeschäfte in den Erdgeschossen und die darüber befindlichen Fassaden ab, ob es etwas Interessantes zu beobachten gäbe. Einige Vorderhauswohnungen dienten offensichtlich Ärzten als Praxisräumlichkeiten, ihr helles weißes, fast grelles Neonlicht fiel genauso ins Auge, wie die im Gegensatz dazu bunte Lichtervielfalt eines großen italienischen Restaurants. Es gab den Eingang zu einer kleinen Pension im ersten Stock eines repräsentativen Altbaus, ein Lampengeschäft und einen kleinen Laden für Pass- und Portraitfotos. Um auch einen vollständigen Eindruck von der Straßenseite zu gewinnen, deren Torbogen mir bislang Schutz vor einem schmierigen Nieselregen gewährt hatte, tauschte ich meinen Standort gegen einen überdachten Hauseingang auf der gegenüberliegenden Seite ein. Dort setzte ich meine Inspektion der lokalen Gegebenheiten fort, bei der mir eine Kippe Gesellschaft leistete. Auch meine ursprüngliche Seite der Fasanenstraße offerierte das eine oder andere Spezifikum ohne Sensationelles zu bieten, als hinter der großen Fensterfront eines Friseursalons (dank Edgar Hilsenraths *Der Nazi & der Friseur* kennen wir den Unterschied zwischen einem Friseurgeschäft und einem Friseursalon), der warmes, nahezu goldenes Licht auf die dunkler werdende Straße warf, ein Mann in einem Stuhl in den von meiner Position aus einsehbaren Bereich des Salons geschoben wurde, dessen Kopf mit einer ganzen Reihe Minilockenwickler verunziert war. Eine junge Friseurauszubildende praktizierte ihm gerade eine monströse fahrbare Trockenhaube über den Kopf, und diese lächerliche Schafsnase war zweifelsohne mein Freund Pinkel Hotte. Oh Mann, was konnte nun noch kommen, nachdem KK ihn zum Putzer gefahren hatte, wo er sich, selbst für einen Lackaffen wie ihn, einer entwürdigenden Prozedur unterzog? Wohin würde es als Nächstes gehen? Zur Pediküre mit Fußmassage? Warzenbesprechung mit Kartenlegen? Nahm er montags immer Ballettunterricht oder traf er sich zum Batiken mit dafür aufgeschlossenen Mitgliedern seines Wilmersdorfer CDU-Bezirksverbandes? Ich hatte komplett die Lust an dieser Beschattungsaktion verloren, die mich und meinen Geldbeutel strapazierte, aber nichts wirklich Verwertbares zu Tage förderte. Ich sollte es jetzt einfach wie in einem

dieser Hollywood-Mafiafilme machen, ohne Umschweife in diesen aufgeplusterten Haarverschlimmerungsschuppen gehen, mich zu Pinkel Hotte hocken, die Trockenhaube auf die höchste körperverletzende Grillstufe stellen, ihm selbige fest und schmerzhaft auf die Rübe drücken und ihm flüstern, dass ihm als nächstes unnachgiebig und herzlos konsequent seine Schrumpel-Eier auf weit unangenehmere Art und Weise geröstet werden, als er sich das in seinem kleinen Spatzenhirn überhaupt nur vorstellen kann, wenn er nicht umgehend die offenen Rechnungen von Johann begleicht. Dabei könnte ich seine Hand ergreifen und aus dem Schälchen ziehen, welches mit einer Mischung aus warmem toskanischem Mandelöl und diesem berühmten Geschirrspülmittel aus der Fernsehwerbung von einer Kosmetikerin mit Zusatzausbildung in Maniküre angerührt worden war, und ihm, um die Ernsthaftigkeit meines Begehrens zu unterstreichen, nebenbei einen kleinen oder größeren Finger schmerzhaft dehnen oder besser gleich brechen. Dann würde ich süffisant lächeln, wieder zur Tür gehen und der hübschen Auszubildenden im Vorbeigehen vertraulich zuraunen, dass dem Herrn da hinten unter der Trockenhaube etwas kühl ist und ob sie ihm nicht freundlicherweise eine Heizdecke bringen könne. Vor der Tür des Salons würde ich stehen bleiben, mir die Dunhill International, die ich mir aus seiner Schachtel genommen hätte, mit seinem silbernen Feuerzeug, das das mit Brillantsplittern applizierte Monogramm HB trüge, welches bei dieser Gelegenheit in meine Tasche gewandert wäre, anzünden und den Rauch genüsslich in den Charlottenburger Abendhimmel blasen und denken wie gut es doch tut, für etwas ausgleichende Gerechtigkeit in der Welt sorgen zu dürfen.
Stattdessen stand ich fröstelnd und frustriert unter einem nur wenig vor Wind und Regen schützenden Vordach einer hässlichen Trümmerstückbebauung der späten 1950er Jahre, fingerte mit klammen Fingern ungeschickt meine letzte Roth-Händle aus einer ramponierten Weichpackung und verbrauchte beim Anzünden der Zigarette nicht nur fünf Streichhölzer, sondern verbrannte mir auch noch die Flossen. Helden sehen anders aus.

Eigentlich hätte ich es besser wissen können, hätte ich mich nur an die endlosen, unbeschreiblich langweiligen Stunden erinnert, die ich als kleiner Junge in Friseursalons als Begleitung meiner Mutter verbracht hatte, wenn diese ganze Vormittage in Illustrierten blätternd unter Trockenhauben saß. Dann wäre mir nämlich klar gewesen, dass jede Menge Zeit vergehen würde, bis Pinkel Hotte endlich wieder auf die Fasanenstraße getreten käme. Aber nein, das Denken war weitgehend eingestellt. Ich wollte auf Biegen und Brechen aus diesem Tag noch einen Erfolg machen. Also stand ich mir weiter die Beine in den Bauch, bis ich einen nahezu katatonischen Zustand erreicht hatte. Dann irgendwann endlich, endlich kam der kopfmäßig runderneuerte, aber noch genauso scheiße aussehende Pinkel Hotte aus dem Friseursalon und ging zu seinem Automobil, in dem Knockout Kalle ebenfalls bis zur Besinnungslosigkeit gewartet hatte und inzwischen Wurzeln geschlagen haben musste. Als Belohnung für seine sklavische Geduld wurde KK mitsamt Wagen weggeschickt und Pinkel Hotte ging die Fasanenstraße in Richtung Kurfürstendamm alleine und zu Fuß entlang. Das versprach meinen in den Oberkörper gerutschten Beinen Bewegung, meinem Kreislauf Betätigung und ließ Hoffnungen aufkommen, dem Frieren, das dem Frösteln alsbald gefolgt war, ein Ende zu setzen. Auf der anderen Straßenseite des von ihm rasch überquerten Kudamms erstand er am Zeitungskiosk *Das goldene Blatt* und eine *Quick*, was ihn in meiner Achtung, falls ich jemals welche für ihn empfunden haben sollte, noch einen halben Meter tiefer sinken ließ. Ich nutzte die Gelegenheit und erstand eine neue Packung Zigaretten. Ich hatte das Rauchen in der letzten Stunde doch sehr vermisst.

Gerade als ich meine Lungen und mich für die letzte Zeit des Darbens belohnte, haute mir jemand von hinten auf die rechte Schulter.

»Hi Mark! Was macht mein Messdiener-Kumpel denn hier auf der Glitzermeile?«

Ich drehte mich um und war überrascht.

»Hey Udo, was soll ich hier schon machen? Das was wir immer machen. Hart arbeiten auf dem Acker des Herrn.«

»Hatte ich nicht anders erwartet. Der Ministrant, der Ministrant, immer voll relevant.«

»Galant, Udo. Eigentlich heißt es galant. Egal. Aber schön dich zu sehen.«

Ich bemühte mich Pinkel Hotte nicht aus dem Auge zu verlieren, was durch die Tatsache erleichtert wurde, dass er auch erst einmal eine paffen wollte. Zeitgleich, während ich noch halb dabei war meiner Verblüffung Herr zu werden, entstand in einer Art Vorreifestadium etwas, was unterhalb einer Idee rangierte und mehr so eine Art Ahnung war: Mit Udo an meiner Seite war Pinkel Hotte, isoliert von Knockout Kalle, eventuell pflückreif.

Udo war ein beinharter Fighter. Das hatte er bereits oftmals bewiesen. Nicht nur in Sachen S04. Und er war ein Mensch, dem man den Begriff Solidarität nicht erst buchstabieren musste.

»Udo, es ist vielleicht verdammtes Glück, dass du ausgerechnet jetzt vorbeikommst. Ich bin gerade an einer richtigen Scheiß-Sache dran. Besser gesagt, Scheiß-Typen. Baulöwe. Kackenreich und mieser Lump. Bezahlt seine Bauleute so nach Lust und Laune. Meistens also nicht. Und ein guter Kumpel von mir ist deswegen echt am Arsch. Quasi pleite. Und ich bin dabei mir den Typen zu schnappen, damit er wenigstens ein paar Rechnungen begleicht. Er braucht dringend mal etwas aufs Maul. Biste dabei? Kannste spontan mitkommen?«

»Mark, das ist dein Handicap. Du stellst immer saudumme Fragen.«

Pinkel Hotte ging nun in die Fasanenstraße. Udo und ich hintendrein. Er verschwand auf der linken Straßenseite in einem Gebäudekomplex, vor dem ein einsamer Wachpolizist stand, der sich für nichts zu interessieren schien. Die Natur der Anlage konnte ich nicht sofort einordnen. Laut der angebrachten Beschilderung, die ich im Halbdunkel der Straße schnell überflog, handelte es sich um so etwas wie ein privates Altersheim. Wir folgten Pinkel Hotte. Der Uniformierte starrte Löcher in den Himmel. Wir registrierten zunächst eine unbesetzte Rezeption, die auch in jedem Hotel hätte stehen können und nahmen als nächstes einen unangenehmen Geruch wahr, der an ungelüftetes Krankenzimmer erinnerte.

HB oder besser PH war zielstrebig einem langen Flur im Erdgeschoß gefolgt und fast ganz am Ende rechts in einer Tür verschwunden. Langsam gingen auch wir durch diesen Gang. Ich schaute mir die Beschriftungen der abgehenden Türen an. Es handelte sich zunächst um diverse Funktionsräume, während etwa nach dem ersten Drittel des Flurs links und rechts die Türschilder auf ausschließlich weibliche Bewohnerinnen hinwiesen. Das vorletzte Schild rechts trug den Namenszug Hannelore Binkel. Wir passierten die dazugehörige Tür und drehten am Ende des Flurs bei Sarah Goldstein und Hanna Rosenberg wieder um.

Ein Besuch bei der Mami. Ach, wie nett. Und statt Blumen hatte der liebe Junge ein wenig Lektüre mitgebracht.

Als wir uns wieder dem anderen Ende des Ganges näherten, ging eine Tür mit der Beschriftung ›Materiallager‹ auf und gab den Blick auf Regale voller weißer Bettwäsche und Handtücher frei. Über einem Stapel Bademäntel schaute das picklige Gesicht eines jungen Typen in ebenfalls weißen Klamotten, Socken und cremefarbenen Gesundheitssandalen hervor, der so etwas wie einen Pflegerazubi abgeben musste. Er löschte das Licht, warf die Tür zu und drehte mit seinem Transportgut ab. Ich drückte die Klinke und stellte fest, dass sich die Tür öffnen ließ.

Ein paar Meter dahinter weitete sich der Flur für eine kleine Sitzgruppe mit Sesseln und einem Couchtisch, die vermutlich zu Plaudereien zwischen Bewohnern und Besuchern einladen sollte. Udo und ich ließen uns nieder und blätterten in ausgelegten farbigen Hochglanzbroschüren, die die Vorzüge dieses Luxus-Altenheims anpriesen. Ich beugte mich ein wenig vor.

»Was meinste? Eine kleine Abreibung in der Wäschekammer? Der läuft sonst immer mit seinem Gorilla rum, so ein verkrachter Preisboxer. Wird schon wissen warum. Hier bekommen wir ihn solo serviert.«

»Wer sind wir, dass wir ein Geschenk Gottes ablehnen dürfen?«, sagte Udo ohne den Blick vom Werbeheftchen zu lösen.

So richtig wohl war mir bei der Sache nicht. Nervosität stieg in mir auf. Immer derselbe Mist. Ich suchte die Decken mit dem Auge nach Überwachungskameras ab, konnte aber nichts entdecken.

»Ich check noch mal schnell, was die in der Pförtnerloge so im Blick haben. Nur zur Sicherheit.«

»Mach dir mal nicht ins Hemd. Die werden ihren Wäschepuff schon nicht videoüberwachen.«

Dennoch stand ich auf und ging noch einmal zum Eingang. Der Empfangstresen war noch immer unbesetzt und in der Tat waren hier etliche kleine Monitore angebracht. Sie zeigten allesamt unscharfe Schwarz-Weiß-Bilder der Außenbereiche.

»Hast Recht gehabt. Gibt wohl drinnen keine Überwachungskameras«, verkündete ich, als ich mich wieder zu Udo setzte.

»Sag ich doch, Alter.«

Ich bewunderte die Ruhe, die Udo ausstrahlte und hasste meine Zappeligkeit und Ängste. Noch eine ganze unerträglich lange Weile wurde ich von meinen Gefühlen gefoltert, bis sich endlich am Ende des Ganges wieder eine Tür öffnete und sich Pinkel Hotte materialisierte.

Udo und ich standen langsam auf und passten PH, der uns keine Beachtung schenkte, direkt vor dem Wäschelager ab. In Nullkommanichts war er im Wäscheparadies. Ich hielt ihm von hinten einen Bettbezug um den Kopf, während Udo ihm drei harte Schläge in den unteren Körperbereich verpasste, dann riss ich den Bezug vom Kopf weg und Udo brach dem Herrn Schuldner mit einem weiteren gezielten Schlag das Nasenbein. Kein schönes Geräusch. Ich ließ PH los. Er sackte stöhnend auf den Fußboden und hielt sich die blutende Nase.

Udo hatte sich sein schwarzes Halstuch über Nase und Mund gebunden und sah aus als würde er bei *Rauchende Colts* mitspielen. Ich hatte dank göttlicher Vorsehung meine Skimütze in dem Parka gefunden und jetzt auf der Birne.

»Ihr seid so was von tot, ihr Wichser, mausetot«, presste PH hervor.

»Stell mal die Lauscher auf, Meister. Wir haben was Geschäftliches zu regeln«, übernahm ich den offiziellen Teil der Zusammenkunft. »Du hast vergessen ein paar Rechnungen zu bezahlen. Nicht nett. Und das solltest du mal schleunigst ändern.«

»Ihr könnt mich mal«, stöhnte er.

»Du bist nicht dran, Arschgesicht«, fuhr ich ihn an und trat ihm zu Bekräftigung kräftig zwischen die Beine. »Du gehst noch heute zu deiner scheiß Buchhaltung und sorgst dafür, dass alle offenen Rechnungen von Johann Gröhlin beglichen werden. Klaro?«
Er hatte die blutverschmierten Hände vom Gesicht genommen und hielt sich sein Gemächt.

»Die Sache ist ganz einfach. Du zahlst und wir sehen uns nie wieder. Du zahlst nicht und wir kommen wieder. Immer wieder. Zwischendurch fackeln wir dein Auto ab, was wirklich schade wäre, lassen ein paar von deinen Läden abbrennen, schreiben einige nette Briefe ans Finanzamt und so weiter. Du hast uns am Hals, aber richtig. Hast du das verstanden? Und deine Missgeburt von Leibwächter nützt dir einen Scheiß! Angekommen?«

»Das werdet ihr bezahlen, ihr Schwanzlutscher.«

»Nee, das hast du falsch verstanden. Du zahlst, nicht wir! Und Schwanzlutscher? Ist das nicht eher deine Spezialität?«
Udo machte eine eindeutige Geste, dass ich zum Schluss kommen sollte. Er hatte Recht. Die Sache hier dauerte schon zu lange.
Ich trat Pinkel Hotte zum Abschied noch einmal ordentlich in die Seite.

»Ende des Gesprächs. Ich hoffe für Dich, wir sehen uns nie wieder.«
Ich löschte das Licht, Udo spähte vorsichtig in den Flur und gab ein Zeichen, dass die Luft rein war.

»Und, Pinkel Hotte, bevor ich es vergesse, du weißt, dass wir wissen, wer da am Ende des Flurs wohnt. Und ich verrat dir zum Abschied noch ein Geheimnis: Ich hab ein echt gestörtes Verhältnis zu Müttern.«

Udo und ich steckten uns vor dem Altenheim Zigaretten an und gingen in Richtung Kantstraße davon. Kurz vor dem Amerikahaus hielt ich ein Taxi an und ließ uns in unseren Kiez kutschieren.

»Mann, Udo, tausend Dank. Das war große Klasse. Ich steh tief in deiner Schuld. Das gibt mehr als nur ein paar Bierchen auf meine Kosten.«

»Keine Ursache. Das ist doch normal, so unter Nachbarn und Genossen, nicht wahr. Und unter uns Altkatholen, natürlich.«

»Einmal Messdiener, immer Messdiener!«, rief ich und entlockte Udo ein zustimmendes Lächeln.

Vor dem Jonas stieg Udo aus und wollte sich erst einmal ein hochverdientes Belohnungsbier gönnen. Ich verblieb in der Droschke, da ich ihm leider keine Gesellschaft leisten konnte, das Treffen mit Leni am Hermannplatz stand schließlich auch noch auf meinem Tagesprogramm. Mein Leben war einfach verdammt anstrengend.

30

Trotzdem machen manche Kinder
immer noch Schwierigkeiten,
wehren sich und spucken aus,
was ihnen mit dem Löffel
eingegeben wurde. Dabei
entstehen besonders bei den
stark fleckenden Obstsorten
sehr hässliche Verunreinigungen
der Wäsche, die der Mutter
nachher viel Mühe machen.

Nazi-Pseudopädagogin Johanna Haarer:
Die deutsche Mutter und
ihr erstes Kind. 1934, S. 170.

DAS MÄDCHEN VOM ENDE DER STRASSE

Im Leben meiner Mutter gab es jede Menge Störfaktoren. Den Hausstaub, ihren Ehemann, ihren Sohn, Menschen im Allgemeinen und ungezählte weitere Dinge. Sie hatte einfache Gegenkonzepte für diese Zumutungen des Lebens. Mein Vater musste aus dem Haus und Karriere machen, der Staub wurde zweimal täglich mit einem mechanischen und einem elektrischen Staubsauger, Staubtüchern und Staubwedeln aus der Wohnung gejagt, andere Menschen wurden möglichst gemieden, außer sie dienten dem eigenen sozialen Ansehen. Das überflüssige Kind wurde, wann immer es ging, aus dem Heiligtum der gepflegten Wohnung auf die Straße zum Spielen geschickt. Das war für den Sohn aber keine Strafe, sondern immer ein Segen.

Das Haus, in dem meine Eltern eine Wohnung gefunden hatten, lag in einer gewöhnlichen Seitenstraße. Jedenfalls soweit ich das beurteilen konnte. Wir wohnten nicht direkt in der Innenstadt, aber man konnte zu Fuß bis in die Wallanlagen oder sogar bis zum Roland laufen, wenn man sich etwas Zeit nahm. Hier hatten alle Männer eine Arbeit, der sie alltäglich nachgingen, bis auf die, die schon zu alt waren und nicht mehr zu arbeiten brauchten und denen häufig Finger, ganze Hände, Arme oder ein Bein fehlten, was das Arbeiten wohl ohnehin schwierig gemacht hätte. Die Frauen waren zu Hause, die Kinder gingen in den Kindergarten oder in die Schule. Einige der Männer besaßen ein Auto, das am Abend vor den Häusern auf der Straße stand, wenn man nicht über eine der wenigen Garagen verfügte. Das mit den Autos schien irgendwie extrem wichtig zu sein, kümmerte mich aber nicht sonderlich. Ich hatte ein kleines Fahrrad, dem die größeren Nachbarjungen erst vor kurzem die Stützräder abmontiert hatten, weil sie meinten, dass ich nun zu groß geworden sei, um mit meinen lärmig klappernden Stützrädern mit ihnen und ihren richtigen Rädern in endlosen Runden, immer gegen den Uhrzeigersinn, um eine eingezäunte und von einem schmalen Bürgersteig umgrenzte Grünfläche zu fahren. Meine Welt war eine Art Scheibe. Sie bestand aus einigen wenigen Straßenzügen, die von Fahrdämmen umschlossen waren, die als zu gefährlich galten, um von Zwergen meines Alters aufgesucht zu werden. Das akzeptierte ich. Straßenverkehr machte mir Angst. Der Lärm der großen Wagen störte meine Ruhe und es war mir völlig unverständlich, wie andere Jungen diese schrecklichen stinkenden Ungetüme toll und interessant finden konnten. Nicht zu jeder Zeit, wenn ich auf die Straße geschickt wurde, waren die anderen Jungen mit den Fahrrädern unterwegs. Es gab auch Tage, da war niemand auf der Straße, und da es keinen Spielplatz, keine Wiese, keinen Park und auch keinen Bolzplatz gab, lungerte man herum und stromerte durch die Straßen. Man schaute einem Rentner zu, der seinen Wagen wusch und mit großer Intensität polierte, man beobachtete seine Frau, wie sie das Trottoir fegte. Manchmal kam das Postauto und stellte ein Paket zu oder Handwerker trugen eine Leiter in einen Hauseingang. Einmal traf ich auf ein Mädchen, das über die Gehwegplatten hüpfte. Sie hatte die quadratischen grauen Pflastersteine mit einem hellen Stein in einem unregelmäßigen Muster mit den Ziffern 0 bis 9 beschriftet. Ich schaute ihr zu. Vielleicht hatte sie das Ganze auch schon beschrieben vorgefunden, denn das Mädchen war kleiner als ich und ging mit Sicherheit noch nicht zur Schule. Sie hüpfte auf einem Bein die geraden oder ungeraden Zahlen ab, drehte sich um, wechselte das Bein und hüpfte auf derselben Zahlenkombination zurück. Nach einer Weile forderte sie mich auf mitzumachen. Und nachdem ich mich vergewissert hatte, dass meine Fahrradkumpels nicht in der Nähe waren, hopste auch ich. Ich traf sie jetzt häufiger alleine auf der Straße. Sie besaß weder Fahrrad noch Roller, mit denen man hätte herumfahren können, und da wir auch sonst nichts hatten, mit dem wir hätten spielen können, dachten wir uns alles Mögliche aus, um die Zeit zu füllen. Oft saßen wir aber auch nur am Bordsteinrand und sprachen miteinander. Sie hatte glattes, blondes, halblanges Haar, das mit einem einfachen roten Haushaltsgummiband zu einem Pferdeschwanz zusammengebunden war. Meist trug sie ein blau-weißes Kleid mit einem Blumenmuster, welches mir zum Spielen eher ungeeignet erschien und häufig nicht gerade im blütenreinen Zustand den Heimweg antrat. Sie hieß Angelika und ich fand sie hübsch. Nicht atemberaubend hübsch, wie das Mädchen, wegen dem ich die Narben am linken Arm von dem verschwiegenen Autounfall davontragen sollte, aber doch hübsch. Und nett. Eines Tages fragte sie mich, ob ich mit ihr zum Essen mitkommen wollte. Das überraschte mich. Ich war noch nie bei einem anderen Kind zum Essen gewesen und noch nie durfte ein anderes Kind mit mir in unsere Wohnung kommen. Kinder machen Dreck und Unordnung, und da meine Mutter den ganzen Tag gegen diese Bedrohungen ankämpfte, war der Besuch eines fremden Kindes in unserer Wohnung eine komplett abwegige Idee. Ein gesunder Appetit und eine gewisse Neugier jedoch besiegten meine Zweifel und ich folgte ihr.

Der Weg führte mich in eine Straße, die ich noch nie betreten hatte. Weder alleine noch in Begleitung meiner Eltern, obwohl der Eingang zu dieser Straße nur einen Steinwurf von unserem Haus entfernt war. Es war auch keine richtige Straße. Sie war nicht gepflastert, sondern bestand aus einem holprigen Sandweg. Jedenfalls an dem trockenen Tag, als ich ihn zum ersten Mal entlanglief. Es gab die unmissverständliche Anweisung, diese Gasse nicht zu betreten. Gründe wurden nicht genannt. Doch der Befehl war so eindeutig, dass ich bis zu jenem Tage nicht einmal in meinen kühnsten Träumen erwogen hatte, diesen Pfad zu beschreiten.

Die ersten Meter boten keine Überraschungen. Bremer Häuser von hinten. Dann aber endete die Bebauung mit richtigen Häusern aus Stein. Es folgten einige wacklige Garagen, kleine Flachbauten, die, sofern sie unverschlossen waren, offenbar als Werkstätten dienten. In einigen bastelten ölverschmierte Männer an Motoren herum. Es folgten weitere Holzverschläge unbekannter Bestimmung. Angelika bemerkte mein Zögern, merkte, dass mein Schritt langsamer wurde und nahm meine Hand, zog mich entschlossen weiter in die Gasse.

»Komm, Mutti macht Apfelpfannkuchen.«

Ganz am Ende des Weges stand auf der rechten Seite eine kleine Holzhütte mit einem Schild dran, das ich in der Eile nicht entziffern konnte. Das mit dem Lesen lief noch nicht so flüssig. Angelika öffnete die Tür und schob mich hinein. Ich staunte nicht schlecht. Gleich hinter der Tür fing das Haus an und alles war in einem einzigen Raum, der nicht ganz die Größe unseres Wohnzimmers hatte. Links war eine Küchenzeile mit Spüle, rechts stand ein Tisch mit zwei Stühlen auf der einen Seite und einem Sofa auf der anderen Seite. Hinten im Raum waren ein Schrank und ein größeres Gerät, dessen Verwendungszweck mir unbekannt war. Die Luft in dem Raum war seltsam. Sehr feucht und sie roch nach Waschküche und frischer Wäsche. Aber auch nach Pfannkuchen.

»Mutti, darf Markus bei uns mitessen?«

Ich erwartete spätestens jetzt das Ende des Ausflugs, eine kurze, aber heftige Schelte, und stellte mir vor, wie ich den Rückweg alleine bestreiten müsste. Und nicht, weil dieser Raum recht dunkel war, es gab nur ein Fenster zur Gasse hinaus, das gleich neben der Tür lag, sondern weil mich die ungewohnte Umgebung irritierte, hatte ich noch keinen Blick auf Angelikas Mutter geworfen. Und natürlich auch, weil ich Angst hatte. Einfach so zum Mittagessen reinschneien, das ging ja wohl gar nicht.

»Wo zwei satt werden, werden auch drei satt«, sagte jedoch eine freundliche Stimme und erst jetzt wagte ich die Person, die am Herd stand, anzuschauen. Ein Lichtschein aus dem kleinen Fenster fiel auf ihr Gesicht. Es lächelte. Und es war ein ehrliches Lächeln. »Schön, dass du Markus mitgebracht hast, Engel. Dann haben wir heute einmal einen Gast und sind nicht allein«, sagte sie und strahlte. Sie hatte einen bunten Kittel an und lange offene schwarze Haare. Sie sah so ganz anders aus, als die Mütter, die ich kannte. So anders als meine Mutter. Keine komischen Türme von Haaren auf dem Kopf, die Frisuren genannt wurden, keine Farbe im Gesicht, nicht über und um die Augen, nicht auf den Wangen, nicht auf den Lippen. Es gab auch keine Ketten, keine Armreife, keine Ringe. Und sie sah sehr jung aus, so jung etwa wie das Mädchen in der Wohnung unter uns, das noch zur Schule ging. Ich merkte, dass ich sie ein wenig zu lange ansah und war froh, als sie uns ermahnte: »Aber erst wascht ihr euch mal die Hände.«

Neben dem Spülbecken lag ein Stück Seife, das Angelika ergriff. Ich wusch mir auch die Hände und sah über dem Spülbecken zwei Becher mit Zahnbürsten. Dann setzten wir uns nebeneinander auf das Sofa, wo schon zwei Teller Apfelpfannkuchen mit Zucker bestreut auf uns warteten.

Ich war immer noch ein wenig durcheinander. Konnte ich mich hier wirklich so einfach hinsetzen und zugreifen? Angelika plauderte während des Essens in einem fort und ihre Mutter schien sich nicht daran zu stören. Eher im Gegenteil. Auch das schien mir ungewöhnlich. Bei uns wurde die Parole ›Kinder am Tisch, stumm wie ein Fisch‹ zwar nicht ganz so stringent durchgesetzt wie bei meinen Großeltern (bei ihnen hatten Kinder während des Essens zu schweigen, wobei das Schöne daran war, dass das konsequenterweise auch für meine Eltern galt). Aber beim Essen einfach so rumplappern? Undenkbar! Es war schon komisch, dass hier an einem gewöhnlichen Wochentag gekocht wurde. Das kannte ich nur von meiner Oma. Meine Mutter hasste das Kochen und beschränkte es möglichst auf das gesellschaftlich notwendige Maß, also die Wochenenden, wenn die Familie komplett war. Erst durch weiteren Zuwachs in der Familie überwand sie sich in den Folgejahren häufiger und kredenzte uns Kindern nach der Schule manch warme Mahlzeit, wenngleich nie mit Freude. Und es war nicht nur das Grauen, das ihr eine durch Kochen verunreinigte Küche bescherte, ihre Abneigung lag tiefer. Irgendwo tief vergraben in einer Abscheu mit Dingen wie Mehl, Eiern, Kartoffeln, Möhren, Fleisch oder Fisch körperlich in Berührung kommen zu müssen.

Als Angelika gerade mal nicht plapperte, richtete ihre Mutter sogar Fragen an mich, was mich einigermaßen überforderte. Ich stierte gewohnheitsmäßig hoch konzentriert auf meinen Teller, schon um allen Anforderungen des Essens nach den komplizierten Regeln des Anstands, deren bittere Lektionen mein täglich Brot waren, zu genügen, und antwortete ihr so knapp wie nur möglich.

»Das hier ist unser Reich«, verkündete Angelika davon unbeeindruckt stolz und deutete im Halbkreis durch den Raum.

»Hier schlafen wir«, ergänzte sie und wippte mit dem Körper auf dem Sofa auf und ab. »Und Mutti hat hier eine Plätterei«, sagte sie weiter und zeigte auf das mir nicht bekannte Gerät in der Ecke, vor dem zahlreiche Körbe mit vornehmlich weißer Wäsche standen. »Ich mache die Heißmangelarbeiten für die Wäscherei in der Humboldtstraße in Heimarbeit«, ergänzte Angelikas Mutter, ohne dass mir dadurch klar geworden wäre, um was es sich hierbei handelte.

»Möchtet ihr noch einen Pfannkuchen?«, fragte sie und da Angelika ja sagte, sagte ich auch ja, denn diese Apfelpfannkuchen waren einfach unbeschreiblich lecker. Zum Nachtisch schnitt uns Angelikas Mutter einen übriggebliebenen Apfel auf und fragte, was wir jetzt noch vorhätten.

»Spielen!«, rief Angelika und lief in die Ecke neben dem unbekannten Apparat, zog einen Vorhang beiseite und wieder zu. In dem kurzen Moment, der einen Blick hinter den Vorhang erlaubte, sah ich eine Toilettenschüssel dahinter.

In der nächsten Zeit ging ich öfter mit Angelika zu ihrer Mutter zum Essen. Wenn es geregnet hatte, und das hatte es oft, war der Weg zu ihr ein einziger Slalomlauf vorbei an großen Pfützen, die wie kleine Teiche den Weg versperrten und wir mussten die Schuhe ausziehen, noch bevor wir die Türschwelle übertreten hatten. Angelikas Mutter, die eindeutig nicht nur wahnsinnig nett, sondern auch genauso schön war, blieb gleichbleibend freundlich, trotz der Tatsache, dass ich immer größere Portionen verdrückte. Es gab neben Eierkuchen auch Kartoffelpuffer, Bratkartoffeln oder Steckrübengerichte und immer einen Nachtisch. Alles schmeckte wahnsinnig gut.

Meiner Mutter blieb nicht verborgen, dass ich gelegentlich mit Angelika auf der Straße spielte und manchmal mit ihr in dieser Gasse verschwand, und sie stellte mich eines Tages deswegen zur Rede. Ich glaube nicht, dass sie meine Antworten auf ihre gereizten Fragen, was ich da zum Teufel zu suchen hätte, irgendwie interessierten. Sie beschied unter Androhung einer Trachtprügel, wie ich sie noch nie erlebt hätte, den Umgang mit diesem schmutzigen und stinkenden Mädchen augenblicklich und für alle Zeiten zu unterlassen, wobei sie schlimme Worte benutzte, die ich nicht verstand, wie ich viele Worte der Erwachsenen nicht verstand. Ich bin mir aber ziemlich sicher, dass die Worte ›asozial‹ und ›Proleten‹ fielen, weil sie sich in den späteren Jahren noch etliche Male wiederholen sollten. Ganz sicher bin ich mir aber, dass sie sagte, ich könne mich nicht mit so einer abgeben, was sollten denn die Nachbarn denken.

Ich fand das gemein und ungerecht. Aber was fand ich nicht gemein und ungerecht?

Es wurde Herbst, der rasch in den Winter überging. Und es wurde immer früher dunkel und Spielen auf der Straße schränkte sich dadurch ein. Anfang Dezember saßen wir auf gepackten Kisten. Vor einem guten halben Jahr war meine Schwester auf die Welt gekommen und die Wohnung wurde als zu klein befunden. Also zogen wir um. Von Angelika konnte ich mich nicht verabschieden.

31

Wem Gott will rechte
Gunst erweisen,
Den schickt er
in die weite Welt,
Dem will er
seine Wunder weisen
In Berg und Wald
und Strom und Feld

Aus: Der frohe Wandersmann
von Joseph Freiherr von Eichendorff, 1823.

Mann mit Pepita-Hut oder Countdown mit Nudelauflauf

Inzwischen hatte jemand die Zeitbeschleunigungsmaschine angestellt und Operation Band 16 stand unmittelbar bevor. Die letzten beiden Tage war ich, abgesehen von der Einheit Pinkel Hotte, mit kleineren finalen Vorbereitungen befasst und ging ansonsten zwei Nächte meinem Broterwerb nach. Es war inzwischen Mittwoch und morgen sollte der große Tag sein. ›Wenn alles vorbereitet ist, dann schreite zur Tat‹ war ein Motto des Evangelischen Missionswerkes und das sollte nun auch für uns gelten. Andererseits stieg natürlich auch der allgemeine Erregungszustand und ich musste meine steigende Anspannung permanent überspielen. Ich lungerte gerade im Jonas herum und wartete auf Kraschno, als ein Mann mit einem altmodischen Hut am Fenster vorbeiging. Ich befürchtete kurz Meier II würde mir im Jonas seine Aufwartung machen. Tja, der Meier II … Der erste Kontakt mit seinem Verein war, wie nicht anders zu erwarten, eher unangenehmer Natur gewesen. Wir sollten im Rahmen unserer Solidaritätskampagnen für die palästinensische Sache im letzten Winter einen ranghohen Fatah-Vertreter im Hotel Stadt Berlin am Alexanderplatz treffen. Der Termin war über PLO-Leute in Westberlin eingefädelt worden. Zwei Genossen von uns waren der palästinensischen Seite namentlich avisiert worden. Wie auch immer, wusste die Staatssicherheit davon und kannte Namen sowie Termin. Sie wollten das Treffen verhindern, denn Kontakte zur PLO sollten nur exklusiv über ihre Vasallen der SEW laufen. Maoisten und andere schädliche Elemente durften in ihren Augen keine Rolle spielen. Ich war ursprünglich in die Sache nicht involviert, aber als unsere Leute mit reichlich Zeitpuffer über Friedrichstraße in den Ostteil der Stadt einreisen wollten, wurden sie aufgehalten und als unerwünschte Personen zurückgewiesen. Mein Name war nie genannt worden und im Gegensatz zu den mit ihren behelfsmäßigen Personalausweisen ausgestatteten Westberlinern, die zunächst in den Büros für Besuchs- und Reiseangelegenheiten im Westen einen Berechtigungsschein zum Empfang eines Visums der DDR beantragen mussten, konnte ich mit meinem bundesdeutschen Reisepass spontan den anderen Teil der Stadt besuchen. Ich wurde von einer Sekunde zur anderen zum Ersatz. Als ich mit hängender Zunge, aber pünktlich das Hotel Stadt Berlin erreichte, wurde mir an der Rezeption vermutlich wahrheitswidrig gesagt, dass auf dem gewünschten Zimmer niemand an den Apparat ginge. Ich beschloss, es in zehn Minuten nochmals zu probieren und ging auf den dunklen Alexanderplatz, um in Ruhe eine Wartezigarette zu rauchen. Diese war noch nicht einmal zur Hälfte abgebrannt, als mich zwei Typen, deren Köpfe aus der Mode gekommene Hüte trugen, ansprachen, mir nicht einmal irgendwelche Ausweise unter die Nase hielten und mich aufforderten, mitzukommen. In kurzer Entfernung hatten sie einen Wartburg 353 geparkt und ich durfte auf der Rückbank Platz nehmen, während sie meine Papiere inspizierten. Ansonsten wurde geschwiegen. Es passierte nichts, einfach gar nichts. Im Wagen war es kalt und es blieb keine andere Beschäftigung, als Passanten beim Vorübergehen zu beobachten. Gefühlt dauerte dieser zermürbende Aufenthalt Stunden, es waren aber, wie ich kurz darauf feststellte, als ich den Wagen wieder verlassen durfte, kaum mehr als vierzig Minuten gewesen.

»Sie können davon ausgehen, dass Sie Ihren gewünschten Kontakt nicht mehr antreffen werden. Er ist bereits wieder abgereist«, sagte einer der beiden Schweiger irgendwann und reichte mir meinen Pass mit dem eingelegten Tagesvisum zurück. »Und genau dieses möchten wir Ihnen auch dringend empfehlen.«
Es entstand eine kurze Pause.

»Ich sage Ihnen das mal als Kommunist. Wenn die Deutsche Demokratische Republik, die die Sache der Palästinenser angeblich unterstützt, genau diese Unterstützung von Antiimperialisten und Internationalisten aus Westberlin verhindert, dann betreibt sie das Geschäft der Feinde des palästinensischen Volkes«, ließ ich verlauten. »Schönen Abend noch«, wünschte ich, als ich mich von der Rückbank des Wartburgs ins Freie quälte.
Ich ging nicht mehr davon aus, dass ich im Hotel Stadt Berlin erfolgreich sein würde, und so war es dann auch. Der Kontakt

kam nicht zustande. Sehr viel später erfuhr ich, dass die ganze palästinensische Delegation zu diesem Zeitpunkt zu einem Essen mit Oskar Fischer und anderen Vertretern des Ministeriums für Auswärtige Angelegenheiten der DDR aufgebrochen war. Das MfS hatte gute Arbeit geleistet und eine unerwünschte Kommunikation zwischen der PLO und ausländischen Sektierern verhindert.

Und dann kam der Tag Anfang des letzten Sommersemesters, als ich das Institut für Ethnologie in der Brümmerstraße verließ und mich jemand mit einem aberwitzigen Hut mit Pepita-Muster ansprach:

»Herr Müller, auf ein paar Worte …«

Ich habe sicherlich ziemlich verwirrt aus der Wäsche geguckt. Ich wusste zwar sofort, dass ich das Gesicht schon einmal gesehen hatte, konnte es aber überhaupt nicht unterbringen. Solche Gespräche begannen wahrscheinlich immer mit einer Lüge:

»Mein Name ist Wolfgang Werner.«

Das sagte mir nichts.

»Wir sind uns schon einmal begegnet.«

Ja, das ahnte ich. Aber wo sollte das gewesen sein?

»Tut mir leid, aber ich komme im Moment nicht drauf …«

»Die Umstände waren vielleicht nicht die günstigsten, deshalb wollte ich noch einmal mit Ihnen sprechen.«

Nicht die günstigsten …? Da fiel es mir plötzlich wieder ein. Der Alex an einem widerlich kalten Tag im letzten Winter. Die zwei Stasi-Typen im ungeheizten Wartburg. Einer davon stand jetzt in der Dahlemer Frühlingssonne vor mir.

»Ja, jetzt dämmert es mir. Die anti-antiimperialistische Aktion vor ein paar Monaten in Mitte, oder?«

»So würde ich das nicht nennen, aber Sie erinnern sich richtig.«

In der von den Gaslaternen nur spärlich beleuchteten Naumannstraße erkannte ich den Opel von Kraschno, was mich aus meinen Erinnerungen riss, als er parkplatzsuchend am Lokal vorbeischlich, was seine Ankunft und meinen Aufbruch bedeutete. Es war noch immer Nachmittag, aber schon wieder dunkel.

Als Kraschno erneut am Jonas vorbeifuhr, hielt ich ihn an und öffnete die Fahrertür.

»Hi Kraschno, gut, dass du da bist. Ich nehm schon mal deine Tasche aus dem Kofferraum und bring sie hoch. Park heute mal nicht hier in der Gegend. Reine Vorsichtsmaßnahme. Such dir was am Winterfeldplatz, da findest du sofort einen ordentlichen Parkplatz und komm mit dem Taxi zurück. Ich warte oben«, fiel die Begrüßung etwas anders als gewöhnlich aus.

»Wenn du meinst«, löste meine Parkplatzanweisung bei Kraschno wenig Begeisterung aus.

Ich schlug die Wagentür wieder zu und ging zum Kofferraum.

Kurz vor meinem Hauseingang begegnete ich Frau Lotte Wagner. Lotte, eine Dame in den frühen 60er Lebensjahren, war die Mutter einer weiblichen Bekanntschaft aus dem Jonas, die im Nachbarhaus wohnte. Während ihrer regelmäßigen Besuche der Tochter und des Enkels legte sie stets ein auffälliges Interesse an meiner Ernährungssituation an den Tag und war offensichtlich der Meinung, ich stünde kurz vor einem frühen Tod durch akute Unterversorgung mit warmen, kalorienreichen Speisen. Überdies hielt mich diese gutbürgerliche Dame beharrlich für einen geeigneten Partner ihrer Tochter, was sie recht unverblümt und zum Unwillen ihres Nachwuchses zum Ausdruck brachte. Wenn die gute Frau gewusst hätte, mit welchem Projekt ich gerade beschäftigt war, hätte sie ihre Eheanbahnungsversuche bestimmt sofort eingestellt. Da ich bei ihren Besuchen aber immer den netten Nachbarn von gegenüber gab, blieb es bei diesem Spielchen. Kraschno hatte mich deswegen bereits mehrfach als Nahrungsopportunisten beschimpft.

»Ah, hallo Mark, wie geht es Ihnen? Hat Ihnen mein Nudelauflauf geschmeckt?«

»Oh, Frau Wagner, hallo! Ja und ob! Er war ganz ausgezeichnet. Es ist noch ein kleiner Rest übrig, auf den ich mich sehr freue. Wenn die Auflaufform leer ist, wasche ich sie gleich ab und bringe sie Ihnen zurück.«

»Ach, die Mühe müssen Sie sich nicht machen, Sie können sie auch so zurückbringen.«

»Aber ich bitte Sie. Das ist doch eine Selbstverständlichkeit.«

»Ach, so ein gut erzogener junger Mann. Einen schönen Abend noch.«

»Vielen Dank! Ihnen wünsche ich auch einen ausgesprochen schönen Abend, Frau Wagner.«

So einfach, dachte ich, als ich Kraschnos Tasche die vier Treppen hochschleppte, könnte das Leben sein: Die Nachbarin bezirzen, heiraten, in das Unternehmen des Schwiegervaters einsteigen und sich von Schwiegermutter bekochen lassen, keine Existenzsorgen und öde Industriearbeit, jeden Tag eine leckere warme Mahlzeit mit Vorsuppe und Nachtisch.

»Ach ja«, stöhnend schloss ich die Wohnungstür auf.

Statt ins Paradies auf Erden blickte ich in den langen leeren Wohnungsflur. Der Unordnung in der Küche hatte sich in den letzten Tagen niemand angenommen. Ich fütterte die gebrauchte Kaffeemaschine, die mir von Frau Wagner mit dem Nudelauflauf als Geschenk übergeben worden war, da sie sich in ihrem Domizil in Westdeutschland eine neue angeschafft hatte, und drückte Play auf dem Kassettenrecorder. Tommi lag noch drin und fragte: *Wer hat Angst vorm Schwarzen Mann?* Dann schnappte ich mir eine Ausgabe der *Zitty*, die auf der Fensterbank lag, und las Rainer Bielings Rezension zweier neuer Zeitschriften, *Freibeuter* und *Tumult*, die in Westberliner Verlagen kürzlich erschienen waren. Als der Kaffee fertig war, spendierte ich mir einen Becher mit dem Heißgetränk und beobachtete das Treiben in den Küchen des Hauses gegenüber.

In der weiterhin unaufgeräumten Küche, die trotz eines schwer arbeitenden Radiators, der die Stromrechnung in neue Höhen trieb, und der Hinzuschaltung des Backofens des Elektroherdes nicht so recht warm werden wollte, dafür aber nach Nudelauflauf roch, setzte ich Kraschno, der nach einer knappen halben Stunde meine soziologischen Studien unterbrach, die neuesten Entwicklungen auseinander. Zunächst skizzierte ich den genauen zeitlichen Ablauf der Aktion, deren Eckpfeiler der Beginn der Weihnachtsfeier des Justizsenators war. Wir gingen davon aus, dass seine Frau dort auch pünktlich erscheinen würde und, da sie nicht berufstätig war, vermutlich von ihrer Wohnung aus nach Schöneberg fuhr. Wenn nicht, war das auch egal. Wichtig war nur, dass sie nicht zu Hause blieb. Dann schilderte ich die unterstützenden Aufgaben direkt am Objekt, die von Hendrik und Bosco übernommen werden sollten. Im Anschluss präsentierte ich Kraschno, was wir während seiner Abwesenheit zum Thema Haustüröffnung vorbereitet hatten.

»Pass auf, Hendrik hat eine komplette Liste aller Hausbewohner erstellt und Bosco und er haben alles zu ihnen recherchiert, was man nur in Erfahrung bringen konnte. Danach wohnt genau gegenüber von der alten Schneider eine ältere Dame, der wir morgen kurz vor unserem Erscheinen einen Handwerkerbesuch ankündigen werden. Sie wird uns dann ohne Probleme die Haustür öffnen. Zur Sicherheit gibt es noch geeignete Wohnungsinhaber B und C auf unserer Liste. Alles mit Namen und Telefonnummern vorbereitet. Was sagst du?«

»Ein bisschen sehr aufwendig, oder? Bei der Vorbereitung ist doch bestimmt Staub aufgewirbelt worden. Ist euch nichts Dezenteres eingefallen? Und diese alte Tante wird uns doch wohl zu Gesicht bekommen müssen, oder?«

»Kraschno, nörgel jetzt hier nicht rum. Dafür, wie kurz die Zeit war, finde ich die Sache ganz okay. Wir ziehen unsere Handwerkernummer ruckzuck durch und setzen uns noch ein hübsches Mützchen und die Brillen von Deko-Behrendt auf. Dann wird die Alte uns auf irgendwelchen Bullenfotos schon nicht wiedererkennen.« Kraschno atmete demonstrativ ein und aus.

Und um ihm gleich einen Grund zum Weiternörgeln zu geben, erzählte ich ihm von den Plänen bezüglich der alten Schneider. Erstaunlicherweise fand er dieses Vorhaben dann ganz in Ordnung.

»Ich habe mich am Montagabend noch mit Leni getroffen und alles abgekaspert. Ich denke, sie hat das Ding drauf. Roswitha nimmt zuvor noch eine Typveränderung an ihr vor, damit die alte Schneider nicht post factum bei den Bullen ne Identifizierung vornehmen kann. Bosco wird unmittelbar vor der Aktion im Café Kranzler vorbeisehen und schauen, ob Leni und die alte Schneider hübsch beisammensitzen. Und die Pressefrage ist auch geklärt. Das war ja von vornherein der Job von Lenis Gruppe. Sie haben einen freien Photographen heiß gemacht, der mehr oder weniger an alle Blätter in der Stadt verkauft. Er weiß nur den Termin und den Bezirk und wird von Lenis Leuten erst unmittelbar, bevor wir laut Zeitplan reingehen, mit von Erbes Adresse versorgt. Und natürlich bleibt es dabei, dass wir die Transparente als letzte Aktion aus den Fenstern hängen. Wir wollen von Erbe verunsichern, aber unser Hauptziel bleibt, Justizakten abzugreifen. Dafür wird in der Reisetasche, die uns Bosco übergeben wird, genug Platz sein. Zusätzlich sind natürlich auch von Erbes persönliche Unterlagen von Interesse. Korrespondenzen, Kontoauszüge, Steuerunterlagen und so ein Zeug. So ganz gefällt mir die Sache mit Lenis Leuten und dem Pressefritzen nicht, aber es war nicht anders zu regeln, wenn wir gute Bilder in der bürgerlichen Presse haben wollen.«

»Hhmm. Toll ist das wirklich nicht. Hoffentlich ist das nicht die Stelle, an der der Deich bricht.«

»Das will ich nicht einmal denken. Aber der Typ hat natürlich auch ein gesundes Eigeninteresse. Wenn wir wegen ihm aufs Maul fallen, ist er für immer verbrannt. Und auf die Fresse gibt es außerdem. Das wird er wissen.«

»Besser wäre das für uns und für ihn«, lachte Kraschno und schloss damit das Kapitel Öffentlichkeitsarbeit ab.

»Aktuelle Vollmachten liegen noch beim Anwaltsbüro. Die Nummer hast du noch im Kopf, oder?«, erkundigte ich mich.

Kraschno schnurrte die siebenstellige Telefonnummer unseres Anwaltskollektivs fehlerfrei herunter.

Der restliche Nudelauflauf war inzwischen warm und ich servierte Kraschno ungefragt sein verspätetes Mittagsmahl.

»Das hast ja wohl hoffentlich nicht du gekocht?«

»Seh ich so aus? Hab ich eine bunte Schürze um, Lockenwickler im Haar und ne Ernst-Huberty-Autogrammkarte am Bett?«, fragte ich und stellte Kraschno noch einen Becher Kaffee dazu.

Er schaute nachdenklich an mir hoch, als ob er sich vergewissern müsste, dass da keine Küchenschürze war und führte vorsichtig eine kleine Probegabel zum Mund.

»Ey, Alter, das schmeckt ja voll geil. Das kann ja gar nicht von dir sein.«

»Sag ich doch«, kommentierte ich mit Zigarette im Mund und steckte Kraschno muttihaft noch zwei Scheiben Weißbrot in den Toaster. »Du musst dich doch stärken, wenn du morgen fit sein willst.« Kraschno zog die Augenbrauen hoch und fragte, ohne den Blick vom Wagnerschen Nudelauflauf abzuwenden, mit einer Mischung aus Besorgnis und Mitleid in der Stimme:

»Ist irgendetwas bei dir in letzter Zeit schiefgelaufen?«

»Bei mir? Nö, nicht, dass ich wüsste.«

»Dann ist ja gut.«

»Nicht wahr.«

Er aß alles mit gesundem Appetit, während ich noch einmal zusammenfassend den zeitlichen Ablaufplan für die Operation Band 16 durchdeklinierte.

»Gut, Mark, ich denke, mehr gibt es nicht zu planen, oder?«

»Das sehe ich auch so.«

»Pass auf, ich habe heute noch einen Familienbesuch an den Hacken. Ich treffe mich gleich noch mit meiner Tante aus Weißensee am Alex. Sie hat wohl nen Tisch im Gastmahl des Meeres ergattert. Hab zwar nicht wirklich Bock drauf, aber meine Mutter besteht darauf, dass ich ihre Schwester treffe. Da muss ich durch.«

»Okay«, sagte ich gedehnt und war doch etwas verwundert. Kraschno als Familienbote? Die Rolle kannte ich noch nicht. »Hauptsache, du bist morgen rechtzeitig an Bord.«

»Logen, Alter. Bin ich doch immer.«

»Nimm einen Hausschlüssel mit, Kraschno. Ich habe gleich noch ein Treffen mit einer Arbeitsgruppe. Wir haben da eine echt schwere Seminararbeit am Wickel. Es könnte spät werden.«

»Aha, Seminararbeit. Ja, dieses Studentenleben ist schwer, nicht wahr?«

»Da machste dir ja gar keinen Begriff von.«

»Na denne«, meinte Kraschno und stand auf.
Er nahm sich einen Reservehausschlüssel vom Haken und hinterließ mir sein schmutziges Geschirr. Irgendwie musste ich doch eine bunte Küchenschürze tragen.
Na, er kann seinen Teller ja noch morgen wegräumen, dachte ich, suchte meine Sachen zusammen und verließ ebenfalls die Wohnung.

Auf meinem Weg durch dunkle Straßenfluchten Richtung Kreuzberg zum Ort unseres Seminargruppentreffens dachte ich an Leni und unser letztes Vorbereitungsgespräch am Montagabend am Hermannplatz. Ihr lag ohne Zweifel viel am Erfolg der Aktion und sie war doch auf eine beunruhigende oder fast berührende Art besorgt. Besorgt um meine Person. Das war doch verwunderlich. Oder hatte ich da irgendetwas übersehen?

32

In der Welt ist ein Gott begraben, der [...] allenthalben durchzubrechen versucht, in der Liebe, in jeder edlen Tat.

Christian Friedrich Hebbel (1813-1863)

OPERATION BAND 16

Es war der angenehme Geruch von frisch aufgebrühtem Kaffee, der mich weckte. Leni saß auf der Bettkante, zwei große Becher in ihren Händen, jeweils gefüllt mit dem psychotropen Heißgetränk, von denen sie mir einen reichte, nachdem ich die Augen aufgeschlagen und mich in Position gesetzt hatte. Das war ein netter Beginn eines Tages, der alles Mögliche bringen konnte.

Ich pustete auf die Oberfläche des Kaffees, um ihn ein wenig abzukühlen. Schon der erste Schluck ließ mich erstarren. Was war denn das? Der Kaffee war ungewöhnlich stark und schmeckte zudem säuerlich. Also, die Krönung von Jacobs war das nicht. Ich wollte mit Leni jetzt nicht Ehemann, Ehefrau und Frau Sommer spielen.

> [Ehemann steht im Mantel neben dem Frühstückstisch
> und nimmt seine Aktentasche.]
> Ehemann: Dein Kaffee schmeckt mir nicht,
> ich trinke lieber den im Büro.
> Ehefrau: Ja, aber…
> Ehemann: Tschüss.
> [Ehemann geht, Ehefrau bleibt frustriert zurück. Schnitt.]
> Ehefrau zu Frau Sommer:
> Dabei gebe ich mir doch so viel Mühe.
> Frau Sommer: Das allein genügt nicht.
> Ehefrau: Wie?
> Frau Sommer: Deinem Kaffee fehlt einfach das Aroma.
> Hier, probier doch einmal meinen Jacobs Kaffee.
> [Ehefrau trinkt Jacobs Kaffee.]
> Ehefrau: Da schmeckt man das ganze Aroma.
> Ab morgen nehme ich auch Jacobs Kaffee.
> Stimme aus dem Off: Jacobs Kaffee –
> da schmeckt man das ganze Aroma. Wunderbar.
> [Schnitt.]
> [Ehemann sitzt am Frühstückstisch mit Ehefrau]

Ehemann: Siehste, das ist ein Kaffee. Der schmeckt.
[Ehemann hebt die Tasse, lächelt und
lässt sich von Ehefrau noch eine Tasse einschenken.]

Leni hatte, auch ohne dass ich etwas sagen musste, bemerkt, dass ich den Kaffee etwas zögerlich trank.

»Das ist Nicaragua-Kaffee. Der wird jetzt im Mehringhof zur Unterstützung der sandinistischen Revolution verkauft.«

Im Juli war der Diktator Somoza in die USA geflohen und die Sandinisten waren in Managua eingezogen. Es war gelungen dem US-Imperialismus ein Beutestück zu entreißen. Natürlich wurden die Revolutionäre sofort ökonomisch unter Druck gesetzt und das fing beim Kaffeeexport an. Einige Genossen flogen nach Nicaragua und halfen bei der Kaffeeernte, um die Nicas, wie die Bewohner des Landes vertraulich genannt wurden, zu unterstützen. Oder sie standen nur ganz allgemein im Weg rum.

»Hoch die Internationale Solidarität!«, antwortete ich, hielt den Becher in die Höhe und nahm anschließend noch einen Schluck.

»Leni, du kennst doch Frau Sommer, oder?«

Ein Kopfkissen verfehlte mich und den Becher nur knapp.

»Das war ja klar, Müller, dass du keine zwei Minuten ohne Machospruch auskommen kannst«, schimpfte Leni ohne große Überzeugungskraft.

Ein Blick auf Lenis Wecker verriet mir, dass ich nicht mehr allzu viel Zeit hatte, wollte ich mich noch ordentlich auf unseren Besuch bei von Erbe vorbereiten. Nach dem Genuss des Nicaragua-Solidaritäts-Kaffees schlug ich die Decke beiseite, schnappte mir meine Klamotten und ging zum Bad. Den Flur durchquerend hörte ich Geräusche hinter Trudes Tür und bemerkte, dass sie geöffnet wurde. Auf eine Begegnung mit ihr konnte ich gut verzichten, weshalb ich mich abdrehte und meine Schritte Richtung Bad beschleunigte.

»Vergiss nicht abzuziehen, bevor du wieder rauskommst«, rief mir Trudes Stimme hinterher, die so gar nicht nach Trude klang, sondern mir sehr vertraut war. Ich drehte mich um.

»Kraschno? Ach, was!« Da stand der leibhaftige Kraschno in Unterhose mit einem Bündel Bekleidungsstücke unter dem Arm und seinen Stiefeln in der Hand im WG-Flur und grinste.

»Mark? Ach, nee! Was macht die schwere Seminararbeit? Alles im Griff?«

»Alles im Griff, wie immer! Und deine Zonentante?«, fragte ich und blickte überdeutlich auf Trudes Zimmertür, die Kraschno soeben wieder geschlossen hatte. »Alles im Griff?«

»Alles im Griff, wie immer!«, erwiderte Kraschno und erfüllte den WG-Flur weiterhin mit seinem Grinsen.

Ich verdrehte die Augen. Aber dies war nicht der Ort für Debatten irgendwelcher und schon gar nicht dieser Art.

»Treffen wir uns in zehn Minuten auf der Straße und gehen was frühstücken?«, schlug ich vor.

»Gemacht!«, sagte Kraschno und steckte sich eine Zigarette in den Mund.

In Windeseile war ich im Bad fertig, ging zum Abschied in Lenis Zimmer zurück und nahm sie in den Arm.

»Sobald wir sicher wieder draußen sind, lasse ich dir eine Nachricht zukommen, okay?«, beschloss ich unsere Begegnung, gab ihr einen flüchtigen Kuss und ging zur Tür.

»Und wenns schief geht, auch«, ergänzte ich lachend.

Ich stand leicht fröstelnd auf der Straße, rauchte und wartete auf Kraschno. Heute sollte es endlich losgehen! Kurz stieg die alte Präaktionsparanoia in mir auf, aber ich hatte meine Nerven einigermaßen im Griff und dachte, sozusagen als Motivationskrücke, schon vor dem Frühstück an nicht weniger als sechs unmögliche Dinge:

Erstens: An einen Trank, der mich unbesiegbar macht
Zweitens: An einen Kuchen, der schmeckt
Drittens: Dass es Beuteltiere gibt, die sprechen können
Viertens: Dass es Katzen gibt, die ihre Dosen selber öffnen
Fünftens: Es gibt die Person Leonie Dampfer-Bott
Sechstens: Wir können den Imperialismus schlagen

Als ich damit fertig war, kam Kraschno, merkwürdig das rechte Bein nachziehend, aus dem Hauseingang.

»Was hältst du vom Schwarzen Café?«, fragte ich ihn.

»Gute Idee, Mann«, stimmte Kraschno zu, während wir schon in Richtung Oranienstraße gingen. Er schüttelte hektisch den rechten Fuß und trat dann energisch dreimal auf.

»Was ist denn mit dir los? Hat Trude irgendwelche Kunststücke von dir verlangt oder haste schlecht gelegen und deshalb jetzt nen Krampf unter der Socke?«

»Nee, Scheiße, ich weiß auch nicht. Ich hab irgendwas im Schuh«, blieb er stehen und fing an sich mitten auf dem Trottoir den rechten Stiefel auszuziehen.

Ich hielt ebenfalls an und beobachtete das Geschehen. Kraschno schüttelte vehement seinen hellbraunen Lederstiefel aus, aber nichts kam heraus. Dafür klebten eine braune Masse und rot glitzerndes Stanniolpapier an seiner rechten Socke. Inzwischen steckte seine rechte Hand tief in seinem Schuh und er schrie auf.

»Iiieeh, nee, die ist doch irre, die Alte, die hat mir nen Schokoladen-Nikolaus in den Stiefel gesteckt! Ach, nee, was für eine Scheiße!« Mittlerweile war nicht nur seine weiße Tennissocke, wie konnte man nur so etwas Grauenhaftes anziehen, braunverschmiert, sondern auch seine rechte Hand sah eher unappetitlich aus, was auch nicht wirklich besser wurde, als er anfing, sie sich an der Hose abzureiben.

»Ist doch ein netter Zug von Trude, so zu Nikolaus, oder?«

»Hör bloß auf. Bin ich vier und geh noch in den Kindergarten?«, fragte er und zog sich seinen Latschen wieder an.

»Also, wenn ich Trude wär …«

»Halt jetzt bloß die Klappe!«, unterbrach Kraschno meine Transformationsphantasien.

Gleich auf den ersten Metern der Oranienstraße konnten wir ein Taxi anhalten, welches uns nach Charlottenburg bringen sollte. Das Taxi, ein alter Mercedes 180 D vom Anfang der 1960er Jahre, trug noch das inzwischen selten gewordene traditionelle

Schwarz der Taxen und nicht das neue Hellelfenbein. Die junge Fahrerin präsentierte sich mit einer roten Mütze mit weißem Pelzbesatz, welche an der Spitze eine weiße Bommel mit einem kleinen goldenen Glöckchen zierte. Über dem weißen pelzbesetzten Rand stand *Ho Ho Ho*, was vermuten ließ, dass es sich hier um eine Weihnachtsmütze handelte, die eine verfrühte Verwendung fand. Kraschno und ich brachen unwillkürlich in Lachen aus. Es war im Vorfeld eine diskutierte Variante gewesen, dass wir, ob des Datums, von Erbe im Nikolaus- beziehungsweise Knecht-Ruprecht-Kostüm unsere Aufwartung machen könnten.

»Na, ihr seid ja schon gut drauf«, meinte die Weihnachtsmütze und reichte uns ein Plastikgefäß voller kleiner Schokoladennikoläuse auf die Rückbank. »Da! Ihr könnt euch einen nehmen.«
Ich bedankte mich artig, alldieweil Kraschno sich noch immer etwas reserviert gegenüber dem Mann im roten Mantel zeigte.
Ich bat die Taxifahrerin, schon am Beginn der Kantstraße zu halten, um die paar hundert Meter bis zum Schwarzen Café zu Fuß laufen zu können und noch einmal nach möglicher Observierung Ausschau zu halten. Wir wechselten zunächst die Straßenseite und liefen auf der dem Theater des Westens gegenüberliegenden Straßenseite in Richtung Zielort. Hier passierten wir mehrere mit hellen bunten Lichtern verunzierte einstöckige Barackenbauten, die das neue Schaufenster des Westens waren. Im Gegensatz zum KaDeWe waren diese Peepshows kostenpflichtig. ›Eine Minute, eine Mark‹ lautete die einfache Formel. Einige kleinere Gruppen ausschließlich männlicher, blasser, westdeutscher Oberschüler aus provinziellen Orten, die dergleichen nicht zu bieten hatten oder zuließen und die sich auf von der Bundesregierung subventionierten Abschlussfahrten befanden, die ihnen das Hirn mit staatlicher Propaganda vernebeln und das Drama der deutschen Teilung vor Augen führen sollten, die sich aber dann doch mehr für Saufen ohne Sperrstunde und Muttis Atemkontrolle, als für den Checkpoint Charlie und die Mauer interessierten, drückten sich unschlüssig, in den feuchten verkrampften Fäusten zuvor eingewechselte Eine-Mark-Stücke mit sich tragend, in der Nähe der

Eingänge herum. Ich wurde mitleidig und wünschte ihnen, dass sie nicht den Mut aufbringen würden, hineinzugehen, um ihnen diese würdelose und traurige Zurschaustellung weiblicher Körper zu ersparen, die der freie Westen hier für sie bereithielt. Vielleicht blieben ihnen damit ein Stück Unschuld und einige naive Illusionen über die Natur der zwischengeschlechtlichen Beziehungen jenseits des Konzepts der romantischen Liebe noch eine Zeit lang erhalten.
Soweit wir das registrieren konnten, um einmal wieder auf das Wesentliche zurückzukommen, war von irgendwelcher Beschattung nichts zu sehen. Im Schwarzen Café herrschte auf den ersten Blick gähnende Leere. Die meisten Frühstücksgäste schienen um diese Uhrzeit schon durch zu sein und für einen Nachmittagsbesuch war es noch zu früh. Wir verzogen uns in den ersten Stock, versorgten uns mit Tageszeitungen und stellten fest, dass nur noch ein weiterer Tisch im hinteren Teil dieser Etage besetzt war, an dem zwei Frauen und ein Typ rumhingen, die das Outfit zum neuesten Musiktrend spazieren trugen. Schwarzgefärbte Haare und Klamotten, sie mit schwarzlackierten Fingernägeln, er mit Kajalstift geschminkt. Den bleichen Teint hatten sie sich vermutlich bei einer durchgemachten Nacht erworben. Wir wählten einen strategisch gut platzierten Tisch im vorderen rechten Bereich, der uns sowohl weitestgehend alle anderen Tische, als auch das Geschehen auf der Kantstraße beobachten ließ.
Aus der Frühstückskarte, die als günstigstes Angebot das ›Schwarze Frühstück‹, eine Gauloises und eine schwarze Tasse Kaffee, führte, wählten wir reichlich und großzügig aus. Ein leerer Bauch studiert nicht nur nicht gern, er macht auch Fehler. Von einer Henkersmahlzeit wollte keiner sprechen. Die Anspannung kurz vor dem Einsatz war auch so greifbar. Jeder spürte sie für sich. Da brauchte man nicht drüber zu reden. Also sprach ich das andere, weniger verfängliche Thema an, welches unser ungeplantes Zusammentreffen in der WG von Trude, Leni, Fritz und den anderen Genossen betraf.

»Kraschno, ich wusste gar nicht, dass du mit Trude verwandt bist. Sie ist also deine Tante? Väterlicher- oder mütterlicherseits? Und wie ist ihr so schnell der Umzug vom Prenzlauer Berg nach Kreuzberg gelungen?«

»Und die Prinzessin von und zu Hohenblabla und Dingsbums ist deine Kommilitonin, verehrter Herr Student, oder wie war das noch?«

»Naja, die Referatsgruppe hat sich in Kreuzberg getroffen und als wir fertig waren, sind wir noch ums Eck in ne Kneipe und da hab ich halt zufällig Leni getroffen.«

»Leni, zufällig?«, dehnte Kraschno und schaute, als würde ich ihn gerade von der Auferstehung des Leibes überzeugen wollen. »Und das, wo sie Teil der Aktion geworden ist?«

»Ja! Zufällig!«

»Und immer, wenn du zufällig Leni triffst, dann pennst du auch gleich mit ihr, oder wie?«

»Bei ihr, wenn überhaupt. Und ich weiß echt nicht, was du dich hier aufpumpst! Du erzählst mir, du besuchst noch deine Tante im Osten und ich treffe dich am nächsten Morgen in der Radio-WG, wie du aus Trudes Zimmer stolperst. Trude, also echt Kraschno, das geht doch gar nicht.«

»Alles, was Beine hat, kann gehen.«

»Ach nee, du altes Chauvi-Schwein.«

»Wenn du es sagst«, meinte Kraschno und hämmerte intensiv auf sein Frühstücksei ein.

Beim Rauchen nach dem Frühstück widmeten Kraschno und ich uns noch einmal kurz den möglichen Friktionen unseres heutigen Einsatzes.

»Gibt es eigentlich irgendeinen zwingenden Grund, die Aktion von der Naumann-Bude aus zu starten oder haben wir alles, was wir brauchen, dabei?«, wollte Kraschno wissen. »Vielleicht ist es besser, da vor dem Einsatz gar nicht mehr aufzutauchen.«

»Wieso?«

»Nur so ein Gefühl.«

Ich dachte nach.

»Wie ich dich kenne, hast du Skimütze und Handschuhe dabei, oder?«

»Logen.«

»Gut. Ich auch. Unser Walkie-Talkie, das Werkzeug, die Pudelmützen und Brillen, das Transparent und die Spraydosen bringt uns Bosco mit, also wüsste ich keinen Grund, warum wir unbedingt vorher noch nach Schöneberg müssten.«
Kraschno schaute auf die Uhr.

»Okay, dann können wir hier ganz entspannt noch ein Stündchen abhängen und gehen dann von diesem Laden aus zu Fuß zum Treffpunkt. Was meinste?«, fragte Kraschno eher rhetorisch nach. Die Sache war eigentlich schon beschlossen. Ich stimmte zu und ging ins Erdgeschoß, um den Lesestoff noch einmal zu erneuern. Als ich wieder an unserem Tisch stand, fiel mir siedend heiß Frau Siebenhandel ein.

»Kraschno, ich hätte beinahe unsere Türöffnernummer vergessen. Ich hoffe, dass gleich die erste Option mit der Siebenhandel funktioniert.«

»Das hoffe ich auch. Haste 20 Pfennig parat?«

»Keine Sache«, antwortete ich und begab mich zu einer Telefonzelle in unmittelbarer Nähe vom Schwarzen Café.
Das Glück war auf meiner Seite und ich konnte Frau Siebenhandel den kurzen Besuch der Mechaniker Schulz und Ullmann der Firma Berliner Elektroanlagen im Auftrag der BEWAG ankündigen, um dann wieder zur Lesestunde zurückzukehren.

Nach einer Stunde, die sich wie vier angefühlt und in der ich unkonzentriert und sinnlos in irgendwelchen Zeitschriften geblättert hatte, war es endlich soweit: Wir bezahlten und brachen auf.
Die kalte Luft draußen und die Bewegung auf der Straße taten mir gut. Meine latente Nervosität verflog für den Augenblick und ich hing meinen Gedanken nach, als wir schweigend durch Charlottenburgs Straßen stapften. Die Dämmerung setzte ein und ich vermisste irgendetwas im Straßenbild Westberlins. Auch wenn ich keinen Adventskalender besaß, so wusste ich doch, dass heute Nikolaustag war. Schließlich hatte sich doch auch der ganze beschissene Justizapparat bewusst diesen Tag zur Weihnachtsfeier ausgesucht. Es waren die Kinder, die sich verkleidet und begeistert dem Nikolauslaufen

widmeten, die fehlten. Ich sah mich vergeblich nach ihnen um. Auch vor einschlägigen Orten wie Bäckereien und Lebensmittelgeschäften konnte ich keine entdecken. Da kam mir in den Sinn, dass dieses vielleicht nur eine lokale Sitte meiner Heimat war und es mir bis heute nicht aufgefallen war, dass derlei Treiben in Berlin gar nicht stattfand. Wie konnte das mir, der ich doch in meinem Selbstbild der größte Beobachter und Ethnologe seit Menschengedenken war, passieren? Aus meinem episodischen Gedächtnis stiegen Erinnerungen an die glücklichen Momente des Nikolauslaufens hervor, zum Beispiel, wie uns nach dem Aufsagen einer kurzen Reimstrophe die mitgeführten Säckchen mit Keksen, Obst, Bonbons oder anderem Naschwerk gefüllt wurden.

Sunnerklaus, de grote Mann
Kloppt an ale Dören an,
Lütte Kinner bringt he wat,
Grote steckt he in'nen Sack.

Mir wurde wehmütig zumute, als ich in die hell erleuchteten, aber kinderlosen Geschäfte blickte. Würde ich jemals wieder so eine Freude über Kleinigkeiten empfinden können, wie damals beim Sunnerklauslaufen? War mein Leben nicht der totale Irrweg, der mich von Glücksgefühlen, wie ich sie gerade erinnerte, davontrug in eine unbekannte, aber zweifelsohne überwiegend freudlose Zukunft?

Ick bün so'n lütten König.
Giff mi nich to wenig,
Loot mi nich to lange stohn,
Denn ick mutt noch wieder goon.

Meine Augen wurden feucht. Beinahe hätte ich losgeheult, aber dank der Anwesenheit von Kraschno und der wiedereinsetzenden Fixierung auf die Operation Band 16 konnte ich diesen Anfall von Selbstmitleid unterdrücken und jedwede Peinlichkeit vermeiden.

Nach einer knappen Viertelstunde trafen wir am vereinbarten Treffpunkt ein. Bosco erwartete uns schon und übergab uns eine Reisetasche mit allen notwendigen Materialien, deren Inhalt Kraschno, insbesondere was das Werkzeug und das Walkie-Talkie betraf, überprüfte.

»Geiles Teil«, meinte er zu unserer Neuerwerbung und stopfte sich das Gerät in die Innentasche seiner Lederjacke.

»Von Erbes Frau ist vor 20 Minuten mit einem Taxi weg und die Lage am Objekt ist ruhig, hat Hendrik gemeldet«, berichtete Bosco.

»Und im Café Kranzler? Alles im Plan?«, wollte ich von Bosco wissen.

»Ja, scheint eine angeregte Unterhaltung zu sein. Leni hat mir das verabredete Zeichen gegeben.«

»Eichelhäher?«, unterbrach Kraschno an Bosco gerichtet.

»Nebelkrähe«, bestätigte Bosco und deutete auf seine Manteltasche.

»Na, dann«, sagte Kraschno und nahm die Reisetasche an sich.

»Viel Glück«, wünschte Bosco.

»Wird schon«, versicherte ich, und so verließen wir den Treffpunkt in entgegengesetzten Richtungen. Ich entnahm der Tasche zwei schwarze Pudelmützen und die Pseudobrillen vom Deko-Behrendt und reichte Kraschno seine Utensilien wortlos weiter. Im Gehen wurden die Dinger aufgesetzt.

Wir waren jetzt noch knappe fünf Minuten von von Erbes Haus entfernt. Ich fühlte mich nicht wirklich wohl. Mein Herz schlug schneller. Eine diffuse Paranoia stieg in mir hoch. Angst irritierte das vegetative Nervensystem. Die Atmung drohte außer Kontrolle zu geraten. Mensch, reiß dich zusammen, du Idiot! Genau deshalb hast du doch, verdammt nochmal, die Hölle deiner Kindheit überlebt. Genau deshalb hast du Tränen, Rotz, Blut, Schläge und Scham immer wieder heruntergeschluckt. Und überlebt! Bist immer wieder aufgestanden. Immer wieder. Genau für einen Tag wie heute. Endlich wieder einmal sauber zurückschlagen! Ihnen all die Teppichklopfer, die Kleiderbügel, die Kochlöffel, die Schürhaken, die Polizeiknüppel in die Fresse schieben, damit sie daran ersticken. Den Schweinen, den Faschisten und den Völkermördern soll für jeden toten Vietcong, für jeden toten Genossen, für jeden ihrer unzähligen feigen Schläge ein nettes persönliches Rachegericht serviert werden. Heute sollte es keinen Feiertag für die dumpfen Schlägerbanden in Uniform geben, heute nicht! ›Vorwärts im Kampf, niemals zurück!‹ Das ist doch dein Motto, oder? Also, hör auf zu zittern! Auf gehts! Kämpf, du Gurke!

»Ich glaube, ich muss mal zur Kur. Dieser permanente Stress greift auf Dauer mein Nervensystem an«, sagte ich zu Kraschno, um mit einer ironischen Bemerkung ein wenig Spannung abzubauen.

»Sag ich doch. Wir werden nicht jünger. Kur ist doch eine gute Sache. Systemimmanente Vorsorge. Teil einer Doppelstrategie. Scheint ja so langsam bei dir anzukommen«, antwortete Kraschno offensichtlich frei von jeder Ironie.

So hatte ich meine Bemerkung zwar nicht verstanden wissen wollen, aber ich wurde sogleich etwas ruhiger.

Keine zweihundert Meter vor unserem Zielort, wir waren bereits in der Sybelstraße, stellte sich Kraschno in eine Toreinfahrt und nahm das Walkie-Talkie zur Hand.

»Eichelhäher an Nebelkrähe, Eichelhäher an Nebelkrähe.«

Es knarrte und krächzte dabei in einer Lautstärke, dass ich unnötige Aufmerksamkeit befürchtete.

»Nebelkrähe an Eichelhäher, bin in Position. Die Sicht ist gut, keine Störungen in der Atmosphäre«, hörte ich Boscos Stimme.

Er sollte in seiner abgestellten, aber nicht bei der Taxizentrale angemeldeten Droschke den Polizeifunk überwachen und uns für den absoluten Notfall aus dem Viertel herausbringen.

»Okidoki. Ende.«

Und die Funkgeräusche gingen weiter:

»Eichelhäher an Blaumeise, Eichelhäher an Blaumeise.«

»Blaumeise an Eichelhäher«, kam Hendriks Stimme zurück. »Das Nest ist leer, keine Besonderheiten im Revier.«

Hendrik hatte schon längere Zeit das Umfeld von von Erbes Haus im Blick und sollte während der ganzen Aktion unser Auge und Ohr auf der Sybelstraße sein.

»Supi. Okidoki. Ende«, beendete Kraschno das Funkgezwitscher. Das hieß nun für uns: grünes Licht!

Wir gingen zielstrebig weiter. Mein Herz schien in meinem Hals zu schlagen. Schon von weitem war der Wachpolizist zu sehen, der an seinem Dienstfahrzeug, einem alten VW Käfer, lehnte und rauchte. Wir grüßten ihn beiläufig, in dem wir ein militärisches Salutieren andeuteten und uns an die rechte Schläfe tippten. Der Bulle nickte uns zu. Wir klingelten bei Siebenhandel. Die Wechselsprechanlage knarzte:

»Ja, bitte.«

»Berliner Elektroanlagen für die BEWAG. Wir hatten angerufen. Ullmann und Schulz.«

»Jaha. Momentchen, bitte.«

Der Türöffner summte. Wir stiegen das Vestibül hoch. Frau Siebenhandel stand schon in der geöffneten Tür. Sie hatte die Wohnung ganz links, also genau gegenüber von der alten Schneider. Frau Siebenhandel hatte auch schon einiges an Jahrzehnten hinter sich gebracht und war offensichtlich ein Mitmensch von der freundlichen Sorte.

»Guten Tag, die Herren! Gut, dass Sie angekündigt worden sind. Man traut sich ja gar nicht mehr die Tür aufzumachen, bei der ganzen Kriminalität und den Ausländern da draußen«, sagte sie, klang dabei aber kein bisschen besorgt oder ängstlich.

»Nicht wahr«, bestätigte ich. »Es geht ganz schnell, Frau Siebenhandel. Nur ein kurzer Check Ihres Stromzählers und wir sind schon wieder weg.«

»Er hängt hier gleich im Flur hinter der Tür, die Herren«, sang sie und öffnete einen kleinen Holzkasten, in dem sich neben dem Zähler noch zahlreiche recht antiquiert anmutende Sicherungen verbargen.

Kraschno trat an den Kasten und murmelte Unverständliches in den nicht vorhandenen Bart. Dann nahm er, und das fand ich schon etwas respektlos, das Walkie-Talkie aus der Jacke, schaltete es ein, was dieses mit Knurren und Knarren kommentierte, und fuhr damit wie mit einem Tricorder aus Star Trek, uns unter dem Titel Raumschiff Enterprise präsenter, scheinbar etwas prüfend über den Stromzähler, um anschließend zu resümieren:

»Alles in Ordnung mit Ihrem Gerät, Frau Siebenhandel. Dann sind wir schon bei Ihnen fertig.«

»Ach, wie schade! Ich bekomme selten Besuch. Wollen Sie nicht noch auf einen Kaffee bleiben?«

»Oh, bloß nicht«, stieß Kraschno fast panisch hervor, »damit haben wir ganz schlechte Erfahrungen gemacht.«

Ich warf ihm einen vorwurfsvollen Blick zu und korrigierte schnell.

»Mein Kollege meint, dass wir das nicht dürfen. Von der Firma aus. Und dass wir deswegen in der Vergangenheit schon ne Menge Ärger bekommen haben.«

Frau Siebenhandel schien enttäuscht, zeigte sich aber trotzdem verständnisvoll.

»Das möchte ich natürlich unter gar keinen Umständen, dass Sie Ärger bekommen.«

»Das ist nett von Ihnen«, gab ich zurück und schob Kraschno aus der Tür. »Wir haben noch mehr Kunden im Haus. Sie verstehen. Einen schönen Tag noch, Frau Siebenhandel.«

Hinter uns wurde die Wohnungstür geschlossen und wir stiegen die zwei Stockwerke zu den von Erbes hinauf. Ich fragte mich, ob es bei der Herzschlagfrequenz einen Maximalwert gibt, an dem das ganze System auf Tilt stellt. Falls ja, war ich kurz davor, diesen Moment zu erreichen. Pudelmützen und Brillen wanderten zurück in die Reisetasche. Wir zogen unsere

Handschuhe über. Kraschno stellte die Reisetasche ab und begann, geeignetes Handwerkszeug herauszusuchen. Ich war noch nie irgendwo eingebrochen, dennoch trat ich an die Tür und versuchte mich mit einem Trick, den mir Tischler Raul beigebracht hatte. Ich legte meine beiden Hände auf den Rahmen des hinteren Teils der Flügeltür unmittelbar neben der Stelle, an der der vordere Teil das Ensemble abschloss und lehnte mich mit angewinkeltem linken Arm und Schulter dagegen. Dann konzentrierte ich mich kurz und gab mit voller Kraft einen Stoß auf diesen Teil des Türrahmens ab. Ein knackendes Geräusch von splitterndem Holz war die Antwort. Kraschno schaute hoch. Wir warteten einen Moment, ob es wegen des Geräusches zu vernehmbaren Aktivitäten im Treppenhaus kam. Dann warf Kraschno ein Stemmeisen zurück in die Reisetasche.

»Sag doch gleich, dass du die Hausschlüssel gar nicht vergessen hast«, meinte er leicht genervt und ging, sich die Skimütze überziehend, die nur seine Augenpartie freiließ, in die Wohnung. Das tat ich auch und schloss leise die Tür, soweit man diese mit dem herausgebrochenen Schloss noch schließen konnte.

Wir gingen schnell durch alle Räume der Wohnung, um sicher zu sein, dass uns die von Erbes nicht noch ein weiteres Familienmitglied, eine senile, dafür umso wohlhabendere Erbtante etwa, eine steuerlich nicht angemeldete türkische Putzfrau oder ein streunendes Haustier hinterlassen hatten. Dass das Paar keinen Hund sein Eigen nannte, war eine glückliche Fügung. Die Wohnung war weitläufig, die Räume erschienen mir riesig. Das mussten über 250 Quadratmeter sein, dachte ich. Schnell war klar, in der Bude befanden sich außer uns beiden keine Lebewesen. Nicht einmal ein Goldfisch oder ein Kanarienvogel. Kraschno fingerte eine Spraydose aus der Reisetasche und begann den langen Flur ohne Rücksicht auf Einrichtungsgegenstände oder Dekorationselemente zu beschriften. ›Es gibt keinen sicheren Platz‹ für die eine Seite des Flures und für die andere Seite ›zwischen Anschlag und Mündungsfeuer‹. Ich begab mich in das Arbeitszimmer auf der Suche nach interessanten Entdeckungen und sah mich zunächst in aller Ruhe um. Eine riesige Bücherwand aus edlem Holz dominierte den Raum. Eine erste Enttäuschung war auch unübersehbar: Statt den nach Presseberichten zu erwartenden Aktenbergen bot sich dem Betrachter ein extrem aufgeräumter Schreibtisch. Außer einem Bild von Lydia aus besseren Tagen und einer weiteren Geschmacklosigkeit, er hatte doch tatsächlich eine gerahmte Aufnahme von sich selbst in der Uniform irgendeiner Burschenschaft da stehen, hätte ich Zeit gehabt, hätte ich gekotzt, machte es den Eindruck, als stünde der Schreibtisch hier mehr aus repräsentativen Gründen, als um Anfällen von Arbeitswut seines Besitzers zu dienen. Es war ein massives Teil, Typ deutsche Eiche, und besaß zu beiden Seiten große Schreibtischschränke. Ich ließ mich auf dem Schreibtischstuhl nieder, der mehr so ein Schaukelstuhlgefühl vermittelte. In der linken Schranktür steckte ein Schlüssel. Ich öffnete die Tür. Mist: keine Akten! Er enthielt ein Sammelsurium an Kugelschreibern, Bleistiften und anderen Schreibutensilien, Schreibpapier unterschiedlicher Qualität, Kohle- und Durchschlagspapier, Briefumschläge verschiedener Größe, gebrauchte und neue Farbbänder, wobei ich eine dazugehörige Schreibmaschine im Raum nicht entdecken konnte. Alles unspektakulär und gewöhnlich. Die rechte Schranktür war verschlossen. Der Versuch, den Schlüssel von der linken Seite zum Öffnen zu verwenden, scheiterte. So langsam wurde ich unruhig. Ich wollte schnelle Erfolge, um keine Sekunde mehr als nötig in der Unterkunft des Herrn Oberstaatsanwalt zu verweilen. Ich inspizierte nochmals die Schreibtischoberfläche und den linken Schrank auf der Suche nach dem Schlüssel. Nichts. Ich stand auf und ging in den Flur. Es roch angenehm nach frischem Lack. Kraschno war fast fertig.

»Und?«, fragte er nach.

»Noch nichts.«

Ich durchwühlte die Reisetasche und fand einen großen Schraubenzieher. Das müsste für die Schreibtischtür reichen. Kurz darauf splitterte wieder Holz. Die Tür war offen. Was war das für ein Zeug? Aktendeckel waren es nicht. Als erstes entnahm ich dem Schrank eine schwarze Ledermütze, deren Verwendungszweck ich zunächst nicht deuten konnte, sowie etwas wie eine schwarze Lackbadehose mit Öffnungen an ungewöhnlichen Stellen. Als nächstes hielt ich einen länglichen Gegenstand in der Hand, der wiederum hauptsächlich aus Leder bestand. Es war so eine Art Peitsche. So langsam dämmerte meinem Gehirn, das völlig auf Aktenmaterial aus den aktuellen politischen Prozessen fixiert war, auf was ich hier gestoßen war. Es handelte sich um von Erbes Spielzeugsammlung für sexuelle Abenteuer und persönliche Perversionen.

»Scheiße aber auch!«
Angeekelt ließ ich das Zeug fallen. Kraschno erschien in der Tür.

»Was ist denn los, Mann?«
Ich zeigte auf den Boden vor dem Schreibtisch.

»Weißt du, was ich hier entdeckt habe? Von Erbes Requisitenkammer in Sachen Sex! Aber sonst nichts Brauchbares.«

»Scheiße, das gibts doch nicht. Such noch mal weiter.«
Das tat ich auch, aber es wurde nicht besser. Pseudoschwänze aus Gummi in unterschiedlichen Härtegraden, aber allen Farben des Regenbogens, Handschellen mit und ohne Pelzbesatz, Gleitmittel, diverse Aphrodisiaka auf Basis von Bibergeil, Spanischer Fliege und Hawaiianischer Holzrose oder allem zusammen. Etwas weiter hinten im Schrank ein großer Stapel an Kassetten. Es handelte sich um eine größere Sammlung an Super-8-Filmen einschlägigen Inhalts. *Hurra, die Schwedinnen sind da, Drei Schwedinnen in Oberbayern, Unterm Dirndl wird gejodelt, Schulmädchenreport – Was Eltern nicht für möglich halten, Blutjunge Verführerinnen 3, Jagdrevier der scharfen Gemsen* und *Die erotischen Abenteuer des Robinson Crusoe.*
Ich knallte das Zeug auf den Boden. Das durfte doch echt nicht wahr sein! Statt brisanter Akten zu den aktuellen politischen Prozessen fielen mir stapelweise Softporno-Filmchen der schwachsinnigsten Sorte aus der Produktion der letzten zehn Jahre in die Hände. Auch Kraschno schaute erschüttert.

»Wo hat der diesen ganzen Müll her? So was kriegste doch nur noch bei Typen wie Harry Jaksch«, kommentierte er fassungslos.

»Ob seine Alte weiß, was er hier so hortet? Warum hat er das Zeug so gut gesichert?«, fragte ich nur so dahin.

»Vielleicht ist sie noch Jungfrau und er will sie nicht mit den Realitäten des Lebens konfrontieren«, meinte Kraschno verständnisvoll.

»Wie auch immer. Frau von Erbe wird ins Bild gesetzt«, sagte ich, nahm einiges von dem Lack-Leder-Gummi-Zeugs, trug es ins Schlafzimmer und legte es Lydia auf das Kopfkissen. Aufgrund des Umstandes, dass auf dieser Seite des Doppelbetts der Nachtisch mit Kosmetika vollgestellt war, schloss ich, dass es ihre Seite sein musste. Und wo ich schon einmal hier war, musste nun auch das

Hundekotimitat, welches ich bei Deko-Behrendt mitgenommen hatte und seitdem mit mir herumtrug, zum Einsatz kommen. Ich entfernte die Plastikverpackung und legte es der Hausherrin unter die Bettdecke.

Zurück im Arbeitszimmer hatte sich Kraschno die Schubladen eines edlen Mahagoni-Sekretärs vorgenommen, der in einer Ecke des Raumes stand.

Ich interessierte mich für einen etwas größeren Schrank, der gut und gerne als Depot für Akten dienen konnte und ebenfalls verschlossen war. Mit dem Schraubenzieher konnte ich ihn zügig öffnen.

»Mein Gott, was für eine Scheiße«, stöhnte ich, als mir eine aufgeblasene Plastikpuppe entgegenfiel, die eine nackte Blondine mit üppigen Brüsten darstellen sollte, der ein roter durchsichtiger Seidenschal um den Hals gelegt worden war.

Für weitere Äußerungen der Enttäuschung oder der moralischen Entrüstung sollte mir keine Gelegenheit mehr bleiben. Es knisterte in Kraschnos Lederjacke und Hendricks Stimme erfüllte von Erbes Arbeitszimmer.

»Blaumeise an Eichelhäher, Blaumeise an Eichelhäher. Achtung! Achtung! Das Nest wird wieder besetzt.«

Kraschno riss das Walkie-Talkie aus der Jacke und vergaß jegliche Funkdisziplin.

»Was zum Teufel ist da unten los?«

Auch Hendrik wurde nun hektisch. »Die Alte ist im Anmarsch. Sie sitzt noch im Taxi, das steht aber schon vor der Tür.«

»Ach, du heilige Scheiße, warum das denn?«, war meine überflüssige Frage.

»Frauen«, war Kraschnos ebenso überflüssige Antwort.

»Los, Kraschno, noch schnell die Transparente. Jeder eins. Ich nehme den Balkon, du die großen Wohnzimmerfenster. Und halt Kontakt zu Hendrik.«

Ich griff mir eine kleine schwarze Kladde, einige Leitzordner, die fein säuberlich mit dem Wort *Kontoauszüge* bzw. *Steuer* beschriftet waren und ganz unten in von Erbes Bücherregal standen, schoss mit ihnen zur Reisetasche, holte ein Transparent raus und stopfte das Zeug rein. Mit meinem Transparent das ›Freiheit für die Agit-Drucker und alle politischen Gefangenen‹ forderte, rannte ich auf den Balkon und verhedderte mich in meiner Hektik beim Entfalten des riesigen Stofflappens. Ich blickte nur kurz nach unten. Das Taxi stand noch vor dem Hauseingang. Neben mir gingen die Fenster auf und Kraschno entrollte und befestigte das Transparent ›Hier wohnt ein Menschenschinder und Schreibtischtäter‹ in großer Eile. Ich hörte Hendrik durch das Walkie-Talkie sagen: »Nun steigt sie aus. Geht zum Hauseingang.«

Ich beschleunigte meine Anstrengungen. Irgendwie gelang es mir, das Transparent anständig an dem leeren Gestänge für Blumenkästen zu befestigen. Ich stolperte wieder in die Wohnung und traf im Flur auf Kraschno, der ebenfalls fertig war.

»Sie ist jetzt im Haus!«, rief Hendrik aus dem Funkgerät.

»Und nun?«, fragte Kraschno durch seine Sturmhaube.

»Vielleicht schaffen wir es noch ins Stockwerk drüber«, überlegte ich und stürmte zur Wohnungstür, die ich vorsichtig öffnete, um im Treppenhaus einen schnellen Blick nach unten zu riskieren. Augenblicklich war ich wieder in der Wohnung und schüttelte mit dem Kopf.

»Keine Chance. Wir müssen improvisieren«, schoss es aus mir raus. Gleichzeitig riss ich mir die Skimütze runter und stopfte sie in eine Parkatasche.

»Los, runter mit der Haube. Behalt das Walkie-Talkie in der Hand. Wir spielen mal wieder Theater für die Hexe«, kam es hektisch von mir.

Kraschno befolgte die Anweisung, sah aber ziemlich unglücklich dabei aus.

Ich stieß die Wohnungstür auf und wartete dahinter auf Lydia von Erbe.

Keine fünf Sekunden später kam sie die Treppe hoch. Ich hatte ihr den Rücken zugedreht, sah Kraschno an, der etwas im Hintergrund stand und machte ihm ein beruhigendes Zeichen.

»Was ist denn hier los? Wer sind sie?«, kreischte sie los und wollte in die Wohnung stürmen.

»Keinen Schritt weiter. Das ist ein Tatort!«, herrschte ich sie an.

»Tatort? Ich wohne hier. Was soll das heißen?«, schrie sie hysterisch.

»Frau … Wer sind Sie? Können Sie sich ausweisen?«, fragte ich im scharfen Ton.

»Von Erbe! Ich bin Lydia von Erbe. Ich wohne hier!«

»Das sagten Sie bereits. Ausweis?«

Sie fingerte mit zittrigen Händen einen Personalausweis aus ihrer Handtasche und hielt ihn mir unwirsch entgegen.

»Geht doch«, sagte ich, warf einen flüchtigen Blick in das Ausweisdokument und reichte es zurück.

»Beruhigen Sie sich, Frau von Erbe. Siebers, Einbruchsdezernat. Mein Kollege, Borchert«, sagte ich auf Kraschno deutend, der zur Begrüßung stumm nickte. »Wir sind auch gerade erst eingetroffen, wurden von einer Nachbarin alarmiert. Setzen sie sich hier auf das Sofa«, bot ich ihr Platz auf einem Canapé neben der Garderobe in ihrer Wohnung an. Bitte nichts anfassen. Die Spurensicherung ist unterwegs.«

»Was, was ist denn nur passiert?«

»Tja, wissen wir auch noch nicht so genau«, sagte ich, da meldete sich ein panisch klingender Hendrik per Funk.

»Raus da, verdammt! Hier wird es gerade richtig übel. Geier, Schwärme von Geiern«, kam technisch verzerrt, aber klar verständlich aus dem Sprechfunkgerät in Kraschnos Hand.

Frau von Erbe schaute irritiert.

»Ruhig Blut, Kollege. Sind gleich bei euch«, sprach Kraschno dem Gerät zu und schaltet es ab.

Lydia guckte nun noch etwas verstörter.

Wir mussten hier weg und zwar sofort.

»Tja, die Kollegen, immer so nervös. Wir müssen mal schnell runter und sie beruhigen. Die Spusi ist doch gleich da, oder, Borchert?«

»Ja, ist gleich da«, bestätigte Kraschno.

»Okay. Bleiben Sie hier ruhig sitzen. Und bitte gehen Sie unter keinen Umständen ins Schlafzimmer, ja!«, versuchte ich letzte Anweisungen zu geben.

»Komm, Borchert«, forderte ich Kraschno auf und warf einen auffordernden Blick auf die Reisetasche.
Nur allzu bereitwillig nahm Kraschno die Tasche an sich und ging zur Wohnungstür hinaus.

»Was?«, schrie Frau von Erbe, »Sie wollen mich doch nicht im Ernst jetzt hier alleine lassen, oder?«

»Nein, nein, natürlich nicht. Die Kollegen sind gleich bei Ihnen«, versuchte ich sie zu beruhigen und ging durch die Wohnungstür.

»Und wir kommen auch gleich wieder«, rief Kraschno aus dem Treppenhaus.

»Sie spinnen wohl«, schrie Lydia und folgte uns ins Treppenhaus. »Wie lange soll das dauern?«
Ich hatte schon fast eine halbe Treppe geschafft. Ich blickte zu ihr hoch, zuckte mit den Achseln und schenkte ihr ein letztes Lächeln.

»Das Leben ist viel zu kurz, um lange zu dauern.«

»Sie Idiot«, brüllte Frau von Erbe mir hinterher.

Als ich wieder an Kraschnos Fersen klebte, hatte er das Walkie-Talkie bereits erneut in Betrieb.

»Eichelhäher ruft Nebelkrähe. Kannst du uns ausfliegen?«

»Negativ. Kein Ausflug möglich. Alles voller Geier«, krächzte Bosco aus dem Gerät.

»Scheiße«, rief ich. »Was ist da nur schiefgegangen. Ich verstehs nicht.«

»Ich auch nicht. Aber was richtig scheiße ist, Blaumeise antwortet nicht mehr«, keuchte Kraschno.

»Oh, nee. Was für ein Dreck«, stöhnte ich. »Bloß weg hier!«
Vorsichtig öffnete ich die Haustür, aber nur einen kleinen Spalt, und riskierte einen Blick nach draußen. Das genügte: Die Sybelstraße war kein möglicher Fluchtweg mehr. Sie war voller Polizeifahrzeuge.

33

Sei immer du selbst,
außer du kannst
Superman sein -
dann sei Superman!

Guter Rat

Ich zog Kraschno am Ärmel und zischte knapp: »Hinten raus! Plan B!«
Über die Mülltonnen als Aufstiegshilfe ging es zum Nachbarhinterhof, welcher bereits zur Roscherstraße gehörte. Nun über mehrere weitere Hinterhofmauern von Häusern, die zur selben Straße zählten, in Richtung Lehniner Platz. Das war ein wildes Geklettere und Gekrabbel über baufällige Mauern in der Höhe von Fußballtoren und mehr oder minder aufgeräumte Höfe. In Windeseile hatte ich mir beide Knie aufgeschlagen, etliche Prellungen an Armen und Beinen zugezogen und beim Sprung auf einen Haufen Sperrmüll landete ich so unglücklich auf dem hinteren Teil eines alten Bettgestells, dass ich mir das gesamte rostige Möbelstück in den Rücken rammte. Kurz wurde mir vor Schmerzen schwarz vor Augen, aber vollgepumpt mit Adrenalin spurtete mein Körper schon auf die nächste Hinterhofmauer zu. Nach dem vierten oder fünften Hinterhof wagten wir den Weg durch das Vorderhaus und blickten uns vor der Tür um. Die Roscherstraße schien noch frei von Bullen zu sein. Ein Konzert von Polizeisirenen aus der unmittelbaren Umgebung drang an unsere Ohren. Schnell gingen wir zum Lehniner Platz und strebten über den Kurfürstendamm, auf dem normales vorweihnachtliches Treiben herrschte, in Richtung Adenauerplatz. Gleich die erste Treppe hinunter zum U-Bahnhof war unsere. Wir rasten Richtung der Gleise runter und waren nicht unglücklich, dass in dem Moment, als wir den Bahnsteig erreichten, eine U7 in Richtung Rudow einfuhr. Wir stiegen ein. Jetzt hieß es erst einmal Luft holen.

»Oh Mann, Scheiße aber auch«, stieß ich, immer noch ziemlich außer Atem, hervor, als die U-Bahn planmäßig den Fehrbelliner Platz erreicht hatte. Und etwas leiser, damit kein anderer Fahrgast etwas verstehen konnte: »Was war das denn für ein Mist? Dass Madame da plötzlich auftaucht, kann ja eine Menge erklärlicher Gründe haben. Streit mit dem Gatten, plötzliche Übelkeit, irgendetwas vergessen, aber der Aufmarsch einer Armada von Bullen? Verstehe ich nicht.«

»Ja. Und sie hatte keine Ahnung. Ihr Erscheinen hatte hundertprozentig nichts mit dem Bulleneinsatz zu tun. Die lassen sie doch nicht ins Haus, wenn sie bei von Erbe Einbrecher, oder noch schlimmer, Terroristen vermuten.«

»Eben! Wenn wir nicht verraten wurden und auch den Bruch keiner mitbekommen hat, kann der Polizeieinsatz natürlich auch Zufall gewesen sein.«

»Zufall? So ein Aufmarsch? Unwahrscheinlich. Und was war zum Teufel mit Bosco los? Der sollte doch den Funk abhören. Da kommen doch nicht ein Dutzend Einsatzfahrzeuge ohne irgendeine Funkaktivität. Das gibt es doch auf keinem Dampfer!«

»Tja … Obwohl, das ist schon möglich. Dann war der Einsatz aber gezielt vorbereitet und galt mit einer gewissen Wahrscheinlichkeit uns.«

»Das würde dann passen«, stimmte Kraschno zu.

»Hendrik. Und was ist mit Hendrik? Hat er die Biege gemacht oder wurde er einkassiert? Das sollten wir so schnell wie möglich klären.«

»Und Leni? Was ist mit ihr?«, fragte Kraschno.

»Scheiße, ja, Leni. Wie müssen checken, was mit ihr ist.«

»Wir? Wir können jetzt nicht einfach ins Kranzler marschieren, Mark. Das ist doch wohl klar.«

»Stimmt. Aber es muss sofort jemand hin. Bleibt nur Bosco. Funk ihn an.«

»Die Dinger funktionieren hier unten nicht, außerdem könnte es Probleme mit der Reichweite geben, wir haben ja keine Ahnung, wo er jetzt steckt.«

»300 Dollar und dann Probleme mit der Reichweite? Scheiß Technik! Aber egal. Wir steigen die nächste Station aus und versuchen unser Glück.«

Der Zug hielt wenige Augenblicke später am Bayerischen Platz und wir stiegen aus.

Das Tageslicht hatte der Stadt inzwischen wieder den Rücken gekehrt und in einer ruhigen Ecke zog Kraschno das Walkie-Talkie aus der Jacke.

»Zuerst funke ich mal Hendrik an. Das ist einen Versuch wert: Eichelhäher an Blaumeise, Eichelhäher an Blaumeise!« Nichts als sphärisches Rauschen war die Antwort. Kraschno versuchte es erneut, aber nichts tat sich.

»Dann eben jetzt Bosco«, sagte Kraschno mürrisch.

»Eichelhäher an Nebelkrähe, Eichelhäher an Nebelkrähe. Kannst du uns hören?«

Die Antwort war wieder nur ein penetrantes Rauschen.

»Eichelhäher an Nebelkrähe: Bitte melden!«

Wieder nichts. Mein Gehirn suchte nach einer Lösung, wie wir Leni schnell aus der Aktion ziehen konnten, da krächzte das Ding fürchterlich und Boscos Stimme war undeutlich zu hören:

»Nebelkrähe an Eichelhäher. Alles in Ordnung? Wo seid ihr jetzt?«

»Eichelhäher an Nebelkrähe. Scheiß-Frage!«

Bevor es zu einer zeitraubenden und unproduktiven Auseinandersetzung zwischen Kraschno und Bosco kommen konnte, nahm ich Kraschno das Walkie-Talkie aus der Hand.

»Nebelkrähe, da sitzt ein Vogel im Café. Du weißt wo. Der muss da raus. Jetzt, sofort. Verstanden?«

»Nebelkrähe an Eichelhäher. Ich weiß nicht recht. Ist das jetzt nicht ein bisschen zu riskant für mich?«

»Eichelhäher an Nebelkrähe. Zu riskant? Spinnst du jetzt völlig? Du holst den Vogel da jetzt sofort raus! Ist das klar? Einheit in der Aktion! Du weißt noch, was das ist, oder? Verstanden?«

»Nebelkrähe an Eichelhäher. Verstanden.«

»Na, hoffentlich!«, sagte ich und gab Kraschno das Sprechfunkgerät zurück.

»Wo will der hin? Alternative Liste? Soll er machen, die Pfeife«, meckerte Kraschno.

»Und wo wollen wir jetzt hin?«, ging ich auf Kraschnos Bemerkung besser gar nicht erst ein, ich ärgerte mich viel zu sehr über Boscos Rumgeeiere. »In der Naumann-Bude sollten wir erst einmal besser nicht aufschlagen. Das muss erst gecheckt werden, ob die safe ist.«

»Und wer soll das machen? Spezialist Bosco etwa? Ich brauch meine Reisetasche, wenn ich zurückfahren will. Da ist alles drin. Reisepass, Fahrzeugschein, Autoschlüssel.«

»Schon klar. Da muss eine schnelle Klärung her. Hascher? Wollen wir versuchen, den zu aktivieren?«

»Nee, ich weiß nicht. Wir sollten niemanden nehmen, der potenziell die undichte Stelle sein könnte, für den Fall, dass unsere Aktion verraten wurde, finde ich.«

»Also jemand, der absolut keine Ahnung von der Operation Band 16 hat? Aber es muss auch jemand sein, der einerseits völlig integer ist und so eine Lage andererseits auch wirklich abchecken kann«, suchte ich in meinem Kopf nach möglichen Kandidaten. »Deine Tante aus Ost-Berlin?«

»Trude?«, brüllte Kraschno entsetzt auf. »Wie verzweifelt bist du denn?«

»Okay, Trude nicht. Und was hältst du von Freddie oder Marlis? Oder vielleicht sogar Penelope?«

»A zu viel Alkohol, B zu sehr Hippie und C zu viel Latzhose. Mark, die sind alle nicht die Richtigen.«

»Man kann dir heute aber auch nichts recht machen.«

»Wir brauchen jemanden, der nicht involviert ist, cool genug und so etwas diskret und trotzdem professionell abchecken kann.«

»Ja, schon, aber wer könnte das außer Hascher sein?«

»Du kennst hier die Leute, ich nur eine sehr beschränkte Auswahl.«

»Ich bleibe dabei. Hascher sollte unsere erste Lösung sein. Je nachdem, wie es mit ihm läuft, können wir immer noch weiterschauen.«

»Meinetwegen. Wie kommen wir jetzt am schnellsten an ihn ran?«

»Mansarde. Ist nur eine U-Bahnstation entfernt. Wir sind fast an der Martin-Luther-Straße, da können wir die Strecke auch gleich zu Fuß gehen«, setzte ich mich in Bewegung. »Und vielleicht erfahren wir auch etwas über Hendrik bei der Gelegenheit.«

»Ja, vielleicht. Vielleicht auch nicht.«

»Was mich allerdings an einer Hilfeleistung durch Hascher stört ist, dass er anschließend meine Adresse kennt«, sinnierte ich.

»Weiß er vermutlich ohnehin schon«, desillusionierte Kraschno und lag damit wahrscheinlich richtig.

Wir hatten gerade die Martin-Luther-Straße überquert und waren auf der Höhe des Amtsgerichts Schöneberg, da meldete sich das Walkie-Talkie wieder.

»Nebelkrähe an Eichelhäher. Nebelkrähe an Eichelhäher.«

»Ja. Eichelhäher hört«, sagte Kraschno.

»Das Nest war leer. Vogel fort. Präziser gesagt, beide Vögel fort«, hörten wir Boscos Stimme.

Kraschno schaute mich mit fragender Mine an. Ich nahm ihm das Gerät ab und gab Bosco eine neue Anweisung:

»Eichelhäher an Nebelkrähe. Danke. Verstanden. Bitte das Gezwitscher weiter beobachten. Ende.«

»Eichelhäher an Nebelkrähe. Verstanden.«

»Und was sagt uns das jetzt?«, fragte Kraschno.

»Absolut keine Ahnung. Im positiven Fall waren sie fertig und sind einfach gegangen. Im negativen Fall …« Ich beendete den Satz lieber nicht.

Es war ein unfreundlich kalter Ostwind, der durch die Straßenfluchten schoss, die vom abendlichen Feierabendverkehr heimgesucht wurden. Der Straßenverkehr wurde von uns kritischer als gewöhnlich beäugt. Unser Adrenalinspiegel lag immer noch weit über normal und das subjektive Gefühl, dass ganz Berlin nach uns suchte, war zwar vermutlich komplett paranoid, aber mit der Paranoia ist das bekanntlich so eine Sache. Wird man von ihr beherrscht, hält man seine eigenen Empfindungen, unbeschadet sich austobender Angstneurosen für objektiv und völlig regulär.

In der Mansarde saßen gewöhnlich eine Menge Experten in Sachen Paranoia, aber das war eine andere Geschichte. Einschlägiger Geruch schlug uns aus dem Halbdunkel entgegen, obwohl wir erst späteren Nachmittag hatten, als wir die Höhle betraten. Dave, Dee, Dozy, Beaky, Mick & Tich brachten mit ihrem hochphilosophischen Text *Zabadak* Sinnhaftigkeit in das Leben der versammelten Kiffer und Flippies. Die heutige Aktion war für uns keineswegs beendet, weshalb Entspannung mittels alkoholischer Flüssigkeiten vorerst leider entfallen musste. Rauchen durften wir natürlich.

»Machst du uns zwei Kaffee?«, bat ich die hennarote Zapferin und rückte uns zwei Barhocker am Tresen zurecht. Soweit wir es übersehen konnten, war Hascher nicht unter den wenigen Gästen.

»Ist Billy the Kid heute schon hier gewesen?«, fragte ich, als sie in zwei Tassen, die sie vor uns auf den Tresen geknallt hatte, Filterkaffee aus einer Glaskanne schüttete, deren Zustand in Sachen Reinlichkeit bei meiner Mutter einen mittleren Schreikrampf ausgelöst hätte. Die Hände der Bedienung waren, und da hätte meine Mutter gleich weiter motzen dürfen, über und über mit Hennatattoos verschönert.

»Sitzt hinten in seiner Ecke«, meinte sie und deutete mit dem Kopf in den dunkelsten Teil des Ladens.

Wir nahmen unsere Kaffeetassen und verschwanden im Halbdunkel. Hascher saß am hintersten Tisch und war durch einen Pfeiler im Raum so verdeckt, dass man ihn vom Tresen aus nicht sehen konnte. Vor ihm stand eine Flasche Bier ohne Alkohol, in den Händen hielt er ein nicht mehr ganz druckfrisches Superman-Batman-Comicheft, in das er entschlossen und konzentriert blickte, als ob er darin gerade die Lösung für alle Fragen des Lebens gefunden hätte. Bei diesem Anblick musste ich loslachen.

»Lieber guter Weihnachtsmann, schau mich nicht so böse an. Stecke deine Rute ein, ich will auch immer artig sein«, fiel mir dazu gewissermaßen tagesaktuell ein.

Hascher schreckte hoch.

»Was ist los?«

»Alles, was nicht festgebunden ist«, sagte Kraschno und ließ sich auf einem freien Sessel nieder. Für mich blieb ein wackeliger Holzstuhl ürbig.

»Ach, ihr seid es«, schien Hascher erst jetzt aus seiner Comicwelt zurückzukehren und griff zu dem Bier, das eigentlich gar keines war. »Ihr traut euch ja was, hier so locker aufzutauchen.«

»Nicht wahr, Billy«, meinte Kraschno und rührte in seiner Tasse herum.

»Warum sagst du das?«, wollte ich gleich zur Sache kommen. »Sind wir irgendwie berühmt geworden?«

»Das will ich für euch nicht hoffen. Aber die Von-Erbe-Sache heute Nachmittag, da habt ihr doch bestimmt mit dran gerührt, oder?«

»Keine Ahnung, Billy. Erzähl mal, was man sich in Polizeikreisen so erzählt.«

»Ist nicht meine Ecke, das wisst ihr doch. Außerdem ist alles noch zu frisch.«

»Wissen wir, Billy. Trotzdem. Was ist dein Informationsstand?«

»Bei von Erbe gab es irgendeinen Vorfall, der jede Menge Kräfte gebunden hat. Mehr weiß ich auch nicht. Ihr wisst vermutlich selber viel mehr.«

»Keine Ahnung, Billy«, wiederholte nun Kraschno und beendete damit meinen Dialog mit Hascher. »Wir haben ein ganz bestimmtes Anliegen. Wir müssen wissen, ob die Bude von Hans observiert wird oder nicht.«

»Ihr habt immer ein ganz bestimmtes Anliegen«, kam säuerlich von Hascher. »Ist aber auch nebensächlich. Ich will in diese Von-Erbe-Sache unter keinen Umständen reingezogen werden, das habe ich Hans schon vor einiger Zeit klar gemacht. Wenn ihr jetzt in der Scheiße steckt, müsst ihr selber sehen, wie ihr da rauskommt.«

»Wer sagt denn, dass wir in der Scheiße stecken, hä? Wir haben doch nur eine ziemlich klare und überschaubare Frage, oder Billy? Und wir möchten dich bitten, das für uns zu checken. Das ist alles.«

»Ihr kommt hier keine Stunde, nachdem es beim Oberstaatsanwalt einen großen Einsatz gegeben hat, der im Übrigen noch andauert, reingeschneit. Das wollt ihr mir doch nicht als Zufall verkaufen. Haltet ihr mich für total bekloppt?«

»Nein, Billy«, mischte ich mich jetzt ein, »aber Franz hat dir unser Problem klar und einfach dargelegt. Was sollen wir noch sagen?«

»Ihr braucht gar nichts zu sagen. Ich will und kann euch nicht helfen. Das ist alles«, nahm er sein Comicheftchen wieder zur Hand

und hielt es sich vor die Nase, um sich in Sachen Verbrechensbekämpfung weiterzubilden.
Das Cover des Comicstrips zeigte die beiden Titelhelden, wie sie im Anflug auf eine ältere Dame waren, aus deren großer brauner Einkaufstasche ein Monster schaute, die mir wie eine fatale Mischung aus Hexe und Frau Schneider erschien und welche mit gehässigem Gesichtsausdruck Superman und Batman entgegenwarf: ›Ihr kommt zu spät, SUPERHELDEN! Ich habe alle in Stein verwandelt … und jetzt seid ihr dran! Ha Ha Ha Ha Ha Ha!‹ Hat uns am Ende die alte Schneider in die Pfanne gehauen? Oder der Fotofritze?
Kraschnos beißender Tonfall riss mich aus meiner Gedankenwelt:

»Was hältst du davon, Billy, wenn wir hier mal ein bisschen Werbung für deinen Berufsstand machen? Und bei der Gelegenheit fallen mir noch eine ganze Reihe anderer Läden ein, wo wir mal auftauchen sollten und erzählen, dass du ein Drogenbulle bist. Was glaubst du, wie schnell sich deine Freizeitgestaltung verändern wird?«
Hascher hatte seine Lektüre wieder beiseite gelegt und seinem Gesicht einen mitleidigen Ausdruck verpasst.

»Dafür, dass ihr vermutlich das Interessanteste seid, für das die Berliner Polizei heute Verwendung hat, reißt ihr die Klappe ziemlich weit auf.« Der Konter von Hascher saß.

»Stopp, Leute! So kommen wir nicht weiter. Keiner haut hier irgendjemand in die Pfanne! Du uns nicht und wir dich nicht! Ende! Und noch mal, Billy, wir müssen relativ dringend in meine Bude, weil wir ein paar Sachen daraus brauchen, haben aber Schiss, direkt in die Arme des Staatsschutzes oder von wem auch immer zu laufen. Verständlich, oder?«

»Ja, das ist verständlich, aber ich mache es nicht! Klaro? Aber ich will euch auch nicht völlig hängen lassen und plaudere mal aus dem Nähkästchen. Ihr habt gerade eine akute Paranoia. Kenn ich. Ist bei einem Großteil meiner Kunden ein Dauerzustand. Wenn irgendjemandem bei der Polizei von vornherein klar gewesen wäre, dass ihr von Erbe im Visier habt, würdet ihr jetzt nicht hier sitzen,

sondern in Moabit. Wovon ihr phantasiert, heißt bei uns Standort- bzw. Objektobservation. Bis sowas anrollt, braucht es Wochen. Alles schön langsam und immer nach Vorschrift. Außerdem haben wir Personalmangel und Observationen sind personalintensiv. Also, wenn ihr nicht schon vorher observiert wurdet, werdet ihr jetzt akut wegen dem Von-Erbe-Kram mit hoher Wahrscheinlichkeit auch nicht observiert. Und da ich weiß, dass Ersteres nicht der Fall ist, solltet ihr euch mal ein bisschen abregen«, erklärte Hascher und begann mit Vorbereitungsarbeiten für einen Joint.
Wir schwiegen und schauten vermutlich nicht besonders schlau aus der Wäsche.

»Wie? Was weißt du?«, fragte ich ziemlich konsterniert, als ich meinen Blick von Haschers Händen, die viele Zigarettenpapiere unter Reißen und Kleben zu einem größeren Konstrukt zusammenbastelten, lösen konnte.
Hascher schwieg. Die diffizile Handarbeit schien seine volle Aufmerksamkeit zu erfordern. Aus einem bunten Stoffsäckchen schüttete er jede Menge Gras auf die Kreation aus Zigarettenpapier.

»Ihr Typen habt ein grundsätzliches Problem. Ihr haltet euch für superschlau und alle anderen für bescheuert. Das liegt vermutlich daran, dass ihr glaubt, ihr seid die Avantgarde des Volkes, die Speerspitze der Revolution, die Vorhut der Arbeiterklasse oder was auch immer. Das vernebelt euch den Blick auf die Realitäten. Hans und Franz? Glaubt ihr wirklich, ich glaube so einen Quatsch? Natürlich weiß ich, wer ihr seid. Und ich checke genau, ob ihr observiert werdet oder nicht, schon um mich selber zu schützen, ihr Schlaumichel!«
Hascher leckte an diversen Stellen seines Werkstücks, klebte es zu und rollte vorne eine kleine Spitze aus Papier zum Anzünden zusammen.

»Mein Rat, wenn ihr eure Paranoia weiter pflegen wollt und euch nicht selbst in die Bude traut: Lasst jemanden anderes die Sachen aus der Wohnung holen. Wie man das dann weiter halbwegs geschickt anstellt, muss ich euch ja wohl nicht erklären, oder?«, sagte Hascher, entzündete ein Pfeifenstreichholz und brachte das

selbstgefertigte Grasmonstrum zum Glühen. Er griff wieder zu seinem Bilderheft, schlug die Geschichte *Batgirl: Wettlauf mit dem Tod* auf und inhalierte Rauch aus seiner Mammuttüte.
Kraschno und ich sahen uns an und auch ohne Worte war klar, dass jede weitere Diskussion mit Hascher Zeitverschwendung war.

»Wirklich sehr hilfreich«, sagte ich so neutral wie möglich, stand auf, ging zum Tresen und legte ein paar Münzen für den Kaffee ab. Kraschno blieb wie angewurzelt bei Hascher sitzen. Ich ging noch einmal zurück zu den beiden.

»Sag mal, Billy, kennst du Fredric Wertham? *Seduction of the Innocent?* Solltest du mal lesen. Der beschäftigt sich gründlich mit diesen Comicheftchen, die du da verschlingst. Und für dich gibt es ein Spezialkapitel: *Design for Delinquency*. Das behandelt den Beitrag dieser Dinger zur Jugendkriminalität. Wollte ich dir nur mal so am Rande empfehlen.«
Ich zog Kraschno vom Stuhl hoch, während wie zum Hohn The Sparks *This Town Ain't Big Enough For Both Of Us* aus den Lautsprechern kreischte, und verließ grußlos mit ihm und einer Miene wie Ron Mael die Mansarde.

Auf der Schwäbischen Straße knallte Kraschno die Reisetasche, die er immer noch mit sich trug, wütend auf das Pflaster.

»Scheiße! War das nun noch nötig? *Design for Delinquency*? Was laberst du nur für eine Scheiße! Das bringt uns jetzt richtig weiter, was?«

»Nein, aber ich hör mir doch nicht widerspruchsfrei Belehrungen von einem Bullenarsch an.«

»Auch egal, Mann. Ich muss mich langsam mal nach Bremen aufmachen. Schon wegen Ulrike.«

»Wenn Ulrike momentan dein größtes Problem ist, bist du ja gut dran.«

»Das verstehst du nicht.«

»Wahrscheinlich.«
Da es uns kaum weiterbringen würde, wenn wir uns auch noch stritten und ich Kraschnos Nöte natürlich verstand, auch wenn

ich sie im Augenblick für irrelevant und generell marginal hielt, beschloss ich, Haschers Rat zu folgen, auf allzu viele Vorsichtsmaßnahmen zu verzichten und Dampf in die Sache zu bringen. Ich überquerte mit Kraschno die in unmittelbarer Nähe der Mansarde verlaufende Grunewaldstraße.

»Haste mal 20 Pfennig, Alter? Wir holen jetzt deine Tasche«, teilte ich Kraschno mit und ging in Richtung einer Telefonzelle, die unmittelbar vor der Apostel-Paulus-Kirche stand. Ohne Worte reichte er mir zwei Zehn-Pfennig-Stücke und kam, die Stirn in Falten gezogen, mit in die Zelle. Ich wählte die Telefonnummer des Jonas und wartete, wer an den Apparat gehen würde. Glücklicherweise war es Freddie, was den Ablauf des nachfolgenden Gesprächs erleichterte:

»Sag mal Freddie, wer ist denn jetzt schon so da? Ich suche jemand, der für mich was aus meiner Bude holen könnte. Ich komm hier grad nicht weg, verstehste?«

»Tja, das sieht hier noch ziemlich mau aus, Mark. Irgendwie scheinen die Stammgäste heute alle was anderes vor zu haben. Oder sie kommen später. Ist ja auch noch vor acht, nicht wahr?«
Das war natürlich Mist für mein Vorhaben.

»Ist denn so gar keiner da, den ich kenne?«, fragte ich Freddie fast schon verzweifelt.

»Doch, doch. Ganz so schlimm ist es dann doch nicht. Eiermann sitzt bei mir am Tresen und wir nehmen schon mal einen kleinen Braunen zu uns. Und diese Zora und ihre ältliche Freundin, die sitzen bereits hinten am großen runden Tisch, die machen heute wieder ihren Frauenstammtisch. Aber sonst …«

»Und du bist bestimmt auch noch alleine, oder?«, hoffte ich insgeheim auf die Anwesenheit eines weiteren Mitgliedes der Belegschaft.

»So ist es, Elmar kommt erst um zehn zur Unterstützung. Aber ich hab eben Kalle vergessen. Der war schon da, als ich die Schicht übernommen habe und sitzt immer noch am Tresen«, ergänzte Freddie.
Wie hatte meine Großmutter schon immer gesagt: In der Not frisst der Teufel Fliegen.

»Okay, Freddie«, seufzte ich, »gib ihn mir mal!«

Einen kurzen Moment später hatte ich Kalle in der Leitung.

»Hallo, Kalle, hier ist Mark, wie gehts denn so?«, war kaum ausgesprochen, da hatte ich auch schon Kraschnos Ellbogen in den Rippen. Mit der Hand machte er eine hektische Scheibenwischerbewegung vor seinem Kopf.

»Ey, hey Mark, echt super, dass de mir ma anrufen tust«, kam langsam, aber nicht völlig zugenebelt durch den Hörer.

»Ja, nich, Kalle? Pass auf, ich muss dich um einen kleinen Gefallen bitten. Bei mir in der Bude steht eine große blau-weiße Adidas-Reisetasche. Hinten im großen Zimmer. Kannste die da raus holen und mir zur Friedrichstraße bringen? U-Bahnhof unten am Intershop. Kennste doch bestimmt, oder?«

»Kenn ick natürlich. Da jibts die billichsten Fluppen in Berlin, wa.« Kraschno hatte einen Arm an die Scheibe der Telefonzelle gelehnt und verbarg verzweifelt seinen Kopf darunter, die Stirn an das kalte Glas gedrückt. Ich fingerte mit der freien Hand meine Zigarettenschachtel aus der Jacke und hielt sie Kraschno unter die Nase. Mit einem Ausdruck tiefer Niedergeschlagenheit griff er zu und gab mir und sich Feuer.

»Okay. Freddie gibt dir meinen Hausschlüssel und erklärt dir genau, wo meine Wohnung liegt. Und Kalle: Du gehst in genau dreißig Minuten los, ja! Keine Minute früher und keine später! Klar? Und dann keine Umwege! Kein Bierchen oder Schnäpschen irgendwo. Direkt Friedrichstraße. Du nimmst die U-Bahn am Kleistpark und steigst Mehringdamm um. Nichts anderes. Wenn du am Mehringdamm in den Zug der U6 einsteigst, nimmst du den mittleren Wagen, okay? Keinen anderen. Ich warte dann Friedrichstraße auf dich. Alles klar?«

»Klare Sache, Mark. Ick eiere in dreißig Minuten hier los. Keen Ding, wa. Dit krieje ick hin.«

»Gut. Dann gib mir bitte noch einmal Freddie. Wir sehen uns dann gleich, Kalle.«

»Allet Rodscha, Alta.«

Freddie zeigte sich zwar überrascht, dass er Kalle meine Hausschlüssel anvertrauen sollte, aber er stellte keine überflüssigen Fragen und versprach, Kalle mit den nötigen Informationen bezüglich meiner Wohnung zu versorgen.

»Danke, Freddie, das ist super von dir. Wir sehen uns später«, war der Abschluss des Telefonats, das Kraschno sofort als verantwortungslose Wahnsinnstat geißelte.

»Not kennt kein Gebot! Es war niemand anders im Jonas verfügbar und du musst so schnell wie möglich wieder los, wenn ich dich richtig verstanden habe, Kraschno.«

»Ja, klar. Aber das heißt doch nicht, dass du die denkbar unzuverlässigste Person ganz Berlins damit beauftragst, meine Tasche zu holen. Die brauche ich, Mann! Da darf nichts schief gehen. Wenn der das versemmelt oder sie ihn hochnehmen, Hascher hin oder her, was dann?«

»Dann hätten sie auch jeden anderen hochgenommen. Und er darf es eben nicht verkacken, Mann, das ist mir doch auch klar.«

»Wat wird dat da drinnen? Wartet ihr uffn dritten Mann zum Skat kloppen, oda wat?«, kam es aggressiv von einem Männeken, das wie von Sinnen mit den Fäusten an die Tür der Telefonzelle hämmerte. Wir hatten diese noch nicht verlassen und damit seinen Unmut auf uns gezogen. Damals bildeten sich insbesondere abends, wegen des günstigeren Tarifs, längere Schlangen vor den Telefonzellen, weil es noch nicht so viele private Anschlüsse gab. Kraschno und ich drückten umständlich unsere Zigaretten in dem übervollen Aschenbecher der Telefonzelle aus. Kollege Giftzwerg trippelte nervös von einem Beinchen auf das andere und legte bereits Hand an die Tür der Telefonzelle, als ich diese gemächlich öffnete.

»Nee, Alter, das nicht, aber wir stehen halt super gerne in Telefonzellen rum, nicht wahr? Das finden wir urgemütlich, verstehste?«, beschied ich dem aufgeregten Mitbürger, dessen Gesichtsfarbe vor Zorn und Empörung oder vielleicht auch aufgrund allgemeiner gesundheitlicher Probleme stark ins Krebsrote spielte.

»Und warum Friedrichstraße? Das ist doch Osten«, nahm Kraschno, nun schon wieder etwas friedlicher, das Gespräch wieder auf, nachdem wir die Telefonzelle verlassen hatten.

»Ebendeshalb! Normalerweise haben unsere Westberliner Bullen die klare Anweisung, sich da nicht rumzutummeln. Ich spekuliere also, dass, selbst wenn meine Bude observiert wird und sie das spontan auf Kalle ausdehnen, sie ihm nicht zur Friedrichstraße hinterherfahren und spätestens Kochstraße, was die letzte Station im Westen ist, aussteigen. Und selbst wenn sie in der U-Bahn bleiben sollten, dass sie Friedrichstraße aussteigen, halte ich für extrem unwahrscheinlich. Dafür riskieren sie keinen Zwischenfall mit unabsehbaren politischen Konsequenzen.«

»Hhm, das sind dann wohl die Nebenwirkungen der besonderen politischen Einheit Westberlin, was?«

»Wenns uns zum Vorteil dient, solls mir recht sein, Kraschno. Und ich hab noch eine Idee, wie wir aus der Sache vielleicht ein paar Erkenntnisse ziehen können«, strahlte ich Kraschno an. »Funk doch noch mal Bosco an, bitte.«

Ich zündete zwei Zigaretten an und reichte eine davon Kraschno.

»Eichelhäher an Nebelkrähe. Eichelhäher an Nebelkrähe. Bitte melden«, funkte Kraschno wie gewünscht und gab das Walkie-Talkie an mich weiter.

»Nebelkrähe an Eichelhäher. Bin da«, funkte es zurück.

»Eichelhäher an Nebelkrähe. Weißt du noch, was du neulich gesagt hast, wohin du als erstes fährst, wenn du die große Arbeit über das Brüten der Vögel fertig hast?«

»Ja, weiß ich noch.«

»Gut. Dann bitte jetzt sofort da hinfahren! Verstanden?«

»Verstanden. Ende.«

»Wenn alles gut geht, ist er gleich bei uns und dann soll er sich an Kalles Fersen heften«, klärte ich Kraschno auf. »Und noch einmal zu deiner Tasche. Ich mache mir um die keine großen Sorgen. Selbst für den Fall, dass die Bullen Kalle hinterhersteigen, und selbst für den noch viel unwahrscheinlicheren Fall, dass sie ihm in den Osten folgen, sie werden sich nur für Personen interessieren, nicht für irgendeine Tasche.«

Kraschno seufzte tief und betrachtete scheinbar interessiert den Dezemberhimmel Schönebergs. Ich stellte mich unmittelbar an

die Kreuzung Grunewald-Akazien-Goltzstraße, an der auch der Copyshop lag, vor dem ich Bosco erwartete. Der Straßenverkehr ließ sich von hier aus in alle Richtungen bestens beobachten.
Nach einigen Minuten näherte sich aus der Akazienstraße eine Taxe, deren Schild auf dem Dach ausgeschaltet war, und hielt in zweiter Reihe vor dem Copyshop. Das musste Bosco sein und es war Bosco. Kraschno und ich nahmen auf der Rücksitzbank Platz.

»Hi Bosco, gut, dass du unbeschadet hier aufkreuzt. Hast du irgendeine Ahnung, was mit Hendrik ist?«, legte ich sofort los.

»Absolut keine. Aber gut, dass ihr im Stück da rausgekommen seid.«

»Nicht wahr«, kommentierte Kraschno.

»Wir haben null Zeit, Bosco. Also im Schnelldurchgang. Du bekommst jetzt gleich die Tasche mit dem Werkzeug und Kram aus von Erbes Wohnung in den Kofferraum gestellt. Das Walkie-Talkie packen wir auch rein. Dann fährst du unmittelbar in die Kleine Naumannstraße. Die Droschke bleibt stehen. Du positionierst dich unauffällig so, dass du meinen Hauseingang einsehen kannst. Wenn ein Typ mit einer weiß-blauen Adidas-Tasche rauskommt, gehst du mit gebührendem Abstand hinter ihm her. Vielleicht kennst du ihn. Kalle aus dem Jonas. Versuche zu checken, ob ihm jemand folgt. Du kannst ruhig ordentlichen Abstand lassen, denn du weißt, wo er hingehen wird. U-Bahnhof Kleistpark, dann U-Bahn bis Mehringdamm. Umstieg in die U6 Richtung Tegel bis Friedrichstraße. Da steigt er aus und du auch. Wir sind dort. Du sagst mir kurz, was Sache ist und verdrückst dich sofort wieder mit der nächstmöglichen U-Bahn, egal, in welche Richtung sie fährt. Okay? Anschließend bringst du die Tasche aus dem Kofferraum zu dir oder an irgendeinen anderen Ort, der dir sicher erscheint. Auf keinen Fall zu Hendrik, wie es ursprünglich geplant war. Hast du das?«

»Ich denke schon«, antworte Bosco unsicher und wenig begeistert. Kraschno und ich machten Anstalten, wieder aus dem Taxi zu steigen und überließen dem Kofferraum unsere magere Ausbeute von heute Nachmittag. »Also, gib Gummi!«, gab ich das Startzeichen durch das offene Fenster auf der Fahrerseite. »Und bis dann.«

Wir sahen dem Taxi nach, wie es in die Grunewaldstraße abbog und Richtung Kleistpark Fahrt aufnahm.

Kraschno kratzte sich nachdenklich am Kopf und beendete seine vorübergehende Zurückhaltung.

»Ich weiß wirklich nicht, ob es das alles so bringt mit Kalle und diesem Bosco, aber Improvisieren, das scheint ja wohl dein neues Hobby zu werden.«

»Notgedrungen. Eigentlich hasse ich Improvisationen. Ihnen haftet immer der Makel des Unvollkommenen an.«

Wir gingen gemächlich zum U-Bahnhof Eisenacher Straße, denn wir konnten aufgrund des Zeitvorsprungs sicher sein, dass wir als erste am Bahnhof Friedrichstraße ankommen würden.

»Wir sollten dir zur Abwechslung mal eine Fahrkarte kaufen«, sagte ich, als ich auf dem Bahnsteig Münzen in einen Fahrkartenautomaten der BVG warf, »wir wollen ja nicht, dass du womöglich noch beim Schwarzfahren erwischt wirst.«

Kraschno sah mich an, als hätte ich jetzt vollkommen den Verstand verloren.

Während wir auf die nächste U7 Richtung Rudow warteten, setzte ich ihm meine Pläne für die Taschenübergabe und den Beginn seiner Rückreise nach Bremen auseinander.

»Auf dem Bahnhof Friedrichstraße warten wir beide getrennt voneinander in der Höhe des Intershops auf Kalle. Wenn er kommt, gehe ich auf ihn zu, nehme ihm die Tasche ab und gebe ihm Kohle für den Intershop, damit er sich eine schöne Flasche Wodka und ein paar Schachteln Camel kaufen kann. In der gleichen Sekunde kommst du, nimmst mir die Tasche ab und gehst in Richtung S-Bahn. Ist ausgeschildert. S1 ist deine. Ich zeige es dir noch, wenn wir da sind. Dafür geht es durch einen langen Gang, aber du bleibst unterirdisch. Für eine S-Bahn-Fahrkarte müssen wir jetzt in Westberlin eine Mark dreißig berappen, nicht mehr eine Mark, sie haben gerade im November den Preis erhöht, aber ich denke, dass du ne Mark fünfzig brauchst, von wegen grenzüberschreitender Verkehr.«

»Mann, wie kann man bloß in diesem ganzen Chaos leben?«

»Das steht jetzt nicht zur Debatte. Du fährst dann mit der S-Bahn Richtung Wannsee, steigst am Bahnhof Schöneberg wieder aus, nimmst dir ein Taxi und lässt dich in die Nähe deines Wagens fahren. Natürlich mit den üblichen Sicherheitsmaßnahmen, versteht sich.«

»Moment«, unterbrach mich Kraschno erneut, als unsere U-Bahn einfuhr, »und was ist mit Bosco?«
Wir bestiegen einen spärlich gefüllten U-Bahnwagen und blieben gleich an den Türen stehen.

»Bosco? Boscos Job interessiert eigentlich nur im Hinblick auf meine Bude. Ich will ja schließlich auch irgendwann mal wieder nach Hause. Ansonsten soll der nur da rumspringen, um noch mehr Verwirrung zu stiften. Falls Kalle die pigs im Schlepptau hat, sollen sie vor lauter Schachfiguren gar nicht wissen, was Sache ist. Das soll zack, zack, zack gehen. So stelle ich mir das jedenfalls vor.«

»Du bist doch ein kleines Arschloch, Müller! Das wusste ich schon immer.«

»Wieso? Ist doch völlig in Ordnung. Gehört alles zur Strategie und Taktik im Klassenkampf, Kraschno!«
Am U-Bahnhof Mehringdamm wechselten wir den Bahnsteig und warteten auf die U6. In meinem Drang zur Inszenierung beschloss ich, der Bosco-Rolle noch eins draufzusetzen, erwarb am Kiosk ein *Spandauer Volksblatt* und klemmte es mir unter den Arm.

»Und die U-Bahn fährt jetzt in den Osten, oder wie?« Ihm fehlte vom vielen Autofahren bei den öffentlichen Verkehrsmitteln ein wenig die Peilung. »Aber Alt-Tegel steht dran. Und das ist doch im Westen.«

»Ja. Fährt *durch* den Osten, müsste man genauer sagen. Die Ost-Bahnhöfe sind alle stillgelegt, sozusagen tot. Nur Friedrichstraße wird bedient. Für Einreise in die DDR, in den anderen Teil der Stadt, Transit und dergleichen. Und es ist ja nicht nur die U6. Die U8 fährt auch durch den Osten. Sogar noch eine viel längere Strecke. Ein halbwegs gutes Geschäft für die DDR.«

»Geschäft? Gibts Kohle dafür?«, witterte Kraschno einen ihn interessierenden Aspekt der Sache.

»Die BVG West überweist jeden Monat der BVG Ost für Transitkosten 352.988 Valuta-Mark, ohne die Pfennige.«

»Aha. Dreihundertfünfzigtausend-blabla Valuta-Mark, ja? Allerdings ohne die Valuta-Pfennige, aber dafür genau?«

»Ja.«

»Mark, du bist nicht nur ein ungeheurer Blöd- und Dummschnacker, sondern auch ein unsäglicher Korinthenkacker!«

»Ja, wenn du es sagst.«

Alsdann ließen wir uns von einer U6, die auch nicht an einem Überangebot an Fahrgästen litt, von Kreuzberg in die alte Mitte der geteilten Stadt kutschieren.

»Kraschno, ich wünsch dir schonmal ne gute Rückfahrt. Wir bauen uns gleich auf dem Bahnsteig unmittelbar vor und hinter dem Intershop auf, sollten aber nicht zusammenstehen. Wenn Kalle aufkreuzt, muss alles ganz schnell gehen. Sobald ich kann, komme ich nach Bremen und berichte, wie das hier weitergegangen ist«, sagte ich zu Kraschno, als die U6 durch die außer Betrieb genommene Station Französische Straße schlich. In wenigen Augenblicken würden wir den Bahnhof Friedrichstraße erreichen.

»Du scheinst dir ja sehr sicher zu sein, dass meine Tasche gleich auftaucht«, meinte Kraschno nur.

Dann nahmen wir uns kurz in den Arm.

»Machs gut, Alter. Das war heute mit das Krasseste, was ich je mit dir durchgezogen habe … Hurra, die Schwedinnen sind da, nicht zu fassen!«, lachte er.

Wir stellten uns an verschiedene Türen des U-Bahnwagens und warteten auf die Einfahrt in den wohl merkwürdigsten Bahnhof, den dieses Land derzeit zu bieten hatte. Als das erste Licht der Station erschien, riss ich die U-Bahn-Tür auf und steckte den Kopf in den Fahrtwind, um sofort einen kompletten Überblick über das Geschehen auf dem Bahnsteig zu haben. Alles machte einen gewöhnlichen Eindruck. Außer Kraschno und mir stiegen nur noch wenige weitere Gestalten aus, vor allem tütenbepackte Rentner, die nach einem Besuch in Westberlin Westwaren in den Osten schaffen wollten. Kraschno und ich bezogen unsere Positionen und rauchten, um die leere Zeit mit irgendetwas Angenehmem zu füllen. In dem auf unsere U-Bahn folgenden Zug war kein Kalle. Die Zeit schien sich auf unerklärliche Weise auszudehnen, was auch mit weiteren Zigaretten kaum einzudämmen war. So standen wir weiter am Bahnsteig, bis die nächste U6 einfuhr.

Und dann war es wirklich so wie auf der Bühne bei einem guten Volksstück im Ohnsorg-Theater, wenn jeden Moment irgendeine Tür geöffnet wird und eine andere Person das Geschehen betritt oder verlässt.

Kalle kam, mit geschäftig-stolzem Gesichtsausdruck, die Tasche in der rechten Hand, auf mich zugestürzt. Ich nahm sie ihm ab und drückte ihm den Zwanzig-Mark-Schein in die Hand, den ich schon bereitgehalten hatte.

»Super, Kalle. Hol dir schon mal was Anständiges zu trinken und ein paar Kippen. Ich komme gleich zu dir«, begrüßte ich ihn.

Kalle strahlte über das ganze Gesicht. Im selben Moment ging Kraschno mit forschem Schritt an mir vorbei, nahm mir seine Reisetasche ab und verschwand in Richtung S-Bahn. Im Hintergrund materialisierte sich Bosco, der vom letzten Wagen des U-Bahnzugs auf mich zukam.

»Also, ich denke, direkt von deiner Haustür aus ist ihm niemand gefolgt. Aber ab Langenscheidt-Brücke waren dann doch einige Leute in derselben Richtung unterwegs. Ebenso in der U-Bahn. Da möchte ich mich lieber nicht festlegen«, beeilte er sich mir mitzuteilen.

»Okay, Bosco. Danke. Da haste was zum Lesen für die Rückfahrt«, sagte ich und drückte ihm das *Spandauer Volksblatt* in die Hand. Alles ging so schnell, dass Bosco noch im letzten Moment auf dieselbe U-Bahn aufspringen konnte, mit der Kalle und er gekommen waren. So verschwand er in Richtung Wedding.

Kalle hatte inzwischen die DDR bei der Devisenbeschaffung unterstützt und eine Einliterflasche Wodka und drei Schachteln Camel Filter besorgt. Und weil alles so perfekt lief, kam aus der Gegenrichtung eine U-Bahn eingefahren, mit der wir wieder zurück nach Kreuzberg fahren konnten. Die ganze Nummer auf

dem Bahnhof Friedrichstraße hatte insgesamt kaum länger als drei Minuten gedauert.
Wieder in der U6 ließ ich mich auf eine Bank fallen und konnte mir ein breites Grinsen nicht verkneifen. So sollten die Dinge laufen, dachte ich zufrieden und fast ein bisschen glücklich. Das hielt aber nur für wenige Augenblicke an, denn eigentlich war die ganze Operation Band 16 ein beschissener Flop, und was mit Hendrik und Leni war, stand immer noch in den Sternen. Kalle hatte inzwischen den Drehverschluss der Wodkaflasche entfernt und hielt sie mir unter die Nase. Eigentlich galt ein striktes Abstinenzgebot während unserer Aktionen, aber Kalle hätte eine Zurückweisung seines Angebots sicher nicht verstanden, teilte ich mir als Ausrede mit und nahm einen Schluck.

»Wo issn jetzte deene Tasche jebliebn?« fragte Kalle verwirrt, als ich die Flasche zurückreichte.

»Alles gut, Kalle. Hab sie eben nem Kumpel gegeben, der sie für mich in den Osten bringt, weißte.«
Er schaute mich verschwörerisch-wissend an und nahm noch einen ordentlichen Hieb Wodka. Inzwischen hatten wir mit dem U-Bahnhof Kochstraße wieder Westberlin erreicht und ich schaute etwas besorgt zu den U-Bahn-Türen, ob sich die Schmierlappen vom Zoll in den Wagon drängeln würden, um entgangene Umsatzsteuer von denen einzufordern, die nur mal eben zum Intershop in die Friedrichstraße gefahren waren, um billigen Bölkstoff zu holen und nicht in die DDR eingereist waren. Niemand öffnete die Türen. Kein Fahrgast und auch kein Zoll.

»Kalle, ich muss noch nach Kreuzberg weiter, deshalb komme ich jetzt nicht mit zurück ins Jonas, okay? Erstmal vielen Dank für deine Hilfe. War echt super von dir«, stieg ich ziemlich abrupt an der Station Hallesches Tor aus, um mit der U1 nach SO 36 zu kommen, ohne Kalle Zeit für unnütze Nachfragen oder Kommentare zu geben. Ich beeilte mich, aus der Tiefstation der U6 zur Hochbahn der U1 zu kommen und hatte Glück, denn es fuhr sogleich ein Zug ein, der mich die zwei Stationen zum Kottbusser Tor brachte. Von dort waren es nur wenige Minuten zur WG der Radiofunker.

Es passte zum sonstigen Verlauf des Tages, dass ich gar nicht erst in das Haus unserer Genossen kam. Tor und Haustür waren verschlossen, eine Klingelanlage gab es nicht. Also steuerte ich die nächste Telefonzelle an, um festzustellen, ob jemand in der Wohnung war und falls ja, wer. Natürlich war der Apparat in der ersten Zelle defekt, die nächste, zwei Ecken weiter, war besetzt und als ich in der dritten, die penetrant nach Erbrochenem roch, endlich die Nummer wählen konnte, ging niemand an den Anschluss.
Was zum Teufel war mit Leni? Und Hendrik? Ich hatte keinen Schimmer. Auf meiner Telefonzellensuche war ich inzwischen bis zum Oranienplatz gekommen. Ich merkte, dass ich nicht nur müde und frustriert, sondern auch hungrig war und beschloss, in die Stiege zu gehen, eine Art Pizzeria, die schräg gegenüber dem Max und Moritz und dem KBW-Haus an der Ecke Luckauerstraße in der Oranienstraße lag. Nun war ich durch Zufall wieder fast genau an der Stelle, an der wir vor genau drei Wochen beinahe in die Mausefalle der Bullen getappt waren, die den Schwarzsender des Freien Radios hochnehmen sollte.
Es war ein kleiner Tisch in einer leeren dunklen Ecke, an den ich mich gleich nach dem Eintritt verzog. Die palästinensischen Genossen der Fatah in Westberlin, die in dem Laden arbeiteten, der früher mal ein Schokoladengeschäft gewesen war, kannten mich von meinen regelmäßigen Besuchen, wenn ich ganze Tage und Nächte im KBW-Haus verbracht hatte, von ein paar Schlägereien mit rechten Rockern und Neonazis in ihrem Laden und von vielen gemeinsam organisierten Solidaritätsveranstaltungen für die PLO.

»Mal wieder hier, Mark? Wie gehts? Du siehst ziemlich scheiße aus«, wurde ich von Yusuf zur Begrüßung aufgemuntert.

»Vielen Dank für die Blumen«, kam matt von mir, während ich mir ohne größere Begeisterung eine Zigarette anzündete.

»Wie immer, Pizza Funghi und n Bierchen?«

»Perfekt, Yusuf, ja bitte!« Ich wurde von den vielen Gedanken, wilden Spekulationen und Befürchtungen, die mir durch den Kopf schossen, fortgezogen. Was sollte ich jetzt tun? Wie konnte ich ohne allzu großes Risiko etwas Konkretes über das

Schicksal von Leni und Hendrik in Erfahrung bringen? Konnte ich es bedenkenlos wagen, in meine Bude zurückzukehren? Was war von Haschers Gerede zu halten? Und was zum Henker, war eigentlich heute überhaupt abgegangen?
Derweil verschwand das erste Bier in einem Zug in meiner Kehle und ich machte mir die nächste Zigarette an der aufgerauchten ersten an. Ich fühlte mich ausgebrannt, leer und alleine. Und das fühlte sich ziemlich beschissen an. Außerdem taten mir alle Knochen weh. Es gelang mir nicht, mich aufzumuntern, so recht wollte mir kein trostspendender Spruch für mich einfallen. Vielleicht würde mir der Verzehr der Pilzpizza weiterhelfen. Ich kaute vor mich hin und starrte indifferent das neue Bierglas an, welches Yusuf mir vor den Teller gestellt hatte. Sie hatten die neue Schallplatte von Fairuz *Lebanon Forever* aufgelegt. *Watani* erklang. Die heterophonen Klänge der arabischen Musik und der Gesang in bester Tradition der großen Umm Kulthum konnten keine deutschen Gäste vertreiben, weil außer mir keine zugegen waren. Ich war ohnehin der einzige Gast, nur ab und zu kamen Leute in den Laden, die sich zuvor telefonisch bestellte Pizzen abholten. Fairuz entführte mich für einige verzauberte Momente zurück in den Libanon und meinen Aufenthalt dort im vorletzten Winter. Nicht, dass alles paradiesisch wie in einem orientalischen Garten Eden gewesen wäre, bestimmt nicht. Der Libanon war vom Bürgerkrieg schwer gezeichnet. Beirut, vormals als Paris des Ostens gepriesen, sah in seinem Zentrum aus wie Berlin-Kreuzberg im Frühling 1945. Die Kämpfe flackerten, trotz syrischer Militärpräsenz, hier und dort immer wieder auf, und es gab nicht nur eine Situation, von der wir annehmen mussten, aus ihr nicht mehr unbeschadet herauskommen zu können. Aber wie hieß es so schön: Immer wenn du denkst, es geht nicht mehr, kommt von irgendwo ein Lichtlein her. Dieser Sinnspruch mit zweifelhafter Botschaft prangte so oder ähnlich auch in der elterlichen Wohnung eines befreundeten Genossen aus der Schulzeit auf einer dunkelbraunen Holztafel, die mit chinesischen Schriftzeichen verziert war, die vermutlich keine Übersetzung des Satzes darstellten, sondern ins

Deutsche übertragen in etwa lauteten ›Ihr stumpfen Langnasen solltet nicht jeden esoterischen Scheiß glauben‹ und ausgerecht genau über der Toilettenschüssel hing, was mich schon damals zum Lächeln gebracht hatte. Aber war dieser Trostspendespruch überhaupt richtig in dem Sinne, dass er wahr war? Die Aufenthaltsdauer im Badezimmer meines Freundes war nie lange genug gewesen, um dieser Fragestellung zu einer befriedigenden Antwort zu verhelfen. Diesmal hatte ich ausreichend Zeit, über das Lichtlein nachzudenken, auf sein Erscheinen zu warten und über die mögliche konkrete Inkarnation zu spekulieren, derweil Yusuf die abgebrannten weißen Haushaltskerzen an einigen Tischen durch neue ersetzte und bei dem kitschigen Adventskranz, der auf der Zapfsäule stand, eine der roten Kerzen anzündete.
Während ich noch in Gedanken versunken den Kohlensäurebläschen meines Bieres beim Aufsteigen zusah, war plötzlich ein Lichtlein der anderen Art erschienen. Blaulichter! Nervös flackerten sie durch die trüben Fenster in das Lokal. Ein Riesenschreck fuhr mir durch alle Glieder. Die Szenerie in der Stiege veränderte sich wie durch das Werk eines schwarzen Magiers in wenigen Sekunden. Der Laden war plötzlich voll. Der Staatsapparat schien sich in diese Ecke der Stadt verliebt zu haben und präsentierte heute Abend ein Rollkommando mit den unterschiedlichsten Akteuren: Bullen jeder Sorte, Typen vom Ordnungs- und Gesundheitsamt, Staatsschutzaffen und ein halbes Dutzend kläffender Deutscher Schäferhunde. Einer der Störenfriede fragte mich nach meinem Personalausweis. Aufgrund alliierter Rechtsverordnungen bestand in Westberlin die Mitführpflicht eines solchen Dokuments. Dem stand unsererseits eine strikte Nichtmitführpflicht solcher Dinge bei riskanten und illegalen Aktionen entgegen.

»Hab ich nicht dabei«, beschied ich dem mit Uniform behangenen Fragesteller.

»Mitkommen«, erläuterte er ausgiebig die anstehenden staatlichen Maßnahmen.

Vor der Tür der Stiege musste ich mich mit erhobenen Armen breitbeinig an eine der Wannen stellen, und weil das den Herren

Staatslakaien offenbar nicht schnell genug ging, oder sich eine der Charakterbaracken in Uniform mal wieder in Gefangenenmisshandlung üben musste, schlug mir einer, der mit einer Maschinenpistole behängt war, den Gewehrkolben mit aller Kraft genau auf die Stelle in den Rücken, die vorhin das Bettgestell abbekommen hatte. Ich stöhnte kurz auf. »Wolltest du was sagen?«, fragte das Arschloch und stieß noch einmal kräftig zu. Mühsam unterdrückte ich eine neue Schmerzartikulation. Die darauffolgende Durchsuchung meiner Taschen verlief sehr enttäuschend, denn außer einem Portemonnaie mit ein wenig Bargeld, einem Schlüssel, Zigaretten und Streichhölzern ließ sich nichts zutage fördern. Ein paar Minuten später saß ich in einer Wanne mit den hasserfüllten Fratzen von vier Bereitschaftspolizisten. Angesichts der im Lokal präsentierten bunten Mischung von Staatsbütteln konnte ich mir immerhin sicher sein, dass dieser Einsatz nichts mit unserer heutigen Aktion zu tun hatte, sondern dass es sich um einen der üblichen rassistischen Polizeiüberfälle auf die palästinensische Gemeinde in Westberlin handelte.

Hier gab es absolut nichts zu gewinnen und so ließ ich alles ruhig und schweigend über mich ergehen, was mir zugegebenermaßen schwerfiel.

Wenige Augenblicke nachdem ich in das Fahrzeug verfrachtet worden war, fuhren wir los. Die kurze Fahrt führte in die Friesenstraße, wo mich die kasernierten Paramilitärs auf einer Art Wachstube ablieferten. Ich nahm auf einer unbequemen Holzbank Platz und schmorte dort gute zwei Stunden vor mich hin. Diese Wartezeit konnte ich zu einer kleinen Milieustudie des Innenlebens von diesem Teil der staatlichen Repressionsmaschinerie nutzen, was insgesamt ziemlich ernüchternd war. Zwischendurch quälten mich die offengebliebenen Fragen des Tages. Dann wurden unter Vermeidung jeder Form von Anstand und Höflichkeit meine Personalien überprüft. Anschließend landete ich auf der dunklen Straße und steckte mir erst einmal eine Zigarette an.

Inzwischen war es früher Freitagmorgen und ich war richtig schön fertig. Über die Schwiebusser Straße ging ich zum Platz der Luftbrücke in der Hoffnung auf einen Nachtbus Richtung Schöneberg, den ich leider nur noch von hinten sah. Nach weiteren zwanzig Minuten Fußmarsch stand ich vor dem Eingang des Jonas. Mir war mittlerweile jeder Hang zur Vorsicht abhandengekommen. Die Gedanken an ein Bett und erholsamen Schlaf beherrschten mich mehr und mehr.

»Noch ein Bett und dann ins Bier!«, sagte ich zu Freddie, der gemeinsam mit fünf weiteren Gästen noch die Stellung hielt, die sogleich von mir gemustert wurden, ob sie eventuell Auskunft auf meine offenen Fragen geben konnten, was aber nicht der Fall war.

»Spät geworden, was?«, meinte er, als er das frischgezapfte Bier und einen Tequila vor mir abstellte.

»Weiß Gott«, sagte ich müde und widmete mich den Getränken und trüben Gedanken.

Nachdem ich noch einmal dasselbe bestellt und mir einverleibt hatte, verließ ich das Lokal wieder. Auf meinem Weg zum Jonas war mir nichts Ungewöhnliches aufgefallen und auch jetzt machte die Naumannstraße einen friedlichen Eindruck. Ich verschwand in meinem Hauseingang.

Die vier Treppen machten mir jetzt doch Mühe und nach dem Öffnen der Wohnungstür verließen mich die Kräfte. Ich stolperte bis zu meinem Matratzenlager und ließ mich in voller Montur mit Schuhen und Parka fallen. Der Schlaf kam in Windeseile heran. Ich dachte nur noch kurz, was für erotische Abenteuer Robinson Crusoe wohl erlebt haben könnte … Irgendetwas mit Gämsen vielleicht?

34

Eine Frau stand
im Nebel der Nacht
mit der Zigarette im Mund
am Strand,
wo die Wellen tobten.

Ishikawa Takuboku: Unvergeßliche Leute
1.4. 1910. In: Eine Handvoll Sand.
Aus dem Japanischen übersetzt
von Tsutomu Ito. Gifu-City 1986.

LEERER KÜHLSCHRANK, VOLLES HERZ

Das Erste, über das ich mich wunderte, als ich die Augen aufschlug, war die Umgebung. Lag ich wirklich in dem kleinen Zimmer meiner Wohnung, über mir der immer graue Himmel? Keine Gitter vor dem Fenster, kein Guckloch in der Zellentür? In den letzten Stunden vor dem Aufwachen hatten mich schlimme Alpträume geplagt, in denen ich mehrfach verhaftet, verhört, verhöhnt und in immer wieder neue Zellen gesperrt wurde. Bruchstücke unerfreulicher Szenen hatte ich noch deutlich vor Augen, wollte sie aber lieber nicht wieder heraufbeschwören. Gegen Ende der Traumsequenz fügte ich mich in mein Schicksal, wurde ruhiger und fand mich mit einem längeren Aufenthalt in staatlicher Obhut ab.
Ich setzte mich auf und stellte fest, dass ich vollständig angezogen auf der Bettdecke lag. Mein Körper fühlte sich an, als ob ein neuer Leopard 2 über mich hinweg gerollt wäre. Ein mühsamer Griff in die Taschen meines Parkas, ein bisschen Wühlen und die Zigaretten waren gefunden.
Ein Plan musste her, um die diversen Informationslücken zu füllen. Das Schicksal von Hendrik und Leni war zuvörderst zu klären. Zudem war ich natürlich immer noch brennend an einer Erklärung für das Auftauchen der Bullen in Mannschaftsstärke vor von Erbes Wohnhaus interessiert. Und der aktuelle Erkenntnisstand der Bullen hinsichtlich der Operation Band 16 war auch nicht uninteressant, aber noch mehr brannte ich darauf, zu erfahren, was die bürgerliche Presse, insbesondere die Kochstraße, zu berichten hatte. Ohne weitere Umschweife stand ich auf, steuerte den nächsten Zeitungsladen an und erwarb alle relevanten Presseerzeugnisse, dazu die Ausgabe des *Kicker* von gestern, schließlich durfte ich bei aller aktuellen Aufregung den 16. Spieltag der Bundesliga nicht außer Acht lassen. Beim Bäcker holte ich eine Tüte mit Frühstücksgebäck. Um meine Eitelkeiten in Ruhe befriedigen zu können, hielt ich ein Frühstück im Jonas ausnahmsweise einmal für unangebracht. Schon beim Einsammeln der Zeitungen im Laden hatte ich entdeckt, dass wir es bei der *B.Z.* auf die Titelseite geschafft hatten

und es kostete mich einen Wochenvorrat an Selbstbeherrschung, nicht schon auf der Straße mit der Lektüre zu beginnen, aber ich wollte in der Öffentlichkeit keineswegs den Eindruck vermitteln, dass mich das gestrige Ereignis besonders interessierte. Wieder in meiner Wohnung angekommen, setzte ich Radiator und Kaffeemaschine in Betrieb, schob das dreckige Geschirr von Kraschnos Abendessen beiseite und stürzte mich auf den Blätterwald. Zunächst natürlich auf die *B.Z.*, die, das muss der Neid ihr lassen, keine Wünsche offenließ. Auf der Titelseite prangte ein schönes Foto von Kraschno und mir. Es zeigte, wie wir gerade, Gott sei Dank durch die Vermummung unkenntlich, die ausgerollten Transparente an der Straßenseite von von Erbes Wohnung befestigten. Über dem Foto titelte die *B.Z:. Terror-Bubies immer frecher* und ergänzte unter dem Bild ›Oberster Staatschützer in eigener Wohnung überfallen‹. Das war der übliche Umgang der Springer-Presse mit Fakten. Im Text darunter wurden die Gläubigen dann näher aufgeklärt: ›Die linksradikale Terror-Szene in Berlin wird immer dreister. Unter den Augen von hunderten Polizisten überfielen gestern mindestens zwei Links-Terroristen am helllichten Tage die Wohnung von Oberstaatsanwalt Maximillian von Erbe (49) in Charlottenburg. Fortsetzung Seite 4 und 5‹. Auf den nächsten Seiten gab es ein Foto des Herrn Oberstaatsanwalt und genauere Aufklärung über seine Funktionen und Aufgaben. Ein weiteres Foto zeigte seine Wohnstraße mit den aufgereihten Mannschaftswagen der Polizei und der Bildunterschrift ›Trotz starker Polizeipräsenz schlugen die Chaoten skrupellos zu‹. Die weiteren Ausführungen gaben mir zumindest in einer Kernfrage die gewünschte Aufklärung. Ziemlich am Ende des Artikels wurde der interessierte Leser in Kenntnis gesetzt, dass das große Polizeiaufgebot in der Sybelstraße nichts mit von Erbe und den Staatsfeinden zu tun hatte, sondern zufälligerweise zeitgleich eine Großrazzia gegen ein als thailändisches Massageinstitut getarntes illegales Bordell auf der gegenüberliegenden Straßenseite durchgeführt wurde. Dazu gab es ein Foto, auf dem junge Mädchen in kurzen Bademänteln abgeführt wurden. Der Verfasser des Artikels beklagte in für die Polizei wenig schmeichelhaften Formu-

lierungen ausführlich, dass der Polizei trotz ihrer massiven Präsenz hinsichtlich der Terroristen keine Festnahme gelungen war, was mit einem weiteren Foto von Polizeifahrzeugen im Vordergrund und von Erbes Wohnhaus mit unseren Transparenten im Hintergrund untermauert wurde. Während ich mir zu einer heißen Tasse Bohnenkaffee eine mit reichlich Butter bestrichene Kümmelstange in den Mund schob, stellte ich mir das Gesicht von Klaus Hübner, unserem Polizeipräsidenten, vor, wie er heute Morgen diesen *B.Z.*-Artikel lesen musste. Über Frau Lydia von Erbe und ihr Schicksal verlor der Artikel im Übrigen kein Sterbenswörtchen.
Bei allem Amüsement über den Bericht war mir klar, dass der Staatsapparat diese Schlappe nicht würde auf sich sitzen lassen wollen und die Präsentation der gefassten Täter das Mindeste war, was ihnen vorschwebte. Die *Bild*-Zeitung hatte das Gleiche in einer kürzeren Version zu bieten, der Text in der *Morgenpost* entsprach zwar inhaltlich dem der *B.Z.*, war aber in der Wortwahl moderater und präsentierte lediglich ein Foto von der transparentverzierten Fassade von von Erbes Wohnhaus. Und der *Tagesspiegel* war mal wieder voll von Meldungen zu aktuellen Geschehnissen von vorgestern.
Zur Beruhigung meiner Nerven machte ich eine Vorhersage für die 11er-Wette des Wochenendes fertig, die ich im Jonas abgeben wollte, bevor ich mich zu Hendrik und danach zu Leni aufmachen wollte. Eine schnelle Dusche und das Wechseln der Klamotten mussten auch noch sein, wie ich an mir herunterblickend feststellte. Als ich unter dem heißen Wasserstrahl abermals an mir herunterschaute, bemerkte ich, dass mein Körper wie ein bunter Streuselkuchen aussah. Einige der Schürfwunden und Schrammen sahen echt nicht gut aus und begannen beim Kontakt mit Seife höllisch zu brennen.
Endlich im Jonas angekommen, wurde allgemein bedauert, dass ich keine Zeit mitgebracht hatte, um den Toto-Tipp in all seinen Facetten in Ruhe zu besprechen.

»Tut mir leid, Leute, aber heute müsst ihr mal ohne mich auskommen. Ich hab euch meine Vorstellungen schon mal notiert«, hinterließ ich einen Zettel mit einem 3er-Weg und zwei 2er-Wegen für den Systemtipp und verließ das Lokal.

Hendrik wohnte in der Bautzener Straße am äußersten Rand Schönebergs in Richtung Kreuzberg. Der zehnminütige Spaziergang in der Vorwinterluft sollte mir und meinen Nerven guttun, aber verfehlte dann doch seine Wirkung: Beständig schaute ich mich um, ob ich von irgendjemand überwacht wurde, ob nicht irgendwo ein PKW mit Zivis stand. Aber es gab nichts zu entdecken. Auch vor Hendriks Wohnhaus schien alles wie immer zu sein. Die Haustür stand offen und schnell lief ich die vier Treppen zu Hendriks WG im Vorderhaus hoch. Ich schellte und Hendrik selbst öffnete die Wohnungstür.

»Au Mann, Alter, gut, dass du kommst!« Wir fielen uns in die Arme und blieben einen Moment so stehen. Hendrik zog mich in die Wohnung und schloss die Tür hinter mir.

»Mann Mark, dass ihr da rausgekommen seid, wirklich geil, Mann!«

»Ja, wir haben es gerade noch so gepackt. Dank deiner Funkmeldungen. Aber es war ne knappe Nummer. Bosco ist safe und was Leni von der Kreuzberger Gruppe angeht, da weiß ich noch nichts Konkretes, aber ich bin der Überzeugung, dass alles okay sein müsste. Warum die Scheiß-Bullen auf einmal wie die biblische Heuschreckenplage aufgetaucht sind, wirst du inzwischen der Springer-Presse entnommen haben. Kurz gesagt: Pech gehabt.«

»Pech?«

»Nenn es Pech, nenn es Zufall. Es war einfach scheiße. Aber sag mal, wie bist du da rausgekommen?«

»Ich dachte zunächst nur, Scheiße, da kommt die Alte von Erbe und hab euch angefunkt. Doch von einer Sekunde zur anderen war auch noch alles voll mit Bullen. Ich habe mich schnell verdrückt und euch nahezu zeitgleich über Funk informiert. Dann bin ich zurück. Als Bosco die Tasche mit dem Material brachte, war ich natürlich schwer erleichtert, weil ich wusste, dass ihr es rausgeschafft habt.«

»Was? Bosco hat dir die Tasche gebracht? Da hatten wir eine andere Absprache! Er sollte die Tasche eben gerade nicht zu dir bringen, weil wir zu dem Zeitpunkt nicht wussten, was mit dir los war. Im schlimmsten Fall hätte deine Bude voller Staatsschutz sein können.«

»Verdammt, das stimmt. Er war irgendwie auch komisch drauf. Er kam erst ohne Tasche hoch und hat geschaut, ob ich da bin. Dann ist er noch einmal runter und kam drei Minuten später mit der Tasche zurück und meinte nur, dass er keinen Bock hätte, irgendwelche Befehle zu befolgen und dass es ihm zu heiß wäre, mit der Tasche durch Berlin zu fahren.«

»Okay. Oder besser gesagt, überhaupt nicht okay! Konntest du schon die Unterlagen aus der Tasche sichten?«

»Ja. Ich hab schon kurz reingeschaut. Bei der schwarzen Kladde blicke ich nicht durch. Aber die Ordner mit den Steuerunterlagen sind ziemlich umfangreich und ich meine, obwohl ich nur kurz darin geblättert habe: Da kann man was rausholen.«

»Wollen wirs hoffen. Leider gab es bei dem Affen keine Justizakten, nur Porno-Scheiße ohne Ende. Vielleicht waren wir in der Kürze der Zeit auch zu blöd, interessantes Material zu finden.«

»Wir müssen in der Gruppe noch klären, wer das Zeug durcharbeitet, aber ich bin recht optimistisch, dass sich die Arbeit lohnen wird.«

»Pass auf, Hendrik. Ich kläre als erstes, ob mit Leni alles okay ist. Danach sollten wir so schnell es geht die Operation in der Gruppe auswerten. Ich habe da einige Befürchtungen, was den Rückstoß auf unsere Aktion angeht. Ich denke, dass der Staatsapparat, auch weil er eine schlechte Presse hat, versuchen wird, hart zurückzuschlagen. Darauf sollten wir vorbereitet sein.«

»Unbedingt, Mark! Ich will jetzt an dieser Stelle nichts dramatisieren, aber wir sollten intern unbedingt noch einmal ganz genau hingucken, mit wem wir weitergehen wollen. Von Leuten wie Bosco, und er ist nicht der einzige, die auf dem Trip *Parlamentarismus* sind und die auf Absprachen scheißen, die unsere Aktionen absichern, sollten wir uns radikal trennen. Das sind die Renegaten von morgen und die Denunzianten von übermorgen.«

»Ist gebucht, Hendrik. Sehe ich im Prinzip genauso.«

Ich stand auf, um zu gehen. Hendrik brachte mich noch zur Tür. Wir nahmen uns wortlos in den Arm und ich ging die Treppe runter, um die nächsten Schritte zu unternehmen.

Der Besuch bei Hendrik hatte mich zwar ein wenig beruhigt, dennoch stand ich weiter unter Strom, während ich zum U-Bahnhof Möckernbrücke ging, um Lenis WG zu erreichen.

Am Kottbusser Tor war mal wieder die tägliche Junkie-Vollversammlung angesagt. Augenscheinlich war die Wochenendlieferung Heroin angekommen, die es nun schnell zu verteilen galt. Man hatte einige Mühe, durch das Gewimmel von Drogenhändlern und ihrer zahlreichen Kundschaft hindurchzukommen, die sich auf allen Ebenen des U-Bahnhofs und auf den Freiflächen davor tummelten.

Heute hatte ich im Gegensatz zu gestern Nacht das Glück, dass die Haustür offenstand und ich direkt bis zur Wohnungstür der Radio-WG durchlaufen konnte. Damit hatte ich mein Glück auch schon aufgebraucht, denn Fritz öffnete die Tür, verzog das Gesicht, murmelte sich ein »Ach Mark, du …« in den spärlichen Bart und brüllte:

»Leni, Besuch für dich!«

Dafür, dass wir gestern eine heikle Aktion durchgezogen hatten, zu der Lenis Gruppe den Anstoß gegeben und die entsprechende Kommandoerklärung an die Nachrichtenagenturen und Presseredaktionen verschickt hatte, war die Begrüßung von Fritz eine ziemliche Frechheit. Elender Wichser, dachte ich, ich glaube, ich muss dir mal auf deine arrogante Schwabenfresse hauen. Stattdessen sagte ich:

»Mann, Leni, gut, dass du da bist. Ich hab mir Sorgen gemacht.«

Und als Fritz seine Zimmertür zuknallte, fielen Leni und ich uns vielleicht eine Spur zu theatralisch in die Arme.

»Oh, Mark«, war zunächst alles, was von Leni kam. »Ich hab die ganze Nacht kein Auge zugemacht.«

»Wie wars denn so mit der alten Schneider?«, löste ich mich von ihr und wollte die Emotionen ein bisschen runterbringen. Leni bugsierte mich sanft in ihr Zimmer und schloss die Tür.

»Hat alles soweit gut funktioniert. Ob sie allerdings heute noch, nach der *B.Z.*-Lektüre, glaubt, dass ich eine SFB-Redakteurin bin, weiß ich nicht. Sie ist eine verdammt misstrauische alte Dame. Aber das ist doch alles uninteressant. Erzähl mal, was bei euch los war und wie ihr da raus seid, bei all den Bullen. Ich habe schon gedacht, weil ich von dir nichts mehr gehört habe, dass sie euch doch einkassiert haben und sie das nur aus taktischen Gründen nicht rauslassen. Du wolltest dich doch gleich nach der Aktion bei mir melden, Mark.« Der letzte Satz hatte einen ziemlich vorwurfsvollen Unterton.

»Es gab durch den Polizeieinsatz in der Straße ein paar zusätzliche Dinge zu klären und das hat sich in die Länge gezogen. Aber dann hab ich versucht, hier vorbeizukommen. Tür war unten zu. Dann hab ich angerufen. Ist keiner ran gegangen.«

»Ach, ja. Scheiße. Fritz, dieser Idiot.«

»Hä, wieso Fritz? Hat er das WG-Telefon privatisiert?«

»Nee, schlimmer. Der Idiot hat die letzten Telefonrechnungen nicht bezahlt und sie haben uns das Ding abgestellt.«

»Hat er deswegen so schlechte Laune?«

»Nee, mega Zoff mit Trude. Kannst dir ja denken, warum.«

»Ach ja, da war ja was.«

»Doofmann«, sagte Leni und boxte mir zart in die Seite. Dann warf ich mich in einen Sperrmüllsessel und berichtete ihr ausführlich von den Ereignissen des Vortages. Am Ende warnte ich auch Leni vor möglichen Gegenreaktionen des Staates in den nächsten Tagen.

»Ich denke, dass sie ziemlich angefasst sind und irgendeinen Aktionismus abliefern werden, auch weil ihnen die Kochstraße im Nacken sitzt.«

»Vielleicht solltest du zur Vorsicht eine Weile abtauchen, Mark. Was meinst du?«

»Ach nee, Leni, darauf habe ich, ehrlich gesagt, gar keinen Bock. Ich hab für sowas auch keine Reserven und muss die nächsten Tage wieder zur Schicht gehen. Ich brauche die Kohle.«

»Geld wäre zur Not kein Problem. Ich könnte jederzeit was bei meiner Familie locker machen, wenn es nötig ist.«

»Lass erst mal stecken, Leni. Wir sollten die weiteren Reaktionen in der bürgerlichen Presse von morgen abwarten. Dann haben sie alle die Kommandoerklärung zur Kenntnis genommen. Die *Abendschau* des SFB sollte man sich heute auch reinziehen. Ansonsten müssen wir unbedingt unsere Quellen bei den Bullen anzapfen, um zu sehen, was da so abgeht. Leider gibt es da gerade ein paar … na, nennen wir es Kommunikationsstörungen.«

»Ich hätte da vielleicht auch eine Idee.«

»Wenn du da einen guten Draht hast, lass ihn glühen! Aber jetzt muss ich mich wirklich wieder vom Acker machen. Hab noch ne Menge zu tun.«

Leni und ich nahmen uns noch einmal etwas zu lange in den Arm, bevor ich wieder zum Kotti zurückstiefelte.

Auf der U-Bahnfahrt nach Schöneberg durchlebte ich einen Mix aus den unterschiedlichsten Gefühlen. Freude darüber, dass die Aktion, wenn auch nur in Teilen, gelungen war und wir keine Verluste zu beklagen hatten. Tiefe Befriedigung darüber, dass Hübner, Springer, Prinz, Pannier und natürlich die beiden von Erbes vor Wut auf den Teppich kotzten, wenn auch aus ganz unterschiedlichen Gründen. Ärger über Boscos Eigenmächtigkeit und darüber, dass ausgerechnet jetzt das Verhältnis zu Hascher getrübt war. Und ein Sack voll dunkler Befürchtungen, dieses Mal nicht einfach so davonzukommen. Dass das Glück der letzten Jahre unter Umständen aufgebraucht, diese Aktion einfach zu fett war und sie mehr als die üblichen Pseudoermittlungen an den Start bringen würden. Angst? Aber wovor? Strafe? Eigentlich nicht. Davon hatte ich, seit ich denken konnte, genug bekommen. Zumeist für nichts und wieder nichts. Andererseits war ein Tag im Kohlenkeller oder die berühmte Tracht Prügel nicht mit einem Daueraufenthalt in einer JVA vergleichbar. Freiheitsentzug klang nicht nur unangenehm, es war auch ganz real eine miese Perspektive. Und als vorbestrafter Systemfeind würde es nicht einfacher, in dieser Gesellschaft im fortschreitenden Alter ein trockenes Plätzchen zu finden. Das klang nun schon so wie Kraschnos Doppelstrategie mit systemimmanenter Vorsorge. Ich musste lachen. Was für irrwitzige Gedanken angesichts der aktuellen Lage.

Auf dem Weg vom Kleistpark nach Hause gab es keinerlei Auffälligkeiten, die Anlass zur Beunruhigung gaben. Ich erreichte meine Wohnung, als sich das Tageslicht längst wieder verabschiedet hatte. Dort warteten neben einer unaufgeräumten Küche noch einige Arbeiten für das Seminar, das ich vorgestern doch irgendwie stark vernachlässigt hatte. Also lud ich die Kaffeemaschine und setzte mich an den Schreibtisch, um mich mit der Wissenschaft zu befassen. Zwischendurch sah ich die *Abendschau* auf meinem großen alten Schwarz-Weiß-Fernseher, den ich bei einem Gebrauchtwarenhändler in der Kolonnenstraße für 50 DM vor einem halben Jahr erstanden hatte. Die lokale Nachrichtensendung *Abendschau* präsentierte unsere Aktion vom Vortag (welch Ehre!) in einem fast fünfminütigen Beitrag, in dem auch das Bekennerschreiben erwähnt wurde. Der Herr Polizeipräsident persönlich versicherte der Bevölkerung, dass die Berliner Polizei alles unternehmen würde, um die Täter zu fassen und, wichtiger noch, dass die Repräsentanten des Rechtsstaates in Zukunft noch (!) besser geschützt werden würden.
Träum weiter, Hübner, dachte ich, stellte dem Fernsehapparat den Ton ab und ließ das Bild weiterflimmern. Ich verteilte meine diversen kopierten Aufsätze über den Fußboden des winzigen Zimmers, um mich bei deren langwieriger Lektüre mit den für mich komplizierten, ethnologischen Fragen abzumühen, die sich um *cross cousin marriage* drehten, zu denen ich versuchte, halbwegs Vernünftiges auf meiner Olympia zu Papier zu bringen. Das war nicht einfach. Ich kannte nur die mitteleuropäische Kleinfamilie und der Gedanke, eine meiner hässlichen Cousinen heiraten zu müssen, war für mich genauso absurd wie schaudererregend.
Und außerdem war alles extrem ermüdend. Auch das Fernsehprogramm ohne Ton war ermüdend: Obwohl in der Sendung *Aktenzeichen XY… ungelöst* die Schweizer Polizei gleich zu Anfang bei einem Aufruf zur Suche nach den RAF-Genossinnen Sieglinde Hofmann und Brigitte Mohnhaupt nicht einmal in der Lage war, die Fahndungsfotos den richtigen Personen zuzuordnen. Die würden nach Kraschno und mir noch mit Bildern vom Räuber

Hotzenplotz und dem Kasperle fahnden. Die Sondersendungen zum Parteitag der SPD waren nicht weniger eintönig und ebenso unverdaulich wie diese undurchschaubaren Familienbeziehungen. ›His mother's brother's daughter, matrilateral cross cousin, or father's sister's daughter, patrilateral cross cousin, or, under special circumstances, a relative who is simultaneously his mother's brother's and father's sister's daughter, bilateral cross cousin‹.
Als die *Tagesthemen* bereits längere Zeit beendet waren, wollte ich mich eigentlich noch mit einem Bier im Jonas belohnen, um die Lukubration auf angenehme Weise zu unterbrechen, aber ich war zu müde, um mich aufzuraffen und legte mich lieber noch einmal auf meine Matratzen, um kurz etwas Kraft zu schöpfen.

Ich stand vor einer Art Prüfungskommission aus alten weißen Feldforschern und mit langen, spitzen Speeren bewaffneten, grimmig dreinblickenden indigenen Kriegern mit wild bemalten Gesichtern und Oberkörpern in einer tropisch anmutenden Landschaft mit hohen, schattenspendenden Palmen auf endlosem, weißem Strand. Mir wurden in einer langen Reihe einheimische Mädchen und Jungen im Grundschulalter in spärlicher Bekleidung vorgeführt und ich sollte als Experte feststellen, ob sie ein *matrilateral cross cousin child* oder ein *patrilateral cross cousin child* wären. Das war vermutlich ganz einfach, aber mir fehlte jede Idee, woran ich das erkennen sollte. Zeitgleich setzte ein lautes Trommeln ein, welches auf- und abebbte und das ich damit assoziierte, dass wenn ich nicht die richtige Lösung fand, mein eigenes Ende eingetrommelt würde. Das Trommeln wurde intensiver und hörte nicht mehr auf. Davon erwachte ich. Ich lag auf meinem Bettlager, der Fernseher lief ohne Ton. Das Trommeln hatte trotz meines Erwachens nicht aufgehört und nun konnte ich es identifizieren: Es klopfte ziemlich hartnäckig an meiner Wohnungstür. Scheiße! Das konnten nur die Bullen sein.

Vierter Stock Seitenflügel. Da gab es keine realistische Fluchtmöglichkeit. Konnte ich noch irgendetwas retten? Mir fiel nichts ein.

So gefasst wie möglich ging ich zur Wohnungstür. Ich öffnete. Und verlor beinahe das Bewusstsein. Ich hatte eine Horde pigs erwartet, aber SIE stand vor mir.

»Ey, Mark, du sitzt wohl auf deinen Ohren, oder? Ich wollte gerade aufgeben, weil ich dachte, dass du trotz Licht in deinem Fenster nicht zu Hause bist.«

War das ein Traum im Traum?

»Äh, komm doch rein. Auf meinen Ohren sitzen? Nicht direkt. Ich bin kurz weggenickt. Hab den ganzen Abend am Schreibtisch gesessen.«

Ich stand komplett neben mir. Ich führte sie in das wüste Papiermeer meines kombinierten Schlaf- und Arbeitszimmers, ohne weiter darüber nachzudenken, was ich tat. Der Raum verfügte nur über den einen Stuhl am Schreibtisch, den ich ihr anbot.

»Ja, setz dich doch«, sagte ich, machte den Fernseher aus, der nur noch das Testbild zeigte, und lehnte mich an die Fensterbank, um ein wenig Halt zu haben. Sie urplötzlich bei mir in der Bude? Unglaublich!

»Das sieht hier ja maximal wüst aus, Mark. Bist du wieder wach? Ich hab dir doch neulich gesagt, vielleicht komm ich bald mal vorbei. Schon vergessen?«

»Äh nee, eigentlich nicht. Wir waren doch nicht heute Abend verabredet, oder?«, befürchtete ich ernsthaft, eine der wichtigsten Verabredungen meines Lebens verschnarcht zu haben.

Sie lachte nur, stibitzte sich eine Zigarette aus meiner Schachtel auf dem Schreibtisch und bediente sich an meinem Feuerzeug.

»Mark, du wirkst ein bisschen durch den Wind. Was ist los mit dir? Ist irgendetwas passiert?«

»Ja, äh, nein, ich muss ziemlich tief weggesackt sein. Und hab ein paar Probleme, mich zu sortieren, aber es ist total schön, dass du da bist. Ich freue mich wirklich riesig.«

Das war eine verharmlosende Untertreibung. Ich war völlig von den Socken. Ich hätte ausflippen können. Mein Herz war übervoll. Von Liebe und von Erstaunen. Ihre Stimme, und es war wirklich IHRE Stimme, flutete mein Ohr:

»Ich dachte, ich hätte viel früher kommen können, aber die Sitzung hat doch länger gedauert und dann sind wir mit allen Frauen noch essen gegangen. Jetzt bleibt mir nur eine kurze Nacht. Morgen um zehn Uhr geht es schon weiter und nach dem Abschlussmeeting fahren wir alle gleich nach Bremen zurück.«

»Oh, wie schade. Da hast du ja wirklich nicht viel Zeit.« Langsam dämmerte es mir wieder. Sie hatte an dem Abend vor der Gerichtsverhandlung in Bremen darüber gesprochen, dass demnächst in Westberlin ein bundesweites Treffen der Frauenhäuser stattfinden sollte und dass das vielleicht eine Gelegenheit wäre, bei mir vorbeizuschauen. Sie arbeitete in Bremen im Frauenhaus und lebte in einem ähnlichen Umfeld wie Penelope, was Kraschno dazu veranlasst hatte, mich zu fragen, warum ich mir nicht einmal eine normale Frau suchen könnte. Bei den lila Emanzentanten seien doch regelmäßig jede Menge Stress und Ärger vorprogrammiert.

»Hast du Hunger? Oder möchtest du was trinken?«, versuchte ich mich langsam in die Rolle des Gastgebers einzufinden und begann die einzelnen Papierhäufchen zu möglichst sinnvollen Konvoluten zu stapeln.

»Naja, eigentlich bin ich satt. Aber ich schau mal, was du da hast.«

»Okay. Die Küche ist gleich vorne. Der Raum ohne Tür«, sagte ich und versuchte weiter in den neuneinhalb Quadratmetern Ordnung zu schaffen.

Ich fand sie dann nicht in der Küche, sondern im großen Zimmer, das hauptsächlich als Nachtlager für die Besuchergruppen aus Westdeutschland diente, die mich alle paar Wochen heimsuchten. Sie saß auf dem Fußboden, spielte mit einem großen grün-schwarzen Plastikspielzeugauto, welches auf ungeklärten Pfaden den Weg in meine Wohnung gefunden hatte und beachtete mich gar nicht. Das war irgendwie, irgendwie bezaubernd. Schlagartig war ich noch ein bisschen mehr in sie verliebt.

»Weißt du eigentlich, dass wir bei uns im Frauenhaus immer zu wenig Spielzeug für die Kinder haben«, sprach sie vor sich hin.

»Deine Küche und dein Kühlschrank sind deprimierend, Mark. Ich hab nicht einmal ein paar Gummibärchen gefunden oder etwas Schokolade. Wie ernährst du dich eigentlich?«

»Jedenfalls nicht von Schlickersachen.«

»Aber auch nicht von Butter und Brot, oder? Egal. Ich bin hundemüde. Lass uns ins Bett gehen, Mark.«

Sprach es, nahm mich, der ich immer noch im Türrahmen stand, an die Hand, zog mich in das andere Zimmer, löschte das Licht und warf mich auf mein Matratzenlager. War das alles wirklich? Seit Monaten hatte ich davon geträumt und es schien mir unerreichbar und jetzt lag sie tatsächlich in meinen Armen. Verrückt!

35

Man kann einen Kuchen
nicht essen, ohne dass
er dann weg ist.

Volksweisheit

ZWISCHEN ZWEI STÜRMEN

Irgendwann erwachte ich wieder und befand mich mit ihr engumschlungen unter der schützenden Bettdecke. Es war inzwischen wieder hell draußen und ein tiefes Glücksgefühl durchströmte mich. Ich streichelte ihr zärtlich über den Kopf. Sie erwachte davon und lächelte mich an. Nach einem langen Kuss stand sie auf und verschwand in der Dusche. Ich blieb liegen und fand es überhaupt nicht erbaulich, dass sie gleich schon wieder gehen wollte.

Etwas später verließ ich nur äußerst widerwillig das warme Bett, in dem ihr Geruch noch auf jedem Quadratzentimeter wahrnehmbar war. Da kam sie schon angezogen und mit noch nassen Haaren zurück.

»Ich muss mich beeilen, Mark«, teilte sie mit und blickte erklärend auf die Anzeige meines Radioweckers. Er zeigte 09.22 Uhr.

»Ich finde es ziemlich doof, dass du schon wieder weg musst.«

»Ja, Mark«, antwortete sie, gab mir einen Kuss und ging zur Wohnungstür. Als sie schon auf der ersten Stufe des Treppenhauses stand, drehte sie sich noch einmal um.

»Und nicht, dass du denkst, wir wären jetzt zusammen. Mit so einem wie dir kann man nicht wirklich zusammen sein.«

Sie schien eine Spezialistin im Aussenden widersprüchlicher Signale zu sein, was meiner Liebe zu ihr aber keinen Abbruch tat. Im Gegenteil.

Ich legte mich wieder ins Bett und wollte mir so viel wie möglich von dem Zauber der letzten Stunden in Erinnerung rufen, um ihn ganz tief in meine Erinnerungen einzugraben, damit ich diesen Schatz hervorholen könnte, wann immer ich es wünschte.

Ich befand mich an einem sonnendurchfluteten Ort und wieder war ein beständiges Trommeln zu hören. Es gab einen strahlend blauen Himmel, eine freundliche Sonne, warmen weißen Sand, ein grünlich schimmerndes Meer und keine Prüfungskommission, die das Paradies hätte stören können. Das

Trommelgeräusch ließ sich weder zuordnen noch ließ es nach. Es war penetrant und störte das Idyll. Ich schlug die Augen auf und befürchtete kurz, in einer Wiederholungsschlaufe hängen geblieben zu sein.

Wieder hämmerte jemand an die Wohnungstür. Dieses Mal würde es wohl wirklich die Bullerei sein. Ich beeilte mich, ihnen zu öffnen, weil ich fürchtete, die altersschwache Eingangspforte könnte gleich bersten.

Es waren tatsächlich die Bullen. Allerdings nur in einem einzelnen Exemplar in Zivil. Und das hieß Hascher.

»Mann, Billy, bist du irre? Was glaubst du, was so eine alte Tür aushält? Komm rein.«

Er stürmte in die Küche und war von den vier Treppen und dem wilden Gehämmere ziemlich außer Atem.

»Mark, pack deine Sachen. Du musst verschwinden! Die Ermittlungen in der Von-Erbe-Sache laufen heiß und ihr scheint im Fokus zu sein.«

Hascher machte eine kleine Pause, um Luft zu holen.

»Ich hatte heute früh am Kaffeeautomaten ein Gespräch mit einem Kollegen von der Popo. Er hat erzählt, dass es vielleicht noch am Wochenende die ersten Verhaftungen geben soll.«

»Scheiße, im Ernst?«

»Wenn du glaubst, ich mach Witze, dann schlag hier Wurzeln und lach dich kaputt!«

»Okay, ist angekommen«, bestätigte ich knapp, während so etwas wie Panik in mir hochkroch.

»Gehts auch noch etwas konkreter, Billy?«

»Nein, geht nicht«, sagte er unangenehm bestimmt.

Ich ließ Hascher in der Küche zurück, holte eine fertig gepackte Reisetasche aus dem großen Zimmer, die Vorsichtsmaßnahme hatte ich mir bei Kraschno abgeschaut, und stopfte noch ein paar Dokumente inklusive des schwarz-grünen Spielzeugautos hinein. Obendrauf drückte ich einen alten oliv-grünen Armee-Schlafsack, der schon ziemlich abgewirtschaftet aussah. Bereits mit meinem

Parka bekleidet, tauchte ich wieder vor Hascher auf, entfernte den übervollen Aschenbecher aus der Schrott-Deko-Autotür und holte aus dem dahinter befindlichen Hohlraum eine Rolle mit Zwanzig-Mark-Scheinen hervor.

»Danke für die Info, Billy. Ich verdrück mich jetzt. Hoffe, nur vorübergehend. Ich hänge an der Bude.«

Ich betrachtete noch einmal wehmütig den ganzen Raum. Hascher blickte sich auch um und meinte nur:

»Du bist pervers, Alter. Und, äh, noch ein Tipp. Meide die Transitstrecken!«

Dann stürzte ich mit offener Jacke, die Kufiya nur um den Hals gelegt, die Treppen hinunter. In der Haustür blieb ich kurz stehen und checkte die Straßenszene. Abgesehen von Haschers kriminell auf dem Gehweg geparkten Käfer sah alles alltäglich aus. Ich ging eine Tür weiter in den gewerblich vermieteten Ladenraum unseres Vorderhauses, in dem sich ein Großhandelslager für Süßwaren befand, das die unzähligen kleinen Kioske der Stadt belieferte. Ich erwarb eine 1,5 Kilogramm Packung mit 150 Lakritz-Schnecken, eine 200er Packung Gummischnuller und eine weitere durchsichtige Plastikdose mit 100 einzeln verpackten Stückchen Eiskonfekt und zwängte den Einkauf mit viel Mühe in die Reisetasche. Beim Bezahlen entdeckte ich noch ein Aktionsangebot an Riesen-Wundertüten. Wunder benötigt man immer. Und ich gerade besonders. Deshalb nahm ich noch fünf von ihnen mit, obwohl dafür eigentlich kein Platz mehr war. Ein wiederholter Blick auf die Straßenszene verriet nichts Neues, nur dass Haschers Käfer inzwischen verschwunden war. Ohne Umschweife machte ich mich auf den Weg zu Hendrik.

Das Gewicht des Naschwerks störte schon ein wenig, als ich die Treppen zu Hendriks WG hochstürmte.

»Hey, Mark, verreisen wir etwa heute? Wusste ich gar nichts von.«

»Mach keine faulen Witze, Alter, und lass mich kurz rein«, kam zwischen schnell aufeinanderfolgenden kurzen Atemzügen von mir.

In der WG-Küche erläuterte ich ihm in wenigen Worten die Situation. »Der Informant hat den Hinweis gegeben, den Transit besser nicht zu nutzen. Ich kann auch nicht einschätzen, was und wieviel an der Sache dran ist, aber ich für meinen Teil nehme die Sache ernst genug, um meinen Arsch vorerst aus der Schusslinie zu bewegen. Ich werde gleich noch Kraschno Bescheid geben lassen, nicht dass der in Bremen kalt erwischt wird. Du musst selber einschätzen, wie du mit der Lage umgehst. Ich denke, dass die Situation für dich und Bosco eine andere ist als für uns, aber wie gesagt ...«
Hendrik schien über die gerade erhaltenen Botschaften zu grübeln.

»Ich weiß nicht. Ich denke, dass ich das hier vor Ort durchstehen will«, resümierte er dann.

»Okay. Auf jeden Fall muss die Reisetasche mit den Walkie-Talkies und dem Von-Erbe-Zeug hier weg. Ich nehme sie gleich mit und deponiere sie an einem neutralen Ort. Ansonsten hab ich zwei Bitten. Informier Bosco kurz, damit er im Fall des Falles präpariert ist. Gleiches gilt für Leni. Ihr kannst du sagen, dass ich erst einmal untertauche, Bosco nicht. Ich habe nächste Woche von Montag bis Mittwoch Schicht. Wenn du nicht selber einspringen kannst, dann such eine Vertretung für mich. Ich will den Job unter keinen Umständen verlieren. Das wärs eigentlich.«

»In Ordnung. Und wo willste hin?«

»Weiß ich selbst noch nicht so genau.«

»Brauchste Geld?«

»Nee, nee, lass man stecken, geht schon irgendwie«, log ich gleich zweimal in fünf Sekunden.
Hendrik zuckte mit den Schultern: »Okay, wie du meinst. Hier schau mal, schon gesehen«, schob er mir die heutige Ausgabe der *Taz* über den Tisch. »Sie haben einen Teil unserer Erklärung zur Operation Band 16 veröffentlicht.«

»Nicht schlecht. Schau ich mir später an. Jetzt hab ich keine Zeit«, wollte ich mich beeilen weiterzukommen, zögerte dann aber noch. »Lässt du mich noch einmal kurz von eurem Balkonzimmer aus nach Kreuzberg schauen? Du weißt, ich find diesen Ausblick einfach superklasse«, bat ich Hendrik und lief dabei Gefahr sentimental zu werden.

»Logo, wenn du das willst.«
Die Aussicht vom Vorderhauszimmer der WG war wirklich sensationell. Man konnte über die Gleisanlagen der Dresdener Bahn bis zum Viktoriapark in Kreuzberg und in weitere Ecken der Stadt sehen. Ähnlich wie den Geruch von ihr heute früh, versuchte ich, dieses Bild ganz tief in meinen Reminiszenzen festzuhalten.

Nun mit zwei schweren Reisetaschen ausstaffiert, fühlte ich mich wie ein zu unliebsamer Eile angetriebener Packesel. Der kurze, aber beschwerliche Weg führte mich in das kleine Postamt auf der Kreuzberger Seite der weitläufigen Bahnanlagen, in dem rege Betriebsamkeit herrschte. Nach einer längeren Wartezeit vor dem Paketschalter, die der Typ vor mir in der Schlange, der auch so ein neues Teil wie Hascher auf den Ohren hatte, mir mit brüllend lauter Disco Musik versaute, ich sage nur *YMCA*, versorgte ich mich mit dem größtmöglichen Postkarton und bastelte ihn zusammen. In Ermangelung von Briefpapier beschrieb ich den Boden des Pakets mit einigen Zeilen. Ich widmete den Inhalt ihr und allen Kindern des Frauenhauses und vergaß nicht, etwas über die letzte Nacht und meine Gefühle hinzuzufügen. Insgesamt ein gelungener Liebesbrief, wie ich entschied. Dann füllte ich die Kiste mit dem Spielzeugauto und den Süßigkeiten, die Riesen-Wundertüten wurden oben drauf gepackt. In die Hohlräume stopfte ich ausliegende Postformulare aller Arten und Farben. Das Ganze musste nun noch ordentlich verschlossen und verschnürt werden, bevor ich mich wieder am Ende der Schlange einzureihen hatte. Zeit, die nächsten Schritte zu planen.

In der Telefonzelle vor dem Postamt rief ich eine der vermeintlich sicheren Telefonnummern in Bremen an und ließ Kraschno eine Nachricht zukommen, die einen Code enthielt, den nur er entschlüsseln konnte. Was Kraschno damit anfangen würde, war allerdings eine andere Sache.
Schwieriger zu beantworten war die Frage, wo ich die Tasche mit den Von-Erbe-Unterlagen deponieren sollte. Im Geiste hatte ich

schon einige Optionen verworfen, zu denen Penelope, Johann und Bouteflika gehörten. Der von mir gewählten Lösung hätte wohl niemand aus unserer Gruppe, schon gar nicht Kraschno, zugestimmt. Ich wechselte noch einmal über die Bezirksgrenze nach Schöneberg und begab mich in der Monumentenstraße hinter der langen Friedhofsmauer zu einer Parterrewohnung in einem zweiten Hinterhof eines schwer verwahrlosten Altbaus und klopfte an der Wohnungstür. Ob jemand zugegen sein würde, ließ sich nicht beurteilen, denn die Fenster zum Hof waren mit Decken und Tüchern verhängt. Nach einer ganzen Weile wurde die Tür geöffnet und es strömte mir ein Geruch entgegen, der nicht gerade einer Weihnachtsbäckerei entstammte.

»Mark? Dit gloob ick ja nich, dat du mir ma besuchen kommst.«
Ein sichtlich überraschter Kalle stand mit getrübtem Blick im Türrahmen, der ihm Halt bieten musste. »Komm rin. Uffjeräumt hab ick grad nich, aber ick hab da nen jutes Fläschken offen.«
Kalle schlingerte in seine kleine Küche und nahm eine halb leere Flasche Asbach Uralt in die Hand. »Ich muss nur noch nen saubaret Gläschen für dir suchen, wa.«

»Lass stecken, Kalle. Ich steh voll unter Druck. Da hab ich keine Zeit zum Saufen.«
Ich griff in die Von-Erbe-Tasche und zauberte eine Flasche Racke Rauchzart hervor, die ich vor ein paar Minuten in einem kleinen Zeitungsladen erstanden hatte.

»Hab dir was mitgebracht Kalle«, kommentierte ich. »Und will auch gleich zur Sache kommen. Ich hab mal wieder ein Problem mit ner Tasche. Kennste ja schon. Das Ding hier müsste ich mal für ne Weile bei dir unterstellen. Ich oder jemand anders holt sie dann wieder ab. Ist nichts Spannendes drin. Nur Papierkram. Lass trotzdem die Finger davon.«
Kalle hatte sich der Flasche Racke Rauchzart angenommen und betrachtete sie wie ein kleines Wunder.

»Echt korrekt, Mark. Whisky, Mann. Super.«
Ich schaute mich um, nahm die Tasche und öffnete die Tür zu einer kleinen Kammer, die nur leere Bierflaschen und ein paar verbeulte Konservenbüchsen beherbergte.

»Prima Stelle, Kalle«, sagte ich und deponierte die Ergebnisse der Operation Band 16 im hinteren Teil des Kabuffs, während Kalle mich nicht weiter beachtete, sondern immer noch das Etikett des deutschen Pseudo-Whiskys anstarrte. Schnell wechselte noch die schwarze Kladde aus unserer Beute den Aufenthaltsort und verschwand in meiner Reisetasche.

»Kalle, ich muss los. Man sieht sich. Halt die Ohren steif.« Kalle hatte sich inzwischen etwas Asbach Uralt nachgeschenkt und schnupperte an der inzwischen geöffneten neuen Spirituose.

»Echt knorke, Alter«, hörte ich noch, als ich die Wohnungstür hinter mir zuzog.

Nun war aus meiner Sicht alles Notwendige geregelt und es wurde Zeit, die Stadt dezent zu verlassen. Die BVG brachte mich zum Bahnhof Zoologischer Garten, wo ich in der Wechselstube mehrere hundert D-Mark in dänische Kronen wechseln ließ. Anschließend wollte ich am Fahrkartenschalter der Deutschen Reichsbahn eine Fahrkarte zur einfachen Fahrt nach Kopenhagen kaufen. Der bevorstehende Weihnachtsreiseverkehr bescherte mir im Übermaß Zeit zum Überdenken meiner aktuellen Lage in einer weiteren Warteschlange. Das Gefühl in meiner Magengegend war besorgniserregend, was zumindest zum Teil an einem Mangel an Nahrungszufuhr lag. Nach einer schweren Prüfung in Selbstvergessenheit und Geduld erhielt ich den gewünschten Fahrschein und obendrein gelang es mir sogar, eine Platzkarte für den heutigen Nachtzug zu bekommen. Die Straßenlaternen gingen an und im Straßenverkehr wurde bereits wieder mit Licht gefahren, als ich das Bahnhofsgebäude am Ausgang zum Hardenbergplatz verließ.

Da in mir das ungute Gefühl nagte, dass mich zwei Typen, die irgendwie nicht ganz koscher aussahen, im Bahnhof Zoo beobachtet hatten, hielt ich es für opportun, noch einmal das Verkehrsmittel zu wechseln. Und so ließ ich mich mit einem Taxi zum Mehringdamm fahren, wo ich mich wieder der U6 anvertraute und zum Bahnhof Friedrichstraße fuhr. Unter der

Mitnahme einer Stange Zigaretten und eines Handvorrats kleiner Fläschchen Magenbitter durchquerte ich das verwirrende unterirdische Labyrinth an Gängen, Ecken, Treppen rauf und Treppen runter, das wohl weniger das Ergebnis eines gelungenen Plans zur Verwirrung der Reisenden war, wie gerne vermutet wurde, sondern eher ein Resultat darstellte, das sich ergab, wenn man den Knotenpunkt öffentlichen Personenverkehrs einer Großstadt zu einem Ort umfunktionierte, der, formulieren wir es einmal neutral, eine gewisse Filterfunktion ausüben musste. Am vermeintlichen Ende des Irrgartens begab ich mich zu einem Einlass, der mit *Einreise für Bürger BRD* überschrieben war. Während ich darauf wartete, an die Reihe zu kommen, spielte ich kurz mit dem Gedanken, auf ein Angebot von Meier II zurückzukommen, der uns bei unserem Besuch im Sommer die Möglichkeit offeriert hatte, dass wir, wenn es einmal brenzlig wird, am Übergang Friedrichstraße mittels einer bestimmten Verfahrensweise außerhalb der gängigen Prozeduren direkt einreisen und auf Hilfe durch seinen Verein hoffen könnten. Aber warum sollte ich das tun? Und was wäre der Preis, den ich zu zahlen hätte? Ohne ihnen die ganze Story zu erzählen, einen Haufen Fragen zu beantworten und einen Sack von Informationen zu liefern, würden sie mich kaum weiterreisen lassen. Vermutlich wären sie auch an dem Von-Erbe-Material interessiert, welches sie für ihre Art von Spielchen bestimmt gerne verwenden würden. Hascher hatte mich nur vor den Transitstrecken gewarnt, das bedeutete vermutlich, dass es so schnell eine internationale Fahndung auf der Basis purer Vermutungen nicht geben würde und ich außerhalb Westberlins und der BRD zunächst nichts zu befürchten hatte. Das hoffte ich zumindest. Jedenfalls wollte ich mir keine unnötigen Komplikationen mit den hiesigen Staatsorganen einhandeln und verzichtete auf die Benutzung des Ho-Chi-Minh-Pfads.

Die Abfertigung durch die Grenzorgane der DDR ging heute überraschend zügig und unter Vorlage meiner aktuellen Fahrkarte erhielt ich für fünf frei konvertierbare Mark ein Transitvisum zur einmaligen Durchreise nach Dänemark. Als Transitreisender nach Skandinavien war ich von der Mindestumtauschregelung befreit.

Auf der anderen Seite des Bahnhofs Friedrichstraße herausgekommen, atmete ich tief durch. Ich war fürs Erste den Strafverfolgungsbehörden des freien Westens entkommen und das fühlte sich verdammt gut an. Hier drohte mir zunächst keine unmittelbare Gefahr. Zeitgleich stellte sich bei mir dieses seltsame Gefühl ein, das mich immer befiel, wenn ich den Ostteil der Stadt betrat. Alles vermittelte mir den widersinnigen Eindruck, dass der Zweite Weltkrieg hier gerade erst zu Ende gegangen sei. Hätte an der Bahnbrücke über der Friedrichstraße noch ›Berlin raucht Juno‹ statt ›IFA W50 Nutzfahrzeuge aus Ludwigsfelde‹ gestanden, wäre ich nicht überrascht gewesen. Das war natürlich eine irrige Wahrnehmung, aber die vielen imperfekten Hausfassaden, welche in viel stärkerem Maße als im Westteil noch die Spuren des Krieges trugen, oder die nicht oder nur partiell durchgeführten Sanierungs- und Modernisierungsmaßnahmen an den vielen repräsentativen Bauwerken in Mitte vermittelten den Eindruck, die Zeit sei langsamer vergangen oder zu einem nicht genau definierten Zeitpunkt stehengeblieben. Eine kleine Gedenktafel unter der Eisenbahnbrücke, die an das Schicksal von zwei Wehrmachtsangehörigen erinnerte, die hier Ende April 1945 von ihren Kameraden aufgehängt wurden, weil sie die Fortführung der Kämpfe als sinnlos erkannt hatten, und die sich vor ihrer Ermordung Pappschilder umhängen mussten, auf denen sie sich selbst der Feigheit bezichtigten, belehrte einen darüber, dass das in Wahrheit natürlich nicht der Fall war.

Erneut machte sich mein Nahrungsmitteldefizit lautstark bemerkbar. Ich musste dringend etwas essen. Zeit hatte ich noch genug, denn der Zug nach Dänemark fuhr erst kurz vor Mitternacht. In der Wechselstube tauschte ich zwei Zwanzig-Mark-Scheine ganz legal in vierzig Deutsche Mark der DDR, was kein wirklich gutes Geschäft war. Dann stand ich sogleich vor dem nächsten Problem. War es in Westberlin schon nicht ganz einfach, kulinarisch anständig versorgt zu werden, war es auf dieser Seite der Mauer ein noch größeres Problem. Mir fiel spontan das Gastmahl des Meeres ein.

Von Restaurants unter diesem Namen gab es zwischen Rostock und Dresden einige und sie genossen einen ganz guten Ruf. Angeblich wollte Kraschno am Mittwoch bekanntlich dort seine Tante treffen. Ob ich da allerdings ohne weiteres einen Platz bekommen würde? Bliebe noch das Alextreff unter dem Fernsehturm, was allerdings mehr an eine Kantine als an ein Restaurant erinnerte. Weil ich keine besseren Möglichkeiten wusste und es vielleicht auch keine gab, lief ich die Friedrichstraße bis zu Unter den Linden hoch und bog dann links in Richtung Alexanderplatz ab.

Wo der Westen leuchtete, funkelte der Osten nur hier und da. Nahm man die vorweihnachtlichen Lichterorgien links und rechts der Gedächtniskirche in der West-City zum Maßstab, dann präsentierte sich der Boulevard Unter den Linden in einem spärlichen Halbdunkel, das nach lichtstarken Taschenlampen rief.
Beim Restaurant angekommen, hatte ich Glück. Zu dieser frühen Abendstunde schien der Andrang noch nicht übermäßig groß und nach einem kurzen Aufenthalt im Vorraum der Speisegaststätte wurde ich an einen kleinen Tisch mit zwei Stühlen platziert. Jetzt, da ich in der gut beheizten Räumlichkeit das erste Mal seit Stunden sitzen konnte und zur Ruhe kam, merkte ich erst, wie fertig ich war. Ein Großteil meiner Anspannung war zwar verflogen, aber eine große Müdigkeit war an ihre Stelle getreten. Alkohol würde mir in dieser Situation schnell den Rest geben, deshalb wählte ich Tee und Apfelsaft zu einem Zwei-Gang-Menü. Letzteres, um dem großen Hunger Herr zu werden und auch, um viel Zeit bis zur Abfahrt meines Zuges in diesem Restaurant verstreichen zu lassen. Das Essen schmeckte mir dann richtig gut und so etwas wie ein schläfriges Wohlgefühl breitete sich in mir aus, während ich als Nachtisch einige Zigaretten in Rauch aufgehen ließ. Dabei dachte ich weniger an meine aktuelle Lage, als vielmehr an das Wunder der vergangenen Nacht, dessen Fortsetzung ich mir natürlich sehnlichst wünschte. Dieses war nun leider, in Anbetracht von Haschers Hiobsbotschaft, in weite Ferne gerückt. Wie und wann konnte ich auf eine Korrektur hoffen oder sie selbst herbeiführen?

Es blieb immer noch eine Menge Zeit bis zur Abfahrt des Ostsee-Express übrig, nachdem ich die Rechnung bezahlt hatte. So ging ich zwischen Neptunbrunnen und Fernsehturm hinüber zum Beginn der Rathausstraße, wobei ich eifrigen Reinigungsmännern auswich, die mobile Kehrmaschinen mit Riesenstaubsaugerbeuteln über den Platz steuerten, um die gute Stube der Hauptstadt vom Unrat des Tages zu befreien, und verschwand in der kleinen Mocca-Bar unterhalb der Bahngleise des Bahnhofs Alexanderplatz. Hier herrschte eine heimelige Atmosphäre und ein schönes großes Frischgezapftes schien mir nun doch genau das Richtige zu sein. In dieser Kleinstkneipe, die ich von früheren Besuchen der Hauptstadt kannte, war es ziemlich voll. Sie wurde hauptsächlich von Angehörigen der Schwulenszene der Stadt bevölkert, was aber dem ungestörten Nachhängen der eigenen Gedanken bei Tabakqualm und Biergenuss keinerlei Abbruch tat, eher im Gegenteil.

Meine Stimmung zu definieren, wäre mir selber schwergefallen. Sie changierte zwischen Hochgefühl, Reue und Wut. Das Hochgefühl rührte immer noch aus der geglückten Aktion. In von Erbes Leben würde sich in Zukunft einiges ändern und auch andere Büttel der Klassenjustiz mit vergleichbaren Täterprofilen würden sich so ihre Gedanken machen, wenn sie die Zeitung lasen. Ein weiteres Element meines euphorischen Stimmungsanteils hatte eindeutig mit meinem nächtlichen Gast zu tun. So ganz egal konnte ich ihr, trotz des Spruchs zum Abschied, nicht sein. Das befeuerte die Hoffnung. Die Hoffnung drohte von Reue überlagert zu werden. Reue darüber, ausgerecht jetzt eine Sache durchgezogen zu haben, deren Konsequenzen ziemlich unangenehm sein konnten. Und auch wenn es hier gerade ganz nett war, war das nicht der Plan. Nur gab es keinen realistischen Weg zurück. Da half auch Reue nichts. Und dann war da noch Wut. Wut darüber, nicht härter zugeschlagen zu haben. War man schon einmal so nah an einer Bestie, sollte man nicht nur Scherzartikel verteilen, sondern für einen nachhaltigen Eindruck sorgen. Wenn schon, denn schon! Wut aber auch darüber, mein linkes gemütliches Spießerleben im Biotop Westberlin ohne Not so durcheinandergewirbelt zu haben. Und diese Wut war dann schon wieder verdächtig nah an Reue.

Neben mir saß ein Typ mit Schnäuzer und Koteletten bis zum Unterkiefer in einem Holzfällerhemd mit braunen Breitcordhosen beim Bier und einer Schachtel Karo, der den Eindruck nur schlecht verbergen konnte, dass er an einem Gespräch oder womöglich mehr interessiert war. Nach dem Austausch von einigen Allgemeinplätzen über das Leben und den ganzen Rest offenbarte er mir:

»Ja, da haste ziemlich Recht, dass es auf der Welt an einer inneren Gerechtigkeit des Schicksals mangelt, wie du dit sagst. Dit kann ick nur bestätigen. Mir, zum Beispiel, hammse relegiert, wa. Wegen, weil ick nich inne Partei wollte, wa. Hatte Jermanistik und Theologie anner Humboldt studiert, aber die wollten mich da nich mehr habn. Nicht mal Sorabistik lassense mir mehr machen, wa?«

»Theologie, Theodorant, Tee oder Kaffee.«

»Hä?«

»Ist nicht von mir, ist von Otto.«

»Otto? Welcher Otto? Der Blonde vonner Reichsbahn aus Rummelsburg? Der immer nach der Spätschicht kommt?«

»Nee, ist aber auch egal.«

Der Knabe kam mir komisch vor, was auf beiden Seiten der Mauer in dieser Stadt an sich nichts Besonderes war, aber dieses Exemplar roch irgendwie stark nach einem Gesellen aus den Ausbildungswerkstätten von Meier II.

»Und weeßte, was ick jetzte machen tu?«

»Jetzt biste bei der Kirche angestellt und korrigierst den Sprachstil in den Gesang- und Gebetsbüchern.«

»Nee, Quatsch, wie kommste denn uff sowat?«

»Weiß ich auch nicht. Kam mir gerade so in den Sinn.«

»Jetzt bin ick im Tierpark. Morgens beide Zebras und nachmittags beide Kamele, wa. Macht aber ooch Spaß. Und wat machst du so?«

»Ich mach mich vom Acker. Ist quasi mein Beruf«, beendete ich das Gespräch unnötig unfreundlich und verließ das Lokal in Richtung S-Bahnhof Alexanderplatz.

Nach kurzer Orientierung war mir klar, von welchem Bahnsteig die S-Bahn-Züge Richtung Marx-Engels-Platz abfuhren und

von welchem die zu meinem Ziel Ostbahnhof. Ich konnte beim Transit nach Skandinavien zwar den Bahnhof Friedrichstraße als Grenzübergang benutzen, durfte dort aber nicht in den entsprechenden Zug einsteigen, weil die DDR den Bahnsteig des Bahnhofs, an dem die Transitzüge hielten, quasi zum ex-territorialen Gebiet gemacht hatte, obwohl er, wie der ganze Rest des Verkehrsgebäudes, mitten auf ihrem Staatsgebiet lag.
Die Bahnsteige am Alexanderplatz waren leergefegt und es brauchte ganze zwei Wartezigaretten, bis ein S-Bahnzug einfuhr. Als ich zwei Stationen später den Ostbahnhof erreichte, konnte ich ohne Eile auf das Gleis wechseln, auf dem der Ostsee-Express schon auf mich wartete.
Ich machte es mir an meinem Fensterplatz im Abteil, das ich für mich alleine zu haben schien, für die Nacht ein wenig gemütlich und streckte den Mittelfinger in Richtung Westberlin. Wegen mir konnte es jetzt losgehen.
Fahrplanmäßig ertönte kurz vor Mitternacht der Pfiff zur Abfahrt und der Zug verließ den Bahnhof. Wenig später guckte ich auf die in völligem Schwarz vorbeiziehende brandenburgische Landschaft, wobei ich nichts außer meinem Spiegelbild sah. Mit Intershop-Underberg spülte ich kurz aufkommende Zweifel an der Richtigkeit meiner Handlungen weg. Der Magenbitter beruhigte mich und ich dachte wieder an sie. Alles hüllte mich in eine wohlige Wolke ein, bis mein Gehirn eine faktenwidrige Geschmacklosigkeit produzierte und *Leaving on a Jet Plane* von John Denver in mir erklingen ließ. Oder von Peter, Paul & Mary. Aber eigentlich war das alles scheißegal.

DANKSAGUNG

Ein großes Dankeschön für vielfältige Unterstützung und Mithilfe bei diesem Projekt gilt Barbara für Organisation, Management und Beratung, Tina für das Vorlektorat und Silke für das Vorkorrektorat. Ohne Euch wäre nichts so, wie es ist. Bedanken möchte ich mich ebenso bei Frieder für fachlichen und kritischen Rat bei allen Fragen rund um das Thema Publikation.

Ein nicht weniger großes Dankeschön gilt allen Teilen des so wunderbar engagierten Liesmich-Teams. Ohne Euren Mut diesen Text zu publizieren, ohne Eure kreativen und konstruktiven Ideen wäre dieses Druckwerk niemals so entstanden. Mein Dank an Anne und Anne, Christoph, Manja, Peggy, Sophie und Torsten und ein Extra-Dank an Ines für unglaublich viele Stunden im Lektorat und an den Steuermann des Verlagsschiffes, Karsten, der es versteht einen eingeschlagenen Kurs umzusetzen.

Später Dank auch an die vielen Kollektivkräfte des Café Jonas, die in den späten 70er und frühen 80er Jahren dafür Sorge trugen, dass der Autor nicht verdurstete.

GESPIELTE MUSIKTITEL

Supertramp: Take the Long Way Home. Breakfast in America, 1979.
Marius Müller-Westernhagen: Dicke. Mit Pfefferminz bin ich Dein Prinz, 1978.
Janis Joplin: Me and Bobby McGee. Pearl, 1971.
Tony Orlando & Dawn: Tie a Yellow Ribbon Round the Ole Oak Tree. Tie a Yellow Ribbon, 1973.
Peter Maffay: So bist Du. Weil es Dich gibt, 1979.
Marius Müller-Westernhagen: Johnny Walker. Mit Pfefferminz bin ich Dein Prinz, 1978.
Nina Hagen Band: TV-Glotzer. Nina Hagen Band, 1978.
Ton Steine Scherben: Warum geht es mir so dreckig. Warum geht es mir so dreckig?, 1971.
Ton Steine Scherben: Der Kampf geht weiter. Warum geht es mir so dreckig?, 1971.
Frank Sinatra: Strangers in the Night. Strangers in the Night, 1966.
Daliah Lavi: Nichts haut mich um, aber Du. 1975.
The Supremes: You Can't Hurry Love. Supremes A Go Go, 1966.
Klaus Hoffmann: Berlin. Was fang ich an in dieser Stadt?, 1978.
David Bowie: Heroes. Heroes, 1977.
David Bowie: Neukölln. Heroes, 1977.
Blondie: Sunday Girl. Parallel Lines, 1978.
Bel Ami: Berlin bei Nacht, Sax-Version. Berlin bei Nacht, 1979.
Crosby, Stills & Nash: Just a Song Before I Go. CSN, 1977.
Klaus Hoffmann: Novembermorgen. Was fang ich an in dieser Stadt?, 1978.
Ulrik Remy: Die Kneipe. Jeder kommt irgendwoher, 1973.
Udo Jürgens: Griechischer Wein. Meine Lieder, 1974.
Peter Alexander: Schwarzes Gold. Ein Abend mit Peter Alexander, 1979.
Peter Alexander: Und manchmal weinst Du sicher ein paar Tränen. Ein Abend mit Peter Alexander, 1979.
Thom Pace: Maybe. Maybe, 1979.
Baccara: Yes Sir, I can Boogie. Baccara, 1977.
Baccara: Sorry, I'm a Lady. Baccara, 1977.
Mireille Mathieu: Zu Hause wartet Natascha. So ein schöner Abend, 1979.

Ivan Rebroff: Katjuscha. Volksweisen aus dem alten Russland, 1969.

Dschingis Khan: Moskau. Dschingis Khan, 1979.

Dschingis Khan: Dschingis Khan. Dschingis Khan, 1979.

Jackson Browne: The Load-Out/Stay. Running on Empty, 1977.

Freddy Quinn: Junge, komm bald wieder. Heimweh nach St. Pauli, 1962.

Patti Smith: Till Victory. Easter, 1978.

Procul Harum: A Whiter Shade of Pale. Procul Harum, 1967.

The Rattles: The Witch. The Witch, 1969/1970/1971.

The Who: Won't Get Fooled Again. Who's Next, 1971.

Franz Josef Degenhardt: Hier im Innern des Landes. Degenhardt Live, 1968.

Wolfsmond: Das hat Spaß gemacht. Lude LaFayette's Wolfsmond, 1977.

David Bowie: Space Oddity. David Bowie, 1969.

Ramones: Sheena Is a Punk Rocker. Leave Home, 1977.

Dire Straits: Sultans of Swing. Dire Straits, 1978.

Joan Armatrading: Barefoot & Pregnant. To the Limit, 1978

Kling, Glöckchen, Klingelingeling. Deutsches Weihnachtslied, ab 1854.

Wolfgang Lindemann (Komposition und Text): Eine Muh, eine Mäh, 1912.

Ramones: We're a Happy Family. Rocket to Russia, 1977.

Hannes Wader: Eine Frau, die ich kannte. Der Rattenfänger, 1974.

Thomas Busse: Wir wollen leben. Fuchs du hast die Gans gestohlen, gib sie nicht mehr her, 1975.

Nina Hagen Band: Auf'm Bahnhof Zoo. Nina Hagen Band, 1978.

Thomas Busse: Wer hat Angst vorm Schwarzen Mann?. Fuchs du hast die Gans gestohlen, gib sie nicht mehr her, 1975.

Dave, Dee, Dozy, Beaky, Mick & Tich: Zabadak. If No-One Sang, 1967/1968.

The Sparks: This Town Ain't Big Enough For Both Of Us.
Kimino My House, 1974.

Fairuz: Watani. Lebanon For Ever, 1979.

Village People: YMCA. Cruisin', 1978.

John Denver: Leaving on a Jet Plane. John Denver Sings, 1966.

Peter, Paul & Mary: Leaving on a Jet Plane. Album 1700, 1967.

Und hier die Playlist zum Nachhören: https://spoti.fi/37VaM4B

BISHER IM LIESMICH-VERLAG ERSCHIENEN

versandkostenfrei bestellen (innerhalb Deutschlands) unter
www.liesmich-verlag.de

Wolf Schmid

PEDALPILOT DOPPEL-ZWO

Wolf Schmid
PEDALPILOT DOPPEL-ZWO
ISBN 978-3-945491-00-3
14,95€

Der spontane Besuch des gerade pensionierten Paketwagenfahrers Walter bei seinem Sohn Johannes in Hamburg bringt die sicheren Mauern ins Wanken, hinter denen die beiden sich schon seit Langem zurückgezogen haben.

Als sich Johannes alias Fahrradkurier »Doppel-Zwo« bei einem Radunfall das Schlüsselbein verletzt, springt der Vater kurzerhand als »Doppel-Zwo Senior« für ihn ein. So lernt Walter die Kurierszene Hamburgs, die dort geltenden Regeln und die eigenwilligen Menschen hinter den Funkgeräten kennen. Nebenbei holt er noch das eine oder andere Versäumnis seinem Sohn gegenüber nach – ein Coming of Age im Rentenalter.

Pedalpilot Doppel-Zwo ist ein unangepasster Entwicklungsroman, der die Leser mitnimmt zu den schönsten Rastplätzen und Aussichtspunkten der Elbe-Stadt.

„Pedalpilot Doppel-Zwo überzeugt durch präzise Dialoge und die genaue Beobachtungsgabe des Autors.“
Tino Dallmann, MDR Kultur

Thekla Kraußeneck
CRONOS CUBE

Thekla Kraußeneck
CRONOS CUBE
ISBN 978-3-945491-04-1
16,95€

»Bist du schon mal gestorben?«

Mit diesen Worten wird Zack in der virtuellen Welt des »Cronos Cube« empfangen. Das Spiel hält Erfahrungen für ihn bereit, die sich genauso echt anfühlen wie das reale Leben. Aber Zack ist nicht zum Spielen gekommen: Sein Freund Lachlan wurde entführt und nur in dieser irren Welt voller Titanmäuse, Laubwichte und Wurzelnarren kann er die Software finden, die der Erpresser von ihm verlangt. Dabei hat Zack keine Ahnung, wie eine Software in einer Welt aussieht, wo Dinge sich in taschentaugliche Karten verwandeln lassen, wenn man sie bloß anschnipst.

In der realen Welt des Jahres 2030 herrscht währenddessen eine Diktatur in der Republik Europa. Geheimdienste überwachen mittels Drohnen das gesamte öffentliche Leben. Menschen ohne Perspektive vegetieren in riesigen Wohnblöcken vor sich hin. Das Virtual Reality-Spiel Cronos Cube wird zum Ausweg für viele Spaßsüchtige oder Verzweifelte – es gilt als letzter Hort freier Meinungsäußerung, aber auch als Brutstätte des Widerstandes.

Dass die beiden Freunde Zack und Lachlan mit dieser Situation so unterschiedlich umgehen, bringt ihre Beziehung klar an ihre Grenzen: Denn obwohl Zack seine gesamte Zukunft aufs Spiel setzt, sich tapfer durch die Fantasy-Welt des Cronos shootet und den ganz realen EU-Geheimdienst auf Abstand hält, kann er seinen geliebten Freund am Ende nicht vor sich selbst beschützen.

Thekla Kraußeneck stand mit »Cronos Cube«2018 auf der Shortlist des **Seraph-Literaturpreises** *in der Kategorie »Bestes Debüt«.*

Toni Gottschalk

KONFETTI IM BIER

Toni Gottschalk

KONFETTI IM BIER

ISBN 978-3-945491-06-5

14,95€

Wie entsteht eine Choreografie für den Einlauf der Fußball-Mannschaften im Stadion? Welche ungeschriebenen Gesetze gelten im Auswärtsbus? Wie stehen linke Ultra-Gruppierungen eigentlich zum Thema Gewalt? Und wo gibt es auf Sankt Pauli auch um 6 Uhr morgens noch einen ordentlichen Gin Tonic?

Merks, Jette, Subbe und all die anderen sind Ultràs des FC St. Pauli. Sie nehmen uns mit in eine Welt, in der die eigene Gruppe viel mehr bedeutet, als nur jedes Wochenende zusammen zum Spiel zu gehen. Während Jette und Subbe zu den alten Hasen gehören und sich öfter die Frage stellen, ob sie nicht langsam »zu alt für diesen Scheiß sind«, sucht Merks vor allem einen Ort zum Spaß haben. Mit Freunden eine gute Zeit verbringen.

Abseits von Schule, Kirche und dem ganzen Kack. Gemeinsam und doch ganz unterschiedlich erleben sie das 24 Stunden-Derby in Hamburg, eine Auswärtsfahrt nach Dresden und einen Besuch bei den Wurzeln der Bewegung in Italien. Immer wieder kommt es dabei zu Spannungen in der eigenen Gruppe und mit anderen Fans, in Freundschaften und Beziehungen, zwischen Fußball, Politik und Verein.

Die Gemeinschaft genießen und gleichzeitig an ihrem Handeln zweifeln – davon erzählt »Konfetti im Bier« und bietet so tiefe Einblicke in den Alltag und die Motivation von Ultras. Nicht nur für Fans der Kiezkicker!

„Das bisher beste Buch über Ultrà!“

Andreas Bock, 11 Freunde

Philippe Smolarski

FAYVEL DER CHINESE

Während die jüdische Bevölkerung Europas vor dem Terror der Nazis zu fliehen versucht, reist Fayvel, Gangsterboss und selbst polnischer Jude, aus China direkt ins Herz der Finsternis, um seine Familie aus dem Warschauer Ghetto zu befreien. Mit ihm kommen seine engsten Vertrauten: Walter, ein deutschjüdischer Ex-Boxer, und Meiling, eine skrupellose und hinreißend schöne Chinesin. Im Ghetto kreuzen sich dann die Wege von Fayvel und Maria, einer jungen Jüdin aus Wien, die Fayvel unter seinen Schutz stellt und schließlich in sein Herz schließt. Die Liebesgeschichte der beiden ist von wenigen Illusionen begleitet in einer Welt, die ums tägliche Überleben kämpft. Um schließlich dem faschistischen Grauen zu entkommen, fliehen Fayvel und seine Bande durch halb Europa, legen sich mit Spionage und Gegenspionage an und schlüpfen in immer neue Identitäten.

Philippe Smolarski
FAYVEL DER CHINESE
ISBN 978-3-945491-02-7
14,95€

»Fayvel der Chinese« ist ein fiktiv-dokumentarisches Gangster-Roadmovie, das nicht nur ungewohnte Einblicke in den Alltag des Warschauer Ghettos gibt, sondern vor allem von Liebe und Freundschaft handelt. Das Setting gerät dabei fast in den Hintergrund der Geschichte, die vielfach skurril-komisch daherkommt, derweil aber hervorragend recherchierte historische Details zu bieten hat.

Tomas Blum

WOFÜR WIR UNS SCHÄMEN

Tomas Blum
WOFÜR WIR UNS SCHÄMEN
ISBN 978-3-945491-08-9
14,95€

Der Roman ist eine Geschichte der Hoffnung für alle, die mal mit sich und der Welt gehadert haben.“
Pauline Szyltowski, Leipziger Volkszeitung

Die rothaarige Kollegin sitzt, schon seit du hier abeitest, auf dem Platz hinter dir im Büro. Zu Beginn warst du dir nicht sicher, ob sie es ist, das Mädchen von früher, das Mädchen aus dieser einen Nacht, von der dein Vater dir verboten hat, jemals wieder zu sprechen. Doch als die Kollegin dich anspricht, ob du sie ins Bang Bang begleiten willst, weil da nur Paare reindürfen, gerät deine ganze Welt aus den Fugen.

»Wofür wir uns schämen« ist eine Geschichte über Bleistifte, Beziehungen und die Befreiung. Die Befreiung von der Angst, die Befreiung von der Vergangenheit und die Befreiung von Geschlechterrollen, denn ihr beiden wollt keine Rolle mehr spielen.